NEIL GAIMAN

HISTÓRIAS SELECIONADAS

NEIL GAIMAN

HISTÓRIAS SELECIONADAS

TRADUÇÃO DE LEONARDO ALVES, AUGUSTO CALIL,
EDMUNDO BARREIROS, FÁBIO BARRETO E RENATA PETTENGILL

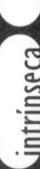

Copyright © 2020 by Neil Gaiman
Copyright da apresentação © 2020 by Marlon James
Copyright do prefácio © 2020 by Neil Gaiman
Trecho de *Stardust: O mistério da estrela*, nesta edição traduzido por Leonardo Alves, utilizado com permissão da editora Rocco.

As páginas 653-655 são uma extensão desta página de créditos.

Não é permitida a exportação desta edição para Portugal, Angola e Moçambique.

TÍTULO ORIGINAL
The Neil Gaiman Reader: Selected Fiction

PREPARAÇÃO
Giu Alonso

REVISÃO
Julia Ribeiro
Marcela Ramos
Theo Araújo

DIAGRAMAÇÃO
Ilustrarte Produção e Design Editorial

DESIGN DE CAPA
Henry Sene Yee

IMAGEM DE CAPA
© Ulf Andersen/Getty Images

ADAPTAÇÃO DE CAPA
Lázaro Mendes

CIP-BRASIL. CATALOGAÇÃO NA PUBLICAÇÃO
SINDICATO NACIONAL DOS EDITORES DE LIVROS, RJ

G134n

   Gaiman, Neil, 1960-
     Neil Gaiman : histórias selecionadas / Neil Gaiman ; tradução Leonardo Alves ... [et al.]. - 1. ed. - Rio de Janeiro : Intrínseca, 2024.
     656 p. ; 23 cm.

   Tradução de: The Neil Gaiman reader: selected fiction
   ISBN 978-85-510-1050-1

   1. Ficção inglesa. I. Alves, Leonardo. II. Título.

24-88052   CDD: 823
                   CDU: 82-3(410)

Gabriela Faray Ferreira Lopes - Bibliotecária - CRB-7/6643

[2024]
Todos os direitos desta edição reservados à
Editora Intrínseca Ltda.
Av. das Américas, 500, bloco 12, sala 303
22640-904 – Barra da Tijuca
Rio de Janeiro – RJ
Tel./Fax: (21) 3206-7400
www.intrinseca.com.br

♦ SUMÁRIO ♦

Apresentação, de Marlon James	7
Prefácio	11
Podemos fazer por atacado (1984)	15
"Eu, Cthulhu" (1986)	24
Nicolau era... (1989)	31
Pequeninos (1990)	32
Cavalaria (1992)	34
Mistérios divinos (1992)	46
A ponte do troll (1993)	73
Neve, vidro, maçãs (1994)	83
É só o fim do mundo de novo (1994)	95
Não pergunte ao palhaço (1995)	110
Trecho de *Lugar Nenhum* (1996)	112
A filha das corujas (1996)	123
O tanque de peixes e outras histórias (1996)	125
O sacrifício (1997)	156
Velho Pecúlio de Shoggoth (1998)	162
O presente de casamento (1998)	172
Quando fomos ver o fim do mundo, de Aurora Matina, 11 anos e 3 meses (1998)	183
A verdade sobre o desaparecimento da srta. Finch (1998)	188
Mudanças (1998)	204
Trecho de *Stardust: O mistério da estrela* (1998)	213
Arlequim apaixonado (1999)	221
Trecho de *Deuses americanos* (2001)	230
Outras pessoas (2001)	238
Menininhas estranhas (2001)	241
Outubro na cadeira (2002)	246
Hora de fechar (2002)	258
Um estudo em esmeralda (2003)	269
Amargor (2003)	289
O problema de Susana (2004)	306

As noivas proibidas dos demônios desfigurados da mansão secreta
   na noite do desejo sinistro (2004)   314
O monarca do vale (2004)   327
A volta do magro Duque branco (2004)   371
Trecho de *Os filhos de Anansi* (2005)   381
Ave-solar (2005)   390
Como falar com garotas em festas (2006)   407
Terminações femininas (2007)   419
Laranja (2008)   425
Criaturas míticas (2009)   431
"A verdade é uma caverna nas Montanhas Negras..." (2010)   434
Detalhes de Cassandra (2010)   458
Caso de morte e mel (2011)   474
O homem que esqueceu Ray Bradbury (2012)   490
Trecho de *O oceano no fim do caminho* (2013)   495
Xique-xique Chocalhos (2013)   504
A Bela e a Adormecida (2013)   508
Um calendário de contos (2013)   528
Hora nenhuma (2013)   551
Um labirinto lunar (2013)   576
Às profundezas de um mar sem sol (2013)   583
Como o marquês recuperou seu casaco (2014)   586
Cão negro (2015)   611
Macaco e a Dama (2018)   646

Lista de honrarias   651
Créditos   653

♦ APRESENTAÇÃO ♦

Graças a Neil Gaiman, aranhas agora me deixam paralisado. É realmente uma situação inusitada — digna de um dos livros dele — o fato de que agora, em vez de tentar espantá-las ou esmagá-las, eu fico imóvel e me pergunto se aquela moça de oito patas está prestes a me contar algo que vem tentando dizer desde antes dos navios negreiros. Algo que só agora estou pronto para ouvir. Eu me alongaria nessa explicação, mas aí esta apresentação serviria apenas para um livro, *Os filhos de Anansi*, e esta coletânea é muito, muito mais.

Além do quê, não estou aqui parar falar de aranhas, e sim de Tori Amos. Essa frase já parece um verso de uma música dos anos 1990, e o verso a que me refiro é de 1992, e é dela mesma: *If you need me, me and Neil'll be hanging out with the Dream King* [Se precisar de mim, eu e Neil vamos estar com o Rei dos Sonhos]. A letra claramente tem significado para Amos e Gaiman, mas teve outro significado para um jovem obcecado pelos dois. Na época, eu já lia a obra de Neil fazia anos. Mas esse verso me fez pensar que Amos tinha criado algo diferente. Ela entrou na obra de Gaiman e se encontrou. Lembro que ouvi a música e pensei: "Então não sou só eu que acredita mais no mundo de Neil do que no meu."

Ainda acho que existo mais no mundo de Gaiman do que no meu. Para nós, desajustados e estranhos, era a fuga para os mundos dele que nos ajudava a suportar o nosso. Eu diria que Gaiman cria o tipo de obra que suscita obsessões, mas isso parece fácil demais. Toda grande arte tem seus devotos, mas Gaiman, especialmente para outros escritores e esquisitões, independentemente do gênero ou tipo de arte, dá permissão para que nunca abandonemos o mundo de deslumbramento que todos, em algum momento, somos ensinados a deixar para trás. É claro que os melhores escritores sabem que isso é uma farsa — não existe um mundo de fantasia em contraposição ao mundo real, porque é tudo real. Não é alegoria, não é fábula; é real.

Isso talvez explique por que devorei *Deuses americanos* quando foi publicado nos Estados Unidos, em 2001, um ano que demandava desesperadamente uma fuga para a fantasia. Só que não foi uma fuga o que o livro me proporcionou. O romance propunha algo bem mais radical: a ideia de que os deuses esquecidos ainda existiam, lidando muito mal com seu crepúsculo, e não era porque tínhamos deixado de acreditar nessas divindades que elas pararam de nos perturbar. Os deuses não apenas continuavam com suas maquinações, como também os mitos continuavam a ter importância. Afinal, um mito já foi uma religião e, antes disso, uma realidade, e ainda nos revela mais sobre nós mesmos do que a religião jamais seria capaz de fazer. Neil Gaiman é um criador de mitos, mas é também um restaurador de sonhos. Nunca sequer me ocorreu que eu precisava que um personagem fosse resgatado da sina de ser relegado a mero folclore até Gaiman pegar cantigas de infância quase esquecidas e lhes dar almas vivas, pulsantes, combativas. E então jogá-las em um presente para o qual nem sempre elas estavam prontas e que definitivamente não estava pronto para elas.

Esta coletânea transborda de feras fantásticas, pessoas normais com poderes esquisitos, pessoas esquisitas com problemas normais, mundos acima deste, mundos abaixo, e o mundo real, que não é tão real quanto você talvez imagine. Algumas histórias transitam por universos estranhos ao longo de três páginas. Algumas só param, em vez de acabar, e algumas, em vez de começar, só fazem uma pausa e esperam você alcançá-las. Algumas histórias ocupam uma cidade inteira, e outras, um único cômodo. Algumas são histórias de infância, com consequências muito adultas, enquanto outras mostram o que acontece quando gente grande perde a noção do que é ser criança. E tem também algumas histórias que só puxam a sua orelha, enquanto outras se agarram a você com tanta força que são necessários dias para conseguir se desvencilhar delas.

Tem mais. Toni Morrison escreveu certa vez que Tolstói não teria como imaginar que estava escrevendo para uma menina negra de Lorraine, Ohio. Neil não teria como imaginar que estava escrevendo para um garoto jamaicano confuso que não tinha a menor ideia de que ainda estava cambaleando após séculos de apagamento de seus próprios deuses e monstros. Sim, mitos já foram religiões, mas se encontram no âmago da identidade de um povo e de uma nação. Então, quando vi Anansi, do outro lado do apagamento, reagindo à exclusão e ao esquecimento a que foi submetido, comecei a me perguntar quem diabos era aquele cara da Inglaterra que tinha acabado de restaurar nossa história. Eu entendia o que significava para mim ter sido privado dos nossos mitos, mas nunca tinha parado para pensar no que isso significava para o mito.

Se os quadrinhos e as *graphic novels* de Gaiman me transformaram em um tipo de fã, a ficção dele me transformou em outro. Tenho inveja de quem, ao pegar esta coletânea, lerá Neil Gaiman pela primeira vez. Mas, por outro lado, pessoas que conhecem todas as músicas dos Beatles continuam comprando compilações, e fazem isso por algum motivo. Esta é uma iniciação que faz você mergulhar de cabeça e aborda tudo que selou a reputação de Gaiman como um dos nossos mestres da fantasia. Mesmo assim, até para alguém que já leu um bocado da obra dele, ainda tem muita coisa para se descobrir, inclusive nos materiais antigos. Como eu disse, algumas pessoas têm todos os álbuns e ainda compram as coletâneas de sucessos, e não é por nostalgia.

É porque, ao colocar essas histórias uma ao lado da outra, surge uma nova e curiosa narrativa: a do escritor. O trecho de *Lugar Nenhum* é genial por si só, mas, entre "Não pergunte ao palhaço" e "A filha das corujas", os três textos adquirem uma nova dimensão. Em conjunto, é o *tema* que se torna a história. A vida secreta das crianças, o mundo de horrores e maravilhas ao qual as entregamos quando apagamos a luz e fechamos a porta. O que acontece quando a porta fica fechada. O que acontece quando um mundo segue em frente e o outro, não. O leitor com algum conhecimento de inglês não deixa de perceber que *Neverwhere*, o título original de *Lugar Nenhum*, lembra "Neverland", a Terra do Nunca, outro lugar que cobra um preço quando crianças não crescem. Mas algo acontece quando a gente ingressa em um mundo ainda sentindo os efeitos (e carregando o que existe nas entrelinhas) do outro que acabamos de deixar para trás, levando medos e encantos de uma história para a seguinte. Ou, melhor ainda, quando vemos, ao avançar pela coletânea, o que tira o sono de Gaiman.

Outras coisas peculiares acontecem neste volume. A maneira como interpretamos certos personagens de "Eu, Cthulhu" afeta nossa reação quando seus nomes reaparecem alguns contos depois. Esses personagens não chegam a aparecer propriamente no segundo conto, mas não tem importância. Eles deixaram uma marca tão forte na nossa imaginação que mal nos damos conta de que o pavor da segunda história é o que *nós* trazemos a ela. A atmosfera de mau agouro, a sensação de que tudo é possível, vem de nós. É o que grandes coletâneas fazem: recontextualizam histórias, até mesmo as que você já leu, e proporcionam leituras completamente novas. Juntas, também revelam aspectos que talvez você não tenha percebido quando estavam afastadas. O humor hilário, por exemplo. O humor e o horror sempre foram companheiros inseparáveis: o horror deixa o humor mais engraçado; o humor deixa o horror mais horripilante. A tirada inicial do conto "Podemos fazer por atacado" é divertidíssima não só por causa do aspecto sinistro e ridículo da história, mas também porque é marcada por aquela que é a mais inglesa das qualidades: a sovinice. Até onde você iria para aproveitar um desconto? Spoiler: até o fim do mundo.

Talvez uma comparação mais adequada seja o "White Album" dos Beatles: imenso em tamanho e abrangência, com elementos individualmente geniais que são apresentados em conjunto porque o único contexto necessário é a enorme qualidade deles. Este livro tem coisas engraçadas. Coisas assustadoras.

Coisas de fantasia. Coisas de mistério. Coisas de fantasma. Coisas de criança. Coisas que você já leu, e muitas coisas que não. Histórias que reforçam tudo que você conhece sobre a obra de Neil Gaiman e histórias que vão bagunçar o que acha que conhece. É tentador dizer que o bom desse ou de qualquer contador de histórias é que ele nunca cresceu, mas não é bem isso. Na verdade, quando eu era mais novo, uma das coisas que me empolgavam na obra de Gaiman era o quanto eu me sentia *adulto* ao lê-la.

O que significa, é claro, que, se você passou tanto tempo quanto eu lendo a obra de Neil, vai reconhecer a ironia um tanto quanto bizarra do fato de que foi preciso entrar em mundos de faz de conta para eu me sentir gente grande. Esses personagens têm poderes, captam visões, vêm de terras imaginárias ou têm atitudes esquisitas, maravilhosas e até horríveis. Mas também têm dificuldades, são cheios de conflitos e, às vezes, vivem e morrem (e voltam à vida) por conta de suas decisões complicadas. E eu achando que as fadas eram seres simples e as pessoas é que eram complexas.

Tem algo de muito cristão — ou melhor, de protestante — na ideia de que abrir mão da imaginação é um sinal de crescimento, e, como estudioso diligente de escritores sociorrealistas mortos, eu acreditava nisso. Mas realismo também é especulação. E, se você fosse um nerd preto como eu, uma família branca de um bairro rico impossivelmente limpo, que vive nada mais, nada menos que o drama do tédio esmagador da existência e devassa a própria vida só por falar dela, seria tão fantástica quanto o Super-Homem.

Como não sou fã de H. P. Lovecraft, é claro que o deixei para o final. Não dá para falar de um fantasista moderno sem trazer junto o sr. Montanhas da Loucura, o que é curioso, se considerarmos que ele teria detestado ficar perto de tantos outros que não se pareciam com ele. Mas, quando leio Neil Gaiman, não vejo nada de Lovecraft, nem sequer em "Eu, Cthulhu". O fantasma que percebo no ar é Borges. Como Jorge Luis, Neil não escreve ficção especulativa. Ele está tão entregue a esses mundos que já passou da fase de especulações e passou a viver neles. Como Borges, ele escreve sobre as coisas como se elas já tivessem acontecido, descreve mundos como se já vivêssemos neles e conta histórias como se fossem verdades concretas que ele só estivesse compartilhando. Acho que não acredito que eu vá me descobrir na leitura de boa ficção, mas sim que descobrirei onde quero estar. Porque as histórias de Neil nos deixam com a sensação de que é no mundo dele que estivemos a vida toda, e que o mundo "real" é que é de faz de conta.

Marlon James

♦ PREFÁCIO ♦

Para mim, as piores conversas são as com taxistas.
— E o que você faz? — perguntam eles.
E eu respondo:
— Escrevo coisas.
— Que tipo de coisas?
— Hum. De tudo — respondo, mas pareço hesitante. Dá para ouvir na minha voz.
— É? "De tudo" o quê? Ficção, não ficção, livros, TV?
— É. Essas coisas.
— E que tipo de coisa você escreve? Fantasia? Mistério? Ficção científica? Ficção literária? Livros infantis? Poesia? Resenhas? Comédia? Terror? O quê?
— Tudo isso, na verdade.

Aí os taxistas me dão uma olhada pelo retrovisor, decidem que estou zombando da cara deles e ficam quietos, e às vezes continuam. A pergunta seguinte sempre é:
— Alguma coisa que eu conheça?

Aí eu listo os livros que já escrevi, e praticamente todos os taxistas que já me fizeram essa pergunta balançaram a cabeça e disseram que nunca tinham ouvido falar dessas obras, ou de mim, mas que vão procurar um dia. Às vezes eles me pedem para soletrar meu nome. (O único taxista que encostou no meio-fio, desceu do carro, me abraçou e me pediu um autógrafo para a esposa foi uma anomalia, mas eu gostei muito.)

Fico sem graça por não ser alguém que escreve uma coisa só — mistérios, por exemplo, ou histórias de fantasma.

Alguém que seja fácil de explicar em um táxi.

Este livro é para todos esses taxistas.

Mas não só para eles.

É um livro para qualquer pessoa que, depois de me perguntar o que eu faço, e depois de me perguntar o que eu escrevo, queira saber qual livro meu ler.

Porque, para mim, a resposta sempre é: "De que tipo de coisa você gosta?" Aí eu tento indicar o negócio que eu escrevi que mais se aproxima do que a pessoa quer ler.

Neste livro, você encontrará contos, novelas e até alguns trechos de romances. (Não verá nada de quadrinhos ou crítica literária, nem ensaios, roteiros ou poemas.)

Os contos e as novelas estão aqui porque tenho orgulho deles, e você pode mergulhar à vontade e sair quando quiser. Eles abordam vários gêneros e assuntos, e o que têm em comum é, principalmente, que foram escritos por mim. Outra coisa que têm em comum é o fato de que foram escolhidos por leitores na internet, quando pedimos para as pessoas votarem em suas histórias preferidas. Por causa disso, não precisei tentar apontar favoritos. Deixei os votos de cada história servirem de guia para o que entraria aqui e não tive influência nas histórias que foram incluídas ou cortadas — exceto em um caso. É uma fábula chamada "Macaco e a Dama", e eu a coloquei neste livro porque ela nunca apareceu em nenhuma coletânea minha e só saiu no livro para o qual foi escrita, a antologia de 2017 *The Weight of Words*, de Dave McKean. É um conto que eu adoro, mas não sei dizer por quê.

A escolha dos trechos dos romances foi mais difícil, e nesses casos segui a orientação de Jennifer Brehl, minha querida editora. Na minha cabeça, nada nos romances se sustenta à parte, então não dá para tirar trechos de contexto — mas me lembro de achar, quando era pequeno, um livro que deve ter sido do meu pai e se chamava *A Book of Wit and Humour*, organizado por Michael Barsley, que continha principalmente trechos de romances. Ainda o tenho. Eu me apaixonei por alguns trechos que depois me fizeram procurar livros que até hoje me deleitam e me trazem prazer, como *Fazenda maldita*, o glorioso romance de Stella Gibbons sobre feitos sombrios e pavorosos em uma casa de fazenda em Sussex, ou a comédia shakespeariana mágica *No Bed for Bacon*, de Caryl Brahms e S. J. Simon. Então pode ser que alguém leia isto e decida, com base nas páginas oferecidas aqui, que *Deuses americanos* ou *Stardust: O mistério da estrela* (para falar de dois romances muito diferentes que, por acaso, têm autoria minha) podem ser sua praia e valham uma olhada. Eu ficaria feliz com isso.

As histórias neste livro estão organizadas por ordem de publicação — não por ordem de quantas pessoas gostaram delas —, começando pelas mais antigas. Você vai me ver tentando entender quem sou como escritor, experimentando chapéus e óculos de outras pessoas para saber se cabem em mim, até, com o tempo, descobrir quem eu era desde o início. Quero que você explore. Comece por onde quiser, leia qualquer história que lhe dê na telha.

Adoro ser escritor.

Adoro ser escritor porque, quando escrevo, posso fazer o que quiser. Não existem regras. Não existem sequer guias. Posso escrever coisas engraçadas e tristes, histórias grandes e pequenas. Posso escrever para deixar você feliz, ou posso escrever para gelar seu sangue. Tenho certeza de que meu sucesso comercial como autor seria maior se eu tivesse escrito só um livro por ano, e que cada um fosse em muitos sentidos como o anterior, mas assim não seria nem de perto tão divertido.

Vou fazer sessenta anos em breve.* Sou escritor profissional desde os vinte e dois. Espero muito que ainda possa escrever por mais vinte, talvez até trinta anos; afinal, tem muitas histórias que ainda quero contar, e está começando a parecer que, se eu continuar, talvez algum dia eu tenha uma resposta para todo mundo, até mesmo um taxista, que queira saber que tipo de escritor eu sou.

Talvez até eu mesmo descubra.

Se você tem me acompanhado nessa estrada por todos esses anos, lendo esses contos e romances conforme eram publicados, obrigado. Sou grato por isso e por você. E, se este é nosso primeiro contato, tomara que encontre nestas páginas algo que faça você se distrair, se divertir, imaginar, pensar — ou simplesmente que faça você querer continuar lendo.

Obrigado por ter vindo.

Aproveite.

Neil Gaiman
Maio de 2020
Ilha de Skye

---

* No ano de publicação desta edição, 2024, Neil Gaiman estava com 63 anos. [N. E.]

PODEMOS FAZER POR ATACADO

1984

PETER PINTER NUNCA tinha ouvido falar de Aristipo de Cirene, um discípulo pouco conhecido de Sócrates que argumentava que evitar problemas era o maior bem que se podia alcançar; ainda assim, Peter havia levado sua vida pacata de acordo com esse preceito. Em todos os sentidos, salvo um (a incapacidade de dispensar uma pechincha, e quem de nós é completamente imune a esse tipo de coisa?), ele era um homem muito moderado. Não recorria a extremos. Falava com um tom educado e reservado; raramente comia demais; bebia apenas o bastante para ser sociável; estava longe de ser rico e de modo algum era pobre. Gostava de pessoas, e as pessoas gostavam dele. Levando tudo isso em conta, você esperaria vê-lo em um pub de péssima reputação na parte mais sórdida do East End de Londres, fazendo o que a linguagem coloquial chama de "encomendar" a morte de alguém que ele mal conhecia? Não. Você não esperaria sequer vê-lo nesse pub.

E, até a tarde de certa sexta-feira, você teria razão. Mas o amor de uma mulher pode produzir efeitos estranhos em uma pessoa, até mesmo em alguém tão insosso quanto Peter Pinter, e a descoberta de que a srta. Gwendolyn Thorpe, de vinte e três anos de idade, moradora de Oaktree Terrace, número 9, em Purley, estava dando uns amassos (como diriam as línguas vulgares) com um rapaz galante do departamento de contabilidade — *depois*, veja bem, de ter aceitado usar um anel de noivado composto de genuínas lascas de rubi, ouro de nove quilates e algo que bem poderia ser um diamante (trinta e sete libras e cinquenta centavos) que Peter levara quase uma hora de almoço inteira para escolher — pode mesmo causar efeitos muito estranhos em um homem.

Após essa descoberta chocante, Peter passou a noite de sexta em claro, revirando-se na cama em meio a imagens de Gwendolyn e Archie Gibbons (o Don Juan da contabilidade da Clamages) dançando e flutuando diante de seus olhos — realizando atos que até mesmo Peter, se fosse obrigado, teria que admitir que eram altamente improváveis. Mas o rancor do ciúme crescera dentro dele, e na manhã seguinte Peter já estava decidido que seu rival precisava ser eliminado.

A manhã de sábado foi dedicada a pensar em alguma forma de entrar em contato com um assassino, pois, até onde Peter sabia, não havia nenhum no quadro de funcionários da Clamages (a loja de departamento que empregava todos os três integrantes de nosso eterno triângulo e que, por acaso, forneceu o anel), e ele não queria perguntar abertamente a ninguém por medo de chamar atenção.

Portanto, na tarde de sábado, ele estava vasculhando as Páginas Amarelas.

ASSASSINOS, ele constatou, não ficava entre ASPIRADORES e ASSESSORIA (VÁRIOS); MATADORES não ficava entre MASSOTERAPEUTAS e MÉDICOS; HOMICIDAS não ficava entre HOMEOPATAS e HORTIGRANJEIROS. EXTERMINADORES parecia promissor. No entanto, uma análise mais detalhada dos anúncios revelou que eles se ocupavam quase que exclusivamente de "ratos, camundongos, pulgas, baratas, coelhos, toupeiras e ratos" (Peter achou que pegaram um pouco pesado com ratos) e não eram exatamente o que ele queria. Mesmo assim, dotado de uma natureza cuidadosa, ele examinou meticulosamente os itens dessa categoria e, no final da segunda página, em letras miúdas, achou uma empresa que talvez atendesse ao seu objetivo.

"Remoção total e discreta de mamíferos desagradáveis e indesejados, entre outros", dizia o anúncio. "Ketch, Hare, Burke e Ketch. Velha Firma." Não havia endereço, apenas um número de telefone.

Peter discou o número, surpreso consigo mesmo por isso. Seu coração pulava no peito, e ele tentou parecer tranquilo. O telefone tocou uma, duas, três vezes. Peter estava começando a torcer para ninguém atender e ele poder esquecer aquela história toda quando houve um clique e uma voz de mulher firme e jovem disse:

— Ketch Hare Burke Ketch. Em que posso ajudar?

Tomando o cuidado de não se identificar, Peter disse:

— Hm, qual o tamanho... Quer dizer, com até que tamanho de mamíferos vocês trabalham... hm... removendo?

— Bom, depende do tamanho de que o senhor precisa.

Ele reuniu toda a sua coragem.

— Uma pessoa?

A voz da atendente continuou firme e imperturbável.

— Claro, senhor. Tem papel e caneta à mão? Ótimo. Vá ao pub Jumento Sujo, na Little Court Street, E3, às oito da noite de hoje. Leve um exemplar enrolado do *Financial Times*, é o jornal cor-de-rosa, senhor, e nosso representante o abordará lá.

E desligou o telefone.

Peter estava em êxtase. Tinha sido muito mais fácil do que imaginara. Ele foi até a banca de jornal, comprou um exemplar do *Financial Times*, achou a Little Court Street em seu mapa de Londres e passou o resto da tarde vendo futebol na televisão, imaginando o velório do rapaz galante da contabilidade.

Peter levou algum tempo para encontrar o pub. Ele finalmente viu o letreiro, que exibia um jumento e era mesmo incrivelmente sujo.

O Jumento Sujo era um bar pequeno, meio imundo e mal iluminado, onde gente com barba por fazer e casacos baratos e encardidos se aglomerava, trocando olhares desconfiados, comendo fritas e bebendo canecas de cerveja escura, uma bebida que Peter nunca apreciara. Ele enfiou seu *Financial Times* embaixo do braço da forma mais evidente possível, mas ninguém o abordou, então ele comprou meio *shandy* e se recolheu a uma mesa no canto. Sem saber o que fazer enquanto esperava, tentou ler o jornal, mas, perdido e confuso por um labirinto de cotações de futuros de grãos e uma empresa de borracha que estava vendendo ações de alguma coisa a descoberto (que coisa era essa, Peter não conseguiu descobrir), desistiu e se pôs a encarar a porta.

Fazia quase dez minutos que ele estava esperando quando um homem baixo e afobado entrou de repente, olhou rapidamente à sua volta, foi direto até a mesa de Peter e se sentou.

Ele estendeu a mão.

— Kemble. Burton Kemble, da Ketch Hare Burke Ketch. Disseram que você tinha um serviço pra gente.

Ele não parecia um matador. Peter falou isso para o homem.

— Ah, deus m'livre, não. Eu não faço parte da equipe, senhor. Sou de vendas.

Peter assentiu. Certamente aquilo fazia sentido.

— Podemos, hm, falar à vontade aqui?

— Claro. Ninguém está nem aí. Vamos lá, quantas pessoas você gostaria de remover?

— Só uma. O nome dele é Archibald Gibbons, e ele trabalha no departamento de contabilidade da Clamages. O endereço é...

Kemble o interrompeu.

— Podemos ver isso tudo depois, se o senhor não se importar. Vamos só conversar rapidamente sobre a parte financeira. Em primeiro lugar, a encomenda vai lhe custar quinhentas libras.

Peter assentiu. Tinha dinheiro para pagar pelo serviço e até havia imaginado que precisaria desembolsar um pouco mais.

— ... mas sempre tem a opção da oferta especial — concluiu Kemble, com sutileza.

Os olhos de Peter brilharam. Como já comentei, ele adorava uma pechincha e vivia comprando coisas que jamais usaria em liquidações e promoções. Exceto por esse defeito (de que tantos de nós partilhamos), era um jovem bastante moderado.

— Oferta especial?

— Dois pelo preço de um, senhor.

Hmm, pensou Peter. Assim cada um sairia por duzentas e cinquenta libras, o que não era nada mau, de modo algum. Tinha só um probleminha.

— Acho que não tem mais *ninguém* que eu queira ver morto.

Kemble pareceu chateado.

— Que pena, senhor. Por dois, provavelmente conseguiríamos até baixar o preço e fazer tudo por uns quatrocentos e cinquenta.

— Sério?

— Bom, assim nossos representantes têm o que fazer, senhor. A questão — ele então baixou a voz — é que esse ramo específico não tem demanda suficiente para manter os rapazes ocupados. Não tanto quanto nos velhos tempos. Será que não tem só mais *uma* pessoa que você queira que morra?

Peter refletiu. Ele odiava dispensar uma pechincha, mas não conseguia pensar em mais ninguém, de jeito nenhum. Ele gostava das pessoas. Ainda assim, pechincha era pechincha...

— Olha — disse Peter. — Posso pensar um pouco e encontrar o senhor aqui amanhã à noite?

O vendedor ficou satisfeito.

— Claro, senhor — respondeu ele. — Com certeza mais alguém vai lhe vir à mente.

A resposta — óbvia — ocorreu a Peter quando ele estava quase pegando no sono naquela noite. Sobressaltado, se sentou na cama, tateou a mesinha de cabeceira até conseguir acender a luz do abajur e anotou o nome no verso de um envelope, para o caso de esquecer. Para falar a verdade, ele achava que não esqueceria, porque era ridiculamente óbvio, mas com esses pensamentos da madrugada nunca se sabe.

O nome que anotara no verso do envelope foi *Gwendolyn Thorpe*.

Peter apagou a luz, virou-se para o lado e logo pegou no sono, tendo sonhos pacíficos e extraordinariamente nada homicidas.

★ ★ ★

Kemble estava esperando quando ele chegou ao Jumento Sujo no domingo à noite. Peter comprou uma bebida e se sentou ao lado do vendedor.

—Vou aproveitar sua oferta especial — disse, a título de cumprimento.

Kemble assentiu vigorosamente.

— Excelente decisão, senhor, se me permite dizer.

Peter Pinter deu um sorriso modesto, como se fosse alguém que lê o *Financial Times* e toma excelentes decisões de negócios.

—Vão ser quatrocentos e cinquenta libras, certo?

— Eu falei quatrocentos e cinquenta, senhor? Minha nossa, mil perdões. Por favor, senhor, me desculpe, eu estava pensando no nosso combo. Duas pessoas são quatrocentos e setenta e cinco libras.

Uma mistura de decepção e cobiça se instalou no rosto comum e jovem de Peter. Eram vinte e cinco libras a mais. Entretanto, algo que Kemble dissera chamou sua atenção.

— Combo?

— Isso. Mas duvido que o senhor vá se interessar.

— Não, não, eu quero saber. Diga.

— Muito bem, senhor. O combo, de quatrocentos e cinquenta libras, é um serviço grande. Dez pessoas.

Peter não sabia se tinha ouvido direito.

— Dez pessoas? Mas assim cada uma sai a quarenta e cinco libras.

— Isso mesmo, senhor. A gente ganha no volume.

— Entendi — disse Peter, e: — Hm — disse Peter, e: — Você poderia vir aqui de novo amanhã à noite?

— Claro, senhor.

Ao chegar em casa, Peter pegou um pedaço de papel e uma caneta. Escreveu de um a dez na lateral da folha e preencheu assim:

1. *Archie G.*
2. *Gwennie.*
3.

e daí por diante.

Ele mordiscou a ponta da caneta e ficou tentando se lembrar de ofensas proferidas contra ele ou de pessoas que não fariam falta no mundo.

Fumou um cigarro. Caminhou pelo quarto.

Aha! Tinha um professor de física em uma escola onde Peter havia estudado que infernizara a vida dele. Qual era mesmo o nome do sujeito? Aliás, ele ainda estava vivo? Peter não sabia, mas escreveu *Professor de física, colégio da Abbot Street* ao lado do número três. O nome seguinte foi mais fácil — o chefe do departamento dele tinha lhe negado um aumento alguns meses antes; o fato de que ele acabou ganhando o aumento depois não vinha ao caso. *Sr. Hunterson* foi o número quatro.

Quando Peter tinha cinco anos, um menino chamado Simon Ellis jogou tinta na cabeça dele enquanto outro menino chamado James qualquer-coisa o segurava e uma menina chamada Sharon Hartsharpe ria. Foram os números cinco a sete, respectivamente.

Quem mais?

Tinha o cara da televisão com a risadinha irritante que apresentava o jornal. Entrou na lista. E aquela mulher do apartamento vizinho, com aquele cachorrinho barulhento que cagava no corredor? Ele pôs a mulher e o cachorro no número nove. O dez foi o mais difícil. Ele coçou a cabeça e foi pegar um café na cozinha, mas voltou correndo e escreveu *Meu tio-avô Mervyn* no décimo lugar. Diziam que o velho era bastante rico, e havia a chance (ainda que remota) de que deixasse algum dinheiro para Peter.

Com a satisfação de uma noite produtiva, ele foi para a cama.

A segunda-feira na Clamages foi normal. Peter era assistente-sênior de vendas no departamento de livraria, um cargo que, verdade seja dita, demandava muito pouco. Ele segurava a lista com força na mão, no fundo do bolso, deliciando-se com a sensação de poder que aquilo lhe dava. Sua hora de almoço no refeitório foi muito agradável, com a companhia da jovem Gwendolyn (que não sabia que ele a vira entrar com Archie no depósito), e Peter até sorriu para o rapaz galante da contabilidade ao cruzar com ele no corredor.

Peter mostrou a lista para Kemble à noite, cheio de orgulho.

O coitado do vendedor ficou desolado.

— Infelizmente, sr. Pinter, aqui não são dez pessoas — explicou ele. — O senhor contou a mulher do apartamento ao lado *e* o cachorro dela como uma pessoa só. Com eles, são onze, o que custaria... — a calculadora de bolso dele logo entrou em ação — ... mais setenta libras. E se tirarmos o cachorro?

Peter balançou a cabeça.

— O cachorro é tão ruim quanto a mulher. Ou pior.

— Então vamos ter um pequeno problema, infelizmente. A não ser que...

— O quê?

— A não ser que o senhor queira tirar proveito da nossa tabela de atacado. Mas é claro que o senhor não...

Existem palavras que causam efeitos nas pessoas; palavras que fazem o rosto das pessoas reluzir de alegria, entusiasmo ou paixão. *Ambiental* pode ser uma; *ocultismo* é outra. *Atacado* era a de Peter. Ele se recostou na cadeira.

— Pode falar — instou, com a confiança experiente de um comprador veterano.

— Bom, senhor — disse Kemble, permitindo-se uma ligeira risadinha —, podemos, hã, *fazer* por atacado. Cada unidade acima de cinquenta sairia a dezessete e cinquenta, ou a dez, se for acima de duzentos.

— Então vocês baixariam para cinco se eu quisesse dar cabo de mil pessoas?

— Ah, não, senhor. — Kemble parecia chocado. — Se o senhor está pensando numa quantidade dessas, podemos fazer por uma prata cada.

— Uma *libra*?

— Isso mesmo, senhor. A margem de lucro não é grande, mas o alto volume de giro e produtividade mais que justificam.

Kemble se levantou.

— Mesmo horário amanhã, senhor?

Peter fez que sim.

Mil libras. Mil pessoas. Peter Pinter nem *conhecia* mil pessoas. Mesmo assim... tinha as Câmaras Parlamentares. Ele não gostava de políticos; viviam discutindo e batendo boca.

Aliás...

Uma ideia, chocante de tão audaciosa. Ousada. Temerária. Mesmo assim, a ideia surgiu e não queria ir embora. Uma prima distante dele havia se casado com o irmão caçula de um conde ou barão ou algo do tipo...

No caminho do trabalho para casa à tarde, ele parou em uma lojinha que já tinha visto milhares de vezes mas nunca entrou. Tinha um letreiro grande na vitrine — que garantia rastrear a árvore genealógica e até criar um brasão para a família, caso o cliente tivesse perdido o seu — e um mapa heráldico impressionante.

Eles foram muito solícitos e telefonaram pouco depois das sete para dar a notícia.

Se aproximadamente catorze milhões, setenta e duas mil, oitocentas e onze pessoas morressem, ele, Peter Pinter, seria o *rei da Inglaterra*.

Ele não tinha catorze milhões, setenta e duas mil, oitocentas e onze libras: mas desconfiava de que, nessa quantidade, o sr. Kemble faria um daqueles descontos especiais.

★ ★ ★

O sr. Kemble fez.

Nem piscou.

— Na verdade — explicou o homem —, sai bem barato; é que não teríamos que remover cada pessoa individualmente. Bombas atômicas de baixa escala, algumas explosões bem criteriosas, gases, pestes, rádios jogados em piscinas, e depois uma geral para cuidar dos avulsos que sobrarem. Digamos, quatro mil libras.

— Quatro m...? *Incrível!*

O vendedor estava muito contente.

— Nossos representantes vão agradecer pelo trabalho, senhor. — Ele sorriu. — A gente dá muito valor aos clientes que usam nossos serviços por atacado.

O vento estava frio quando Peter saiu do bar, o letreiro antigo balançando. Não parecia muito um jumento sujo, pensou Peter. Estava mais para um cavalo amarelo.

Ele estava quase pegando no sono à noite, ensaiando na cabeça o discurso de sua coroação, quando uma ideia pairou por seus pensamentos e ficou no ar. Não foi embora de jeito nenhum. Seria... seria *possível* que ele estivesse perdendo uma economia maior ainda? Será que ele estava dispensando uma pechincha?

Peter saiu da cama e foi até o telefone. Eram quase três da madrugada, mas mesmo assim...

As Páginas Amarelas estavam abertas no mesmo lugar em que ele havia deixado no sábado, e Peter discou o número.

O telefone pareceu tocar eternamente. Depois de um clique, uma voz entediada disse:

— Burke Hare Ketch. Como posso ajudar?

— Desculpe o horário... — começou.

— Imagina, senhor.

— Eu queria saber se posso falar com o sr. Kemble.

— Poderia aguardar? Vou ver se ele está disponível.

Peter esperou alguns minutos, escutando os estalos e sussurros fantasmagóricos que sempre ecoam por linhas telefônicas vazias.

— Alô, senhor, ainda está aí?

— Oi, estou, sim.

— Vou transferir.

Um zumbido, e então:

— Aqui é Kemble.

— Ah, sr. Kemble. Oi. Desculpe se acordei o senhor ou se estou atrapalhando. Aqui é, hum, Peter Pinter.

— Pois não, sr. Pinter?

— Bom, sinto muito por ligar tão tarde, é que eu estava pensando... Quanto custaria para matar todo mundo? Todo mundo no planeta?

— Todo mundo? Todas as pessoas?

— É. Quanto? Quer dizer, por uma encomenda dessas, vocês devem oferecer um desconto grande. Quanto seria? Para todo mundo?

— Nada, sr. Pinter.

— Vocês não fariam?

— Não, sr. Pinter, quis dizer que faríamos por nada. Só precisamos do pedido, entende? Só precisamos de um pedido, sempre.

Peter ficou intrigado.

— Mas... quando vocês começariam?

— Quando? Imediatamente. Agora. Estamos prontos há muito tempo, mas precisávamos do pedido, sr. Pinter. Boa noite. *Foi* um *prazer* fazer negócios com o senhor.

O telefone ficou mudo.

Peter se sentia estranho. Tudo parecia muito distante. Ele queria se sentar. Que diabos o sujeito quis dizer? "Só precisamos de um pedido, sempre." Definitivamente era estranho. Ninguém neste mundo fazia qualquer coisa sem querer algo em troca. Peter estava com vontade de ligar de novo para Kemble e cancelar a coisa toda. Talvez ele estivesse exagerando, talvez Archie e Gwendolyn tivessem entrado juntos no depósito por algum motivo totalmente inocente. Ele ia conversar com ela. Ia, sim. Ia conversar com Gwendolyn de manhã cedinho...

Foi aí que começaram os barulhos.

Gritos esquisitos na rua. Gatos brigando? Raposas, provavelmente. Ele torceu para que alguém jogasse um sapato nelas. Aí, no corredor do lado de fora do apartamento, ouviu uns baques abafados, como se alguém estivesse arrastando alguma coisa pesada pelo chão. O barulho parou. Alguém bateu na porta dele, duas vezes, bem de leve.

Pela janela, os gritos estavam ficando mais altos. Peter se sentou na poltrona, sabendo que de alguma forma, em algum momento, ele havia perdido alguma coisa. Alguma coisa importante. As batidas na porta soaram de novo. Felizmente, ele sempre trancava a porta e passava a corrente à noite.

Eles estavam prontos há muito tempo, mas só precisavam do pedido...

Quando a coisa atravessou a porta, Peter começou a gritar, mas seus gritos não se estenderam por muito tempo.

"EU, CTHULHU"

1986

I.

Cthulhu, é assim que me chamam. Grande Cthulhu. Ninguém consegue pronunciar direito.

Está anotando? Cada palavra? Ótimo. Por onde eu começo… hm? Tudo bem, então. Pelo começo. Pode escrever, Whateley.

Minha geração aconteceu incontáveis éons atrás, nas brumas sombrias de Khhaa'yngnaiih (não, claro que não sei como se escreve. Bote do jeito que se fala), por horrendos países sem-nome, sob uma lua gibosa. Não era a lua deste planeta, óbvio, era uma lua de verdade. Em algumas noites, ela tomava metade do céu e, quando se erguia, dava para ver o sangue rubro gotejar e escorrer por aquela face inchada, manchando-a de vermelho, até a lua atingir o ápice e banhar os pântanos e as torres com uma luz escarlate macabra e brutal.

Que dias.

Ou melhor, que noites, de modo geral. Nosso lar tinha uma espécie de sol, mas era antigo, já naquela época. Eu lembro que, na noite em que ele finalmente explodiu, fomos todos rastejando até a praia para ver. Mas estou me adiantando.

Não cheguei a conhecer meus pais.

Meu pai foi consumido pela minha mãe assim que a fertilizou, e ela, por sua vez, foi devorada por mim quando nasci. Essa é minha primeira lembrança, por sinal. De abrir caminho para fora dela, sentindo ainda nos tentáculos aquele gosto rançoso.

Não se espante assim, Whateley. Para mim, vocês, humanos, são igualmente asquerosos.

Aliás, alguém se lembrou de dar comida para o shoggoth? Tive a impressão de ouvi-lo grunhir algo.

Passei meus primeiros milênios naqueles pântanos. Não gostava, claro, porque eu tinha a cor de uma truta jovem e media pouco mais do que vocês chamam de metro. Na maior parte do tempo eu me esgueirava atrás de coisas para devorá-las e evitava que elas se esgueirassem atrás de mim e me devorassem.

E assim foi minha juventude.

Até que, certo dia — acho que era uma terça-feira —, descobri que a vida era mais do que comer. (Sexo? Claro que não. Só vou chegar a essa fase depois da minha próxima estivação; quando isso acontecer, seu planetinha irrisório já estará mais que gelado). Foi nessa terça que meu tio Hastur rastejou até meu lado do pântano com as mandíbulas fundidas.

Isso significava que ele não pretendia jantar naquela visita, e que poderíamos conversar.

Ora, que pergunta idiota, Whateley, até para você. Não uso nenhuma das minhas bocas para me comunicar com você, não é? Então pronto. Mais uma pergunta dessas e vou arranjar outro para transmitir minhas memórias. E você vai virar comida de shoggoth.

Vamos sair, disse Hastur para mim. Quer vir conosco?

Conosco?, perguntei. Quem?

Eu, disse ele, Azathoth, Yog-Sothoth, Nyarlathotep, Tsathoggua, Iä! Shub-Niggurath, o jovem Yuggoth e alguns outros. Enfim, disse ele, os meninos. (Estou traduzindo livremente para você, Whateley, sabe como é. A maioria ali era a-, bi- ou trissexual, e o velho Iä! Shub-Niggurath tem no mínimo mil filhotes, pelo menos é o que dizem. Aquela parte da família sempre foi dada a exageros.) Vamos sair, concluiu ele, e estávamos pensando se você gostaria de se divertir um pouco.

Não respondi de imediato. Para falar a verdade, eu não gostava tanto assim dos meus primos e, devido a alguma distorção particularmente caliginosa dos planos, sempre tive dificuldade para vê-los com clareza. Eles costumam ter contornos turvos, e alguns — Sabaoth é um bom exemplo — têm muitíssimos contornos.

Mas eu era jovem e desejava animação.

"A vida deve ser mais do que isto!", eu exclamava, em meio ao delicioso miasma fétido e sepulcral, sob os pios e grasnados de ngau-ngaus e zitadores. Falei que sim, como você já deve ter adivinhado, e fui exsudando atrás de Hastur até chegarmos ao ponto de encontro.

Pelo que me lembro, passamos a lua seguinte debatendo aonde iríamos. Azathoth disse que estava com os corações palpitando para ver a distante Shaggai, e Nyarlathotep queria porque queria ir ao Lugar Inominável (não faço ideia do porquê. Na última vez em que fui lá, estava tudo fechado). Para mim, tanto fazia, Whateley. Basta o lugar ser molhado e, de alguma forma, sutilmente *errado* que eu já me sinto em casa. Mas a última palavra foi de Yog-Sothoth, como sempre, e viemos para este plano.

Você já conheceu Yog-Sothoth, não foi, meu animalzinho bípede? Imaginei. Ele abriu o caminho que nos trouxe até aqui.

Sinceramente, não achei grande coisa. Continuo não achando. Se eu soubesse dos problemas que a gente enfrentaria, duvido que eu teria me dado ao trabalho. Mas eu era jovem.

Lembro que nossa primeira parada foi a obscura Carcosa. Eu me borrava de medo daquele lugar. Hoje em dia, consigo olhar para sua espécie sem tremer, mas aquela gente toda, sem qualquer sinal de escamas ou pseudópodes, me deu arrepios.

O Rei de Amarelo foi o primeiro com quem me entrosei.

O rei maltrapilho. Não conhece? *Necronomicon*, página setecentos e quatro (da edição completa), sugere a existência dele, e acho que aquele idiota do Prinn o cita em *De Vermis Mysteriis*. E tem Chambers, também, claro.

Sujeito bacana, depois que me acostumei.

Ele foi um dos primeiros que me deram a ideia.

Que inferno impronunciável, perguntei a ele, há para se fazer nesta dimensão pavorosa?

Ele riu. Quando cheguei aqui, disse ele, mera cor vinda do espaço, eu me perguntei a mesma coisa. Aí descobri como podia ser divertido conquistar esses mundos peculiares, subjugar os habitantes, fazê-los temer e louvar a gente. É hilário.

Mas é claro que os Antigos não gostam.

Os antigos?, perguntei.

Não, disse ele, Antigos. Letra maiúscula. Pessoal engraçado. Parecem uns barris imensos com cabeça de estrela-do-mar, com asas finas enormes que eles usam para voar pelo espaço.

Voar pelo espaço? Voar? Fiquei em choque. Eu achava que ninguém mais voava ultimamente. Para que esse esforço quando se pode lesmelar, né? Deu para entender por que eles eram chamados de antigos. Desculpe, Antigos.

O que esses Antigos fazem?, perguntei ao Rei.

(Depois eu explico o que é lesmelar, Whateley. Mas não adianta. Você não tem wnaisngh'ang. Se bem que talvez um equipamento de badminton funcione quase tão bem quanto.) (Onde é que eu estava mesmo? Ah, sim.)

O que esses Antigos fazem?, perguntei ao Rei.

Nada de mais, explicou ele. Só não gostam que mais ninguém faça.

Ondulei, retorcendo meus tentáculos como se quisesse dizer "Já conheci seres assim no passado", mas acho que a mensagem não alcançou o Rei.

Você sabe de algum lugar apto a ser conquistado?, perguntei.

Ele acenou vagamente com a mão na direção de um grupo pequeno e melancólico de estrelas. Tem um ali de que talvez você goste, disse ele. O nome é Terra. Um pouco fora do comum, mas tem bastante espaço para melhorias.

Malandrinho.

Por enquanto é só isso, Whateley.

Mande alguém alimentar o shoggoth quando sair.

II.

Já está na hora, Whateley?

Bobo. Eu sei que mandei chamá-lo. Minha memória continua tão boa como sempre. Ph'nglui mglw'nafh Cthulhu R'lyeh wgah'nagl fthagn.

Você sabe o que isso quer dizer, né?

Nesta casa em R'lyeh, Cthulhu em morte aguarda sonhando.

Um exagero justificado; não tenho me sentido muito bem ultimamente.

Era uma piada, monocabeça, uma piada. Está escrevendo tudo isso? Ótimo. Continue escrevendo. Eu sei onde paramos ontem.

R'lyeh.

Terra.

Esse é um exemplo de como as línguas mudam, o significado das palavras. Imprecisão. Acho insuportável. Houve um tempo em que R'lyeh foi a Terra, ou pelo menos a parte que eu dominava, os pedaços molhados do começo. Agora é só minha casinha aqui, latitude 47"9' sul, longitude 126"43' oeste.

Ou os Antigos. Chamam a gente de "os Antigos" agora. Ou de "os Grandes Antigos", como se não tivesse diferença alguma entre nós e os caras de barril.

Imprecisão.

Então vim para a Terra, e naqueles tempos ela era muito mais molhada do que agora. Que lugar maravilhoso, com mares deliciosos como sopa, e eu me dava muito bem com as pessoas. Dagon e os meninos (agora no sentido literal). Vivíamos todos na água naquela época distante, e *vapt-vupt-Cthulhu--fthagn*, botei-os para construir e escravizar e cozinhar. E serem cozidos, claro.

Aliás, isso me lembra, eu precisava contar um negócio para você. História verídica.

Havia um navio navegando pelos mares. Uma rota no Pacífico. E nesse navio havia um mágico, um conjurador, cuja função era entreter os passageiros. E havia um papagaio no navio.

Sempre que o mágico fazia um truque, o papagaio estragava. Como? Ele explicava como fazer o truque, ora. "Ele enfiou na manga", gritava o papagaio. Ou "ele fingiu que embaralhou" ou "tem um fundo falso".

O mágico não gostava.

Finalmente, chegou a hora do maior truque de todos.

O mágico anunciou.

Arregaçou as mangas.

Sacudiu os braços.

Bem nesse instante, o navio pulou e adernou.

R'lyeh, submersa, havia irrompido por baixo deles. Hordas de servos meus, homens-peixes repugnantes, pularam pelas amuradas, capturaram os passageiros e a tripulação e os arrastaram para as ondas. R'lyeh mergulhou nas profundezas de novo, para aguardar o momento em que o pavor de Cthulhu voltaria a se erguer e reinar.

Sozinho, acima das águas pútridas, o mágico — ignorado pelas minhas bestinhas batráquias, que pagaram caro por isso — boiava, agarrado a um mastro, solitário. E então, bem no alto, ele viu um pequeno vulto verde. Esse vulto desceu e desceu, até pousar em um pedaço de madeira que flutuava por perto, e o mágico viu que era o papagaio.

O papagaio inclinou a cabeça de lado e olhou para o mágico.

— Tudo bem — diz a ave —, eu desisto. Como foi que você fez esse?

Claro que é uma história verídica, Whateley.

Por acaso Cthulhu das Sombras, que deslizou para fora de estrelas escuras quando seus pesadelos mais assustadores ainda sugavam as pseudomamas das mães, que aguarda o momento certo da existência das estrelas para emergir de seu palácio-túmulo, reviver os fiéis e retomar sua dominação, que espera para voltar a ensinar os elevados e libidinosos prazeres da morte e da celebração, mentiria para você?

Claro que sim.

Cale a boca, Whateley, estou falando. Não quero saber onde você já ouviu essa antes.

A gente se divertia naqueles tempos. Carnificina e destruição, sacrifício e danação, icor e gosma e eflúvios, e jogos vis e inomináveis. Comida e diversão. Foi uma grande festa, e todo mundo adorava, exceto quem acabava sendo empalado em estacas de madeira entre um pedaço de queijo e um de abacaxi.

Ah, os gigantes que havia na terra naqueles tempos.

Não tinha como durar para sempre.

Chegaram dos céus, com asas finas e regras e normas e rotinas e Dho-Hna sabe quantos formulários para preencher em cinco vias. Uns burrocratas simplórios, todos eles. Dava para ver logo de cara: cabeça de cinco pontas — qualquer um que você olhasse tinha cinco pontas, braços, sei lá, na cabeça (que, inclusive, sempre ficava no mesmo lugar). Nenhum deles tinha imaginação para gerar três ou seis braços, ou cem ou duzentos. Cinco, sempre.

Sem ofensa.

A gente não se deu bem.

Eles não gostaram da minha festa.

Bateram nas paredes (metaforicamente). Nós ignoramos. Aí eles partiram para a ignorância.

Discutiram. Aporrinharam. Brigaram.

Tudo bem, falamos, se vocês querem o mar, podem ficar. Arrebentem a boca do barril. Fomos para a terra — era bem pantanosa na época — e construímos estruturas monolíticas colossais que deixavam montanhas no chinelo.

Sabe o que matou os dinossauros, Whateley? A gente. Em *um* churrasco.

Mas aqueles estraga-prazeres de cabeça pontuda não se deram por satisfeitos. Tentaram chegar o planeta mais para perto do Sol — ou era mais para longe? Nunca chegamos a perguntar. Quando vi, já estávamos debaixo do mar de novo.

Só rindo.

A cidade dos Antigos levou um sacode. Eles detestavam secura e frio, e as criaturas deles também. Aí, de repente, foram parar na Antártida, seca feito osso e fria feito as planícies da triplamente maldita Leng.

E por hoje é só, Whateley. Lição encerrada.

E pode fazer o favor de mandar alguém alimentar o danado daquele shoggoth?

III.

(Os professores Armitage e Wilmarth estão convencidos de que faltam ao menos três folhas do manuscrito até este ponto, citando a extensão do trecho. Concordo.)

As estrelas mudaram, Whateley.

Imagine seu corpo arrancado de sua cabeça, de modo que você não passe de um amontoado de carne em uma placa gelada de mármore, piscando e sufocando. A sensação foi essa. A festa tinha acabado.

Isso matou a gente.

Então esperamos aqui embaixo. Pavoroso, hein?

De forma alguma. Não dou inominavelmente a mínima. Posso esperar.

Fico aqui, em meio à morte e aos sonhos, vendo os impérios de formiga da humanidade se erguerem e tombarem, poderosos e arruinados.

Um dia — talvez seja amanhã, talvez em mais amanhãs do que sua frágil mente é capaz de compreender —, as estrelas se encontrem na conjunção correta no firmamento, e o momento de destruição se abaterá sobre nós: eu me erguerei das profundezas e voltarei a exercer meu domínio sobre o mundo.

Fúria e folia, sangue e sordidez, crepúsculo e tormento eternos e os gritos dos mortos e não mortos e os cânticos dos fiéis.

E depois?

Deixarei este plano, quando o mundo for uma esfera carbonizada e fria na órbita de um sol sem luz. Voltarei ao meu próprio lugar, onde o sangue goteja noite após noite da superfície de uma lua que se avoluma como o olho de um navegante afogado, e estivarei.

E depois copularei, e no fim sentirei uma trepidação dentro de mim, e sentirei meu pequeno devorando-me a caminho da luz.

Hum.

Está anotando tudo, Whateley? Ótimo.

Bom, é só isso. Fim. Narrativa concluída.

Adivinha o que vamos fazer agora? Isso mesmo.

Vamos alimentar o shoggoth.

NICOLAU ERA...

1989

Mais velho que o pecado, e barba mais branca, impossível. Ele queria morrer.

As criaturas diminutas nativas das cavernas do Ártico não falavam o idioma dele, mas conversavam em sua própria língua pipiante e realizavam rituais incompreensíveis quando não estavam trabalhando nas fábricas.

Uma vez por ano, todo ano, ele era obrigado, sob lágrimas e protestos, a embarcar na Noite sem Fim. Durante a viagem, ele parava ao lado de todas as crianças do mundo e deixava um dos presentes invisíveis dos anões na cabeceira delas. As crianças continuavam dormindo, paralisadas no tempo.

Ele tinha inveja de Prometeu e Loki, Sísifo e Judas. Seu castigo era pior.

Ho.

Ho.

Ho.

PEQUENINOS

1990

Alguns anos atrás, todos os animais sumiram.

Acordamos um dia, e não havia mais nenhum.

Eles não deixaram recado, não se despediram. Nunca chegamos a descobrir aonde exatamente tinham ido.

Sentimos a falta deles.

Alguns de nós acharam que o mundo havia acabado, mas não foi isso. Só não existia mais nenhum animal. Nenhum gato ou coelho, cachorro ou baleia, nenhum peixe no mar, nenhum pássaro no céu.

Estávamos sozinhos.

Não sabíamos o que fazer.

Passamos um tempo perambulando a esmo, perdidos, até que alguém comentou que não havia motivo para mudarmos nossa vida só porque não tínhamos mais nenhum animal. Não havia motivo para mudarmos nossa alimentação ou pararmos de testar produtos que poderiam nos prejudicar.

Afinal, ainda existiam bebês.

Bebês não falam. Mal se mexem. Bebês não são criaturas pensantes e racionais.

Fizemos bebês.

E os usamos.

Alguns, nós comemos. Carne de bebê é macia e suculenta.

Esfolamos a pele e nos enfeitamos com ela. Couro de bebê é macio e confortável.

Alguns, nós usamos para testes.

Colamos as pálpebras deles para manter os olhos abertos e pingamos detergentes e xampus, uma gota de cada vez.

Rasgamos e escaldamos. Queimamos. Prendemos grampos neles e inserimos eletrodos no cérebro. Enxertamos, congelamos, irradiamos.

Os bebês aspiraram nossa fumaça, e as veias dos bebês transportaram nossas medicações e drogas, até eles pararem de respirar ou seu sangue parar de correr.

Foi difícil, claro, mas necessário. Era inegável.

Sem os animais, o que mais podíamos fazer?

Algumas pessoas reclamaram, claro. Mas sempre tem quem reclame. E tudo voltou ao normal.

Só que...

Ontem, todos os bebês sumiram.

Não sabemos para onde eles foram. Nem vimos quando foram embora. Não sabemos o que vamos fazer sem eles.

Mas vamos pensar em alguma coisa. Os seres humanos são espertos. É por isso que somos superiores aos animais e aos bebês.

Vamos bolar alguma coisa.

CAVALARIA

1992

A sra. Whitaker achou o Cálice Sagrado; estava embaixo de um casaco de pele. Toda quinta à tarde a sra. Whitaker ia até a agência do correio para sacar a aposentadoria, embora suas pernas já não fossem mais as mesmas, e na volta ela parava na Oxfam Shop e comprava alguma besteirinha.

A Oxfam Shop vendia roupas antigas, quinquilharias, bugigangas e variedades, além de grandes quantidades de livros velhos, tudo doação: detritos de segunda mão, geralmente saldão de gente falecida. Todos os lucros iam para instituições de caridade.

A loja era mantida por voluntários. A voluntária no balcão naquela tarde era Marie, dezessete anos, ligeiramente acima do peso, vestida com um macacão lilás folgado que parecia ter sido comprado ali na loja mesmo.

Marie estava sentada ao lado do caixa com um exemplar da revista *Modern Woman*, preenchendo um teste que dizia: "Revele sua personalidade secreta." De vez em quando, ela pulava para o final da revista e consultava a pontuação respectiva das opções A, B ou C antes de decidir sua resposta.

A sra. Whitaker circulou pela loja.

Percebeu que a cobra empalhada ainda não tinha sido vendida. Já fazia seis meses que estava ali, juntando poeira, fitando com olhos vítreos rancorosos as araras de roupas e o armário cheio de porcelanas lascadas e brinquedos mastigados.

A sra. Whitaker afagou a cabeça dela e continuou andando.

Pegou alguns romances açucarados em uma estante — *Trovões da alma* e *Turbulências do coração*, um xelim cada — e avaliou cuidadosamente a garrafa vazia de Mateus Rosé com uma cúpula de abajur decorativa até decidir que não tinha onde colocar aquilo.

Seguiu para um casaco de pele um tanto quanto puído, que tinha um cheiro bem forte de naftalina. Embaixo dele havia uma bengala e um exemplar manchado de *História e lenda da cavalaria*, de A. R. Hope Moncrieff, a cinco pence.

Perto do livro, caído de lado, estava o Cálice Sagrado. Tinha um adesivinho redondo colado na base, e, escrito com um marcador, o preço: trinta pence.

A sra. Whitaker pegou o cálice de prata sujo e o examinou através das lentes grossas dos óculos.

— Isso aqui é bonito — disse para Marie.

Marie deu de ombros.

— Ficaria bonito em cima da lareira — comentou a sra. Whitaker.

Marie deu de ombros de novo.

A mulher deu cinquenta pence para a voluntária, que lhe devolveu dez de troco e entregou uma sacola de papel pardo para que guardasse os livros e o Cálice Sagrado. Depois a sra. Whitaker foi ao açougue ao lado da loja e comprou um belo pedaço de fígado. Depois foi para casa.

O interior do cálice estava coberto por uma camada grossa de poeira marrom-avermelhada. A sra. Whitaker o lavou com muito cuidado e o deixou de molho por uma hora em água morna com umas gotinhas de vinagre. Depois, passou um polidor de metais até deixá-lo brilhando e o colocou na cornija da lareira na saleta de visitas, entre um bassezinho de porcelana de olhos tristes e uma foto de Henry, seu falecido marido, na praia de Frinton em 1953.

Ela estava certa: ficou bonito.

À noite, jantou o fígado acebolado e empanado com farinha de rosca. Estava muito gostoso.

O dia seguinte era sexta; às sextas-feiras, a sra. Whitaker e a sra. Greenberg se alternavam visitando uma à outra. Aquela manhã era a vez de a sra. Greenberg visitar a sra. Whitaker. Elas estavam na saleta e comiam macaroons e tomavam chá. A sra. Whitaker tomava o seu com um cubo de açúcar, mas a sra. Greenberg usava adoçante, que sempre levava na bolsa dentro de uma caixinha de plástico.

— Que bonito — disse a sra. Greenberg, apontando para o Cálice. — O que é?

— É o Cálice Sagrado — respondeu a sra. Whitaker. — É a taça de que Jesus bebeu na Última Ceia. Depois, na crucificação, foi nesse cálice que recolheram Seu precioso sangue quando o centurião O atingiu com a lança.

A sra. Greenberg fungou. Era uma judia miúda e não gostava de coisas pouco higiênicas.

— Não sei, não — respondeu ela —, mas é muito bonito. Nosso Myron ganhou um igualzinho quando venceu o campeonato de natação, só que tinha o nome dele embaixo.

— Ele ainda está com aquela mocinha simpática? A cabeleireira?

— Bernice? Ah, sim. Estão pensando em noivar — respondeu a sra. Greenberg.

— Que bom — disse a sra. Whitaker.

Ela pegou outro macaroon. A sra. Greenberg fazia seus próprios macaroons e os levava nas visitas de sexta: pequenos bolinhos doces marrom-claros com amêndoas em cima.

Elas conversaram sobre Myron e Bernice, e sobre Ronald, o sobrinho da sra. Whitaker (que não tinha filhos), e sobre a sra. Perkins, amiga delas, que estava no hospital por causa do quadril, coitada.

Ao meio-dia, a sra. Greenberg foi para casa, e a sra. Whitaker preparou torradas com queijo para o almoço, e após o almoço a sra. Whitaker tomou seus remédios; o branco, o vermelho e os dois laranjinha.

A campainha tocou.

A sra. Whitaker atendeu. Era um rapaz com cabelo comprido até o ombro e quase branco de tão claro, trajando uma armadura prateada reluzente e uma túnica branca.

— Olá — disse o rapaz.

— Oi — respondeu a sra. Whitaker.

— Estou em uma missão — anunciou ele.

— Que bom — respondeu a sra. Whitaker, diplomaticamente.

— Posso entrar? — perguntou o rapaz.

A sra. Whitaker balançou a cabeça.

— Sinto muito, acho melhor não.

— Estou em uma missão em busca do Cálice Sagrado — disse o rapaz. — Ele está aqui?

— Você tem algum documento de identidade?

A sra. Whitaker era uma idosa que morava sozinha e sabia que não era sensato deixar desconhecidos entrarem em sua casa sem se identificarem. Bolsas são esvaziadas e coisa pior acontece.

O rapaz voltou pela trilha do jardim. Seu cavalo, um corcel cinzento imenso, grande como um *shire*, de cabeça altiva e olhos inteligentes, estava amarrado no portão da sra. Whitaker. O cavaleiro mexeu no alforje e voltou com um pergaminho.

Estava assinado por Artur, Rei de Todos os Bretões, e atestava a indivíduos de qualquer posto ou função que ali estava Galaad, Cavaleiro da Távola Redonda, e que ele estava encarregado de uma Excelsa e Nobre Missão. Havia um desenho do rapaz embaixo. Não era uma representação ruim.

A sra. Whitaker meneou a cabeça. Pensou que veria um cartãozinho com foto, mas aquilo era muito mais impressionante.

— Acho que é melhor você entrar — disse a mulher.

Eles foram para a cozinha. A sra. Whitaker preparou uma xícara de chá para Galaad e, em seguida, levou o jovem até a saleta de visitas.

Galaad viu o Cálice acima da lareira e se ajoelhou de pronto. Colocou cuidadosamente a xícara no carpete marrom. Um raio de luz entrou pelas cortinas de chiffon e cobriu o rosto maravilhado dele com o brilho dourado do sol, transformando seu cabelo em uma auréola prateada.

— É realmente o Santo Graal — disse ele em uma voz bem baixa.

Piscou três vezes os olhos azul-claros, muito rápido, como se estivesse tentando conter as lágrimas.

Baixou a cabeça, como se em uma prece silenciosa.

Então se levantou de novo e se virou para a sra. Whitaker.

— Nobre senhora, detentora do Santo entre os Santos, permita-me retirar-me deste sítio com o Cálice Abençoado, para que minhas peregrinações possam se encerrar e minha fortuna, ser alcançada.

— Como? — disse a sra. Whitaker.

Galaad aproximou-se dela e segurou suas mãos.

— Minha missão acabou — declarou ele. — O Santo Graal finalmente se encontra ao meu alcance.

A sra. Whitaker franziu a testa.

— Pode tirar a xícara e o pires do chão, por favor? — pediu ela.

Galaad pegou a xícara, constrangido.

— Não, acho que não — continuou a sra. Whitaker. — Eu gosto dele ali, entre o cachorrinho e a foto do meu Henry. Combina.

— É ouro que a senhora quer? É isso? Eu posso lhe dar ouro...

— Não — respondeu a sra. Whitaker. — Não quero ouro nenhum, *muito obrigada*. Só não tenho interesse em me desfazer do Cálice.

Ela conduziu Galaad até a porta e disse:

— Foi um prazer conhecê-lo.

O cavalo dele estava com a cabeça inclinada sobre a cerca do jardim, mordiscando os gladíolos. Algumas crianças da vizinhança, na calçada, observavam o animal.

Galaad pegou uns torrões de açúcar no alforje e ensinou as crianças mais corajosas a alimentar o cavalo com as mãos abertas estendidas.

As crianças riram. Uma das meninas mais velhas acariciou o focinho do animal.

Galaad montou com um único movimento fluido. Em seguida, cavalo e cavaleiro foram embora a trote pela Hawthorne Crescent.

A sra. Whitaker ficou observando até eles sumirem de vista, depois deu um suspiro e voltou para dentro.

O fim de semana foi sossegado.

No sábado, ela pegou o ônibus para visitar Ronald, seu sobrinho, Euphonia, a esposa dele, e Clarissa e Dillian, as filhas, em Maresfield. Levou um bolo de groselha feito em casa.

No domingo de manhã, a sra. Whitaker foi à igreja. A igreja do bairro dela era a de Santiago Menor, que parecia um pouco "Não nos veja como uma igreja, e sim como um lugar onde amigos de mentalidade semelhante se encontram e celebram com alegria" demais para o gosto da sra. Whitaker, mas ela ia com a cara do vigário, o reverendo Bartholomew, quando ele não estava tocando violão.

Após o culto, ela pensou em comentar com ele que o Cálice Sagrado estava em sua sala de visitas, mas mudou de ideia. Na segunda de manhã, a sra. Whitaker estava cuidando das plantas do quintal. Tinha muito orgulho de sua hortinha de ervas: endro, verbena, hortelã, alecrim, tomilho e uma floresta de salsinha. Estava ajoelhada, com grossas luvas verdes de jardinagem, arrancando ervas daninhas, catando lesmas e colocando-as em um saco plástico. A sra. Whitaker tinha um coração muito mole em relação a lesmas.

Ela as levava até o fundo do jardim, que beirava uma ferrovia, e as jogava por cima da cerca.

A sra. Whitaker cortou um pouco de salsinha para a salada. Escutou alguém tossir atrás dela. Era Galaad, alto e belo, com a armadura brilhando ao sol. Ele trazia nos braços um embrulho comprido, enrolado com couro oleado.

— Voltei — anunciou ele.

— Oi — disse a sra. Whitaker. Ela se levantou, sem pressa, e tirou as luvas de jardinagem. — Bom, já que está aqui, bem que poderia ajudar.

A senhora entregou o saco plástico cheio de lesmas e mandou que ele as despejasse por cima da cerca.

Ele obedeceu.

Em seguida, foram para a cozinha.

— Chá? Ou limonada? — perguntou ela.

— O mesmo que a senhora for tomar — respondeu Galaad.

A sra. Whitaker tirou da geladeira uma jarra de sua limonada caseira e pediu para Galaad buscar um ramo de hortelã lá fora. Ela escolheu dois copos altos. Lavou cuidadosamente a hortelã, pôs algumas folhas em cada copo e então serviu a limonada.

— Seu cavalo está lá fora? — perguntou.

— Ah, sim. O nome dele é Grizzel.

— E você deve ter vindo de longe, imagino.

— De muito longe.

— Entendi — disse a sra. Whitaker.

Ela pegou uma pequena bacia azul de plástico embaixo da pia e encheu até a metade com água. Galaad a levou para Grizzel, esperou o cavalo terminar de beber e trouxe a bacia vazia de volta para a sra. Whitaker.

— Bem — disse ela —, imagino que você ainda queira o Cálice.

— Sim, ainda quero o Santo Graal — confirmou Galaad. Ele pegou o embrulho de couro no chão, colocou em cima da mesa e o abriu. — Em troca, ofereço isto.

Era uma espada, com mais de um metro de lâmina, na qual se encontravam entalhadas palavras e símbolos elegantes. O cabo era moldado com prata e ouro, e o pomo continha uma grande gema.

— É muito bonita — disse a sra. Whitaker, hesitante.

— Esta — começou Galaad — é a espada Balmung, forjada por Wayland, o Ferreiro, na alvorada das eras. Sua irmã é Flamberge. Quem a portar será indestrutível em guerras e invencível em batalhas. Quem a portar será incapaz de atos covardes ou ignóbeis. Seu pomo abriga a sardônia Bircone, que protege seu proprietário contra venenos despejados em vinho ou cerveja e contra a traição de amigos.

A sra. Whitaker observou a espada.

— Deve ser muito afiada — comentou ela, depois de um tempo.

— É capaz de cortar um fio de cabelo no ar. E mais, seria capaz de cortar um raio de sol — disse Galaad, com orgulho.

— Bom, então é melhor você guardá-la — disse a sra. Whitaker.

— A senhora não quer? — Galaad parecia decepcionado.

— Não, obrigada — respondeu a sra. Whitaker.

Ocorreu à mulher que Henry, seu falecido marido, teria gostado bastante da espada. Ele a teria pendurado na parede do escritório, ao lado da carpa empalhada que pescara na Escócia, e a mostraria para as visitas.

Galaad voltou a embrulhar a espada Balmung com o couro oleado e amarrou com um barbante branco.

Então se sentou, desolado.

A sra. Whitaker preparou uns sanduíches de pepino com requeijão para a viagem de volta e os embrulhou em papel-manteiga. Deu uma maçã para Grizzel. Galaad pareceu muito contente com os dois presentes.

Ela deu tchau para os dois.

À tarde, foi de ônibus até o hospital para visitar a sra. Perkins, que ainda estava internada por causa do quadril, coitada. A sra. Whitaker levou um pedaço de bolo de frutas caseiro, mas deixou as amêndoas de fora da receita, porque os dentes da sra. Perkins não eram mais os mesmos.

Ela assistiu a um pouco de televisão à noite e foi dormir cedo.

Na terça, o carteiro veio. A sra. Whitaker estava no quartinho de depósito, no sótão, fazendo uma faxina, e, andando devagar e com passos cuidadosos, não conseguiu descer a tempo de atendê-lo. O carteiro deixou um bilhete avisando que tentara entregar um pacote, mas não havia ninguém em casa.

A sra. Whitaker suspirou.

Guardou o bilhete na bolsa e foi até a agência do correio.

O pacote era de Shirelle, sua sobrinha, que morava em Sydney, na Austrália. Continha fotos do marido, Wallace, e das filhas, Dixie e Violet, além de uma concha de caramujo embrulhada em bolinhas de algodão.

A sra. Whitaker tinha algumas conchas decorativas no quarto. Sua preferida era pintada com a paisagem das Bahamas. Tinha sido presente de Ethel, sua irmã, falecida em 1983.

Ela pôs a concha nova e as fotos em sua sacola de compras. Depois, aproveitando que já estava por perto, passou na Oxfam Shop no caminho de volta para casa.

— Oi, dona W.! — cumprimentou Marie.

A sra. Whitaker olhou para a moça. Marie estava de batom (talvez não fosse a cor mais adequada para ela, e não estava muito bem aplicado, mas isso se resolveria com o tempo, pensou a sra. Whitaker) e com uma saia bem elegante. Era um grande avanço.

— Ah. Oi, querida.

— Um cara passou aqui semana passada perguntando daquele negócio que você comprou. Aquela tacinha de metal. Falei onde você morava. A senhora não se importa, né?

— Não, querida — respondeu a sra. Whitaker. — Ele foi me ver.

— Ele era um gatinho. Muito, muito gatinho — disse Marie, com um suspiro sonhador. — Ele podia me levar fácil. Tinha um cavalo branco grandão e tudo.

Ela também estava com uma postura melhor, reparou a sra. Whitaker, satisfeita.

Na estante, a mulher viu um livro novo — *Majestosa paixão* —, embora ainda não tivesse terminado os dois comprados na visita anterior.

Ela pegou o exemplar de *História e lenda da cavalaria* e abriu. Tinha cheiro de bolor. No alto da folha de rosto dizia Ex Libris Fisher em tinta vermelha com uma caligrafia meticulosa.

Ela colocou o livro de volta no lugar.

Ao chegar em casa, Galaad a aguardava. Estava deixando as crianças da vizinhança passearem pela rua no lombo de Grizzel.

— Que bom que você está aqui — comentou ela. — Preciso mudar umas caixas de lugar.

Ela mostrou o quartinho de depósito da casa. Galaad tirou todas as malas antigas do caminho, de modo que a sra. Whitaker pudesse alcançar o armário no fundo.

Tinha muita poeira ali em cima.

Ela ficou com Galaad ali no sótão a maior parte da tarde, botando-o para arrastar coisas enquanto ela limpava.

Galaad tinha um corte na bochecha, e um dos braços estava um pouco sensível.

Os dois jogaram conversa fora enquanto ela espanava e arrumava. A sra. Whitaker falou de Henry, seu falecido marido; do seguro de vida que quitara a casa; do fato de que ela possuía tudo aquilo, mas ninguém para herdar, ninguém além de Ronald, na verdade, e que a mulher dele só gostava de coisas modernas. Ela falou que conhecera Henry durante a guerra, quando ele era fiscal da divisão de precauções contra bombardeios aéreos e ela não havia fechado completamente as cortinas blecaute da cozinha; contou dos bailinhos que eles frequentavam na cidade; e que eles foram a Londres depois do fim da guerra, onde ela experimentara vinho pela primeira vez.

Galaad contou para a sra. Whitaker sobre Elaine, sua mãe, que era inconstante e promíscua, e ainda por cima meio bruxa; sobre o avô, o rei Pelles, que tinha boas intenções, mas era na melhor das hipóteses meio desligado; sobre sua juventude no Castelo de Bliant da Ilha Alegre; sobre o pai, que ele conhecia como "Le Chevalier Mal Fet", que era basicamente louco de pedra, e que na realidade era Lancelot Du Lac, o maior dos cavaleiros, disfarçado e desprovido de raciocínio; sobre os tempos de Galaad como jovem escudeiro em Camelot.

Às cinco da tarde, a sra. Whitaker examinou o quartinho e concluiu que estava aceitável; abriu então a janela para arejar um pouco, e os dois desceram para a cozinha, onde ela pôs a chaleira no fogo.

Galaad se sentou à mesa.

Ele abriu a bolsa de couro que trazia na cintura e tirou uma pedra branca redonda. Tinha mais ou menos o tamanho de uma bola de críquete.

— Senhora — disse ele —, isto é seu, em troca do Santo Graal.

A sra. Whitaker pegou a pedra, que era mais pesada do que parecia, e a ergueu para dar uma olhada. Tinha um aspecto leitoso translúcido, e bem no interior flocos de prata cintilavam à luz do fim da tarde. Era morna ao toque.

De repente, enquanto ela a segurava, uma sensação estranha tomou seu corpo. Ela sentiu, bem no fundo, uma imobilidade e uma espécie de paz. *Serenidade*, era essa a palavra; ela se sentiu serena.

Com relutância, pôs a pedra de volta na mesa.

— É muito bonita — disse.

— Esta é a Pedra Filosofal, que nosso antepassado Noé pendurou na Arca para gerar luz quando não houvesse luz alguma; ela pode transformar metais básicos em ouro e tem algumas outras propriedades — revelou Galaad, com orgulho. — E não é só isso. Tem mais. Aqui.

Da bolsa de couro, ele tirou um ovo e entregou a ela. Era do tamanho de um ovo de ganso, preto e lustroso, sarapintado de vermelho e branco. Quando a sra. Whitaker encostou nele, sentiu os pelos da nuca se arrepiarem. Sua impressão imediata foi de calor e liberdade incríveis. Ela escutou o som distante de fogo crepitando e, por uma fração de segundo, teve a sensação de voar muito acima do mundo, planando e mergulhando com asas flamejantes.

Ela pôs o ovo na mesa, ao lado da Pedra Filosofal.

— Este é o Ovo da Fênix — disse Galaad. — Sua origem é a distante Arábia. Um dia, ele chocará e a própria Ave Fênix nascerá; quando for a hora, a ave preparará um ninho de chamas, porá um ovo e morrerá, para renascer nas chamas em outra era do mundo.

— Imaginei que fosse isso mesmo — disse a sra. Whitaker.

— E, por último, senhora — disse Galaad —, eu lhe trouxe isto.

Ele enfiou a mão na bolsa e estendeu algo para ela. Era uma maçã, aparentemente esculpida a partir de um único rubi, com um talo de âmbar.

Um pouco nervosa, ela pegou. Era surpreendentemente macia: seus dedos a amassaram, e um sumo cor de rubi escorreu da maçã pela mão da sra. Whitaker.

A cozinha se impregnou — de forma quase imperceptível, mágica — com o cheiro de frutas estivais, framboesas e pêssegos e morangos e groselhas. Como se vindas de muito longe, ela escutou vozes distantes se elevando em canto e melodia no ar.

— É uma das maçãs das Hespérides — explicou Galaad, em voz baixa. — Uma mordida cura qualquer doença ou ferida, por mais profunda que seja; uma segunda mordida restaura a juventude e a beleza; uma terceira, dizem, confere vida eterna.

A sra. Whitaker lambeu o sumo pegajoso da mão. Tinha gosto de um bom vinho.

E houve então um momento em que ela se lembrou de tudo — de como era ser jovem: ter um corpo firme e esbelto que fazia o que ela quisesse; correr por uma estrada de terra apenas pelo prazer indigno de correr; ser alvo do sorriso de homens só por ser ela mesma e se sentir feliz com isso.

A sra. Whitaker olhou para Sir Galaad, o mais formoso dos cavaleiros, belo e nobre, sentado naquela pequena cozinha.

Ela prendeu a respiração.

— E foi isso que eu trouxe para a senhora — disse Galaad. — Não foi fácil obter esses prêmios.

A sra. Whitaker pôs a fruta rubi na mesa. Olhou para a Pedra Filosofal, e para o Ovo da Fênix, e para a Maçã da Vida.

Em seguida, foi para a saleta de visitas e olhou para a cornija da lareira: um pequeno bassê de porcelana, e o Cálice Sagrado, e a foto em preto e branco de Henry, seu falecido marido, sem camisa, sorridente, tomando um sorvete, a quase quarenta anos de distância.

Ela voltou para a cozinha. A chaleira tinha começado a apitar. Ela despejou um pouco de água fervente no bule, girou e jogou fora. Depois, pôs duas colheres cheias de chá e mais um pouquinho no bule e despejou o restante da água. Fez tudo isso em silêncio.

Por fim, virou-se para Galaad.

— Guarde a maçã — ordenou ela, com firmeza. — Você não deveria oferecer essas coisas para senhoras de idade. Não é correto.

Um instante de silêncio.

— Mas vou aceitar os outros dois — continuou ela, depois de pensar um pouco. — Vão ficar bonitos em cima da minha lareira. E se dois por um não é uma troca justa, não sei o que mais seria.

Galaad abriu um grande sorriso. Guardou a maçã rubi na bolsa de couro. Em seguida, ajoelhou-se e beijou a mão da sra. Whitaker.

— Pare com isso — disse ela, e serviu duas xícaras de chá para eles, depois de pegar suas peças da porcelana mais fina, que só eram usadas em ocasiões especiais.

Eles ficaram bebendo o chá em silêncio, sentados.

Quando terminaram, foram para a saleta. Galaad fez o sinal da cruz e pegou o Cálice.

A sra. Whitaker colocou o Ovo e a Pedra no lugar do Cálice. O Ovo ficou tombando de lado, então ela o apoiou no cachorrinho de porcelana.

— Ficaram mesmo muito bonitos aí — disse a sra. Whitaker.

— É — concordou Galaad. — Ficaram muito bonitos.

— Posso lhe dar algo para comer antes de você ir embora? — perguntou ela.

Ele fez que não.

— Um pedacinho de bolo de frutas — disse ela. —Você pode achar agora que não quer, mas daqui a algumas horas vai ficar feliz por ter aceitado. E talvez seja bom usar o toalete. Agora, me dê isso aqui, que vou embrulhar para você.

Ela indicou o banheirinho no fim do corredor e foi para a cozinha, com o Cálice na mão. Tinha um pouco de papel de presente na despensa, sobras do último Natal, e o usou para embrulhar o Cálice, amarrando o pacote com um barbante. Depois, cortou um pedaço grande de bolo de frutas e colocou em um saco de papel pardo, com uma banana e uma fatia de queijo em papel-alumínio.

Galaad voltou do banheiro. Ela lhe entregou o saco de papel e o Cálice Sagrado. Em seguida, ficou na ponta dos pés e deu um beijo no rosto dele.

—Você é um menino bonzinho — disse ela. — Cuide-se.

Ele a abraçou, e ela o mandou sair pelos fundos, fechando a porta depois que o cavaleiro foi embora. Serviu outra xícara de chá para si e chorou baixinho em um lenço de papel, enquanto o som de cascos ecoava pela Hawthorne Crescent.

Na quarta-feira, a sra. Whitaker ficou em casa o dia todo.

Na quinta, foi à agência do correio para sacar a aposentadoria. Depois, passou na Oxfam Shop.

Ela não conhecia a mulher que estava no caixa.

— Cadê a Marie? — perguntou a sra. Whitaker.

A mulher no caixa, que tinha cabelo branco-azulado e óculos de gatinho com strass nas pontas, balançou a cabeça e deu de ombros.

— Ela foi embora com um rapaz — respondeu. — A cavalo. Tsc. Francamente. Era para eu estar na loja de Heathfield hoje à tarde. Tive que pedir para o meu Johnny me trazer para cá correndo, até a gente achar outra pessoa.

— Ah — disse a sra. Whitaker. — Bom, que bacana que ela achou um rapaz.

— Para ela, talvez — disse a mulher do caixa. — Mas tem gente que era para estar em Heathfield hoje.

Em uma prateleira perto dos fundos da loja, a sra. Whitaker achou um recipiente velho de prata manchada com um bico comprido. Custava sessenta pence, segundo o papelzinho colado na lateral. Lembrava um pouco uma chaleira achatada e esticada.

Ela pegou um romance que ainda não tinha lido. O título era *Amor singular*. A sra. Whitaker levou o livro e o recipiente de prata até a mulher do caixa.

— Sessenta e cinco pence, querida — disse a mulher, pegando o objeto de prata e o observando. — Coisinha engraçada, né? Chegou hoje de manhã. — Tinha uma alça curva elegante e algo escrito em caracteres chineses quadrados gravados na lateral. — Deve ser uma lata de óleo, acho.

— Não é uma lata de óleo, não — disse a sra. Whitaker, que sabia exatamente o que era aquilo. — É uma lâmpada.

Havia um pequeno anel de metal, sem decorações, amarrado com um barbante marrom na alça do objeto.

— Hum — disse a sra. Whitaker —, pensando bem, acho que vou levar só o livro.

Ela pagou os cinco pence pelo romance e guardou a lâmpada de volta no lugar, nos fundos da loja. Afinal, ponderou a sra. Whitaker, no caminho de casa, ela não tinha onde colocar aquilo.

MISTÉRIOS DIVINOS

1992

O Quarto Anjo diz:
>Desta ordem me torno união,
>A guardar aqui da Humana raça
>Que por Culpa abriram mão
>Pois abandonaram Sua Graça;
>Eis que tudo eles dispensarão
>Ou minha Espada deles irá à caça
>E deles serei o vilão
>Que para as chamas os rechaça.

— MISTÉRIOS DE CHESTER,
A criação de Adão e Eva, 1461

ESTA É A VERDADE.

Dez anos atrás, mais ou menos, tive que fazer uma escala forçada em Los Angeles, bem longe de casa. Era dezembro, e o tempo na Califórnia estava quente e agradável.

A Inglaterra, por sua vez, estava sendo assolada por neblinas e nevascas, e nenhum avião podia aterrissar. Todo dia eu ligava para o aeroporto, e todo dia me mandavam esperar mais um dia.

Isso havia se estendido por quase uma semana.

Eu mal tinha saído da adolescência. Revendo hoje as partes da minha vida que restam daquela época, fico constrangido, como se tivesse recebido um presente, não requisitado, de outra pessoa: uma casa, uma esposa, filhos, uma vocação. Eu podia dizer, inocente, que aquilo não tinha nada a ver comigo. Se é verdade que a cada sete anos todas as células do nosso corpo morrem e são substituídas, realmente herdei minha vida de um homem morto; os pecados daqueles dias foram perdoados e sepultados com seus ossos.

Eu estava em Los Angeles. Sim.

No sexto dia, recebi um recado de uma "ex-namorada" de Seattle: ela também estava em Los Angeles e ficara sabendo, pela nossa rede de amigos de amigos, que eu também. Eu gostaria de ir vê-la?

Deixei um recado na secretária eletrônica dela. Claro.

Naquela noite: uma mulher baixa de cabelo loiro me abordou quando saí do lugar onde estava hospedado. Já estava escuro.

Ela me encarou, como se me comparasse a uma descrição, e então, hesitante, disse meu nome.

— Sou eu — falei. — Você é amiga da Tink?

— Sou. O carro tá na rua de trás. Bora. Ela tá animada pra te ver.

O carro da mulher era um daqueles carros antigos e enormes estilo "banheirão" que pareciam só existir na Califórnia. Tinha o cheiro do estofamento de couro rachado e esfarelado. Saímos de onde estávamos e seguimos para onde quer que iríamos.

Los Angeles, na época, era um grande mistério para mim; não posso afirmar que minha compreensão melhorou muito desde então. Eu entendo Londres, Nova York, Paris: dá para caminhar por essas cidades, ter uma ideia de onde ficam as coisas depois de circular por uma manhã, talvez pegar o metrô. Mas Los Angeles gira em torno de carros. Na época, eu não dirigia nada; até hoje me recuso a dirigir nos Estados Unidos. Minhas lembranças de Los Angeles estão associadas a viagens em carros alheios, sem qualquer noção do formato da cidade, das relações entre as pessoas e o lugar. A regularidade das ruas, a repetição de estruturas e formas, faz com que, quando tento me lembrar do lugar como uma entidade, eu só consiga evocar a profusão infinita de luzes minúsculas que vi do morro de Griffith Park certa noite, na minha primeira visita à cidade. Daquela distância, foi uma das coisas mais bonitas que eu já tinha visto.

— Tá vendo aquela casa? — perguntou minha motorista loira, a amiga de Tink.

Era uma construção *art déco* de tijolos vermelhos, simpática e bem feia.

— Estou.

— Foi construída nos anos 1930 — disse ela, com respeito e orgulho.

Fiz algum comentário educado, tentando compreender uma cidade onde cinquenta anos podia ser considerado muito tempo.

— Tink ficou muito empolgada. Quando soube que você estava na cidade. Ela ficou bem empolgada.

— Estou ansioso para revê-la.

O nome verdadeiro de Tink era Tinkerbell Richmond. Acredite.

Ela estava hospedada na casa de amigos, em um pequeno agrupamento de prédios residenciais em algum lugar a uma hora de carro do centro de Los Angeles.

O que você precisa saber sobre Tink: ela era dez anos mais velha que eu, na casa dos trinta; tinha cabelo preto sedoso, lábios vermelhos e intrigantes, e pele muito clara, como a Branca de Neve dos contos de fadas; quando a conheci, achei que era a mulher mais bonita do mundo.

Tink havia sido casada por um tempo em algum momento da vida e tinha uma filha de cinco anos chamada Susan. Eu nunca conheci a menina — quando Tink foi à Inglaterra, Susan ficou em Seattle com o pai.

Pessoas que se chamam Tinkerbell batizam suas filhas de Susan.

A memória é uma grande mentirosa. Talvez para alguns indivíduos a memória funcione como uma gravação, registros diários contendo cada detalhe da vida, mas eu não sou um desses. Minha memória é uma colcha de retalhos de ocorrências, de episódios fragmentados que se alinham vagamente. Nas partes que eu lembro, a lembrança é precisa, enquanto outras porções parecem ter desaparecido completamente.

Não me lembro de chegar à casa de Tink, nem do paradeiro de sua colega de apartamento. O que me lembro é de já estar na sala de Tink, com as luzes fracas, sentado ao lado dela no sofá.

Conversamos sobre frivolidades. Devia fazer um ano que não nos víamos. Mas um garoto de vinte e um anos não tem muito o que dizer para uma mulher de trinta e dois, e em pouco tempo, sem termos nada em comum, eu a puxei mais para perto.

Ela se aconchegou em mim com uma espécie de suspiro e ofereceu os lábios para um beijo. À meia-luz, seus lábios pareciam pretos. Ficamos nos beijando por um tempo no sofá, e acariciei seus seios por cima da blusa, então ela disse:

— Não podemos transar. Estou menstruada.

— Tudo bem.

— Posso pagar um boquete, se você quiser.

Assenti, e ela abriu o zíper do meu jeans e se abaixou na minha frente.

Depois que gozei, ela se levantou e foi correndo para a cozinha. Ouvi o som dela cuspindo na pia e de água corrente. Lembro que me perguntei por que ela tinha feito aquilo, se odiava tanto assim o gosto. Ela voltou, e ficamos sentados juntos no sofá.

— Susan está lá em cima, dormindo — comentou Tink. — Ela é tudo na minha vida. Quer vê-la?

— Pode ser.

Subimos. Tink me levou para o quarto escuro. Havia desenhos de criança espalhados pelas paredes — rabiscos de giz de cera com imagens de fadas voadoras e pequenos palácios —, e uma menininha de cabelo claro dormia na cama.

— Ela é muito bonita — disse Tink, e me beijou. Seus lábios ainda estavam meio grudentos. — Puxou ao pai.

Descemos. Não tínhamos mais nada para falar, mais nada para fazer. Tink acendeu a luz principal. Pela primeira vez, reparei em pequenos pés de galinha nos cantos dos olhos dela, dissonantes naquele rosto perfeito de boneca.

— Eu te amo — disse ela.

— Obrigado.

— Quer uma carona de volta?

— Se você não se importar de deixar Susan sozinha...

Ela deu de ombros, e a puxei para mim pela última vez. À noite, Los Angeles é cheia de luzes. E sombras.

Um branco na minha memória. Eu simplesmente não me lembro do que aconteceu depois disso. Ela deve ter me levado para o lugar onde eu estava hospedado — caso contrário, como eu teria chegado lá? Não lembro nem se lhe dei um beijo de despedida. Talvez eu só tenha esperado na calçada até ela ir embora.

Talvez.

O que sei é que, ao chegar ao lugar onde estava hospedado, fiquei ali parado, incapaz de entrar, de me lavar e de dormir, sem vontade de fazer mais nada.

Eu não estava com fome. Não queria álcool. Não queria ler nem conversar. Estava com medo de andar demais e me perder, atormentado pelos temas repetitivos de Los Angeles, me sentindo desorientado e devorado, e nunca mais conseguir voltar. A região central me parece apenas uma padronagem, como um conjunto de blocos iguais: um posto de gasolina, algumas residências, um centro comercial (donuts, lojas de revelação de foto, lavanderias, lanchonetes), repetindo-se num ritmo hipnotizante; as ligeiras diferenças nos centros comerciais e nas casas só serviam para reforçar essa estrutura.

Pensei nos lábios de Tink. Mexi no bolso do casaco e tirei um maço de cigarros. Acendi um, traguei, soprei a fumaça azulada no ar quente da noite.

Havia uma palmeira atarracada na frente do lugar onde eu estava hospedado, e resolvi andar um pouco, sem perder a árvore de vista, para fumar meu cigarro, e talvez até para pensar; mas eu me sentia esgotado demais para pensar. Eu me sentia muito assexuado, e muito só.

A mais ou menos um quarteirão de distância havia um banco, e, quando cheguei até ele, me sentei. Joguei a guimba do cigarro na rua, com força, e observei a chuva de faíscas laranja que surgiu.

— Eu compro um cigarro seu, camarada. Aqui.

A mão de alguém surgiu na frente do meu rosto, com uma moeda de vinte e cinco centavos. Ergui os olhos.

O homem não parecia velho, embora eu não fosse capaz de afirmar sua idade. Trinta e muitos, talvez. Quarenta e tantos. Ele usava um casaco comprido e puído, a cor indiscernível à luz amarela dos postes, e seus olhos eram escuros.

— Aqui. Vinte e cinco centavos. É um bom preço.

Balancei a cabeça, peguei meu maço de Marlboro e ofereci um cigarro para ele.

— Pode ficar com o dinheiro. É grátis. Tome.

Ele pegou. Estendi uma cartela de fósforos (tinha um anúncio de um telessexo, isso eu lembro), e ele acendeu o cigarro. Depois me passou a cartela de volta, mas balancei a cabeça.

— Pode ficar. Sempre acabo acumulando cartelas de fósforos nos Estados Unidos.

— Aham.

Ele se sentou ao meu lado e fumou seu cigarro. Quando chegou à metade, pressionou a ponta acesa no concreto, apagou o brilho e guardou o toco atrás da orelha.

— Não fumo muito — disse ele. — Mas acho que seria uma pena jogar fora.

Um carro veio dançando pela rua, indo de um lado para outro. Havia quatro rapazes nele; os dois na frente estavam virando o volante ao mesmo tempo e rindo. As janelas estavam abertas, e escutei a risada deles, e os dois no banco de trás ("Gaary, babaca! Tá chapado com quê, caaara?"), e a batida pulsante de um rock. Não reconheci a música. O carro virou em uma esquina e sumiu de vista.

Pouco depois, os sons também desapareceram.

— Estou te devendo — disse o homem no banco.

— Como?

— Estou te devendo alguma coisa. Pelo cigarro. E pelos fósforos. Você não quis aceitar dinheiro. Estou te devendo.

Dei de ombros, constrangido.

— Sério, é só um cigarro. Na minha cabeça, se eu der um cigarro para alguém, talvez alguém me ofereça um cigarro também se um dia eu ficar sem.

— Dei risada, para demonstrar que era brincadeira, embora não fosse. — Não se preocupe.

— Hm. Quer ouvir uma história? Verídica? Histórias sempre serviram como bons pagamentos. Hoje em dia... — ele deu de ombros — ... não tanto.

Eu me recostei no banco, e a noite estava quente, e olhei para o relógio: era quase uma da madrugada. Na Inglaterra, um novo dia gelado já devia ter começado: um dia útil para quem fosse capaz de vencer a neve e ir para o trabalho; alguns idosos e pessoas sem teto provavelmente tinham morrido de frio durante a noite.

— Pode ser — falei para o homem. — Tudo bem. Conte uma história.

Ele tossiu, abriu um sorriso de dentes brancos — um lampejo na escuridão — e começou.

— Minha primeira lembrança era o Verbo. E o Verbo era Deus. Às vezes, quando eu fico *bem* para baixo, lembro o som do Verbo na minha cabeça, dando forma a mim, moldando, dando vida.

"O Verbo me deu um corpo, me deu olhos. E abri os olhos, e vi a luz da Cidade de Prata.

"Eu estava em um cômodo, um cômodo de prata, e não havia nada ali dentro além de mim. Na minha frente tinha uma janela que ia do chão ao teto, aberta para o céu, e pela janela eu vi as colunas da Cidade, e, nos limites da Cidade, o Escuro.

"Não sei por quanto tempo esperei lá. Mas não fui impaciente nem nada do tipo. Eu me lembro disso. Era como se estivesse esperando para ser chamado, e eu sabia que seria chamado em algum momento. E, se tivesse que esperar até o fim de todas as coisas e não ser chamado, ué, tudo bem também. Mas eu seria chamado, tinha certeza. E aí eu saberia meu nome e minha função.

"Da janela eu via colunas prateadas, e muitas das outras colunas tinham janelas; e nas janelas eu via outros como eu. Foi assim que eu soube como era minha aparência.

"Você não imaginaria, olhando para mim agora, mas eu era lindo. Decaí bastante no mundo desde então.

"Era mais alto e tinha asas.

"Asas enormes e poderosas, com penas da cor de madrepérola. Elas saíam das minhas costas, entre os ombros. Eram muito boas. Minhas asas.

"Às vezes eu via outros como eu, os que haviam saído de seus cômodos, que já estavam desempenhando suas obrigações. Voavam pelo céu de coluna em coluna, conduzindo afazeres que eu mal conseguia imaginar.

"O céu acima da Cidade era uma maravilha. Sempre claro, mas não era iluminado por sol algum… iluminado, talvez, pela própria Cidade; mas a qualidade da luz mudava sem parar. Uma luz com cor de peltre, e de latão, e de um ouro suave, ou de uma ametista branda e tranquila…"

O homem parou de falar. Olhou para mim, com a cabeça inclinada. Seus olhos tinham um brilho que me assustou.

— Sabe o que é uma ametista? Um tipo de pedra roxa?

Fiz que sim.

Senti um desconforto na virilha.

Na hora me ocorreu que talvez aquele homem não fosse louco, o que foi ainda mais inquietante.

O homem voltou a falar.

— Não sei por quanto tempo eu esperei no meu cômodo, mas o tempo não significava nada. Não naquela época. Tínhamos todo o tempo do mundo.

"O que aconteceu depois foi que o Anjo Lúcifer veio à minha cela. Ele era mais alto que eu, e suas asas eram imponentes, sua plumagem, perfeita. A pele era da cor de brumas do mar, seus cachos eram prateados, e seus olhos cinzentos eram maravilhosos…

"Eu digo *ele*, mas entenda que nenhum de nós tinha nada que se pudesse chamar de sexo."

Ele gesticulou na direção do próprio colo.

— Liso e vazio. Nada. Sabe como é.

"Lúcifer brilhava. É sério: a luz vinha de dentro. Todos os anjos são assim. São iluminados por dentro, e na minha cela o Anjo Lúcifer ardia como uma tempestade de relâmpagos.

"Ele olhou para mim. E disse meu nome.

"'Você é Raguel', disse ele. 'A Vingança do Senhor.'

"Baixei a cabeça, porque eu sabia que era verdade. Esse era o meu nome. Essa era a minha função.

"'Aconteceu… algo errado', disse ele. 'A primeira ocorrência desse tipo. Sua presença é necessária.'

"Ele se virou e se lançou ao espaço, e o segui, voando atrás dele pela Cidade de Prata até a periferia, onde a Cidade acaba e a Escuridão começa; e foi lá, debaixo de uma vasta coluna de prata, que descemos para a rua, e que vi o anjo morto.

"O corpo jazia, retorcido e quebrado, na calçada de prata. As asas estavam esmagadas sob o corpo, e algumas penas soltas já haviam sido sopradas para o bueiro de prata.

"O corpo estava quase escuro. De vez em quando uma luz piscava dentro dele, um vislumbre ocasional de fogo frio no peito, ou nos olhos, ou na virilha sem sexo, à medida que as últimas centelhas de vida o abandonavam para sempre.

"Sangue se acumulava no peito dele, rubis manchando de carmesim as asas brancas. Era um anjo muito bonito, até mesmo na morte.

"Você ficaria arrasado.

"Lúcifer então falou para mim:

"'Você há de averiguar quem foi responsável por isto, e como; e leve a Vingança do Nome a quem quer que tenha sido o causador disto.'

"Mas ele não precisava ter falado nada. Eu já sabia. A caçada e a punição: era para isso que eu tinha sido criado, no Princípio. Era o que eu *era*.

"'Tenho trabalho a fazer', disse o Anjo Lúcifer.

"Ele bateu as asas uma vez, com força, e ascendeu; a rajada de vento espalhou as penas soltas do anjo morto pela rua.

"Eu me abaixei para examinar o corpo. Toda luminescência já havia desaparecido. Era um objeto escuro, uma paródia de anjo. Tinha um rosto perfeito, assexuado, envolto por cabelo prateado. Uma das pálpebras estava aberta, revelando um olho cinzento plácido; a outra estava fechada. O peito não tinha mamilos, e entre as pernas havia apenas um espaço liso.

"Levantei o corpo.

"As costas do anjo estavam arruinadas, eram só sangue. As asas estavam quebradas e retorcidas, e a parte de trás da cabeça, afundada; o cadáver tinha um aspecto flácido que me fez imaginar que a coluna também se quebrara.

"O único sangue na frente estava no peito. Apalpei-o com o indicador, e o dedo penetrou o corpo sem dificuldade.

"*Ele caiu*, pensei. *E estava morto antes de cair.*

"Levantei o rosto para observar as janelas que cercavam a rua. Contemplei a Cidade de Prata. *Você fez isto*, pensei. *Vou encontrar você, seja quem for. E vou levar a vingança do Senhor.*"

O homem pegou a bituca do cigarro na orelha e a acendeu com um fósforo. Por um instante, senti o cheiro de cinzeiro de um cigarro morto, acre e pungente; ele então tragou até o tabaco intacto e exalou a fumaça azulada no ar da noite.

— O anjo que havia encontrado o corpo se chamava Fanuel.

"Fui até o Salão da Existência falar com ele. O Salão era o pináculo em frente ao ponto onde jazia o anjo morto. Lá estavam expostos os... os projetos, talvez, para o que viria a ser... tudo isto. — Ele gesticulou com a mão que segurava a bituca do cigarro, indicando o céu noturno, os carros estacionados, o mundo. — Sabe. O universo.

"Fanuel era o arquiteto-chefe; subordinados a ele, inúmeros anjos trabalhavam nos detalhes da Criação. Olhei para ele do piso do Salão. Ele pairava no ar sob o Plano, e anjos desciam até ele e esperavam educadamente sua vez de fazer perguntas, conferir informações, pedir opiniões sobre o trabalho. Depois de um tempo, ele os deixou e veio para o chão.

"'Você é Raguel', disse ele. Sua voz era aguda e ansiosa. 'Para que precisa de mim?'

"'Você encontrou o corpo?'

"'Do coitado do Carasel? Sim, encontrei. Eu estava saindo do Salão... Estamos delineando alguns conceitos no momento, e eu queria ponderar sobre um deles, chamado *Remorso*. Eu pretendia me distanciar um pouco da Cidade... Voar acima dela, claro, não sair para o Escuro lá fora. Eu não faria isso, apesar dos boatos que se espalharam entre... Mas sim. Eu ia ascender e contemplar. Saí do Salão e...' Ele hesitou. Era pequeno para um anjo. Sua luz era fraca, mas os olhos eram vívidos e brilhantes. Muito brilhantes. 'Coitado do Carasel. Como ele pôde *fazer* aquilo consigo mesmo? Como?'

"'Você acha que ele mesmo causou a própria destruição?'

"Fanuel pareceu confuso... surpreso com a possibilidade de que haveria qualquer outra explicação.

"'Mas é claro. Carasel trabalhava subordinado a mim, desenvolvendo alguns conceitos que serão intrínsecos ao universo quando seu Nome for Falado. O grupo dele fez um trabalho notável na construção de alguns princípios básicos: um foi *Dimensão*, e *Sono* foi outro. Havia mais. Trabalho maravilhoso. Algumas sugestões dele a respeito do uso de pontos de vista individuais para definir dimensões foram verdadeiramente engenhosas.

"'Enfim. Ele havia começado a trabalhar em um projeto novo. É um dos mais importantes... Geralmente sou eu quem cuida desses, ou talvez até Zafiel.' Ele deu uma olhada para cima. 'Mas Carasel vinha fazendo um trabalho deslumbrante. E o último projeto dele foi *muito* notável. Algo aparentemente trivial que ele e Saracael elevaram a...' Ele encolheu os ombros. 'Mas isso não importa. Foi *esse* projeto que o forçou à não existência. Mas nenhum de nós poderia ter previsto...'

"'Qual era o projeto atual dele?'

"Fanuel olhou para mim.

"'Não sei se devo contar. Todos os conceitos novos são considerados sigilosos até alcançarmos a forma final em que eles serão Falados.'

"Senti que eu estava me transformando. Não sei como explicar para você, mas de repente eu não era eu... Era algo maior. Estava transfigurado: eu era minha função.

"Fanuel não conseguiu olhar nos meus olhos.

"'Eu sou Raguel, a Vingança do Senhor', falei. 'Sirvo diretamente ao Nome. É minha missão descobrir a natureza deste ato e levar a vingança do Nome aos responsáveis. Minhas perguntas hão de ser respondidas.'

"O anjo pequeno estremeceu e falou rápido.

"'Carasel e o parceiro estavam pesquisando *Morte*. Encerramento da vida. Um fim à existência física animada. Estavam organizando tudo. Mas Carasel sempre ia longe demais no trabalho... Sofremos muito quando ele desenvolveu *Agitação*. Foi quando ele estava trabalhando em *Emoções*...'

"'Você acha que Carasel morreu para... para pesquisar o fenômeno?'

"'Ou porque isso o intrigava. Ou porque levou a pesquisa longe demais. Sim.' Fanuel flexionou os dedos e me encarou com aqueles olhos brilhantes. 'Espero que você não repita nada disso para pessoas não autorizadas, Raguel.'

"'O que você fez quando descobriu o corpo?'

"'Saí do Salão, como eu já disse, e vi Carasel na calçada, olhando para cima. Perguntei o que ele estava fazendo, e ele não respondeu. Então reparei no fluido interno e percebi que Carasel não me ignorava porque assim desejava, mas porque não conseguia falar comigo.

"'Fiquei assustado. Eu não sabia o que fazer.

"'O Anjo Lúcifer apareceu atrás de mim. Ele perguntou se havia algum problema. Falei. Mostrei o corpo. E aí... aí o Aspecto dele o tomou, e ele comungou com o Nome. Brilhou muito forte.

"'Então disse que precisava buscar aquele cuja função abrangia acontecimentos como esse e foi embora... imagino que para encontrar você.

"'Como a morte de Carasel já estava sendo resolvida, e o destino dele não era assunto meu, voltei ao trabalho, tendo adquirido uma nova, e desconfio que bastante valiosa, perspectiva sobre a mecânica de *Remorso*.

"'Estou pensando em tirar *Morte* da parceria Carasel e Saracael. Talvez eu o delegue para Zafiel, meu parceiro superior, se ele estiver disposto a assumir. Ele é excelente em projetos contemplativos.'

"A essa altura, havia uma fila de anjos esperando para falar com Fanuel. Senti que eu já havia obtido quase tudo que ele poderia me fornecer.

"'Com quem Carasel trabalhava? Quem teria sido o último a vê-lo com vida?'

"'Pode falar com Saracael, acho. Afinal, era o parceiro dele. Agora, se me der licença...'

"Ele voltou a seu enxame de assistentes: distribuindo conselhos, correções, sugestões, proibições."

O homem se calou.

A rua estava silenciosa naquele momento; lembro o sussurro baixo da voz dele, o canto de algum grilo. Um animal pequeno — um gato, talvez, ou algo mais exótico, um guaxinim, ou até um chacal — correu de sombra em sombra entre os carros estacionados do outro lado da rua.

— Saracael estava na galeria mais alta do mezanino que contornava o Salão da Existência. Como eu disse, o universo ficava no meio do Salão, e reluzia e cintilava e brilhava, subindo bem alto. ...

— Esse universo de que você está falando era o quê, um diagrama? — perguntei, interrompendo-o pela primeira vez.

— Não exatamente. Mais ou menos. Por aí. Era um projeto; mas era em tamanho real e pairava no Salão, e aqueles anjos todos circulavam e mexiam nele o tempo todo. Fazendo coisas com a *Gravidade* e a *Música* e o *Klar* e por aí vai. Não era o universo de verdade, ainda não. Seria, quando fosse concluído e chegasse a hora de ser devidamente Nomeado.

— Mas...

Não consegui achar as palavras para expressar minha confusão. O homem me interrompeu.

— Deixa pra lá. Imagine que é um modelo, se for mais fácil. Ou um mapa. Ou um... Como é que se diz mesmo? Protótipo. É. Um Ford Modelo T do universo. — Ele sorriu. — Você precisa entender que muito do que estou contando já é uma tradução; estou falando de um jeito que você possa compreender. Se não fosse assim, eu nem conseguiria contar a história. Quer ouvir?

— Quero.

Não me importava se era verdade; era uma história que eu precisava escutar até o fim.

— Ótimo. Então cale a boca e escute.

"Encontrei Saracael na galeria mais alta. Não havia mais ninguém por perto: só ele, alguns papéis, e alguns modelos pequenos e luminosos.

"'Vim por causa de Carasel', falei.

"Ele olhou para mim.

"'Carasel não está aqui no momento', disse ele. 'Creio que deve voltar logo.'

"Balancei a cabeça.

"'Carasel não vai voltar. Ele parou de existir como entidade espiritual', falei.

"A luz de Saracael empalideceu, e ele arregalou os olhos, perplexo.

"'Ele morreu?'

"'Foi o que eu disse. Você tem alguma ideia de como isso aconteceu?'

"'Eu... É tão súbito. Quer dizer, ele vinha falando de... mas eu não fazia ideia de que ele ia...'

"'Vá com calma.'

"Saracael assentiu.

"Ele se levantou e foi até a janela. Ali não tinha vista para a Cidade de Prata, só um brilho refletido da Cidade e do céu atrás de nós, pendendo no ar, e do Escuro. O vento do Escuro acariciou de leve o cabelo de Saracael enquanto ele falava. Olhei para as costas do anjo.

"'Carasel é... Não, era. É isso, certo? *Era*. Ele era muito dedicado, sempre. E muito criativo. Mas isso nunca bastou. Ele sempre queria entender tudo, vivenciar tudo em que trabalhava. Nunca se contentava só em criar, em compreender algo intelectualmente. Ele queria *tudo*.

"'Isso não era um problema antes, quando estávamos trabalhando em propriedades da matéria. Mas, quando ele começou a projetar algumas das emoções Nomeadas... ficou envolvido demais no trabalho.

"'E nosso projeto mais recente era a *Morte*. É um dos mais difíceis... e um dos mais importantes também, acho. Talvez até se torne o atributo que venha a definir a Criação para os Criados: sem a *Morte*, eles se limitariam a apenas existir, mas, com a *Morte*, bom, a vida deles vai ter sentido, uma fronteira que os vivos não podem cruzar...'

"'Então você acha que ele se matou?'

"'Eu tenho certeza', disse Saracael.

"Fui até a janela e olhei para fora. Abaixo de nós, *muito* longe, vi um minúsculo pontinho branco. Era o corpo de Carasel. Eu teria que providenciar que alguém cuidasse dele. Refleti sobre o que faríamos com o corpo; alguém ali saberia, alguém cuja função fosse a remoção de coisas indesejadas. Não era a minha função. Eu sabia disso.

"'Como?'

"Ele deu de ombros.

"'Apenas sei. Ele tinha começado a fazer perguntas recentemente, perguntas sobre a *Morte* — como saberíamos se era certo fazer essa coisa, definir as regras, se nós mesmos não a vivenciássemos. Ele falava muito disso.'

"'E você não estranhou?'

"Saracael se virou, pela primeira vez, e olhou para mim.

"'Não. Nossa função *é* essa: discutir, improvisar, auxiliar a Criação e os Criados. Nós organizamos tudo agora para que, quando o Princípio vier, tudo funcione em sincronia. Agora, estamos trabalhando na *Morte*. Então, obviamente, é isso que examinamos. O aspecto físico; o aspecto emocional; o aspecto filosófico…

"'E os *padrões*. Carasel entendia que o que fazemos aqui no Salão da Existência cria padrões. Que existem estruturas e formas adequadas para seres e ocorrências que, uma vez iniciadas, precisam prosseguir até o fim. Para nós também, talvez, assim como para eles. É possível que ele tenha achado que este era um de seus padrões.'

"'Você conhecia bem Carasel?'

"'Tão bem quanto qualquer um de nós conhece os outros. Nós nos víamos aqui; trabalhávamos lado a lado. Em algumas ocasiões, eu me retirava para minha cela do outro lado da Cidade. Às vezes, ele fazia o mesmo.'

"'Fale de Fanuel.'

"A boca dele se contorceu em um sorriso.

"'Ele é intrometido. Não faz muita coisa: delega tudo e fica com todo o crédito.' Ele baixou a voz, embora não houvesse mais ninguém na galeria. 'Quem ouve acha que o *Amor* foi obra só dele. Mas há de se reconhecer que ele faz o trabalho andar. Zafiel é o verdadeiro pensador entre os dois arquitetos-chefes, mas não vem para cá. Ele fica na sua cela na Cidade e contempla; resolve problemas de longe. Se alguém precisa falar com Zafiel, tem que procurar Fanuel, e Fanuel encaminha as dúvidas para Zafiel…'

"Eu o interrompi:

"'E Lúcifer? Fale dele.'

"'Lúcifer? O Capitão da Legião? Ele não trabalha aqui… mas já visitou o Salão, poucas vezes, para inspecionar a Criação. Dizem que ele responde diretamente ao Nome. Nunca falei com ele.'

"'Ele conhecia Carasel?'

"'Duvido. Como eu disse, ele só veio aqui umas duas vezes. Mas eu o vi em outras ocasiões. Por aqui.' Ele gesticulou com a ponta de uma das asas, indicando o mundo além da janela. 'Voando.'

"'Para onde?'

"Parecia que Saracael estava prestes a dizer algo, mas mudou de ideia.

"'Não sei.'

"Olhei pela janela para a Escuridão fora da Cidade de Prata.

"'Talvez eu queira conversar com você de novo mais tarde', falei para Saracael.

"'Tudo bem.'

"Eu me virei para ir embora.

"'Senhor?', chamou Saracael. 'Sabe se vão designar outro parceiro para mim? Para a *Morte*?'

"'Não', respondi. 'Infelizmente, não sei.'

"Havia um parque no centro da Cidade de Prata, um lugar para recreação e descanso. Encontrei Lúcifer ali, ao lado de um rio. Ele estava parado, vendo a água correr.

"'Lúcifer?'

"Ele inclinou a cabeça.

"'Raguel, está progredindo?'

"'Não sei. Talvez. Preciso lhe fazer algumas perguntas. Pode ser?'

"'Claro.'

"'Como você encontrou o corpo?'

"'Não encontrei. Não exatamente. Vi Fanuel parado na rua. Ele parecia agitado. Perguntei se havia algum problema, e ele me mostrou o anjo morto. Depois, fui buscar você.'

"'Entendi.'

"Ele se abaixou e tocou na água fria do rio. A água gorgolejou e correu ao redor de sua mão.

"'É só isso?', perguntou.

"'Ainda não. O que você estava fazendo naquela parte da cidade?'

"'Não sei se isso é da sua conta.'

"'É da minha conta, Lúcifer. O que você estava fazendo lá?'

"'Eu estava... caminhando. Faço isso às vezes. Caminho e penso. E tento compreender.'

"Ele deu de ombros.

"'Você caminha nos limites da Cidade?'

"Depois de um instante:

"'Sim.'

"'É só isso que eu quero saber. Por enquanto.'

"'Com quem mais você conversou?'

"'Com o chefe e o parceiro de Carasel. Os dois acreditam que ele se matou, que acabou com a própria vida.'

"'Com quem mais você vai falar?'

"Olhei para o alto. As colunas da Cidade dos Anjos se elevavam sobre nós.

"'Talvez com todo mundo.'

"'Todos?'

"'Se for preciso. É minha função. Não posso descansar enquanto não entender o que aconteceu e enquanto a Vingança do Nome não se abater sobre quem quer que tenha sido o responsável pelo que aconteceu. Mas vou dizer algo que eu *sei*.'

"'E o que é?'

"Gotas d'água caíram feito diamantes dos dedos perfeitos do Anjo Lúcifer.

"'Carasel não se matou.'

"'Como você sabe?'

"'Eu sou a Vingança. Se Carasel tivesse morrido pelas próprias mãos', expliquei para o Capital da Hoste Celestial, 'não haveria por que eu estar aqui. Haveria?'

"Ele não respondeu.

"Voei para o alto à luz da manhã eterna.

— Tem outro cigarro aí?

Saquei o maço vermelho e branco e passei um para ele.

— Agradecido.

"A cela de Zafiel era maior que a minha.

"Não era um lugar para esperar. Era um lugar para viver, trabalhar e *ser*. Era repleta de livros, pergaminhos e papéis, e havia imagens e representações nas paredes: quadros. Eu nunca tinha visto um quadro antes.

"No centro do cômodo havia uma cadeira grande, e Zafiel estava sentado nela, de olhos fechados, com a cabeça para trás.

"Quando me aproximei, ele abriu os olhos.

"Seus olhos não brilhavam mais do que os dos outros anjos com quem eu tinha conversado, mas, por algum motivo, pareciam ter visto mais. Tinha algo a ver com a maneira como Zafiel olhava. Não sei se consigo explicar. E ele não tinha asas.

"'Bem-vindo, Raguel', disse ele. Parecia cansado.

"'Você é Zafiel?'"

"Não sei por que perguntei isso. Quer dizer, eu sabia quem era quem. Acho que faz parte da minha função. Reconhecimento. Eu sei quem *você* é.

"'Sim', respondeu o arquiteto. 'Você está me encarando, Raguel. Não tenho asas, realmente, mas minha função não exige que eu saia desta cela. Permaneço aqui e pondero. Fanuel vem a mim e me traz as novidades, para que eu as avalie. Ele me traz os problemas, e penso neles, e às vezes sou útil e ofereço pequenas sugestões. Essa é minha função. Assim como a sua é a vingança.'

"'É.'

"'Você está aqui por causa da morte do Anjo Carasel?'

"'Estou.'

"'Eu não o matei.'

"Quando ele disse isso, eu soube que era verdade.

"'Sabe quem matou?'

"'Essa é a *sua* função, não? Descobrir quem matou o coitado e levar a Vingança do Nome a ele.'

"'É.'

"'O que você quer saber?'

"Refleti por um instante sobre tudo que tinha ouvido naquele dia.

"'Você sabe o que Lúcifer estava fazendo naquela parte da Cidade quando o corpo foi descoberto?'

"O anjo antigo me fitou.

"'Posso arriscar um palpite.'

"'Pois não?'

"'Ele estava caminhando no Escuro.'

"Assenti. Eu agora tinha um vulto na cabeça. Algo que eu quase conseguia alcançar. Fiz a última pergunta:

"'O que você pode me dizer sobre o *Amor*?'

"E ele me disse. E achei que eu já tinha tudo.

"Voltei ao lugar onde o corpo de Carasel estivera. Os restos haviam sido removidos, o sangue fora lavado, e as penas, soltas, recolhidas e descartadas. Não havia nada na calçada prateada que indicasse que Carasel estivera ali. Mas eu sabia onde o corpo dele jazia.

"Subi com minhas asas, voei para o alto até chegar perto do topo da coluna do Salão da Existência. Havia uma janela ali, e entrei.

"Encontrei Saracael trabalhando, colocando um manequim sem asas dentro de uma caixa pequena. Em um dos lados da caixa havia uma representação de uma criatura marrom pequena de oito patas. No outro, uma representação de uma flor branca.

"'Saracael?'

"'Hm? Ah, é você. Oi. Veja isto. Se você morresse e, digamos, fosse colocado debaixo da terra dentro de uma caixa, o que você gostaria que fosse posto em cima? Uma aranha, isto, ou um lírio, isto?'

"'O lírio, acho.'

"'Pois é, também acho. Mas *por quê*? Quem me dera...' Com a mão no queixo, observou os dois modelos, pôs um deles em cima da caixa, depois o outro, avaliando. 'Há muito a fazer, Raguel. Muita coisa a acertar. E só vamos ter uma chance, sabe? Só vai haver um universo... Não podemos ir tentando até acertar. Quem me dera entender por que isso tudo é tão importante para Ele...'

"'Você sabe onde fica a cela de Zafiel?', perguntei.

"'Sei. Quer dizer, nunca fui lá. Mas sei onde fica.'

"'Ótimo. Vá para lá. Ele estará esperando. Logo irei ao encontro de vocês.'

"Ele balançou a cabeça.

"'Tenho que trabalhar. Não posso...'

"Senti minha função me tomar. Baixei os olhos e o encarei.

"'Esteja lá. Vá agora', ordenei.

"Ele não falou nada. Afastou-se de mim, recuando para a janela e me encarando. Em seguida, virou-se e bateu as asas, e fiquei sozinho.

"Fui até o vão central do Salão e me deixei cair, descendo pelo modelo do universo: ele cintilava à minha volta, cores e formas desconhecidas que chiavam e se retorciam, sem qualquer propósito.

"Quando me aproximei do chão, bati as asas para frear a descida e pousei delicadamente no piso de prata. Fanuel estava parado entre dois anjos, que tentavam chamar a atenção dele.

"'Não quero saber se seria esteticamente agradável', explicava ele para um dos dois. 'Não podemos botar isso no centro. A radiação de fundo impediria que qualquer possível forma de vida sequer se estabelecesse; além disso, é instável demais.'

"Ele se virou para o outro.

"'Certo, vamos ver. Hmm. Então isso é o *Verde*, certo? Não é exatamente o que eu imaginei, mas... hum... deixe comigo. Depois eu falo com você.'

"Ele pegou um papel do anjo e o dobrou, decidido.

"Ele se virou para mim. Sua postura era brusca e indiferente.

"'Pois não?'

"'Preciso falar com você.'

"'Hm? Bom, que seja rápido. Tenho muito o que fazer. Se é sobre a morte de Carasel, já falei tudo que sei.'

"'É sobre a morte de Carasel. Mas não falarei com você agora. Aqui, não. Vá para a cela de Zafiel; ele está à sua espera. Eu o encontrarei lá.'

"Ele parecia prestes a dizer alguma coisa, mas se limitou a assentir e se encaminhou para a porta.

"Eu me virei para ir embora, mas então algo me ocorreu. Parei o anjo que tinha o *Verde*.

"'Diga-me uma coisa.'

"'Se eu puder, senhor.'

"'Esse negócio.' Apontei para o universo. 'Para *que* vai servir?'

"'Para quê? Ora, é o universo.'

"'Eu sei o que é. Mas qual será o propósito?'

"Ele franziu o cenho.

"'Faz parte do plano. O Nome deseja; Ele demanda *isto e aquilo*, com *tais* dimensões e *tais* propriedades e ingredientes. É nossa função conferir existência a isso, de acordo com os desejos Dele. Com certeza Ele sabe qual é a função, mas não revelou para mim.' O tom foi de ligeira reprimenda.

"Assenti e saí dali.

"Muito acima da Cidade, uma falange de anjos girava e rodopiava e mergulhava. Cada um tinha uma espada flamejante que traçava um rastro de claridade incandescente que ofuscava a visão. Eles se movimentavam em uníssono pelo céu rosa-salmão. Eram muito bonitos. Era... Sabe tardinha de verão, quando pássaros se juntam em bandos e fazem suas danças no céu? Costurando e circulando e se aglomerando e voltando a se afastar, e aí, quando você acha que entendeu o padrão, percebe que não entendeu e nunca vai entender? Era assim, só que melhor.

"Acima de mim estava o céu. Abaixo de mim, a Cidade brilhante. Meu lar.

"E, fora da Cidade, o Escuro.

"Lúcifer pairava um pouco abaixo da Legião, observando as manobras.

"'Lúcifer?'

"'Sim, Raguel? Já descobriu o malfeitor?'

"'Acho que sim. Poderia me acompanhar à cela de Zafiel? Os outros estão à nossa espera lá, e explicarei tudo.'

"Ele pensou por um instante. E:

"'Claro.'

"Ele ergueu o rosto perfeito para os anjos, que agora executavam uma revolução lenta pelo céu, e cada um se deslocava pelo ar em perfeita sincronia com os outros, sem jamais se encostarem.

"'Azazel!'

"Um anjo se afastou do círculo; os outros se ajustaram à ausência do companheiro de forma quase imperceptível e preencheram o espaço de tal forma que era impossível saber onde ele estava antes.

"'Preciso sair. Você está no comando, Azazel. Continue os exercícios. Eles ainda têm muito a ser aperfeiçoado.'

"'Sim, senhor.'

"Azazel pairou até onde Lúcifer estava, fitando a revoada de anjos, e Lúcifer e eu descemos para a Cidade.

"'Ele é meu braço direito', disse Lúcifer. 'Inteligente. Entusiasmado. Azazel seguiria um líder a qualquer lugar.'

"'Para que eles estão sendo treinados?'

"'Guerra.'

"'Com quem?'

"'Como assim?'

"'Com quem eles vão lutar? Quem mais *existe*?'

"Seus olhos límpidos e honestos se fixaram em mim.

"'Não sei. Mas Ele nos Nomeou como Seu exército. Então seremos perfeitos. Por Ele. O Nome é infalível e absolutamente justo e sábio, Raguel. Não pode não ser, por mais que...' Ele se interrompeu e desviou o olhar.

"'Você estava dizendo...?'

"'Não é nada importante.'

"'Ah.'

"Não conversamos durante o restante da descida até a cela de Zafiel."

Olhei meu relógio; eram quase três da manhã. Uma brisa fria tinha começado a soprar por aquela rua de Los Angeles, e estremeci. O homem percebeu e parou de contar a história.

— Tudo bem? — perguntou.

— Tudo. Continue, por favor. Estou fascinado.

Ele meneou a cabeça.

— Estavam nos esperando na cela de Zafiel. Fanuel, Saracael e Zafiel. Zafiel estava sentado na cadeira. Lúcifer ficou ao lado da janela.

"Fui até o centro do espaço e comecei.

"'Obrigado a todos por terem vindo aqui. Vocês sabem quem eu sou; sabem minha função. Eu sou a Vingança do Nome, o braço do Senhor. Sou Raguel.

"'O Anjo Carasel está morto. Fui encarregado de descobrir por que ele morreu, quem o matou. Isso eu fiz. Bem, o Anjo Carasel era um arquiteto no Salão da Existência. Era muito bom, pelo que me contaram... Lúcifer. Diga o que você estava fazendo antes de encontrar Fanuel e o corpo.'

"'Já falei. Estava caminhando.'

"'Onde você estava caminhando?'

"'Não sei se é da sua conta.'

"'*Diga*.'

"Ele hesitou. Era mais alto do que todos nós, alto e orgulhoso.

"'Muito bem. Eu estava caminhando no Escuro. Já faz algum tempo que caminho na Escuridão. Isso, estar fora da cidade, me ajuda a colocá-la em perspectiva. Vejo como a cidade é bela, como é perfeita. Não existe nada mais encantador do que nosso lar. Nada mais completo. Nenhum outro lugar onde qualquer um prefira estar.'

"'E o que você faz no Escuro, Lúcifer?'

"Ele me encarou.

"'Eu caminho. E... há vozes no Escuro. Eu escuto as vozes. Elas me fazem promessas e perguntas, sussurram e suplicam. E eu as ignoro. Eu resisto e observo a Cidade. É a única maneira que tenho de me testar, de me submeter a alguma forma de provação. Sou o Capitão da Legião; sou o primeiro dos Anjos e preciso me colocar à prova.'

"Meneei a cabeça.

"'Por que você não me disse isso antes?'

"Ele baixou os olhos.

"'Porque sou o único anjo que caminha no Escuro: tenho força para desafiar as vozes, para me testar. Outros não são tão fortes. Outros podem tropeçar ou cair.'

"'Obrigado, Lúcifer. Por enquanto é só isso.' Virei-me para o anjo seguinte. 'Fanuel. Há quanto tempo você assume o crédito pelo trabalho de Carasel?'

"Ele abriu a boca, mas não emitiu nenhum som.

"'*E então?*', insisti.

"'Eu... eu não assumiria o crédito pelo trabalho de outros.'

"'Mas você assumiu o crédito pelo *Amor*?'

"Ele piscou.

"'Assumi. Sim.'

"'Poderia nos explicar o que é o *Amor*?', perguntei.

"Ele olhou em volta, constrangido.

"'É um sentimento de intenso afeto e atração por outro ser, muitas vezes combinado com paixão ou desejo... Uma necessidade de estar com alguém.' Ele falou em um tom seco, didático, como se estivesse recitando uma fórmula matemática. 'O sentimento que temos pelo Nome, por nosso Criador: isso é o *Amor*... entre outras coisas. O *Amor* será um impulso que oferecerá tanto inspiração quanto ruína. Temos...' Ele hesitou, e depois continuou. 'Temos muito orgulho dele.'

"Ele murmurava as palavras. Parecia não ter qualquer esperança de que acreditaríamos nelas.

"'Quem fez a maior parte do trabalho no *Amor*? Não, não responda. Deixe-me perguntar aos outros antes. Zafiel, quando Fanuel passou os detalhes do *Amor* para sua aprovação, quem ele disse que havia sido o responsável?'

"O anjo sem asas abriu um sorriso suave.

"'Ele me disse que o projeto era dele.'

"'Obrigado, senhor. Agora, Saracael: de quem foi o *Amor*?'

"'Meu. Meu e de Carasel. Talvez mais dele do que meu, mas trabalhamos juntos.'

"'Vocês sabiam que Fanuel estava tomando o crédito para si?'

"'… Sabíamos.'

"'E permitiram?'

"'Ele… ele prometeu que nos daria um projeto bom para desenvolvermos. Prometeu que, se não falássemos nada, receberíamos mais projetos grandes. E cumpriu. Ele nos deu a *Morte*.'

"Eu me virei para Fanuel.

"'Então?'

"'É verdade que afirmei que o *Amor* era meu.'

"'Mas era de Carasel e Saracael.'

"'Sim.'

"'O último projeto deles… antes da *Morte*?'

"'Sim.'

"'É só isso.'

"Fui até a janela, olhei para as colunas de prata, para o Escuro. E comecei a falar.

"'Carasel era um arquiteto impressionante. Se tinha algum defeito, era o de mergulhar demais no trabalho.' Virei-me de novo para eles. O Anjo Saracael tremia, e as luzes bruxuleavam sob sua pele. 'Saracael? Quem Carasel amava? Quem era o amante dele?'

"Saracael olhou para o chão. Então ergueu a cabeça, com orgulho, com agressividade. E sorriu.

"'Eu.'

"'Quer me falar disso?'

"'Não.' Ele deu de ombros. 'Mas acho que não tenho escolha. Então, que assim seja.

"'Nós trabalhávamos juntos. E, quando começamos a trabalhar no *Amor*… nos tornamos amantes. Foi ideia dele. Nós íamos para a cela dele sempre que tínhamos chance. Lá, nos tocávamos, nos abraçávamos, sussurrávamos palavras de afeto e declarações de devoção eterna. Eu me importava mais com o bem-estar dele do que com o meu próprio. Eu existia para ele. Quando estava sozinho, eu repetia seu nome e não pensava em mais nada. Quando eu estava com ele…' Saracael se calou. Olhou para baixo. 'Nada mais importava.'

"Fui até o lugar onde ele estava, ergui seu queixo com a mão e fitei seus olhos cinzentos.

"'Então por que o matou?', perguntei.

"'Porque ele não queria me amar mais. Quando começamos a trabalhar na *Morte*, ele... ele perdeu o interesse. Não era mais meu. Ele pertencia à *Morte*. E, se eu não podia tê-lo, ele que ficasse com seu novo amante. Eu não aguentava a presença dele... Não suportava tê-lo ao meu lado e saber que ele não sentia nada por mim. Foi isso que mais me doeu. Eu achava... eu esperava... que, se ele desaparecesse, eu não o amaria mais... que a dor pararia.

"'Então o matei. Apunhalei-o e joguei o corpo pela nossa janela no Salão da Existência. Mas a dor *não* parou.'

"As palavras saíam quase num gemido. Saracael ergueu a mão e tirou meus dedos de seu queixo.

"'E agora?'

"Senti meu aspecto começar a me tomar; senti minha função me possuir. Eu não era mais um indivíduo. Era a Vingança do Senhor.

"Cheguei mais perto de Saracael e o abracei. Pressionei meus lábios nos dele, enfiei a língua em sua boca. Nós nos beijamos. Ele fechou os olhos.

"Então senti algo transbordar de mim: um ardor, um brilho. Pelo canto do olho, vi Lúcifer e Fanuel virarem o rosto por causa da minha luz; senti o olhar fixo de Zafiel. A minha luz ficou mais e mais forte, até irromper dos meus olhos, do peito, dos dedos, dos lábios: uma chama branca devastadora.

"O fogo branco consumiu Saracael devagar, e ele se agarrou a mim enquanto queimava.

"Pouco depois, não restava mais nada dele. Nem sinal.

"Senti a chama me deixar. Voltei a ser eu mesmo.

"Fanuel chorava de soluçar. Lúcifer estava pálido. Zafiel continuava sentado e me observava, calado.

"Virei-me para Lúcifer e Fanuel.

"'Vocês viram a Vingança do Senhor', falei. 'Que sirva de advertência para os dois.'

"Fanuel assentiu.

"'Serviu. Ah, se serviu. Eu... vou embora, senhor. Vou voltar ao meu posto. Se o senhor permitir?'

"'Vá.'

"Ele cambaleou até a janela e se lançou à luz, batendo furiosamente as asas.

"Lúcifer foi até o lugar no chão prateado onde Saracael estivera antes. Ele se ajoelhou e encarou o chão, desesperado, como se tentasse encontrar qualquer vestígio do anjo que eu havia destruído, um fragmento de cinzas, ou de ossos, ou de penas queimadas, mas não havia nada. Então, ele olhou para mim.

"'Isso não foi certo', disse Lúcifer. 'Não foi justo.'

"Ele estava chorando; lágrimas molhadas escorriam pelo rosto. Talvez Saracael tenha sido o primeiro a amar, mas Lúcifer foi o primeiro a derramar lágrimas. Nunca me esquecerei disso.

"Eu o encarei com uma expressão impassível.

"'Foi justiça. Ele matou outro. Portanto, também foi morto. Você me convocou para a minha função, e eu a executei.'

"'Mas… ele *amava*. Deveria ter sido perdoado. Deveria ter sido amparado. Não deveria ter sido destruído desse jeito. Isso foi *errado*.'

"'Foi a vontade d'Ele.'

"Lúcifer se levantou.

"'Então talvez a vontade d'Ele seja injusta. Talvez as vozes no Escuro falem a verdade, no fim das contas. *Como* isso pode ser certo?'

"'É certo. É a vontade d'Ele. Eu apenas executei minha função.'

"Lúcifer enxugou as lágrimas.

"'Não', disse ele, simplesmente. Ele balançou a cabeça, devagar. Por fim, disse: 'Preciso pensar nisso. Vou embora.'

"Ele foi até a janela, deu um passo para o céu e se foi.

"Zafiel e eu ficamos sozinhos na cela. Ele assentiu para mim.

"'Você executou bem sua função, Raguel. Não deveria voltar para sua cela e esperar até ser necessário de novo?'"

O homem no banco se virou para mim: seus olhos buscaram os meus. Até ali, parecia — durante quase toda a narrativa — que ele mal se dava conta da minha presença; ficava olhando para a frente, murmurando a história com uma entonação praticamente monocórdia. Agora, parecia que ele tinha me descoberto e que estava falando só comigo, não com o ar, ou com a Cidade de Los Angeles. E disse:

— Eu sabia que ele tinha razão. Mas *não* podia sair naquele momento… nem se eu quisesse. Meu aspecto não havia me deixado completamente; minha função não estava concluída ainda. Então, tudo se encaixou; enxerguei o panorama inteiro. E, como Lúcifer, me ajoelhei. Pus a testa no chão de prata.

"'Não, Senhor', falei. 'Ainda não.'

"Zafiel se levantou da cadeira.

"'Fique de pé. Não convém que um anjo se comporte assim com outro. Não é certo. De pé!'

"Balancei a cabeça.

"'Pai, você não é anjo', murmurei.

"Zafiel não falou nada. Por um instante, meu coração cedeu dentro de mim. Senti medo.

"'Pai, fui encarregado de descobrir o responsável pela morte de Carasel. E agora eu sei quem foi.'

"'Você se vingou, Raguel.'

"'Eu vinguei o *Senhor*.'

"Então Ele deu um suspiro e voltou a se sentar.

"'Ah, pequeno Raguel. O problema de criar coisas é que elas agem muito melhor do que o planejado. Posso perguntar como você me reconheceu?'

"'Eu... não tenho certeza, Senhor. Sua falta de asas. O Senhor está no centro da Cidade, supervisionando diretamente a Criação. Quando destruí Saracael, o Senhor não desviou os olhos. O Senhor sabe demais. O Senhor...' Hesitei e pensei. 'Não, não sei como sei. Como o Senhor disse, o Senhor me criou bem. Mas só compreendi quem o Senhor era, e o sentido do que encenamos aqui para o Senhor, quando vi Lúcifer ir embora.'

"'O que você compreendeu, meu filho?'

"'Quem matou Carasel. Ou, pelo menos, quem manipulou as peças. Por exemplo, quem providenciou para que Carasel e Saracael trabalhassem juntos no *Amor*, ciente da tendência de Carasel de se envolver profundamente no trabalho?'

"Ele falou comigo com delicadeza, quase em tom de provocação, como um adulto fingindo conversar com uma criancinha:

"'Por que alguém teria manipulado as peças, Raguel?'

"'Porque nada acontece sem motivo; e todos os motivos são Seus. O Senhor armou para Saracael: sim, ele matou Carasel. Mas ele matou Carasel para que *eu* pudesse *destruí-lo*.'

"'E foi errado você destruí-lo?'

"Fitei aqueles Seus olhos antigos.

"'Era a minha função. Mas não acho que tenha sido justo. Acho que talvez fosse necessário que eu destruísse Saracael para demonstrar a Lúcifer a Injustiça do Senhor.'

"Ele sorriu.

"'E que motivo eu teria para fazer isso?'

"'Eu... não sei. Não entendo, assim como não entendo por que o Senhor criou o Escuro ou as vozes na Escuridão. Mas o Senhor fez isso. O Senhor foi a causa de tudo isso.'

"Ele assentiu.

"'Sim. Fui. Lúcifer precisa refletir sobre a injustiça da destruição de Saracael. E isso, entre outras coisas, o levará a certas ações. Pobre e querido Lúcifer. O caminho dele será mais árduo do que o de todos os meus filhos, pois ele terá um papel a desempenhar na trama que há de vir, e é um papel grandioso.'

"Continuei ajoelhado diante do Criador de Todas as Coisas.

"'O que você vai fazer agora, Raguel?', perguntou Ele.

"'Preciso voltar à minha cela. Minha função foi cumprida agora. Executei a Vingança e revelei o responsável. Isso basta. Mas... Senhor?'

"'Sim, meu filho.'

"'Eu me sinto sujo. Maculado. Conspurcado. Talvez seja verdade que tudo o que acontece é de acordo com a Sua vontade e é, portanto, bom. Mas às vezes o Senhor deixa sangue em Seus instrumentos.'

"Ele meneou a cabeça, como se concordasse comigo.

"'Se você quiser, Raguel, pode esquecer tudo isso. Tudo que aconteceu neste dia.' Em seguida, Ele disse: 'Contudo, você não será capaz de falar disso com outro anjo, quer decida lembrar ou não.'

"'Vou lembrar.'

"'A escolha é sua. Mas em alguns momentos você achará que seria muito mais fácil não lembrar. O esquecimento às vezes pode proporcionar liberdade, de certa forma. Agora, se você não se incomoda', Ele se abaixou, pegou uma pasta em uma pilha no chão e abriu, 'preciso trabalhar.'

"Eu me levantei e fui até a janela. Tinha esperança de que Ele me chamasse de novo, que explicasse todos os detalhes de Seu plano, que consertasse tudo, de algum jeito. Mas Ele não disse nada, e me retirei de Sua Presença sem olhar para trás."

O homem ficou quieto. E continuou quieto — eu não escutava nem sua respiração — por tanto tempo que comecei a ficar nervoso, achando que talvez ele tivesse pegado no sono ou morrido.

Ele então se levantou.

— Pronto, camarada. Aí está sua história. Você acha que valeu alguns cigarros e uma cartela de fósforos? — perguntou, como se fosse uma questão importante, sem ironia.

— Acho — respondi. — Acho. Valeu. Mas o que aconteceu depois? Como você... Quer dizer, se...

Parei de falar.

A rua estava escura, à beira do amanhecer. Uma a uma, as luzes dos postes tinham começado a se apagar, e a silhueta do homem ficou cercada pelo brilho do céu da alvorada. Ele enfiou as mãos nos bolsos.

— O que aconteceu? Saí de casa e me perdi, e hoje em dia minha casa está muito distante. Às vezes a gente faz coisas e se arrepende, mas não dá para fazer nada em relação a isso. Os tempos mudam. Portas se fecham atrás de nós. A gente segue adiante. Sabe? Com o tempo, acabei aqui. Antigamente, diziam que ninguém era originário de Los Angeles. É uma verdade danada, no meu caso.

Aí, antes que eu me desse conta do que ele estava fazendo, ele se abaixou e me beijou, com delicadeza, na bochecha. Sua barba por fazer era áspera e pinicava, mas o hálito era surpreendentemente adocicado. Ele sussurrou no meu ouvido:

— Eu nunca caí. Não importa o que digam. A meu ver, continuo fazendo meu trabalho.

O ponto no meu rosto em que ele havia encostado ardeu. Ele se levantou.

— Mas ainda quero voltar para casa.

O homem saiu andando pela rua escura, e fiquei sentado no banco, vendo-o ir embora. Tive a sensação de que ele havia tirado algo de mim, mas não conseguia mais lembrar o quê. Tive a sensação de que algo ficara em seu lugar — absolvição, talvez, ou inocência, mas do quê, ou em relação a quê, eu já não sabia dizer.

Uma imagem de algum lugar: um desenho rabiscado de dois anjos voando acima de uma cidade perfeita; e, por cima da imagem, a impressão perfeita da mão de uma criança, manchando o papel branco de vermelho-sangue. Ela me veio à mente sem ser convocada, e não sei mais o que significava.

Fiquei de pé.

Estava escuro demais para ver a hora no meu relógio, mas eu sabia que não dormiria naquele dia. Voltei ao lugar onde estava hospedado, a casa em frente à palmeira atarracada, para tomar um banho e esperar. Pensei em anjos e em Tink; e me perguntei se amor e morte andavam de mãos dadas.

No dia seguinte, os aviões com destino à Inglaterra estavam decolando de novo.

Eu me sentia estranho — a falta de sono me deixara em um estado miserável em que tudo parecia simples e igualmente relevante, quando nada importa e a realidade parece rasa e esfarrapada. O trajeto do táxi até o aeroporto foi um inferno. Eu estava com calor, e cansado, e irritado. Estava com uma camiseta por causa do calor de Los Angeles; meu casaco estava guardado no fundo da mala, onde permanecera durante toda a estadia.

O avião estava lotado, mas eu não liguei.

A aeromoça veio pelo corredor com um carrinho de jornais: *Herald Tribune*, *USA Today* e *L. A. Times*. Aceitei um exemplar do *Times*, mas as palavras fugiam da minha cabeça assim que meus olhos passavam por elas. Não retive nada do que li. Não, é mentira. Em algum lugar no final do jornal havia uma reportagem sobre o assassinato de três pessoas: duas mulheres e uma criança.

Não constava nenhum nome, e não sei por que a reportagem foi registrada assim.

Não demorei para dormir. Sonhei que estava transando com Tink enquanto sangue lentamente escorria dos olhos e dos lábios fechados dela. O sangue era frio, viscoso e pegajoso, e acordei com frio por conta do ar-condicionado do avião e com um gosto desagradável na boca. Estava com a língua e os lábios secos. Olhei pela janela oval arranhada, observei as nuvens lá embaixo, e me ocorreu (não pela primeira vez) que as nuvens na realidade eram outro mundo, onde todos sabiam exatamente o que estavam procurando e como voltar ao lugar de onde haviam saído.

Observar as nuvens abaixo de mim é uma das minhas coisas preferidas quando estou voando. Isso e a sensação de proximidade com a própria morte.

Eu me enrolei no cobertor fino do avião e dormi mais um pouco, e, se tive mais algum sonho, não foi marcante o suficiente.

Uma nevasca caiu pouco depois da aterrissagem na Inglaterra e fez a luz acabar no aeroporto. Na hora, eu estava sozinho no elevador, que ficou escuro e parou entre dois andares. Uma luz de emergência fraca piscou e se acendeu. Apertei o botão vermelho de alarme até a bateria acabar e o apito parar; então fiquei tremendo com minha camiseta de Los Angeles no canto daquele meu quartinho prateado. Vi minha respiração se condensar no ar e abracei o corpo para me aquecer.

Não havia nada ali dentro além de mim; mas, mesmo assim, eu me sentia seguro e protegido. Logo alguém viria e abriria as portas. Com o tempo, alguém me libertaria; e eu sabia que logo chegaria em casa.

A PONTE DO TROLL

1993

Nos anos 1960, quando eu tinha uns três ou quatro anos, arrancaram a maior parte dos trilhos de trem. Destruíram os serviços ferroviários. Com isso, o único lugar aonde dava para ir era Londres, e a cidadezinha onde eu morava virou o fim da linha.

Minha lembrança sólida mais antiga: dezoito meses de idade, minha mãe no hospital dando à luz minha irmã, e minha avó andando comigo até uma ponte e me levantando para olhar o trem passando por baixo, resfolegando e soltando fumaça que nem um dragão de ferro preto.

Alguns anos depois, os últimos trens a vapor foram sumindo, e junto se foi a rede de trilhos que ligava vilarejos e cidades pequenas umas às outras.

Eu não sabia que os trens estavam desaparecendo. Quando eu tinha sete anos, já eram coisa do passado.

A gente morava em uma casa antiga na periferia da cidade. O campo na frente era vazio e improdutivo. Eu tinha o costume de pular a cerca e me deitar à sombra dos arbustos de junco para ler; ou, se estivesse com espírito mais aventureiro, explorava o terreno da mansão vazia que ficava depois do campo. Lá tinha um laguinho ornamental cheio de mato, com uma ponte baixa de madeira por cima.

Nunca vi nenhum caseiro ou zelador nas minhas incursões pelos jardins e bosques, e nunca tentei entrar na mansão. Seria pedir para algum desastre acontecer, e, além disso, eu acreditava piamente que toda casa antiga vazia era mal-assombrada.

Não é que eu acreditasse em qualquer coisa, é só que eu acreditava em tudo que fosse sinistro e perigoso. Fazia parte das minhas certezas de criança que a noite era cheia de fantasmas e bruxas, sempre famintos, esvoaçantes e vestidos de preto da cabeça aos pés.

O inverso também era verdade e me confortava: o dia era seguro. O dia sempre era seguro.

Um ritual: no último dia de aula, voltando a pé da escola, eu tirava os sapatos e as meias, levava-os nas mãos e andava pela rua de pedrinhas miúdas com pés descalços macios e rosados. Durante as férias de verão, eu só calçava sapatos sob coação. Desfrutava minha liberdade dos calçados até o começo do novo período letivo, em setembro.

Quando eu tinha sete anos, descobri a trilha pela floresta. Era verão, um dia claro e quente, e eu havia perambulado até bem longe de casa.

Estava explorando. Passei da mansão, cujas janelas estavam tampadas por tábuas e com as venezianas baixadas, atravessei o terreno e cruzei uma mata desconhecida. Desci por um barranco íngreme e fui parar em uma trilha sombreada e cheia de árvores que eu nunca tinha visto; a luz que atravessava as folhas era tingida de verde e dourado, e achei que ali era a terra das fadas.

Um riachinho corria ao lado, carregado de minúsculos pitus transparentes. Peguei-os e os vi se retorcerem e girarem na ponta dos meus dedos. Depois, coloquei-os de volta na água.

Caminhei pela trilha. Era uma linha reta perfeita e coberta de grama curta. De tempos em tempos, eu achava umas pedras muito incríveis: uns negócios nodosos e derretidos, em tons de marrom e roxo e preto. Olhando contra a luz, dava para ver todas as cores do arco-íris através delas. Tive certeza de que elas deviam ser extremamente valiosas, e enchi os bolsos.

Andei sem parar pelo silencioso corredor verde-dourado e não vi ninguém.

Eu não estava com fome nem sede. Só me perguntava aonde a trilha levava. Ela seguia em linha reta e era completamente plana. Continuou sempre igual, mas a paisagem rural do entorno mudou. A princípio, eu estava andando no fundo de uma ravina, com barrancos íngremes cobertos de mato subindo pelos dois lados. Depois, a trilha ficava acima de tudo, e durante a caminhada eu via as copas das árvores abaixo de mim, e o telhado de uma ou outra casa distante. Meu caminho seguia plano e reto, e o percorri por vales e platôs, vales e platôs. E, depois de um tempo, em um dos vales, cheguei à ponte.

Era de tijolos vermelhos limpos, um arco curvo imenso por cima da trilha. Ao lado da ponte havia degraus de pedra cavados no barranco, e, no alto dessa escada, um portãozinho de madeira.

Fiquei surpreso de ver qualquer sinal de existência humana na minha trilha, que a essa altura eu tinha certeza de que era uma formação natural, que nem um vulcão. E, mais por curiosidade do que qualquer coisa (afinal, eu havia caminhado por centenas de quilômetros, ou pelo menos era o que me parecia, e poderia estar em *qualquer lugar*), subi os degraus de pedra e passei pelo portão.

Eu não estava em lugar nenhum.

A parte de cima da ponte era de terra batida enlameada. Havia uma campina de cada lado. A campina onde eu estava era um trigal; o outro lado era só mato. Vi as marcas profundas das enormes rodas de um trator na lama seca. Atravessei a ponte para confirmar: nada de crique-craque, meus pés descalços não fizeram barulho.

Quilômetros de nada; só campos e trigo e árvores.

Peguei uma espiga de trigo e arranquei os grãos saborosos, descasquei-os com os dedos e mastiguei, pensativo.

Foi aí que percebi que estava ficando com fome e desci de volta para o trilho de trem abandonado. Era hora de voltar para casa. Não estava perdido; tudo que precisava fazer era seguir minha trilha até chegar em casa de novo.

Tinha um troll me esperando embaixo da ponte.

— Eu sou um troll — disse ele. Depois de um instante de silêncio, ele acrescentou, meio como quem havia esquecido: — Fol rol de ol rol.

Ele era imenso: a cabeça roçava no topo do arco da ponte. Era mais ou menos translúcido: dava para ver os tijolos e as árvores atrás dele, obscurecidos, mas estavam lá. Aquele troll era a materialização de todos os meus pesadelos. Tinha dentes enormes e fortes, e garras afiadas, e mãos fortes e peludas. O cabelo dele era comprido que nem o de um dos bichinhos de plástico da minha irmã, e os olhos eram esbugalhados. Estava pelado, e seu pênis pendia em meio ao tufo de pelos emaranhados entre as pernas.

— Escutei você, Jack — sussurrou ele com uma voz que parecia o vento. — Escutei seu crique-craque em cima da minha ponte. E agora vou comer sua vida.

Eu tinha só sete anos, mas era dia, e não me lembro de ter ficado com medo. É bom quando crianças enfrentam elementos dos contos de fadas — elas estão bem equipadas para lidar com esse tipo de coisa.

— Não me come — falei para o troll.

Eu usava uma camiseta listrada marrom e calças de veludo cotelê marrom. Meu cabelo era da mesma cor, e me faltava um dente da frente. Eu estava aprendendo a assobiar entre os dentes, mas ainda não conseguia.

—Vou comer sua vida, Jack — disse o troll.

Encarei bem o troll.

— Minha irmã mais velha vai vir pela trilha daqui a pouco — menti —, e ela é muito mais saborosa do que eu. Come ela, em vez de mim.

O troll farejou o ar e sorriu.

—Você está sozinho — disse ele. — Não tem nada na trilha. Nadinha de nada. — Ele então se abaixou e passou os dedos no meu rosto: foi como borboletas roçando minha pele, como o toque de uma pessoa cega. Ele cheirou os dedos e balançou a cabeçorra. — Você não tem irmã mais velha. Só uma irmã mais nova, e ela está na casa da amiga hoje.

— Você consegue saber tudo isso só pelo cheiro? — perguntei, admirado.

— Trolls sentem o cheiro dos arco-íris, trolls sentem o cheiro das estrelas — murmurou ele, tristonho. — Trolls sentem o cheiro de sonhos que você sonhou antes mesmo de nascer. Chegue mais perto, que vou comer sua vida.

— Tenho pedras preciosas no bolso — falei para o troll. — Pode ficar com elas. Olha.

Mostrei as gemas de lava que eu havia encontrado antes.

— Clínquer — disse o troll. — Restos descartados de trens a vapor. Não valem nada para mim.

Ele escancarou a boca. Dentes afiados. Hálito com cheiro de bolor vegetal e da parte de baixo das coisas.

— Comer. Agora.

Ele foi ficando cada vez mais sólido, cada vez mais real; e o mundo em volta pareceu se achatar, começou a se dissolver.

— Espera. — Finquei os pés na terra úmida de baixo da ponte, mexi os dedos, agarrei-me ao mundo real. Encarei aqueles olhos grandes. — Não quero que você coma a minha vida. Pelo menos não por enquanto. Eu… tenho só sete anos. Nem cheguei a *viver* ainda. Tem livros que ainda não li. Nunca andei de avião. Não sei assobiar ainda, não direito. Que tal você me deixar ir embora? Quando eu estiver mais velho e maior e mais gostoso, eu volto para cá.

O troll me observou com olhos que pareciam abajures e assentiu.

— Quando você voltar, então — disse ele. E sorriu.

Eu me virei e voltei pela trilha reta e silenciosa onde antes existira um trilho de trem.

Depois de um tempo, comecei a correr.

Pisoteei a trilha sob a luz verde, arfando e ofegando, até sentir uma pontada nas costelas, uma dor aguda; e, apertando meu tórax, fui aos tropeços para casa.

Fui ficando mais velho, e os campos começaram a sumir. Uma a uma, fileira por fileira, casas brotaram em ruas com nomes de flores silvestres e escritores renomados. Nossa casa — uma construção vitoriana antiga e decadente — foi vendida e demolida; casas novas ocuparam o jardim.

Construíam casas em tudo que era canto.

Uma vez, eu me perdi na nova área residencial que se instalara em duas campinas que antes eu conhecia como a palma da minha mão. Mas eu não ligava muito para o fim dos campos. A mansão antiga foi comprada por uma multinacional, e o terreno se transformou em mais casas.

Só voltei para a antiga estrada de ferro oito anos depois, e, dessa vez, não estava sozinho.

Eu tinha quinze anos; já havia mudado de escola duas vezes àquela altura. O nome dela era Louise, e foi meu primeiro amor.

Eu amava seus olhos cinzentos, e o cabelo castanho-claro bonito, e o jeito desastrado dela de andar (como um filhotinho de cervo aprendendo a andar, o que parece uma descrição muito idiota, então peço desculpas): eu a vi mascando chiclete, quando tinha treze anos e fiquei caidinho que nem um suicida numa ponte.

O maior problema de estar apaixonado por Louise era que, além de sermos melhores amigos, nós dois estávamos namorando outras pessoas.

Eu nunca tinha falado para ela que a amava, nem sequer que eu gostava dela. Éramos amigos.

Eu tinha ido à casa dela naquela noite: ficamos sentados no quarto dela e colocamos para tocar o *Rattus Norvegicus*, primeiro disco do Stranglers. Era o início do punk, e tudo parecia muito empolgante: as possibilidades, tanto na música quanto em tudo o mais, pareciam infinitas. Enfim chegou a hora de eu voltar para casa, e ela resolveu me acompanhar. Andamos de mãos dadas, inocentes, só amigos, e fizemos a caminhada de dez minutos até a minha casa.

A lua brilhava, e o mundo era visível e incolor, e a noite estava quente.

Chegamos à minha casa. Vimos as luzes de dentro e ficamos na frente da garagem, conversando sobre a banda que eu ia formar. Não entramos.

Depois, decidimos que eu a acompanharia até a casa *dela*. Então voltamos.

Ela me falou da guerra que travava com a irmã mais nova, que decidira roubar sua maquiagem e seus perfumes. Louise desconfiava que a irmã andava fazendo sexo com meninos. Louise era virgem. Nós dois éramos.

Paramos na rua da casa dela, sob a luz ocre da lâmpada de sódio do poste, e olhamos para os lábios pretos e o rosto amarelo-pálido um do outro.

Sorrimos.

Aí continuamos andando, escolhendo ruas tranquilas e trilhas vazias. Em um dos complexos residenciais novos, uma trilha entrava pela floresta, e a seguimos.

O caminho era reto e escuro, mas as luzes de casas distantes brilhavam como estrelas no chão, e a lua iluminava o suficiente para enxergarmos. Levamos um susto quando alguma coisa fungou e bufou logo mais à frente. Chegamos mais perto um do outro, vimos que era um texugo, rimos e nos abraçamos e continuamos andando.

Conversamos besteiras simples sobre nossos sonhos e desejos e pensamentos.

E, o tempo todo, eu queria beijá-la e apalpar os peitos dela, e talvez colocar a mão entre suas pernas.

Finalmente vi uma oportunidade. Tinha uma ponte antiga de tijolos que passava por cima da trilha, e paramos embaixo dela. Eu me colei em Louise. Ela abriu a boca junto à minha.

Então ficou fria e rígida, e parou de se mexer.

— Oi — disse o troll.

Soltei Louise. Estava escuro embaixo da ponte, mas a silhueta da criatura preenchia a escuridão.

— Eu a paralisei — disse o troll —, para a gente conversar. Agora: vou comer sua vida.

Meu coração martelava no peito, e percebi que eu estava tremendo.

— Não — falei.

— Você disse que voltaria para mim. E voltou. Aprendeu a assobiar?

— Aprendi.

— Que bom. Nunca consegui. — Ele fungou e meneou a cabeça. — Gostei. Você tem mais vida e experiência. Mais para comer. Mais para mim.

Peguei Louise, um zumbi duro, e a empurrei para a frente.

— Não me come. Não quero morrer. Come *ela*. Aposto que é muito mais apetitosa que eu. E é dois meses mais velha. Que tal?

O troll ficou quieto.

Farejou Louise dos pés à cabeça, cheirando as pernas e a virilha e os peitos e o cabelo.

Então olhou para mim.

— Ela é inocente — disse. — Você, não. Não quero ela. Quero você.

Fui até o vão da ponte e ergui o rosto para as estrelas noturnas.

— Mas tem tanta coisa que eu nunca fiz — falei, em parte para mim mesmo. — Quer dizer, eu nunca. Bom, nunca transei. E nunca fui para os Estados Unidos. Não… — Hesitei. — Não *fiz* nada. Ainda não.

O troll não falou nada.

— Posso voltar para você. Quando for mais velho.

O troll não falou nada.

— Eu *vou* voltar. Juro que vou.

— Voltar para mim? — disse Louise. — Por quê? Aonde você vai?

Eu me virei. O troll tinha sumido, e a menina que eu achava que amava estava nas sombras embaixo da ponte.

— Vamos voltar para casa — falei. — Vem.

Voltamos andando e não falamos mais nada.

Ela namorou o baterista da banda de punk que eu formei e, bem depois, se casou com outra pessoa. A gente se encontrou uma vez, em um trem, quando ela já era casada, e ela perguntou se eu me lembrava daquela noite.

Falei que sim.

— Eu estava muito a fim de você naquela noite, Jack — disse ela. — Achei que você fosse me beijar. Achei que fosse me pedir em namoro. Eu teria aceitado. Se você tivesse pedido.

— Mas não pedi.

— Não — disse ela. — Não pediu.

Seu cabelo estava cortado muito curto. Não lhe caía bem.

Nunca mais a vi. A mulher esbelta de sorriso tenso não era a garota que eu um dia amara, e fiquei incomodado de conversar com ela.

Fui morar em Londres, e aí, alguns anos depois, me mudei de volta para a cidadezinha, mas já não era a mesma cidadezinha de que eu me lembrava: não havia campos, nem fazendas, nem ruas de pedrinhas; me mudei de novo assim que pude, para um povoado minúsculo a quinze quilômetros de distância.

Eu e minha família — a essa altura, eu já estava casado e com um filho pequeno — nos mudamos para uma casa velha que, muitos anos antes, havia sido uma estação ferroviária. Os trilhos tinham sido removidos, e o casal de idosos que morava em frente fez uma horta no lugar.

Eu estava ficando mais velho. Um dia, achei um fio branco no cabelo; em outro, escutei uma gravação da minha voz e me dei conta de que falava igual ao meu pai.

Meu trabalho era em Londres, fazendo prospecção para uma grande gravadora. Eu ia de trem para Londres na maioria das vezes, e algumas noites voltava.

Precisava manter um apartamento pequeno em Londres. Era difícil morar longe quando as bandas que eu sondava só se arrastavam para o palco à meia-noite. E também era relativamente fácil pegar mulher, se eu quisesse, e eu queria.

Imaginei que Eleonora — esse era o nome da minha esposa; eu devia ter falado isso antes, acho — não soubesse das outras mulheres, mas, num dia de inverno, voltei de uma viagem de duas semanas em Nova York e, quando cheguei, a casa estava vazia e fria.

Ela havia deixado uma carta, não um bilhete. Quinze páginas, datilografadas, e cada palavra era verdadeira. Incluindo o P.S., que dizia: *Você não me ama mesmo. E nunca amou.*

Vesti um casaco pesado, saí e andei a esmo, atordoado e ligeiramente entorpecido.

Não tinha neve no chão, mas tinha geada, e as folhas se quebravam sob meus pés durante a caminhada. As árvores estavam pretas e esqueléticas sob o cinza duro do céu de inverno.

Andei pelo acostamento da estrada. Carros passavam por mim, indo e vindo de Londres. Em determinado momento, tropecei em um galho, parcialmente encoberto por um amontoado de folhas marrons, rasguei a calça e machuquei a perna.

Cheguei ao povoado seguinte. Um rio corria perpendicular à estrada, com uma trilha ao lado que eu nunca tinha visto, e segui por ali, olhando o rio semicongelado, que gorgolejava e chapinhava e cantava.

A trilha atravessava os campos; era reta e gramada.

Achei uma pedra ao lado da trilha, não totalmente enterrada. Peguei-a e limpei a lama. Era uma massa fundida de algo arroxeado, com um brilho estranho de arco-íris. Guardei-a no bolso do casaco e a segurei enquanto caminhava, uma presença cálida e reconfortante.

O rio se desviou dos campos, e continuei andando em silêncio.

Minha travessia já durava uma hora quando vi casas — novas e pequenas e quadradas — no barranco acima de mim.

E aí vi a ponte, e percebi onde eu estava: era a antiga trilha da ferrovia, e eu tinha vindo pelo outro lado.

A lateral da ponte estava pichada: MERDA e BARRY AMA SUSAN, e o NF onipresente da Frente Nacionalista Britânica. Parei embaixo do arco da ponte de tijolos vermelhos, em meio a embalagens de picolé, pacotes de salgadinho e uma única e infeliz camisinha usada, e vi minha respiração se condensar no ar frio da tarde.

O sangue nas minhas calças havia secado.

Carros passaram na ponte acima de mim; deu para ouvir um rádio tocando alto em um deles.

— Oi? — falei, em voz baixa, envergonhado, me achando meio bobo. — Oi?

Nenhuma resposta. O vento agitou os pacotes de salgadinho e as folhas.

—Voltei. Eu falei que voltaria. E voltei. Oi?

Silêncio.

Nesse momento, comecei a chorar, estupidamente, calado, soluçando embaixo da ponte.

Alguém encostou no meu rosto, e levantei os olhos.

— Achei que você não fosse voltar — disse o troll.

Ele agora tinha a minha altura, mas, fora isso, continuava igual. Seu tufo de pelos estava amarfanhado, e seus olhos eram grandes e solitários.

Encolhi os ombros e enxuguei o rosto na manga do casaco.

—Voltei.

Três crianças passaram em cima de nós na ponte, gritando e correndo.

— Eu sou um troll — sussurrou o troll, com uma voz baixa e assustada. — Fol rol de ol rol.

Ele tremia.

Estendi a mão e segurei suas garras enormes. Sorri para ele.

— Está tudo bem — falei. — Sério. Está tudo bem.

O troll assentiu.

Ele me fez deitar no chão, nas folhas e embalagens e na camisinha, e se curvou sobre mim. Em seguida, levantou a cabeça e abriu a boca, e comeu minha vida com seus dentes fortes e afiados.

Quando terminou, o troll se levantou e espanou a sujeira do corpo. Pôs a mão no bolso do casaco e tirou um pedaço queimado e nodoso de pedra de clínquer.

Então estendeu a pedra para mim.

— Isto é seu — disse o troll.

Olhei para ele: vestido confortavelmente com minha vida, relaxado, como se a habitasse havia anos. Peguei o clínquer da mão dele e cheirei. Senti o cheiro do trem de onde ele tinha caído, muito tempo antes. Segurei a pedra com força em minha mão peluda.

— Obrigado — falei.

— Boa sorte — disse o troll.

— É. Bom. Para você também.

O troll sorriu com meu rosto.

Deu as costas para mim e começou a andar pelo caminho por onde eu tinha vindo, em direção à cidade, de volta para a casa vazia de onde eu havia saído naquela manhã; e foi assobiando enquanto andava.

Estou aqui desde então. Escondido. À espera. Parte da ponte.

Observo das sombras as pessoas que aparecem: passeando com cachorros, ou conversando, ou fazendo as coisas que as pessoas fazem. Às vezes alguém para embaixo da minha ponte e não faz nada, ou urina, ou transa. E fico olhando, mas não digo nada; e ninguém me vê.

Fol rol de ol rol.

Vou só ficar aqui, na escuridão sob o arco. Eu escuto vocês todos aí, fazendo crique-craque, crique-craque na minha ponte.

Ah, é, escuto, sim.

Mas eu não vou sair.

NEVE, VIDRO, MAÇÃS

1994

Não sei que tipo de coisa ela é. Nenhum de nós sabe. Ela matou a mãe no parto, mas isso nunca bastaria para explicar.

Dizem que sou sábia, mas estou longe de sê-lo, apesar de ter antevisto fragmentos, instantes paralisados em poças d'água ou no vidro frio do meu espelho. Se eu fosse sábia, não teria tentado mudar o que vi. Se fosse sábia, teria me matado antes de encontrá-la, antes de pegá-lo.

Sábia, e bruxa, é o que dizem, e a vida inteira eu vi o rosto dele nos meus sonhos e em reflexos: dezesseis anos de sonhos até que seu cavalo o trouxe pela ponte naquela manhã, e ele perguntou meu nome. Ele me ajudou a subir no cavalo alto, e cavalgamos juntos até minha cabaninha, eu com o rosto afundado em seus cabelos de ouro. Ele pediu o que eu tinha de melhor; era o direito do rei.

A barba dele era bronze-avermelhada à luz da manhã, e eu o conhecia, não como rei, pois na época eu não sabia nada de reis, mas como meu amor. Ele tomou tudo o que quis de mim, o direito de um rei, mas voltou a mim no dia seguinte e na noite depois: sua barba era tão rubra, seu cabelo, tão dourado, seus olhos, azuis como o céu de verão, sua pele, bronzeada com o tom suave de trigo maduro.

A filha dele não tinha irmãos: apenas cinco anos de idade quando cheguei ao palácio. Havia um retrato da mãe morta na torre da princesa: uma mulher alta, cabelos da cor de madeira escura, olhos como castanhas. Seu sangue era diferente do de sua filha pálida.

A menina não comia conosco.

Eu não sabia em que parte do castelo ela comia.

Eu tinha meus próprios aposentos. Meu marido, o rei, também tinha os dele. Quando me queria, ele mandava me chamar, e eu ia até ele, e lhe dava prazer, e obtinha meu prazer com ele.

Certa noite, meses depois de eu ter sido levada ao palácio, a menina veio a meus aposentos. Tinha seis anos. Eu estava bordando à luz de um lampião, forçando a vista sob a fumaça da chama e a parca iluminação. Quando ergui os olhos, lá estava ela.

— Princesa?

Ela não disse nada. Seus olhos eram negros como carvão, negros como seu cabelo; seus lábios eram mais vermelhos que sangue. Ela olhou para mim e sorriu. Seus dentes pareciam afiados até mesmo ali, na luz fraca.

— Por que não está no seu quarto? — perguntei.

— Estou com fome — respondeu ela, como uma criança qualquer.

Era inverno, quando comida fresca é um sonho quente e ensolarado; mas eu tinha cordões de maçãs desidratadas e sem semente, pendurados nas vigas dos meus aposentos, então peguei uma rodela de maçã para ela.

— Aqui.

O outono é tempo de desidratar, de preservar, é tempo de colher maçãs, de processar banha de ganso. O inverno é tempo de fome, de neve e de morte; e é tempo do banquete de inverno, quando besuntamos a pele de um porco inteiro com banha de ganso e o recheamos com as maçãs do outono; depois, nós o assamos ou cozinhamos no espeto e nos preparamos para nos deleitar com o torresmo.

Ela pegou a maçã seca que eu lhe oferecera e começou a mastigá-la com seus dentes amarelos afiados.

— Está boa?

Ela fez que sim. Eu sempre tivera medo da princesinha, mas naquele momento me afeiçoei a ela e, com os dedos, delicadamente, acariciei sua bochecha. Ela olhou para mim e sorriu — eram raros seus sorrisos —, então cravou os dentes na base do meu polegar, no Monte de Vênus, e arrancou sangue.

Comecei a gritar, de dor e de surpresa, mas ela me encarou, e eu me calei.

A princesinha colou a boca na minha mão e lambeu, sugou, bebeu. Quando terminou, saiu dos meus aposentos. Diante dos meus olhos, o corte que ela havia feito começou a se fechar, a selar e se regenerar. No dia seguinte, era uma cicatriz antiga: podia ser de um corte com um canivete na infância.

Eu tinha sido paralisada por ela, possuída e dominada. Isso me assustou, mais do que o sangue que ela havia consumido. Depois dessa noite, passei a trancar a porta dos meus aposentos ao anoitecer, bloqueando-a com um varão de carvalho, e mandei o ferreiro forjar barras de ferro e instalar nas minhas janelas.

Meu marido, meu amor, meu rei, mandava me chamar cada vez menos, e quando eu o encontrava ele estava tonto, letárgico, confuso. Já não era capaz de fazer amor como um homem faz, e não permitiu que eu lhe desse prazer com a boca: na única vez em que tentei, ele levou um susto violento e começou a chorar. Retirei minha boca e o abracei com força até os soluços passarem, e ele adormeceu, feito uma criança.

Passei os dedos por sua pele enquanto ele dormia. Estava coberta de cicatrizes antigas. Mas eu não me lembrava de nenhuma cicatriz na época do nosso cortejo, exceto uma perto das costelas, onde um javali o atacara quando ele era garoto.

Em pouco tempo, ele se tornou mera sombra do homem que eu havia conhecido e amado na ponte. Seus ossos eram perceptíveis, azuis e brancos, sob a pele. Eu estava com ele no fim: suas mãos, frias como pedra, os olhos, de um azul leitoso, e o cabelo e a barba, opacos e ralos e sem brilho. Ele morreu sem absolvição, com a pele fustigada e marcada da cabeça aos pés com pequenas cicatrizes antigas.

Não pesava quase nada. O chão estava congelado e duro, e não conseguimos cavar um túmulo, então erigimos um moledro de pedra sobre seu corpo, apenas um gesto simbólico, pois restava muito pouco a proteger contra a fome das feras e das aves.

Então me tornei rainha.

Eu era ignorante, e jovem — dezoito verões haviam se passado desde que vi a luz do sol pela primeira vez —, e não fiz o que teria feito agora.

Se fosse hoje, eu teria mandado arrancar o coração dela, sim. Mas depois eu faria com que cortassem sua cabeça, braços e pernas. Mandaria estripá-la. Então observaria da praça da cidade enquanto o carrasco aquecia com foles o fogo até deixá-lo branco incandescente, observaria sem piscar enquanto ele lançava cada pedaço dela ao fogo. Instalaria arqueiros em volta da praça, com ordens para atirar em qualquer ave ou animal que se aproximasse das chamas, qualquer corvo, cachorro, gavião ou rato. E só fecharia os olhos quando a princesa tivesse se transformado em cinzas e uma brisa suave a dispersasse feito neve.

Não fiz isso, e todos havemos de pagar por nossos erros.

Dizem que fui ludibriada; que não era o coração dela. Que era o coração de um animal — um cervo, talvez, ou um javali. É o que dizem, mas é um erro.

E há quem diga (mas a mentira é *dela*, não minha) que me deram o coração e que o comi. Mentiras e meias verdades caem como neve, cobrindo as coisas de que me lembro, as coisas que vi. Uma paisagem, irreconhecível após uma nevasca; foi nisso que ela transformou minha vida.

Quando morreu, meu amor, pai dela, tinha cicatrizes nas coxas, nos testículos e em seu membro masculino.

Não fui com eles. Levaram a garota durante o dia, enquanto ela dormia, seu momento de maior fraqueza. Levaram-na ao coração da floresta, e lá abriram a blusa dela, arrancaram seu coração e a deixaram morta, em uma vala, para ser engolida pela floresta. Era um lugar sombrio, fronteira de muitos reinos; ninguém se atreveria a reclamá-lo para si. Bandidos moram na floresta. Assaltantes moram na floresta, assim como lobos. É possível cavalgar por dias e dias pela floresta e jamais encontrar viv'alma, mas há olhos observando a todo instante.

Trouxeram-me seu coração. Eu sabia que era dela — nenhum coração de corça ou porca continuaria batendo e pulsando após ter sido arrancado do peito, e aquele continuava.

Levei-o para meus aposentos.

Não o comi: pendurei-o nas vigas acima da minha cama, prendi-o em um pedaço de barbante e enchi o fio com sorvas-bravas, vermelho-alaranjadas como o peito de um tordo, e cabeças de alho.

Do lado de fora, a neve caía, cobrindo as pegadas de meus caçadores, cobrindo o corpinho dela no lugar onde jazia na floresta.

Mandei o ferreiro retirar as barras de ferro das minhas janelas, e toda tarde, nos curtos dias de inverno, eu passava algum tempo no meu quarto, contemplando a floresta, até a escuridão cair.

Havia, como já comentei, pessoas na floresta. Algumas delas vinham para a Feira de Primavera: um pessoal ganancioso, selvagem, perigoso; algumas eram deformadas, anões e corcundas; outras tinham os dentes imensos e o olhar vazio dos idiotas; algumas tinham dedos que pareciam barbatanas ou pinças de caranguejo. Eles emergiam da floresta todo ano para a feira, realizada quando a neve derretia.

Eu trabalhei na feira quando menina, e eles me davam medo, o povo da floresta. Eu lia o futuro dos visitantes, fazendo adivinhações em uma tina de água parada, e, mais tarde, quando fiquei mais velha, em um disco de vidro polido com fundo de prata — um presente de um mercador cujo cavalo perdido eu vira em uma poça de tinta.

Os vendedores na feira tinham medo do povo da floresta, e por isso pregavam suas mercadorias na madeira exposta das barracas, placas de biscoito de gengibre ou cintos de couro presos com enormes cravos de ferro. Eles diziam que, se suas mercadorias não fossem pregadas, o povo da floresta pegaria e sairia correndo, roendo biscoitos de gengibre roubados, sacudindo cintos de um lado para outro.

Mas o povo da floresta tinha dinheiro: uma moeda cá, outra lá, às vezes manchadas de verde pelo tempo ou pela terra, com efígies desconhecidas até para os mais velhos de nós. Eles também tinham mercadorias a oferecer, e assim a feira prosseguia, servindo aos párias e anões, aos assaltantes (se fossem circunspectos) que atacavam os raros viajantes vindos de terras além da floresta, e também ciganos e veados. (Isso era roubo aos olhos da lei. Os veados pertenciam à rainha.)

Os anos se passaram devagar, e meu povo afirmava que governei com sabedoria. O coração continuava pendurado acima da minha cama, pulsando calmamente noite adentro. Se havia alguém que lamentasse a morte da criança, não encontrei. A garota era uma criatura medonha, na época, e as pessoas acreditavam que tinham se livrado dela.

Vieram Feiras de Primavera, uma após a outra: cinco, cada uma mais triste que a seguinte, mais pobre, mais fraca. Menos pessoas da floresta apareciam para comprar. As que vinham pareciam abatidas e letárgicas. Os vendedores pararam de pregar suas mercadorias na madeira de suas barracas. E, no quinto ano, apenas um ou outro do povo da floresta veio — um grupo assustadiço de homenzinhos peludos e mais ninguém.

O Senhor da Feira, acompanhado de seu pajem, veio me ver após o fim da feira. Eu o conhecera vagamente antes de ser rainha.

— Não a procuro como minha rainha — disse ele.

Não falei nada. Só escutei.

— Eu a procuro porque a senhora é sábia — continuou ele. — Quando era menina, a senhora olhou em uma poça de tinta e achou um potro fugido; quando era donzela, olhou naquele seu espelho e achou um bebê perdido que havia se afastado da mãe. A senhora sabe segredos e consegue encontrar coisas ocultas. Minha rainha — perguntou ele —, o que está levando o povo da floresta? No ano que vem não haverá Feira de Primavera. Os viajantes de outros reinos são cada vez mais raros, e o povo da floresta quase desapareceu. Mais um ano como este, e vamos todos passar fome.

Dei ordem para que minha criada me trouxesse meu espelho. Era um objeto simples, um disco de vidro com fundo de prata, que eu mantinha embrulhado em couro de corça, dentro de um baú, nos meus aposentos.

Trouxeram-no para mim, e olhei nele:

Tinha doze anos e não era mais uma criancinha. Sua pele continuava pálida, os olhos e o cabelo pretos como carvão, os lábios, vermelho-sangue. Ela usava as mesmas roupas de quando saíra do castelo pela última vez — a blusa, a saia —, mas as peças estavam muito gastas, muito remendadas. Por cima, jogara um manto de couro, e, em vez de botas, seus pezinhos estavam calçados com sacos de couro amarrados com fitas.

Ela estava parada na floresta, ao lado de uma árvore.

Conforme eu a observava, com o olho da mente, vi como ela se esgueirava e andava e pulava e se arrastava de árvore em árvore, como um animal: um morcego ou um lobo. Estava seguindo alguém.

Um monge. Ele vestia trajes de estopa, e seus pés estavam descalços e feridos e duros. A barba e a tonsura, compridas, crescidas, descuidadas.

Ela o observou de trás das árvores. Em algum momento, o monge decidiu parar para descansar à noite e começou a acender uma fogueira, juntando gravetos e desfazendo um ninho de tordo para servir de palha. Ele tirou uma pederneira da túnica e bateu a pedra no aço até as faíscas queimarem a palha e o fogo pegar. Havia encontrado dois ovos no ninho, então os comeu crus. Não deviam ter sido uma refeição satisfatória para um homem tão grande.

Ele se sentou à luz da fogueira, e a garota saiu de seu esconderijo. Agachada do outro lado da fogueira, ela o encarou. O homem sorriu, como se fizesse muito tempo que não via outro ser humano, e gesticulou para que ela se aproximasse.

Ela se levantou, contornou a fogueira e, parada a um braço de distância, esperou. O monge remexeu na túnica até achar uma moeda — um tostãozinho de cobre — e a jogou para ela. Ela pegou, assentiu e foi até ele. O monge puxou uma corda na cintura, e sua túnica se abriu. Seu corpo era peludo como o de um urso. Ela o fez se deitar no musgo. Uma das mãos andou, como uma aranha, pela massa de pele do homem, até se fechar em torno de seu membro; a outra traçou um círculo em volta do mamilo esquerdo. O homem fechou os olhos e apalpou com a mão enorme debaixo da saia dela. A garota baixou a boca até o mamilo que estava acariciando, encostando sua pele branca e lisa naquele corpo de pelos castanhos e fartos.

E cravou os dentes bem fundo no peito dele. O homem abriu os olhos e voltou a fechá-los, e ela bebeu.

A menina montou em cima dele e se alimentou. Enquanto isso, um fio de líquido enegrecido começou a escorrer por entre as pernas dela...

— A senhora sabe o que está afastando os viajantes da nossa cidade? O que está acontecendo com o povo da floresta? — perguntou o Senhor da Feira.

Cobri o espelho com o couro de corça e falei que pessoalmente tomaria providências para que a floresta voltasse a ser segura.

Eu precisava, por mais que ela me apavorasse. Eu era a rainha.

Uma mulher insensata teria saído para a floresta e tentado capturar a criatura; mas eu já havia sido insensata uma vez e não pretendia ser de novo.

Passei algum tempo com livros antigos. Passei algum tempo com as ciganas (que vinham pelas nossas terras a partir das montanhas ao sul, em vez de atravessar a floresta ao norte e ao oeste).

Preparei-me e obtive tudo de que precisava, e, quando os primeiros flocos de neve começaram a cair, eu estava pronta.

Nua eu estava, e sozinha na torre mais alta do palácio, um lugar aberto para o céu. Os ventos esfriavam meu corpo; os pelos se arrepiavam em meus braços, minhas coxas e meus seios. Eu tinha uma bacia de prata, e em um cesto colocara uma faca de prata, um alfinete de prata, uma pinça, um manto cinzento e três maçãs verdes.

Coloquei-os e fiquei lá, despida, na torre, humilde sob o céu noturno e o vento. Se algum homem tivesse me visto ali, seus olhos seriam meus; mas não havia ninguém para espiar. Nuvens corriam pelo céu, ocultando e descobrindo a lua minguante.

Peguei a faca de prata e cortei meu braço — uma, duas, três vezes. O sangue pingou na bacia, um escarlate que parecia preto ao luar.

Acrescentei o pó do frasco que estava pendurado no meu pescoço. Era uma poeira marrom, feita de ervas secas e da pele de certo sapo, e também de outras coisas. O pó engrossou o sangue e o impediu de coagular.

Peguei as três maçãs, uma a uma, e espetei de leve as cascas com meu alfinete de prata. Em seguida, pus as maçãs na bacia de prata e as deixei repousar, os primeiros flocos de neve do ano caindo lentamente na minha pele, e nas maçãs, e no sangue.

Quando a aurora começou a clarear o céu, eu me cobri com o manto cinza e peguei as maçãs vermelhas da bacia de prata, uma a uma, levando-as para meu cesto com a pinça de prata, tomando o cuidado de não tocá-las. Não restava nada do meu sangue ou do pó marrom na bacia de prata, nada além de um resíduo preto, cor de verdete.

Enterrei a bacia no chão. Depois, conjurei uma ilusão nas maçãs (da mesma forma que, anos antes, em uma ponte, eu havia conjurado em mim mesma), para que elas fossem, sem a menor sombra de dúvida, as maçãs mais maravilhosas do mundo, o rubor carmesim de sua casca do mesmo tom cálido de sangue fresco.

Abaixei o capuz do manto para cobrir bem meu rosto e levei comigo fitas e lindos enfeites de cabelo, coloquei-os em cima das maçãs no cesto de vime e caminhei sozinha na floresta até chegar ao covil dela: um penhasco alto de arenito, entrecortado por cavernas profundas que adentravam o paredão rochoso.

Havia árvores e pedregulhos em torno da encosta do penhasco, e andei em silêncio e com passos leves de árvore em árvore, sem perturbar um graveto ou uma folha caída sequer. Depois de um tempo, encontrei meu esconderijo e esperei, e observei.

Após algumas horas, um grupo de anões rastejou para fora do buraco na entrada da caverna — homenzinhos feios, disformes e peludos, os antigos habitantes dessas terras. Agora é raro vê-los.

Eles desapareceram pela mata, e nenhum me avistou, ainda que um tenha parado para urinar na pedra atrás da qual eu estava escondida.

Esperei. Ninguém mais saiu.

Fui para a entrada da caverna e gritei um cumprimento para o interior, em uma voz frágil de anciã.

A cicatriz na minha mão latejava e pulsava quando ela veio na minha direção, saindo da escuridão, nua e sozinha.

Ali estava minha enteada, com treze anos de idade, e nada contaminava a brancura perfeita de sua pele, exceto a cicatriz lívida em seu seio esquerdo, de onde o coração dela fora arrancado tanto tempo antes.

A parte interna de suas coxas estava manchada por uma imundície preta e úmida.

Ela olhou para mim, uma velha escondida em meu manto. Ela me observou, faminta.

— Fitas, senhora — rouquejei. — Fitas bonitas para seu cabelo...

Ela sorriu e me chamou com um gesto. Um puxão; a cicatriz na minha mão me impelia para ela. Fiz o que eu havia pretendido, mas foi mais rápido do que minha intenção: larguei o cesto e gritei como a velha vendedora covarde que eu estava fingindo ser, e fugi.

Meu manto cinzento era da cor da floresta, e fui rápida; ela não me alcançou.

Retornei ao palácio.

Não vi. Mas imaginemos que a menina tenha voltado, frustrada e faminta, à caverna e encontrado meu cesto caído no chão.

O que ela fez?

Gosto de pensar que ela brincou com as fitas, enlaçou-as no cabelo negro, enrolou-as no pescoço pálido ou na cintura minúscula.

E então, curiosa, ela afastou o pano para ver o que mais havia no cesto e encontrou as maçãs tão, tão vermelhas.

Tinham cheiro de maçãs frescas, claro; e também cheiro de sangue. E ela estava com fome. Imagino-a pegando uma maçã, apertando-a junto à bochecha, sentindo a superfície lisa e fria na pele.

Abrindo a boca e dando uma boa mordida...

Quando alcancei meus aposentos, o coração que pendia da viga do teto, entre as maçãs e os presuntos e as linguiças secas, havia parado de bater. Permaneceu ali, inerte, sem qualquer movimento ou vida, e me senti segura de novo.

Naquele inverno, a neve foi alta e intensa, e demorou para derreter. Estávamos todos famintos quando chegou a primavera.

A Feira de Primavera foi ligeiramente melhor naquele ano. Foram poucos os do povo da floresta que apareceram, mas apareceram, e havia viajantes das terras além da floresta.

Vi os homenzinhos peludos da caverna da floresta comprando e pechinchando pedaços de vidro e punhados de cristal e quartzo. Pagaram pelo vidro com moedas de prata — sem dúvida, os espólios da depredação de minha enteada. Quando o povo da cidade descobriu o que eles estavam comprando, as pessoas correram para casa e voltaram com seus amuletos de cristal e, em alguns casos, placas inteiras de vidro.

Pensei por um instante em mandar matar os homenzinhos, mas não o fiz. Desde que o coração permanecesse ali, pendurado na viga dos meus aposentos, imóvel e inerte, frio, eu estava em segurança, assim como, portanto, o povo da cidade.

Meu vigésimo quinto ano chegou, e fazia dois invernos que minha enteada comera a fruta envenenada quando o príncipe veio ao meu palácio. Ele era alto, muito alto, com olhos verdes frios e a pele dourada das pessoas do outro lado das montanhas.

Ele viajava com uma pequena comitiva: grande o bastante para defendê-lo, pequena o bastante para que outros monarcas — eu, por exemplo — não o considerassem uma ameaça em potencial.

Eu era pragmática: pensei na aliança entre nossas terras, pensei no reino que ia das florestas até o mar ao sul; pensei no meu amor barbado de cabelos de ouro, morto havia oito anos; e, à noite, fui aos aposentos do príncipe.

Não sou inocente, embora meu falecido marido, que antes foi meu rei, tenha sido realmente meu primeiro amante, não importa o que digam por aí.

Num primeiro momento, o príncipe parecia empolgado. Pediu que eu tirasse a camisola e me fez esperar na frente da janela aberta, longe da lareira, até minha pele ficar gelada como pedra. Ele então pediu que eu me deitasse de costas, com as mãos juntas sobre os seios e os olhos escancarados — mas fixos nas vigas do teto. Falou para eu não me mexer e para respirar o mínimo possível. Implorou que eu não dissesse nada. E abriu minhas pernas.

Foi nesse momento que ele me penetrou.

Quando ele começou a entrar em mim, senti meus quadris se erguerem, senti que eu começava a acompanhar seus movimentos, roçada com roçada, empurrão com empurrão. Gemi. Não consegui me conter.

O membro dele saiu de mim. Estendi a mão e encostei nele, um negócio miúdo e escorregadio.

— Por favor — disse ele, em voz baixa. — Não se mexa nem fale nada. Só fique deitada aí na pedra, tão fria e tão bela.

Tentei, mas ele havia perdido qualquer que fosse a força que o deixava viril; e, pouco depois, saí dos aposentos do príncipe, suas pragas e lágrimas ainda ressoando em meus ouvidos.

Ele foi embora cedo na manhã seguinte, com todos os seus homens, e seguiu para a floresta.

Imagino as partes baixas dele agora, enquanto cavalga, um nó de frustração na base de seu órgão. Imagino os lábios pálidos dele comprimidos com força. E imagino então aquela comitivazinha viajando pela floresta até finalmente encontrar o moledro de vidro e cristal da minha enteada. Tão pálida. Tão fria. Nua sob o vidro, pouco mais que uma menina, e morta.

No meu devaneio, quase consigo sentir a rigidez súbita do membro dele sob os calções e visualizar o desejo que o dominou naquele momento, as preces sussurradas de gratidão por aquela sorte. Eu o imagino negociando com os homenzinhos peludos — ofertas de ouro e especiarias em troca do lindo cadáver sob o monte de cristais.

Eles aceitaram o ouro de bom grado? Ou observaram os homens dele nos cavalos, com espadas afiadas e lanças, e perceberam que não tinham alternativa?

Não sei. Eu não estava lá; não estava observando. Só posso imaginar...

Mãos, removendo os pedaços de vidro e quartzo do corpo frio dela. Mãos, acariciando delicadamente seu rosto frio, mexendo seu braço frio, deleitando-se ao constatar que o cadáver continuava fresco e flexível.

Ele a possuiu ali, na frente de todo mundo? Ou providenciou que a levassem até um canto isolado antes de montar nela?

Não sei dizer.

Ele desalojou a maçã da garganta dela? Ou os olhos dela se abriram lentamente conforme ele penetrava em seu corpo gelado, a boca se abrindo, os lábios vermelhos se afastando, os dentes amarelos afiados se fechando no pescoço dele, enquanto o sangue, que é a vida, escorria pela garganta dela, removendo o pedaço de maçã, minha maçã, meu veneno?

Imagino. Não sei.

O que eu sei é o seguinte: fui despertada no meio da noite quando o coração dela voltou a pulsar e bater. O sangue salgado gotejou do teto no meu rosto. Sentei-me. Minha mão ardia e latejava como se uma pedra tivesse atingido a base do meu polegar.

Alguém bateu na porta violentamente. Fiquei assustada, mas sou uma rainha e me recuso a demonstrar medo. Abri.

Primeiro, os homens dele entraram em meus aposentos e pararam à minha volta, com suas espadas afiadas, suas longas lanças.

Depois entrou ele; e cuspiu no meu rosto.

Por fim, ela adentrou meus aposentos, tal como havia feito quando eu me tornara rainha e ela era uma criança de seis anos. Ela não havia mudado. Não de verdade.

Puxou o barbante em que seu coração estava pendurado. Arrancou as sorvas-bravas, uma a uma; arrancou a cabeça de alho, já um troço ressecado, depois de tantos anos. Em seguida, removeu o próprio coração pulsante, um negócio pequeno, do tamanho do coração de uma cabra ou de uma ursa, que ainda vibrava e bombeava o sangue.

As unhas da garota deviam ser afiadas como vidro, e ela as usou para abrir o peito, deslizando-as ao longo da cicatriz roxa. Seu tórax se escancarou de repente, sem sangue. Ela lambeu o coração, uma vez, enquanto o sangue escorria por suas mãos, e enfiou o órgão fundo no peito.

Eu a vi fazer isso. Vi quando ela voltou a fechar o peito. Vi a cicatriz roxa começar a se apagar.

O príncipe dela pareceu preocupado por um instante, mas passou o braço por seus ombros mesmo assim, e eles permaneceram lado a lado, e esperaram.

E ela continuou fria, e a flor da morte persistiu em seus lábios, e o desejo dele não se reduziu de modo algum.

Eles me disseram que se casariam, e os reinos se uniriam, como era esperado. Disseram que eu estaria com eles no dia do casamento.

Está começando a ficar quente aqui dentro.

Eles falaram mal de mim para o povo; salpicaram um pouco de verdade, mas misturada a muitas mentiras.

Fui acorrentada e presa em uma cela minúscula de pedra sob o palácio, e ali passei todo o outono. Hoje, tiraram-me da cela; removeram meus trapos, lavaram minha sujeira, rasparam meu cabelo e meus pelos púbicos, besuntaram minha pele com banha de ganso.

A neve estava caindo quando eles me carregaram — dois homens em cada mão, dois homens em cada perna —, totalmente exposta, membros estirados e com frio, e me trouxeram até este forno, no meio da multidão, em meio ao inverno.

Minha enteada estava lá com seu príncipe. Ela me observou, em minha indignidade, mas não falou nada.

Quando me jogaram para dentro, em meio a gritos e deboches, vi um floco de neve pousar na bochecha branca dela e permanecer ali sem derreter.

Fecharam a porta do forno. Está esquentando aqui dentro, e lá fora as pessoas cantam e gritam e batem nas laterais.

Ela não estava rindo, nem debochando, nem gritando. Não me ofendeu nem virou o rosto. Mas me olhou; e, por um instante, vi minha imagem refletida em seus olhos.

Não gritarei. Não darei essa satisfação a eles. Eles podem tomar meu corpo, mas minha alma e minha história pertencem a mim e vão morrer comigo.

A banha de ganso está começando a derreter e brilhar na minha pele. Não emitirei som algum. Não pensarei mais nisto.

Pensarei apenas no floco de neve na bochecha dela.

Penso em seu cabelo, preto como carvão, seus lábios, mais vermelhos que sangue, sua pele, branca de neve.

É SÓ O FIM DO MUNDO DE NOVO

1994

Foi um dia ruim: acordei pelado na cama com dor de barriga, me sentindo basicamente no inferno. Algum aspecto da luz, esticada e metálica, que nem cor de enxaqueca, me informou que estava de tarde.

O quarto estava gelado — literalmente: havia uma camada fina de gelo na parte de dentro das janelas. Os lençóis à minha volta estavam rasgados e dilacerados, e havia pelo animal na cama. Pinicava.

Eu estava pensando em passar a semana seguinte ali deitado — sempre fico cansado depois de uma transformação —, mas uma onda de náusea me obrigou a me desvencilhar das cobertas e correr, aos tropeços, até o banheiro minúsculo do apartamento.

A cólica apertou de novo quando alcancei a porta do banheiro. Eu me segurei no batente, suando. Talvez fosse febre; torci para não ter contraído alguma coisa.

A dor na barriga era intensa. Meus pensamentos estavam turvos. Desabei no chão e, antes que conseguisse reunir forças para levantar a cabeça até o vaso sanitário, comecei a expelir.

Vomitei um líquido amarelo ralo fedorento; tinha uma pata de cachorro nele — talvez de doberman, mas não entendo muito de cachorro; uma casca de tomate; uns pedaços picados de cenoura e milho verde; alguns punhados de carne mastigada, crua; e dedos. Eram dedos brancos, pequenos, obviamente de criança.

— Merda.

A dor na barriga diminuiu e a náusea passou. Fiquei caído no chão, com baba fétida escorrendo da boca e do nariz, e com as lágrimas que a gente chora quando passa mal secando no rosto.

Quando me senti um pouco melhor, peguei a pata e os dedos da poça de vômito, joguei no vaso e dei descarga.

Abri a torneira, lavei a boca com a água salobre de Innsmouth e cuspi na pia. Limpei o resto do vômito o melhor que pude com uma toalha de rosto e papel higiênico. Depois, abri o chuveiro e fiquei parado dentro da banheira que nem um zumbi enquanto a água quente escorria por mim.

Então me ensaboei todo, corpo e cabelo. A espuma rala ficou cinza; eu devia estar imundo. Meu cabelo estava grudento com algo que parecia sangue seco, e esfreguei o sabonete nele até sair tudo. Depois, continuei debaixo do chuveiro, e só o fechei quando a água já estava gelada.

Havia um bilhete da proprietária embaixo da porta. Dizia que eu devia duas semanas do aluguel. Dizia que todas as respostas estavam no Livro do Apocalipse. Dizia que eu tinha feito muito barulho quando voltei para casa de madrugada e que ela agradeceria se eu pudesse ser mais silencioso no futuro. Dizia que, quando os Deuses Anciãos se erguessem do oceano, toda a escória da Terra, todos os infiéis, todo lixo humano, todos os vagabundos e inúteis seriam eliminados, e o mundo seria purificado pelo gelo e pela água das profundezas. Dizia que achava necessário relembrar que ela havia reservado uma prateleira para mim na geladeira quando me mudei e que agradeceria se no futuro eu me ativesse a ela.

Amassei o bilhete e o larguei no chão, onde ele foi fazer companhia às embalagens de Big Mac e às caixas vazias de pizza e às fatias de pizza já para lá de secas e mortas.

Era hora de ir para o trabalho.

Fazia duas semanas que eu estava em Innsmouth, e não gostava do lugar. Tinha um cheiro suspeito de peixe. Era uma cidadezinha claustrofóbica: brejos ao leste, penhascos ao oeste e, no centro, um porto que abrigava alguns barcos de pesca podres e que não era bonito nem ao pôr do sol. Os *yuppies* tinham vindo nos anos 1980 mesmo assim e comprado suas cabanas de pescador pitorescas com vista para o porto. Já fazia alguns anos que haviam ido embora, as cabanas na baía definhando, abandonadas.

Os habitantes de Innsmouth moravam espalhados pela cidade e arredores e nos conjuntos de trailers das cercanias, repletos de casas móveis que jamais iriam a lugar algum.

Eu me vesti, calcei as botas, pus o casaco e saí do meu quarto. A proprietária não estava à vista. Era uma mulher baixa de olhos esbugalhados que falava pouco, mas me deixava bilhetes compridos presos em portas e em lugares onde eu poderia ver; ela mantinha a casa cheirando a frutos do mar cozidos: sempre havia panelas enormes fervilhando no fogão da cozinha, cheias de coisas com pernas demais e outras sem perna alguma.

A casa tinha outros quartos, que nunca eram alugados. Ninguém em sã consciência viria a Innsmouth no inverno.

Do lado de fora, o cheiro não era muito melhor. Mas era mais frio, minha respiração se condensando no ar marítimo. A neve nas ruas era lamacenta e imunda, e as nuvens prometiam mais neve.

Um vento salgado e frio soprava da baía. As gaivotas gritavam lamúrias. Meu escritório também estaria gelado. Na esquina da Marsh Street com a Leng Avenue havia um bar, A Abertura, um edifício baixo e estreito com janelinhas escuras, por onde eu tinha passado dezenas de vezes nas últimas semanas. Eu nunca havia entrado, mas precisava tomar alguma coisa, e, além do mais, talvez estivesse mais quente ali. Abri a porta.

Estava mesmo quente no bar. Bati a neve das botas e entrei. O lugar tinha um ou outro gato pingado e cheirava a cinzeiro velho e cerveja choca. Alguns velhos jogavam xadrez no balcão. O barman lia uma edição antiga e surrada com capa de couro verde e dourada da obra poética de Alfred, lorde Tennyson.

— Oi. Me vê um Jack Daniel's caubói?

— Pode deixar. Você é novo na cidade — disse ele para mim, apoiando o livro virado para baixo no balcão e servindo a bebida em um copo.

— Dá para perceber? — perguntei.

Ele sorriu e me deu o Jack Daniel's. O copo estava imundo, com uma impressão digital oleosa na lateral, e dei de ombros e virei a bebida mesmo assim. Mal senti o gosto.

— Noite agitada? — disse o barman. — Entendo.

O homem tinha cabelo alaranjado como pelo de raposa, penteado para trás com bastante brilhantina.

— Existe uma crença — continuou o homem — de que é possível fazer *lykanthropoi* voltarem à forma natural se a pessoa agradecer enquanto eles estão em forma de lobo, ou se usar o nome de batismo.

— É? Bom, valeu.

Ele serviu outra dose para mim, sem que eu pedisse. Lembrava um pouco Peter Lorre, mas, por outro lado, a maioria das pessoas em Innsmouth lembrava um pouco Peter Lorre, incluindo a proprietária do lugar em que eu morava.

Engoli o Jack Daniel's e dessa vez senti o líquido descer queimando até o estômago, como devia.

— É o que dizem — comentou o homem. — Nunca falei que eu acreditava.

— E no *que* você acredita?

— Em queimar a cinta.

— Como?

— Os *lykanthropoi* têm uma cinta feita de pele humana, que recebem de seus mestres no Inferno quando se transformam pela primeira vez. Você tem que queimar a cinta.

Um dos idosos do xadrez se virou para mim, com olhos enormes, cegos, esbugalhados.

— Se você beber água de chuva na pegada de um lupusomem, vai virar um lobo quando a lua ficar cheia — disse ele. — A única cura é caçar o lobo que fez a pegada e cortar a cabeça dele fora com uma faca feita de prata virgem.

— Virgem, é?

Sorri.

O colega de xadrez dele, careca e enrugado, balançou a cabeça e gemeu um único ruído triste. Ele então moveu a rainha e gemeu de novo.

Tem pessoas como ele por toda Innsmouth.

Paguei pelas bebidas e deixei um dólar de gorjeta no balcão. O barman estava lendo o livro de novo e ignorou.

Fora do bar, flocos grandes, úmidos e pegajosos de neve tinham começado a cair, acumulando no meu cabelo e nos cílios. Odeio neve. Odeio a Nova Inglaterra. Odeio Innsmouth: não é um lugar para se estar sozinho, mas, se existe algum lugar para se estar sozinho, ainda não encontrei. Mesmo assim, os negócios me mantiveram em movimento por mais luas do que gosto de lembrar. Negócios e outras coisas.

Andei algumas quadras na Marsh Street — como em quase toda Innsmouth, uma mistura desagradável de casas góticas americanas do século XVIII, construções geminadas baixas do século XIX e caixotes pré-fabricados de tijolo cinza do século XX — até chegar a uma lanchonete fechada de frango frito, e então subi os degraus de pedra perto da loja e destranquei a porta de metal enferrujado.

Havia uma loja de bebidas do outro lado da rua; uma quiromante atuava no segundo andar.

Alguém tinha rabiscado com marcador preto no metal: MORRE LOGO. Como se fosse fácil.

A escada era de madeira simples; o reboco estava manchado e descascado. Meu escritório de um cômodo ficava no alto da escada.

Não passo tempo suficiente em lugar nenhum para me dar ao trabalho de estampar meu nome com decalque dourado na porta. Estava escrito à mão em letras de forma em um pedaço de papelão rasgado pregado com uma tachinha na porta:

LAWRENCE TALBOT
AJUSTADOR

Destranquei a porta do escritório e entrei.

Examinei minha sala, adjetivos como *sórdido* e *repugnante* e *decadente* perambulando por minha cabeça, mas desisti, derrotado. Era relativamente módico — uma mesa, uma cadeira de escritório, um armário de arquivos vazio; uma janela, que oferecia a vista incrível para a loja de bebidas e a sala vazia da quiromante. O cheiro de óleo velho de cozinha vindo da loja do térreo se infiltrava. Ponderei quanto tempo fazia que a lanchonete de frango frito estava fechada; imaginei uma multidão de baratas pretas rastejando por toda e qualquer superfície na escuridão abaixo de mim.

— É na forma do mundo que você está pensando aí — disse uma voz sombria e grave, tão grave que a senti no fundo do estômago.

Havia uma poltrona velha no canto do escritório. Vestígios de uma padronagem apareciam sob a pátina de desgaste e gordura dada pelos anos. Tinha cor de poeira.

O homem gordo sentado na poltrona, de olhos ainda bem fechados, continuou:

— Observamos nosso mundo intrigados, com uma sensação incômoda e inquieta. Consideramo-nos eruditos de liturgias arcanas, homens singulares presos entre mundos para além da nossa capacidade de concepção. A verdade é muito mais simples: há coisas nas trevas sob nós que desejam nosso mal.

A cabeça dele pendeu para trás na poltrona, e a ponta de sua língua emergiu do canto da boca.

— Você leu minha mente? — perguntei.

O homem na poltrona respirou fundo, devagar, e o ar trepidou na garganta dele. Era imenso, com dedos grossos que pareciam linguiças descoradas. Usava um casaco pesado velho, que já fora preto e agora era de um cinza indefinido. A neve em suas botas ainda não tinha terminado de derreter.

— Talvez. O fim do mundo é um conceito estranho. O mundo sempre está acabando, e o fim sempre está sendo evitado, por amor, estupidez ou só pela boa e velha sorte.

"Ah, bom. Agora é tarde demais: os Deuses Anciãos escolheram seus receptáculos. Quando a lua surgir..."

Um fio de baba escorreu do canto da boca dele e fluiu em um filamento prateado até a gola. Alguma coisa escapuliu da gola para as sombras do casaco.

— É? O que vai acontecer quando a lua surgir? — indaguei.

O homem na poltrona se mexeu, abriu os olhinhos miúdos, vermelhos e inchados, e piscou para despertar.

— Sonhei que eu tinha muitas bocas — disse ele, com uma voz nova estranhamente baixa e sussurrante para um homem daquele tamanho. — Sonhei que todas as bocas se abriam e se fechavam. Algumas falavam, algumas sussurravam, algumas comiam, algumas esperavam em silêncio.

Ele olhou para os lados, limpou a saliva do canto da boca, recostou-se na poltrona e piscou, confuso.

— Quem é você?

— Sou o cara que aluga esta sala — respondi.

Ele arrotou de repente, alto.

— Sinto muito — disse ele com sua voz sussurrante, e se levantou com esforço da poltrona. De pé, era mais baixo do que eu. O homem me observou, atento, o olhar taciturno. — Balas de prata — enunciou ele depois de um breve intervalo. — Recurso antiquado.

— É — falei. — Muito óbvio... Deve ser por isso que não me ocorreu. Puxa, que tapado que eu sou. Muito tapado mesmo.

— Você está debochando de um velho — disse ele.

— Não muito. Desculpe. Agora, pode sair. Tem gente que precisa trabalhar.

Ele se arrastou para fora. Sentei-me na cadeira giratória atrás da mesa junto à janela e constatei, depois de alguns minutos, por tentativa e erro, que, se eu girasse a cadeira para a esquerda, ela se soltava da base.

Então fiquei quieto e esperei o telefone preto empoeirado na minha mesa tocar, enquanto a luz se esvaía lentamente no céu de inverno.

Trim.

Uma voz de homem: *Eu não tinha pensado em revestimento de alumínio?* Desliguei o telefone.

A sala não tinha aquecimento. Eu me perguntei quanto tempo o sujeito gordo havia passado dormindo na poltrona.

Vinte minutos depois, o telefone tocou de novo. Uma mulher às lágrimas me implorou que a ajudasse a encontrar sua filha de cinco anos, desaparecida desde a noite anterior, raptada da cama. O cachorro da família também tinha sumido.

Não trabalho com crianças desaparecidas, respondi. *Desculpe: muitas lembranças ruins.* Desliguei o telefone, com um embrulho no estômago de novo.

Já estava escurecendo e, pela primeira vez desde que eu chegara a Innsmouth, o letreiro neon do outro lado da rua se acendeu. Ele anunciava que MADAME EZEKIEL fazia TARÔ E QUIROMANCIA.

O neon vermelho manchou com a cor de sangue fresco a neve que caía.

Pequenos atos impedem armagedons. Era assim que as coisas eram. Era assim que sempre tinham que ser.

O telefone tocou pela terceira vez. Reconheci a voz; era o homem do revestimento de alumínio de novo.

— Quer saber — disse ele, afobado —, considerando que seja impossível, por definição, a transformação de homem em animal e vice-versa, precisamos explorar outras soluções. Despersonalização, claro, e também alguma forma de projeção. Dano encefálico? Talvez. Esquizofrenia pseudoneurótica? Ridículo, mas sim. Alguns casos foram tratados com cloridrato de tioridazina intravenoso.

— Com sucesso?

Ele deu uma risadinha.

— É assim que eu gosto. Um homem com senso de humor. Com certeza vamos poder negociar.

— Já falei. Não preciso de revestimento de alumínio.

— Nosso assunto é mais notório que isso, e muito mais importante. Você é novo na cidade, sr. Talbot. Seria uma pena se, digamos, nós batêssemos de frente.

— Você pode falar o que quiser, camarada. Para mim, você é só mais um ajuste a ser feito.

— Estamos acabando com o mundo, sr. Talbot. Os Profundos vão se erguer de seus túmulos no oceano e devorar a lua como se fosse uma ameixa madura.

— Então não vou mais ter que me preocupar com luas cheias, é?

— Não tente nos provocar — começou ele, mas rosnei, e ele se calou.

Do lado de fora, a neve continuava caindo.

Na janela de frente para a minha, a mulher mais linda que eu já tinha visto estava sob o brilho rubi de seu letreiro neon, me encarando.

Ela gesticulou com o dedo para me chamar.

Desliguei o telefone na cara do sujeito do revestimento de alumínio pela segunda vez naquela tarde e desci, atravessando a rua quase correndo, mas olhando para os dois lados, claro.

Ela estava com trajes de seda. O cômodo era iluminado apenas por velas e fedia a incenso e óleo de patchuli.

Ela sorriu para mim quando entrei e indicou que eu fosse até onde estava sentada, perto da janela. Brincava com um baralho de tarô, jogando alguma versão de paciência. Quando me aproximei, com um gesto elegante ela recolheu as cartas, embrulhou-as em um lenço de seda e as guardou cuidadosamente em uma caixa de madeira.

Os aromas da sala faziam minha cabeça latejar. Eu me dei conta de que não havia comido nada, o que explicava a tontura que me acometia. Sentei-me à mesa, de frente para ela, à luz das velas.

Ela estendeu a mão e pegou a minha.

Olhou para minha palma, tocou-a de leve com o dedo indicador.

— Pelo? — Ela estava intrigada.

— É, sabe. Eu passo muito tempo sozinho.

Sorri. Torci para que fosse um sorriso simpático, mas ela ergueu a sobrancelha mesmo assim.

— Quando olho para você — disse madame Ezekiel —, eis o que vejo. Vejo o olho de um homem. Vejo também o olho de um lobo. No olho do homem, vejo honestidade, decência, inocência. Vejo um homem orgulhoso que caminha na praça. E no olho do lobo vejo um gemido e um rosnado, uivos e lamentos noturnos, vejo um monstro que corre com saliva ensanguentada na escuridão dos limites da cidade.

— Como você vê um rosnado e um lamento?

Ela sorriu.

— Não é difícil — respondeu ela. Seu sotaque não era dos Estados Unidos. Era russo, ou maltês, ou talvez egípcio. — Com o olho da mente, vemos muitas coisas.

Madame Ezekiel fechou os olhos verdes. Seus cílios eram incrivelmente longos; sua pele era clara, e o cabelo preto jamais ficava imóvel — se agitava delicadamente em volta da cabeça, nas sedas, como se flutuasse em marés distantes.

— Existe um jeito tradicional — disse ela. — Um jeito de eliminar uma forma ruim. Entre em água corrente, em água limpa de nascente, enquanto come pétalas de rosa branca.

— E depois?

— A forma de trevas será lavada do seu corpo.

— Vai voltar — falei para ela —, na próxima lua cheia.

— Então — disse madame Ezekiel —, depois de eliminar a forma, abra suas veias na água corrente. Vai doer terrivelmente, claro. Mas o rio vai levar o sangue embora.

Ela usava vestes de seda, lenços e tecidos de cem cores diferentes, todas intensas e vívidas, até mesmo à luz fraca das velas.

Seus olhos se abriram.

— Agora — disse ela —, o tarô.

Ela desembrulhou o baralho do lenço de seda preta que o continha e me deu as cartas para embaralhar. Cortei, misturei, juntei.

— Devagar, devagar — disse ela. — Deixe as cartas conhecerem você. Deixe as cartas amarem você, como... como uma mulher o amaria.

Segurei o baralho com firmeza e devolvi para ela.

Ela virou a primeira carta. Chamava-se *O Lobo de Guerra*. Exibia escuridão e olhos cor de âmbar, um sorriso em branco e vermelho.

Os olhos dela revelaram confusão. Eram verdes como esmeraldas.

— Esta carta não é do meu baralho — disse ela, virando a carta seguinte. — O que você fez com as minhas cartas?

— Nada, senhora. Só segurei. Só isso.

A carta que ela tinha virado era *O Profundo*. Exibia algo verde e vagamente octópode. As bocas daquela coisa — se é que eram bocas, e não tentáculos — começaram a se retorcer na carta diante dos meus olhos.

Ela a cobriu com outra carta, e mais outra, e mais outra. Todas as outras cartas eram só cartolina branca.

—Você fez isso? — Ela parecia à beira das lágrimas.

— Não.

—Vá embora — disse ela.

— Mas...

— *Vá*.

Ela olhou para baixo, como se estivesse tentando se convencer de que eu não existia mais.

Fiquei de pé, na sala que cheirava a incenso e parafina, e olhei pela janela para o outro lado da rua. Uma luz piscou na janela do meu escritório. Havia dois homens com lanternas andando lá dentro. Eles abriram o armário de arquivos, deram uma olhada no espaço e, por fim, assumiram suas posições, um na poltrona, outro atrás da porta, para esperar meu retorno. Sorri comigo mesmo. Era frio e inóspito na minha sala, e com sorte eles passariam horas ali até enfim concluírem que eu não ia voltar.

Então deixei madame Ezekiel com suas cartas, virando-as uma a uma, encarando-as como se assim as imagens fossem voltar; e desci e andei pela Marsh Street até o bar de novo.

O lugar agora estava vazio; o barman apagou o cigarro quando entrei.

— Cadê os fãs de xadrez?

— Hoje é uma noite importante para eles. Foram para a baía. Vamos ver. Jack Daniel's para você? Acertei?

— Pode ser.

Ele me serviu uma dose. Reconheci a impressão digital da outra vez que usei o copo. Peguei o livro de poemas de Tennyson no balcão do bar.

— Livro bom?

O barman com cabelo de raposa pegou seu livro de mim, abriu e leu:

Abaixo das rugentes profundezas
Nas abismais entranhas deste mar,
Sem sonhos, em constante placidez,
O Kraken dorme...

Eu tinha terminado minha bebida.

— E? O que você quer dizer com isso?

Ele contornou o balcão e me levou até a janela.

— Está vendo? Lá fora?

Ele apontou para o penhasco, a oeste, e vi uma fogueira ser acesa no topo; ela se inflamou e começou a queimar com uma chama verde-cobre.

— Eles vão despertar os Profundos — explicou o barman. — As estrelas, os planetas e a lua estão todos na posição certa. É hora. As terras secas vão se afundar, e os mares subirão...

— "E o mundo será purificado pelo gelo e dilúvios, e agradeço se você só usar a sua prateleira na geladeira" — falei.

— Como?

— Nada. Qual é o jeito mais rápido de chegar àquele penhasco?

— Pela Marsh Street. Vire à esquerda na Igreja de Dagon até entrar na Manuxet Way, e depois siga direto em frente. — Ele pegou um casaco atrás da porta e vestiu. — Vamos. Eu te acompanho. Não quero perder a diversão.

— Tem certeza?

— Ninguém na cidade vai beber hoje à noite.

Saímos, e ele trancou a porta do bar.

Fazia frio na rua, e a neve dançava com o vento, como uma névoa branca. Da rua, não dava mais para ver se madame Ezekiel estava em sua sala acima do letreiro de neon ou se meus visitantes ainda me esperavam no escritório.

Abaixamos a cabeça contra o vento e caminhamos.

Em meio ao barulho da ventania, escutei o barman falando sozinho:

— Colossais braços no verde adormecido — dizia ele.

"Por eras sem conta lá ele dorme
"De monstros marinhos se nutre qual realeza
"Até que a chama final seu leito aqueça
"E enfim a homens e anjos eis, surgido
"Com urros ele emerge..."

Ele parou nesse ponto, e continuamos andando em silêncio enquanto a neve no vento ardia no nosso rosto.

E na superfície morrer, pensei, mas não falei em voz alta.

Vinte minutos de caminhada, e saímos de Innsmouth. A Manuxet Way acabava na saída da cidade e virava uma estrada de terra estreita, parcialmente coberta de neve e gelo, e fomos deslizando e escorregando pelo escuro.

A lua ainda não tinha nascido, mas as estrelas já haviam começado a aparecer. Eram muitas. Estavam esparsas como pó de diamante e safiras esmagadas pelo céu da noite. Dá para ver muitas estrelas no litoral, mais do que jamais seria possível na cidade.

No topo do penhasco, atrás da fogueira, duas pessoas esperavam — uma enorme e gorda, outra muito menor. O barman saiu do meu lado e foi ficar junto deles, virado para mim.

— Observai — disse ele — o lobo do sacrifício.

Agora a voz dele tinha algo estranhamente familiar.

Não falei nada. A fogueira ardia com labaredas verdes e iluminava os três por baixo, clássico efeito de luz sinistro.

— Você sabe por que eu o trouxe aqui? — perguntou o barman, e foi aí que percebi por que a voz dele era familiar: era a voz do homem que tentara me vender revestimento de alumínio.

— Para impedir o fim do mundo?

Ele riu de mim.

A segunda figura era o homem gordo que eu havia encontrado dormindo na poltrona do meu escritório.

— Bom, se você quer partir para a escatologia... — murmurou ele com uma voz grave o bastante para trepidar paredes.

Seus olhos estavam fechados. Ele dormia profundamente.

A terceira figura estava coberta de sedas escuras e cheirava a óleo de patchuli. Segurava uma faca. Não falou nada.

— Nesta noite — disse o barman —, a lua é a lua dos Profundos. Nesta noite, as estrelas se configuraram nas posições e nos padrões dos velhos tempos sombrios. Nesta noite, se os chamarmos, eles virão. Se nosso sacrifício for digno. Se nossos clamores forem ouvidos.

A lua subiu, imensa, âmbar, pesada, do outro lado da baía, e um coro rouco e sutil começou a se erguer junto com ela do mar distante abaixo de nós.

O luar tocando a neve e o gelo não é a mesma coisa que a luz do sol, mas foi o suficiente para mim. E meus olhos estavam ficando mais aguçados com a chegada da lua: na água fria, homens que pareciam sapos emergiam e submergiam em uma dança aquática vagarosa. Homens que pareciam sapos, e mulheres também: tive a impressão de ver a proprietária do quarto lá, também retorcendo-se e coaxando com os outros.

Era cedo demais para mais uma transformação; eu ainda estava exausto da noite anterior; mas me sentia estranho sob aquela lua cor de âmbar.

— Pobrezinho do homem-lobo — disse um sussurro sob as sedas. — Todos os sonhos dele resultaram nisto: uma morte solitária em um penhasco distante.

Vou sonhar se eu quiser, falei, *e minha morte é assunto meu.* Mas eu não sabia se tinha dito isso em voz alta.

Os sentidos se intensificam sob o luar; eu ainda ouvia o rugido do mar, mas agora, sobreposto, escutava o som de cada onda que subia e arrebentava; escutava os sons das pessoas-sapo na água; escutava os murmúrios afogados dos mortos na baía; escutava o rangido de destroços verdes nas profundezas do oceano.

O olfato também melhora. O sujeito dos revestimentos de alumínio era humano; já o gordo tinha outro sangue.

E o vulto nas sedas...

Eu havia sentido o perfume dela quando estava em forma de homem. Agora sentia outro cheiro, menos inebriante, por baixo. Um cheiro de decomposição, de carne em putrefação e pele podre.

As sedas farfalharam. Ela estava se aproximando de mim, a faca erguida.

— Madame Ezekiel?

Minha voz estava ficando mais grave e rouquejando. Logo eu perderia tudo. Não compreendia o que estava acontecendo, mas a lua se erguia no céu, perdendo a cor âmbar e preenchendo minha mente com sua luz pálida.

— Madame Ezekiel?

— Você merece morrer — disse ela, com a voz fria e baixa. — No mínimo, pelo que fez com minhas cartas. Elas eram antigas.

— Eu não morro — respondi. — "Até mesmo um homem de coração puro que reza à noite." Lembra?

— Besteira — disse ela. — Sabe qual é o jeito mais antigo de acabar com a maldição do lobisomem?

— Não.

A fogueira ardia mais forte agora; ardia com o verde do mundo sob o mar, o verde de algas e de folhas que flutuam lentamente; ardia com a cor de esmeraldas.

— É só esperar até ele ficar em forma humana, um mês inteiro de intervalo até a transformação seguinte; aí, pegue a faca sacrificial e mate-o. Só isso.

Virei-me para fugir, mas o barman estava atrás de mim, e puxou meus braços e torceu meus pulsos na minha lombar. A faca lançou um reflexo prateado ao luar. Madame Ezekiel sorriu.

Ela cortou minha garganta.

O sangue começou a jorrar e correr. Então diminuiu e parou...

... O martelar na parte da frente da minha cabeça, a pressão atrás. Tudo uma mudança turbulenta mudança turva-uiva-ronca-bruta uma muralha vermelha vindo da noite para mim

    ... senti o gosto das estrelas se dissolver na salmoura, borbulhas e distante e sal

    ... meus dedos formigaram e minha pele foi açoitada por labaredas de fogo meus olhos eram topázios senti o sabor da noite

Minha respiração se condensou e criou nuvens no ar gelado.

Rosnei involuntariamente, um som baixo na garganta. Minhas patas dianteiras tocavam a neve.

Recuei, tenso, e pulei para cima dela.

Havia algo pestilento no ar, pairando como uma névoa, envolvendo-me. No meio do salto, tive a impressão de parar, e algo estourou como uma bolha de sabão...

Eu estava fundo, fundo nas trevas sob o mar, erguido nas quatro patas no chão de pedra e limo diante da entrada de uma espécie de cidadela feita de pedregulhos gigantescos e grosseiros. As pedras emitiam um brilho fluorescente fraco; uma luminescência fantasmagórica, como ponteiros de um relógio.

    Uma nuvem de sangue preto escorria do meu pescoço.

    Ela estava parada na porta à minha frente. Tinha agora um metro e oitenta, talvez dois metros de altura. Havia carne em seus ossos esqueléticos, esburacada e roída, mas as sedas eram algas, flutuando na água fria, ali naquelas profundezas sem sonhos. Elas ocultavam seu rosto como um véu vagaroso.

    Havia lapas coladas na superfície da parte superior de seus braços e na carne que pendia de suas costelas.

    Eu sentia como se estivesse sendo esmagado. Não conseguia mais pensar.

    Ela veio na minha direção. As algas que envolviam sua cabeça se mexeram. O rosto dela parecia o tipo de coisa que ninguém quer comer num balcão de sushi, sugadores e espinhas e filamentos de anêmonas; e, em algum lugar no meio disso tudo, eu sabia que ela estava sorrindo.

Fiz força com as patas traseiras. Nós nos encontramos lá, nas profundezas, e lutamos. Era muito frio, muito escuro. Fechei as mandíbulas no rosto dela e senti algo se rasgar e partir.

Foi quase um beijo, ali no abismo profundo...

Caí com leveza na neve, e um lenço de seda estava preso entre meus dentes. Os outros lenços flutuavam até o chão. Madame Ezekiel havia desaparecido.

A faca de prata jazia no meio da neve. Esperei de quatro sob a lua, encharcado. Sacudi o corpo, espalhando água do mar por todos os lados. Ouvi os chiados e estalos quando as gotas atingiram a fogueira.

Eu estava tonto e fraco. Puxei o ar com força. Lá embaixo, longe, na baía, vi as pessoas-sapo boiando na superfície do mar como coisas mortas; por uns poucos segundos, elas se balançaram para lá e para cá com a maré, e então se viraram e pularam, e uma a uma mergulharam *plop, plop* na baía e sumiram.

Um grito. Foi o barman de cabelo de raposa, o vendedor de revestimentos de alumínio com olhos esbugalhados, e ele observava o céu noturno, as nuvens que chegavam, cobrindo as estrelas, e berrava. Havia fúria e frustração nesse grito, e isso me assustou.

Ele pegou a faca no chão, limpou a neve do cabo com os dedos, limpou o sangue da lâmina no casaco. Em seguida, olhou para mim. Estava chorando.

— Seu desgraçado — disse. — O que fez com ela?

Eu teria respondido que não fiz nada, que ela continuava de guarda no fundo do mar, mas já não conseguia falar, só rosnar e ganir e uivar.

Ele chorava. Fedia a insanidade e decepção. Ergueu a faca e correu na minha direção, e me desviei para o lado.

Tem gente que não consegue se adaptar nem mesmo à mais ligeira das mudanças. O barman passou direto por mim, pelo penhasco, para o nada.

Sob o luar, sangue é preto, não vermelho, e as marcas que ele deixou na face do penhasco ao cair e quicar e cair eram manchas em preto e cinza-escuro. E, por fim, ele parou inerte nas pedras geladas ao pé do penhasco, até que um braço saiu do mar e o puxou, com uma lentidão quase dolorosa de ver, para a água escura.

Alguém coçou a parte de trás da minha cabeça. Era agradável.

— O que ela era? Só um avatar dos Profundos, senhor. Um *eidolon*, uma manifestação, digamos, enviada para nós das profundezas mais absolutas para causar o fim do mundo. — Ericei os pelos. —— Não, acabou... por enquanto. O senhor a interrompeu. E o ritual é muito específico. Precisa haver três de nós juntos para proferir os nomes sagrados enquanto sangue inocente se acumula e pulsa aos nossos pés.

Levantei os olhos para o homem gordo e gani uma indagação. Ele afagou meu pescoço com um ar sonolento.

— Claro que ela não te ama, garoto — disse o homem. — Ela mal existe neste plano em qualquer sentido concreto.

A neve começou a cair de novo. A fogueira estava se apagando.

— Sua transformação hoje, a propósito, é resultado direto das mesmíssimas configurações celestiais e forças lunares que fizeram com que esta noite fosse perfeita para trazer meus velhos amigos de volta do Submerso...

Ele continuou falando com sua voz grave, e talvez estivesse me dizendo coisas importantes. Não vou saber nunca, pois o apetite estava crescendo dentro de mim, e suas palavras já não possuíam quase nem sombra de sentido: eu não tinha mais qualquer interesse pelo mar, pelo penhasco ou pelo gordo.

Corriam cervos na mata atrás da campina: eu os farejava no ar da noite de inverno.

E estava, acima de tudo, com fome.

Quando voltei a mim, cedo na manhã seguinte, estava nu, com um cervo parcialmente comido ao meu lado na neve. Uma mosca andava pelo olho dele, e sua língua estava caída para fora da boca morta, dando uma aparência cômica e ridícula, como um animal em uma charge de jornal.

A neve estava manchada com um carmesim fluorescente no ponto em que a barriga do cervo fora dilacerada.

Meu rosto e peito estavam grudentos e vermelhos com aquilo. Meu pescoço estava ferido e cicatrizando, e ardia; até a lua cheia seguinte, estaria perfeito de novo.

O sol estava muito longe, pequeno e amarelo, mas o céu era azul e sem nuvens, e não havia brisa. Eu ouvia o rugido do mar a distância.

Estava com frio e pelado e ensanguentado e sozinho. *Ah, bom*, pensei, *acontece com todo mundo no começo. Só que comigo é uma vez por mês.*

Estava dolorosamente exausto, mas esperaria até achar um celeiro vazio ou uma caverna; então dormiria por algumas semanas.

Um gavião veio voando baixo pela neve na minha direção com algo pendurado nas garras. Ele pairou por um instante acima de mim e largou uma pequena lula cinzenta aos meus pés, e depois alçou voo. O troço flácido ficou ali, imóvel e quieto e tentacular na neve ensanguentada.

Entendi que era um sinal, mas não sabia se era bom ou ruim, nem me importava mais; dei as costas para o mar, e para as ruas sombrias de Innsmouth, e comecei a me dirigir para a cidade.

NÃO PERGUNTE AO PALHAÇO

1995

Ninguém sabia de onde o brinquedo tinha saído, a qual bisavô ou tia distante ele havia pertencido antes de ser dado para o quarto das crianças.

Era uma caixa de madeira esculpida e pintada de ouro e vermelho. Era bonita, disso não havia dúvidas, e bastante valiosa — pelo menos segundo os adultos —, talvez até uma antiguidade. O trinco, infelizmente, estava emperrado pela ferrugem, e a chave se perdera, então o palhaço não tinha como sair de sua caixa. Ainda assim, era uma caixa impressionante, pesada e esculpida e dourada.

As crianças não brincavam com ela. O objeto repousava no fundo do velho baú de madeira em que ficavam os brinquedos, do mesmo tamanho e da mesma idade de um baú de tesouros de pirata, ou assim as crianças imaginavam. A caixa do palhaço estava soterrada debaixo de bonecas e trens, fantoches e estrelas de papel e antigos truques de mágica, e marionetes desmembradas com as cordas irremediavelmente emboladas, com roupas de gala (trapos de um vestido de casamento muito velho aqui, um chapéu de seda preta acolá, encrustado pelo tempo e pela idade) e bijuterias de brinquedo, bambolês e piões e cavalinhos quebrados. Debaixo disso tudo estava a caixa do palhaço.

As crianças não brincavam com ela. Cochichavam entre si, sozinhas no quarto no sótão. Em dias cinzentos, quando o vento uivava pela casa e a chuva martelava as telhas e pingava dos beirais, elas contavam histórias sobre o palhaço, ainda que nunca o tivessem visto. Uma dizia que o palhaço era um mago maligno que tinha sido preso na caixa como castigo por crimes horríveis e indescritíveis; outra (tenho certeza de que deve ter sido uma das meninas) defendia que o objeto era a Caixa de Pandora, e que o palhaço era um guardião colocado ali para impedir que as coisas ruins lá dentro saíssem de novo. As crianças não gostavam nem de encostar na caixa, evitavam ao máximo, mas, como acontecia de tempos em tempos, quando um adulto comentava sobre a ausência daquela simpática caixa antiga, e a pegava do baú, e a colocava em um lugar de destaque acima da lareira, as crianças criavam coragem e, mais tarde, voltavam a escondê-la na escuridão.

As crianças não brincavam com a caixa do palhaço. E, quando elas cresceram e foram embora do casarão, o quarto do sótão foi trancado e quase esquecido.

Quase, mas não totalmente. Pois cada uma das crianças se lembrava de caminhar sozinha sob o luar azul, de pés descalços, até o quarto. Era quase sonambulismo, pés silenciosos na madeira dos degraus, no carpete esfarrapado do quarto de bebê. As crianças se lembravam de abrir o baú de tesouro, revirar as bonecas e roupas e remover a caixa.

E aí a criança encostava no trinco, e a tampa se abria, devagar como o pôr do sol, e a música começava a tocar, e o palhaço saía. Não com um estalo e um pulo: não era um palhaço com mola. Com movimentos deliberados, intencionais, ele emergia da caixa e gesticulava para a criança chegar mais perto, mais perto, e sorria.

E ali, ao luar, o palhaço lhes dizia coisas de que elas nunca se lembravam direito, coisas que jamais conseguiam esquecer por completo.

O menino mais velho morreu na Grande Guerra. O mais novo, depois que os pais morreram, herdou a casa, mas a perdeu quando foi encontrado no porão certa noite, com panos e parafina e fósforos, tentando atear fogo no casarão. Levaram-no para o hospício, e talvez ele ainda esteja lá.

As outras crianças, que antes eram meninas e então se tornaram mulheres, se negaram, sem exceção, a voltar para a casa onde haviam crescido; e então as janelas da casa foram cobertas com placas de madeira, e as portas foram todas trancadas com enormes chaves de ferro, e as irmãs a visitavam com a mesma frequência com que visitavam o túmulo do irmão mais velho, ou aquela coisa triste que antes fora seu irmão caçula, ou seja, nunca.

Os anos se passaram, e as meninas estão velhas, e corujas e morcegos se instalaram no antigo quarto no sótão, e ratos fizeram ninho entre os brinquedos esquecidos. As criaturas observam indiferentes as marcas desbotadas nas paredes e sujam com seus dejetos o que resta do carpete.

E, nas profundezas da caixa dentro da caixa, o palhaço espera e sorri, guardando seus segredos. Ele está esperando as crianças. Ele pode esperar para sempre.

TRECHO DE
LUGAR NENHUM

1996

Richard esperou recostado na parede, ao lado de Door. Ela falava bem pouco; roía as unhas, passava as mãos pelo cabelo avermelhado até deixá-lo todo espetado, depois tentava rearrumá-lo. Era, com certeza, muito diferente de qualquer pessoa que Richard já conhecera. Quando notou que era observada, ela se encolheu ainda mais sob as camadas de roupa, engolida pela jaqueta de couro, de onde observava o mundo. A expressão no rosto dela lembrava a Richard uma linda criança de rua que ele vira no inverno anterior, atrás do mercado de Covent Garden: não havia identificado se era menina ou menino. A mãe pedia esmolas, suplicando moedas aos transeuntes, para alimentar a criança e o bebê que carregava nos braços, mas a criança apenas encarava o mundo à sua volta, sem dizer uma palavra, embora provavelmente sentisse fome e frio. Só observava.

Hunter estava ao lado de Door, olhando de um lado para o outro. O marquês tinha dito onde esperar e desaparecera. Um bebê começou a chorar em algum lugar. O marquês surgiu por uma porta de saída de emergência e foi até eles. Chupava uma bala.

— Está se divertindo? — perguntou Richard.

Um trem se aproximava, sua chegada anunciada por um sopro de vento morno.

— Apenas resolvendo umas coisinhas — respondeu o marquês. Depois de consultar de novo o papel e o relógio, apontou, dizendo: — Deve ser este. Fiquem atrás de mim, vocês três.

Quando o trem (uma composição bem comum, de aspecto sem graça, até, para decepção de Richard) surgiu na estação com aquele rugido grave e metálico, o marquês se inclinou por cima de Richard para avisar a Door:

— Milady? Tem um detalhe que talvez eu devesse ter mencionado antes.

Door pousou nele os olhos de cores peculiares.

— O quê?

— Bem, o Conde não vai ficar *muito* feliz em me ver.

O trem diminuiu a velocidade até parar. O vagão diante de Richard estava bem vazio: luzes apagadas; o ambiente desolado, deserto e escuro. Quando pegava o metrô, Richard volta e meia notava algum vagão como aquele, fechado e sombrio, e se perguntava qual seria o propósito. As portas dos outros carros se abriram com um sibilo, e os passageiros embarcaram e desembarcaram, enquanto as daquele vagão continuaram fechadas. O marquês deu soquinhos na porta, em um ritmo complexo. Nada aconteceu. Richard já começava a temer que o trem partisse sem eles quando a porta foi aberta por dentro, alguns poucos centímetros. Pela fresta, um rosto envelhecido e de óculos os encarou.

— Quem bate?

Pela abertura, Richard viu chamas, gente e fumaça lá dentro, mas através do vidro das portas continuava enxergando apenas um vagão escuro e vazio.

— Lady Door e seus acompanhantes — anunciou o marquês, com polidez melíflua.

Então a porta se abriu por completo, e eles entraram na Corte do Conde.

Montinhos de palha se espalhavam pelo chão, sobre uma camada de junco. As lenhas da grande lareira queimavam e crepitavam. Algumas galinhas ciscavam e bicavam o chão. Havia cadeiras com almofadas bordadas à mão, além de tapeçarias cobrindo as janelas e portas.

Richard oscilou para a frente quando o trem, com uma guinada, deixou a estação. Ele estendeu os braços e se segurou na pessoa mais próxima para se equilibrar. A pessoa mais próxima, por acaso, era um velho soldado grisalho e baixinho que seria a personificação, julgou Richard, de um servidor público recém-aposentado, não fosse o capacete de metal, a sobreveste, a cota de malha mal trançada e a lança; graças a esses itens, ele personificava um servidor público recém-aposentado que fora mais ou menos obrigado a entrar para o grupo de teatro amador local e forçado a interpretar um soldado medieval.

Quando foi agarrado, o homenzinho grisalho estreitou seus olhos míopes para Richard.

— Perdão — disse o homem, em um tom sombrio.

— Eu é que devo desculpas — respondeu Richard.

— Eu sei.

Um enorme cão de caça irlandês veio trotando de leve pelo corredor do vagão e parou ao lado de um homem sentado no chão com um alaúde, em que dedilhava uma melodia alegre porém mal executada. O cão encarou Richard e bufou com desdém, depois se deitou e dormiu. No outro extremo do vagão, um falcoeiro idoso com um falcão encapuzado no punho trocava gentilezas com um reduzido grupo de damas em idade avançada. Alguns passageiros encararam os quatro viajantes sem cerimônia; outros, igualmente sem cerimônia, os ignoraram. Aos olhos de Richard, o lugar era como se alguém houvesse dado um jeito de instalar uma pequena corte medieval dentro de um vagão do metrô.

Um arauto levou a trombeta aos lábios e entoou uma nota desafinada quando um velho imenso usando pantufas e uma volumosa túnica de peles entrou cambaleando pela porta que conectava o vagão ao seguinte, o braço apoiado nos ombros de um bobo da corte em roupas maltrapilhas e multicoloridas. O sujeito era uma visão grandiosa em todos os sentidos: usava um tapa-olho no lado esquerdo, o que o fazia parecer um pouco vulnerável e instável, como um falcão cego de um olho; restos de comida pontilhavam sua barba grisalha e ruiva; e, abaixo da túnica de peles esfarrapadas, via-se uma calça de pijama, ao que parecia.

Esse deve ser o Conde, pensou Richard, acertadamente.

O bobo da corte, um velho de lábios finos e sem sinal de riso, tinha o rosto pintado e parecia ter escapado de uma vida de performances variadas nos *music halls* da era vitoriana, um século antes. O sujeito conduziu o Conde até uma cadeira de madeira esculpida que mais parecia um trono. O velho de túnica se sentou, desequilibrando-se um pouco. Nisso, o cachorro acordou, atravessou o vagão e foi se posicionar aos pés empantufados do Conde.

Earl's Court, pensou Richard. *Mas é claro.* E se pôs a ponderar se haveria um barão na estação Barons Court, se haveria um corvo na Ravenscourt, se...

O soldado ancião e baixinho deu uma tossida asmática e começou:

— Muito bem, vocês aí. Declarem a que vieram.

Door deu um passo à frente, mantendo a cabeça erguida. De repente, parecia alta e confiante, como Richard jamais a vira.

— Desejamos uma audiência com Sua Graça, o Conde.

— O que a garotinha disse, Halvard? — perguntou o Conde, do fundo do vagão.

Talvez ele fosse surdo, pensou Richard.

Halvard, o soldado ancião, posicionou as mãos em concha ao redor da boca.

— Eles desejam uma audiência, Vossa Graça! — gritou, para ser ouvido apesar do ruído do trem.

O Conde baixou o capuz da grossa túnica de peles e coçou a cabeça, pensativo. Dava sinais de calvície.

— Ah, é? Uma audiência? Esplêndido. E quem são eles, Halvard?

O soldado voltou a atenção para o grupo recém-chegado.

— Ele quer saber quem são vocês. Mas sejam breves. Não se prolonguem.

— Eu sou lady Door. Filha de lorde Portico.

O Conde ficou animado ao ouvir aquilo. Ele se inclinou para a frente e espiou através da fumaça com o olho bom.

— Ela disse que é a filha mais velha de Portico? — perguntou ao bobo da corte.

— Correto, Vossa Graça.

O Conde chamou Door com um aceno.

—Venha aqui. Venha, venha. Quero dar uma olhada em você.

Door atravessou o vagão balançante, segurando-se às grossas cordas que pendiam do teto. Quando ficou diante da cadeira de madeira do Conde, fez uma mesura. O homem coçou a barba, encarando-a.

— Ficamos todos devastados ao saber do infortúnio sofrido por seu pai... — começou o Conde, mas se corrigiu: — Quer dizer, por toda a sua família. Foi uma... — continuou, mas optou por: — Sabe, eu tinha grande consideração por ele, fizemos negócios juntos... O bom e velho Portico... cheio de ideias...

Ele parou. Então deu um tapinha no ombro do bobo da corte e sussurrou, em um estrondo rabugento, tão alto que foi ouvido mesmo com o barulho do trem:

—Vá contar umas piadas para eles, Tooley. Faça valer seu ordenado.

O bobo da corte saiu cambaleando pelo corredor, um passo artrítico aqui e um reumático ali. Parou diante de Richard.

— E você, quem seria?

— Eu? Hã... Eu? Meu nome? É Richard. Richard Mayhew.

— *Eu?* — remedou o bobo da corte, como um velho, em uma imitação teatral do sotaque escocês de Richard. — *Eu?* Hã... *Eu?* Observai, senhores. O que vedes não é um homem, mas um asno.

Os membros da corte deram risadinhas arcaicas e empoeiradas.

— E eu tenho por hábito me apresentar como marquês De Carabás — anunciou o marquês ao bobo, com um sorriso ofuscante.

O bobo da corte parou um instante.

— De Carabás, o larápio? De Carabás, o ladrão de corpos? De Carabás, o traidor? — O bobo se virou para os cortesãos em volta. — Mas este não pode ser De Carabás. E por que não? Pois De Carabás foi há muito banido da presença do Conde. Talvez seja uma espécie nova e meio esquisita de *arminho*. Um espécime que cresceu mais do que devia.

Risos desconfortáveis entre os cortesãos. Um burburinho começou. O Conde não se pronunciou, mas estreitou bem os lábios e começou a tremer.

— E eu sou Hunter — anunciou a guarda-costas ao bobo.

Os cortesãos se calaram. O bobo abriu a boca, pronto para falar, mas a fechou depois de olhar para a mulher. Um esboço de sorriso brincou no canto da boca perfeita de Hunter.

—Vá em frente — disse ela. — Diga algo engraçado.

O bobo olhava para os próprios sapatos, mexendo os pés em desconforto.

— Preciso comprar óculos vermelhos para ver melhor — murmurou ele.

O Conde, que encarava o marquês como um pavio sendo queimado, os olhos esbugalhados e os lábios embranquecidos, incapaz de acreditar no que os próprios sentidos constatavam, levantou-se de supetão. Um vulcão de barba grisalha, um velho guerreiro viking. Sua cabeça roçava o teto do vagão. Ele apontou para De Carabás e gritou, distribuindo perdigotos:

— Não vou tolerar isso, não mesmo. Faça-o vir até mim.

Halvard brandiu uma lança embotada, obrigando o marquês a ir adiante. De Carabás foi sem pressa até a frente do vagão e se pôs ao lado de Door, diante do trono do Conde. O cachorro deu um rosnado do fundo da garganta.

—Você! — exclamou o Conde, apunhalando o ar com um dedo gigantesco de juntas salientes. — Eu conheço você, De Carabás. Não esqueci. Posso ser velho, mas não esqueci.

O marquês fez uma mesura.

— Permita-me lembrar Vossa Graça que tínhamos um acordo — disse ele, com muita polidez. — Eu negociei o tratado de paz entre seu povo e a Corte do Corvo. E, em troca, o senhor concordou em me conceder um pequeno favor.

Então existe mesmo uma Corte do Corvo em Ravenscourt, pensou Richard. Ele ficou imaginando como seria.

— Um pequeno favor? — indagou o Conde, ficando mais roxo que uma beterraba. — É assim que você chama o que se passou? Perdi dez homens por conta da sua tolice durante a retirada de White City. Perdi um olho!

— E, se Vossa Graça me permite o comentário — interveio o marquês, com muita graça —, achei o tapa-olho deveras apropriado. Adorna perfeitamente seu rosto.

— Eu jurei... — esbravejou o Conde, a barba se eriçando. — Eu jurei... que se algum dia você voltasse a pôr os pés em meus domínios, eu... — Ele balançou a cabeça, confuso, aéreo. Continuou: — Daqui a pouco eu lembro. Não sou de esquecer as coisas.

— O Conde não vai ficar "muito feliz" em ver você? — sussurrou Door para De Carabás.

— E não ficou mesmo — murmurou ele em resposta.

Door avançou um passo novamente.

— Vossa Graça, De Carabás veio como meu convidado e acompanhante — declarou, em voz alta e clara. — Em nome das boas relações que sempre existiram entre sua família e a minha, em nome da amizade entre meu pai e...

— Ele abusou de minha hospitalidade! — esbravejou o Conde. — Jurei que... que se ele entrasse outra vez em meus domínios, seria estripado e esturricado como... como... como alguma coisa... hã... alguma coisa que foi estripada e... hã... esturricada...

— Porventura... poderia ser como um arenque defumado, milorde? — sugeriu o bobo da corte.

— Não importa. Guardas, prendam-no — disse o Conde, dando de ombros.

E os guardas assim fizeram. Embora todos já tivessem passado muito dos sessenta anos, cada um segurava uma besta devidamente apontada para o marquês De Carabás, e suas mãos não tremiam nem pela idade avançada nem por medo. Richard olhou para Hunter, que parecia não se incomodar, acompanhando a cena até com certo prazer, como se assistisse a uma peça de teatro.

Door cruzou os braços e se empertigou, empinando o nariz e erguendo o queixo pontudo. Quase não parecia mais a fadinha maltrapilha das ruas, e sim alguém que só aceitava que as coisas fossem feitas do seu jeito. Os olhos de opala reluziram.

— Vossa Graça, o marquês está me acompanhando em minha jornada. Nossas famílias são amigas há muito tempo...

— Sim. Muito tempo — interrompeu o Conde, solicitamente. — Há séculos. Séculos e séculos. Conheci seu avô também. Velhinho engraçado. Meio perdido — confidenciou.

— Mas me vejo obrigada a declarar que qualquer ato de violência contra meu acompanhante será considerado um ato de agressão contra mim e minha família.

Ela olhava para cima, encarando o Conde, que era muito mais alto. Os dois ficaram assim por alguns instantes, imóveis. Ele puxou a barba ruiva e grisalha, agitado, e fez bico com o lábio inferior, como uma criancinha.

— A presença dele não será tolerada — retrucou.

O marquês pegou do casaco o relógio de bolso de ouro que encontrara no escritório de Portico e o examinou despreocupadamente. Então se virou para Door.

— Milady, obviamente serei de mais utilidade fora deste trem do que a bordo — disse, como se nada tivesse acontecido. — E tenho outros caminhos a explorar.

— Não — retrucou ela. — Se você for, vamos todos.

— Ah, não. Hunter vai cuidar de você na Londres de Baixo. No próximo Mercado nos reencontramos. Até lá, não faça nada estúpido.

O trem se aproximava de uma estação.

Door voltou a encarar o Conde: aqueles olhos grandes cor de opala cravados no rosto claro em formato de coração continham algo mais antigo e mais poderoso que seus poucos anos de vida deixariam transparecer. Richard notou que o ambiente sempre a ouvia com atenção.

—Vai deixá-lo partir em paz, Vossa Graça?

O Conde passou as mãos no rosto, esfregando o olho bom e o tapa-olho, e voltou a atenção para a jovem.

— Só o faça dar o fora. — Ele olhou para o marquês. — Da próxima vez... — O Conde deslizou o dedo grosso pelo pescoço. — Já sabe: arenque defumado.

O marquês fez uma longa mesura.

— Já conheço o caminho — disse aos guardas, e cruzou a porta aberta.

Halvard ergueu a besta e mirou as costas do marquês. Hunter estendeu a mão e empurrou a ponta da besta de volta para o chão. O marquês pisou na plataforma, se virou e acenou, cheio de pompa e ironia. A porta se fechou atrás dele com um chiado.

O Conde voltou a se sentar na cadeira enorme no fim do vagão. Não disse nada. O trem se pôs em movimento ruidosamente pelo túnel escuro.

— Mas onde estão meus modos? — murmurou o Conde para si mesmo, e encarou o grupo com o olho bom. E repetiu, em um retumbar desesperado que Richard sentiu no fundo da barriga, como um ressoar de bumbo: — *Onde estão meus modos?* — Fez sinal para que um dos velhos guardas se aproximasse. — Eles devem estar famintos após a jornada que empreenderam, Dagvard. E com sede, é claro.

— Sim, Vossa Graça.

— Pare o trem! — ordenou o Conde.

As portas se abriram com um chiado, e Dagvard saiu para a plataforma apressadamente. Richard observou os passageiros lá fora. Ninguém entrou no vagão deles. Ninguém deu sinais de notar qualquer coisa inusitada.

Dagvard foi até uma máquina de vendas. Tirou o capacete. Então, esbofeteou a lateral da máquina com a luva de malha.

— Ordem do Conde: chocolates.

Um zumbido mecânico veio das entranhas da máquina, que começou a cuspir dezenas de barras de chocolates da Cadbury, uma atrás da outra. Dagvard posicionou o capacete na abertura para pegar todas. As portas começaram a se fechar, mas Halvard enfiou o cabo da lança entre elas, que se abriram outra vez, e começaram a abrir e fechar, abrir e fechar, batendo na lança. "Por favor, não impeça o fechamento das portas", alertou o alto-falante. "O trem não pode partir com as portas abertas."

O olho bom do Conde encarava Door de um jeito meio torto.

— Então. O que a traz até aqui?

Ela umedeceu os lábios.

— Bem, indiretamente, Vossa Graça, a morte de meu pai.

O Conde assentiu devagar.

— Sim. Você busca vingança. Justíssimo. — Ele pigarreou e começou a recitar, em *basso profondo*: — *Brava a baioneta de batalha, a reluzir resplandecentes raios, espada escarlate embainhada no... no... em alguma coisa.* É.

—Vingança? — Door pensou um pouco. — Sim. Foi o que meu pai disse. Mas eu só quero entender o que aconteceu e me proteger. Minha família não tinha inimigos.

Naquele momento, Dagvard voltou para o vagão com o capacete cheio de barras de chocolate e latinhas de Coca-Cola. As portas finalmente puderam se fechar, e o trem partiu.

Richard recebeu uma barra de chocolate Cadbury (tamanho máquina de vendas, sabor frutas com nozes) e um grande cálice de prata com bordas ornamentadas por, ao que parecia, safiras. O cálice continha Coca-Cola. O bobo da corte, cujo nome supôs ser Tooley, pigarreou bem alto.

— Proponho um brinde a nossos convidados. Uma criança, uma valentona e um idiota. Que cada um alcance o que merece.

— Então eu sou o idiota? — murmurou Richard para Hunter.

— É claro.

— Nos velhos tempos, tínhamos vinho — comentou Halvard, desolado, após tomar um gole de Coca. — Prefiro vinho. Não é tão melado.

— Todas as máquinas são que nem aquela, saem dando coisas assim, sem mais nem menos? — indagou Richard.

— Ah, sim! — respondeu o velho. — Elas atendem ao Conde, sabe? Ele comanda o metrô. A parte dos trens. É o senhor das linhas Central, Circle, Jubilee, Victorious, Bakerloo... bem, de todas exceto a linha Submundo.

— Que linha é essa?

Halvard balançou a cabeça, fez uma expressão tensa. Hunter tocou de leve o ombro de Richard, com a ponta dos dedos.

— Lembra-se do que eu falei sobre os pastores de Shepherd's Bush?

— Você disse que eu devia rezar para nunca encontrar um deles e que havia coisas que era melhor nem saber que existiam.

— Isso mesmo — concordou ela. — Então, pode acrescentar a linha Submundo a essa lista.

Door se aproximou, vindo dos fundos do vagão. Ela sorria.

— O Conde concordou em nos ajudar — anunciou. — Venham. Ele vai nos receber na biblioteca.

Richard ficou quase orgulhoso por não ter perguntado "Que biblioteca?" nem mencionado que não dava para haver uma biblioteca dentro de um trem. Apenas acompanhou Door até o trono vazio do Conde, deu a volta, atravessou a porta que ligava os vagões e entrou na biblioteca. Era uma enorme sala de pedra, com pé-direito alto e teto de madeira. As paredes eram cheias de prateleiras. E as prateleiras eram cheias de coisas: livros, sim. Mas também uma variedade de outros objetos, como raquetes de tênis, tacos de hóquei, guarda-chuvas, uma pá, um laptop, uma perna de madeira, várias canecas, dezenas de sapatos, alguns binóculos, um pequeno tronco, seis fantoches, uma lâmpada de lava, vários CDs, discos (LPs, tanto de quarenta e cinco quanto de setenta e oito rotações), fitas cassete e cartuchos de oito pistas, dados, carrinhos de brinquedo, diversas dentaduras, relógios de pulso, lanternas, quatro anões de jardim de tamanhos diferentes (dois pescando, um mostrando a bunda e o último fumando um charuto), pilhas de jornais, revistas, grimórios, banquinhos de três pernas, uma caixa de charutos, um pastor alemão de plástico daqueles que balançam a cabeça, meias... Era um pequeno império de itens perdidos.

— Este é o verdadeiro reino dele — murmurou Hunter. — Objetos perdidos. Esquecidos.

A parede de pedra tinha janelas, que permitiam ver a escuridão tremeluzente e as luzes dos túneis do metrô passando depressa. O Conde estava sentado no chão, de pernas abertas, acariciando e coçando o queixo do cachorro. O bobo da corte estava em pé ao seu lado, constrangido. Quando os viu entrar, o conde se levantou. Franziu a testa.

— Ah! Aí estão vocês. Bem, eu os chamei até aqui por um motivo, que já vou lembrar...

Ele ficou repuxando a barba ruiva e grisalha, um gesto pequeno para um homem tão grande.

— O anjo Islington, Vossa Graça — lembrou Door, educadamente.

— Ah, sim! Seu pai tinha muitas ideias, sabe? Ele pediu minha opinião, mas não confio em mudanças. Mandei que fosse falar com Islington. — Ele parou. Piscou o único olho. — Já lhe contei isso?

— Sim, Vossa Graça. E *como* podemos chegar até Islington?

O Conde assentiu como se Door tivesse dito algo profundo.

— O caminho rápido funciona apenas uma vez. Depois disso, é preciso seguir o caminho longo. Perigoso.

— E o caminho rápido é...? — perguntou Door, muito paciente.

— Não, não. É preciso ser um abridor de portas para usá-lo. Só funciona com a família de Portico. — Ele apoiou a mão enorme no ombro de Door. Então a subiu até o rosto dela. — Melhor você ficar aqui comigo. Que tal manter este velho aquecido durante a noite, hein?

Ele a encarou com malícia, tocando o cabelo emaranhado de Door com os dedos velhos. Hunter avançou um passo, mas Door ergueu a mão: *Não. Ainda não.*

Door ergueu o olhar para o Conde.

— Vossa Graça, eu *sou* a filha mais velha de Portico. Como faço para chegar até o anjo Islington?

Richard ficou impressionado com o autocontrole de Door diante da óbvia derrota do Conde na batalha contra os lapsos temporais.

O velho piscou o olho bom de um jeito solene: um falcão velho, a cabeça inclinada para o lado. Tirou a mão do cabelo dela.

— De fato. De fato. Filha de Portico. Como vai seu adorável pai? Bem, espero. Um bom homem. Um bom homem.

— Como fazemos para chegar até o anjo Islington? — repetiu Door, embora sua voz tremesse um pouco.

— Hã? Use o Ângelus, é claro.

Richard começou a imaginar o Conde sessenta, oitenta, quinhentos anos antes: um guerreiro poderoso, um estrategista astuto, um grande namorador, um bom amigo, um adversário terrível. Ainda havia a carcaça daquele homem em algum lugar lá dentro. Era o que o tornava tão assustador. E tão triste. O Conde vasculhou as prateleiras, afastando canetas, cachimbos, zarabatanas, miniaturas de gárgulas e folhas mortas. Então, como um gato velho trombando com um rato, pegou um pequeno pergaminho enrolado, que entregou a Door.

— Aqui, mocinha. Está tudo aqui. Acho melhor levar vocês aonde precisam ir.

— Você vai levar a gente a algum lugar? — perguntou Richard. — De trem?

O Conde olhou ao redor em busca da origem do som, concentrou-se em Richard e abriu um sorriso largo.

— Ah, não é incômodo algum — trovejou. — Qualquer coisa pela filha de Portico.

Door apertou o pergaminho com firmeza, triunfante.

O trem começou a reduzir a velocidade enquanto Richard, Door e Hunter eram conduzidos de volta ao vagão. Ele olhou para a plataforma enquanto desaceleravam.

— Com licença. Que estação é essa? — perguntou.

O trem havia parado diante de uma placa que dizia Museu Britânico. Por alguma razão, aquilo era demais para Richard. Ele podia aceitar aquela história do vão, a Corte do Conde, até mesmo a biblioteca esquisita, mas, ora essa, como todo morador de Londres que se preze, ele conhecia o mapa do metrô. Aquilo estava passando dos limites.

— Não existe uma estação Museu Britânico — anunciou, com firmeza.

— Ah, não? — disse o Conde, em sua voz retumbante. — Então, hm, é melhor tomar cuidado ao sair do trem. — E gargalhou alegremente, dando um tapa no ombro do bobo. — Ouviu essa, Tooley? Sou tão engraçado quanto você.

O bobo deu o sorriso mais amarelo já visto.

— Quase não consigo conter o riso, Vossa Graça. Meu peito dói, tantas as gargalhadas oprimidas.

As portas se abriram com um sibilo.

— Obrigada — disse Door, sorrindo para o Conde.

— Vão logo, vão logo — respondeu o velho grandalhão, fazendo sinal para Door, Richard e Hunter saírem do vagão quente e enfumaçado para a plataforma vazia.

Então as portas se fecharam e o trem partiu. Richard ficou olhando para uma placa que, por mais que ele piscasse (nem mesmo se olhasse para outro lado e virasse o rosto de repente, para tentar pegá-la de surpresa), insistia em informar, obstinadamente:

MUSEU BRITÂNICO

A FILHA DAS CORUJAS

1996

De *The Remaines of Gentilisme and Judaisme*, de John Aubrey, R.S.S. (1686-87), (pp. 262-263)

Conheci esta história com meu amigo Edmund Wyld, *esq.*, que a conhecera com o sr. Farringdon, que disse que já era antiga na época delle. Na Cidade de Dymton certa noite deixaram uma menina recém-nascida nos degraus da Igreja, onde o Sacristão a encontrou na manhã seguinte, e ela segurava algo curioso, a saber: uma pelota de coruja, que ao ser esmagada demonstrara a composição habitual de uma pelota de corujas piadoras: pelle e dentes e ossos pequenos.

As velhas mulheres disseram o seguinte: que a menina era a filha das Corujas, e que deveria ser morta na fogueira, pois não havia nascido de mulher. Não obstante, Mentes e Barbas grisalhas mais sensatas prevaleceram, e a criança foi levada ao Convento (pois isso foi pouco depois dos Tempos do Papismo, e o Convento havia sido abandonado, pois o povo acreditava que fosse um lugar de Demônios e que taes, e corujas piadoras e guinchadoras e muitos morcegos se abrigavam na torre), e lá ella foi deixada, e uma das comádres da cidade ia todos os dias ao Convento e alimentava a neném etc.

Prognosticou-se que a criança morreria, mas não morreu: pelo contrário, ela cresceu anno após anno até se tornar uma donzela de xiii verões. Era a cousinha mais bonita que já se viu, uma bela moça, que passava os dias e as noites atrás de altos muros de pedra sem ver ninguém além de uma mulher da cidade que vinha todas as manhãs. Num dia de mercado, a senhora falou alto demais da belleza da menina, e também que ella não sabia falar, pois nunca aprendera.

Os homens de Dymton, os de barba grisalha e os jovens, se uniram e conversaram, dizendo: se a visitássemos, quem saberia? (Por *visita*, elles queriam dizer que pretendiam devassá-la.)

Foi estabelecido o seguinte: os homens iriam caçar todos em conjunto, quando a lua estivesse cheia: quando isso se succedeu, um a um elles se esgueiraram de suas casas e se encontraram diante do Convento, e o prefeito de Dymton destrancou o portão, elles entraram. Encontraram a donzela escondida no porão, assustada com o barulho.

Era ainda mais bonita do que elles haviam imaginado: o cabelo era ruivo, o que era incomum, e ella usava apenas uma camisola branca, e quando os viu sentiu muito medo, pois nunca vira homens antes, apenas as mulheres que levavam seu alimento: e ella os encarou com olhos enormes e proferiu gritos miúdos, como se implorasse que não a machucassem.

O povo da cidade apenas riu, pois suas intenções eram vis e elles eram homens cruéis e malvados. Então, banhados pelo luar, atacaram a menina.

Ella começou a piar e guinchar, mas isso não os deteve, e a janella gradeada se escureceu e a luz da lua foi encoberta. Ouviu-se o som de asas potentes, mas os homens não viram, pois sua devassidão era tenaz.

O povo de Dymton na cama sonhou essa noite com pios e guinchos e gritos: e com grandes pássaros: e sonharam que se tornaram pequenos ratos e camundongos.

Ao amanhecer, as mulheres da cidade saíram por Dymton à caça de seus maridos e filhos; e, ao chegarem ao Convento, ellas encontraram, nas pedras do porão, as pelotas de corujas: e nas pelotas viram cabelo e fivelas e moedas, e pequenos ossos: e também um punhado de palha no chão.

E nenhum dos homens de Dymton foi visto novamente. Contudo, por alguns annos depois disso, havia quem dissesse ter visto a donzela em lugares elevados, nos maiores carvalhos e nas torres mais altas etc; e sempre ao entardecer, e à noite, e ninguém podia afirmar com toda a certeza se era mesmo ella.

(Era um vulto branco: mas o próprio sr. E. Wyld não recordava se o povo dizia que ella estava vestida ou nua.)

A verdade eu não sei, mas é uma boa história, e a registro aqui.

O TANQUE DE PEIXES E OUTRAS HISTÓRIAS

1996

Chovia quando cheguei a Los Angeles, e me senti cercado por uma centena de filmes antigos.

Tinha um motorista de limusine à minha espera no aeroporto. Estava usando um uniforme preto e segurava um pedaço de papelão branco com meu nome, escrito errado.

— Vou levá-lo ao seu hotel, senhor — disse o motorista.

Parecia vagamente decepcionado por não ter nenhuma bagagem de verdade para carregar, apenas uma bolsa de viagem surrada cheia de camisetas, cuecas e meias.

— É longe?

Ele balançou a cabeça.

— Uns vinte e cinco minutos, meia hora. O senhor já veio a Los Angeles antes?

— Não.

— Bom, é o que eu sempre digo, Los Angeles é uma cidade de meia hora. Não importa aonde você queira ir, fica sempre a meia hora de distância. Não mais que isso.

Ele enfiou minha mala no bagageiro do carro, que ele chamou de porta-malas, e abriu a porta de trás para eu entrar.

— E de onde o senhor é? — perguntou ele, enquanto saíamos do aeroporto para as ruas molhadas e brilhosas salpicadas de neon.

— Inglaterra.

— Inglaterra, é?

— É. Você já foi lá?

— Não, senhor. Vi em filmes. O senhor é ator?

— Sou escritor.

Ele perdeu o interesse. De vez em quando, xingava os outros motoristas, em voz baixa.

Virou o volante de repente e mudou de faixa. Passamos por um engavetamento de quatro carros na faixa de onde tínhamos saído.

— É só chover um pouquinho nesta cidade que de repente todo mundo desaprende a dirigir — disse ele. Eu me afundei mais no assento. — Chove bastante na Inglaterra, senhor.

Era uma constatação, não uma pergunta.

— Um pouco.

— Que um pouco, o quê. Na Inglaterra chove todo dia. — Ele riu. — E neblina pesada. Neblina bem pesada.

— Nem tanto.

— Como assim? — perguntou ele, na defensiva. — Eu vi nos filmes.

Ficamos em silêncio, viajando pela chuva de Hollywood; mas, depois de um tempo, ele falou:

— Pergunte onde o Belushi morreu.

— Como?

— Belushi. John Belushi. Foi no seu hotel que ele morreu. Drogas. O senhor sabia?

— Ah. Sim.

— Fizeram um filme falando da morte dele. Um cara gordo, não tinha nada a ver com ele. Mas ninguém conta a verdade sobre a morte dele. Ele não estava sozinho, sabia? Tinha outros dois caras com ele. Os estúdios não queriam confusão. Mas a gente que dirige limusine fica sabendo das coisas.

— É mesmo?

— Robin Williams e Robert De Niro. Eles estavam lá também. Todos eles pirando no pó da alegria.

O hotel era um edifício que imitava um *chateau* gótico. Eu me despedi do chofer e fiz o check-in; não perguntei sobre o quarto onde Belushi havia morrido.

Saí para meu chalé debaixo de chuva, com a bolsa na mão, segurando o molho de chaves que, segundo a pessoa na recepção, permitiria que eu passasse por todas as inúmeras portas e portões. O ar estava com cheiro de terra molhada e, curiosamente, xarope para tosse. Era fim de tarde, quase noite.

Havia água por todos os lados. Corria em filetes e riachos pelo pátio. Desaguava em um tanquinho de peixes que beirava um muro e entrava no pátio.

Subi a escada e entrei em um quarto pequeno e abafado. Achei um lugar ruim para a morte de um astro.

A cama parecia um pouco úmida, e a chuva batucava com um ritmo enlouquecedor no aparelho de ar condicionado.

Vi um pouco de televisão — o deserto das reprises: *Cheers* emendou de forma imperceptível em *Taxi*, que mudou para preto e branco e virou *I Love Lucy* — até pegar no sono.

Sonhei com bateristas fazendo batucadas intermitentes, fica só a meia hora de distância.

O telefone me acordou.

— Ei, ei, ei, ei. Chegou bem, foi?

— Quem é?

— É Jacob, do estúdio. O café da manhã ainda está de pé, ei, ei?

— Café da manhã…?

— Não tem problema. Eu te pego no hotel daqui a meia hora. A reserva já está feita. Sem problema. Recebeu minhas mensagens?

— Eu…

— Mandei por fax ontem à noite. Até mais.

A chuva tinha parado. O sol estava quente e claro: luz de Hollywood de verdade. Fui até o edifício principal, pisando em um tapete de folhas de eucalipto esmagadas — o cheiro de remédio para tosse da noite anterior.

Na recepção, me entregaram um envelope com uma folha de fax dentro — minha agenda para os dias seguintes, com mensagens de incentivo e desenhos desbotados feitos à mão nas margens do original, dizendo coisas como "Vai ser um sucesso!" e "Vai ser um filmaço, né?". O fax estava assinado por Jacob Klein, obviamente a voz no telefone. Eu nunca havia tratado com nenhum Jacob Klein antes.

Um carro esportivo pequeno parou na frente do hotel. O motorista saiu e acenou para mim. Fui até ele. O homem tinha barba grisalha bem aparada, um sorriso que quase valia dinheiro e uma corrente de ouro no pescoço. Ele me mostrou um exemplar de *Filhos do Homem*.

Era Jacob. Trocamos um aperto de mãos.

— David está por aí? David Gambol?

David Gambol era o homem com quem eu tinha falado antes pelo telefone para combinar a viagem. Não era o produtor. Eu não sabia muito bem o que ele era. Havia se descrito como "associado ao projeto".

— David não está mais no estúdio. Eu meio que estou gerenciando o projeto agora, e quero que você saiba que estou muito empolgado. Ei, ei.

— Isso é bom?

Entramos no carro.

— Onde é que vai ser a reunião? — perguntei.

Ele balançou a cabeça.

— Não é uma reunião — disse ele. — É um café da manhã. — Meu rosto denunciou minha confusão. Ele se compadeceu de mim. — Uma espécie de reunião pré-reunião — explicou.

Levamos mais ou menos meia hora para ir do hotel até um shopping, enquanto Jacob me dizia o quanto tinha gostado do meu livro e como estava feliz por se associar ao projeto. Ele disse que tinha sido sua a ideia de me colocar no hotel — "Uma experiência clássica de Hollywood que você jamais teria no Four Seasons ou no Ma Maison, né?" — e me perguntou se eu estava hospedado no chalé onde John Belushi havia morrido. Falei que não sabia, mas que acreditava que não.

— Sabe com quem ele estava quando morreu? — perguntou Jacob. — Os estúdios acobertaram.

— Não. Quem?

— Meryl e Dustin.

—Você está falando da Meryl Streep e do Dustin Hoffman?

— Claro.

— Como você sabe?

— As pessoas falam. É Hollywood. Sabe como é...

Meneei a cabeça como se soubesse, mas não sabia.

As pessoas falam de livros que se escrevem sozinhos, e é mentira. Livros não se escrevem sozinhos. Demandam raciocínio e pesquisa e dores nas costas e anotações e uma quantidade inacreditável de tempo e trabalho.

Exceto *Filhos do Homem*, e esse praticamente se escreveu sozinho.

A pergunta irritante que vivem fazendo para nós — isto é, para escritores — é:

"De onde você tira suas ideias?"

E a resposta é: confluência. As coisas se juntam. Os ingredientes certos e pronto: *Abracadabra!*

Começou com um documentário sobre Charles Manson que eu estava vendo mais ou menos sem querer (estava em uma fita VHS emprestada por um amigo, depois de algumas coisas que eu *queria* ver): tinha imagens de quando Manson foi preso, quando as pessoas achavam que ele era inocente e que o governo é que estava implicando com os hippies. E na tela apareceu Manson — um orador carismático, bonito, messiânico. Uma pessoa por quem alguém andaria descalço no inferno. Uma pessoa por quem alguém mataria.

O julgamento começou; e, depois de algumas semanas, o orador desapareceu, dando lugar a um enrolador simiesco descoordenado, com uma cruz entalhada na testa. Qualquer que fosse a genialidade, não existia mais. Tinha sumido. Mas existira.

O documentário continuou: um ex-detento de expressão dura que havia cumprido pena junto com Manson explicava: "Charles Manson? Olha, Charlie era ridículo. Ele era um nada. A gente ria dele. Sabe? Ele era um nada!"

E eu assenti. Então houve um tempo antes de Manson ser o rei do carisma. Pensei em uma bênção, algo que foi dado, e que foi tomado de volta.

Assisti ao restante do documentário de um jeito obsessivo. Aí, enquanto aparecia uma foto em preto e branco, o narrador disse algo. Rebobinei a fita, e ele falou de novo.

Tive uma ideia. Tive um livro que se escreveu sozinho.

O que o narrador disse foi o seguinte: que os bebês que Manson tivera com as mulheres da Família foram enviados para diversos abrigos para serem adotados, com sobrenomes definidos por algum juiz e que certamente não eram Manson.

E pensei em uma dúzia de Mansons de vinte e cinco anos. Pensei naquele tal carisma dominando todos aqueles jovens ao mesmo tempo. Doze rapazes Manson, no auge da glória, saindo de todos os cantos do mundo e sendo atraídos gradualmente para Los Angeles. E uma filha de Manson tentando desesperadamente impedir que eles se reunissem e, como a chamada na contracapa dizia, "descobrissem seu destino terrível".

Escrevi *Filhos do Homem* a mil: o livro ficou pronto em um mês, e mandei para a minha agente, que ficou surpresa ("Bom, querido, não se parece com seus outros livros", disse ela, solícita) e o vendeu em um leilão — meu primeiro — por mais dinheiro do que eu achei que seria possível. (Meus outros livros, três coletâneas de histórias elegantes, evocativas e provocativas de fantasmas, mal haviam pagado o computador em que foram escritos.)

Aí o livro foi adquirido — antes mesmo de ser publicado — por Hollywood, também em leilão. Havia três ou quatro estúdios interessados: fui com o estúdio que queria que eu escrevesse o roteiro. Eu sabia que não ia dar certo, sabia que eles nunca fechariam. Mas aí meu fax começou a cuspir mensagens tarde da noite — a maioria com a assinatura entusiasmada de um tal Dave Gambol; certa manhã, assinei cinco vias de um contrato grosso que nem um tijolo; algumas semanas depois, minha agente falou que o primeiro cheque tinha sido compensado e que as passagens para Hollywood haviam chegado, para "conversas preliminares". Parecia um sonho.

As passagens eram de classe executiva, e foi no instante em que vi isso que percebi que o sonho era real.

Fui para Hollywood dentro da corcova do avião jumbo, beliscando salmão defumado e com um exemplar de capa dura recém-saído da gráfica de *Filhos do Homem*.

Então, café da manhã.

Falaram o quanto adoraram o livro. Não consegui guardar o nome de ninguém. Os homens tinham barba ou boné ou as duas coisas; as mulheres eram de uma beleza deslumbrante, de um jeito asséptico.

Foi Jacob quem pediu o café da manhã para nós e quem pagou a conta. Ele explicou que a reunião que viria depois era uma formalidade.

— A gente adorou o seu livro — disse ele. — Por que a gente compraria seu livro se não fosse para fazer? Por que a gente contrataria *você* para escrever o roteiro se não fosse pelo elemento especial que você traria ao projeto? Pela sua *você-zice*.

Assenti, muito sério, como se a mim-zice fosse algo que eu tivesse passado muitas horas considerando.

— Uma ideia assim. Um livro assim. Você é bem original.

— Um dos mais originais — disse uma mulher chamada Dina ou Tina, ou talvez Deanna.

Ergui a sobrancelha.

— Então o que vocês querem que eu faça na reunião?

— Seja receptivo — respondeu Jacob. — Seja positivo.

O percurso até o estúdio levou mais ou menos meia hora no carrinho vermelho de Jacob. Paramos no portão da guarita, onde Jacob bateu boca com o segurança. Pelo que entendi, ele era novo no estúdio e ainda não havia recebido um crachá permanente.

E tampouco parecia, depois que entramos, que ele tinha uma vaga permanente no estacionamento. Eu ainda não compreendia as ramificações disso: pelo que ele falou, vagas de estacionamento estavam ligadas a status no estúdio, assim como os presentes do imperador determinavam o status dos nobres na corte da China Antiga.

Avançamos pelas ruas de uma Nova York estranhamente plana e estacionamos na frente de uma agência bancária antiga e imensa.

Depois de dez minutos de caminhada, eu me vi dentro de uma sala de reuniões, com Jacob e todo mundo do café da manhã, esperando alguém chegar. Na correria, eu não havia captado quem era essa pessoa e o que ele ou ela fazia. Peguei meu exemplar do meu livro e o coloquei na mesa à minha frente, como se fosse um talismã.

Alguém chegou. Era um homem alto, com nariz pontudo e queixo pontudo, e cabelo comprido demais — era como se tivesse sequestrado uma pessoa muito mais jovem e roubado o cabelo dela. Era australiano, o que me surpreendeu.

Ele se sentou.

Olhou para mim.

— Manda — disse ele.

Olhei para as pessoas do café da manhã, mas nenhuma estava olhando para mim — não consegui chamar a atenção delas. Então comecei a falar: sobre o livro, sobre a trama, sobre o final, o confronto na boate de Los Angeles, onde a mocinha Manson manda todos os outros pelos ares. Ou pelo menos é o que ela acha. Sobre minha ideia de um só ator interpretar todos os meninos Manson.

—Você acredita nesse negócio? — Foi a primeira pergunta do Alguém.

Essa foi fácil. Era uma pergunta que eu já havia respondido a pelo menos duas dúzias de jornalistas ingleses.

— Se eu acredito que um poder sobrenatural possuiu Charles Manson durante uma época e depois possuiu seus vários filhos? Não. Se eu acredito que tinha alguma coisa estranha acontecendo? Acho que devo acreditar. Talvez fosse só que, por um breve período, a loucura dele esteve em sintonia com a loucura do mundo exterior. Sei lá.

— Hm. Esse garoto Manson. Poderia ser Keanu Reeves?

Cruzes, não, pensei. Jacob viu meu olhar e acenou desesperadamente a cabeça.

— Não vejo o menor problema — falei.

Era só imaginação, mesmo. Nada daquilo era real.

— Estamos negociando um acordo com o pessoal dele — disse o Alguém, meneando a cabeça com um ar pensativo.

Então eles me despacharam, pedindo que eu escrevesse um argumento para a aprovação deles. E por *eles* entendi que se referiam ao Alguém australiano, mas não tinha certeza absoluta.

Antes de sair, me deram setecentos dólares e me mandaram assinar um recibo: custeio de duas semanas de despesas.

Passei dois dias fazendo o argumento. Tentei esquecer o livro e estruturar a história em forma de filme. O trabalho correu bem. Eu ficava no quartinho, digitava em um notebook que o estúdio tinha enviado para mim e imprimia as páginas na impressora a jato de tinta que haviam mandado junto com o computador. Comia no quarto.

Todo dia à tarde eu saía para uma caminhada curta pela Sunset Boulevard. Andava até a livraria "quase vinte e quatro horas", onde comprava um jornal. Depois, me sentava no pátio do hotel e lia por meia hora. Depois disso, tendo saciado minha cota de sol e ar fresco, voltava para o escuro e transformava meu livro em outra coisa.

Um funcionário do hotel, um homem negro muito velho, atravessava o pátio todo dia com uma lentidão quase dolorosa, regava as plantas e conferia os peixes. Ele sorria para mim quando passava, e eu o cumprimentava com um gesto de cabeça.

No terceiro dia, me levantei e fui até ele, parado ao lado do tanque de peixes, removendo punhados de lixo com a mão: algumas moedas e um maço de cigarros.

— Oi — falei.

— Siô — disse o velho.

Pensei em pedir para ele não me chamar de senhor, mas não me ocorreu nenhum jeito de expressar isso que não pudesse ofendê-lo.

— Belos peixes.

Ele fez que sim e sorriu.

— Carpas ornamentais. Trouxeram direto da China.

Ficamos observando os peixes nadarem no tanquinho.

— Será que eles ficam entediados? — perguntei.

— Meu neto é ictiólogo, sabe o que é isso?

— Quem estuda peixes.

— Aham. Ele falou que a memória deles dura só uns trinta segundos. Então eles nadam pelo tanque, e é sempre uma surpresa, um "Nunca vim aqui antes". Eles veem outro peixe que conhecem há um século e falam "Quem é você, estranho?".

— Você poderia fazer uma pergunta ao seu neto por mim?

O velho assentiu.

— Uma vez eu li que carpas não têm expectativa de vida. Elas não envelhecem que nem a gente. Elas morrem se uma pessoa, um predador ou uma doença matá-las, mas não morrem só de velhice. Teoricamente, elas poderiam viver para sempre.

O funcionário meneou a cabeça.

— Vou perguntar. É um negócio interessante mesmo. Esses três... Ora, esse aqui, eu chamo de Fantasma, tem só quatro, cinco anos. Mas os outros dois chegaram da China quando eu comecei aqui.

— E quando foi isso?

— Deve ter sido no ano do Nosso Senhor de Mil Novecentos e Vinte e Quatro. Que idade você acha que eu tenho?

Eu não soube dizer. Ele parecia ter sido esculpido em madeira antiga. Mais de cinquenta e menos que Matusalém. Falei isso para ele.

— Eu nasci em 1906. Juro por Deus.

—Você nasceu aqui em Los Angeles?

Ele balançou a cabeça.

— Quando eu nasci, Los Angeles era só um laranjal, muito longe de Nova York. — Ele salpicou ração de peixe na superfície da água. Os três peixes vieram à tona, carpas fantasmagóricas de um branco prateado, e olharam para nós, ou foi o que pareceu, abrindo e fechando o O da boca repetidamente, como se estivessem falando com a gente em algum idioma silencioso e secreto só deles.

Apontei para o peixe que ele havia indicado.

— Então esse é o Fantasma, é?

— Ele é o Fantasma. Isso mesmo. Aquele ali embaixo do nenúfar, está vendo a cauda ali? É o Buster, em homenagem a Buster Keaton. Keaton estava hospedado aqui quando recebemos os dois mais velhos. E essa aqui é nossa Princesa.

Princesa era a mais reconhecível das carpas brancas. Tinha uma coloração creme-clara, com uma mancha vermelha vívida ao longo das costas, o que a distinguia dos outros dois.

— Ela é linda — falei.

— É mesmo. Ela é mesmo, demais.

Ele respirou fundo e começou a tossir, uma tosse chiada que sacudiu seu corpo magro. Nesse momento, pela primeira vez, consegui vê-lo como um homem de noventa anos.

— Está tudo bem?

Ele fez que sim.

—Tudo, tudo, tudo. Ossos velhos — disse ele. — Ossos velhos.

Apertamos as mãos, e voltei para meu argumento e a penumbra.

Imprimi o argumento concluído e mandei por fax para Jacob no estúdio.

No dia seguinte, ele veio ao chalé. Parecia chateado.

— Está tudo bem? — perguntei. — Tem algum problema com o argumento?

— São só umas merdas que estão rolando. A gente fez um filme com... — e ele disse o nome de uma atriz conhecida que havia aparecido em alguns filmes de sucesso anos antes. — Não tinha erro, né? Só que ela não é mais tão jovem assim, e insiste em fazer as próprias cenas de nudez, e ninguém quer ver aquele corpo, vai por mim.

"No enredo, tem um fotógrafo que convence mulheres a tirarem a roupa para ele. Aí ele vai lá e *créu* nelas. Só que ninguém acredita que ele está fazendo isso. Aí a chefe de polícia, interpretada pela dona Quero Mostrar Minha Bunda Pelada pro Mundo, percebe que o único jeito de prendê-lo é se passar por uma das mulheres. Então ela vai para a cama com ele. Aí tem uma reviravolta…"

— Ela se apaixona por ele?

— Ah. É. E aí ela se dá conta de que as mulheres sempre vão ser aprisionadas por imagens masculinas de mulheres, e aí, para provar seu amor por ele, quando a polícia chega para prender os dois ela taca fogo em todas as fotos e morre no incêndio. As roupas se queimam antes. O que achou?

— Achei idiota.

— Foi a mesma coisa que a gente pensou quando viu. Então demitimos o diretor e fizemos uma montagem nova e um dia de refilmagens. Agora ela usa uma escuta quando os dois se pegam. E, quando começa a se apaixonar, descobre que o irmão foi morto pelo cara. Ela sonha que suas roupas pegam fogo, e aí sai com a equipe da SWAT para tentar prendê-lo, mas ele é morto pela irmã caçula dela, que também estava só no *créu* com o fotógrafo.

— Isso é melhor?

Ele balança a cabeça.

— É uma porcaria. Se ela deixasse a gente usar uma dublê para as cenas de nudez, talvez ficasse um pouco melhor.

— O que você achou do argumento?

— Quê?

— Do meu argumento? O que eu mandei?

— Claro. Seu argumento. A gente adorou. Todo mundo adorou. Ficou ótimo. Incrível mesmo. Todo mundo está superanimado.

— Qual é o próximo passo, então?

— Bom, assim que todo mundo der uma olhada, a gente vai se reunir e conversar.

Ele me deu um tapinha nas costas e foi embora, me deixando sem nada para fazer em Hollywood.

Decidi escrever um conto. Era uma ideia que eu tivera na Inglaterra antes da viagem. Algo sobre um teatro pequeno na ponta de um píer. Espetáculo de mágica debaixo de chuva. Uma plateia que não conseguia distinguir entre magia e ilusão, e para quem não faria diferença se todas as ilusões fossem reais.

★ ★ ★

Naquela tarde, durante minha caminhada, comprei alguns livros sobre Espetáculos de Mágica e Ilusões Vitorianas na livraria "quase vinte e quatro horas". Eu estava com um conto, ou pelo menos uma semente de conto, na cabeça e queria explorar. Sentei no banco do pátio e folheei os livros. Cheguei à conclusão de que eu estava procurando um clima específico.

Fiquei lendo sobre os Homens dos Bolsos, que tinham bolsos com todo tipo de objeto pequeno que se podia imaginar e que podiam apresentar qualquer coisa que alguém pedisse, na hora. Nada de ilusão — só feitos extraordinários de organização e memória. Uma sombra cobriu a página. Levantei o rosto.

— Oi de novo — falei para o velho negro.

— Siô — disse ele.

— Por favor, não me chame assim. Fica parecendo que eu devia vestir um terno ou algo do tipo.

Falei meu nome.

Ele me disse o seu:

— Pious Dundas.

— Pious? Tipo "religioso" em inglês?

Fiquei na dúvida se havia escutado direito. Ele assentiu com orgulho.

— Às vezes, e às vezes não. Foi assim que minha mãe me batizou, e é um bom nome.

— É.

— Então, o que o siô está fazendo aqui?

— Não sei. Era para eu estar escrevendo um roteiro, acho. Estou esperando me mandarem começar a escrever um roteiro, na verdade.

Ele coçou o nariz.

— Todo esse pessoal do cinema já ficou aqui. Se eu começasse a falar deles agora, ia falar sem parar até quarta que vem e não chegaria nem na metade.

— Quais foram seus preferidos?

— Harry Langdon. Ele era um cavalheiro. George Sanders. Ele era inglês, que nem você. Ele falava "Ah, Pious. Reze pela minha alma". E eu respondia "Sua alma é assunto seu, sr. Sanders", mas rezava por ele mesmo assim. E June Lincoln.

— June Lincoln?

Os olhos do homem brilharam, e ele sorriu.

— Ela era a rainha das telonas. Era melhor que qualquer outra: Mary Pickford ou Lillian Gish ou Theda Bara ou Louise Brooks... Era a melhor. Ela tinha um "quê". Sabe o que era um "quê"?

— *Sex appeal.*

— Era mais do que isso. Ela era tudo que você podia sonhar. Se visse um filme com June Lincoln, você ia querer... — Ele se interrompeu, traçando círculos pequenos com a mão, como se tentasse pescar palavras perdidas. — Sei lá. Ficar de joelhos, talvez, que nem um cavaleiro de armadura diante da rainha. June Lincoln, ela era a melhor. Falei dela para o meu neto, e ele tentou achar alguma fita, mas não deu. Não tem mais nada. Ela só está viva na cabeça de velhos como eu — disse ele, tocando na própria testa.

— Ela deve ter sido impressionante.

Ele fez que sim.

— O que aconteceu com ela?

— Ela se enforcou. Disseram que foi porque não ia conseguir dar conta dos filmes falados, mas não é verdade: a voz dela era memorável mesmo se você ouvisse só uma vez. Suave e forte, que nem um café irlandês. Dizem que ela ficou de coração partido por causa de um homem, ou de uma mulher, ou que foi por causa de jogos de azar, ou gângsteres, ou bebida. Vai saber? Aquela época era doida.

— Imagino que você tenha ouvido a voz dela.

O homem sorriu.

— Ela falou: "Rapaz, você pode descobrir o que foi que fizeram com minha echarpe?" Aí, quando eu trouxe o lenço, ela falou: "Você é um rapaz especial." E o homem que estava com ela falou: "June, não provoque os empregados." Aí ela sorriu para mim, me deu cinco dólares e disse: "Ele não se incomoda, não é, rapaz?" E eu só balancei a cabeça. Aí ela fez aquilo com os lábios, sabe?

— Um biquinho?

— Por aí. Senti um negócio bem aqui. — Ele tocou no peito. — Aqueles lábios. Eles podiam arrasar qualquer homem.

Ele mordeu o lábio inferior por um instante e fixou os olhos na eternidade. Fiquei curioso para saber onde ele estava, e quando. Ele então olhou para mim de novo.

— Quer ver os lábios dela?

— Como assim?

— Vem aqui. Vem comigo.

— O que a gente vai...? — Visualizei uma impressão de lábios em cimento, como as marcas de mãos perto da calçada da fama.

Ele balançou a cabeça e levou um dedo idoso até a boca. *Silêncio.*

Fechei os livros. Atravessamos o pátio. Ao chegar ao tanquinho dos peixes, ele parou.

— Olhe para a Princesa — pediu ele.

— A da mancha vermelha, né?

Ele fez que sim. O peixe lembrava um dragão chinês: sábio e pálido. Um peixe fantasma, branco feito osso velho, exceto pela mancha escarlate nas costas — uma forma de arco duplo com uns dois centímetros de comprimento. O peixe flutuava no tanque, boiando, pensando.

— Isso — disse ele. — Nas costas dela. Viu?

— Não sei se estou entendendo.

Ele ficou quieto e olhou para o peixe.

— Quer se sentar? — sugeri.

De repente, a idade do sr. Dundas pesou na minha mente.

— Não me pagam para ficar sentado — respondeu ele, muito sério. Depois acrescentou, como se estivesse explicando para uma criancinha. — Era como se existissem deuses naquela época. Hoje, é tudo televisão: heróis pequenos. Pessoas miúdas nas caixas. Eu vejo algumas delas aqui. Pessoas miúdas.

"Os astros dos velhos tempos: eram gigantes, pintados com uma luz prateada, do tamanho de uma casa... E, quando a gente encontrava algum, eles *ainda* eram imensos. As pessoas acreditavam neles.

"Faziam festas aqui. Quem trabalhava aqui via o que tinha. Bebida, maconha, e coisas difíceis de acreditar. Teve uma festa... O nome do filme era *Corações do deserto*. Já ouviu falar?"

Balancei a cabeça.

— Um dos maiores filmes de 1926, juntinho de *Sangue por glória*, com Victor McLaglen e Dolores del Río, e *O prêmio de beleza*, com Colleen Moore. Já ouviu falar desses?

Neguei com a cabeça de novo.

— Já ouviu falar de Warner Baxter? Belle Bennett?

— Quem foram eles?

— Astros muito, muito famosos em 1926. — Ele ficou quieto por um instante. — *Corações do deserto*. Fizeram a festa aqui, no hotel, quando a produção acabou. Tinha vinho e cerveja e uísque e gim... Isso foi na época da Lei Seca, mas os estúdios meio que mandavam na polícia, que fazia vista grossa; e teve comida, e um bocado de confusão; Ronald Colman veio, e Douglas Fairbanks (o pai, não o filho), e todo o elenco e a equipe; e uma banda de jazz tocou, bem ali onde ficam aqueles chalés agora.

"E June Lincoln foi o centro das atenções de Hollywood naquela noite. Ela fazia a princesa árabe no filme. Naqueles tempos, os árabes eram símbolo de paixão e desejo. Hoje em dia... Bom, as coisas mudam.

"Não sei como foi que começou. Ouvi dizer que foi um desafio ou uma aposta; talvez ela só estivesse bêbada. Achei que estivesse. Enfim, ela se levantou, e a banda estava tocando uma música lenta, bem baixinho. Aí ela veio andando até aqui, no mesmo lugar em que eu estou, e enfiou as mãos bem dentro do tanque. Ela ria, ria, ria…

"A srta. Lincoln pegou o peixe e o tirou da água. Depois o levantou até o rosto.

"Ora, fiquei preocupado, porque tinham acabado de trazer esses peixes da China, e eles custaram duzentos dólares cada. Isso foi antes de eu ser encarregado de cuidar dos peixes, claro. Não seria eu quem teria o salário descontado. Mesmo assim, duzentos dólares era bastante dinheiro naquela época.

"Aí ela sorriu para todo mundo e se inclinou e beijou o peixe, devagar, nas costas. Ele não se debateu nem nada, só ficou parado na mão dela, e ela o beijou com lábios cor de coral-vermelho, e as pessoas na festa riram e gritaram.

"Ela pôs o peixe de volta no tanque, e por um instante parecia que ele não queria se afastar. Ficou perto dela, focinhando seus dedos. Aí começaram a estourar fogos de artifício, e ele saiu nadando.

"O batom dela era mais vermelho que vermelho, e o formato dos lábios ficou marcado nas costas do peixe. Ali. Viu?"

Princesa, a carpa branca com a marca coral nas costas, agitou uma nadadeira e seguiu com suas viagens de trinta segundos pelo tanque. A mancha vermelha parecia mesmo uma marca de batom.

Ele salpicou um punhado de ração na água, e os três peixes foram até a superfície.

Voltei para meu chalé com os livros sobre ilusões antigas. O telefone estava tocando: era alguém do estúdio. Queriam conversar comigo sobre o argumento. Um carro viria me buscar dali a meia hora.

— Jacob vai participar?

Mas já haviam desligado.

A reunião foi com o Alguém australiano e seu assistente, um homem de óculos e terno. Foi o primeiro terno que eu vi desde que chegara, e os óculos dele eram bem azuis. O homem parecia nervoso.

— Onde você está hospedado? — perguntou o Alguém.

Respondi.

— Não foi lá que o Belushi…?

— É o que dizem.

Ele meneou a cabeça.

— Ele não estava sozinho quando morreu — disse o Alguém.
— Não?
Ele alisou a lateral do nariz pontudo com um dedo.
—Tinha outras pessoas na festa. Dois diretores, top de linha na época.Você não precisa de nomes. Fiquei sabendo quando eu estava fazendo o último filme do Indiana Jones.
Silêncio desconfortável. Estávamos sentados a uma mesa redonda enorme, só nós três, e cada um tinha uma cópia do argumento que eu havia escrito. Por fim, perguntei:
— O que vocês acharam?
Os dois assentiram, mais ou menos em sincronia.
E então tentaram, o máximo possível, me dizer que odiaram sem falar nada que tivesse qualquer chance de me magoar. Foi uma conversa muito curiosa.
— Temos uma questão com o terceiro ato — disseram eles, por exemplo, insinuando vagamente que o problema não era eu nem o argumento, nem sequer o terceiro ato, mas sim eles.
Queriam que os personagens fossem mais agradáveis e arrebatadores. Queriam luzes e sombras mais definidas, não tons de cinza. Queriam que a heroína fosse um herói. Eu meneei a cabeça e fiz anotações.
No final da reunião, eu e o Alguém apertamos as mãos, e o assistente de óculos de armação azul me acompanhou pelo labirinto de corredores até achar o mundo exterior, meu carro e meu motorista.
Durante o trajeto, perguntei se o estúdio tinha uma foto qualquer de June Lincoln.
— Quem?
O nome do assistente, afinal de contas, era Greg. Ele sacou um bloquinho e anotou algo com um lápis.
— Era uma atriz do cinema mudo. Famosa em 1926.
— Ela era do estúdio?
— Não faço ideia — admiti. — Mas era famosa. Mais até do que Marie Prevost.
— Quem?
— *A winner who became a doggie's dinner*. Uma das maiores estrelas do cinema mudo. Morreu na miséria após a popularização dos filmes falados e foi comida por seu Dachshund. Nick Lowe fez uma música sobre ela.
— Quem?
— *I knew the bride when she used to rock and roll*. Enfim, June Lincoln. Será que alguém consegue uma foto para mim?

Ele anotou mais alguma coisa no bloco. Olhou o papel por um tempo. E anotou mais alguma coisa. Então assentiu.

Nós havíamos saído para a luz do dia, e meu carro estava esperando.

— A propósito — disse ele —, é bom você saber que ele é um loroteiro de merda.

— Como?

— É um loroteiro de merda. Não era Spielberg nem Lucas que estavam com Belushi. Era Bette Midler e Linda Ronstadt. Foi uma orgia de cocaína. Todo mundo sabe. Esse cara é um loroteiro de merda. E era só um contador-assistente no filme do Indiana Jones, sério. E fala como se o filme fosse dele. Babaca.

Trocamos um aperto de mãos. Entrei no carro e voltei para o hotel.

A diferença do fuso horário bateu naquela noite, e acordei, completa e irremediavelmente, às quatro da madrugada.

Saí da cama, fiz xixi e vesti uma calça jeans (eu durmo de camiseta) e saí do chalé.

Eu queria ver as estrelas, mas as luzes da cidade eram claras demais, o ar, muito poluído. O céu era de um amarelo sujo sem estrelas, e pensei em todas as constelações que dava para ver no interior da Inglaterra. Pela primeira vez, senti uma profunda e estúpida saudade de casa.

Senti falta das estrelas.

Eu queria trabalhar no conto ou avançar no roteiro do filme. Em vez disso, trabalhei na segunda versão do argumento.

Diminuí a quantidade de filhos de Manson de doze para cinco e deixei mais claro desde o início que um deles, que agora era homem, não era do mal e que os outros quatro definitivamente eram.

Recebi um exemplar de uma revista de cinema. Ela cheirava a papel barato velho e estava carimbada em roxo com o nome do estúdio e a palavra ARQUIVO embaixo. A capa exibia John Barrymore em um barco.

Dentro havia uma matéria sobre a morte de June Lincoln. Achei difícil de ler e mais difícil ainda de entender: o texto insinuava os vícios proibidos que conduziram à sua morte, até aí deu para sacar, mas pareciam insinuações feitas em um código indecifrável para leitores modernos. Ou talvez, pensando bem, o autor do obituário na verdade não soubesse de nada e estivesse fazendo suposições vazias.

O mais interessante — ou pelo menos mais inteligível — eram as fotos. Uma foto de página inteira com margens pretas de uma mulher com olhos enormes e sorriso suave, fumando um cigarro (a fumaça tinha sido inserida artificialmente na imagem, a meu ver um serviço muito malfeito: alguém já acreditou em farsas tão malfeitas assim?); outra foto dela fazendo pose abraçada com Douglas Fairbanks; uma foto pequena dela em cima de um apoio para pés na lateral de um carro, com dois cachorrinhos minúsculos no colo.

Com base nas fotos, June não exibia uma beleza contemporânea. Não tinha a transcendência de uma Louise Brooks, o *sex appeal* de uma Marilyn Monroe, a elegância libidinosa de uma Rita Hayworth. Ela era uma celebridade dos anos 1920 tão sem sal quanto qualquer outra celebridade dos anos 1920. Não vi mistério nenhum naqueles olhos enormes, naquele cabelo chanel. Seus lábios eram perfeitamente arqueados. Eu não fazia a menor ideia de qual seria sua aparência se ela estivesse viva e na ativa hoje em dia.

Ainda assim, ela era real; tinha vivido. Tinha sido idolatrada e adorada pelas pessoas nos palácios do cinema. Tinha beijado o peixe e caminhado pelo meu hotel setenta anos antes: um piscar de olhos na Inglaterra, mas uma eternidade em Hollywood.

Fui conversar sobre o argumento. Nenhuma das pessoas com quem eu tinha falado antes estava lá. Só me levaram para uma sala pequena e me apresentaram a um rapaz muito jovem que nunca sorria e que me disse que adorou o argumento e que ficou muito feliz ao saber que o estúdio havia adquirido a obra.

Também pontuou que achou o personagem Charles Manson especialmente legal, e que talvez — "quando ele fosse dimensionalizado de forma plena" — Manson pudesse se tornar o próximo Hannibal Lecter.

— Mas. Hm. Manson. Ele existe. Está preso agora. O pessoal dele matou Sharon Tate.

— Sharon Tate?

— Era uma atriz. Estrela de cinema. Estava grávida, e foi morta por eles. Era casada com Polanski.

— *Roman* Polanski?

— O diretor. É.

Ele franziu o cenho.

— Mas estamos fechando um contrato com o Polanski.

— Que bom. Ele é um bom diretor.

— Ele está sabendo?

— Do quê? Do livro? Do nosso filme? Da morte de Sharon Tate?

Ele balançou a cabeça: nenhuma das anteriores.

— É um contrato para três filmes. Julia Roberts está semiassociada ao projeto. Você está dizendo que Polanski não sabe deste argumento?

— Não, o que eu disse foi...

Ele conferiu o relógio.

— Onde você está hospedado? — perguntou ele. — A gente botou você em algum lugar bom?

— Sim, obrigado — falei. — Estou a alguns chalés de distância de onde Belushi morreu.

Eu esperava outra dupla secreta de astros: ouvir que John Belushi havia batido as botas na companhia de Julie Andrews e a Miss Piggy dos Muppets. Eu me enganei.

— Belushi morreu? — disse ele, franzindo a testa jovem. — Belushi não morreu. A gente está fazendo um filme com ele.

— Foi o irmão — falei. — O irmão morreu, anos atrás.

Ele deu de ombros.

— Parece uma pocilga — comentou o jovem. — Da próxima vez que vier, avise que quer se hospedar no Bel Air. Quer que a gente bote você lá agora?

— Não, obrigado — falei. — Já estou acostumado com o lugar. — E perguntei: — E o argumento?

— Deixa com a gente.

Comecei a ficar fascinado por duas ilusões teatrais antigas que encontrei nos meus livros: "O sonho do artista" e "O batente encantado". Eram metáforas para alguma coisa, eu tinha certeza; mas a história que deveria acompanhá-las ainda não estava pronta. Eu escrevia primeiras frases que não chegavam a formar primeiros parágrafos, primeiros parágrafos que nunca formavam primeiras páginas. Eu escrevia no computador e fechava o arquivo sem salvar nada.

Fui me sentar do lado de fora, no pátio, e fiquei olhando para as duas carpas brancas e a carpa escarlate e branca. Concluí que pareciam peixes desenhados por Escher, o que me surpreendeu, porque nunca tinha me ocorrido que havia qualquer coisa minimamente realista nos desenhos de Escher.

Pious Dundas estava polindo as folhas das plantas. Estava com um frasco de polidor e um pano.

— Oi, Pious.

— Siô.

— Dia bonito.

Ele fez que sim e tossiu, e bateu no peito com a mão fechada, e fez que sim de novo.

Saí de perto dos peixes e me sentei no banco.

— Por que não fizeram você se aposentar? — perguntei. — Você não devia ter se aposentado há uns quinze anos?

Ele continuou polindo.

— De jeito nenhum, eu sou referência aqui. As pessoas podem *falar* que todas as estrelas do céu se hospedaram aqui, mas *eu* digo o que Cary Grant tomou no café da manhã.

— Você lembra?

— Não, diacho. Mas *ninguém* sabe disso. — Ele tossiu de novo. — O que você está escrevendo?

— Bom, semana passada eu escrevi o argumento de um filme. Aí, escrevi outro argumento. E agora estou esperando... alguma coisa.

— Então o que você *está* escrevendo?

— Um conto que não está saindo. É sobre um truque de mágica da era vitoriana chamado "O sonho do artista". Um artista chega no palco, com uma tela grande, e a coloca em um cavalete. A tela exibe o retrato de uma mulher. Ele olha para o quadro e lamenta, desesperado, que nunca será considerado um pintor de verdade. Aí ele se senta e pega no sono, o quadro ganha vida, a mulher sai da moldura e fala para ele não desistir. Para continuar lutando. Ele será um grande pintor um dia. A mulher volta para a moldura. A luz diminui. E aí ele acorda, e o quadro voltou a ser só um quadro...

— ... E a outra ilusão — falei para a mulher no estúdio, que havia cometido o erro de fingir interesse no começo da reunião — se chamava "O batente encantado". Tem uma janela parada no ar, e aparecem rostos dentro dela, mas não tem ninguém por perto. Acho que consigo fazer um paralelo estranho entre o batente encantado e provavelmente a televisão: afinal, ela é uma candidata natural.

— Eu gosto de *Seinfeld* — declarou a mulher. — Você vê? É sobre nada. Quer dizer, eles têm episódios inteiros sobre nada. Eu gostava de Garry Shandling antes de ele fazer o programa novo e começar a pegar pesado.

— As ilusões — continuei —, como todas as grandes ilusões, fazem a gente questionar a natureza da realidade. Mas elas também enquadram, com o perdão do trocadilho semi-intencional, a questão do que o entretenimento viria a se tornar. Filmes antes de existirem filmes, TV antes de existir qualquer televisão.

Ela franziu a testa.

— Isso é um filme?

— Tomara que não. É um conto, se eu conseguir colocar no papel.

— Então vamos falar do filme. — Ela folheou um punhado de anotações. Tinha vinte e poucos anos e parecia ao mesmo tempo bonita e asséptica Eu me perguntei se ela era uma das mulheres que haviam participado do café da manhã no meu primeiro dia, Deanna ou Tina.

Ela leu algo no papel e ficou com uma expressão confusa.

— "Noiva e rock and roll?" — perguntou.

— Ele anotou isso? — falei. — Não tem nada a ver com o filme.

A mulher assentiu.

— Agora, preciso dizer, alguns aspectos do seu argumento são meio... *polêmicos*. A história do Manson... Bom, a gente não sabe se vai rolar. Daria para tirar isso?

— Mas é justamente o mote da história. Tipo, o livro se chama *Filhos do Homem*. É sobre os filhos de Manson. Se tirar isso, não sobra muita coisa, né? Tipo, este é o livro que vocês compraram. — Mostrei para ela: meu talismã. — Cortar Manson é que nem, sei lá, que nem pedir pizza e depois reclamar que chegou um negócio achatado, redondo e coberto de molho de tomate e queijo.

Ela não deu sinal algum de que havia escutado uma palavra sequer do que eu tinha falado. Perguntou:

— O que você acha de *Quando éramos Malz* como título? Malz com *l* e *z*.

— Sei lá. Para isto?

— A gente não quer que as pessoas achem que é alguma coisa religiosa. *Filhos do Homem*. Parece algo que poderia ser meio anticristão.

— Bom, eu meio que insinuo que o poder que se apossa dos filhos de Manson tem algo de demoníaco.

— Ah, é?

— No livro.

Ela me olhou com pena, o tipo de olhar que só gente que sabe que livros são, na melhor das hipóteses, material para servir vagamente de base para filmes é capaz de dirigir ao resto de nós.

— Bom, acho que o estúdio não acharia isso adequado — disse ela.

— Você sabe quem foi June Lincoln? — perguntei.

Ela balançou a cabeça.

— David Gambol? Jacob Klein?

Ela balançou a cabeça de novo, com um pouco de impaciência. Em seguida, me entregou uma lista digitada de correções que achava necessárias, e que se resumia a basicamente tudo no argumento. A lista era PARA: eu e algumas outras pessoas, cujos nomes eu não reconhecia, e era DE: Donna Leary.

Falei Obrigado, Donna, e voltei para o hotel.

★ ★ ★

Passei um dia taciturno. Depois, pensei em um jeito de refazer o argumento que resolveria, imaginei, todas as reclamações da lista de Donna.

Mais um dia pensando, alguns dias escrevendo, e mandei o terceiro argumento para o fax do estúdio.

Pious Dundas veio me mostrar o álbum dele, depois de ter certeza de que eu estava mesmo interessado em June Lincoln — um nome que, pelo que descobri, combinava o mês de junho e o presidente —, nascida em 1903 e batizada como Ruth Baumgarten. Era um álbum antigo com capa de couro, do tamanho e peso de uma Bíblia de luxo.

Tinha vinte e quatro anos quando morreu.

— Queria que você tivesse visto — disse Pious Dundas. — Queria que alguns filmes dela tivessem sobrevivido. Ela era imensa. Era a maior estrela de todas.

— Era uma boa atriz?

Ele balançou a cabeça, convicto de sua resposta.

— Não.

— Era muito bonita? Se era, não consigo ver.

Ele balançou a cabeça de novo.

— A câmera gostava dela, com certeza. Mas não era isso. O coral da igreja tinha uma dúzia de moças mais bonitas que ela na fileira do fundo.

— Então era o quê?

— Ela era uma estrela. — Ele deu de ombros. — Ser estrela é isso.

Virei as páginas: recortes, resenhas de filmes dos quais eu nunca tinha ouvido falar — filmes cujos únicos negativos e rolos haviam desaparecido muito tempo antes, perdidos ou destruídos pelo corpo de bombeiros, já que negativos de nitrato eram notoriamente inflamáveis; outros recortes e revistas de cinema: June Lincoln brincando, June Lincoln descansando, June Lincoln no set de *A camisa do penhorista*, June Lincoln com um casaco de pele imenso — que, de alguma forma, deixava a foto mais datada que o cabelo curto estranho ou os cigarros onipresentes.

—Você a amava?

Ele balançou a cabeça.

— Não do jeito que se amaria uma mulher...

Um momento de silêncio. Ele levou a mão ao álbum e virou as páginas.

— E minha mulher teria me matado se me ouvisse falar isso...

Outro momento de silêncio.

— Mas... é. Uma branquela magricela morta. Acho que eu a amava.

Ele fechou o livro.

— Mas ela não morreu para você, né?

Ele balançou a cabeça. E foi embora. Mas deixou o álbum para eu olhar.

O segredo da ilusão "O sonho do artista" era o seguinte: a moça entrava no palco carregada, agarrando-se com firmeza atrás da tela. O quadro era sustentado por cabos ocultos, então, embora o artista trouxesse a tela tranquilamente, com facilidade, e a colocasse no cavalete, também estava carregando a moça. O retrato dela no cavalete era armado como uma cortina de enrolar, que se recolhia e se estendia.

"O batente encantado", por sua vez, era, literalmente, um jogo de espelhos: um espelho inclinado que refletia o rosto das pessoas escondidas nas coxias.

Até hoje, muitos mágicos usam espelhos em seus espetáculos para fazer a gente achar que está vendo coisas.

Depois que você vê como é feito, o truque se torna simples.

—Antes de começarmos — disse ele —, preciso avisar que não leio argumentos. Geralmente acho que eles inibem minha criatividade. Não se preocupe. Pedi para uma secretária me fazer um resumo, então sei do que se trata.

Ele tinha barba e cabelo comprido e parecia um pouco Jesus, mas eu duvidava que os dentes de Jesus fossem tão perfeitos. Era, aparentemente, a pessoa mais importante com quem eu tinha falado até então. Seu nome era John Ray, e até eu havia ouvido falar dele, embora não soubesse muito bem o que ele fazia: seu nome costumava aparecer no começo de filmes, ao lado de palavras como PRODUTOR-EXECUTIVO. A voz do estúdio que tinha agendado a reunião me disse que eles, o estúdio, estavam muito animados com o fato de que ele havia "se associado ao projeto".

— O resumo não inibe sua criatividade também?

Ele sorriu.

— É o seguinte: todo mundo acha que você fez um trabalho incrível. Impressionante mesmo. A gente só tem algumas questões com um detalhe ou outro.

— Como o quê?

— Bom, a história de Manson. E a ideia de que esses garotos cresceram. Então bolamos algumas hipóteses no escritório: veja o que você acha. Tem um cara chamado, digamos, Jack Malz, com *l* e *z*, foi ideia de Donna...

Donna baixou a cabeça, modesta.

— Ele é preso por crimes satânicos, frita na cadeira elétrica, e ao morrer jura que vai voltar e destruir todo mundo.

"Aí, nos tempos atuais, a gente vê uns meninos se viciando em um jogo de fliperama chamado *Do Malz*. Tem o rosto dele. E, conforme jogam, o cara meio que começa a possuir os meninos. Talvez o rosto dele possa ter alguma coisa estranha, que nem Jason ou Freddy.

Ele parou, como se quisesse minha aprovação.

Então falei:

— E quem vai fazer esses jogos?

O homem apontou para mim e disse:

— Você é o roteirista, querido. Quer que a gente faça o seu trabalho?

Não falei nada. Eu não sabia o que dizer.

Fale de cinema, pensei. *Eles entendem de cinema*. Falei:

— Mas então o que você está sugerindo é fazer algo na linha de *Meninos do Brasil* sem Hitler?

Ele parecia confuso.

— Era um filme de Ira Levin — falei. Nenhuma faísca de reconhecimento nos olhos dele. — *O bebê de Rosemary*. — Ele continuou com uma expressão vazia. — *Invasão de privacidade*.

Ele fez que sim; em algum lugar, a ficha tinha caído.

— Entendi — disse. — Você escreve o papel da Sharon Stone, e a gente faz o possível e o impossível para fechar com ela. Tenho contato com o pessoal dela.

Então saí.

Fez frio naquela noite, e não deveria fazer frio em Los Angeles, e o ar estava com mais cheiro de xarope do que nunca.

Uma ex-namorada morava em algum lugar de Los Angeles, e resolvi entrar em contato com ela. Liguei para o número que eu tinha e comecei uma jornada que me tomou a maior parte da noite. Pessoas me deram números de telefone, e liguei para eles, e outras pessoas me deram números, e liguei para esses também.

Depois de algum tempo, liguei para um número e reconheci a voz dela.

— Você sabe onde eu estou? — perguntou ela.

— Não — respondi. — Só me deram este número.

— Num quarto de hospital — disse ela. — Com a minha mãe. Ela teve um derrame.

— Sinto muito. Ela está bem?

— Não.

— Sinto muito.

Houve um silêncio desconfortável.

— Como você está? — perguntou ela.

— Bem mal — falei.

Contei tudo que tinha acontecido comigo até então. Falei o que estava sentindo.

— Por que é assim? — perguntei.

— Porque eles estão com medo.

— Por que eles estão com medo? Medo do quê?

— Porque as pessoas só se importam com os últimos sucessos aos quais o nome delas está associado.

— Quê?

— Se alguém concordar com alguma coisa, o estúdio pode fazer um filme, e isso vai custar vinte, trinta milhões de dólares, e se for um fracasso o nome da pessoa vai ficar associado a ele e vai perder status. Se não topar, não corre o risco de perder status.

— Sério? — falei.

— Mais ou menos.

— Como você sabe tanto disso? Você é musicista, não trabalha com filmes.

Ela deu uma risada cansada.

— Eu moro aqui. Todo mundo que mora aqui sabe dessas coisas. Já tentou perguntar para as pessoas sobre os roteiros delas?

— Não.

— Experimente alguma vez. Pergunte para qualquer um. O cara no posto de gasolina. Qualquer um. Todo mundo tem um roteiro. — Alguém falou alguma coisa com ela, e ela respondeu, e aí falou para mim: — Olha, preciso desligar.

E desligou.

Não consegui achar o aquecedor, se é que o quarto tinha aquecedor, e estava morrendo de frio no meu chalezinho, igual ao que Belushi estava quando morreu, mesma reprodução de quadro sem graça na parede, com certeza, mesma sensação de umidade fria no ar.

Tomei um banho quente de banheira para me aquecer, mas fiquei com mais frio ainda quando saí da água.

Peixes brancos deslizando de um lado para outro na água, nadando e se esquivando dos nenúfares. Um dos peixes tinha um sinal carmesim nas costas que talvez, possivelmente, tivesse o formato perfeito de lábios: o estigma milagroso de uma deusa quase esquecida. O céu cinzento do fim de madrugada estava refletido no tanque.

Eu observava a água, melancólico.

— Tudo bem com você?

Eu me virei. Pious Dundas estava parado ao meu lado.

— Você acordou cedo — disse ele.

— Dormi mal. Muito frio.

— Você devia ter ligado para a recepção. Teriam mandado um aquecedor e mais cobertores.

— Nem pensei nisso.

Parecia que ele estava respirando de um jeito estranho, com dificuldade.

— Tudo bem com você?

— Nem pensar. Quando você chegar à minha idade, também não vai estar bem. Mas eu vou continuar aqui quando você for embora. Como vai o trabalho?

— Não sei. Parei de trabalhar no argumento e empaquei no "O sonho do artista", o conto que estou escrevendo sobre espetáculos de mágica da era vitoriana. A história se passa em um resort inglês à beira-mar em um dia de chuva. O mágico está fazendo mágica no palco, o que de alguma forma transforma a plateia. Afeta o coração das pessoas.

Ela meneou a cabeça, devagar.

— "O sonho do artista"... — disse. — Então. Você se enxerga como o artista ou o mágico?

— Não sei — respondi. — Acho que nenhum dos dois.

Dei as costas para ir embora, mas algo me ocorreu.

— Sr. Dundas — falei. — Você tem algum roteiro? Que você tenha escrito?

Ele balançou a cabeça.

— Você *nunca* escreveu um roteiro? — indaguei.

— Eu, não — disse ele.

— Jura?

Ele sorriu.

— Juro.

Voltei para meu quarto. Folheei minha edição inglesa de capa dura de *Filhos do Homem* e me perguntei como algo escrito de modo tão estabanado chegou a ser publicado, por que Hollywood sequer adquirira os direitos da obra, e por que não a queria mais agora que a comprara.

Tentei escrever um pouco mais de "O sonho do artista" e fracassei miseravelmente. Os personagens estavam paralisados. Pareciam incapazes de respirar, se mexer ou falar.

Entrei no banheiro e urinei um jato bem amarelo na porcelana. Uma barata passou correndo na superfície do espelho.

Voltei para a saleta do chalé, abri um documento novo e escrevi:

Penso na chuva que cai na Inglaterra,
num teatro estranho que à beira-mar
medo e magia, dor memória encerra.

O medo que de enlouquecer não era,
magia que encantada não será.
Penso na chuva que cai na Inglaterra.

Como explicar a solidão que dilacera...
um vácuo em mim que não deixa acertar
e medo e magia, dor e memória encerra.

Penso num mágico e sua fieira
de falsas mentiras. E tu sem olhar.
Penso na chuva que cai na Inglaterra...

Padrões repetidos em série eterna,
cá uma espada e mão, e uma taça lá
medo e magia, dor e memória encerra.

O mago se prepara pra contar
tristes verdades, que não vão ajudar.
Penso na chuva que cai na Inglaterra
e medo e magia, dor e memória encerra.

Eu não sabia se isso prestava, mas não tinha importância. Eu havia escrito algo novo e original que nunca tinha escrito antes, e foi uma sensação maravilhosa.

Pedi o café da manhã pelo serviço de quarto e também um aquecedor e mais cobertores.

★ ★ ★

No dia seguinte, escrevi um argumento de seis páginas para um filme chamado *Quando éramos Malz*, em que Jack Malz, um assassino em série com uma cruz enorme entalhada na testa, morria na cadeira elétrica, voltava em um videogame e possuía quatro rapazes. O quinto rapaz derrotava Malz queimando a cadeira elétrica original, que resolvi que agora fazia parte da mostra de um museu de cera onde a namorada do quinto rapaz trabalhava durante o dia. À noite, ela era stripper.

Mandei para o estúdio pelo fax na recepção, e fui para a cama, na esperança de que o estúdio o rejeitasse formalmente e eu pudesse voltar para casa.

No teatro dos meus sonhos, um homem de barba e boné apareceu com uma tela de cinema e saiu do palco. O telão ficou parado no ar, flutuando sozinho.

Começou a rodar um filme mudo trepidante nele: uma mulher que aparecia e ficava me encarando. Era June Lincoln quem ocupava a tela, e era June Lincoln quem descia da tela e se sentava na beira da minha cama.

— Você vai falar para eu não desistir? — perguntei a ela.

Em algum sentido, eu sabia que era um sonho. Eu me lembro, vagamente, de entender por que aquela mulher era uma estrela, de lamentar que nenhum de seus filmes houvesse sobrevivido.

Ela era mesmo linda no meu sonho, apesar da marca pálida que contornava seu pescoço.

— Por que cargas d'água eu faria isso? — perguntou ela. No meu sonho, ela cheirava a gim e película antiga de celuloide, mas não lembro o último sonho em que alguém tinha cheiro de qualquer coisa. Ela sorriu, um sorriso perfeito em preto e branco. — Eu saí, não foi?

Ela então se levantou e caminhou pelo quarto.

— Não acredito que este hotel continua de pé — disse ela. — Eu trepava aqui.

Sua voz estava cheia de estalidos e chiados. Ela voltou para a cama e me encarou, do jeito que um gato encara um buraco.

— Você me venera? — perguntou ela.

Balancei a cabeça. Ela veio até mim e pegou na minha mão de carne com a sua de prata.

— Ninguém se lembra de mais nada — disse ela. — É uma cidade de trinta minutos.

Tinha uma pergunta que eu precisava fazer para ela.

— Cadê as estrelas? Eu sempre olho para o céu, mas elas não aparecem.

Ela apontou para o chão do chalé.

—Você está olhando no lugar errado — disse June.

Eu nunca havia reparado que o chão do chalé era uma calçada e que cada placa do piso continha uma estrela e um nome — nomes que eu não conhecia: Clara Kimball Young, Linda Arvidson, Vivian Martin, Norma Talmadge, Olive Thomas, Mary Miles Minter, Seena Owen...

June Lincoln apontou para a janela do chalé.

— E lá fora.

A janela estava aberta, e por ela vi toda Hollywood estendida diante de mim — a vista da colina: um tapete infinito de luzes coloridas cintilantes.

— Diga, não é melhor que estrelas? — perguntou ela.

E era. Percebi que dava para ver constelações nos postes de luz e nos carros. Fiz que sim.

Os lábios dela roçaram nos meus.

— Não me esqueça — sussurrou ela, mas sussurrou com tristeza, como se soubesse que eu esqueceria.

Acordei com o grito estridente do telefone. Atendi e rosnei um resmungo.

— Aqui é Gerry Quoint, do estúdio. Precisamos que você nos encontre para um almoço.

Resmungo, resmungo.

—Vamos mandar um carro — disse ele. — Leva mais ou menos meia hora até o restaurante.

O restaurante era arejado e espaçoso e verde, e estavam esperando por mim lá.

A essa altura, seria uma surpresa se eu *tivesse* reconhecido alguém. John Ray, pelo que me contaram durante os aperitivos, havia "saído por causa de conflitos contratuais", e Donna fora junto com ele, "óbvio".

Os dois homens tinham barba; um tinha pele ruim. A mulher era magra e parecia agradável.

Perguntaram onde eu estava hospedado, e, quando respondi, um dos barbudos falou (depois de obrigar todo mundo a prometer que aquilo não sairia dali) que um político chamado Gary Hart e um integrante dos Eagles estavam usando drogas com Belushi quando ele morreu.

Depois disso, falaram que estavam ansiosos para ver a história.

Fiz a pergunta.

— É sobre *Filhos do Homem* ou *Quando éramos Malz?* — falei. — Tenho questões com esse segundo.

Eles pareciam confusos.

Era, disseram eles, sobre *E a noiva que era do rock and roll*. Que, disseram eles, era ao mesmo tempo Sofisticado e Otimista. Era também, acrescentaram eles, Muito Atual, o que era importante em uma cidade onde uma hora no passado já era Antiguidade.

Disseram que achavam que seria bom se nosso herói pudesse resgatar a mocinha de um casamento sem amor, e se eles pudessem tocar rock and roll no final.

Comentei que eles precisariam comprar os direitos de adaptação da música composta por Nick Lowe e que não, eu não sabia quem era o agente dele.

Eles sorriram e disseram que isso não seria problema.

Sugeriram que eu desse uma pensada no projeto antes de começar o argumento, e cada um deles citou alguns astros jovens que eu deveria considerar quando estivesse construindo a história. Eu apertei a mão de todos e falei que certamente faria isso.

Comentei que achava que conseguiria trabalhar melhor se voltasse para a Inglaterra.

E eles disseram que tudo bem.

Alguns dias antes, eu havia perguntado a Pious Dundas se tinha alguém com Belushi no chalé na noite em que ele morreu.

Se alguém ia saber, pensei, *seria ele.*

— Ele morreu sozinho — disse Pious Dundas, velho como Matusalém, sem hesitar. — Não faz a menor diferença se tinha alguém com ele ou não. Ele morreu sozinho.

Foi estranho sair do hotel.

Fui até a recepção.

— Vou fazer o check-out hoje à tarde.

— Tudo bem, senhor.

— Seria possível me... hã, o zelador. Sr. Dundas. Um senhor de idade. Sei lá. Faz alguns dias que não o vejo. Queria me despedir.

— De um dos zeladores?

— É.

Ela me olhou, confusa. Era muito bonita, e seu batom tinha cor de amora amassada. Eu me perguntei se ela estava esperando ser descoberta.

Pegou o telefone e falou baixo nele. Em seguida:

— Sinto muito, senhor. O sr. Dundas não aparece há alguns dias.

— Você poderia me dizer o telefone dele?

— Sinto muito, senhor. Nossa política não permite.

Ela me encarou ao falar isso, para mostrar que lamentava *muito mesmo*...

— Como vai seu roteiro? — perguntei.

— Como você sabe?

— Bom...

— Está na mesa de Joel Silver — disse a recepcionista. — Meu amigo, Arnie, meu parceiro de escrita, é mensageiro. Ele entregou na sala de Joel Silver, como se tivesse chegado de um agente normal qualquer.

— Boa sorte — falei.

—Valeu — disse ela, e sorriu com seus lábios de amora.

A telefonista tinha dois Dundas, P., na lista, e achei ao mesmo tempo que era improvável e que dizia algo sobre os Estados Unidos, ou pelo menos sobre Los Angeles.

O primeiro número era de uma srta. Persephone Dundas.

No segundo número, quando pedi para falar com Pious Dundas, uma voz masculina perguntou:

— Quem é?

Falei meu nome, falei que estava hospedado no hotel e que tinha algo que pertencia ao sr. Dundas.

— Senhor. Meu avô morreu. Ele faleceu ontem à noite.

O choque faz clichês se tornarem realidade: senti o sangue se esvair do meu rosto; fiquei sem ar.

— Sinto muito. Eu gostava dele.

— É.

— Deve ter sido bem repentino.

— Ele estava bem velho. Ficou com uma tosse. — Alguém perguntou com quem ele estava falando, e ele disse que ninguém, e em seguida: — Obrigado por ligar.

Eu estava atordoado.

— Olha, estou com o álbum dele. Ele deixou comigo.

— Aquele negócio de filmes velhos?

— É.

Um silêncio momentâneo.

— Pode ficar. Esse negócio não serve de nada para ninguém. Olha, senhor, preciso ir.

Um clique, e a linha ficou muda.

Fui guardar o álbum na minha bolsa e me espantei quando uma lágrima caiu na capa de couro desbotado e constatei que estava chorando.

★ ★ ★

Parei diante do tanque de peixes uma última vez, para me despedir de Pious Dundas e de Hollywood.

Três carpas brancas fantasmagóricas pairavam, com movimentos diminutos das nadadeiras, pelo eterno presente do tanque.

Lembrei os nomes: Buster, Fantasma, Princesa; mas não havia mais nada que permitisse distingui-las.

O carro estava me esperando na frente do saguão do hotel. Foi um percurso de meia hora até o aeroporto, e eu já estava começando a esquecer.

O SACRIFÍCIO

1997

Vadios e andarilhos fazem marcas em cancelas, árvores e portas para ajudar seus semelhantes a saber alguma coisa sobre os moradores das casas e fazendas por onde passam em suas andanças. Acho que felinos devem ter sinais parecidos. O que mais explicaria os gatos que aparecem na nossa porta o ano todo, famintos, pulguentos e abandonados?

Nós os acolhemos. Acabamos com as pulgas e os carrapatos, damos comida e os levamos ao veterinário. Pagamos para vaciná-los e, acúmulo de indignidades, para castrá-los.

E eles ficam com a gente: por alguns meses, ou por um ano, ou para sempre.

A maioria chega no verão. Eu e minha família moramos no interior, a uma distância ideal do centro urbano para que as pessoas da cidade abandonem seus gatos perto de nós.

Parece que nunca temos mais de oito gatos, e raramente menos de três. A população felina atual na minha casa é a seguinte: Hermione e Pod, malhada e preta, respectivamente, as irmãs malucas que habitam meu escritório no sótão e não se misturam; Nevinha, a gata branca de pelo longo e olhos azuis que passou anos à solta na mata até trocar a vida selvagem pela maciez de sofás e camas; e, a última e maior, Bolinha, filha de Nevinha, uma gatinha tricolor de pelo longo que mais parece uma almofada laranja, preta e branca. Eu a achei na nossa garagem quando era filhote, estrangulada e quase morta, com a cabeça enfiada em uma rede velha de badminton, e foi uma surpresa para todos nós Bolinha não ter morrido e ainda ter crescido e se tornado a gata mais amistosa que já vi.

E tem também o gato preto. Que não tem outro nome além de Gato Preto e que apareceu há quase um mês.* A princípio, a gente não achou que ele fosse

---

* No texto original, os nomes dos gatos mencionados no conto são os nomes verdadeiros de alguns gatos que já passaram pela vida de Gaiman e sua família. Nesta edição, optamos por traduzir os nomes, mas a saber: "Nevinha" é "Snowflake", "Bolinha" é "Furball" e "Gato Preto" é "Black Cat". "Hermione" e "Pod" foram mantidos como no original. [N. E.]

morar aqui: parecia bem alimentado demais para ser um gato de rua, velho e garboso demais para ter sido abandonado, uma pequena pantera que se movia como um pedaço de noite.

Um dia, no verão, ele veio se esgueirando pela nossa varanda decadente: oito ou nove anos, imaginei, macho, olhos amarelo-esverdeados, muito simpático, imperturbável. Imaginei que pertencesse a uma fazenda ou casa vizinha.

Viajei por algumas semanas, para terminar de escrever um livro, e quando voltei ele continuava na nossa varanda, ocupando uma cama de gato antiga que uma das crianças tinha arranjado para ele. No entanto, estava quase irreconhecível. Tufos do pelo haviam desaparecido, e seu corpo tinha arranhões profundos. A ponta de uma das orelhas estava sem um pedaço. Havia um corte embaixo de um olho, e um pedaço do lábio fora arrancado. Ele parecia cansado e magro.

Levamos o Gato Preto ao veterinário, onde compramos um antibiótico que ele tomaria todo dia à noite, junto com a ração pastosa.

Nós nos perguntamos com quem ele estaria brigando. Nevinha, nossa linda rainha branca quase feral? Guaxinins? Um gambá com rabo de rato e presas?

A cada noite, os arranhões ficavam piores — numa noite, a lateral do corpo dele apareceu mordida; na seguinte, foi a barriga, em carne viva e rasgada por marcas de garras.

Quando chegou a esse ponto, decidi levá-lo para o porão, onde se recuperaria, ao lado da fornalha e das caixas empilhadas. O Gato Preto era surpreendentemente pesado, e o carreguei até lá embaixo, junto com um cesto, uma caixinha de areia, ração e água. Fechei a porta. Tive que lavar o sangue das mãos depois que saí.

Ele ficou lá por quatro dias. No começo, parecia fraco demais para comer sozinho: um corte embaixo de um olho quase o deixara caolho. O bichano mancava e cambaleava, sem força, e um pus amarelo espesso se acumulava no corte do lábio.

Eu descia lá todo dia, de manhã e à noite, e lhe dava comida e antibiótico, misturado na ração em lata, e limpava um pouco os cortes, e conversava com ele. O gato teve diarreia, e, embora eu limpasse a areia todo dia, o porão fedia muito.

Os quatro dias que o Gato Preto passou no porão foram dias ruins na minha casa: a bebê escorregou na banheira, bateu a cabeça e quase se afogou; descobri que um projeto ao qual havia me dedicado imensamente — a adaptação do livro *Lud-in-the-Mist*, de Hope Mirrlees, para a BBC — não iria para a frente, e percebi que eu não tinha energia para recomeçar do zero e oferecê-

-lo para outros canais ou outras redes; minha filha viajou para uma colônia de férias e começou na mesma hora a mandar uma infinidade de cartas e cartões-postais chorosos, cinco ou seis por dia, para implorar que nós a buscássemos; meu filho brigou com o melhor amigo, a ponto de os dois pararem de se falar; e, quando estava voltando para casa certa noite, minha esposa atropelou um veado que pulou na frente do carro. O veado morreu, o carro sofreu perda total, e minha esposa ficou com um pequeno corte acima do olho.

No quarto dia, o gato ficou andando pelo porão, impaciente, se movendo com dificuldade entre as pilhas de livros e quadrinhos, entre as caixas com correspondências e fitas cassete, e fotos, presentes e tralhas. Ele miou para que eu o soltasse, e, com relutância, foi o que fiz.

O Gato Preto voltou para a varanda e dormiu lá o resto do dia.

Na manhã seguinte, havia novos talhos profundos nas costelas dele, e tufos de pelo preto — o dele — cobriam as tábuas do assoalho da varanda.

Nesse dia, chegaram cartas da minha filha, que disse que a colônia estava melhor e que ela achava que conseguiria aguentar mais alguns dias; meu filho e o amigo se entenderam, embora o motivo da briga — figurinhas, jogos de computador, *Guerra nas Estrelas* ou Uma Menina — fosse algo que eu jamais viria a saber. Descobriram que o executivo da BBC que tinha vetado *Lud-in-the-Mist* vinha aceitando propina (bom, "empréstimos questionáveis") de uma produtora independente e foi obrigado a sair de licença permanente: fiquei encantado quando recebi um fax da mulher que me convidara para integrar o projeto antes de sair da BBC e que agora me dizia que assumiria o cargo.

Pensei em levar o Gato Preto de volta para o porão, mas mudei de ideia. Resolvi tentar descobrir que animal estava vindo à nossa casa todas as noites e então montar um plano de ação — uma armadilha, talvez.

Nos aniversários e no Natal, minha família me dá bugigangas e engenhocas, brinquedos caros que num primeiro momento me deixam empolgado, mas que, no fim das contas, raramente saem da caixa. Tive um desidratador de alimentos e uma faca elétrica, uma máquina de fazer pão, e, no ano passado, um binóculo de visão noturna. No Natal, eu havia colocado pilhas no binóculo e andado pelo porão no escuro, sem a menor paciência de esperar sequer anoitecer, perseguindo um bando imaginário de estorninhos. (O aparelho vinha com uma advertência para não ligar em lugares iluminados: isso danificaria o binóculo e, possivelmente, meus olhos também.) Depois, eu guardara o presente na caixa de novo, e lá ele continuava, no meu escritório, ao lado da caixa de cabos de computador e quinquilharias esquecidas.

Pensei que, talvez, se a criatura — cachorro, gato, guaxinim ou o que fosse — me visse sentado do lado de fora, não se aproximaria, então pus uma cadeira no closet de casacos e caixas, pouco maior que um armário e com uma janela que dá para a varanda, e, depois que todo mundo na casa foi dormir, dei boa-noite para o Gato Preto e fui para o cômodo.

Esse gato, minha esposa dissera, quando ele aparecera pela primeira vez, *é uma pessoa*. E de fato tinha alguma coisa muito humana naquele enorme rosto leonino: o nariz preto largo, os olhos amarelo-esverdeados, as presas afiadas na boca inofensiva (de onde ainda brotava pus cor de âmbar no lado direito do lábio inferior).

Fiz carinho na cabeça dele e dei uma coçada embaixo do queixo, desejando melhoras. Depois, entrei e apaguei a luz da varanda.

Fiquei sentado no breu do closet, com o binóculo de visão noturna no colo, um fiapo de luz esverdeada escapando de suas lentes.

O tempo passou, na escuridão.

Experimentei olhar pelo binóculo, aprendendo a acertar o foco, e vi o mundo em tons de verde. Fiquei horrorizado ao ver a quantidade de insetos que infestavam o ar: era como se o mundo noturno fosse uma espécie de sopa infernal, transbordando vida. Tirei os olhos do binóculo e observei a riqueza de pretos e azuis da noite, vazia e pacífica e calma.

O tempo passou. Tive que lutar para continuar acordado, sentindo uma falta enorme de cigarros e café, meus dois vícios perdidos. Qualquer um deles teria mantido meus olhos abertos. Mas, antes que eu houvesse mergulhado demais no mundo do sono e dos sonhos, um gemido no jardim me despertou por completo. Levei o binóculo aos olhos, atrapalhado, e fiquei decepcionado ao ver que era só Nevinha, a gata branca, correndo pelo jardim na frente da casa feito uma mancha de luz branca-esverdeada. Ela se enfiou na mata à esquerda da casa e sumiu.

Eu estava prestes a me acomodar de novo quando me ocorreu indagar o que exatamente havia assustado Nevinha, então comecei a observar os arredores com o binóculo, em busca de algum guaxinim enorme, um cachorro, ou um gambá feroz. E havia mesmo algo vindo na direção da nossa casa. Deu para ver pelo binóculo, claro como se fosse dia.

Era o Diabo.

Eu nunca tinha visto o Diabo antes, e, embora já tivesse escrito sobre ele no passado, se alguém insistisse eu teria confessado que não acreditava nele, que o encarava apenas como uma figura imaginária, trágica e miltoniana. O vulto que se aproximava não era o Lúcifer de Milton. Era o Diabo.

Meu coração começou a martelar no peito, com tanta força que chegou a doer. Torci para que o Diabo não pudesse me ver, para que, dentro de uma casa escura, atrás do vidro da janela, eu estivesse escondido.

O vulto tremeluziu e se transformou conforme andava. Uma hora, era escuro, parecido com um touro, com um minotauro, e em outra era uma mulher esbelta, e em outra era também um gato, um gato-selvagem enorme de pelo verde-acinzentado cheio de cicatrizes, com o rosto retorcido de ódio.

Minha varanda tem degraus, quatro degraus brancos de madeira que precisavam de uma boa demão de tinta (eu sabia que eram brancos, embora, no meu binóculo, fossem verdes). Antes de subir a escadinha, o Diabo parou e gritou algo que não entendi, umas três ou quatro palavras em um idioma lamurioso uivado que devia ser antigo mesmo na época em que a Babilônia ainda era jovem. Ainda que não entendesse as palavras, senti os pelos da minha nuca se arrepiarem.

Então ouvi, abafado pelo vidro mas ainda audível, um rosnado baixo, um desafio, e lentamente, com passos bambos, um vulto preto desceu os degraus, afastando-se de mim e seguindo rumo ao encontro com o Diabo. Nos últimos dias, o Gato Preto não se mexia mais como uma pantera, mas sim em tropeços cambaleantes, feito um marinheiro desorientado recém-desembarcado do navio.

O Diabo era uma mulher agora. Ela disse algo apaziguador e brando para o gato, em uma língua que parecia francês, e estendeu a mão. O gato cravou os dentes no braço da criatura, e ela torceu o lábio e cuspiu no animal.

A mulher então olhou para mim, e, se antes eu nutri alguma dúvida de que ela era o Diabo, agora tinha certeza: os olhos da mulher brilharam em vermelho, embora não desse para enxergar a cor com o binóculo de visão noturna, só tons de verde. O Diabo me viu pela janela. Ele me viu. Estou convicto disso.

O Diabo se retorceu e murchou, e agora era uma espécie de chacal, uma criatura cabeçuda de rosto achatado e pescoço de touro, uma mistura de hiena e dingo. Larvas se revolviam no pelo pútrido, e ele começou a subir os degraus…

O Gato Preto pulou nele, e em segundos os dois se transformaram em uma massa convoluta rolando e se movendo mais rápido do que meus olhos conseguiam acompanhar.

Isso tudo em silêncio.

Então escutei um ronco baixo, que vinha lá do final da estrada: um caminhão com faróis incandescentes que arderam como sóis verdes no binóculo. Afastei o objeto do rosto e vi apenas escuridão e o amarelo suave dos faróis, que deu lugar ao vermelho das lanternas quando o automóvel voltou a sumir no nada.

Quando levantei o binóculo de novo, não havia mais nada para ver. Só o Gato Preto nos degraus, olhando para cima. Fiz o mesmo e identifiquei algo voando para longe — um abutre, talvez, ou uma águia —, indo para trás das árvores e então desaparecendo de vez.

Fui até a varanda, peguei o Gato Preto no colo e fiz carinho nele, falando coisas gentis e tranquilas. Ele deu um miado manhoso quando me aproximei, mas, depois de um tempo, dormiu no meu colo. Eu o coloquei no cesto e subi para minha cama, para dormir também. Havia sangue seco na minha camiseta e na calça jeans na manhã seguinte.

Isso foi há uma semana.

A coisa que vem até a minha casa não vem todas as noites. Mas vem na maioria das noites: a gente sabe por causa dos ferimentos no gato, e pela dor que vejo naqueles olhos leoninos; ele não consegue mais usar a pata dianteira esquerda, e o olho direito se fechou de vez.

Eu me pergunto o que fizemos para merecer o Gato Preto. Eu me pergunto quem o mandou. E, egoísta e assustado, eu me pergunto quanto mais ele pode dar para nos proteger.

VELHO PECÚLIO DE SHOGGOTH

1998

Benjamin Lassiter estava chegando à conclusão inevitável de que a mulher que escrevera *Roteiros de caminhadas pelo litoral britânico*, o livro que ele tinha na mochila, nunca havia feito nenhuma caminhada na vida e provavelmente não reconheceria o litoral britânico nem se ele chegasse dançando no quarto dela à frente de uma banda marcial, com um apito na boca e cantando "Eu sou o litoral britânico" em voz alta e alegre.

Fazia cinco dias que ele estava seguindo as dicas dela sem grandes resultados, apenas bolhas e dor nas costas. *Todas as cidadezinhas turísticas da costa da Grã-Bretanha contam com diversas pousadas, que terão o prazer de acomodar viajantes "fora de temporada"* era uma dessas dicas. Ben havia riscado aquelas palavras e escrito ao lado, na margem: *Todas as cidadezinhas turísticas da costa da Grã-Bretanha contam com poucas pousadas, cujos proprietários se mandam para a Espanha ou Provença ou sei lá para onde no último dia de setembro, trancam todas as portas e não querem nem saber.*

Ele também havia acrescentado alguns outros comentários nas margens. Coisas como *Não fazer isso de novo, em hipótese alguma pedir ovo frito em qualquer lanchonete de beira de estrada* e *Qual é a do peixe com fritas?* E *Não gostam, não.* Esse último estava escrito ao lado de um parágrafo que alegava que, se tinha algo que os habitantes de vilarejos pitorescos do litoral britânico gostavam de ver, era um jovem turista americano caminhando por aí.

Ao longo de cinco dias infernais, Ben andara de vilarejo em vilarejo, tomara chá doce e café solúvel em cafeterias e lanchonetes e olhara para paisagens rochosas cinzentas e para o mar cor de ardósia, tremera debaixo de dois suéteres grossos, se molhara e não vira nenhuma das atrações prometidas.

Sentado no ponto de ônibus onde desenrolara seu saco de dormir certa noite, começara a traduzir as descrições mais importantes: *simpático*, decidiu ele, significava *sem sal*; *vistoso* era *feio, mas com vista legal se não estiver chovendo*; *encantador* provavelmente era *Nunca pisamos aqui e não conhecemos ninguém que tenha pisado*. Ele também chegara à conclusão de que, quanto mais exótico fosse o nome do vilarejo, mais sem graça era o lugar.

E foi assim que Ben Lassiter chegou, no quinto dia, a algum lugar ao norte de Bootle, no vilarejo de Innsmouth, que seu guia não classificava como *simpático*, nem *vistoso*, nem *encantador*. Não havia qualquer descrição do píer enferrujado, nem das muitas armadilhas de vime para lagostas apodrecendo na praia pedregosa.

De frente para o mar, havia três pousadas, uma ao lado da outra: Vista do Mar, Mon Repose e Shub Niggurath, cada uma com um letreiro de neon de VAGAS desligado na janela do saguão, cada uma com um aviso FECHADO PARA A TEMPORADA pregado na porta.

Não havia lanchonetes na orla. A única birosca estava com uma placa FECHADO. Ben esperou na frente até abrir enquanto a luz opaca da tarde minguava no crepúsculo. Enfim, uma mulher pequena com uma cara que lembrava um pouco um sapo veio pela rua e destrancou a porta do lugar. Ben perguntou a que horas o bar abriria, e a mulher olhou para ele, confusa, e respondeu:

— Hoje é segunda, querido. Não abrimos às segundas.

Ela então entrou na birosca e trancou a porta, deixando Ben do lado de fora, com frio e fome.

Ben crescera em uma cidade árida no norte do Texas: só tinha água em piscinas nos quintais das casas e só dava para se deslocar em picapes com ar-condicionado. Por isso ele achara interessante a ideia de caminhar, à beira-mar, em um país que falava mais ou menos inglês. A cidade natal de Ben era duplamente árida: o lugar se orgulhava de ter proibido bebidas alcoólicas trinta anos antes de o resto dos Estados Unidos embarcar na onda da Lei Seca e nunca ter voltado atrás; portanto, Ben só sabia que pubs eram lugares de pecado, que nem bares, só que com um nome mais bonitinho. No entanto, a autora de *Roteiros de caminhadas pelo litoral britânico* havia sugerido que pubs eram um bom lugar para observar a fauna local e obter informações, que sempre era bom "pagar uma rodada" e que alguns desses estabelecimentos ofereciam comida.

O pub de Innsmouth se chamava Livro dos Nomes Mortos, e o letreiro acima da porta informava a Ben que o proprietário era um tal de *A. Al-Hazred*, com alvará para o comércio de bebidas alcoólicas diversas. Ben se perguntou se isso significava que o lugar servia comida indiana, que havia experimentado em Bootle e gostado bastante. Ele hesitou diante das placas que indicavam o Bar Público ou o Salão, achando que talvez os Bares Públicos no Reino Unido fossem de propriedade privada que nem as escolas públicas nos Estados Unidos, e, já que o nome lembrava um pouco um *saloon* de faroeste, acabou entrando no Salão.

O Salão não tinha quase ninguém. Tinha cheiro de cerveja derramada fazia uma semana e que até então ninguém havia limpado, e fumaça de cigarro de dois dias antes. Atrás do balcão havia uma mulher rechonchuda de cabelo louro de farmácia. Sentados em um canto, dois senhores com capas de chuva cinza longas e cachecóis jogavam dominó e bebericavam um líquido marrom-escuro com espuma que parecia cerveja em canecas de vidro com textura de escamas.

Ben foi até o balcão.

—Vocês servem comida aqui?

A balconista coçou a lateral do nariz por um instante e admitiu, a contragosto, que provavelmente daria para preparar um lavrador.

Ben não fazia a menor ideia do que isso significava e, pela centésima vez, lamentou que *Roteiros de caminhadas pelo litoral britânico* não tivesse um glossário de inglês americano no final.

— Isso é de comer? — perguntou ele.

Ela fez que sim.

—Tudo bem. Vou querer um desses.

— E para beber?

— Coca-Cola, por favor.

— Não temos Coca-Cola.

— Pepsi, então.

— Não tem.

— Bom, o que tem? Sprite? 7UP? Gatorade?

A expressão dela parecia mais vazia do que antes. Ela respondeu:

—Acho que deve ter uma ou outra garrafa de refrigerante de cereja lá nos fundos.

— Pode ser.

— São cinco libras e vinte pence, e trago seu lavrador quando estiver pronto.

Ben supôs, ao se sentar a uma mesinha de madeira ligeiramente grudenta, bebendo algo borbulhante que tinha cara e gosto de produto químico vermelho, que "lavrador" provavelmente era algum tipo de carne. Essa conclusão, que ele sabia ser utópica, se baseava apenas na própria imaginação, visualizando lavradores rústicos, talvez até bucólicos, guiando seus bois gorduchos por campos recém-arados ao pôr do sol, e também no fato de que, a essa altura, ele seria capaz de, com calma e pouca ajuda de terceiros, comer um boi inteiro.

— Aqui está. Um lavrador — disse a balconista, depositando um prato à sua frente.

A realidade de que o lavrador consistia em um pedaço retangular de queijo duro, uma folha de alface, um tomate mirrado com uma marca de dedo, um montinho de algo molhado e marrom que tinha gosto de geleia azeda e uma bisnaga pequena, dura e velha foi uma triste decepção para Ben, que já havia concluído que os ingleses tratavam a comida como uma forma de castigo. Ele mastigou o queijo e a folha de alface e rogou uma praga sobre todos os lavradores da Inglaterra por terem resolvido comer aquela porcaria.

Os senhores de capa de chuva, que estavam sentados no canto, terminaram a partida de dominó, pegaram suas bebidas e foram se sentar ao lado de Ben.

— O que você tá bebendo? — perguntou um deles, curioso.

— É um refrigerante de cereja — respondeu Ben. — Parece saído direto de uma fábrica de processamento químico.

— Que interessante você falar isso — comentou o mais baixo dos dois. — Que interessante você falar isso. Porque eu tinha um amigo que trabalhava em uma fábrica de processamento químico, e ele *nunca bebeu refrigerante de cereja*.

O homem fez uma pausa dramática e, em seguida, tomou um gole de sua bebida marrom. Ben esperou que continuasse, mas aparentemente era só isso; a conversa tinha chegado ao fim.

Esforçando-se para ser educado, Ben também perguntou:

— E o que *vocês* estão bebendo?

O mais alto dos dois desconhecidos, que antes parecia taciturno, se animou.

— Ora, que gentileza a sua. Uma caneca de Velho Pecúlio de Shoggoth para mim, por favor.

— Para mim também — disse o amigo. — Shoggoth é de matar. Aí, aposto que esse seria um bom slogan. "Shoggoth é de matar." Eu deveria escrever para eles e sugerir essa frase. Aposto que vão ficar muito contentes com a sugestão.

Ben foi até a balconista, com a intenção de pedir duas canecas de Velho Pecúlio de Shoggoth e um copo de água para si, mas constatou que ela já havia tirado três canecas da cerveja escura. *Bom*, pensou ele, *perdido por um, perdido por mil*, com a certeza de que o líquido borbulhante não podia ser pior do que o refrigerante de cereja. Ele tomou um gole. A cerveja tinha um sabor que, desconfiava, publicitários descreveriam como *encorpado*, mas, se alguém insistisse, teriam que admitir que o corpo, no caso, tinha sido o de um bode.

Ele pagou à balconista e se dirigiu de volta aos novos amigos.

— Então. O que você tá fazendo em Innsmouth? — perguntou o mais alto dos dois. — Você deve ser um dos nossos primos americanos e veio ver os vilarejos ingleses mais famosos.

— O dos Estados Unidos foi batizado em homenagem a este, sabia? — disse o menor.

— Tem uma Innsmouth nos Estados Unidos? — perguntou Ben.
— Com certeza — respondeu o homem menor. — Ele estava sempre escrevendo sobre o lugar. Aquele cujo nome não pronunciamos.
— Perdão? — disse Ben.
O homenzinho olhou para trás e então chiou, muito alto:
— H. P. Lovecraft!
— Falei para você não pronunciar esse nome — ralhou o amigo, e então tomou um gole da cerveja marrom-escura. — H. P. Lovecraft. Agá. Pê. Love. Craft. — Ele parou para respirar. — O que é que *ele* sabia. Hein? Quer dizer, o que é que ele *sabia*?

Ben bebericou a cerveja. O nome era vagamente familiar; ele se lembrava de ter visto alguma coisa do tipo na pilha de discos de vinil antigos nos fundos da garagem do pai.
— Não era um grupo de rock?
— Que grupo de rock o quê. É o escritor.
Ben deu de ombros.
— Nunca ouvi falar — admitiu. — Geralmente leio só livros de faroeste. E manuais de instrução.
O homenzinho cutucou o parceiro.
— Aqui. Wilf. Ouviu só? Ele nunca ouviu falar.
— Bom. Não faz mal. *Eu* lia aquele Zane Grey — disse o mais alto.
— É. Bom. Isso não é motivo de orgulho. Esse cara... Qual é mesmo o seu nome?
— Ben. Ben Lassiter. E você é...?
O homenzinho sorriu. Ele parecia muito um sapo, pensou Ben.
— Seth — respondeu ele. — E meu amigo aqui é Wilf.
— Prazer — cumprimentou Wilf.
— Oi — disse Ben.
— Para ser sincero — disse o homenzinho —, concordo com você.
— Concorda? — perguntou Ben, perplexo.
O homenzinho fez que sim.
— Aham. H. P. Lovecraft. Não sei para que tanto blá-blá-blá. Ele não sabia escrever. — Tomou um gole barulhento da cerveja escura e lambeu os lábios com uma língua comprida e flexível. — Quer dizer, para começo de conversa, olha as palavras que ele usava. *Caliginoso*. Sabe o que *caliginoso* significa?

Ben balançou a cabeça. Ao que parecia ele estava conversando sobre literatura com dois desconhecidos e bebendo cerveja em um pub inglês. Por um instante, se perguntou se tinha virado outra pessoa enquanto estava distraído.

A cerveja ficava menos pior à medida que ele avançava no copo, começando a apagar o gosto persistente do refrigerante de cereja.

— *Caliginoso*. Significa escuro. Tenebroso — disse o homenzinho. — Estranho pacas. É isso que significa. Eu pesquisei. Em um dicionário. E *gibosa*?

Ben balançou a cabeça de novo.

— *Gibosa* é uma lua quase cheia. E tem aquela outra palavra com que ele vivia chamando a gente, hein? Uma coisa. Como é que era? Começa com *b*. Tá na ponta da língua...

— Babacas? — sugeriu Wilf.

— Não. Uma coisa. Sabe. Batráquios. Isso. Significa sapo.

— Espera — disse Wilf. — Achei que isso fosse, tipo, um camelo.

Seth balançou a cabeça com vigor.

— Com certeza absoluta é sapo. Camelo, não. Sapo.

Wilf sugou sua Shoggoth. Ben bebericou a dele, com cuidado, sem prazer.

— E aí? — disse Ben.

— Eles têm duas corcovas — interveio Wilf, o alto.

— Sapos? — perguntou Ben.

— Não. Batraquianos. Já dromedários geralmente têm uma só. É para as longas viagens pelo deserto. É o que eles comem.

— Sapos? — perguntou Ben.

— Corcovas de camelo. — Wilf fitou Ben com um olho amarelo esbugalhado. — Escute aqui, camarada. Depois de três ou quatro semanas em um deserto sem trilhas, um prato de camelo assado começa a parecer especialmente apetitoso.

Seth lhe lançou um olhar de deboche.

—Você nunca comeu corcova de camelo.

— Poderia ter comido — rebateu Wilf.

— É, mas não comeu. Você nunca nem foi em um deserto.

— Bom, digamos, hipoteticamente, que eu tenha feito uma peregrinação à Tumba de Nyarlathotep...

— O rei sombrio dos antigos que virá do oriente à noite e você não o conhecerá? Esse?

— Claro que é esse.

— Só para confirmar.

— Pergunta idiota, na minha opinião.

—Você podia estar falando de outra pessoa com o mesmo nome.

— Bom, não é lá um nome muito comum, né? Nyarlathotep. Não vai ter dois dele, né? "Oi, meu nome é Nyarlathotep, que coincidência te encontrar aqui, que coisa conhecer um xará", acho que não. Enfim, aí eu vou me arrastando por aquele deserto sem trilha, pensando cá comigo, que vontade louca de corcova de camelo...

— Mas você não foi, né? Você nunca saiu do porto de Innsmouth.

— Bom... não.

— Pronto. — Seth olhou triunfante para o americano. Em seguida, se aproximou e sussurrou no ouvido de Ben: — Infelizmente, ele sempre fica assim quando bebe um pouco.

— Eu tô ouvindo — disse Wilf.

— Que bom — disse Seth. — Enfim. H. P. Lovecraft. Ele escrevia uma daquelas frases danadas. Arrã. "A lua gibosa se alçava sobre os exterrenais habitantes batracoides da escamígera Dulwich." O que ele quer dizer, hein? *O que ele quer dizer?* Vou falar o que é que ele quer dizer. O que ele quer dizer é que a lua estava quase cheia, e que todo mundo que morava em Dulwich parecia um sapo peculiar. É isso que ele quer dizer.

— E a outra coisa que você disse? — perguntou Wilf.

— O quê?

— *Escamígera*. Que que é isso?

Seth deu de ombros.

— Não faço ideia — admitiu. — Mas ele usava muito isso.

Outro momento de silêncio.

— Sou estudante — comentou Ben. — Vou ser metalúrgico. — De alguma forma, ele conseguira terminar sua primeira caneca inteira de Velho Pecúlio de Shoggoth, o que o levou a perceber, com um espanto agradável, que aquela tinha sido sua primeira bebida alcoólica. — O que vocês fazem?

— Nós — disse Wilf — somos acólitos.

— Do Grande Cthulhu — complementou Seth, com orgulho.

— É? — disse Ben. — E o que exatamente isso significa?

— Ora essa — disse Wilf. — Espera. — Wilf foi até a balconista e voltou com mais três canecas. — Bom — começou ele —, tecnicamente, não significa muita coisa agora. Acólito não é bem o que se chamaria de um emprego trabalhoso, não no meio da alta temporada. Já que, claro, ele está dormindo. Bom, não exatamente dormindo. Está mais para, se você quiser ser mais preciso, *morto*.

— "Em sua casa na R'Lyeh Inundada, Cthulhu morto sonha" — interveio Seth. — Ou, como disse o poeta, "Não está morto o que eterno jaz..."

— "Mas a Éons Insólitos..." — entoou Wilf. — E por *Insólitos* ele quer dizer *bastante peculiares...*

— Exato. Não estamos falando de Éons normais de jeito nenhum.

— "Mas a Éons Insólitos até a Morte perecerá."

Ben ficou surpreso ao se dar conta de que, ao que tudo indicava, estava bebendo mais uma caneca encorpada de Velho Pecúlio de Shoggoth. De alguma forma, o gosto de bode rançoso parecia menos ofensivo na segunda caneca. Ele ficou feliz também de constatar que não estava mais com fome, que as bolhas nos pés tinham parado de doer e que seus companheiros eram homens inteligentes e simpáticos cujos nomes ele estava com dificuldade de distinguir. O jovem carecia de experiência com álcool e não sabia que esses eram alguns dos sintomas de se tomar uma segunda caneca de Velho Pecúlio de Shoggoth.

— Então, por enquanto — disse Seth, ou talvez Wilf —, o trabalho é bem tranquilo. Basicamente é só esperar.

— E rezar — disse Wilf, se não fosse Seth.

— E rezar. Mas daqui a pouco tudo isso vai mudar.

— É? — perguntou Ben. — Por quê?

— Bom... — confidenciou o mais alto. — Qualquer dia desses, o Grande Cthulhu (no momento em estado impermanente de falecimento), que é nosso chefe, vai acordar nos aposentos submarinos onde ele meio que mora.

— E aí — disse o mais baixo —, ele vai se espreguiçar, bocejar e se vestir...

— Provavelmente vai ao banheiro, eu não ficaria nada surpreso.

— Ler o jornal, talvez.

— ... E, depois de fazer tudo isso, ele vai emergir das profundezas do oceano e consumir o mundo inteiro.

Ben achou isso absurdamente engraçado.

— Como se o mundo fosse um prato de lavrador — comentou.

— Exato. Exato. Bem dito, jovem cavalheiro americano. O Grande Cthulhu vai devorar o mundo como se fosse um prato de lavrador e vai deixar só o pedaço de conserva Branston na beira do prato.

— É esse troço marrom? — perguntou Ben.

Os dois velhos garantiram que era, e o garoto foi ao bar e trouxe mais três canecas de Velho Pecúlio de Shoggoth.

Não se lembrava muito do que conversaram depois disso. Lembrava que terminou a caneca, e que seus novos amigos o convidaram para caminhar pelo vilarejo e lhe mostraram diversas atrações.

— É ali que alugamos nossos filmes, e aquele edifício grande ao lado é o Templo Sem Nome de Deuses Impronunciáveis, e aos sábados de manhã tem promoção na cripta...

Ben explicou sua teoria sobre o guia turístico e falou, emocionado, que Innsmouth era tanto *vistosa* quanto *simpática*. Falou que aqueles dois eram os melhores amigos da vida dele e que Innsmouth era *encantadora*.

A lua estava quase cheia, e sob o luar pálido seus dois novos amigos guardavam mesmo uma semelhança incrível com sapos imensos. Ou talvez camelos.

Os três caminharam até o fim do píer enferrujado, e Seth e/ou Wilf indicou para Ben as ruínas de R'Lyeh Inundada na baía, visível ao luar, debaixo d'água, e Ben foi dominado por algo que insistia em explicar que era um ataque súbito e imprevisto de enjoo e vomitou violenta e incessantemente por cima da grade de metal no mar escuro abaixo...

E então tudo ficou meio estranho.

Ben Lassiter acordou na colina fria com a cabeça latejando e um gosto ruim na boca. Sua cabeça estava apoiada na mochila. Ele se viu cercado por charnecas pedregosas, e não havia sinal algum de qualquer vilarejo, fosse vistoso, simpático, encantador ou sequer pitoresco.

Ben se arrastou aos tropeços por mais de um quilômetro até a estrada mais próxima e andou até chegar a um posto de gasolina.

Disseram que não havia nenhum vilarejo chamado Innsmouth por aquela região. Nenhum vilarejo com um pub chamado Livro dos Nomes Mortos. Ben contou dos dois homens, Wilf e Seth, e de um amigo deles, Ian Insólito, que estava ferrado no sono, se é que não estava morto em algum lugar do fundo do mar. Disseram também que não gostavam muito de hippies americanos que ficavam perambulando pelo interior usando drogas, e que provavelmente ele se sentiria melhor depois de uma boa xícara de chá e de um sanduíche de atum com pepino, mas que, se ele estava mesmo determinado a perambular pelo interior e usar drogas, o jovem Ernie que trabalhava no turno da tarde teria o maior prazer de lhe vender um bom saquinho de *cannabis* local, se ele pudesse voltar depois do almoço.

Ben sacou seu guia *Roteiros de caminhadas pelo litoral britânico* e tentou achar Innsmouth para provar que tudo que lhe acontecera não tinha sido um sonho, mas não conseguiu encontrar a página em que tinha parado — se é que ela estivera ali em algum momento. No entanto, mais de uma página havia sido arrancada, sem qualquer cuidado, mais ou menos na metade do livro.

Depois, o americano ligou para pedir um táxi, que o levou até a estação ferroviária de Bootle, onde pegou um trem, que o levou para Manchester, onde embarcou em um avião, que o levou até Chicago, onde trocou de avião e voou para Dallas, onde pegou outro avião que ia para o norte, e alugou um carro e foi para casa.

Ben achou que a certeza de estar a mais de mil quilômetros do litoral era muito reconfortante; no entanto, anos depois, mudou-se para o Nebraska, para aumentar a distância entre ele e o mar: havia coisas que tinha visto, ou achava ter visto, debaixo daquele píer velho naquela noite que ele jamais conseguiria tirar da cabeça. Havia coisas que espreitavam por baixo de capas de chuva cinza que o ser humano não podia conhecer. *Escamígeras*. Ele não precisava pesquisar o significado. Ele sabia. Eram *escamígeras*.

Algumas semanas depois de voltar, Ben enviou sua edição comentada de *Roteiros de caminhadas pelo litoral britânico* pelo correio para a autora, aos cuidados da editora, com uma longa carta que continha diversas sugestões prestativas para futuras edições. Ele também perguntou se a autora poderia enviar uma cópia das páginas que haviam sido arrancadas de seu exemplar, para tranquilizá-lo; mas, por dentro, ficou aliviado quando, com o passar dos dias, e dos meses, e dos anos, e das décadas, ela nunca respondeu.

O PRESENTE DE CASAMENTO

1998

Depois de todas as alegrias e dores de cabeça da cerimônia e da festa, depois da loucura e da magia da coisa toda (sem falar do constrangimento que foi o discurso do pai de Belinda após o jantar, com direito a apresentação de slides da família), depois do fim literal (embora não metafórico) da lua de mel e antes de os bronzeados novos terem chance de desbotarem no outono inglês, Belinda e Gordon deram início aos trabalhos de abrir os presentes de casamento e escrever as mensagens de agradecimento — agradecimentos por tudo que era toalha e torradeira, pelo espremedor de frutas e pela máquina de pão, pelo faqueiro e pela chaleira, pelas louças e pelas cortinas.

— Certo — disse Gordon. — Objetos grandes devidamente agradecidos. O que falta?

— Coisas em envelopes — respondeu Belinda. — Cheques, espero.

Havia uma série de cheques, alguns vales-presente e até um vale-livro no valor de dez libras da tia Marie, que, segundo Gordon, não tinha onde cair morta, mas era um doce e lhe dava livros de aniversário desde que ele se entendia por gente. E por fim, embaixo de tudo, havia um envelope pardo grande de escritório.

— O que é isso? — perguntou Belinda.

Gordon abriu a aba e tirou uma folha de papel cor de creme estragado, com as bordas irregulares em cima e em baixo e texto impresso em uma das faces. As palavras tinham sido escritas em uma máquina de escrever, algo que Gordon não via fazia anos. Ele leu a folha devagar.

— O que é? — perguntou Belinda. — De quem é?

— Não sei — disse Gordon. — De alguém que ainda tem uma máquina de escrever. Não tem assinatura.

— É uma carta?

— Não exatamente — respondeu ele, coçando a lateral do nariz e relendo a mensagem.

— Bom — disse ela, com um tom exasperado (mas não estava exasperada de verdade; estava feliz. Acordava de manhã e conferia se ainda estava tão feliz quanto estivera na hora de dormir na noite anterior, ou quando Gordon a acordara no meio da noite ao esbarrar nela, ou quando ela o acordara. E estava). — Bom, então é o quê?

— Parece ser uma descrição do nosso casamento — comentou ele. — Está muito bem escrita. Aqui.

Ele a entregou para ela.

Belinda passou os olhos pelas palavras.

Era um dia fresco do começo de outubro quando Gordon Robert Johnson e Belinda Karen Abingdon prometeram se amar, apoiar e respeitar até que a morte os separasse. A noiva estava radiante e linda, o noivo estava nervoso, mas obviamente cheio de orgulho e feliz.

Era assim que começava. O texto seguia descrevendo a cerimônia e a festa com clareza, simplicidade e bom humor.

— Que fofo — disse ela. — O que está escrito no envelope?

— "Cerimônia de Casamento de Gordon e Belinda" — respondeu ele.

— Nenhum nome? Nada para indicar quem mandou?

— Nada.

— Bom, é muito fofo, e muito gentil — disse ela. — Quem quer que tenha mandado.

Ela conferiu se havia mais alguma coisa dentro do envelope que tivessem deixado passar, algum bilhete de quem quer que tivesse escrito aquilo, entre os amigos dela (ou dele, ou dos dois), mas não encontrou nada, então, com um ligeiro alívio por ter uma carta de agradecimento a menos para escrever, ela guardou a folha de papel creme de volta no envelope e o colocou em uma caixa de arquivo, junto com uma cópia do cardápio do casamento, os convites, os negativos das fotos do dia e uma rosa branca do buquê da noiva.

Gordon era arquiteto, e Belinda era veterinária. Para os dois, o que faziam era uma vocação, não um trabalho. Tinham vinte e poucos anos. Nenhum dos dois fora casado antes, nem sequer tivera outro relacionamento sério. Haviam se conhecido quando Gordon levou Goldie, sua golden retriever de treze anos, semiparalítica e de focinho grisalho, para ser sacrificada na clínica de Belinda. Ele tinha a cadela desde que era menino e insistira em ficar com ela até o fim. Belinda segurou na mão de Gordon enquanto ele chorava, e então, de forma súbita e pouco profissional, o abraçou, com força, como se pudesse espremê-lo até expulsar a dor, a perda e o luto. Um perguntou ao outro se eles poderiam se encontrar no pub à noite para beber algo, e depois disso nenhum dos dois soube quem exatamente havia feito o convite.

  O mais importante que se deve saber sobre os dois primeiros anos do casamento era o seguinte: eles foram bem felizes. Às vezes batiam boca, e de vez em quando brigavam feio sobre nada de importante, e em seguida emendavam com reconciliações sentidas, e aí faziam amor e espantavam as lágrimas com beijos e sussurravam pedidos de desculpa no ouvido um do outro. No final do segundo ano, seis meses depois de parar de tomar pílula, Belinda descobriu que estava grávida.

  Gordon comprou uma pulseira cravejada de minúsculos rubis para ela e transformou o quarto de hóspedes num quarto de bebê, aplicando ele mesmo o papel de parede, estampado por personagens infantis clássicos, como Humpty Dumpty, Mamãe Gansa e os Três Porquinhos, repetindo-se sem parar.

  Belinda voltou do hospital com a pequena Melanie no bebê-conforto, e a mãe dela veio passar uma semana com os dois, dormindo no sofá da sala.

  Foi no terceiro dia que Belinda pegou a caixa de arquivo para mostrar as lembranças do casamento para a mãe. O dia do casamento deles já parecia um passado longínquo. Elas sorriram ao ver o troço marrom que antes fora uma rosa branca e estalaram a língua diante do cardápio e dos convites. E, no fundo da caixa, havia um envelope pardo grande.

— "O casamento de Gordon e Melinda" — leu a mãe de Belinda.

— É uma descrição da nossa festa — disse Belinda. — É muito fofa. Tem até um pedaço sobre os slides do papai.

  Belinda abriu o envelope e tirou a folha de papel cor de creme. Leu o que estava datilografado no papel e fez uma cara estranha. E então guardou de volta sem falar nada.

— Não posso ver, querida? — perguntou a mãe dela.

— Acho que é uma brincadeira do Gordon — disse Belinda. — E não tem graça.

  Belinda estava sentada na cama à noite, amamentando Melanie, quando disse para o marido, que observava a esposa e a filhinha com um sorriso bobo na cara:

— Querido, por que você escreveu aquelas coisas?

— Que coisas?

— Na carta. Aquele negócio do casamento. Você sabe.

— Não sei, o quê?

— Não achei graça.

Ele suspirou.

— Do que você está falando?

Belinda apontou para a caixa de arquivo, que ela havia trazido para o quarto e deixado na penteadeira. Gordon a abriu e pegou o envelope.

— Sempre esteve escrito isso no envelope? — perguntou ele. — Achei que fosse algo sobre a nossa cerimônia de casamento. — Ele então tirou a folha de papel de margens irregulares e leu, e sua testa franziu. — Eu não escrevi nada disso.

Ele virou o papel e olhou o verso em branco como se esperasse que tivesse mais alguma coisa escrita.

— Não foi você que escreveu? — perguntou ela. — Não mesmo? — Gordon balançou a cabeça. Belinda limpou um fiapo de leite do queixo da bebê. — Eu acredito — disse ela. — Achei que você tivesse escrito, mas não foi você.

— Não.

— Deixa eu ver de novo — disse ela. O marido lhe entregou a folha. — Isso é muito esquisito. Tipo, não tem graça, e não é nem verdade.

No papel havia uma breve descrição dos últimos dois anos de Gordon e Belinda. Não tinham sido anos bons, segundo a folha datilografada. Seis meses após o casamento, Belinda fora mordida na bochecha por um pequinês, uma mordida tão feia que precisou levar pontos. Tinha deixado uma cicatriz horrível. Para piorar, a mordida danificou os nervos, e Belinda começara a beber, talvez para aliviar a dor. Ela desconfiava de que Gordon sentisse asco de seu rosto, e o bebê, dizia o papel, era uma tentativa desesperada de manter o casal unido.

— Por que eles diriam isso? — perguntou ela.

— Eles?

— Quem quer que tenha escrito esta coisa horrível.

Belinda passou o dedo na bochecha: estava lisa e intacta. Ela era uma jovem muito bonita, embora agora parecesse cansada e frágil.

— Como você sabe que são "eles"?

— Não sei — disse Belinda, transferindo o bebê para o peito esquerdo. — Parece o tipo de coisa que seria feita por um "eles". Escrever e trocar pela versão antiga e esperar até um de nós ler... Vai, Melanie, isso, lindinha...

— Será que eu jogo fora?

— Acho que sim. Não. Não sei. Acho... — Ela acariciou a testa do bebê. — Guarde... — disse por fim. — Pode ser que a gente precise usar como prova. Será que foi Al que inventou isso?

Al era o irmão caçula de Gordon.

Gordon guardou o papel dentro do envelope de novo e pôs o envelope na caixa de arquivo, que então foi para baixo da cama e acabou sendo mais ou menos esquecida.

Nenhum dos dois dormiu muito nos meses seguintes, com as mamadas à noite e o choro constante, pois Melanie tinha muitas cólicas. A caixa de arquivo continuou embaixo da cama. Um dia, Gordon recebeu uma oferta de emprego em Preston, alguns quilômetros ao norte, e, como estava de licença do trabalho e não pretendia voltar tão cedo, Belinda achou a ideia bem interessante. Então eles se mudaram.

Acharam uma casa geminada em uma rua de paralelepípedos, alta e velha e comprida. Belinda fazia bicos de vez em quando em uma veterinária local, atendendo animais pequenos e bichos de estimação. Quando Melanie tinha um ano e meio, Belinda deu à luz um menino, que eles batizaram de Kevin, em homenagem ao falecido avô de Gordon.

Gordon foi promovido a sócio integral da empresa de arquitetura. Quando Kevin começou na creche, Belinda voltou a trabalhar.

A caixa de arquivo nunca se perdeu. Ficava em um dos quartos desocupados na parte de cima da casa, debaixo de uma pilha instável de exemplares de *The Architects' Journal* e *The Architectural Review*. Belinda pensava na caixa, e em seu conteúdo, de tempos em tempos, e, certo dia, quando Gordon foi passar a noite na Escócia para prestar consultoria na reforma de um casarão histórico, ela fez mais do que pensar.

As duas crianças estavam dormindo. Belinda subiu a escada até a parte não decorada da casa. Afastou as revistas e abriu a caixa, que (nas áreas não cobertas pelas revistas) estava cheia de poeira acumulada durante aqueles dois anos. O envelope ainda dizia "Casamento de Gordon e Belinda", e Belinda não sabia mesmo se chegou a dizer outra coisa em algum momento.

Ela tirou o papel de dentro do envelope e leu. Em seguida, guardou-o e ficou lá sentada, no alto da casa, abalada e enjoada.

Segundo a mensagem cuidadosamente datilografada, Kevin, o segundo filho dela, não havia nascido; ela sofrera um aborto espontâneo aos cinco meses. Desde então, Belinda passara a sofrer períodos frequentes de depressão profunda e sombria. Gordon raramente ficava em casa, dizia o texto, porque tinha um caso um tanto quanto infeliz com a sócia majoritária da empresa, uma mulher bonita, mas nervosa, dez anos mais velha. Belinda bebia cada vez mais e usava gola alta e lenços para esconder a cicatriz em forma de teia na bochecha. Ela e Gordon não se falavam muito, exceto para bater boca nas brigas pequenas e mesquinhas de quem tem medo das brigas grandes, cientes de que as únicas coisas que restavam a ser ditas eram enormes demais para serem proferidas sem destruir a vida de ambos.

Belinda não falou nada da versão mais recente do "Casamento de Gordon e Belinda" para Gordon. No entanto, ele também leu aquela versão, ou uma muito parecida, alguns meses depois, quando a mãe de Belinda ficou doente e Belinda viajou para o sul por uma semana para ajudar a cuidar dela.

No papel que Gordon tirou do envelope havia uma descrição do casamento semelhante à que Belinda tinha lido, mas, agora, o caso com a chefe tinha acabado mal, e o emprego dele corria perigo.

Gordon gostava bastante da chefe, mas não conseguia se imaginar em um relacionamento romântico com ela. Estava satisfeito no trabalho, mas queria algo mais desafiador.

A mãe de Belinda melhorou, e a mulher voltou para casa no meio da semana. Seu marido e as crianças ficaram aliviados e felizes de vê-la.

Foi na véspera de Natal que Gordon falou com Belinda sobre o envelope.

— Você olhou também, né?

Eles haviam se esgueirado pelos quartos das crianças naquela noite e enchido as meias penduradas com presentes. Gordon sentira uma euforia ao andar pela casa, ao parar do lado da cama dos filhos, mas essa euforia era marcada por uma tristeza profunda: a certeza de que esses momentos de absoluta felicidade não tinham como durar; de que era impossível deter o Tempo.

Belinda sabia do que ele estava falando.

— Olhei — contou ela. — Eu li.

— O que você acha?

— Bom — respondeu ela. — Não acho mais que seja uma brincadeira. Nem de mau gosto.

— Hm — disse ele. — É o quê, então?

Eles estavam sentados na sala de estar da frente da casa com as luzes baixas, e a lenha que queimava em cima dos carvões projetava uma luminosidade laranja e amarela no cômodo.

— Acho que é mesmo um presente de casamento — respondeu ela. — É o casamento que nós não estamos tendo. As coisas ruins acontecem ali, na folha, não aqui, na nossa vida. Em vez de viver aquilo, a gente lê, sabendo que podia ter sido daquele jeito, e também que nunca foi.

— Quer dizer então que é magia?

Ele não teria falado isso em voz alta, mas era véspera de Natal, e as luzes estavam apagadas.

— Não acredito em magia — retrucou ela, com firmeza. — É um presente de casamento. E acho que a gente deveria manter em um lugar seguro.

No dia 26, ela tirou o envelope da caixa de arquivo e colocou na sua gaveta de joias, que fechava com chave, e lá ele ficou, embaixo dos colares e anéis, das pulseiras e dos broches.

A primavera deu lugar ao verão. O inverno, à primavera.

Gordon estava exausto. Durante o dia, trabalhava para clientes, desenhando plantas e conversando com pedreiros e mestres de obras; à noite, ficava acordado até tarde, trabalhando por conta própria, projetando museus e galerias e edifícios públicos para editais de concursos. Às vezes seus projetos recebiam menções honrosas e eram reproduzidos em periódicos de arquitetura.

Belinda vinha trabalhando mais com animais de grande porte, e gostava disso, visitando fazendeiros e examinando e tratando cavalos, ovelhas e vacas. Às vezes ela levava os filhos nessas visitas.

O celular tocou quando ela estava em um curral, tentando examinar uma cabra prenha que, por acaso, não tinha a menor intenção de ser segurada, que dirá examinada. Ela se afastou da batalha, sob o olhar furioso da cabra do outro lado do cercado, e atendeu o celular.

— Alô?

— Adivinha?

— Oi, querido. Hm. Você ganhou na loteria?

— Não. Mas quase. Meu projeto para o British Heritage Museum está entre os finalistas. Estou disputando com uns concorrentes de peso. Mas sou um dos finalistas.

— Que maravilha!

— Falei com a sra. Fulbright, e ela vai mandar Sonja para cuidar das crianças hoje. A gente vai comemorar.

— Ótimo. Te amo — disse ela. — Agora tenho que voltar para a cabra.

Eles beberam champanhe demais durante um excelente jantar comemorativo. À noite, no quarto, enquanto Belinda tirava os brincos, perguntou:

— Vamos ver o que o presente de casamento diz?

Gordon olhou para a esposa com uma expressão séria. Estava só de meias.

— Não, acho que não. É uma noite especial. Para que estragar?

Ela guardou os brincos na gaveta de joias e a trancou.

Depois, tirou a meia-calça.

— Acho que você tem razão. Já dá até para imaginar o que ele diz. Eu sou uma bêbada deprimida e você é um fracassado infeliz. E enquanto isso a gente... Bom, eu *estou* um pouco altinha, mas não é disso que estou falando. O presente fica ali no fundo da gaveta, que nem o quadro no sótão em *O retrato de Dorian Gray*.

— "E foi só por causa dos anéis que souberam que era ele." É. Eu lembro. A gente leu na escola.

— Na verdade, é disso que tenho medo — explicou ela, vestindo uma camisola de algodão. — Que aquele negócio no papel seja o retrato verdadeiro do nosso casamento atual, e que o que a gente tem agora é só um quadro bonito. Que ele seja real, e a gente, não. Quer dizer... — ela agora estava falando com um tom dramático, com a seriedade de uma pessoa ligeiramente bêbada — ... você já pensou se isso é bom demais para ser verdade?

Ele meneou a cabeça.

— Às vezes. Hoje, com certeza.

Ela estremeceu.

— Talvez eu *seja* mesmo uma bêbada com uma mordida de cachorro na bochecha, e você trepe com qualquer coisa que se mexa, e Kevin nunca tenha nascido, e... e todas aquelas outras coisas horríveis.

Gordon se levantou, foi até ela, abraçou-a.

— Mas não é verdade — rebateu ele. — Isto é real. Você é real. Eu sou real. Esse negócio do casamento é só uma história. Só palavras.

E ele a beijou, e a abraçou com força, e não se falou muito mais nessa noite. Foram longos seis meses até o projeto de Gordon para o British Heritage Museum ser anunciado vencedor, embora tenha sido criticado pelo *Times* por ser "agressivamente moderno" demais, e por diversos periódicos de arquitetura como antiquado demais, e descrito por um dos jurados, em uma entrevista no *Sunday Telegraph*, como "um candidato meio-termo — a segunda opção de todo mundo".

Eles se mudaram para Londres e alugaram a casa de Preston para um artista e a família, pois Belinda não deixou Gordon vendê-la. Gordon, feliz, trabalhou intensamente no projeto do museu. Kevin tinha seis anos, e Melanie, oito. A menina se sentiu intimidada por Londres, mas o menino adorou. A princípio, as duas crianças ficaram chateadas de terem perdido os amigos e a escola. Belinda conseguiu um emprego de meio período em uma clínica de animais de pequeno porte em Camden, para trabalhar três tardes por semana. Sentia saudade das vacas.

Os dias em Londres se tornaram meses, e anos, e, apesar de contratempos orçamentários ocasionais, Gordon estava cada vez mais empolgado. Estava chegando o dia do início das obras do museu.

Certa noite, Belinda acordou no meio da madrugada e ficou olhando para o marido adormecido à luz amarela da lâmpada de sódio do poste em frente à janela do quarto deles. O cabelo dele estava com entradas maiores, e rareando no cocuruto. Belinda se perguntou como seria a experiência de ser casada com um homem careca. Ela concluiu que seria mais ou menos a mesma de sempre. Geralmente feliz. Geralmente boa.

Ela se perguntou o que estava acontecendo com *eles* no envelope. Sentia aquela presença, árida e soturna, no canto do quarto, trancado e protegido contra qualquer perigo. Sentiu um pesar súbito pela Belinda e pelo Gordon que estavam presos naquele papel dentro do envelope, odiando um ao outro e tudo o mais.

Gordon começou a roncar. Ela a beijou, delicadamente, no rosto e disse:
— Shhh.

Ele se mexeu e parou de fazer barulho, mas não acordou. Belinda se aconchegou no marido e logo pegou no sono.

Após o almoço no dia seguinte, durante uma conversa com um importador de mármore da Toscana, Gordon fez uma cara de muita surpresa e pôs a mão no peito.

— Lamento muitíssimo por isso — disse ele, e então seus joelhos cederam e ele caiu no chão.

Chamaram uma ambulância, mas Gordon estava morto quando o socorro chegou. Tinha trinta e seis anos.

No inquérito, o legista informou que a autópsia revelou uma falha congênita no coração de Gordon. Ele podia ter sucumbido a qualquer momento.

Nos três primeiros dias após a morte do marido, Belinda não sentiu nada, um nada profundo e terrível. Ela consolou os filhos, falou com amigos dela e de Gordon, com parentes seus e de Gordon, e aceitou os pêsames com elegância e gentileza, do jeito que se aceita presentes indesejados. Ela ouviu pessoas chorarem por Gordon, algo que ela ainda não havia feito. Apenas dizia as coisas certas e não sentia absolutamente nada.

Melanie, que tinha onze anos, parecia estar lidando bem com a situação. Kevin abandonou os livros e os jogos de computador e ficou sentado no quarto, olhando pela janela, sem vontade de conversar.

No dia seguinte ao velório, os pais dela voltaram para o interior e levaram as crianças junto. Belinda se recusou a ir. Disse que tinha muita coisa para fazer.

No quarto dia após o velório, ela estava arrumando a cama de casal onde dormira com Gordon quando começou a chorar, e os soluços a sacudiram em espasmos enormes de dor, e lágrimas pingaram do rosto no lençol, e escorreu catarro transparente do nariz, e ela caiu sentada no chão de repente, como se tivessem cortado as cordas de uma marionete, e passou quase uma hora chorando, pois sabia que nunca mais o veria.

Ela enxugou o rosto. Depois, destrancou a gaveta de joias, tirou o envelope e o abriu. Tirou a folha de papel creme de dentro e passou os olhos pelas palavras cuidadosamente datilografadas. A Belinda do papel havia batido com o carro dirigindo bêbada e estava prestes a perder a carteira de motorista. Ela e Gordon não se falavam havia dias. Ele perdera o emprego quase dezoito meses antes e agora passava a maior parte do tempo sentado na casa deles em Salford. O trabalho de Belinda era a única fonte de renda da família. Melanie estava descontrolada: Belinda, ao limpar o quarto da filha, encontrara um estoque de notas de cinco e dez libras. Melanie não se dera ao trabalho de explicar como uma menina de onze anos conseguira aquele dinheiro, apenas se enfiara no quarto e os encarara, de boca fechada, ao ser questionada. Gordon e Belinda não insistiram, com medo do que poderiam descobrir. A casa de Salford estava caindo aos pedaços e cheia de mofo, a tal ponto que o reboco caía do teto em pedaços enormes, e os três haviam desenvolvido uma bronquite terrível.

Belinda sentiu pena deles.

Ela guardou o papel de volta no envelope. Tentou imaginar como seria odiar Gordon, ser odiada por ele. Tentou imaginar como seria não ter Kevin em sua vida, não ver seus desenhos de avião ou escutar suas interpretações magnificamente desafinadas de canções famosas. Tentou imaginar onde Melanie — a outra Melanie, não a *sua* Melanie, mas sim a versão "Deus me livre" de Melanie — teria conseguido aquele dinheiro e sentiu alívio por sua Melanie parecer não ter interesses que fossem muito além de balé e livros de Enid Blyton.

Ela sentia tanta falta de Gordon que era como se algo pontudo estivesse enfiado no peito, um cravo, talvez, ou uma estaca de gelo, feita de frio e solidão e da certeza de que ela nunca mais o veria neste mundo.

Então desceu com o envelope para a sala, onde o fogo estava aceso na lareira, porque Gordon adorava a lareira acesa. Ele dizia que o fogo dava vida a um espaço. Belinda não gostava de lareiras, mas acendera o fogo naquela noite pela rotina e por costume, e porque não acender seria admitir para si mesma, em algum nível definitivo, que ele nunca mais voltaria para casa.

Ela ficou algum tempo olhando o fogo, pensando no que tivera na vida, e do que abrira mão; e no que seria pior, amar alguém que não existia mais ou não amar alguém que existia.

E então, por fim, quase com displicência, ela jogou o envelope nas brasas e o viu murchar e se enegrecer e se inflamar, e viu as chamas amarelas dançando em meio às azuis.

Pouco depois, o presente de casamento não passava de flocos pretos de cinzas, que dançavam no ar quente e foram carregadas, como uma carta de criança para o Papai Noel, chaminé acima e noite afora.

Belinda se recostou na poltrona e fechou os olhos, e esperou a cicatriz desabrochar em sua bochecha.

QUANDO FOMOS VER O FIM DO MUNDO, DE AURORA MATINA, 11 ANOS E 3 MESES

1998

O QUE EU fiz no feriado do dia dos fundadores foi que meu pai disse que a gente ia fazer um piquiniqui, e minha mãe falou onde e eu falei que queria ir pra Ponydale andar de pônei, mas meu pai falou que a gente ia pro fim do mundo e minha mãe falou ai meu deus e meu pai falou ora, Tanya, a menina precisa aprender como são as coisas, e minha mãe falou não, não, ela só quis dizer que achava que o Jardim Peculiar de Luzes de Johnson era bonito nessa época do ano.

Minha mãe ama o Jardim Peculiar de Luzes de Johnson, que fica em Lux, entre a rua 12 e o rio, e eu gosto também, especialmente quando a gente pega aqueles pedacinhos de batata pra dar pros esquilos brancos que sobem na mesa de piquiniqui.

A palavra pros esquilos brancos é essa: albinos.

Dolorita Hunsickle disse que os esquilos adivinham o nosso futuro se a gente pega eles, mas eu nunca peguei. Ela disse que um esquilo falou para ela que ela ia ser uma bailarina famosa quando crescesse e que ia morrer de consumpção sozinha numa pensão de Praga.

Aí meu pai fez salada de batata. A receita é assim.

A salada de batata do meu pai tem batatinhas pequenininhas, que ele ferve, aí enquanto está quente ele espalha o molho secreto por cima, que é maioneze e qualhada e uns verdinhos chamados cebolinhas que ele frita com uns pedacinhos de beicom crocante. Depois que esfria é a melhor salada de batata do mundo, e é melhor que a salada de batata que a gente come na escola que tem gosto de meleca branca. Paramos na loja e compramos umas frutas e Coca-Cola e batata, e tudo foi pro izopor que foi pra mala do carro e a gente entrou no carro e a mamãe e o papai e minha irmãzinha, Lá Vamos Nós!

Na nossa casa, é de manhã quando a gente sai, e a gente entra na estrada e passa pela ponte de tardinha, e logo fica escuro. Eu amo andar de carro no escuro.

Eu fiquei no banco de trás do carro e estava toda encolhida cantando músicas que tinham lá lá lá num canto da cabeça, aí meu pai teve que falar Aurora, querida, para com esse barulho, mas eu continuei lá lá lá.

Lá lá lá.

A estrada estava fechada para concerto, então a gente seguiu as placas e elas diziam isso: DESVIO.

A mamãe mandou o papai trancar a porta, enquanto a gente estava viajando, e me mandou trancar a minha porta também.

Foi ficando mais escuro.

Foi isso que eu vi quando a gente dirigiu pelo centro da cidade, pela janela. Vi um homem barbudo que veio correndo quando a gente parou no semáforo e passou um pano sujo nos vidros do carro todo.

Ele piscou para mim pela janela, no banco de trás, com os olhos velhos.

E aí ele sumiu, e a mamãe e o papai discutiram sobre quem ele era, e se ele dava sorte ou azar. Mas não foi uma discussão ruim.

Tinha mais placas que diziam DESVIO, e eram amarelas.

Vi uma rua onde os homens mais bonitos que eu já vi mandaram beijinho e cantaram pra gente, e uma rua onde eu vi uma mulher com a mão no rosto debaixo de uma luz azul, mas o rosto dela estava sangrando e molhado, e uma rua onde só tinha gatos que olharam para a gente.

Minha irmã fez oia oia, o que significa olha, e ela falou gatinho.

A neném se chama Melicent, mas eu chamo ela de Rosa-Rosinha. É meu nome secreto para ela. É de uma música chamada O cravo e a rosa, que é assim o cravo brigou com a rosa, no meio de uma sacada, o cravo saiu ferido e a rosa despedassada, o cravo ficou doente e a rosa foi visitar, o cravo deve um desmaio e a rosa poisse a chorar.

E aí a gente saiu da cidade e entrou nas montanhas.

E dos dois lados da estrada, bem longe, tinha umas casas que pareciam palácios.

Meu pai nasceu em uma daquelas casas, e ele e a mamãe discutiram sobre dinheiro e ele falou que ele jogou tudo fora para ficar com ela e ela falou ah, vai tocar nesse assunto de novo?

Eu olhei para as casas. Perguntei para o papai em qual a vovó morava. Ele falou que não sabia, o que era mentira. Não sei porque os adultos mentem tanto, que nem quando eles falam depois eu explico ou vou pensar mas na verdade significa não ou não vou explicar nada nem quando você crescer.

Em uma casa tinha gente dançando no jardim. Aí a estrada começou a fazer curva, e o papai estava dirijindo com a gente pelo escuro.

Olha! Minha mãe falou. Um veado branco crusou a estrada correndo e fugindo de umas pessoas. Meu pai falou que eles eram um transtorno e que eram uma praga igual ratos com chifre, e o pior de atropelar um veado é quando ele atravessa o vidro do carro e ele falou que tinha um amigo que morreu por causa de um veado que atravessou o vidro do carro e chutou ele com os cascos afiados.

E a mamãe falou ah meu deus até parece que a gente precisava saber disso, e o papai falou bom aconteceu Tanya, e a mamãe falou sério você é incorregíveu.

Eu queria perguntar quem eram as pessoas que estavam correndo atrás do veado, mas em vez disso eu comecei a cantar lá lá lá lá lá lá.

Meu pai falou para com isso. Minha mãe falou pelo amor de deus deixa a menina se expressar, e o papai falou aposto que você também gosta de mastigar papel alumínio e minha mãe falou o que você quer dizer com isso e o papai não falou nada e eu falei a gente já chegou?

Na beira da estrada tinha fogueiras, e as vezes montes de ossos.

Nós paramos do lado de um morro. O fim do mundo ficava do outro lado do morro, meu pai falou.

Eu tentei imaginar como era. A gente estacionou o carro no estacionamento. A gente saiu. A mamãe levou Rosinha. O papai levou a cesta de piquiniqui. A gente subiu o morro, na luz das velas que alguém tinha assendido pelo caminho. Um unicórnio chegou perto de mim no caminho. Era branco igual neve, e ele me cutucou com a boca.

Perguntei para o papai se eu podia dar uma maçã para ele e ele falou que provavelmente ele tem pulga, e a mamãe falou que não tinha. e enquanto isso o rabo dele ia para lá e para cá.

Tentei dar minha maçã para ele e ele olhou para mim com aqueles olhos grandes prateados e aí ele bufou assim, brrr, e saiu correndo para o outro lado do morro.

A neném Rosinha falou oia.

A paisagem é assim no fim do mundo, que é o melhor lugar do mundo.

Tem um buraco no chão, que parece ser um buraco muito largo e grande e pessoas bonitas com paus e simitarras pegando fogo saem de dentro dele. Elas tem cabelo dourado. Parecem princesas, só que bravas. Algumas delas tem asas e outras não tem.

E tem também um buraco grande no céu e coisas caindo de dentro dele, que nem o homem com cabeça de gato e as cobras feitas de uma coisa que parece a jeleia com purpurina que eu botei no meu cabelo no Dia das Bruchas, e eu vi uma coisa que parecia uma moscona grande e velha descendo do céu. Tinha muitas dessas. Pareciam até um monte de estrelas.

Elas não se mexem. Só ficam paradas lá, sem fazer nada. Perguntei pro papai porque elas não se mexiam e ele falou que elas se mexiam só que era muito muito devagar mas acho que não.

A gente preparou a mesa do piquenique.

O papai falou que a melhor parte do fim do mundo era que não tinha vespa nem mosquito. E a mamãe falou que também não tinha muita vespa no Jardim Peculiar de Luzes de Johnson. Eu falei que não tinha muita vespa e mosquito em Ponydale que lá tinha pôneis que a gente podia montar e meu pai falou que tinha levado a gente ali para se divertir.

Eu falei que queria ver se eu conseguia achar o unicórnio de novo e a mamãe e o papai falaram para eu não ir longe.

Na mesa do lado da nossa tinha umas pessoas de máscara. Fui com Rosa-Rosinha ver elas.

Elas estavam cantando Parabéns para você para uma moça gordona sem roupa, e com um chapéu grande engraçado. Ela tinha um monte de mamás que iam até a barriga. Esperei para ver ela assoprar as velas do bolo, mas não tinha bolo.

Você não vai fazer um desejo? eu perguntei.

Ela falou que não podia fazer nenhum desejo mais. Ela era velha demais. Eu falei que no meu último aniversário eu assoprei minhas velas todas de uma vez só e pensei por muito tempo no meu desejo, e eu ia pedir pra mamãe e pro papai não brigarem mais de noite. Mas acabei desejando um pônei só que ele nunca chegou.

A moça me deu um abraço e falou que eu era tão fofinha que ela tinha vontade de me morder toda, osso e cabelo e tudo o mais. Ela tinha cheiro de leite seco doce.

Aí Rosa-Rosinha começou a chorar com todas as forças, e a moça me soltou.

Gritei e chamei o unicórnio, mas não vi ele. Algumas vezes eu achei que ouvi uma trombeta, e algumas vezes achei que era só o barulho nos meus ouvidos.

Aí a gente voltou para a mesa. O que que tem depois do fim do mundo, eu perguntei para o meu pai. Nada, ele falou. Nada de nada. É por isso que se chama fim do mundo.

Aí Rosinha vomitou nos sapatos do papai, e a gente limpou.

Sentei na mesa. A gente comeu salada de batata, que eu já falei qual é a receita, faz que é muito boa, e a gente bebeu suco de laranja e comeu batatinhas e sanduíche de ovo picadinho com agrião. A gente bebeu nossa Coca-Cola.

Aí a mamãe falou alguma coisa para o papai que eu não escutei e ele só deu um tapão na cara dela com a mão, e a mamãe começou a chorar.

O papai me mandou pegar a Rosinha e andar um pouco enquanto eles conversavam.

Peguei Rosinha e falei vem Rosa-Rosinha, vem Rouquinha, porque ela ia ficar rouca de tanto chorar, mas eu sou grande demais pra chorar.

Eu não escutei o que eles estavam falando. Olhei para cima para o homem com cara de gato e tentei ver se ele estava se mexendo muito muito devagar, e ouvi a trombeta no fim do mundo fazer dá dá dá na minha cabeça.

A gente se sentou perto de uma pedra e eu cantei para Rosinha lá lá lá lá lá seguindo o som da trombeta na minha cabeça dá dá dá.

Lá lá lá lá lá lá lá lá.

Lá lá lá.

Aí a mamãe e o papai chegaram perto da gente e falaram que a gente ia para casa. Mas estava tudo bem mesmo. O olho da mamãe estava todo roxo. Ela estava com uma cara estranha, que nem uma moça da televisão.

Rosinha falou dodói. Eu falei que sim, era um dodói. A gente voltou para o carro.

No caminho de volta para casa, ninguém falou nada. A neném dormiu.

Tinha um animal morto na beira da estrada que alguém tinha atropelado de carro. O papai falou que era um veado branco. Eu achei que era o unicórnio, mas a mamãe falou que não dá para matar unicórnios mas eu acho que era mentira dela de novo que nem os adultos fazem.

Quando a gente chegou de tardinha eu falei se a gente conta nosso desejo para alguém, isso faz ele não se realizar?

O papai falou que desejo?

O desejo de aniversário. Quando a gente assopra as velas.

Ele falou Desejos não se realizam nem se você contar nem se não contar. Desejos, ele falou. Ele falou que não dá pra confiar em desejos.

Eu perguntei para a mamãe, e ela falou aquilo mesmo que o seu pai disse, ela falou com a voz fria dela, que é a que ela usa quando briga comigo e fala meu nome todo. Aí eu dormi também.

E depois a gente chegou em casa, e era de manhã, e eu não quero ver o fim do mundo de novo. E antes de sair do carro, enquanto a mamãe levava Rosa-Rosinha para dentro, eu fechei os olhos até não ver nada e desejei, desejei, desejei, desejei. Desejei que a gente tivesse ido para Ponydale. Desejei que a gente não tivesse ido para lugar nenhum. Desejei que eu fosse outra pessoa.

E desejei.

A VERDADE SOBRE O DESAPARECIMENTO DA SRTA. FINCH

1998

Começarei pelo final: coloquei a fatia fina de gengibre em conserva, rosada e translúcida, em cima do filé de peixe branco e mergulhei tudo — gengibre, peixe e arroz — no molho de soja, com a carne para baixo; em seguida, devorei tudo em algumas mordidas.

— Acho que a gente devia chamar a polícia — falei.
— E dizer o quê, exatamente? — perguntou Jane.
— Bom, podíamos comunicar um desaparecimento ou algo assim. Sei lá.
— E onde o senhor viu a moça pela última vez? — perguntou Jonathan, em seu melhor tom de policial. — Ah, entendi. O senhor sabia que desperdiçar o tempo da polícia é considerado crime?
— Mas o circo todo...
— São pessoas itinerantes, senhor, maiores de idade. Elas vêm e vão, é o que acontece. Se o senhor tiver o nome delas, até poderíamos registrar uma ocorrência...

Comi um rolinho de pele de salmão, desanimado.

— Bom — falei —, então que tal a gente levar isso para a imprensa?
— Ótima ideia — disse Jonathan, com aquele tom de quem não acha a ideia nem um pouco ótima.
— Jonathan tem razão — comentou Jane. — Não vão nos dar ouvidos.
— Por que não acreditariam? Nós somos confiáveis. Cidadãos respeitáveis e tal.
— Você escreve livros de fantasia — retrucou ela. — Seu trabalho é inventar esse tipo de coisa. Ninguém vai acreditar.
— Mas vocês dois também viram e podem confirmar.
— Jonathan vai lançar uma série sobre filmes cult de terror no outono. Vão falar que ele só está tentando arrumar publicidade barata para o programa. E eu vou publicar outro livro. Mesma coisa.

— Então vocês estão dizendo que a gente vai ter que guardar segredo? — Beberiquei meu chá verde.

— Não — respondeu Jane, sensata —, podemos contar para quem quisermos. Difícil vai ser as pessoas acreditarem. Na minha opinião, impossível.

O gengibre em conserva deixou um gosto pungente na minha boca.

—Talvez tenham razão — falei. — E a srta. Finch provavelmente está bem mais feliz onde quer que esteja do que se continuasse aqui.

— Mas o nome dela não é srta. Finch — disse Jane —, é... — E ela falou o nome verdadeiro de nossa antiga companheira.

— Eu sei. Mas foi o que pensei quando a vi pela primeira vez — expliquei. — Que nem naqueles filmes. Sabe? Quando as mulheres tiram os óculos e soltam o cabelo. "Nossa, srta. Finch. Você é linda."

— Ela era mesmo — disse Jonathan —, pelo menos no final. — E estremeceu ao lembrar.

Pronto. Agora você já sabe: foi assim que acabou, e foi assim que nós três demos o assunto por encerrado, anos atrás. Só falta o começo e os detalhes.

Quero deixar claro que não espero que acredite em nada disso. Não mesmo. Afinal de contas, meu ofício é contar mentiras; ainda que sejam, como gosto de pensar, mentiras honestas. Se eu fosse sócio de um clube de cavalheiros, contaria esta história com uma ou duas taças de vinho do porto, à noitinha, na frente de uma lareira com o fogo baixo, mas não faço parte de um clube, e a história vai ficar melhor se eu a escrever do que se a contar. Então, aqui, você ficará sabendo da srta. Finch (cujo nome, como já viu, não era Finch, nem nada parecido com isso, pois vou mudar os nomes para mascarar os envolvidos) e por que ela não pôde comer sushi conosco. Acredite se quiser, fique à vontade. Nem eu sei ao certo se ainda acredito. Parece tudo tão distante.

Eu poderia pensar em uma dúzia de inícios. Talvez seja melhor começar no quarto de hotel, em Londres, alguns anos atrás. Eram onze da manhã. O telefone tocou, o que me surpreendeu. Corri para atender.

— Alô? — Era cedo demais para alguém me ligar dos Estados Unidos, e não era para ninguém na Inglaterra saber que eu estava no país.

— Oi — disse uma voz familiar, com um sotaque americano de proporções monumentalmente falsas. — Aqui é Hiram P. Muzzledexter, da Colossal Pictures. Estamos produzindo um filme que é uma releitura de *Indiana Jones e os caçadores da arca perdida*, mas, em vez de nazistas, tem mulheres com peitões enormes. Ouvimos falar que você é espantosamente bem-dotado, e talvez se interessasse em participar como nosso protagonista, Minnesota Jones...

— Jonathan? — falei. — Como me achou aqui?

—Você percebeu que era eu — disse ele, chateado, abandonando qualquer traço daquele sotaque improvável e voltando ao seu londrino nativo.

— Bom, parecia a sua voz — comentei. — Enfim, não respondeu à minha pergunta. Não era para ninguém saber que estou aqui.

— Eu tenho minhas fontes — disse ele, com um tom não muito misterioso. — Escuta, se Jane e eu chamássemos você para comer sushi, algo que você ingiria em uma quantidade comparável ao jantar das morsas do zoológico de Londres, e fôssemos ao teatro antes de comer, o que diria?

— Não sei. Acho que diria "sim". Ou: "Quais são as segundas intenções?". Talvez eu dissesse isso.

— Não temos exatamente segundas intenções — respondeu Jonathan. — Não chamaria exatamente de *segundas intenções*. Não de verdade. Não muito.

—Você está mentindo, né?

Alguém falou alguma coisa perto do telefone, e então Jonathan disse:

— Espere, Jane quer falar com você.

Jane é a esposa de Jonathan.

—Tudo bem? — perguntou ela.

—Tudo, obrigado.

— Olha — começou ela —, você quebraria um galho enorme... não que a gente não queira ver você, a gente quer, mas é que tem uma pessoa...

— É sua amiga — falou Jonathan, ao fundo.

— *Não* é minha amiga, eu mal a conheço — disse ela, fora do fone, e depois para mim: — Hum, olha, meio que largaram uma pessoa com a gente. Não vai ficar no país por muito tempo, e acabei aceitando distraí-la e fazer companhia para ela amanhã à noite. Ela é pavorosa, na verdade. E Jonathan ouviu alguém da sua produtora dizer que você estava por aqui, aí pensamos que seria perfeito para deixar a situação menos horrível, então por favor diga que sim.

Então eu disse sim.

Em retrospecto, acho que essa história toda deve ser culpa do falecido Ian Fleming, criador de James Bond. Eu tinha lido uma matéria no mês anterior em que Ian Fleming aconselhava qualquer aspirante a escritor que precisasse terminar um livro empacado a se hospedar em um hotel para escrever. No meu caso, não era um livro, e, sim, um roteiro de cinema; então, comprei uma passagem de avião para Londres, prometi à produtora que entregaria o roteiro concluído em três semanas, e reservei um quarto em um hotel excêntrico de Little Venice.

Não falei para ninguém da Inglaterra que eu estava lá. Se as pessoas soubessem, os dias e as noites seriam gastos com visitas, e não encarando a tela de um computador e, às vezes, escrevendo.

Verdade seja dita, estava morrendo de tédio e aceitaria de bom grado qualquer interrupção.

No fim da tarde seguinte, cheguei à casa de Jonathan e Jane, que ficava perto de Hampstead. Havia um pequeno carro esportivo verde estacionado logo na frente. Subi a escada e bati na porta. Jonathan me recebeu; ele usava um terno impressionante. Seu cabelo castanho-claro estava maior do que eu me lembrava da última vez que o vira, em pessoa ou na televisão.

— Oi — disse Jonathan. — A apresentação que a gente ia ver foi cancelada. Mas podemos ir para outro lugar, se não tiver problema por você.

Eu ia comentar que não sabia qual era o programa original, então uma mudança de planos não faria a menor diferença, mas Jonathan já estava me levando para a sala de estar, definindo que eu ia beber água com gás e prometendo que ainda íamos comer sushi, e que Jane desceria assim que terminasse de colocar as crianças na cama.

Eles haviam acabado de redecorar a sala, com um estilo que Jonathan chamava de bordel mourisco.

— A ideia inicial não era ser um bordel mourisco — explicou. — Nem qualquer outro tipo de bordel. Só que acabou ficando assim. Com cara de bordel.

— Ele já falou sobre a srta. Finch? — perguntou Jane. Ela estava ruiva da última vez que eu a vira. Agora, seu cabelo tinha um tom castanho-escuro, e ela estava sinuosa como uma símile de Raymond Chandler.

— Quem?

— A gente estava conversando sobre o traço de Ditko — explicou Jonathan. — E as edições de *Jerry Lewis* de Neal Adams.

— Mas ela vai chegar a qualquer momento. E ele precisa conhecê-la antes disso.

Jane é jornalista por profissão, mas se tornara uma escritora best-seller quase sem querer. Havia escrito um guia para uma série de TV sobre dois detetives paranormais. O livro foi para o topo da lista de mais vendidos e não saiu mais.

Jonathan ficou originalmente famoso como apresentador de um programa noturno de entrevistas, e, desde então, ostentava seu charme extravagante em diversas áreas. Ele é a mesma pessoa na frente e atrás das câmeras, o que nem sempre acontece com gente da televisão.

— É meio que uma obrigação de família — explicou Jane. — Bom, não exatamente *família*.

— Ela é amiga da Jane — disse o marido, sorridente.

— Ela *não* é minha amiga. Mas eu não podia falar não para eles, né? E vai ficar só alguns dias no país.

Jamais descobri para quem Jane não podia falar não ou qual era a obrigação de família, pois, naquele momento, a campainha tocou, e fui apresentado à srta. Finch. Que, como mencionei, não era o nome dela.

Usava uma boina preta de couro e um casaco preto de couro, e tinha cabelo muito, muito preto, preso em um coque pequeno bem apertado, amarrado com um prendedor de cerâmica. Estava de maquiagem, aplicada habilmente para passar uma impressão de severidade que daria inveja a uma dominatrix profissional. Seus lábios estavam bem comprimidos, e ela encarava o mundo através de óculos marcantes de armação preta — que destacavam seu rosto com presença demais para serem meras lentes corretivas.

— Então — disse ela, como se estivesse pronunciando uma sentença de morte —, vamos ao teatro.

— Bom, sim e não — respondeu Jonathan. — Quer dizer, sim, ainda vamos sair, mas não vamos poder assistir a *The Romans in Britain*.

— Ótimo — disse a srta. Finch. — Era de mau gosto mesmo. Não sei como alguém imaginou que aquele absurdo poderia ser um musical.

— Então, vamos a um circo — comentou Jane, com um tom confiante. — E depois vamos comer sushi.

— Sou contra circos — disse ela, séria.

— Esse circo não tem animais — garantiu Jane.

— Ótimo. — A srta. Finch fungou. Eu estava começando a entender por que Jane e Jonathan queriam que eu fosse junto.

Chovia quando saímos da casa, e a rua estava escura. Nós nos espremeos no carro esportivo e nos embrenhamos em Londres. A srta. Finch e eu ficamos no banco traseiro, apertados em uma proximidade desconfortável.

Jane falou para a srta. Finch que eu era escritor, e para mim ela disse que a srta. Finch era bióloga.

— Biogeóloga, na verdade — corrigiu a srta. Finch. — Vocês estavam falando sério quanto a comer sushi, Jonathan?

— Hã, sim. Por quê? Não gosta de sushi?

— Ah, *eu* só como alimentos cozidos — disse ela, desatando a listar todas as variedades de solitária, verme e parasita que se infiltram na carne dos peixes e só morrem durante o cozimento.

Ela nos explicou o ciclo de vida deles enquanto a chuva caía, cobrindo o cenário noturno de Londres com tons estridentes de neon. Jane me lançou um olhar solidário do banco do carona, e então ela e Jonathan voltaram a estudar uma série de direções escritas à mão para o lugar aonde estávamos indo. Cruzamos o Tâmisa pela London Bridge enquanto a srta. Finch discorria sobre cegueira, loucura e falência hepática; detalhava os sintomas da elefantíase com o orgulho de quem os inventara pessoalmente, quando estacionamos em uma ruazinha perto da Catedral de Southwark.

— Onde fica o circo? — perguntei.

— Em algum lugar por aqui — disse Jonathan. — Entraram em contato com a gente para participarmos do especial de Natal. Tentei pagar pelo ingresso, mas insistiram em não cobrar.

— Com certeza vai ser divertido — falou Jane, com esperança.

A srta. Finch fungou.

Um homem gordo e careca, vestido que nem um monge, veio correndo pela calçada em nossa direção.

— Aí estão vocês! — exclamou ele. — Estava de olho para ver se iam chegar. Estão atrasados. Vai começar daqui a pouco.

Ele se virou e voltou apressado por onde tinha vindo, e fomos atrás. A chuva caía em sua cabeça calva e escorria pelo rosto, transformando a maquiagem de Tio Chico, da família Addams, em listras brancas e marrons. Ele abriu uma porta lateral.

— Por aqui.

Entramos. Já devia ter umas cinquenta pessoas lá dentro, pingando e fervilhando, enquanto uma mulher alta com maquiagem tosca de vampiro passava com uma lanterna na mão para conferir ingressos, rasgar canhotos e vender ingressos para quem ainda não tivesse. Uma senhora atarracada bem na nossa frente sacudiu a água do guarda-chuva e lançou um olhar furioso para ela.

— Acho bom valer a pena — disse ela ao rapaz ao seu lado. O filho, talvez. Ela claramente pagou pelos dois ingressos.

A vampira chegou até nós, reconheceu Jonathan e perguntou:

— Esse é o seu grupo? Quatro pessoas, certo? Você está na lista de convidados.

Aquilo provocou outro olhar desconfiado da mulher atarracada.

Começou a tocar um tique-taque de relógio. Bateram doze horas (no meu relógio de pulso não eram nem oito) e, no fim do salão, as portas duplas de madeira rangeram e se abriram.

— Entrem... por livre e espontânea vontade! — bradou uma voz, seguida de uma risada ensandecida.

Passamos pelas portas e entramos na escuridão. O cheiro era de tijolos molhados e decomposição. Então, percebi onde estávamos: existem redes de antigas galerias que se estendem por baixo dos trilhos de trem — câmaras vastas, vazias e interligadas, de diversos tamanhos e formatos. Algumas são usadas como depósito por vendedores de vinho e de carros usados; outras são ocupadas por pessoas desabrigadas, até a falta de luz e saneamento mandá-las de volta para o céu aberto; mas a maioria permanece vazia, à espera da inevitável bola de demolição, e do ar livre, e do instante em que todos os seus segredos e mistérios se desvanecerão.

Um trem passou trepidando acima de nós.

Avançamos devagar, conduzidos pelo Tio Chico e pela vampira, até uma espécie de cercadinho, onde paramos e ficamos esperando.

— Tomara que possamos nos sentar — disse a srta. Finch.

Quando todos terminaram de entrar, as lanternas se apagaram e os holofotes se acenderam.

Pessoas apareceram. Algumas estavam em motos e jipes. Elas corriam, e riam, e se balançavam, e gritavam. Quem quer que tivesse preparado o figurino havia lido histórias em quadrinhos demais, pensei, ou havia visto *Mad Max* muitas vezes. Eram punks, freiras, vampiros, monstros, strippers e mortos-vivos.

Dançavam e saltitavam à nossa volta enquanto o mestre de cerimônias — identificado pela cartola — cantava "Welcome to My Nightmare", de Alice Cooper, e cantava bem mal.

— Eu conheço Alice Cooper — murmurei para mim mesmo, citando errado uma frase que não recordava direito —, e o senhor está longe de ser Alice Cooper.

— É bem brega — concordou Jonathan.

Jane nos mandou ficar quietos. Quando as últimas notas se dissiparam, o mestre de cerimônias ficou sozinho sob os holofotes. Ele andou em volta de nosso cercadinho enquanto falava.

— Bem-vindos, sejam todos bem-vindos ao Teatro dos Sonhos Noturnos — disse ele.

— Ele é seu fã — cochichou Jonathan.

— Acho que é uma fala de *Rocky Horror Show* — respondi, também cochichando.

— Esta noite, vocês verão monstros inconcebíveis, aberrações e criaturas da noite, assistirão a demonstrações de habilidade que os farão gritar de medo e rir de alegria. Nós viajaremos de sala em sala, e, em cada uma destas cavernas subterrâneas, mais um pesadelo, mais um encanto, mais maravilhas os aguardam! Por favor, para sua própria segurança, preciso reforçar: não saiam da área reservada para os espectadores em cada sala, sob pena de infortúnios, lesões corporais e a perda de sua alma imortal! Ademais, ressalto que o uso de máquinas fotográficas com flash ou qualquer dispositivo de gravação é estritamente proibido.

E, com isso, algumas moças com lanternas nos conduziram para a sala seguinte.

— Nada de cadeira, pelo visto — disse a srta. Finch, sorumbática.

A primeira sala

Na primeira sala, o Tio Chico e um corcunda acorrentaram uma loura sorridente, com biquíni de paetês e marcas de agulha nos braços, a uma roda grande.

A roda girou devagar, e um homem gordo, usando uma fantasia vermelha de cardeal, arremessou facas na mulher, contornando o corpo dela. O corcunda então vendou o cardeal, que atirou as três últimas facas com uma mira certeira em volta da cabeça da mulher. Ele tirou a venda. A mulher foi desamarrada e retirada da roda. Eles fizeram uma reverência. Batemos palmas.

De repente, o cardeal puxou uma faca de mentira do cinto e fingiu cortar a garganta da mulher. O sangue escorreu pela lâmina. Algumas pessoas na plateia exclamaram, e uma moça assustada deu um gritinho, enquanto os amigos riam.

O cardeal e a mulher de paetês fizeram uma última reverência. As luzes se apagaram. Seguimos as lanternas por um corredor com paredes de tijolos.

A segunda sala

O odor de umidade era mais forte ali; um cheiro de mofado, bolorento e esquecido. Dava para ouvir os pingos da chuva a distância. O mestre de cerimônias apresentou a Criatura:

— Costurada nos laboratórios das trevas, a Criatura é capaz de demonstrações espantosas de força.

A maquiagem monstruosa de Frankenstein não era nada convincente, mas a Criatura ergueu um bloco de pedra no qual o corpulento Tio Chico estava sentado e conteve um jipe enquanto a vampira pisava fundo no acelerador. A *pièce de résistance* foi quando inflou uma bolsa de água quente e a estourou.

— Hora do sushi — murmurei para Jonathan.

A srta. Finch destacou em voz baixa que, além do risco de parasitas, havia também o problema da pesca excessiva de atum-rabilho, peixe-espada e robalo chileno, o que poderia levar à extinção dessas espécies, já que elas não estavam se reproduzindo rápido o bastante para compensar a perda.

A terceira sala

se estendia escuridão acima. O teto original fora removido em algum momento, e o novo era o telhado do armazém vazio acima de nós. Pelo canto dos olhos, o cômodo vibrava com o roxo-azulado de uma luz ultravioleta. Dentes, e camisas e flocos de poeira brilharam no escuro. Começou a tocar uma música baixa e pulsante. Levantamos a cabeça e vimos, bem no alto, um esqueleto, um alienígena, um lobisomem e um anjo. Suas fantasias pareciam fluorescentes sob a luz ultravioleta, e eles reluziam como sonhos antigos pairando sobre nós, em trapézios. Balançavam-se de um lado a outro, em sincronia com a música, e então, todos de uma vez, se soltaram e caíram na nossa direção.

Levamos um susto, mas, antes que nos acertassem, eles quicaram no ar e voltaram a subir, tal como ioiôs, e se penduraram de novo nos trapézios. Percebemos que estavam presos ao teto com cordas elásticas, invisíveis na escuridão, e ficaram pulando, caindo e nadando pelo ar lá em cima, enquanto batíamos palmas, perdíamos o fôlego e observávamos em alegre silêncio.

A quarta sala

era pouco mais que um corredor: o pé-direito era baixo, e o mestre de cerimônias se enfiou no meio da plateia, escolheu duas pessoas — a mulher atarracada e um homem negro e alto, que usava um casaco de pele de carneiro e luvas bege —, e as colocou na nossa frente. Ele anunciou que demonstraria seus poderes hipnóticos. Fez alguns gestos no ar e rejeitou a mulher atarracada. Em seguida, pediu para o homem subir em uma caixa.

— É armação — murmurou Jane. — Ele é da equipe.

Trouxeram uma guilhotina. O mestre de cerimônias cortou uma melancia ao meio para demonstrar que a lâmina era afiada. Depois, mandou o homem colocar a mão embaixo da guilhotina e soltou a lâmina. A mão caiu com a luva no cesto, e sangue jorrou da barra vazia da manga.

A srta. Finch deu um gritinho.

O homem então pegou a mão de dentro do cesto e saiu correndo atrás do mestre de cerimônias, enquanto tocava a música do *Benny Hill Show*.

— Mão falsa — disse Jonathan.

— Eu sabia — afirmou Jane.

A srta. Finch assoou o nariz em um lenço.

— Acho que é tudo de gosto muito duvidoso — falou ela.

Depois disso, fomos conduzidos para

A quinta sala

e todas as luzes se acenderam. Havia uma mesa de madeira improvisada junto a uma parede, onde um jovem careca vendia cerveja, suco de laranja e garrafas d'água, e placas indicavam o caminho para os banheiros no cômodo ao lado. Jane foi comprar bebidas e Jonathan foi ao banheiro, restando a mim o constrangimento de conversar com a srta. Finch.

— Então — comecei —, pelo que entendi, faz pouco tempo que você veio para a Inglaterra.

— Eu estava em Komodo — respondeu ela. — Estudando os dragões. Sabe por que crescem tanto?

— Hã...

— Eles se adaptaram para caçar elefantes-pigmeus.

— Existiam elefantes-pigmeus? — Fiquei interessado. Aquilo era bem mais divertido que um sermão sobre parasitas de sushi.

— Sim, sim. É biogeologia insular básica: os animais têm uma tendência natural para o gigantismo ou o pigmeísmo. Existem equações... — Enquanto a srta. Finch falava, seu rosto foi ficando mais animado, e comecei a simpatizar com ela à medida que explicava como e por que alguns animais cresciam e outros encolhiam.

Jane trouxe nossas bebidas; Jonathan voltou do banheiro, alegre e confuso porque alguém tinha pedido um autógrafo enquanto ele estava mijando.

— Uma pergunta — disse Jane. — Estou lendo um monte de periódicos sobre criptozoologia para fazer a próxima edição do *Guias do inexplicável*. Na sua opinião de bióloga...

— Biogeóloga — interrompeu a srta. Finch.

— Isso. Quais são as chances de existirem animais pré-históricos hoje, em segredo, sem que a ciência saiba?

— É bastante improvável — respondeu a srta. Finch, como se estivesse nos repreendendo. — Pelo menos não existe um "Mundo Perdido" em uma ilha, cheio de mamutes, smilodons, epiórnis…

— Isso parece um palavrão — disse Jonathan. — Um o quê?

— Epiórnis. Uma ave pré-histórica gigante, que não voava.

— Eu sabia, óbvio — respondeu ele.

— Ainda que, claro, elas *não* sejam pré-históricas — informou a srta. Finch. — Os últimos epiórnis foram exterminados por navegantes portugueses na costa de Madagascar, há uns trezentos anos. Existem registros relativamente confiáveis sobre um elefante-pigmeu que foi apresentado à corte russa no século XVI, e sobre um bando de animais que, pela descrição que temos, quase com certeza eram uma espécie de tigres-dentes-de-sabre, os smilodons, que Vespasiano tirou do Norte da África para morrerem no circo. Então, nem todas essas coisas são pré-históricas. Em muitos casos, são históricas.

— Para que será que serviam os dentes de sabre? — perguntei. — Eles deviam atrapalhar.

— Besteira — disse a srta. Finch. — O smilodon era um caçador muito eficiente. Não restam dúvidas… os dentes de sabre aparecem várias vezes nos registros fósseis. Eu queria, do fundo do coração, que ainda existissem alguns hoje. Mas não existem. Conhecemos o planeta bem demais.

— O mundo é grande — retrucou Jane, incerta, e então as luzes piscaram e uma voz tenebrosa nos mandou ir para a sala seguinte, dizendo que a segunda metade do espetáculo não era para pessoas de coração fraco, e que, por apenas uma noite, o Teatro dos Sonhos Noturnos teria o orgulho de apresentar o Gabinete dos Desejos Realizados.

Descartamos nossos copos de plástico e avançamos para

A sexta sala

— Com vocês — anunciou o mestre de cerimônias —, Homem-Dor!

O holofote virou para cima e revelou um rapaz de magreza anormal, que usava calção de banho e estava pendurado em ganchos pelos mamilos. Duas das garotas punks o ajudaram a descer para o chão e lhe entregaram acessórios. Ele cravou um prego de quinze centímetros no nariz, levantou pesos com um piercing na língua, enfiou alguns furões dentro do calção e, para encerrar, deixou que a punk mais alta usasse sua barriga como alvo para arremessar agulhas hipodérmicas certeiras.

— Ele não apareceu no seu programa há alguns anos? — perguntou Jane.

— Apareceu — disse Jonathan. — Muito gente boa. Acendeu um rojão nos dentes.

—Vocês falaram que não haveria animais — falou a srta. Finch. — Acham que aqueles coitados dos furões gostam de ser enfiados nas partes íntimas do rapaz?

— Acho que depende se são furões ou furonas — respondeu Jonathan, animado.

A sétima sala

continha um esquete de comédia e rock'n'roll, com um pouco de humor pastelão. Os peitos de uma freira foram revelados, e o corcunda perdeu as calças.

A oitava sala

estava escura. Ficamos na escuridão, esperando alguma coisa acontecer. Eu queria me sentar. Minhas pernas doíam, estava cansado e com frio, e preferia ir embora.

De repente, alguém começou a apontar uma luz para o público. Piscamos, franzimos o cenho e cobrimos os olhos.

— Esta noite — disse uma voz estranha, rouca e árida. Não era o mestre de cerimônias, eu tinha certeza. — Esta noite, o desejo de um de vocês se concretizará. Um de vocês ganhará tudo que anseia, no Gabinete dos Desejos Realizados. Quem será?

— Ih, aposto que vai ser outra pessoa infiltrada na plateia — murmurei, pensando no homem maneta da quarta sala.

— Shh — disse Jane.

— Quem será? Você, senhor? Você, senhora? — Um vulto saiu da escuridão e veio até nós arrastando os pés. Era difícil vê-lo direito, pois segurava um holofote portátil. Fiquei na dúvida se ele estava usando uma fantasia de macaco, pois sua silhueta não parecia humana, e ele andava como um gorila. Talvez fosse o homem que fez o papel da Criatura. — Quem será, hein? —Tentamos enxergá-lo, tentamos nos afastar.

E, de repente, ele avançou.

— Arrá! Acho que temos a nossa voluntária — disse ele, saltando por cima da corda que separava a plateia da área do espetáculo à nossa volta. E, então, pegou a mão da srta. Finch.

— Não, obrigada — disse a srta. Finch, mas já estava sendo arrastada para longe, nervosa demais, educada demais, essencialmente inglesa demais para fazer um escândalo.

Ela foi puxada para a escuridão e desapareceu.

Jonathan soltou um palavrão.

— Acho que ela não vai nos perdoar tão cedo por isso — falou ele.

As luzes se acenderam. Um homem vestido como um peixe gigante começou a dar várias voltas de moto pela sala. Ele ficou de pé no assento. Sentou-se de novo e subiu e desceu com a moto pelas paredes da sala, até que acertou um tijolo, derrapou e caiu, e a moto caiu em cima dele.

A freira seminua e o corcunda correram até ele, afastaram a moto e saíram carregando o homem em traje de peixe.

— Quebrei a porra da perna — disse ele, com uma voz fraca. — Quebrou, porra. A porra da minha perna.

— Você acha que era para ter acontecido isso? — perguntou uma moça perto de nós.

— Não — respondeu o homem a seu lado.

Um pouco abalados, Tio Chico e a vampira nos fizeram seguir para

A nona sala

onde a srta. Finch nos esperava.

Era uma sala enorme. Eu sabia disso, mesmo com a escuridão densa. Talvez o escuro intensifique os outros sentidos; talvez só estejamos sempre processando mais informações do que imaginamos. Tosses e ecos de nossos movimentos voltavam para nós depois de bater nas paredes a muitos metros de distância.

Nesse momento, fui tomado pela certeza, uma convicção que beirava a loucura, de que havia grandes feras na escuridão, e que elas nos observavam famintas.

Aos poucos, as luzes se acenderam, e vimos a srta. Finch. Até hoje eu me pergunto onde arranjaram a fantasia.

O cabelo preto estava solto. Os óculos tinham sumido. A fantasia, que pouco cobria seu corpo, tinha um caimento perfeito. Ela segurava uma lança e olhava para nós de maneira impassível. E então, os felinos enormes emergiram para a luz ao seu lado. Um deles levantou a cabeça e rugiu.

Alguém começou a gritar. Senti o fedor forte e animalesco de urina.

Os animais eram do tamanho de tigres, mas sem listras; tinham cor de areia da praia à tarde. Os olhos eram topázio, e o bafo cheirava a carne fresca e sangue.

Olhei para a boca deles: os dentes de sabre eram dentes de verdade, não presas — imensos, feitos para cortar, rasgar, arrancar a carne do osso.

Os felinos enormes começaram a andar à nossa volta, contornando-nos devagar. Nós nos agrupamos, aproximando-nos uns dos outros, e todos nos lembramos instintivamente do passado, da época em que nos escondíamos nas cavernas ao anoitecer, enquanto as feras saíam à caça; lembramos da época em que éramos a presa.

Os smilodons, se era isso que eram, pareciam inquietos, desconfiados. Seus rabos balançavam de um lado para outro feito chicotes, impacientes. A srta. Finch não disse nada. Ficou só olhando fixamente para seus animais.

A mulher atarracada então levantou o guarda-chuva e o sacudiu na frente de um dos felinos.

— Para trás, seu monstrengo — disse ela.

Ele rosnou e tensionou o corpo, como um gato prestes a dar o bote.

Ela ficou pálida, mas manteve o guarda-chuva erguido como uma espada. Não tentou fugir pela penumbra, iluminada apenas por tochas sob a cidade.

O animal deu o bote e a jogou no chão, atingindo-a com a pata imensa e aveludada. Parou em cima dela, triunfante, e deu um rugido tão gutural que senti ressoar no fundo do estômago. A mulher atarracada aparentemente desmaiou, o que achei uma bênção: com sorte, ela não sentiria aqueles dentes afiados rasgando sua pele idosa como um par de facas.

Passei os olhos à nossa volta, em busca de alguma escapatória, mas o outro tigre estava nos rondando, mantendo-nos presos no cercadinho de corda feito ovelhas acuadas.

Ouvi Jonathan murmurar os mesmos três palavrões repetidamente.

— A gente vai morrer, né? — falei, sem nem perceber.

— Acho que sim — disse Jane.

A srta. Finch então atravessou a barreira de corda, pegou o felino enorme pela nuca e o puxou para trás. O bicho resistiu, mas ela bateu em seu focinho com o cabo da lança. O animal enfiou o rabo entre as pernas e se afastou da mulher caída, intimidado e obediente.

Não vi sangue, e torci para que ela só estivesse desacordada.

O fundo da sala subterrânea começava a clarear lentamente. Parecia que estava amanhecendo. Eu via uma névoa de floresta entremeando-se por samambaias e hostas imensas; e ouvia, como se de muito longe, grilos cricrilando e aves estranhas cantando para receber o novo dia.

E parte de mim — meu lado escritor, que uma vez reparou no jeito peculiar com que a luz se refletia nos cacos de vidro em meio ao sangue, mesmo quando eu saía aos tropeços de um carro acidentado, e que já observou com riqueza de detalhes como meu coração se partiu, ou não se partiu, em momentos de genuína e profunda tragédia pessoal —, esse meu lado pensou: *Dá para conseguir esse efeito com uma máquina de fumaça, algumas plantas e uma gravação de áudio. Seria preciso um cara muito bom na iluminação, claro.*

A srta. Finch coçou o seio esquerdo, desinibida, então nos deu as costas e andou rumo à alvorada e à selva sob o mundo, flanqueada por dois tigres-dentes-de-sabre.

Um pássaro piou e cantou.

Em seguida, a luz do amanhecer se dissipou na escuridão, a névoa se desfez, e a mulher e os animais desapareceram.

O filho da mulher atarracada a ajudou a se levantar. Ela abriu os olhos. Parecia em choque, mas ilesa. E, quando vimos que não tinha se machucado, depois de pegar o guarda-chuva, apoiar-se nele e nos fuzilar com os olhos, ora, aí começamos a aplaudir.

Ninguém veio nos buscar. Não vi o Tio Chico e a vampira em lugar algum. Então, desacompanhados, fomos todos para

A décima sala

Estava tudo montado para o que obviamente teria sido o *grand finale*. Havia até cadeiras de plástico dispostas para assistirmos ao espetáculo. Nós nos sentamos e esperamos, mas ninguém do circo apareceu, e, depois de um tempo, ficou evidente que não apareceria mesmo.

As pessoas começaram a se dirigir para a sala seguinte. Ouvi uma porta se abrir, e o barulho de trânsito e chuva.

Olhei para Jane e Jonathan, e, por fim, nos levantamos e saímos. Na última sala, uma mesa sem atendente exibia suvenires do circo: cartazes, CDs e broches, além de uma caixa aberta com dinheiro. A luz amarela das lâmpadas de sódio se infiltrava da rua por uma porta aberta, e o vento soprava os cartazes não vendidos, sacudindo as pontas para cima e para baixo com impaciência.

— Será que esperamos por ela? — perguntou um de nós, e queria poder dizer que fui eu.

Mas os outros balançaram a cabeça, então saímos para a chuva, que a essa altura havia diminuído e virado uma garoa.

Depois de uma caminhada curta por ruas estreitas, na chuva e no vento, chegamos ao carro. Parei na calçada, esperando que a porta traseira fosse destravada para que eu entrasse, e, em meio à chuva e aos barulhos da cidade, pensei ter ouvido um tigre, pois, em algum lugar próximo, um rugido baixo fez o mundo todo tremer. Mas talvez fosse apenas um trem passando.

MUDANÇAS

1998

I.

Mais tarde, citariam a morte da irmã, o câncer que engoliu a vida dela aos doze anos, com tumores do tamanho de ovos de pata no cérebro, e o fato de que ele era um menino de sete anos, malcriado e engomadinho, que a viu morrer no hospital branco com os olhos castanhos arregalados, e diriam "Foi aí que tudo começou", e talvez tenha sido.

Em *Reinício* (direção de Robert Zemeckis, 2018), o filme biográfico, a história avança em cortes pela adolescência dele, e o jovem vê o professor de ciências morrer de AIDS após a discussão dos dois sobre a dissecação de um sapo de barriga clara.

— Por que a gente precisa abri-lo? — indaga o jovem Rajit, conforme o volume da música aumenta. — Por que não dar vida para ele?

O professor, interpretado pelo falecido James Earl Jones, parece envergonhado e depois inspirado, e, no leito do hospital, ergue a mão e a pousa no ombro magro do garoto.

— Bem, se alguém é capaz de fazer isso, Rajit, é você — diz ele, com sua voz grave e profunda.

O menino assente e olha na direção da câmera com uma expressão determinada que beira o fanatismo.

Isso nunca aconteceu.

II.

É um dia cinza de novembro, e Rajit agora é um homem alto de quarenta e poucos anos que usa óculos de armação escura, que no momento não estão no rosto dele. A ausência dos óculos enfatiza sua nudez. Ele está sentado na banheira, treinando a conclusão de seu discurso enquanto a água esfria. Sua postura é um pouco encurvada no dia a dia, mas agora ele não está encurvado, e escolhe bem as palavras antes de falar. Não é um bom orador.

O apartamento no Brooklyn, que ele divide com outro cientista e um bibliotecário, está vazio hoje. O pênis dele está murcho e encolhido feito uma ameixa seca na água morna.

— Isso significa — diz ele em voz alta, devagar — que a guerra contra o câncer foi vencida.

Rajit faz uma pausa e escuta a pergunta de um repórter imaginário do outro lado do banheiro.

— Efeitos colaterais? — replica a si mesmo, e sua voz ecoa no banheiro. — Sim, existem alguns efeitos colaterais. Mas, até onde pudemos atestar, nada que crie mudanças permanentes.

Ele sai da banheira de porcelana desgastada e vai, pelado, até o vaso sanitário, onde então vomita violentamente, o medo do palco dilacerando-o como uma faca. Quando não sobra mais nada para botar para fora e os espasmos cessam, Rajit lava a boca com enxaguante bucal, se veste e pega o metrô para o centro de Manhattan.

III.

A revista *Time* afirmará que a descoberta é uma "mudança tão fundamental e importante da natureza da medicina quanto a descoberta da penicilina".

— E se — diz Jeff Goldblum, no papel de Rajit adulto no filme —, e se simplesmente fosse possível redefinir o código genético do corpo? Muitos males acontecem porque o corpo esqueceu o que devia fazer. O código se embaralhou. O programa foi corrompido. E se... e se fosse possível consertar isso?

— Isso é maluquice — retruca a linda namorada loira dele, no filme.

No mundo real, ele não tem namorada; no mundo real, a vida sexual de Rajit é uma série de transações comerciais esporádicas entre Rajit e os rapazes da Agência de Acompanhantes AAA-Ajax.

— Ei — diz Jeff Goldblum, explicando melhor do que Rajit jamais seria capaz de explicar —, é que nem um computador. Em vez de tentar resolver cada um dos erros causados por um programa corrompido separadamente, sintoma a sintoma, é só reinstalar o programa. As informações sempre estiveram lá. A gente só precisa mandar nosso corpo reconferir o RNA e o DNA... reler o programa, por assim dizer. E depois, reiniciar.

A atriz loira sorri e cala as palavras dele com um beijo, divertida, impressionada e apaixonada.

IV.

A mulher tem câncer no baço, nos nodos linfáticos e no abdome: linfoma não Hodgkin. Tem também pneumonia. Ela aceitou o pedido de Rajit de começar um tratamento experimental, sabendo também que nos Estados Unidos é ilegal alegar a cura do câncer. Até recentemente, ela era uma mulher gorda. Mas o peso foi embora, e Rajit acha que ela parece um boneco de neve sob o sol: a cada dia ela derrete. A cada dia fica, na concepção dele, mais indefinida.

— Não é exatamente uma droga, não no sentido que você conhece — diz ele. — É um conjunto de instruções químicas.

Ela o encara com uma expressão vazia. Ele injeta duas ampolas de um líquido incolor em suas veias.

E ela logo adormece.

Quando acorda, está sem câncer. Mas a pneumonia a mata pouco depois.

Rajit passou os dois últimos dias antes da morte dela pensando em que explicação daria para o fato de que, como a autópsia deixa bem evidente, a paciente agora tem um pênis e é, em todos os aspectos, funcional e cromossomicamente do sexo masculino.

V.

Vinte anos depois, em um apartamento minúsculo de Nova Orleans (mas também poderia ser Moscou, Manchester, Paris ou Berlim). Hoje vai ser uma noite importante, e Jo/e vai causar.

As opções são um vestido à Polonaise francês do século XVIII com crinolina (anquinhas de fibra de vidro, decote armado em cima de um espartilho carmesim bordado e rendado) ou uma réplica do traje de gala de Sir Philip Sidney, em veludo preto e fios de prata, incluindo rufo e saqueira. Por fim, depois de considerar todas as possibilidades, Jo/e dá prioridade aos peitos, e não ao pinto. Faltam doze horas: Jo/e abre o frasco com os comprimidos vermelhos, cada um marcado com um X, e toma dois. São dez da manhã, e Jo/e vai para a cama, começa a se masturbar, de pênis semirrígido, mas pega no sono antes de gozar.

O quarto é muito pequeno. Tem roupa em tudo que é superfície. Uma caixa de pizza vazia está no chão. O ronco de Jo/e em geral é alto, mas, quando Reinicia, Jo/e não faz barulho algum, e é como se estivesse em coma.

Jo/e acorda às dez da noite, sentindo a pele sensível e renovada. Quando Jo/e começou a frequentar as baladas, cada mudança suscitava um rigoroso autoexame, espiando verrugas e mamilos, prepúcio ou clitóris, descobrindo quais cicatrizes tinham sumido e quais haviam ficado. Mas Jo/e já é bastante experiente com isso agora e veste as anquinhas, a anágua, o espartilho e o vestido, apertando os novos seios (empinados e pontudos), e a anágua arrasta no chão, o que indica que Jo/e pode calçar o par de coturnos de quarenta anos (nunca se sabe quando será preciso correr, andar ou chutar, e sapatilhas de seda não servem para nada).

Uma peruca alta e empoada completa o visual. E uma borrifada de perfume. A mão de Jo/e levanta a anágua, um dedo penetra entre as pernas (Jo/e não usa roupas de baixo, em nome de um desejo de autenticidade que os coturnos desmentem) e, em seguida, toca atrás das orelhas, para dar sorte, talvez, ou força. O táxi toca a campainha às 23h05, e Jo/e desce e vai para o baile.

Amanhã à noite, Jo/e vai tomar outra dose, pois sua identidade profissional durante a semana é estritamente masculina.

VI.

Rajit nunca considerou a atuação do Reinício na redefinição de sexo como qualquer coisa que não um efeito colateral. O Prêmio Nobel foi pelo trabalho contra o câncer (descobriu-se que Reiniciar funcionava com a maioria dos cânceres, mas não todos).

Para um homem tão inteligente, Rajit era incrivelmente obtuso. Ele não conseguiu antever algumas coisas. Por exemplo:

Que havia pessoas que, mesmo à beira da morte com câncer, prefeririam morrer a passar por uma mudança de sexo.

Que a Igreja Católica se oporia ao ativador químico de Rajit, a essa altura comercializado com a marca Reinício, principalmente porque a mudança de sexo fazia com que um corpo do sexo feminino reabsorvesse um feto ao Reiniciar: organismos do sexo masculino não podem engravidar.

E que algumas outras seitas religiosas fariam oposição ao Reinício, e a maioria justificaria citando Gênese 1:27: "macho e fêmea os criou".

Entre as seitas que se opuseram ao Reinício estavam: Islã; Ciência Cristã; Igreja Ortodoxa Russa; Igreja Católica Romana (com algumas dissensões); Igreja da Unificação; Fandom Ortodoxo Trekkie; Judaísmo Ortodoxo; Aliança Fundamentalista dos Estados Unidos.

Entre as seitas que apoiaram o uso de Reinício nos casos em que um médico capacitado o considerasse um tratamento adequado estavam: a maioria dos budistas; Igreja dos Santos dos Últimos Dias; Igreja Ortodoxa Grega; Igreja da Cientologia; Igreja Anglicana (com algumas dissensões); Novo Fandom Trekkie; Judaísmo Liberal e Reformista; e Coalizão Nova Era da América.

E as seitas que apoiaram desde o início o uso de Reinício para fins recreativos foram: nenhuma.

Embora Rajit entendesse que as cirurgias de redesignação sexual fossem se tornar obsoletas graças ao Reinício, nunca lhe ocorreu que alguém fosse pensar em usar a substância por desejo, curiosidade ou escapismo. Portanto, nunca imaginou que se formaria um mercado clandestino de Reinício e outros ativadores químicos similares; nem que, quinze anos após o lançamento comercial de Reinício e a aprovação no órgão de vigilância sanitária, a venda de imitações da droga (que logo ficaram conhecidas como *regenéricos*) viria a ser mais de dez vezes maior que a de heroína e cocaína.

VII.

Em alguns dos Novos Estados Comunistas do Leste Europeu, a posse de regenéricos era punida com pena de morte.

Na Tailândia e na Mongólia, havia relatos de que meninos estavam sendo Reiniciados à força como meninas para renderem mais no mercado de prostituição.

Na China, meninas recém-nascidas eram Reiniciadas como meninos: algumas famílias ofereciam todas as suas economias em troca de uma única dose. Enquanto isso, os idosos continuavam morrendo de câncer. Quando a subsequente crise de natalidade foi identificada, já era tarde demais, e as soluções drásticas propostas se revelaram de difícil implementação e acabaram levando, a seu modo, à última revolução.

A Anistia Internacional afirmou que, em vários países pan-árabes, homens que não conseguiam comprovar facilmente que haviam nascido com o sexo masculino e que não eram, na realidade, mulheres tentando fugir do véu, eram detidos e, em muitos casos, estuprados e mortos. A maioria dos líderes árabes negou que esse fenômeno estivesse ocorrendo, ou que sequer tivesse ocorrido alguma vez.

VIII.

Rajit está com sessenta e poucos anos quando lê na *New Yorker* que a palavra *mudança* está adquirindo conotações extremas de indecência e tabu.

Crianças dão risadinhas envergonhadas quando veem expressões como "Preciso de uma mudança", "Hora de mudar" ou "Mudança de hábito" ao estudar literatura pré-século XXI. Durante uma aula de inglês em Norwich, ressoaram deboches horrorizados quando um adolescente de catorze anos descobriu a expressão "Mudança de ares".

Um representante da King's English Society escreve uma carta ao *Times* para expressar desgosto pela perda de mais uma palavra perfeitamente razoável da língua.

Alguns anos depois, um jovem de Streatham foi condenado na Justiça por usar em público uma camiseta com os dizeres SOU UM HOMEM MUDADO!.

IX.

Chris trabalha na Blossoms, uma boate em West Hollywood. Existem dezenas, se não centenas, de Chrises em Los Angeles, milhares pelo país, centenas de milhares no mundo.

Tem Chrises que trabalham para o governo, para organizações religiosas, ou para empresas. Em Nova York, Londres e Los Angeles, pessoas como Chris ficam na porta dos lugares frequentados por gente famosa.

O que Chris faz é o seguinte — observa as pessoas que chegam e pensa: *Nasceu M agora F, nasceu F agora M, nasceu M agora M, nasceu M agora F, nasceu F agora F...*

Nas "Noites Naturais" (vulgo *sem mudança*), Chris muitas vezes diz: "Sinto muito, você não pode entrar hoje." E pessoas como Chris acertam em 97% das vezes. Um artigo da *Scientific American* sugere que a capacidade de reconhecer o sexo de nascimento pode ser um traço hereditário: algo que sempre existiu, mas que nunca teve relevância para a sobrevivência até agora.

De madrugada, depois do trabalho, pessoas cercam Chris nos fundos do estacionamento da Blossoms. E, à medida que cada nova bota chuta ou pisa seu rosto, peito, cabeça e virilha, Chris pensa: *Nasceu M agora F, nasceu F agora F, nasceu F agora M, nasceu M agora M...*

Quando Chris sai do hospital, enxergando de um olho só, com o rosto e o peito tomados por uma mancha contínua roxo-esverdeada, um bilhete, enviado junto com um arranjo enorme de flores, diz que a vaga no trabalho ainda é sua.

Contudo, Chris pega o trem-bala para Chicago, e de lá pega um trem comum para Kansas City, e fica lá, trabalhando com elétrica e pintura de casas, profissões para as quais havia treinado em um passado distante. E não volta.

X.

Rajit agora tem setenta e poucos anos, mora no Rio de Janeiro. É rico o bastante para satisfazer qualquer capricho; no entanto, não faz mais sexo com ninguém. Ele espia todo mundo, desconfiado, da janela de seu apartamento, olhando os corpos bronzeados em Copacabana, questionando tudo.

As pessoas na praia pensam nele com a mesma frequência com que adolescentes com clamídia se interessam pela contribuição de Alexander Fleming à medicina. A maioria imagina que Rajit já deve ter morrido. Ninguém se importa se é verdade ou não.

Imagina-se que certos cânceres evoluíram ou se adaptaram para sobreviver aos Reinícios. Muitas doenças bacterianas ou virais são capazes de sobreviver a Reinícios. Algumas até prosperam, e suspeita-se que uma — certa cepa de gonorreia — use o processo como vetor, permanecendo incubada no organismo hospedeiro e tornando-se contagiosa apenas quando os órgãos genitais se reorganizam no sexo oposto.

Mesmo assim, a média da expectativa de vida no Ocidente está aumentando.

Os cientistas ainda não conseguem explicar por que alguns Reinicieiros — usuários de Reinício para fins recreativos — parecem envelhecer normalmente e outros não apresentam qualquer sinal de envelhecimento. Há quem diga que esse segundo grupo na verdade está envelhecendo em nível celular. Já outros defendem que ainda é cedo demais para saber e que ninguém tem certeza de nada.

O ato de Reiniciar não reverte o processo de envelhecimento; entretanto, há indícios de que, em alguns casos, possa interrompê-lo. Muitas pessoas mais idosas, que até então resistiam ao uso de Reinício por prazer, começaram a tomá-lo regularmente, mesmo sem condições médicas que justifiquem o uso.

XI.

Plantas jovens ficaram conhecidas como *ervinhas* ou, às vezes, *rebentos*.

O processo de tornar diferente ou alterar agora é comumente chamado de *transformar*.

XII.

Rajit está morrendo de câncer de próstata em seu apartamento no Rio, agora com noventa e poucos anos de idade. Ele nunca tomou Reinício; a ideia o enche de pavor. Então, o câncer se espalhou para os ossos da pelve e para os testículos.

Ele toca a sineta. Espera por um breve período até a novela da pessoa que cuida dele ser desligada, até a xícara de café ser posta na mesa. Por fim, a pessoa chega.

— Me leve lá para fora — pede ele, com a voz rouca.

A princípio, sua companhia parece não entender. Rajit repete, em seu português carregado, e a pessoa balança a cabeça.

Rajit se levanta com esforço da cama — um corpo atrofiado, tão recurvado que chega quase a ser corcunda, e tão frágil que parece que um vento poderia levá-lo embora — e começa a andar na direção da porta do apartamento.

A pessoa que o assiste tenta, sem sucesso, dissuadi-lo. Depois, acompanha-o até o corredor e segura seu braço enquanto os dois esperam o elevador. Ele não sai de casa há dois anos; Rajit não saía nem antes do câncer. Está quase cego.

Após descerem, a pessoa sai com ele para o sol forte, atravessa a rua e desce pela faixa de areia de Copacabana.

Os indivíduos na praia observam o velho, careca e esquálido, com pijama antiquado, fitar à sua volta com olhos antes castanhos e agora descorados pelos óculos fundo de garrafa com armação escura.

Ele retribui os olhares.

São criaturas douradas e belas. Algumas dormem na areia. A maioria está nua, ou com o tipo de traje de banho que realça e destaca a nudez.

Nesse momento, Rajit as reconhece.

Depois, muito tempo depois, fizeram outra biografia. Na última cena do filme, o velho cai de joelhos na praia, tal qual na vida real, e sangue escorre da abertura no calção do pijama, empapando o algodão desbotado e formando uma poça escura na areia macia. Ele encara todo mundo, olhando para cada indivíduo com uma expressão maravilhada, como um homem que finalmente aprendeu a olhar para o sol.

Ele disse uma única palavra ao morrer, cercado pelas pessoas douradas, que não eram homens nem mulheres.

Ele disse:

— Anjos.

E as pessoas assistindo ao filme, tão douradas, tão belas, tão *mudadas* quanto as pessoas na praia, souberam que era ali que tudo acabava.

E, em qualquer sentido que Rajit poderia compreender, era mesmo.

TRECHO DE
STARDUST: O MISTÉRIO DA ESTRELA

1998

A ESTRELA ESTAVA completamente encharcada quando chegou à montanha, triste e tremendo de frio. Estava preocupada com o unicórnio; não haviam encontrado nada para ele comer durante o último dia de viagem, pois o capim e a folhagem da floresta tinham dado lugar a pedras cinzentas e espinheiros atrofiados. Os cascos sem ferradura não eram adequados para a estrada pedregosa, e as costas da criatura tampouco eram adequadas para transportar alguém, então o avanço foi ficando cada vez mais lento.

Durante o trajeto, a estrela amaldiçoava o dia em que havia caído neste mundo molhado e hostil. Parecera tão gentil e acolhedor quando visto lá do alto, no céu. Mas isso foi antes. Agora, ela odiava tudo naquele lugar, menos o unicórnio; e, dolorida e desconfortável, até ficaria feliz de passar algum tempo longe do animal.

Depois de um dia de chuva torrencial, as luzes da estalagem foram a coisa mais linda que ela vira desde que veio para a Terra.

— *Toma cuidado, toma cuidado* — martelavam as gotas de chuva nas pedras.

O unicórnio parou a cinquenta passos da estalagem e se recusou a chegar mais perto. A porta estava aberta, despejando no mundo cinzento uma calorosa luz amarela.

— Oi, queridinha — disse uma voz simpática na entrada.

A estrela acariciou o pescoço molhado do unicórnio e falou com delicadeza com o animal, mas ele não se mexeu, apenas continuou imóvel à luz da estalagem, como um fantasma pálido.

— Vai entrar, queridinha? Ou vai ficar parada aí fora na chuva? — A voz amistosa da mulher aquecia a estrela, acalmava-a: uma mistura perfeita de pragmatismo e preocupação. — Podemos oferecer comida, se é comida que você quer. O fogo está aceso na lareira, e temos bastante água quente para encher uma banheira e derreter a friagem dos seus ossos.

— Eu... eu preciso de ajuda para entrar... — disse a estrela. — Minha perna...

— Ai, coitadinha — disse a mulher. — Vou pedir para Billy, meu marido, trazê-la para dentro. Tem feno e água fresca no estábulo, para a sua fera.

O unicórnio olhou desesperadamente de um lado para o outro quando a mulher se aproximou.

— Calma, queridinho. Não vou chegar perto demais. Afinal, já faz muitos anos desde que fui donzela a ponto de poder encostar em um unicórnio, e muitos anos desde que se viu um por esta região...

Nervoso, o unicórnio seguiu a mulher até o estábulo, mantendo-se afastado. Andou até a baia mais ao fundo, onde então se abaixou na palha seca. A estrela desceu com dificuldade de suas costas, encharcada e triste.

Billy era um sujeito de barba branca, meio bronco. Não falava muito, mas carregou a estrela para dentro da estalagem e a colocou em um banquinho de três pernas diante da lareira.

— Coitada — disse a esposa do homem, que entrara atrás deles. — Olhe só para você, molhada feito uma fada d'água. Olha a poça embaixo de você e do seu lindo vestido! Ah, que situação! Você deve estar encharcada até os ossos...

Após mandar o marido sair, ela ajudou a estrela a tirar o vestido ensopado, colocando-o em um gancho perto do fogo, onde cada gota chiava e fervia ao cair nos tijolos quentes da lareira.

Havia uma banheira de estanho na frente das chamas, e a mulher a cercou com um biombo de papel.

— Como você gosta do seu banho? — perguntou ela, solícita. — Morno, quente ou fervendo?

— Não sou capaz de dizer — disse a estrela, nua salvo pelo topázio na corrente de prata em sua cintura, a cabeça em parafuso por causa da estranha sucessão de acontecimentos —, pois nunca tomei banho antes.

— Nunca?! — A esposa do estalajadeiro parecia chocada. — Ora, pobrezinha; bem, então não vamos deixar quente *demais*. Chame se precisar de mais um tacho de água, tenho um pouco fervendo na cozinha. E quando terminar seu banho, vou lhe trazer um pouco de vinho quente e uns rabanetes doces assados.

Antes que a estrela pudesse avisar que não comia nem bebia, a mulher já havia ido embora, deixando-a sentada na banheira, com a perna quebrada enfaixada com talas para fora da água e apoiada no banco de três pernas. No início, a água estava mesmo quente demais, mas, conforme se acostumava com o calor, ela relaxou e, pela primeira vez desde que despencou do céu, se sentiu completamente feliz.

— Pronto, meu bem — disse a esposa do estalajadeiro, ao voltar. — Como está se sentindo agora?

— Muito, muito melhor, obrigada — respondeu a estrela.

— E seu coração? Como está seu coração? — perguntou a mulher.

— Meu coração? — Era uma pergunta estranha, mas a mulher parecia realmente preocupada. — Está mais feliz. Mais tranquilo. Menos angustiado.

— Que bom. Isso é muito bom. Vamos deixá-lo ardendo bem quente dentro de você, hein? Ardendo com voracidade.

— Tenho certeza de que, sob seus cuidados, meu coração vai se encher de calor e arder de felicidade — disse a estrela.

A esposa do estalajadeiro se abaixou e deu um pequeno apertão no queixo da estrela.

— Que doçura, que amorzinho, fala coisas tão gentis. — A mulher deu um sorriso indulgente e passou a mão no cabelo de mechas grisalhas, colocando um roupão felpudo grosso por cima do biombo. — Isto é para você se vestir depois que terminar o banho… Ah, não se apresse, docinho, vai ficar bem quentinho para você, e seu vestido lindo vai demorar um pouco para secar. Quando quiser sair da banheira, é só chamar, que venho dar uma mãozinha. — Ela então se curvou e tocou no peito da estrela, entre os seios, com um dedo frio. E sorriu. — Um coração bem forte.

Havia, sim, pessoas bondosas neste mundo de trevas, a estrela concluiu, aquecida e contente. Lá fora, a chuva e o vento fustigavam e uivavam pelo passo na montanha, mas, dentro da estalagem, na Letreiro da Carruagem, havia só calor e conforto. Depois de um tempo, a esposa do estalajadeiro, auxiliada pela filha de aparência parva, ajudou a estrela a sair da banheira. O fogo na lareira se refletiu no topázio incrustado em prata que a estrela usava em uma corrente de elos de prata em torno da cintura, até que o topázio, e o corpo da estrela, sumiram sob o tecido grosso do roupão.

— Agora, meu bem — disse a esposa do estalajadeiro —, venha cá e fique à vontade.

Ela conduziu a estrela até uma mesa comprida de madeira, onde na cabeceira havia um cutelo e uma faca, ambos com cabo de osso e lâmina de vidro escuro. Mancando e se escorando nas paredes, a estrela chegou à mesa e se sentou no banco ao lado dela. Lá fora soprou uma rajada de vento, e o fogo cresceu em labaredas verdes, azuis e brancas. Em seguida, uma voz grave bradou do lado de fora da estalagem, em meio ao urro da tempestade.

— Serviço! Comida! Vinho! Fogo! Cadê o cavalariço?

Billy, o estalajadeiro, e a filha não se mexeram, apenas olharam para a mulher de vestido vermelho, como se esperassem ordens. Ela comprimiu os lábios. Por fim, disse:

— Dá para esperar. Um pouco. Afinal, você não vai a lugar nenhum, né, queridinha? — Essa última pergunta foi para a estrela. — Não com essa perna, e não debaixo de chuva, né?

— Não tenho palavras para agradecer a hospitalidade — disse a estrela, com simplicidade e honestidade.

— Claro — disse a mulher de vestido vermelho, e seus dedos inquietos roçaram impacientes nas facas pretas, como se houvesse algo que ela mal podia esperar para fazer. — Vamos ter tempo de sobra depois que esses inconvenientes forem embora, né?

A luz da estalagem era a coisa mais aconchegante e maravilhosa que Tristran tinha visto em sua viagem pela Terra das Fadas. Enquanto Primus berrava seu pedido de ajuda, Tristran soltou os cavalos exaustos da carruagem e os levou um por um para o estábulo ao lado da estalagem. Um cavalo branco dormia na baia mais ao fundo, mas Tristran estava ocupado demais para examiná-lo com atenção.

Ele sabia — em alguma parte daquele lugar curioso dentro de si que sabia direções e distâncias de coisas que ele nunca havia visto — que a estrela estava por perto, e isso o consolou, e o deixou nervoso. Ele sabia que os cavalos estavam mais cansados e famintos do que ele. Seu jantar — e, portanto, seu confronto com a estrela — podia esperar.

— Vou cuidar dos cavalos — disse ele para Primus. — Ou eles vão pegar uma friagem.

O homem alto apoiou a mão enorme no ombro de Tristran.

— Bom garoto. Vou mandar um criado levar uma cerveja forte para você.

Tristran pensou na estrela enquanto escovava os cavalos e limpava seus cascos. O que ele diria? O que *ela* diria? Estava terminando de escovar o último quando uma criada de expressão vazia chegou com um caneco fumegante de vinho.

— Ponha ali — disse ele. — Vou beber com gosto assim que estiver com as mãos desocupadas.

Ela colocou o caneco em cima de uma caixa de cravos e foi embora, sem falar nada.

De repente, o cavalo na baia do fundo se levantou e começou a dar coices na porta.

— Calma aí — gritou Tristran —, calma, rapaz, que vou ver se encontro um pouco de aveia e farelo quente para todos vocês.

Havia uma pedra grande presa no casco dianteiro do garanhão, e Tristran a retirou com cuidado. *Senhora*, ele resolvera dizer, *por favor, aceite meu mais sincero e humilde pedido de desculpas*. E, por sua vez, a estrela responderia: *Senhor, aceitarei do fundo do coração. Agora, vamos para seu povoado, onde você me dará de presente ao seu verdadeiro amor, como sinal de sua devoção...*

Sua ruminação foi interrompida por um estrépito imenso, quando um enorme cavalo branco — que, ele percebeu imediatamente, não era um cavalo — derrubou a porta de sua baia e veio correndo desesperadamente na direção dele, com o chifre abaixado.

Tristran se jogou na palha do chão e cobriu a cabeça com os braços.

Após um instante, ele levantou a cabeça. O unicórnio tinha parado na frente do caneco e enfiado o chifre no vinho quente.

Desajeitado, Tristran se levantou. O vinho estava fervendo e borbulhando, e então ocorreu a Tristran — uma informação resgatada de algum conto de fadas ou fábula infantil havia muito esquecida — que chifre de unicórnio era um antídoto para...

— Veneno? — murmurou ele, e o unicórnio levantou a cabeça e fitou os olhos de Tristran, e o homem soube que era verdade.

Seu coração bateu com força no peito. Em torno da estalagem, o vento gritava como uma bruxa ensandecida.

Tristran correu até a porta do estábulo, mas parou e pensou. Ele remexeu no bolso da túnica e encontrou o pedaço de cera, tudo que restava de sua vela, grudada a uma folha seca cor de cobre. Ele puxou cuidadosamente a cera. Em seguida, levou a folha ao ouvido e escutou o que ela dizia.

—Vinho, milorde? — perguntou a mulher de meia-idade de vestido vermelho longo quando Primus entrou na estalagem.

— Lamento, mas não — disse ele. —Tenho uma superstição pessoal de que, até o dia em que o cadáver do meu irmão jazer no chão aos meus pés, beberei apenas meu próprio vinho e comerei apenas comida que eu mesmo tiver obtido e preparado. Farei isso aqui, se você não se opuser. É claro que pagarei como se estivesse bebendo seu próprio vinho. Poderia, por obséquio, colocar esta minha garrafa perto do fogo para espantar o frio? Agora, tenho um companheiro de viagem, um rapaz que está cuidando dos cavalos; ele não segue nenhum voto semelhante aos meus, e se você pudesse levar para ele uma caneca de cerveja forte, isso com certeza o ajudaria a espantar o frio dos ossos...?

A criada fez uma mesura e se recolheu para a cozinha.

— Pois então, senhor anfitrião — disse Primus ao estalajadeiro de barba branca —, como são suas camas aqui neste fim de mundo? Você tem colchões de palha? Os quartos têm lareira? E reparei, com satisfação crescente, que há uma banheira na frente do fogo... Se houver uma cuba cheia de água quente, tomarei banho mais tarde. Mas não pagarei mais que uma moeda pequena de prata, que fique claro!

O estalajadeiro olhou para a esposa, que disse:

— Nossas camas são boas, e mandarei a criada acender o fogo no quarto para você e seu companheiro.

Primus tirou seu manto preto ensopado e o pendurou diante do fogo, ao lado do vestido azul ainda úmido da estrela. Em seguida, ele se virou e viu a jovem sentada à mesa.

— Outra hóspede? — indagou ele. — Um prazer conhecê-la, milady, neste clima desgostoso. — De repente, um estardalhaço soou no estábulo ao lado. — Algo deve ter agitado os cavalos — comentou Primus, preocupado.

— Talvez os trovões — supôs a esposa do estalajadeiro.

— É, talvez — disse Primus. Outra coisa chamara sua atenção. Ele foi até a estrela e fitou seus olhos por alguns instantes. — Você... — Ele hesitou. E, então, com certeza: — Você está com a gema do meu pai. Você está com o Poder de Forte da Tormenta.

A moça o encarou com olhos azuis como o céu.

— Ora — disse ela. — Faça seu pedido, então, para que eu possa me livrar dessa coisa idiota.

A esposa do estalajadeiro se aproximou às pressas e parou junto à cabeceira da mesa.

— Não quero que meus outros hóspedes sejam importunados, meus queridinhos — disse ela, com um tom sério.

O olhar de Primus recaiu sobre as facas na mesa de madeira. Ele as reconheceu: havia pergaminhos desgastados nos cofres de Forte da Tormenta que retratavam aquelas facas, que citavam seus nomes. Eram criações antigas, da Primeira Era do mundo.

A porta da estalagem se abriu com um estrondo.

— Primus! — gritou Tristran, correndo para dentro. — Tentaram me envenenar!

Lorde Primus levou a mão à sua espada curta, mas, ao mesmo tempo, a rainha-bruxa pegou a faca mais longa e, com um único gesto ligeiro e prático, passou a lâmina pela garganta dele...

Para Tristran, tudo aconteceu rápido demais. Ele entrou, viu a estrela e Lorde Primus, viu o estalajadeiro e sua família estranha, e então o sangue jorrou como uma fonte escarlate à luz do fogo.

— Pegue! — gritou a mulher de vestido rubro. — Pegue o moleque!

Billy e a criada correram na direção de Tristran; e foi nesse momento que o unicórnio entrou na estalagem.

Tristran pulou para fora do caminho. O unicórnio empinou nas patas traseiras, e um golpe de um dos cascos afiados mandou a criada pelos ares.

Billy abaixou a cabeça e correu direto para o unicórnio, como se estivesse prestes a dar uma cabeçada nele. O unicórnio também abaixou a cabeça, e esse foi o trágico fim do estalajadeiro Billy.

— *Idiota!* — gritou a esposa do estalajadeiro, furiosa, e foi para cima do unicórnio, com uma faca em cada mão, sangue deixando a mão e o antebraço direitos da mesma cor de seu vestido.

Tristran havia se jogado no chão e engatinhado até a lareira. Segurava na mão esquerda o pedaço de cera, o que restava da vela que o levara até ali. Ele o apertara na mão até deixá-lo macio e maleável.

— Tomara que funcione — disse Tristran para si mesmo.

Torceu para que a árvore soubesse do que estava falando.

Atrás dele, o unicórnio urrou de dor.

Tristran arrancou uma tira de renda de seu gibão e a envolveu com a cera.

— O que está acontecendo? — perguntou a estrela, que havia rastejado de quatro até Tristran.

— Não sei muito bem — admitiu ele.

A bruxa deu um berro. O unicórnio havia cravado o chifre nela, atravessando o ombro da mulher. Ele a ergueu, triunfante, e se preparava para arremessá-la ao chão e pisoteá-la com seus cascos afiados até a morte quando, mesmo empalada, a bruxa se virou e enfiou a ponta da faca de vidro-pedra mais longa no olho do unicórnio, afundando-a no crânio da criatura.

O unicórnio caiu no piso de madeira da estalagem, sangrando pela lateral do corpo e pelo olho e pela boca aberta. Primeiro seus joelhos cederam, e em seguida ele desabou, definitivamente, quando sua vida se esvaiu. A língua malhada pendia ridiculamente da boca morta.

A rainha-bruxa se soltou do chifre e, segurando o ombro ferido com uma das mãos e o cutelo com a outra, levantou-se sem firmeza.

Seus olhos correram pelo ambiente e se fixaram em Tristran e na estrela, que estavam encolhidos junto à lareira. Devagar, com uma lentidão agonizante, a mulher cambaleou na direção deles, de cutelo na mão e sorriso no rosto.

— O coração dourado e incandescente de uma estrela em paz é muito superior à luz vacilante do coração de uma estrela amedrontada — disse ela para os dois, com uma voz estranhamente calma e indiferente saindo daquele rosto manchado de sangue. — Mas até o coração de uma estrela assustada e com medo é muito melhor que coração nenhum.

Tristran pegou a mão da estrela.

— Levante-se — pediu ele.

— Não consigo — respondeu ela, apenas.

— Levante-se, ou vamos morrer agora — disse ele, ficando de pé.

A estrela assentiu e, com dificuldade, apoiando o peso nele, começou a tentar se erguer.

— *Levante-se, ou vocês vão morrer agora?* — repetiu a rainha-bruxa. — Ah, vocês vão morrer agora, crianças, de pé ou sentados. Para mim tanto faz.

Ela avançou mais um passo.

— Agora... — disse Tristran, segurando o braço da estrela com uma das mãos e a vela improvisada com a outra. — Agora, *ande*!

Ele enfiou a mão esquerda no fogo.

Sentiu dor, e sentiu queimar, tanto que podia ter gritado, e a rainha-bruxa o observou com espanto, como se ele fosse a personificação da loucura.

E então o pavio improvisado se acendeu e brilhou com uma chama azul forte, e o mundo em volta deles começou a tremeluzir.

— Ande, por favor — suplicou ele para a estrela. — Não se solte de mim.

A estrela deu um passo instável.

Eles deixaram a estalagem para trás, e os urros da rainha-bruxa ecoaram em seus ouvidos.

Estavam no subterrâneo, e a luz da vela dançava nas paredes úmidas da caverna. Com mais um passo vacilante, estavam em um deserto de areia branca, sob o luar. E, com um terceiro passo, estavam muito acima do chão, olhando do alto as colinas, as árvores e os rios muito distantes.

E foi aí que o final da cera derretida escorreu pela mão de Tristran, a ardência ficou insuportável e a chama se extinguiu para sempre.

ARLEQUIM APAIXONADO

1999

É 14 DE FEVEREIRO, naquela hora da manhã em que todas as crianças já foram levadas para a escola, e todos os maridos já dirigiram para o trabalho ou foram deixados, cheios de agasalhos e soprando nuvens de vapor, na estação de trem perto do centro para a Grande Baldeação Matinal, quando prego meu coração na porta de Missy. O coração é de um vermelho muito escuro, quase marrom, cor de fígado. Depois bato na porta com força, *tá-tá-tá*, e seguro minha varinha, meu bastão, minha lança enfitada e tão cravável, e desapareço como vapor se condensando no ar gelado...

Missy abre a porta. Parece cansada.

— Minha Colombina — sussurro, mas ela não escuta.

Missy vira a cabeça para observar os dois lados da rua, mas nada se mexe. Um caminhão ronca ao longe. Ela volta para a cozinha, e danço ao seu lado, silencioso como uma brisa, como um camundongo, como um sonho.

Missy pega um saco plástico de uma caixa de papel na gaveta e um produto de limpeza de baixo da pia. Ela arranca dois pedaços de papel-toalha do rolo na bancada. Por fim, volta até a porta. Tira o alfinete da madeira pintada — era o alfinete do meu chapéu, que eu havia encontrado por acaso... onde? Fico remoendo a questão na cabeça: em Gasconha, talvez? Ou Twickenham? Ou Praga?

O rosto no topo do alfinete é de um Pierrô desbotado.

Ela tira o alfinete do órgão e coloca o coração dentro do saco plástico. Depois, borrifa o produto de limpeza na porta e esfrega o papel-toalha para tirar o sangue, e então enfia o alfinete em sua lapela, onde o rosto pálido e augusto contempla o mundo frio com os olhos cegos de prata e os lábios austeros prateados. Nápoles. Agora eu me lembro. Comprei o alfinete em Nápoles, de uma velha com um olho só. Ela fumava um cachimbo de barro. Foi há muito tempo.

Missy bota os utensílios de limpeza na mesa da cozinha, enfia os braços nas mangas de seu velho casaco azul, que antes pertencia à sua mãe, fecha os botões, um, dois, três, depois prontamente guarda no bolso o saco plástico com o coração, e sai pela rua.

Soturno e silencioso como um rato, eu a sigo, às vezes me esgueirando, às vezes dançando, e ela não me vê nem sequer por um instante, só aperta mais o casaco azul junto ao corpo, e caminha pela cidadezinha de Kentucky, e desce a rua antiga que passa pelo cemitério.

O vento sacode meu chapéu, e lamento, por um instante, a perda do meu alfinete. Mas estou apaixonado, e é Dia dos Namorados. Sacrifícios são necessários.

Missy relembra as outras vezes que entrou no cemitério, atravessando os altos portões de ferro: quando seu pai morreu; e quando vieram, ainda crianças, no Dia de Todos os Santos, o grupo todo da escola, fazendo bagunça e dando sustos uns nos outros; e quando um amante secreto morreu em um engavetamento de três carros na interestadual, e ela esperou até o fim do velório, até o dia acabar de vez, e veio à tardinha, logo antes do pôr do sol, deixar um lírio branco no túmulo recente.

Ah, Missy, devo cantar seu corpo e seu sangue, seus lábios e seus olhos? Mil corações eu lhe daria, se fosse seu namorado. Com orgulho, brando meu cajado no ar e danço, cantando em silêncio toda a minha glória, enquanto passamos juntos pela Rua do Cemitério.

Um edifício baixo e cinzento, e Missy abre a porta. Ela fala Oi e Como Vai para a garota na recepção, que não oferece nenhuma resposta inteligível, recém-formada e fazendo as palavras cruzadas de uma revista que só tem palavras cruzadas, páginas e mais páginas, e a garota estaria fazendo ligações pessoais durante o expediente se tivesse para quem ligar, mas não tem, e eu vejo, evidentes como elefantes, que nunca terá. Seu rosto é um monte de pústulas descoradas e cicatrizes de acne, ela acha que isso importa, e não fala com ninguém. Vejo sua vida inteira à minha frente: ela morrerá de câncer de mama daqui a quinze anos, solteira e intocada, e será sepultada sob uma lápide com seu nome na campina junto à Rua do Cemitério, e as primeiras mãos a tocar seus seios serão as do patologista quando ele extirpar a massa fétida em forma de couve-flor, murmurando "Nossa, olha o tamanho desse negócio, por que ela não *falou* com alguém?", o que devia ser autoexplicativo.

Dou um beijo suave em sua bochecha salpicada, e sussurro que ela é bonita. Toco uma, duas, *três* vezes em sua cabeça com meu cajado, e a envolvo com uma fita.

Ela se mexe e sorri. Talvez hoje à noite saia para beber, dançar e oferecer sua virgindade no altar de Himeneu, e conheça um rapaz que esteja mais interessado em seus seios que em seu rosto, e que um dia, acariciando esses seios, beijando-os e esfregando-os, ele diga: "Querida, você já consultou alguém sobre esses caroços?", e a essa altura as espinhas já terão desaparecido, esquecidas entre beijos e roçadas...

Mas agora perdi Missy de vista, então corro e revolteio por um corredor com carpete cinza, até que vejo aquele casaco azul adentrar uma sala no final do corredor, e a sigo para um cômodo sem aquecimento com azulejos verdes cor de banheiro.

O fedor no ar é inacreditável, pesado, acre e escabroso. O sujeito gordo de jaleco manchado está com luvas descartáveis de látex e uma camada grossa de mentol no lábio superior e em volta das narinas. Há um homem morto na mesa à sua frente. É magro, velho e negro, com dedos calejados. Tem um bigode fino. O homem gordo ainda não reparou em Missy. Ele fez uma incisão no corpo, e agora está puxando a pele com um som úmido de sucção, e como é escuro o marrom por fora, e como é rosa, um rosa bonito, por dentro.

Um rádio portátil toca música clássica em volume muito alto. Missy desliga o aparelho e diz:

— Oi, Vernon.

O homem gordo responde:

— Oi, Missy. Quer seu emprego de volta?

É o Doutor, concluo, pois ele é grande demais, rotundo demais, magnificamente bem-nutrido demais para ser o Pierrô e despreocupado demais para ser o Pantaleão. Seu rosto se franze de satisfação ao ver Missy, e ela sorri ao vê-lo, e fico com ciúme: sinto uma pontada de dor atravessar meu coração (que, no momento, se encontra em um saco plástico no bolso do casaco de Missy), mais intensa do que senti quando o cravei com meu alfinete na porta dela.

E, falando no meu coração, ela o tira do bolso e o balança na frente do patologista, Vernon.

— Você sabe o que é isso? — pergunta ela.

— Um coração — responde ele. — Rins não têm ventrículos, e cérebros são maiores e mais macios. Onde o encontrou?

— Minha esperança era que você soubesse — diz ela. — Não veio daqui? É esse o tipo de cartão que você me daria no Dia dos Namorados, Vernon? Um coração pregado na minha porta?

Ele balança a cabeça.

— Não veio daqui. Quer que eu chame a polícia?

Ela balança a cabeça.

— Com a minha sorte — diz ela —, vão achar que sou uma assassina em série e me mandar para a cadeira elétrica.

O Doutor abre o saco plástico e cutuca o coração com os dedos gordos em luvas de látex.

— Adulto, em condições muito boas, um coração bem-cuidado — diz ele. — Removido por um especialista.

Abro um sorriso orgulhoso e me curvo para falar com o homem negro morto na mesa, com o peito todo aberto e os dedos calejados de tanto tocar baixo.

— Vá embora, Arlequim — murmura ele, discretamente, para não ofender Missy e o médico. — Vê se não arruma confusão por aqui.

— Quieto, arrumo confusão onde bem entender — respondo. — Essa é minha função. — Mas, por um instante, tenho uma sensação de vazio: estou melancólico, quase um Pierrô, o que é algo péssimo para qualquer arlequim.

Ah, Missy, eu a vi ontem na rua e a segui até o supermercado, sentindo crescer em mim o êxtase e a alegria. Em você, reconheci alguém que poderia me arrebatar, me tirar de mim mesmo. Em você, reconheci meu amor, minha Colombina.

Não dormi; passei o tempo causando caos pela cidade, confundindo os coesos. Fiz três banqueiros sóbrios perderem a linha com drag queens do bar da Madame Zora. Esgueirei-me pelo quarto dos adormecidos, fora de vista e da imaginação, enfiando provas de misteriosas e exóticas puladas de cerca em bolsos, sob almofadas e em frestas, pensando apenas na diversão que irromperia no dia seguinte, quando calcinhas usadas e abertas na frente fossem encontradas mal escondidas sob almofadas no sofá e no bolso de ternos respeitáveis. Mas não estava realmente empolgado, e o único rosto que via era o de Missy.

Ah, Arlequim apaixonado é uma criatura miserável.

O que será que ela vai fazer com meu presente? Algumas garotas desprezam meu coração; outras tocam nele, oferecem beijos, carícias e o castigam com todo tipo de mimo antes de devolvê-lo à minha guarda. Algumas nunca nem sequer o viram.

Missy pega o coração de volta, recoloca-o dentro do saco plástico e fecha o lacre.

— Jogo no incinerador? — pergunta ela.

— Pode ser. Você sabe onde fica — diz o Doutor, voltando ao músico morto na mesa. — E falei sério quanto ao seu antigo trabalho. Preciso de uma boa assistente.

Imagino meu coração esvaindo-se no céu como cinzas e fumaça, recobrindo o mundo todo. Não sei o que acho disso, mas, com os dentes cerrados, ela faz sinal negativo e se despede de Vernon, o patologista. Enfia meu coração no bolso e sai do edifício, voltando para a cidade pela Rua do Cemitério.

Saltito à frente dela. Resolvo que seria excelente ter alguma interação, e, seguindo palavras com atos, me disfarço de uma velha encarquilhada a caminho da feira. Cubro os paetês vermelhos da minha fantasia com um manto esfarrapado, oculto meu rosto mascarado com um capuz volumoso e, no alto da Rua do Cemitério, paro na frente dela.

Maravilha, maravilha, maravilha que sou, e digo a ela, com a voz da mais velha de todas as anciãs:

— Um tostão para uma velhinha encarquilhada, querida, e lerei seu futuro com uma precisão que vai fazer seus olhos rodopiarem de alegria. Acredite.

Missy para. Abre a bolsa e tira uma nota de um dólar.

— Aqui — diz Missy.

É minha intenção contar sobre o homem misterioso que ela conhecerá, vestido de vermelho e amarelo, com uma máscara nos olhos, que a deixará empolgada e a amará, e nunca, jamais a abandonará (pois não é bom dizer *toda* a verdade à sua Colombina), mas o que acabo falando, com uma voz idosa e fraca, é:

— Já ouviu falar do Arlequim?

Missy parece pensativa. Então faz que sim.

— Já — diz ela. — Um personagem da *commedia dell'arte*. Usava uma fantasia com losangos pequenos. Tinha uma máscara. Acho que era um tipo de palhaço, né?

Balanço a cabeça sob o capuz.

— Não era palhaço — respondo. — Era...

E percebo que estou prestes a contar a verdade, então engulo as palavras e finjo que estou tendo um acesso de tosse, ao qual mulheres idosas são especialmente suscetíveis. Será que é esse o poder do amor? Não me lembro de ficar assim com as outras mulheres que pensei ter amado, outras Colombinas que encontrei ao longo de muitos séculos.

Aperto meus olhos de velha para fitar Missy: ela tem vinte e poucos anos, lábios de sereia, fartos, bem-definidos e confiantes, e olhos cinzentos, e uma intensidade no olhar.

— Está tudo bem? — pergunta ela.

Tusso e cuspo. Tusso mais um pouco e arfo.

— Está, sim, querida, tudo bem, muitíssimo obrigada.

— Então — diz ela —, a senhora falou que leria meu futuro.

— Arlequim lhe deu o coração dele de presente — falo, sem atentar para o que estou fazendo. — Você precisa descobrir os batimentos por conta própria.

Ela me encara, confusa. Não posso me transformar nem desaparecer enquanto estou diante de seus olhos, e me sinto paralisado, furioso com a traição da minha língua trapaceira.

— Olha — falo para ela —, um coelho!

Ela se vira, segue a direção que meu dedo está apontando e, quando tira os olhos de mim, eu sumo, *puf!*, como um coelho na toca, e quando Missy olha de novo não há qualquer sinal da velha adivinha, ou seja, eu.

Missy continua andando e vou saltitante atrás dela, mas meu passo já não tem a mesma alegria que tinha mais cedo.

Meio-dia, e Missy anda até o supermercado, onde compra um pedaço pequeno de queijo, uma caixa de suco de laranja e dois abacates, dali ela segue para o banco, onde saca duzentos e setenta e nove dólares e vinte e dois centavos, que é todo o dinheiro de sua poupança, e me esgueiro atrás dela com a doçura do mel e o silêncio do túmulo.

— Bom dia, Missy — diz o dono do Salt Shakes Café, quando a vê. Ele tem barba aparada, mais preta que grisalha, e meu coração teria acelerado se não estivesse no saco plástico dentro do bolso de Missy, pois esse homem obviamente a deseja, e minha lendária confiança desfalece e murcha. *Eu sou Arlequim*, digo para mim mesmo, *com meus trajes de losangos, e o mundo é minha arlequinada. Sou Arlequim, que se ergueu dos mortos para pregar peças nos vivos. Sou Arlequim, com minha máscara e minha varinha.* Assobio sozinho e minha confiança aumenta, firme e forte outra vez.

— Oi, Harve — diz Missy. — Me vê um prato de batatas e ketchup.

— Só isso? — pergunta ele.

— Só — diz ela. — Está ótimo. E um copo d'água.

Digo para mim mesmo que o tal Harve é Pantaleão, o mercador ignorante que devo enganar, desorientar e confundir. Talvez haja linguiças na cozinha. Decido causar uma deliciosa desordem no mundo, e seduzir a luxuriosa Missy antes da meia-noite: meu presente de Dia dos Namorados para mim mesmo. Eu me imagino beijando seus lábios.

Há outros clientes. Tento me distrair trocando os pratos quando eles não estão olhando, mas não vejo graça naquilo. A garçonete é magra, seu cabelo pende em cachos tristes em torno do rosto. Ela ignora Missy, obviamente a considerando uma cliente exclusiva de Harve.

Missy se senta e tira o saco plástico do bolso. Ela o coloca à sua frente, em cima da mesa.

Harve Pantaleão vai até Missy e entrega um copo d'água, um prato de batatas e um ketchup Heinz 57 Varieties.

— E uma faca afiada — diz ela.

Eu o faço tropeçar na volta para a cozinha. Ele xinga, e me sinto melhor, mais eu mesmo. Dou um beliscão na garçonete quando ela passa por um velho que está lendo o *USA Today* enquanto remexe a salada. Ela o fuzila com os olhos. Solto uma risadinha, e eis que me sinto extremamente peculiar. Sento-me no chão, de repente.

— O que é isso, querida? — pergunta a garçonete para Missy.

— Comida saudável, Charlene — diz Missy. — Tem ferro.

Dou uma espiada na mesa. Ela está cortando o órgão cor de fígado em pequenas fatias, temperado com muito molho de tomate, e enchendo o garfo com pedaços de batata. Depois mastiga.

Vejo meu coração desaparecer em sua boca de rosas. Minha brincadeira de Dia dos Namorados, por algum motivo, parece menos engraçada.

—Você tem anemia? — pergunta a garçonete, passando de novo com uma cafeteira fumegante.

— Não mais — responde Missy, botando outro pedaço cru e sangrento na boca, e mastigando, com força, antes de engolir.

E, quando termina de comer meu coração, Missy olha para baixo e me vê esparramado no chão. Ela acena com a cabeça.

— Para fora — ordena ela. — Já. — Então se levanta e deixa dez dólares ao lado do prato.

Ela me espera em um banco da calçada. Faz frio, e a rua está quase deserta. Eu me sento ao seu lado. Podia ter dançado à sua volta, mas parece bobo quando sei que alguém está vendo.

— Você comeu meu coração — digo para ela. Escuto a petulância em minha voz, e isso me irrita.

— Comi — responde ela. — É por isso que estou vendo você?

Faço que sim.

—Tire essa máscara — diz ela. —Você está ridículo.

Levanto a mão e tiro a máscara. Ela parece ligeiramente decepcionada.

— Não melhora muito — comenta. — Agora, me dê o chapéu. E o bastão.

Balanço a cabeça. Missy estende a mão, arranca o chapéu da minha cabeça e tira o bastão de mim. Brinca com o chapéu, alisando-o e dobrando-o com os dedos longos. Suas unhas estão pintadas de carmesim. Em seguida, ela se espreguiça e abre um sorriso largo. A poesia se esvaiu da minha alma, e o vento frio de inverno me faz tremer.

— Está frio — digo.

— Não — responde ela —, está perfeito, magnífico, maravilhoso e mágico. É Dia dos Namorados, não é? Quem sente frio no Dia dos Namorados? Uma época tão feliz e fabulosa.

Olho para baixo. Os losangos estão se esvaecendo na minha roupa, que vai se tornando branca feito um fantasma, branca feito um Pierrô.

— O que eu faço agora? — pergunto.

— Não sei — diz Missy. — Desapareça, talvez. Ou arrume outro papel… um mancebo enamorado, quiçá, aos suspiros e lamentos sob o pálido luar. Você só precisa de uma Colombina.

— Você — falo. — Você é minha Colombina.

— Não mais — responde ela. — Afinal, essa é a alegria de uma arlequinada, não é? Nós trocamos fantasias. Trocamos papéis.

Que sorriso ela me lança agora. Coloca meu chapéu, meu próprio chapéu, meu chapéu de arlequim, na cabeça. Dá um toque embaixo do meu queixo.

— E você? — pergunto.

Ela joga o bastão ao alto: ele gira e rodopia em um arco amplo, com fitas vermelhas e amarelas rodopiando e bamboleando à sua volta, e então cai perfeitamente, quase sem fazer barulho, em sua mão. Ela finca a ponta na calçada e a pressiona para se levantar do banco, tudo em um único movimento fluido.

— Tenho minhas tarefas — diz ela. — Bilhetes a pegar. Pessoas a sonhar.

— O casaco azul, que pertencia à sua mãe, não é mais azul, e, sim, um amarelo-canário, coberto de losangos vermelhos.

Então ela se inclina para mim e me beija, com força, bem na boca.

Em algum lugar, o escapamento de um carro estoura. Viro, sobressaltado, e quando olho de novo, não há ninguém comigo. Fico sentado ali por um tempo, sozinho.

Charlene abre a porta do Salt Shakes Café.

— Ei, Pete. Já acabou?

— Acabei?

— É, vamos. Harve falou que a sua pausa para fumar já terminou, e você vai congelar. Volta para a cozinha.

Eu a encaro. Ela sacode os cachos bonitos e abre um breve sorriso para mim. Eu me levanto, ajeito as roupas brancas, o uniforme de ajudante de cozinha, e entro atrás dela.

É Dia dos Namorados, penso. *Fale para ela o que você sente. Fale o que você pensa.*

Mas não falo nada. Não me atrevo. Apenas entro atrás dela, uma criatura de desejo emudecido.

Na cozinha, uma pilha de pratos me aguarda: começo a despejar os restos na lixeira. Há um pedaço de carne escura em um dos pratos, ao lado de algumas batatas cobertas de ketchup. Parece quase cru, mas eu a molho no ketchup ressecado e, quando Harve está de costas, pego-o do prato e mastigo. Tem um gosto metálico e cartilaginoso, mas engulo mesmo assim, e não saberia explicar por quê.

Uma gota de ketchup vermelho pinga na manga do meu uniforme branco, formando um losango perfeito.

— Ei, Charlene! — grito da cozinha. — Feliz Dia dos Namorados. — E começo a assobiar.

TRECHO DE
DEUSES AMERICANOS

2001

VINDA À AMÉRICA
813 D.C.

Eles navegaram pelo mar verde se guiando pelas estrelas e pela costa, e quando a costa era só uma lembrança e o céu noturno ficou coberto e escuro, se orientaram pela fé e suplicaram ao Pai de Todos para que os conduzisse em segurança até a terra firme.

Aquela foi uma jornada difícil, com dedos dormentes e um frio de gelar ossos que nem o vinho conseguia afastar. Acordavam pela manhã com o orvalho congelado nas barbas, e, enquanto o sol não os aquecia, pareciam homens velhos, as barbas brancas e precoces. Quando chegaram às terras verdes do oeste, os dentes estavam ficando bambos, e os olhos, fundos.

— Estamos bem longe de nossos lares e de nossas lareiras — disseram os homens —, longe dos mares que conhecemos e das terras que amamos. Aqui, nos limites do mundo, seremos esquecidos por nossos deuses.

O líder deles subiu em uma imensa pedra e riu daquela falta de fé.

— O Pai de Todos criou o mundo — gritou ele. — Ele o construiu com as próprias mãos a partir dos ossos quebrados e da carne de Ymir, seu avô. Ele colocou o cérebro de Ymir no céu para fazer as nuvens, e seu sangue salgado se tornou o mar que atravessamos. Se ele fez o mundo, não percebem que também foi ele quem criou esta terra? E, se morrermos aqui como homens, não percebem que seremos recebidos em seu salão?

E eles gritaram e riram. Revigorados, começaram a construir um salão de árvores cortadas e lama, cercado por uma barreira de estacas — embora, pelo que soubessem, fossem os únicos homens naquela nova terra.

No dia em que o salão ficou pronto, caiu uma tempestade: o céu do meio--dia ficou escuro como a noite e se cravejou de riscos de chamas brancas, e os estrondos de trovão eram tão intensos que quase ensurdeceram os homens, e o gato que eles haviam trazido para dar sorte se escondeu debaixo do bote, na praia. A tempestade foi tão intensa e terrível que os homens riram e saudaram uns aos outros.

— O trovejador está aqui conosco, mesmo nesta terra distante.

Eles agradeceram, regozijaram-se e beberam até cair.

Naquela noite, na escuridão fumacenta do salão, o bardo entoou as antigas canções. Ele cantou sobre Odin, o Pai de Todos, que foi sacrificado em seu próprio nome com a mesma bravura e nobreza com que outros eram sacrificados em nome dele. Cantou sobre os nove dias em que o Pai de Todos pendeu da Árvore do Mundo com um talho no corpo, sangrando pela ferida da lança (por um momento a canção se tornou um grito); e cantou aos homens sobre tudo que o Pai de Todos aprendeu em sua agonia: nove nomes, nove runas e duas vezes nove encantamentos. Quando cantou sobre a lança que feriu o corpo de Odin, o bardo berrou de dor, tal como o próprio Pai de Todos gritara em agonia, e todos os homens estremeceram, imaginando a dor.

Eles encontraram o *skraeling* no dia seguinte, que era o dia do Pai de Todos. Era um homem pequeno, de cabelo longo e preto como as asas de um corvo e pele da cor intensa de argila vermelha. Falava com palavras que ninguém compreendia, nem mesmo o bardo, que estivera a bordo de um navio que havia cruzado as colunas de Hércules e conhecia o dialeto mercantil que os homens falavam em todo o Mediterrâneo. O desconhecido trajava penas e peles, e seu longo cabelo estava trançado com pequenos ossos.

Conduziram o homem ao acampamento e lhe deram carne assada para comer e bebida forte para saciar a sede. Riram ruidosamente do homem quando ele saiu cantando, cambaleante, ou quando sua cabeça pendeu e balançou, e isso com menos de um corno de hidromel. Eles lhe deram mais para beber e, em pouco tempo, o *skraeling* estava deitado debaixo da mesa, com o braço cobrindo a cabeça.

Então o ergueram, um homem para cada ombro e perna, e o carregaram nos ombros, formando um cavalo de oito patas entre os quatro homens e o tronco do *skraeling*, e o conduziram à frente de uma procissão até um freixo na colina junto à baía. Lá, envolveram seu pescoço com uma corda e o penduraram bem alto, ao vento — um tributo ao Pai de Todos, o senhor da forca. O corpo balançou ao vento, e o rosto se enegreceu, a língua pendeu, os olhos saltaram, o pênis ficou tão rígido que poderia sustentar um elmo de couro, tudo enquanto os homens bradavam, gritavam e riam, cheios de orgulho por enviarem seu sacrifício aos céus.

E, no dia seguinte, quando dois corvos imensos pousaram no corpo do *skraeling*, um em cada ombro, e começaram a bicar o rosto e os olhos, os homens souberam que o sacrifício fora aceito.

Foi um longo inverno, e eles sentiram fome, mas se animaram com a perspectiva de que, com a primavera, mandariam o navio de volta às terras do norte, e a embarcação traria colonizadores e mulheres. Conforme o tempo esfriava e os dias encurtavam, alguns homens decidiram procurar o povoado dos *skraelings*, na esperança de encontrar comida e mulheres. Não encontraram nada, só os restos de fogueiras apagadas em acampamentos pequenos e abandonados.

Certo dia, no meio do inverno, quando o sol estava distante e frio como uma moeda de prata baça, viram que o corpo do *skraeling* tinha sido removido do freixo. Naquela tarde começou a nevar, flocos lentos e imensos.

Os homens das terras do norte fecharam o portão de seu acampamento e se recolheram atrás do muro de madeira.

A tropa guerreira dos *skraelings* atacou à noite: quinhentos homens contra trinta. Eles escalaram o muro e, nos sete dias seguintes, mataram cada um dos trinta homens, de trinta formas diferentes. E os navegadores foram esquecidos pela história e pelo próprio povo.

O muro foi derrubado, e o vilarejo, queimado. O bote, virado e arrastado praia acima, também foi queimado, na esperança de que fosse o único barco daqueles homens pálidos e estranhos, e de que queimá-lo servisse como uma garantia de que jamais chegariam outros homens do norte pelos mares.

Levou mais de cem anos até que Leif, o Sortudo, filho de Erik, o Vermelho, redescobrisse a terra e a chamasse de Vinlândia. Seus deuses já o esperavam quando ele chegou: Týr, de apenas uma mão; o velho Odin, deus da forca; e Thor, dos trovões.

Eles estavam lá.

Esperando.

※※

JANTAR COM MARGUERITE OLSEN

Sábado de manhã. Shadow atendeu a porta.

Era Marguerite Olsen. Ela não entrou, só ficou ali, debaixo do sol, com uma expressão séria.

— Senhor Ainsel...?

— Mike, por favor — pediu Shadow.

— Ah, sim. Mike, você gostaria de jantar lá em casa hoje à noite? Lá pelas seis? Não vai ser nada de mais, só macarrão com almôndegas.

— Sem problema. Eu gosto de macarrão com almôndegas.

— Claro que, se você já tiver compromisso...

— Não tenho, não.

— Seis horas.

— Levo flores?

— Só se você fizer questão. Mas é só um jantar entre vizinhos, não tem nada de romântico.

Ela foi embora.

Shadow tomou banho e saiu para uma caminhada rápida até a ponte. O sol era uma moeda sem brilho no céu, e, quando ele voltou para casa, estava suando. Com certeza a temperatura estava acima de zero. Ele foi de carro até o mercado e comprou uma garrafa de vinho. Era um de vinte dólares, e Shadow achou que isso garantia alguma qualidade. Não entendia nada de vinhos, mas, por vinte pratas, devia ser bom. Comprou um Cabernet da Califórnia, porque uma vez — quando era mais novo e as pessoas ainda colavam adesivos no para-choque — viu um adesivo de para-choque que dizia A VIDA É UM CABERNET e na época achou engraçado.

Além disso, comprou uma planta, um presente para a anfitriã. Folhas verdes, sem flores. Nada remotamente romântico.

Comprou uma caixa de leite que nunca beberia e algumas frutas que nunca comeria.

Depois, foi até a Mabel's e comprou uma única *pasty* de almoço. O rosto de Mabel se iluminou quando o viu.

— Hinzelmann já encontrou você?

— Não sabia que ele estava atrás de mim.

— Pois é. Quer levar você para pescar no gelo. Chad Mulligan também me perguntou se eu tinha visto você. A prima dele, de outro estado, chegou. É viúva. Prima de segundo grau, que a gente antigamente dizia que podia beijar. Um amor. Você vai adorar a moça.

Ela pôs a *pasty* em um saco de papel e dobrou a pontinha para mantê-la quente.

Shadow voltou para casa pelo caminho mais longo, uma das mãos no volante e a outra segurando o *pasty* fumegante, as migalhas caindo na calça e no chão do carro. Passou pela biblioteca na margem sul do lago e observou a cidade em preto e branco sob o gelo e a neve. A primavera parecia estar a uma distância inimaginável: a lata-velha ficaria para sempre no gelo, assim como perdurariam os abrigos para os pescadores, as picapes e os rastros das motonevas.

Shadow chegou ao apartamento, estacionou e subiu a escada de madeira até sua porta. Os pintassilgos e as trepadeiras-azuis no comedouro praticamente o ignoraram. Entrou em casa. Molhou a planta e ficou em dúvida se colocava ou não o vinho na geladeira.

Faltava bastante para as seis.

Shadow queria poder ver televisão à vontade de novo. Queria ser entretido e não ter que pensar em nada, só ficar sentado e se deixar banhar pelos sons e pela luz. *Quer ver os peitos da Lucy?*, sussurrou, em sua memória, uma voz que se assemelhava à de Lucy. Ele balançou a cabeça, embora ninguém estivesse esperando resposta.

Ele se deu conta de que estava nervoso. Aquela seria sua primeira interação social de verdade desde que tinha sido preso, mais de três anos antes. Em poucas horas, estaria conversando com outras pessoas — pessoas comuns, não outros presos, não deuses ou heróis culturais ou seres que habitavam seus sonhos. Mike Ainsel teria que pensar em algo interessante para falar.

Shadow olhou o relógio. Eram duas e meia. Marguerite Olsen tinha pedido que chegasse às seis. Ela quis dizer seis *em ponto*? Será que ele devia chegar um pouco mais cedo? Um pouco mais tarde? Acabou decidindo que bateria na porta dela às seis e cinco.

O telefone tocou.

— Oi.

— Isso não é jeito de atender ao telefone — resmungou Wednesday.

— Quando meu telefone for instalado, eu começo a atender com educação — retrucou Shadow. — Em que posso ajudar?

— Não sei — disse Wednesday. Um momento de silêncio. Depois: — Organizar deuses é que nem fazer gatos formarem fila. Eles não são muito obedientes.

A voz de Wednesday parecia sem vida e exausta, de um jeito que Shadow nunca havia escutado antes.

— Qual é o problema?

— É difícil. Difícil pra cacete. Não sei se vai dar certo. Talvez seja melhor a gente cortar nossa garganta logo. Só cortar nossa garganta e pronto.

— Não fala assim.

— É. Sei.

— Bem, se você acabar cortando a própria garganta — disse Shadow, tentando animar Wednesday e afastá-lo daquela conversa sombria —, talvez nem doa.

— Vai doer. Até para gente como eu, a dor ainda machuca. Se você anda e age no mundo material, o mundo material age em você. A dor machuca, assim como a ganância embriaga e a luxúria arde. Podemos até não morrer com facilidade, e com toda a certeza não morremos de uma forma boa, mas podemos morrer. Se ainda formos amados e lembrados, outra coisa bem parecida com a gente surge no nosso lugar, e começa tudo de novo. E, se formos esquecidos, já era.

Shadow não sabia o que dizer.

— Então você está ligando de onde? — perguntou ele.

— Não é da sua conta.

— Você está bêbado?

— Ainda não. Só fico pensando em Thor. Vocês não chegaram a se conhecer. Grandão que nem você. Bom coração. Não era muito esperto, mas daria a roupa do corpo se lhe pedissem. E ele se matou. Botou uma arma na boca e estourou a cabeça em 1932, na Filadélfia. Como é que um deus morre desse jeito?

— Sinto muito.

— Você não está nem aí, meu filho. Ele era muito parecido com você. Grande e burro.

Wednesday parou de falar e tossiu.

— Qual é o problema? — perguntou Shadow, pela segunda vez.

— Eles entraram em contato.

— Quem?

— A oposição.

— E...?

— Querem discutir uma trégua. Negociações de paz. Viver e deixar viver, essas merdas.

— Então, o que acontece agora?

— Agora vou tomar um café ruim com os babacas modernos em um clube maçônico de Kansas City.

— Tudo bem. Você vem me buscar ou marcamos de nos encontrar em algum lugar?

— Continue aí e fique na sua. Não se meta em confusão. Ouviu?

— Mas...

Ele escutou um clique, e o telefone ficou mudo e não voltou mais a funcionar. Bem, nunca tinha realmente funcionado.

Nada além de tempo para matar. A conversa com Wednesday o deixara inquieto. Ele se levantou, cogitando sair para uma caminhada, mas já não estava tão claro, então se sentou de novo.

Shadow pegou as *Minutas da Câmara Municipal de Lakeside 1872-1884* e folheou as páginas, passando os olhos pelas letras minúsculas sem ler de fato, parando de vez em quando para olhar algo que tivesse chamado sua atenção.

Descobriu que, em julho de 1874, a câmara municipal estava preocupada com a quantidade de lenhadores imigrantes chegando à cidade. Decidiram construir uma ópera na esquina da Third Street com a Broadway. Esperava-se que os transtornos provocados pela construção da nova barragem do rio Mill amenizassem quando o reservatório se transformasse em lago. A câmara autorizou o pagamento de setenta dólares ao sr. Samuel Samuels e de oitenta e cinco dólares ao sr. Heikki Salminen como indenização por seus terrenos e pelos gastos decorrentes de sua realocação para fora da área que seria inundada.

Nunca havia ocorrido a Shadow que o lago era artificial. Por que chamar uma cidade de Lakeside se o lago começara como um reservatório artificial? Shadow continuou lendo e descobriu que um sr. Hinzelmann, natural de Hüdemuhlen, em Brunsvique, fora encarregado do projeto de construção do lago, e que a câmara municipal lhe dera a quantia de trezentos e setenta dólares para executar o projeto, e qualquer diferença deveria ser bancada por recursos doados. Shadow rasgou um pedaço de papel-toalha e usou como marcador de página. Imaginou o prazer de Hinzelmann ao ver a referência ao avô. Perguntou-se se o velho sabia do papel fundamental que a família dele tivera na construção do lago e folheou o livro mais um pouco, procurando outras referências ao projeto.

A inauguração havia ocorrido em uma cerimônia na primavera de 1876, uma prévia de como seriam as comemorações do centenário de independência na cidade. A câmara fez um agradecimento ao sr. Hinzelmann.

Shadow conferiu o relógio. Eram cinco e meia. Entrou no banheiro, fez a barba e penteou o cabelo, depois trocou de roupa. Os últimos quinze minutos passaram, afinal. Pegou o vinho e a planta e foi para o apartamento vizinho.

A porta se abriu assim que ele bateu. Marguerite Olsen parecia quase tão nervosa quanto ele. A mulher pegou o vinho e a planta e agradeceu. Na televisão passava uma cena de *O mágico de Oz*. Ainda estava em sépia, e Dorothy ainda estava no Kansas, sentada com os olhos fechados na carroça do professor Marvel enquanto a velha fraude fingia ler sua mente, e o tornado que a arrancaria de sua vida se aproximava. Leon estava sentado em frente à tela, brincando com um caminhãozinho de bombeiro. Quando viu Shadow, seu rosto se iluminou de alegria. O menino se levantou e foi correndo, tropeçando de tanta empolgação, até um quarto nos fundos, de onde saiu logo depois, triunfante, com uma moeda na mão.

— Olha, Mike Ainsel! — gritou ele. Em seguida, fechou as mãos, fingiu pegar a moeda na mão direita e a abriu. — Sumiu! Eu que fiz, Mike Ainsel!

— Fez mesmo — concordou Shadow. — Depois do jantar, se sua mãe deixar, eu ensino você a fazer isso de um jeito ainda mais sutil.

— Pode fazer agora, se quiser — disse Marguerite. — A Samantha ainda não chegou. Ela foi buscar o *sour cream* para mim. Não sei por que está demorando tanto.

E, como se tivesse sido combinado, eles ouviram passos na varanda de madeira, e alguém empurrou a porta da frente com o ombro. Shadow não a reconheceu de primeira, mas aí ela disse:

— Eu não sabia se você queria o que tinha calorias ou o que tinha gosto de cola, então escolhi o que tinha calorias.

E no mesmo instante ele se lembrou: era a garota que encontrou a caminho de Cairo.

— Tudo bem — disse Marguerite. — Sam, este é o meu vizinho, Mike Ainsel. Mike, esta é Samantha Black Crow, minha irmã.

Eu não conheço você, pensou Shadow, aflito. *Você nunca me viu. Somos completos desconhecidos.* Tentou se lembrar da vez em que havia pensado em *neve*, que tinha sido muito fácil e natural: agora, fazia um apelo desesperado. Estendeu a mão e disse:

— Prazer.

Samantha olhou bem para ele. Um momento de confusão, e então o reconhecimento invadiu seus olhos e fez os cantos da boca se curvarem em um sorriso.

— Oi — replicou ela.

—Vou dar uma olhada na comida — disse Marguerite, com a voz tensa de alguém que queima algo na cozinha se deixa de prestar atenção por um segundo.

Sam tirou o casaco volumoso e o chapéu.

— Então você é o vizinho melancólico e misterioso. Quem diria... — comentou ela, baixinho.

— E você é a Sam. Podemos deixar essa conversa para mais tarde?

— Só se prometer que vai me contar o que está acontecendo.

— Combinado.

Leon puxou a perna da calça de Shadow.

—Você me mostra agora? — pediu ele, mostrando a moeda.

—Tudo bem — disse Shadow. — Mas, se eu mostrar, você precisa lembrar que um grande mágico nunca revela seus truques para ninguém.

OUTRAS PESSOAS

2001

— O tempo aqui é fluido — disse o demônio.

Ele percebeu que era um demônio assim que o viu. Sabia disso, assim como sabia que o lugar era o Inferno. Era a única coisa que podiam ser.

O cômodo era comprido, e o demônio o esperava junto a um braseiro fumegante na outra extremidade. Havia uma variedade de objetos pendurados nas paredes cinza-pedra, do tipo que não seria sensato ou reconfortante examinar com muita atenção. O pé-direito era baixo, e o chão, estranhamente diáfano.

— Aproxime-se — falou o demônio, e ele obedeceu.

O demônio era magro feito uma vara e estava nu. Tinha cicatrizes enormes, e parecia ter sido flagelado em algum momento distante do passado. Não tinha orelhas nem órgão sexual. Seus lábios eram finos e austeros, e os olhos eram olhos de demônio: tinham visto muita coisa e ido muito longe, e, diante de seu olhar, ele se sentia menos importante que uma mosca.

— O que acontece agora? — perguntou.

— Agora — respondeu o demônio, com uma voz sem pesar ou deleite, só uma resignação pura e pavorosa —, você será torturado.

— Por quanto tempo?

Mas o demônio balançou a cabeça e não respondeu. Andou devagar junto à parede, observando um dos objetos que estavam pendurados, depois outro. No final, perto da porta fechada, havia uma chibata feita de fios desencapados. O demônio a pegou com a mão de três dedos e voltou, carregando-a com reverência. Colocou as pontas de metal no braseiro e as observou conforme começavam a esquentar.

— Isso é desumano.

— Sim.

As pontas da chibata brilhavam com um laranja opaco.

Ao levantar o braço para dar o primeiro golpe, o demônio falou:

— Com o tempo, você se lembrará deste momento com carinho.

— Mentiroso.

— Não — disse o demônio. — A próxima parte — explicou, logo antes de usar a chibata — é pior.

Então, as pontas da chibata atingiram as costas do homem com um estalo e um chiado, rasgando suas roupas caras, queimando, cortando e retalhando, e, não pela última vez naquele lugar, ele gritou.

Havia duzentos e onze instrumentos nas paredes daquele cômodo, e, com o tempo, ele viria a conhecer cada um.

Quando, por fim, a Filha do Lazareno, que ele passara a conhecer intimamente, estava limpa e guardada de volta na ducentésima décima primeira posição da parede, ele murmurou entre lábios rachados:

— E agora?

— Agora — disse o demônio —, começa a dor de verdade.

E começou.

Tudo que ele havia feito e que teria sido melhor não fazer. Toda mentira que havia contado — para si mesmo ou para os outros. Toda pequena mágoa e todas as grandes. Cada uma foi extraída dele, detalhe por detalhe, centímetro a centímetro. O demônio arrancou a cobertura do esquecimento, arrancou tudo até alcançar a verdade, e isso doeu mais do que qualquer outra coisa.

— Diga o que pensou quando ela saiu pela porta — ordenou o demônio.

— Pensei que meu coração estava partido.

— Não — falou o demônio, sem ódio —, não pensou. — O demônio o encarou com olhos inexpressivos, e ele foi obrigado a virar o rosto.

— Pensei: "Agora ela nunca vai descobrir que eu estava dormindo com a irmã dela."

O demônio esmiuçou a vida dele, cada momento, cada instante pavoroso. Isso durou cem ou mil anos — eles tinham todo o tempo do universo naquele cômodo cinzento —, e, no final, o homem percebeu que o demônio tinha falado a verdade. A tortura física fora mais branda.

E acabou.

E depois de acabar, começou de novo. Ele agora tinha uma consciência de si que não tivera na primeira vez, o que, por algum motivo, tornava tudo ainda pior.

Dessa vez, ao falar, ele se odiava. Não havia mentiras nem esquivas, não havia espaço para nada além de dor e raiva.

Ele falou. Não chorou mais. E, ao terminar, mil anos depois, rezou para que o demônio voltasse à parede e pegasse a faca de esfolar, ou a pera da angústia, ou os parafusos.

— De novo — disse o demônio.

Ele começou a gritar. Gritou por muito tempo.

— De novo — repetiu o demônio, depois que ele parou, como se nada tivesse sido falado.

Era como descascar uma cebola. Dessa vez, ao repassar sua vida, ele descobriu as consequências. Descobriu o resultado das coisas que havia feito; coisas que tinha ignorado enquanto as fazia; as mágoas que infligira ao mundo; o dano que causara a pessoas que nunca vira, ou conhecera, ou encontrara. Foi a lição mais difícil de todas.

— De novo — disse o demônio, mil anos depois.

Ele se agachou no chão, ao lado do braseiro, balançando-se devagar, de olhos fechados, e contou a história de sua vida, ao mesmo tempo revivendo-a, do nascimento à morte, sem mudar nada, sem que algo ficasse de fora, enfrentando tudo. Ele abriu o coração.

Quando terminou, continuou sentado, de olhos fechados, esperando a voz dizer "De novo", mas nada foi dito. Ele abriu os olhos.

Lentamente, ele se levantou. Estava sozinho.

No final do cômodo, havia uma porta, e, enquanto observava, a porta se abriu.

Um homem entrou. Havia terror no rosto dele, e arrogância, e orgulho. O homem, que usava roupas caras, deu alguns passos hesitantes pelo cômodo, e parou.

Quando viu o homem, ele entendeu.

— O tempo aqui é fluido — disse ele ao recém-chegado.

MENININHAS ESTRANHAS

2001

AS MENINAS

New Age

ELA PARECE TÃO LEGAL, tão concentrada, tão calma, mas não tira os olhos do horizonte.

Você acha que sabe tudo sobre ela assim que a conhece, mas tudo que acha que sabe está errado. A paixão corre dentro dela feito um rio de sangue.

Ela só desviou o olhar por um instante, e a máscara caiu, e você se derreteu. Todos os seus amanhãs começam aqui.

A mãe de Bonnie

Sabe como é se apaixonar por alguém?

E a parte difícil, a parte ruim, a parte *Jerry Springer Show*, é que a gente nunca para de amar a pessoa.

Sempre fica um pedaço dela no nosso coração.

Agora que está morta, ela tenta se lembrar só do amor. Imagina cada golpe como um beijo, a maquiagem que mal cobre os hematomas, a queimadura de cigarro na coxa — todas essas coisas, decide ela, foram gestos de amor.

Ela se pergunta o que sua filha vai fazer.

Ela se pergunta o que sua filha vai ser.

Ela está segurando um bolo em sua morte. É o bolo que ela sempre ia fazer para sua filhinha. Talvez o teriam preparado juntas.

Eles teriam se sentado para comer, sorrindo, todos os três, e o apartamento aos poucos teria se enchido de risos e amor.

Estranha

Tem mil coisas que ela já tentou para espantar as coisas de que não se lembra e em que ela nem se permite pensar pois é aí que os pássaros gritam e os vermes rastejam e em algum lugar de sua mente cai constantemente um chuvisco vagaroso e interminável.

Você vai ouvir que ela foi embora do país, que ela queria lhe dar um presente, mas ele se perdeu antes de chegar até você. Certa noite, bem tarde, o telefone vai tocar, e uma voz que talvez seja dela vai dizer algo que você não vai decifrar antes que a ligação falhe e caia.

Anos depois, quando você estiver em um táxi, vai ver uma pessoa parecida com ela em uma porta, mas ela vai sumir enquanto você convence o taxista a parar o carro. E aí nunca a verá de novo.

Sempre que chover, você vai pensar nela.

Silêncio

Trinta e cinco anos como dançarina de boate, pelo menos até onde ela admite, e seus pés doem dia após dia por causa do salto alto, mas consegue descer os degraus usando-o com um adereço de vinte quilos na cabeça. Ela já atravessou um palco de salto alto com um leão, poderia atravessar o maldito inferno de salto alto, se fosse preciso.

Estas são as coisas que ajudaram, que a fizeram continuar andando de cabeça erguida: sua filha; um homem de Chicago que a amou, embora não o bastante; o âncora de jornal que pagou seu aluguel por uma década e ia no máximo uma vez por mês a Las Vegas; duas bolsas de silicone em gel; e evitar o sol do deserto.

Ela vai ser avó em breve, muito em breve.

Amor

E teve a vez que um deles simplesmente se recusou a retornar suas ligações para o escritório. Então ela ligou para o número que ele não sabia que ela tinha, e, para a mulher que atendeu, disse que estava com vergonha, mas como ele não falava mais com ela, será que podia avisar que ela queria de volta sua calcinha preta de renda, que ele havia pegado pois, segundo ele, a calcinha tinha o cheiro dela, dos dois? Ah, e aliás, disse ela, enquanto a mulher do outro lado da linha continuava em silêncio, será que podiam lavá-la antes e então enviá-la pelo correio? Ele sabia o endereço. Depois, tendo encerrado o assunto com alegria, ela o esquece por completo e para sempre, e volta a atenção para o próximo.

Um dia, ela não amará você também. Vai partir seu coração.

Tempo

Ela não está esperando. Não exatamente. Na verdade, os anos já não significam mais nada para ela, os sonhos e a rua não podem tocá-la.

Ela continua nas margens do tempo, implacável, ilesa, além do alcance, e um dia você vai abrir os olhos e vê-la; e, depois disso, a escuridão.

Não é uma ceifa. Em vez disso, ela vai puxar você delicadamente, como uma pena, ou como uma flor para enfeitar o cabelo.

Cascavel

Ela não sabe de quem é o casaco. Ninguém veio pegá-lo após a festa, e ela achou que lhe caía bem.

Tem um beijo estampado nele, e ela não gosta de beijar. Muitas pessoas, homens e mulheres, já a chamaram de bonita, e ela não faz a menor ideia do que isso significa. Quando se olha no espelho, não vê beleza. Só o próprio rosto.

Ela não lê, não vê TV, nem faz amor. Escuta música. Vai a lugares com os amigos. Anda de montanha-russa, mas nunca grita quando o carrinho despenca, vira e gira de ponta-cabeça.

Se você dissesse que o casaco era seu, ela só daria de ombros e o devolveria. Ela não liga, de qualquer forma.

Coração de ouro

... falar.

Irmãs, talvez gêmeas, quem sabe primas. Só vamos saber ao olhar as certidões de nascimento, as verdadeiras, não as usadas para tirar identidades.

É assim que ganham a vida. Elas entram, pegam o que precisam e saem.

Não tem glamour. São só negócios. Talvez não seja exatamente legal. São só negócios.

Elas são espertas demais para isso e estão cansadas demais.

Elas dividem roupas, perucas, maquiagem, cigarros. Incessantes e caçadoras, seguem em frente. Duas mentes. Um coração.

Às vezes, uma até completa o que a outra ia...

Filha de segunda-feira

Debaixo do chuveiro, deixando a água cair em seu corpo, lavando tudo, levando tudo embora, ela se dá conta de que o pior foi que o cheiro tinha sido idêntico ao de sua escola.

Ela havia caminhado pelos corredores, com o coração martelando no peito, sentindo aquele cheiro de escola, e tudo voltou.

Fazia só, o quê, seis anos, talvez menos, que era ela a pessoa correndo do vestiário para a sala de aula, que ela vira os amigos chorarem, gritarem e sofrerem com as provocações, os apelidos e as milhares de dores que atormentam os impotentes. Nenhum deles tinha ido tão longe.

Ela encontrou o primeiro corpo na escada.

Naquela noite, depois do banho, que não conseguiu expurgar as coisas que precisou fazer, não de verdade, ela disse para o marido:

— Estou com medo.

— De quê?

— De esse trabalho me endurecer. De me transformar em outra pessoa. Alguém que não reconheça mais.

Ele a puxou para si e a abraçou, e eles permaneceram juntos, pele contra pele, até o amanhecer.

Felicidade

No estande de tiro, ela se sente em casa; protetores auriculares no ouvido, alvo em forma de homem a postos e à sua espera.

Ela imagina um pouco, ela lembra um pouco, ela mira e aperta, e quando começa seu tempo no estande, ela mais sente do que vê a cabeça e o coração se destruírem. O cheiro de cordite sempre a faz pensar no Quatro de Julho.

Use os dons que Deus lhe deu. Foi o que sua mãe dissera, o que, de certa forma, faz a briga entre elas ser ainda mais difícil.

Ninguém jamais vai machucá-la. Ela só vai dar aquele sorriso vago, sutil, deslumbrante e ir embora.

Não é pelo dinheiro. Nunca é pelo dinheiro.

Chuva de sangue

Aqui: um exercício de escolha. Sua escolha. Uma destas histórias é verdadeira.

Ela sobreviveu à guerra. Em 1959, veio para os Estados Unidos. Agora, está morando em um apartamento em Miami, uma francesa miúda de cabelo branco, com uma filha e uma neta. Ela se mantém reservada e pouco sorri, como se o peso da memória a impedisse de sentir alegria.

Ou é mentira. Na realidade, a Gestapo a pegou cruzando a fronteira em 1943 e a deixou em um descampado. Primeiro, ela cavou a própria cova, depois uma bala na parte de trás do crânio.

Seu último pensamento, antes dessa bala, foi que ela estava grávida de quatro meses e que, se não lutarmos para criar um futuro, não haverá futuro para nenhum de nós.

Uma idosa em Miami acorda, confusa, depois de sonhar com o vento agitando as flores em um descampado.

Sob a terra quente da França, ossos intocados sonham com o casamento de uma filha. Bebe-se bom vinho. As únicas lágrimas são de felicidade.

Homens de verdade

Algumas das meninas eram meninos.

A percepção muda dependendo do ponto de vista.

Palavras podem ferir, e feridas podem curar.

Tudo isso é verdade.

OUTUBRO NA CADEIRA

2002

Era a vez de Outubro na cadeira, então fazia frio naquela noite, e as folhas eram vermelhas e alaranjadas e caíam das árvores em torno do bosque. Os doze se acomodaram em volta de uma fogueira, assando espetos com linguiças enormes, que espirravam e chiavam conforme a gordura pingava na lenha de macieira, e bebendo uma sidra fresca, ácida e pungente.

Abril deu uma mordida delicada na linguiça, que se abriu sob seus dentes, fazendo escorrer o sumo quente por seu queixo.

— Porcaria maldita! — bradou ela.

A seu lado, o atarracado Março deu uma risada baixa e grosseira, então pegou um lenço imenso e imundo.

— Aqui — falou ele.

Abril limpou o queixo.

— Obrigada — respondeu. — Esse saco de tripas miserável me queimou. Vai aparecer uma bolha amanhã.

Setembro bocejou.

— Você é *tão* hipocondríaca — comentou ele, do outro lado da fogueira. — E esse *linguajar*. — Usava um bigode fino e tinha entradas profundas no cabelo, que faziam sua testa parecer alta e sábia.

— Deixe-a em paz — disse Maio. Seu cabelo escuro era cortado rente na cabeça, e ela usava sapatos confortáveis. Fumava uma pequena cigarrilha marrom que exalava um cheiro forte de cravo. — Ela é sensível.

— Ah, faça-me o *favor* — retrucou Setembro. — Me poupe.

Outubro, ciente de seu destaque na cadeira, bebericou a sidra e pigarreou:

— Certo. Quem quer começar? — disse ele.

A cadeira em que Outubro estava fora esculpida a partir de um grande bloco de carvalho, entremeado de cinzas, cedro e cerejeira. Os outros onze se encontravam sentados em tocos de árvore a intervalos iguais ao redor da pequena fogueira. Os anos de uso tinham deixado os tocos lisos e confortáveis.

— E a ata? — perguntou Janeiro. — A gente sempre faz a ata quando eu fico na cadeira.

— Mas você não está na cadeira agora, não é, meu bem? — disse Setembro, uma criatura elegante de prestatividade fingida.

— E a ata? — repetiu Janeiro. — Não podemos ignorá-la.

— Deixa aquela chata se virar sozinha — disse Abril, passando a mão pelo longo cabelo louro. — E acho que Setembro devia começar.

Setembro se empertigou e meneou a cabeça.

— Com prazer — falou ele.

— Ei — interrompeu Fevereiro. — Ei-ei-ei-ei-ei-ei-ei. Não ouvi a confirmação do presidente. Ninguém começa enquanto Outubro não disser quem começa, e depois ninguém mais fala. Será que podemos ter o mínimo de ordem aqui? — Ele os encarou, mirrado, pálido, todo vestido de azul e cinza.

— Tudo bem — disse Outubro.

Sua barba tinha tudo que era cor, um bosque de árvores no outono, marrom-escuro e laranja flamejante e vermelho-vinho, um emaranhado volumoso que cobria a parte de baixo de seu rosto. Suas bochechas eram de um vermelho-maçã. Ele parecia um amigo; alguém que a gente conhece desde sempre.

— Setembro pode falar. Vamos começar logo — acrescentou.

Setembro pôs a ponta de uma linguiça na boca, mastigou cuidadosamente e bebeu a caneca de sidra. Em seguida, levantou-se, fez uma reverência para os companheiros e começou a falar.

— Laurent DeLisle era o melhor chef de toda Seattle, ou pelo menos era o que Laurent DeLisle pensava, e as estrelas Michelin em sua porta confirmavam sua opinião. Ele era um chef impressionante, é verdade... seu brioche com carne de cordeiro moída ganhou diversos prêmios; sua codorna defumada e seu ravióli de trufas brancas foram descritos na *Gastronome* como "a décima maravilha do mundo". Mas era a adega... ah, a adega... sua grande fonte de orgulho e paixão.

"Eu entendo. As últimas uvas brancas são colhidas em mim, assim como a maior parte das vermelhas: eu aprecio bons vinhos; o aroma, o sabor e também o retrogosto.

"Laurent DeLisle comprava vinhos em leilões, com enólogos particulares e vendedores renomados: insistia que cada vinho tivesse pedigree, pois fraudes são lamentavelmente comuns quando o preço da garrafa circula na ordem de cinco, dez, cem mil dólares, libras ou euros.

"O tesouro, a joia, o vinho mais raro e *non plus ultra* de sua adega climatizada era um Château Lafitte 1902. O preço no catálogo era de cento e vinte mil dólares, mas, na verdade, era inestimável, pois se tratava da última garrafa existente desse vinho."

— Com licença — disse Agosto, educadamente. Era o mais gordo de todos, e tinha o cabelo ralo penteado em tufos áureos no cocuruto rosado.

Setembro lançou um olhar bravo para o vizinho.

— Pois não?

— Essa é aquela em que um ricaço compra o vinho para tomar no jantar, e o chef decide que o prato que o ricaço pediu não faz jus ao vinho, então manda outro prato, e o cara dá uma garfada, só que tem, tipo, uma alergia rara e morre de repente, e no final ninguém bebe o vinho?

Setembro fica calado, encarando Agosto por um longo tempo.

— Porque, se for, você já contou. Há anos. Foi uma história besta na época. E continua sendo. — Agosto sorriu. Suas bochechas rosadas brilhavam à luz da fogueira.

— É óbvio — comentou Setembro — que *páthos* e cultura não são para todo mundo. Há quem prefira churrasco e cerveja, enquanto alguns de nós gostam...

— Bom — interrompeu Fevereiro —, odeio falar isso, mas ele até que tem razão. Precisa ser uma história nova.

Setembro ergueu uma sobrancelha e comprimiu os lábios.

— Acabei — anunciou, de repente. E se sentou no toco.

Os meses do ano trocaram olhares por cima da fogueira.

Junho, hesitante, levantou a mão e disse:

— Eu tenho uma sobre uma segurança no raio X do aeroporto LaGuardia, que conseguia descobrir tudo sobre as pessoas só de ver o contorno das bagagens na tela, e um dia ela viu um raio X de mala tão bonito que se apaixonou pela pessoa, e quis descobrir de quem era aquela mala, mas não conseguiu, aí passou meses e meses sofrendo. E, quando a pessoa passou de novo, ela enfim viu quem era, e era um homem, um indígena bem velho, e ela era bonita, e negra, e tinha uns vinte e cinco anos, e sabia que nunca daria certo, então o liberou, porque viu também pelo formato da mala na tela que ele ia morrer logo.

— Tudo bem, jovem Junho — disse Outubro. — Conte essa.

Junho olhou para ele como um animal assustado.

— Acabei de contar — falou ela.

Outubro assentiu.

— É verdade — respondeu ele, antes que alguém fizesse algum comentário. Em seguida, perguntou: — Vamos prosseguir com a minha história, então?

Fevereiro deu uma fungada.

— Não está certo, grandão. O ocupante da cadeira só conta sua história depois que todo mundo falar. Não podemos ir direto para a atração principal.

Maio estava colocando uma dúzia de castanhas na grelha posicionada na fogueira, ajeitando-as com pinças.

— Deixem-no contar a história, se ele quiser — disse ela. — Deus sabe que não pode ser pior que a do vinho. E tenho mais o que fazer. As flores não vão desabrochar sozinhas. Todos a favor?

— Você está pedindo uma votação formal? — perguntou Fevereiro. — Não acredito. Não acredito que isso está acontecendo. — Ele enxugou a testa com um punhado de lenços que tirou da manga.

Sete mãos se ergueram. Quatro mantiveram as mãos abaixadas: Fevereiro, Setembro, Janeiro e Julho. ("Não tenho nada contra, pessoalmente", disse Julho, com um ar constrangido. "É estritamente protocolar. Não devíamos estabelecer precedentes.")

— Então está decidido — concluiu Outubro. — Alguém gostaria de dizer alguma coisa antes de eu começar?

— Hã. Sim. Às vezes — disse Junho —, às vezes, acho que tem alguém espiando a gente do meio das árvores, mas aí olho e não tem ninguém. Mas continuo achando.

— É porque você é doida — retrucou Abril.

— Hmm — disse Setembro para todo mundo. — Essa é nossa Abril. Sensível, mas ainda cruel.

— Chega — falou Outubro.

Ele se espreguiçou na cadeira. Abriu uma avelã com os dentes, tirou o miolo e jogou os fragmentos da casca na fogueira, onde eles chiaram e estalaram, e então começou.

Era uma vez um menino, *disse Outubro*, que vivia infeliz em casa, embora ninguém batesse nele. O menino não se entrosava nem com a família, nem com a cidade, nem com a própria vida. Ele tinha dois irmãos mais velhos, gêmeos, que o machucavam ou o ignoravam, e eram populares. Eles jogavam futebol: em certas partidas, um dos gêmeos fazia mais gols e era o herói, e em algumas partidas era o outro. O irmão caçula não jogava futebol. Eles tinham um apelido para ele. Chamavam-no de Miúdo.

Eles o chamavam de Miúdo desde que o menino era bebê, e, no início, a mãe e o pai os censuravam por isso.

— Mas ele é miúdo — disseram os gêmeos. — Olhem só para *ele*. Olhem só para *a gente*.

Os meninos tinham seis anos quando falaram isso. Seus pais acharam graça. Um apelido como Miúdo às vezes pega, então logo as únicas pessoas que o chamavam de Donald eram sua avó, quando telefonava no dia de seu aniversário, e aqueles que não o conheciam.

Talvez porque apelidos têm poder, ele era de fato miúdo: magro, baixo e nervoso. Seu nariz estava escorrendo quando ele nasceu, e continuava escorrendo uma década depois. Na hora das refeições, se os gêmeos gostassem da comida, roubavam a parte dele; se não gostassem, colocavam coisas do prato no dele, e aí ele levava bronca por desperdiçar comida.

O pai nunca perdia uma partida de futebol, e depois sempre comprava um sorvete para o gêmeo que tinha feito mais gols e um sorvete de consolação para o outro. A mãe se dizia jornalista, embora geralmente só vendesse espaço de publicidade e assinaturas: ela voltara a trabalhar em tempo integral quando os gêmeos passaram a ser capazes de se virar sozinhos.

As outras crianças na turma do menino admiravam os gêmeos. Ele foi chamado de Donald durante algumas semanas no primeiro ano, até a informação de que os irmãos o chamavam de Miúdo se espalhar. Seus professores quase nunca o chamavam por qualquer nome, ainda que, entre si, às vezes alguém falasse que era uma pena o caçula dos Covay não ter o porte, a imaginação ou a energia dos irmãos.

Miúdo não saberia dizer o momento exato em que decidiu fugir, nem quando seus devaneios cruzaram a fronteira e se transformaram em planos. Quando admitiu para si mesmo que iria embora, já tinha um pote grande escondido atrás da garagem, sob uma capa de plástico, com três barras de chocolate, duas de caramelo, um saco de amendoim, um pacote pequeno de alcaçuz, uma lanterna, alguns gibis, um pacote fechado de carne-seca e trinta e sete dólares, quase tudo em moedas de vinte e cinco centavos. Ele não gostava do sabor da carne-seca, mas tinha lido que exploradores sobreviveram por semanas só à base disso; e foi quando guardou a carne-seca no pote, fechou a tampa e ouviu o estalo que soube que precisava fugir.

Ele tinha lido livros, jornais e revistas. Sabia que quem fugia volta e meia encontrava pessoas ruins que faziam coisas ruins; mas também tinha lido contos de fadas, então sabia que existiam pessoas bondosas no mundo, vivendo junto com os monstros.

Miúdo era uma criança magra de dez anos, pequena, com o nariz sempre escorrendo e uma expressão vazia no rosto. Se você tentasse identificá-lo em um grupo de meninos, erraria. Ele seria o outro. Mais para o lado. Aquele que seus olhos ignoraram.

Ele passou setembro inteiro adiando a fuga. Foi preciso uma sexta-feira bastante ruim, durante a qual os dois irmãos se sentaram em cima dele (e o que se sentou em seu rosto soltou um pum e gargalhou), para ele decidir que qualquer monstro que o aguardasse no mundo seria suportável, talvez até preferível.

No sábado, os irmãos deviam cuidar dele, mas logo foram à cidade para ver uma menina de quem gostavam. Miúdo foi até os fundos da garagem e tirou o pote de baixo da capa de plástico. Levou-o até o quarto. Esvaziou a mochila da escola em cima da cama, encheu-a com doces, gibis, trocados e carne-seca. E encheu uma garrafa vazia de refrigerante com água.

Miúdo saiu para a cidade e pegou o ônibus. Foi para o oeste, um oeste que custou dez dólares em moedas de vinte e cinco centavos, até um lugar que não conhecia, o que lhe pareceu um bom começo, e depois desceu do ônibus e andou. Não havia calçada, por isso, quando os carros passavam, ele ia até a vala lateral para se proteger.

O sol estava alto. Ele ficou com fome, então remexeu na mochila e pegou uma barra de chocolate. Depois de comer, sentiu sede, e só após beber quase metade da água se deu conta de que precisava racioná-la. Tinha imaginado que, assim que deixasse a cidade para trás, veria nascentes de água fresca por todos os cantos, mas não havia uma à vista. No entanto, havia um rio, que passava embaixo de uma ponte larga.

Miúdo parou no meio da ponte para observar a água turva, e se lembrou de algo que escutara na escola: no fim das contas, todos os rios desembocavam no mar. Ele nunca tinha ido ao litoral. Desceu até a margem e começou a seguir a correnteza. Havia uma trilha lamacenta no limiar do rio, e de vez em quando uma lata de cerveja ou uma embalagem de plástico indicavam que outras pessoas tinham passado por ali, mas ele não viu nem uma sequer durante a caminhada.

Acabou com a água da garrafa.

Ele se perguntou se alguém o estava procurando. Imaginou viaturas da polícia, helicópteros e cachorros, todo mundo tentando encontrá-lo. Ele se esconderia. Chegaria até o mar.

O rio corria por cima das pedras e chapinhava. Viu uma garça-azul, de asas largas, passar planando, e libélulas solitárias do fim da estação, e alguns grupos pequenos de mosquitos aproveitando o calor fora de época. O céu azul ficou cinza com o entardecer, e um morcego voou baixo para pegar insetos no ar. Miúdo se perguntou onde dormiria naquela noite.

Logo a trilha se bifurcou, e ele seguiu o caminho que se afastava do rio, na esperança de achar uma casa ou uma fazenda com um celeiro vazio. Andou por um tempo, à medida que o céu escurecia, até chegar ao fim da trilha e encontrar uma casa de fazenda, parcialmente desabada e com um aspecto desagradável. Miúdo contornou a propriedade e, a cada passo, tinha mais certeza de que nada o faria entrar ali. Então, pulou por cima de uma cerca quebrada até um pasto abandonado e se acomodou para dormir no mato alto, usando a mochila de travesseiro.

Estava deitado de costas, todo vestido, olhando para o céu. Não sentia nem um pingo de sono.

— Já devem ter percebido que sumi — disse para si mesmo. — Devem estar preocupados.

Ele se imaginou voltando para casa dali a alguns anos. Imaginou a felicidade no rosto dos pais e irmãos conforme se aproximava da porta. A maneira como o receberiam. O amor...

Acordou algumas horas depois, com a claridade do luar no rosto. Era possível ver o mundo inteiro — claro como a luz do sol, mas pálido e sem cor. No alto, a lua estava cheia, ou quase, e ele imaginou um rosto o observando, não sem gentileza, nas sombras e formas da superfície lunar.

— De onde você veio? — perguntou uma voz.

Ele se sentou sem medo, pelo menos por enquanto, e olhou à volta. Árvores. Mato alto.

— Cadê você? Não estou vendo.

Algo que lhe parecera uma sombra se mexeu, ao lado de uma árvore no limiar do pasto, e ele viu um menino da sua idade.

— Eu fugi de casa — disse Miúdo.

— Uau — falou o menino. — Deve ter precisado de muita coragem.

Miúdo sorriu cheio de orgulho. Não sabia o que responder.

— Quer caminhar um pouco? — perguntou o menino.

— Claro — disse Miúdo.

Ele pegou a mochila e a deixou junto à estaca da cerca, para que pudesse encontrá-la depois.

Os dois desceram um barranco, afastando-se da casa de fazenda velha.

— Alguém mora lá? — perguntou Miúdo.

— Não — respondeu o menino. Seu cabelo era claro e liso, quase branco à luz do luar. — Algumas pessoas tentaram, bastante tempo atrás, mas não gostaram, então foram embora. Aí vieram outras. Mas agora não tem vivalma. Qual é o seu nome?

— Donald — disse Miúdo. E acrescentou: — Mas as pessoas me chamam de Miúdo. Como te chamam?

O menino hesitou.

— Saud — disse ele.

— Que nome legal.

— Eu tinha outro nome — explicou Saud —, mas não consigo ler mais.

Eles se espremeram para passar por um enorme portão de ferro, aberto em uma parte enferrujada, e chegaram à pequena campina ao pé do barranco.

— Que lugar legal — disse Miúdo.

A campina tinha dezenas de lápides de vários tamanhos. Algumas altas, maiores que os dois meninos, e outras pequenas, da altura certa para se sentar. Algumas delas estavam quebradas. Miúdo sabia que lugar era aquele, mas não ficou com medo. Era um lugar de amor.

— Quem está enterrado aqui? — perguntou ele.

— A maioria é gente boa — disse Saud. — Antigamente, tinha uma cidade ali. Atrás daquelas árvores. Aí chegou a ferrovia, e construíram uma estação na cidade vizinha, e a nossa cidade meio que murchou, e desmoronou, e foi levada pelo vento. Agora tem arbustos e árvores no lugar da cidade. Dá para se esconder nas árvores e pular pela janela para dentro e para fora das casas antigas.

— As casas são que nem aquela casa de fazenda lá em cima? — perguntou Miúdo. Se fossem, ele não ia querer entrar em nenhuma.

— Não — respondeu Saud. — Ninguém entra nelas, só eu. E alguns animais, de vez em quando. Sou a única criança aqui.

— Imaginei — disse Miúdo.

— Talvez a gente possa brincar dentro delas — falou Saud.

— Seria bem legal — respondeu Miúdo.

Era uma noite perfeita de início de outubro: o calor era quase de verão, e a lua cheia dominava o céu. Dava para ver tudo.

— Qual dessas é a sua? — perguntou Miúdo.

Saud se empertigou cheio de orgulho, pegou na mão de Miúdo e o puxou até um canto com a vegetação espessa. Os meninos afastaram o mato alto. A lápide jazia no chão, gravada com datas de um século antes. Boa parte tinha se apagado, mas embaixo das datas era possível distinguir as palavras

SAUD
JAMAIS SERÁ ESQUE

— Deve ser "esquecido" — disse Saud.

— É, é o que eu chutaria também — comentou Miúdo.

Eles saíram pelo portão, desceram por uma vala e andaram pelo que restava da antiga cidade. Havia árvores dentro das casas e as construções tinham desmoronado, mas o lugar não era assustador. Eles brincaram de esconde-esconde. Exploraram. Saud mostrou alguns lugares bem legais para Miúdo, incluindo um pequeno chalé que disse ser a construção mais antiga de toda aquela parte do condado. E estava em boas condições, considerando a idade.

— Estou vendo muito bem com a luz da lua — observou Miúdo. — Até do lado de dentro. Não sabia que era tão fácil.

— É — disse Saud. — Depois de um tempo, você começa a ver bem até quando não tem lua.

Miúdo ficou com inveja.

— Preciso ir ao banheiro. Tem algum por aqui?

Saud pensou por um instante.

— Não sei — admitiu ele. — Não faço mais essas coisas. Ainda existem algumas latrinas, mas talvez não sejam seguras. Melhor ir até o meio das árvores.

— Que nem um urso — disse Miúdo.

Ele saiu pelos fundos, foi para o bosque que chegava até a parede do chalé e ficou atrás de uma árvore. Nunca tinha feito aquilo ao ar livre. Sentiu-se um animal selvagem. Quando terminou, se limpou com folhas caídas. Depois, voltou para a frente do chalé. Saud estava sentado ao luar, esperando.

— Como você morreu? — perguntou Miúdo.

— Fiquei doente — respondeu Saud. — A mamãe chorou e fez um escarcéu. E aí eu morri.

— Se eu ficasse aqui com você — falou Miúdo —, também teria que morrer?

— Talvez — disse Saud. — Bom, é. Acho que sim.

— E como é? Estar morto?

— Não ligo — admitiu Saud. — A pior parte é não ter ninguém para brincar.

— Mas deve ter muita gente naquela campina — disse Miúdo. — Ninguém lá brinca com você?

— Não — falou Saud. — Em geral, eles só dormem. E mesmo quando andam, não se interessam em sair, visitar lugares ou fazer alguma coisa. Não se interessam por mim. Está vendo aquela árvore?

Era uma faia, com o tronco cinza liso rachado pela idade. Ela ficava no que devia ter sido a praça da cidade, noventa anos antes.

— Estou — disse Miúdo.

— Quer subir nela?

— Parece meio alta.

— É. Bem alta. Mas é fácil de subir. Eu vou mostrar.

Era fácil de subir. Havia apoios para as mãos na casca, e os meninos escalaram a faia grande que nem uma dupla de macacos, ou piratas, ou guerreiros. Do alto da árvore, dava para ver o mundo inteiro. O céu estava começando a clarear, só um fio de luz, no leste.

Tudo aguardava. A noite estava terminando. O mundo prendia a respiração, preparando-se para começar de novo.

— Esse foi o melhor dia da minha vida — disse Miúdo.

— Da minha também — falou Saud. — O que vai fazer agora?

— Não sei — confessou Miúdo.

Ele se imaginou percorrendo o mundo todo até o mar. Imaginou-se crescendo e mais velho, subindo na vida por esforço próprio. Em algum momento, ficaria incrivelmente rico. Aí, voltaria para a casa dos gêmeos, chegaria até a porta com seu carro maravilhoso, ou talvez aparecesse em uma partida de futebol (em sua imaginação, os gêmeos não tinham crescido nem ficado mais velhos) e os observasse com um olhar gentil. Ele pagaria para todo mundo, os gêmeos e os pais, um jantar no melhor restaurante da cidade, e eles diriam que não o haviam compreendido, que o trataram muito mal. Pediriam desculpa e chorariam, e ele ficaria em silêncio. Deixaria os pedidos de desculpa fluírem livremente. Depois, daria um presente para cada um e, por fim, sairia de novo da vida deles, dessa vez para sempre.

Era um bom sonho.

Na realidade, ele sabia que continuaria caminhando, seria encontrado no dia seguinte ou no outro depois dele, voltaria para casa e levaria uma bronca, e tudo voltaria a ser como antes, e dia após dia, hora após hora, até o fim dos tempos, ele continuaria sendo Miúdo, só ficariam com raiva por seu atrevimento de ter fugido.

— Preciso ir para a cama daqui a pouco — disse Saud.

E começou a descer a faia grande.

Miúdo percebeu que descer era mais difícil. Não dava para ver onde pôr os pés, então precisou ir tateando. Algumas vezes escorregou e deslizou, mas Saud desceu na frente e foi falando coisas como "Um pouco para a direita", e os dois chegaram ao chão sem problemas.

O céu continuava clareando, e a lua estava sumindo, então foi ficando mais difícil vê-la. Eles passaram pela vala de novo. Às vezes, Miúdo não sabia se Saud estava ali, mas, quando chegou ao topo, viu que o menino ainda o esperava.

Não falaram muito na caminhada até a campina cheia de lápides. Miúdo pôs o braço no ombro de Saud, e eles subiram o barranco no mesmo compasso.

— Bom — disse Saud. — Obrigado pela visita.

— Eu me diverti — falou Miúdo.

— É — respondeu Saud. — Eu também.

Em algum lugar no bosque, um pássaro começou a cantar.

— Se eu quisesse ficar...? — disse Miúdo, de repente. Mas então parou.

Talvez eu não tenha outra chance, pensou. Ele nunca chegaria ao mar. Eles nunca deixariam.

Saud ficou em silêncio por bastante tempo. O mundo estava cinza. Outros pássaros se juntaram ao canto.

— Não posso ajudar — disse Saud, por fim. — Mas talvez eles possam.

— Quem?

— Os que estão lá dentro. — O menino de cabelo claro apontou para o topo do barranco, onde estava a casa decadente de janelas quebradas e irregulares, emoldurada pelo sol nascente. A luz cinzenta não mudara seu aspecto.

Miúdo estremeceu.

—Tem gente lá dentro? — perguntou ele. —Você falou que ela estava vazia.

— Não está vazia — disse Saud. — Eu falei que não tinha vivalma. Não é a mesma coisa. — Ele olhou para o céu. — Tenho que ir agora. — Apertou a mão de Miúdo e, no momento seguinte, não estava mais lá.

Miúdo ficou sozinho no pequeno cemitério, ouvindo o canto dos pássaros no ar matinal. Então continuou a subir o barranco. Era mais difícil subir sozinho.

Ele pegou a mochila no lugar onde a tinha deixado. Comeu o último doce e olhou para a construção decadente. As janelas vazias da casa pareciam olhos, observando-o.

Era mais escuro lá dentro. Mais escuro do que qualquer outra coisa.

Ele abriu caminho pelo quintal cheio de mato. A porta da casa estava caindo aos pedaços. Parou no umbral, hesitante, pensando se era mesmo uma boa ideia. Dava para sentir o cheiro de umidade, e podridão, e algo mais. Teve a impressão de ouvir alguma coisa se mexendo, em algum lugar no fundo da casa, talvez no porão ou no sótão. Algo se arrastando. Ou pulando. Era difícil saber.

Depois de um tempo, ele entrou.

Nenhuma palavra foi dita. Quando terminou, Outubro encheu sua caneca de madeira com sidra, bebeu tudo e voltou a enchê-la.

— Foi uma história — comentou Dezembro. — Só posso dizer isso. — Ele esfregou os olhos azul-claros com a mão fechada. A fogueira estava quase se apagando.

— O que aconteceu depois? — perguntou Junho, nervosa. — Depois que ele entrou na casa?

Maio, sentada a seu lado, pôs a mão no braço de Junho.

— Melhor não pensar nisso — disse ela.

— Mais alguém quer ter a vez? — perguntou Agosto. Silêncio. — Então, acho que acabamos.

— Precisa haver uma moção oficial — destacou Fevereiro.

— Todos a favor? — perguntou Outubro. Houve um coro de "Sim". — Alguém contra? — Silêncio. — Então declaro esta reunião encerrada.

Eles se levantaram dos lugares em volta da fogueira, espreguiçando-se e bocejando, e foram embora para a mata, em grupos de um, e dois, e três, até que só restaram Outubro e seu vizinho.

— Na próxima vez, a cadeira é sua — falou Outubro.

— Eu sei — disse Novembro. Ele era pálido e tinha lábios finos. Ajudou Outubro a se levantar da cadeira. — Eu gosto das suas histórias. As minhas são sempre sombrias demais.

— Discordo — retrucou Outubro. — É só que as suas noites são mais longas. E você não é tão caloroso.

— Falando assim — respondeu Novembro —, me sinto melhor. Acho que a gente é o que é.

— Esse é o espírito — disse seu irmão.

E eles deram as mãos enquanto se afastavam das brasas alaranjadas da fogueira, levando suas histórias de volta para a escuridão.

PARA RAY BRADBURY

HORA DE FECHAR

2002

Ainda existem clubes em Londres. Clubes antigos ou que fingem ser antigos, com sofás de outrora e lareiras crepitantes, jornais, tradições de fala ou de silêncio, e clubes novos, o Groucho e suas várias imitações, onde atores e jornalistas vão para serem vistos, para beber, para apreciar sua furiosa solidão ou até para conversar. Tenho amigos nesses dois tipos de clubes, mas eu mesmo não sou membro de nenhum em Londres, não mais.

Anos atrás, metade de uma vida, quando eu era um jovem jornalista, entrei para um clube. Ele existia exclusivamente para tirar proveito das leis de licenciamento da época, que obrigavam todos os bares a parar de servir bebida às onze da noite, a hora de fechar. Esse clube, o Diogenes, era um espaço com um único salão situado em cima de uma loja de discos em um beco estreito que dava na Tottenham Court Road. A proprietária era uma mulher alegre, rechonchuda e movida a álcool chamada Nora, que dizia para qualquer um que perguntasse, e até para quem não perguntasse, que havia batizado o clube de Diogenes, meu querido, pois ainda estava procurando um homem honesto.* No alto de uma escada estreita, e dependendo dos caprichos de Nora, a porta do clube podia estar aberta ou não. O horário de funcionamento era irregular.

Era um lugar para onde ir quando os bares fechavam, nada mais que isso, e, apesar das tentativas fracassadas de Nora de servir comida ou até de despachar uma animada circular mensal para todos os membros, lembrando que o clube agora servia comida, ele continuaria não sendo nada mais que isso. Fiquei triste alguns anos atrás quando soube que Nora havia morrido; e, para minha surpresa, senti genuína desolação no mês passado quando, em viagem à Inglaterra, caminhando por aquele beco, tentei descobrir onde ficava o Diogenes Club e

---

* Referência ao filósofo grego Diógenes de Sinope, que vivia em um barril nas ruas de Atenas e circulava durante o dia carregando uma lamparina, alegando estar em busca de um homem honesto. [N. E.]

olhei primeiro no lugar errado, até que vi o toldo de tecido verde desbotado, cobrindo as janelas de um restaurante de *tapas* que ficava em cima de uma loja de celulares, e, pintado no toldo, vi o desenho de um homem dentro de um barril. Parecia quase indecente, e me trouxe lembranças.

Não havia lareiras no Diogenes Club, nem poltronas, mas, ainda assim, se contavam histórias.

Quem mais bebia lá eram homens, embora, de tempos em tempos, mulheres dessem uma passada também. Além disso, Nora havia contratado recentemente uma presença glamourosa em forma de assistente, uma imigrante polonesa loura que chamava todo mundo de "meu pem", e servia para si mesma umas doses sempre que ficava no balcão. Quando estava bêbada, ela nos contava que era, na verdade, uma condessa na Polônia, e nos obrigava a manter segredo.

Havia atores e escritores, claro. Editores de cinema, radialistas, inspetores da polícia e bêbados. Pessoas que não tinham um horário fixo. Pessoas que ficavam na rua até muito tarde ou que não queriam ir para casa. Algumas noites, podia ter uma dúzia de pessoas lá, ou mais. Em outras, eu entrava e estava deserto — nessas ocasiões, eu comprava uma bebida, bebia e ia embora.

Chovia naquela ocasião, e éramos quatro no clube após a meia-noite.

Nora e sua assistente estavam no balcão, trabalhando em uma série de comédia. Era sobre uma mulher alegre e rechonchuda que tinha um bar e sua assistente avoada, uma loura estrangeira aristocrata que cometia erros gramaticais divertidos. Nora dizia para as pessoas que a *sitcom* seria parecida com *Cheers*. Ela batizou o senhorio judeu engraçado com meu nome. Às vezes, elas me pediam para ler um roteiro.

Havia um ator chamado Paul (mais conhecido como Paul Ator, para as pessoas não o confundirem com Paul Inspetor da Polícia nem Paul Cirurgião Plástico com Registro Cassado, que também eram fregueses habituais), um editor de uma revista sobre jogos de computador chamado Martyn, e eu. Nós nos conhecíamos vagamente, e estávamos sentados a uma mesa perto da janela vendo a chuva cair, embaçando e turvando as luzes do beco.

E havia outro homem lá, bem mais velho que nós três. Era cadavérico, grisalho e dolorosamente magro, e estava sozinho no canto com um único copo de uísque. Os cotovelos em seu paletó de tweed tinham um remendo de couro marrom, eu me lembro disso claramente. Ele não falou com a gente, nem leu, nem fez nada. Só ficou lá sentado, olhando a chuva e o beco, às vezes, bebericando o uísque sem nenhum prazer perceptível.

Era quase meia-noite, e Paul, Martyn e eu tínhamos começado a contar histórias de fantasma. Eu havia acabado de contar um relato fantasmagórico dos meus tempos de escola que jurava ser verdade: a história da Mão Verde. Na minha escola, acreditava-se que uma mão luminosa sem corpo aparecia de vez em quando para alunos azarados. Quem visse a Mão Verde acabaria morrendo pouco depois. Felizmente, nenhum de nós teve o azar de vê-la, mas havia relatos tristes de meninos anteriores à nossa época, meninos que se depararam com a Mão Verde e cujo cabelo de treze anos ficou branco da noite para o dia. De acordo com as lendas da escola, eles eram levados ao sanatório, onde morreriam cerca de uma semana depois, sem falar nem mais uma palavra sequer.

— Espera — disse Paul Ator. — Se nunca mais falaram uma palavra sequer, como dá para saber que viram a Mão Verde? Eles podem ter visto qualquer coisa.

Quando eu era pequeno e ouvia essas histórias, nunca me ocorreu perguntar isso, e agora que a questão foi levantada, de fato me pareceu uma questão um tanto problemática.

—Talvez eles tenham deixado algo escrito — sugeri, sem muita confiança.

Debatemos por um tempo e concordamos que a Mão Verde era um fantasma muito insatisfatório. Paul então contou uma história real sobre um amigo que deu carona para uma pessoa na estrada e a deixou no lugar que ela disse ser sua casa, só que quando ele voltou na manhã seguinte, o lugar, na verdade, era um cemitério. Comentei que havia acontecido exatamente a mesma coisa com um amigo meu. Martyn disse que, além de isso ter acontecido com um amigo dele também, a garota da estrada ainda parecia estar com muito frio, então o amigo lhe emprestara o casaco, e, na manhã seguinte, no cemitério, ele viu o casaco dobrado cuidadosamente em cima do túmulo dela.

Martyn buscou mais uma rodada de bebidas, e ficamos nos perguntando por que essas mulheres fantasmas passavam a noite zanzando pelo campo, pedindo carona para voltar para casa. Martyn disse que, provavelmente, pessoas vivas pedindo carona eram exceção hoje em dia, não a regra.

Aí um de nós falou:

—Vou contar uma história real, se é isso que querem. É uma história que nunca contei para ninguém. É verdadeira: aconteceu comigo, não com um amigo meu. Mas não sei se é uma história de fantasma. Provavelmente não.

Isso foi há mais de vinte anos. Esqueci muita coisa, mas não esqueci aquela noite, nem como ela terminou.

Esta é a história que foi contada naquela noite, no Diogenes Club.

Eu tinha nove anos, ou em torno disso, no final dos anos 1960, e frequentava uma pequena escola particular não muito longe de casa. Fazia menos de um ano que eu estava lá — tempo suficiente para antipatizar com a dona da instituição, que havia comprado o local para fechá-lo e vender o terreno valioso para uma empreiteira, o que ela fez pouco depois de eu sair.

Após o colégio ter sido fechado, o edifício ficou vazio por muito tempo — um ano ou mais — até enfim ser demolido e dar lugar a um centro empresarial. Como era criança, também era uma espécie de invasor de propriedades, então um dia, antes de ele ser demolido, fiquei curioso e voltei lá. Eu me espremi por uma janela entreaberta, e caminhei pelas salas de aula vazias que ainda cheiravam a giz. Só peguei uma coisa nessa visita, um desenho que eu havia feito para a aula de Artes, de uma casinha com uma aldrava vermelha em forma de diabrete ou demônio. Tinha o meu nome e estava colado em uma parede. Levei-o para casa.

Quando ainda estudava na escola, voltava a pé para casa todo dia. Atravessava a cidade, seguia por uma estrada escura, que cortava morros de pedra calcária e era tomada de árvores, e passava por uma guarita abandonada. Aí começava a ter luz, e a estrada cruzava alguns campos, e finalmente eu chegava em casa.

Na época, havia muitas casas e propriedades antigas, relíquias vitorianas que resistiam em uma semivida vazia à espera de retroescavadeiras que as transformariam, junto com seus terrenos decadentes, em insossas e idênticas paisagens de residências modernas desejáveis, casas alinhadas em ruas que não levavam a lugar nenhum.

As outras crianças que eu encontrava no caminho para casa, pelo que me lembro, eram sempre meninos. Não nos conhecíamos, mas, como guerrilheiros em território ocupado, trocávamos informações. Tínhamos medo de adultos, não uns dos outros. Não precisávamos nos conhecer para andar em duplas, ou trios, ou bandos.

No dia a que me refiro, quando eu estava voltando da escola, encontrei três meninos na parte mais escura da estrada. Eles estavam procurando algo nas valas, nos arbustos e no mato em frente à guarita abandonada. Eram mais velhos que eu.

— O que estão procurando?

O mais alto, um garoto que parecia um poste, com cabelo escuro e rosto fino, disse:

— Olha!

Ele mostrou algumas folhas rasgadas de algo que devia ser uma revista pornográfica muito, muito velha. As garotas estavam em preto e branco, e os penteados pareciam os que minhas tias-avós usavam em fotos antigas. Fragmentos das páginas se espalhavam pela estrada e pelo jardim frontal da guarita abandonada.

Comecei a ajudar na caça aos papéis. Juntos, naquele lugar escuro, recuperamos quase um exemplar inteiro de *The Gentleman's Relish*. Em seguida, pulamos por cima de um muro, entramos em um pomar de macieiras vazio e analisamos o que havíamos recolhido. Mulheres peladas de muito tempo atrás. Havia um cheiro no local, de maçãs frescas e apodrecidas fermentando sidra, que até hoje me evoca a sensação do proibido.

Os meninos menores, que também eram maiores que eu, se chamavam Simon e Douglas, e o alto, que devia ter uns quinze anos, se chamava Jamie. Fiquei na dúvida se eram irmãos. Não perguntei.

Quando terminamos de olhar a revista, eles disseram:

— A gente vai esconder isso em um lugar especial. Quer vir junto? Mas não pode contar para ninguém, se vier. Não pode contar para ninguém.

Eles me fizeram cuspir na palma da minha mão, e cuspiram nas deles, e trocamos apertos de mãos.

O lugar especial era uma caixa-d'água de metal, abandonada em um campo na entrada da rua perto da minha casa. Subimos uma escada alta. O lado de fora da caixa-d'água era pintado de um verde desbotado, e por dentro era laranja devido à ferrugem que cobria o chão e as paredes. Havia uma carteira sem dinheiro ali, só com uns cartões tirados de maços de cigarro. Jamie a mostrou para mim: cada cartão tinha o retrato de um jogador de críquete muito antigo. Eles puseram as páginas da revista no chão da caixa-d'água, e colocaram a carteira em cima.

Então, Douglas disse:

— Acho que a gente devia voltar para a Garganta agora.

Minha casa não ficava longe da Garganta, uma mansão enorme afastada da rua. Meu pai tinha me contado que ela pertencera ao conde de Tenterden, mas o filho, que era o novo conde, resolveu fechar o lugar quando o patriarca morreu. Eu já tinha perambulado até a beira do terreno, mas nunca fui além. O lugar não parecia abandonado. O jardim ainda era muito bonito, e onde havia jardins havia jardineiros. Devia ter algum adulto por ali.

Falei isso para eles.

— Aposto que não — respondeu Jamie. — Provavelmente só alguém que vai aparar a grama uma vez por mês ou algo assim. Você não está com medo, né? Já fomos lá centenas de vezes. Milhares.

Claro que eu estava com medo e claro que falei que não estava. Seguimos pela rua principal até chegar ao portão. Estava fechado, e nos esprememos entre as grades para passar.

Arbustos de rododendro ladeavam a via de acesso. Antes de chegarmos à casa, passamos pelo que imaginei ser o chalé do caseiro, e, ao lado dele, no mato, havia umas jaulas de metal enferrujado, grandes o bastante para prender um cão de caça — ou um garoto. Passamos por elas, seguimos por uma pista em forma de ferradura e fomos até a porta da Garganta. Demos uma espiada pelas janelas, mas não vimos nada lá dentro. Estava escuro demais.

Demos a volta na casa, atravessando rododendros, e topamos com uma espécie de terra encantada. Era uma gruta mágica, cheia de pedras, samambaias delicadas e plantas estranhas e exóticas que eu nunca tinha visto: plantas com folhas roxas, e folhas que lembravam frondes de samambaia, e flores pequenas meio escondidas que pareciam joias. Um riacho minúsculo corria pelo lugar, um fio d'água que ia de uma pedra até a outra.

—Vou mijar ali — disse Douglas com muita naturalidade.

Foi até a água, arriou o short e urinou no riacho, molhando as pedras. Os outros meninos fizeram o mesmo, puxando o pênis para fora para mijar a seu lado no córrego.

Fiquei chocado. Eu me lembro disso. Acho que fiquei chocado pela alegria deles, ou só por estarem fazendo algo assim em um lugar tão especial, sujando a água cristalina e a magia do ambiente, transformando-o em um banheiro. Parecia errado.

Quando terminaram, eles não guardaram o pênis. Ficaram balançando. Apontaram-no para mim. Jamie tinha pelos nascendo na base do dele.

— Somos cavaleiros — disse Jamie. — Sabe o que isso significa?

Eu conhecia a Revolução Inglesa, os Cavaleiros (equivocados, mas românticos) contra os Cabeças Redondas (corretos, mas detestáveis), porém achei que não era disso que ele estava falando. Respondi com sinal negativo.

— Quer dizer que nossos bilaus não são circuncidados — explicou ele. — Você é um cavaleiro ou um cabeça redonda?

Entendi o que ele queria dizer.

— Sou cabeça redonda — murmurei.

— Mostra. Vai. Tira logo.

— Não. Não é da sua conta.

Por um instante, achei que a coisa ia ficar feia, mas aí Jamie riu e guardou o pênis, e os outros fizeram o mesmo. Então começaram a contar piadas de cunho sexual, piadas que eu não entendia direito, apesar de ser uma criança inteligente, mas as escutei e guardei na memória, e, algumas semanas depois, quase fui expulso da escola por contar uma para outro menino, que a repetiu em casa para os pais.

A piada tinha a palavra *foda*. Foi a primeira vez que a ouvi, em uma piada vulgar dentro de uma gruta encantada.

O diretor chamou meus pais à escola, depois da encrenca, e disse que eu havia falado uma coisa tão ruim que ele não poderia repeti-la, nem mesmo para contar aos meus pais o que eu tinha feito.

Minha mãe me perguntou o que era, quando voltamos para casa naquela noite.

— Foda — respondi.

— Nunca mais repita essa palavra — ordenou minha mãe. Ela falou com muita firmeza e muito baixo, pelo meu próprio bem. — É a pior palavra que alguém pode dizer. — Prometi que não falaria mais.

Depois, no entanto, fascinado pelo poder que uma única palavra podia ter, passei a sussurrá-la para mim mesmo quando estava sozinho.

Na gruta, naquela tarde de outono depois da escola, os três meninos mais velhos contaram piadas e riram e riram, e eu ri também, apesar de não entender o que estavam falando.

Saímos da gruta. Fomos para os jardins formais e cruzamos a pequena ponte que atravessava um lago; ficamos nervosos porque a ponte era aberta, mas dava para ver enormes peixes-vermelhos na escuridão da água, e por isso valia a pena. Então, Douglas, Simon e eu seguimos Jamie por uma trilha de cascalho até um bosque.

Ao contrário dos jardins, o bosque estava abandonado. Parecia que não havia ninguém por perto. A trilha era coberta de mato. Entrava no meio das árvores e seguia alguns metros até dar em uma clareira.

Na clareira, havia uma casinha.

Era uma casa de brinquedo, talvez feita uns quarenta anos antes para uma ou várias crianças. As janelas eram no estilo Tudor, com gradeado em forma de losangos. O telhado também era tudoresco. Uma trilha de pedra ia de onde estávamos até a porta da casinha.

Juntos, caminhamos pela trilha até a porta.

Na porta havia uma aldrava de metal. Era pintada de vermelho e tinha a forma de um demônio, algum tipo de duende ou diabrete sorridente, com as pernas cruzadas e pendurado pelas mãos na porta. Deixe-me ver... qual é a melhor maneira de descrevê-lo? Não era algo *bom*. A começar pela expressão no rosto. Fiquei pensando que tipo de gente penduraria um negócio daqueles na porta de uma casinha de brinquedo.

Senti medo, naquela clareira, conforme o crepúsculo envolvia as árvores. Eu me afastei da construção, voltando para uma distância segura, e os outros me acompanharam.

— Acho que é melhor eu voltar para casa — falei.

Foi a coisa errada a dizer. Os três se viraram, riram e debocharam de mim, me chamando de ridículo, de bebê chorão. *Eles* não estavam com medo da casa, disseram.

— Duvido! — desafiou Jamie. — Duvido que você bata na porta.

Balancei a cabeça.

— Se não bater na porta — disse Douglas —, é bebê chorão demais para continuar brincando com a gente.

Não tinha qualquer vontade de continuar brincando com eles. Pareciam habitantes de um território que eu ainda não estava pronto para explorar. Ainda assim, não queria que achassem que eu era um bebê chorão.

—Vai logo — disse Simon. — *A gente* não tem medo.

Estou tentando me lembrar do tom que ele usou. Será que também sentia medo e disfarçou com bravatas? Ou achava graça? Já faz muito tempo. Quem me dera saber.

Andei devagar pela trilha de pedra até a casa. Levantei a mão direita, segurei o diabo sorridente e o bati com força na porta.

Ou melhor, tentei bater com força, só para mostrar aos três que eu não tinha um pingo de medo. Que não tinha medo algum. Mas aconteceu alguma coisa, algo que eu não esperava, e a aldrava bateu na porta com um barulho abafado.

— Agora você tem que entrar! — gritou Jamie.

Ele estava empolgado. Dava para ver. Fiquei me perguntando se eles já conheciam aquele lugar. Se eu era a primeira pessoa que tinham levado lá.

Mas não me mexi.

— Entre *você* — falei. — Já bati na porta. Fiz o que você disse. Agora *você* é quem tem que entrar. Duvido. Duvido que vocês *todos* entrem.

Eu não ia entrar. Disso eu tinha certeza absoluta. Nem naquele momento, nem nunca. Havia sentido alguma coisa se mexer, havia sentido a aldrava se *torcer* na minha mão quando bati aquele diabo sorridente na porta. Eu não era velho a ponto de contestar meus próprios sentidos.

Eles não falaram nada. Não se mexeram.

E então, devagar, a porta se abriu. Talvez eles tenham pensado que eu, ali perto, a tinha empurrado. Talvez tenham pensado que ela havia se movido quando bati. Mas não. Eu tinha certeza. Ela se abriu porque estava pronta.

Eu devia ter fugido naquela hora. Meu coração pulava no peito. Mas eu estava com o diabo no corpo e, em vez de sair correndo, olhei para os três meninos grandes no final da trilha e disse simplesmente:

— Ou estão com medo?

Eles caminharam pela trilha até a casinha.

— Está escurecendo — disse Douglas.

Os três meninos então passaram por mim, e, um por um, talvez com relutância, entraram na casa de brinquedo. Um rosto pálido se virou na minha direção quando eles entraram, aposto que para perguntar por que eu não entrava também. Mas quando Simon, que era o último, entrou, a porta bateu atrás deles, e juro por Deus que não encostei nela.

O diabrete sorriu para mim na porta de madeira, uma mancha carmesim vívida no crepúsculo cinzento.

Fui até a lateral da casa e olhei por todas as janelas, uma a uma, para ver o interior do espaço escuro e vazio. Nada se mexia lá dentro. Eu me perguntei se os três estavam se escondendo de mim, colados junto à parede, fazendo o possível para conter as risadinhas. E me perguntei se aquilo era uma brincadeira de meninos mais velhos.

Eu não sabia. Não tinha como saber.

Fiquei ali diante da casa de brinquedo, enquanto o céu escurecia, esperando. A lua surgiu depois de algum tempo, uma lua de outono grande e cor de mel.

Então, passado um tempo, a porta se abriu, e nada saiu por ela.

Eu estava sozinho na clareira, tão sozinho como se nunca tivesse havido mais alguém ali. Uma coruja arrulhou, e percebi que podia ir embora. Dei meia-volta e me afastei, saindo da clareira por um caminho diferente, sempre mantendo distância da mansão. Pulei uma cerca sob o luar, rasgando o fundo do meu short da escola, e andei — não corri, não precisava correr — por um campo de cevada, e passei por cima de uma cerca, e dei em uma estrada de pedrinhas que me levaria, se eu a seguisse direto, até a minha casa.

E não demorei a chegar.

Meus pais não estavam preocupados, mas ficaram bravos pela sujeira de ferrugem na minha roupa e pelo rasgo no short.

— Onde você estava? — perguntou minha mãe.

— Fui caminhar — falei. — Perdi a noção do tempo.

E ficou por isso mesmo.

Eram quase duas da madrugada. A condessa polonesa já havia ido embora. Nora começou, fazendo muito barulho, a limpar o bar e recolher os copos e cinzeiros.

— *Esse* lugar é mal-assombrado — disse ela, contente. — Não que isso me incomode. Gosto de um pouco de companhia, queridos. Se não gostasse, não teria aberto o clube. Agora, vocês esqueceram que têm casa?

Nós nos despedimos de Nora, e ela obrigou cada um de nós a lhe dar um beijo no rosto, então fechou a porta do Diogenes Club quando saímos. Descemos a escada estreita até a loja de discos, chegamos ao beco e voltamos à civilização.

O metrô tinha parado de funcionar horas antes, mas sempre havia ônibus noturnos e táxis para quem podia pagar. (Eu não podia. Não naquela época.)

O próprio Diogenes Club fechou alguns anos depois, dizimado pelo câncer de Nora e, imagino, pelo fato de que as novas leis de licenciamento na Inglaterra facilitaram o acesso a bebidas alcoólicas tarde da noite. Mas foram raras as vezes que voltei depois daquele dia.

— Alguém teve notícia — falou Paul Ator, quando descemos para a rua — daqueles três meninos? Você os viu de novo? Ou foram dados como desaparecidos?

— Nem uma coisa, nem outra — respondeu o dono da história. — Quer dizer, nunca os vi de novo. E não houve qualquer busca local por três meninos desaparecidos. Ou, se houve, não fiquei sabendo.

— A casa de brinquedo ainda existe? — perguntou Martyn.

— Não sei — admitiu o dono da história.

— Bom — disse Martyn, quando chegamos à Tottenham Court Road e nos dirigimos para o ponto do ônibus noturno —, eu, pelo menos, não acredito em uma palavra sequer.

Éramos quatro, não três, na rua, bem depois da hora de fechar. Eu devia ter comentado antes. Um de nós ainda não havia dito nada, o idoso com os remendos de couro nos cotovelos, que saíra do clube conosco. E então ele falou pela primeira vez.

— Eu acredito — anunciou ele, com um tom brando. Sua voz era frágil, quase constrangida. — Não sei explicar, mas acredito. Jamie morreu, sabe, não muito depois do papai. Era Douglas quem não queria voltar, e vendeu a casa antiga. Ele queria que demolissem tudo. Mas mantiveram a mansão propriamente dita, a Garganta. Não quiseram demolir *aquilo*. Imagino que todo o resto já tenha desaparecido.

Era uma noite fria, e a chuva ainda espirrava uns borrifos. Eu tremia, mas só por causa do frio.

— Aquelas jaulas que você mencionou — falou ele. — Perto da entrada. Faz cinquenta anos que não penso nelas. Quando fazíamos besteira, ele nos trancava lá. Devemos ter feito muita besteira, né? Éramos meninos muito, muito malcriados.

O idoso olhou para os dois lados da Tottenham Court Road, como se estivesse procurando alguma coisa. Em seguida, disse:

— Douglas se matou, claro. Dez anos atrás. Quando eu ainda estava no hospício. Então minha memória não é tão boa. Não tão boa quanto antes. Mas Jamie era assim mesmo, sem tirar nem pôr. Nunca deixava a gente esquecer que ele era o mais velho. E, bom, a gente não podia entrar na casa de brinquedo. Papai não a construiu para nós. — Sua voz vacilou, e, por um instante, consegui imaginar aquele velho pálido como um menino. — Papai tinha seus próprios jogos.

Ele então ergueu o braço e gritou "Táxi!", e um veículo parou junto à calçada.

— Hotel Brown's — disse o homem ao entrar.

Ele não deu boa-noite para nenhum de nós. Só fechou a porta do carro.

E, quando a porta do táxi se fechou, escutei também muitas outras portas se fechando. Portas do passado, que já não existem mais, e não podem ser reabertas.

UM ESTUDO EM ESMERALDA

2003

1. O NOVO AMIGO

Recém-chegada de sua estupenda turnê pela Europa, onde se apresentou para diversos membros da realeza europeia, conquistando aplausos e elogios com espetáculos dramáticos magníficos, combinando comédia e tragédia, a <u>Companhia Teatral Strand</u> gostaria de anunciar que estará no Royal Court Theatre, em Drury Lane, para uma curta temporada em abril, quando apresentará Meu Irmão Tom, O Sósia!, A Pequenina Vendedora de Violetas e Os Grandes Antigos Chegaram (este último, um épico histórico cheio de pompa e encantos); todos peças inteiras de um ato! Ingressos já disponíveis na Bilheteria.

É a imensidão, creio eu. A dimensão absurda do que há lá embaixo. A escuridão dos sonhos.

Mas estou divagando. Peço desculpas. Não sou um homem das letras.

Eu precisava de acomodação. Foi assim que o conheci. Queria alguém para dividir as despesas de um apartamento. Fomos apresentados por meio de um conhecido em comum, nos laboratórios químicos de St. Bart's.

— Percebo que esteve no Afeganistão — disse ele, e meu queixo caiu e meus olhos se arregalaram.

— Impressionante — falei.

— Nem tanto — respondeu o desconhecido de jaleco branco, que viria a se tornar um amigo. — Pela forma como move o braço, vejo que foi ferido, e de um jeito peculiar. Sua pele está bem bronzeada. Além disso, tem porte militar, e são poucos os lugares no Império onde um militar pode ficar bronzeado e também, considerando o ferimento em seu ombro e a tradição dos povos cavernícolas do Afeganistão, ser torturado.

Dito assim, claro, era de uma simplicidade tamanha. Mas, pensando bem, realmente era. Eu estava com a pele bastante bronzeada. E, de fato, como ele observara, havia sido torturado.

Os deuses e os homens do Afeganistão eram selvagens que não admitiam se submeter a Whitehall, Berlim ou mesmo Moscou, e eram intransigentes. Eu tinha sido enviado àquele lugar como parte do ...º Regimento. Enquanto os combates se limitavam às colinas e montanhas, nós nos enfrentávamos em pé de igualdade. Quando os confrontos adentraram as cavernas e as trevas, constatamos que estávamos, por assim dizer, em um beco sem saída.

Nunca esquecerei a superfície espelhada do lago subterrâneo ou a criatura que emergiu de lá, abrindo e fechando os olhos, e a cantoria sussurrante que acompanhou sua ascensão, expandindo-se ao redor feito o zumbido de moscas maiores que planetas.

Minha sobrevivência por si só foi um milagre, mas sobrevivi, e voltei à Inglaterra com os nervos em frangalhos. O lugar em que aquela boca de sanguessuga encostara em mim ficou marcado para sempre, uma palidez batráquia na pele já definhada do meu ombro. No passado, minha pontaria era excepcional. Agora, eu não tinha nada, exceto um medo do mundo-sob-o--mundo que se assemelhava ao pânico, e por isso eu pagaria de muito bom grado seis *pence* da minha pensão militar para pegar um cabriolé, em vez de um *penny* para viajar de metrô.

Ainda assim, as brumas e trevas de Londres me consolaram, me acolheram. Eu havia sido expulso de minha primeira acomodação por causa de meus gritos noturnos. Estivera no Afeganistão; não estava mais.

— Eu grito à noite — falei para ele.

— Foi-me dito que eu ronco — respondeu. — Também sigo uma rotina irregular e, com frequência, pratico tiro ao alvo com a cornija da lareira. Vou precisar da sala de estar para receber clientes. Sou egoísta, reservado e me entedio com facilidade. Isso será um problema?

Sorri, fiz sinal negativo e estendi a mão.

O apartamento que ele havia encontrado para nós, em Baker Street, era mais do que adequado para dois homens solteiros. Em respeito ao que meu amigo falara sobre seu desejo por privacidade, refreei-me de perguntar qual era sua profissão. Chegavam visitantes em horários diversos e, quando isso ocorria, eu saía da sala e me recolhia ao quarto, especulando o que haveriam de ter em comum com meu amigo: a mulher descorada com um olho branco, o homem baixo que parecia um caixeiro-viajante, o elegante e robusto cavalheiro com paletó de veludo, e todos os outros. Alguns eram visitantes frequentes, mas muitos vinham apenas uma vez, conversavam com ele e iam embora, com expressões inquietas ou satisfeitas.

Ele era um mistério para mim.

Certa manhã, estávamos desfrutando um dos magníficos desjejuns de nossa senhoria quando meu amigo fez soar o sino para chamar a gentil dama.

— Um senhor se juntará a nós daqui a cerca de quatro minutos — disse ele. — Vamos precisar de mais um lugar à mesa.

— Pois bem — respondeu ela —, vou colocar mais linguiças no forno.

Meu amigo retomou a leitura do jornal matinal. Esperei uma explicação, com uma impaciência crescente. Por fim, não aguentei.

— Não compreendo. Como sabe que vamos receber um visitante daqui a quatro minutos? Não chegou nenhum telegrama, nenhuma mensagem.

Ele abriu um ligeiro sorriso.

— Não ouviu o barulho de uma carruagem há alguns minutos? Ela desacelerou ao passar por aqui, obviamente para que o condutor identificasse nossa porta, então acelerou e seguiu até a Marylebone Road. Muitos passageiros de carruagens e cabriolés desembarcam na estação ferroviária e no museu de cera, e é nessa aglomeração que estará alguém interessado em descer sem ser visto. A caminhada de lá até aqui é de apenas quatro minutos...

Ele deu uma olhada no relógio de bolso e, no mesmo instante, ouvi passos na escada do lado de fora.

— Entre, Lestrade — gritou ele. — A porta está aberta, e as linguiças já vão sair do forno.

Um homem, que julguei ser Lestrade, abriu a porta e a fechou cuidadosamente atrás de si.

— Eu não deveria aceitar — respondeu ele. — Mas, verdade seja dita, ainda não consegui tomar café da manhã. E muito me agradaria comer algumas dessas linguiças. — Ele era o homem baixo que eu já havia visto em outras ocasiões, que se portava como um vendedor de traquitanas de borracha ou elixires exclusivos.

Meu amigo esperou a senhoria se retirar, então falou:

— Suponho que se trate de uma questão de relevância nacional.

— Pelos céus — disse Lestrade, pálido. — Não é possível que a informação já tenha se espalhado. Diga que não é verdade.

Ele começou a encher o prato com linguiças, filés de salmão defumado, mexido de arroz e fatias de torradas, as mãos tremiam um pouco.

— Claro que não — respondeu meu amigo. — A essa altura, reconheço o rangido das rodas da sua carruagem: uma oscilação de sol sustenido e dó agudo. E, se o inspetor Lestrade da Scotland Yard não pode ser visto entrando no gabinete do único detetive consultor de Londres, mas vem mesmo assim, e sem tomar café da manhã, sei que não é um caso rotineiro. Portanto, está relacionado a pessoas acima de nós e é assunto de relevância nacional.

Lestrade usou o guardanapo para limpar a gema de ovo do queixo. Olhei para ele. O homem não correspondia à minha ideia de inspetor da polícia, mas meu amigo também não correspondia muito à minha ideia de detetive consultor — o que quer que aquilo significasse.

— Talvez devamos ter essa conversa em particular — sugeriu Lestrade, lançando um olhar para mim.

Meu amigo começou a sorrir com um ar de malícia, a cabeça balançou, como sempre acontecia quando ele achava graça de uma piada interna.

— Bobagem — afirmou. — Duas cabeças pensam melhor que uma. E o que for dito a um de nós pode ser dito a ambos.

— Se estou interferindo... — falei, com um tom brusco, mas ele gesticulou para que eu me calasse.

Lestrade deu de ombros.

— Por mim, tanto faz — disse o inspetor, depois de um tempo. — Se solucionar o caso, mantenho meu emprego. Se não solucionar, não tenho mais emprego. Então use seus métodos. A situação não pode piorar.

— Se o estudo de história nos ensinou alguma coisa, é que a situação sempre pode piorar — retrucou meu amigo. — Quando vamos para Shoreditch?

Lestrade deixou o garfo cair.

— Não é possível! — exclamou ele. — Você está aí, debochando de mim, quando já sabe tudo do assunto! Você deveria se envergonhar...

— Ninguém me falou sobre o assunto. Quando um inspetor da polícia entra em meu apartamento com manchas recentes de lama nas botas e nas calças, marcadas por um tom amarelo-mostarda bem peculiar, decerto posso presumir que ele caminhou há pouco tempo pelas escavações de Hobbs Lane, em Shoreditch, que é o único lugar em Londres onde se encontra esse barro específico com cor de mostarda.

O inspetor Lestrade ficou sem graça.

— Ora, dizendo assim — respondeu ele —, parece muito óbvio.

Meu amigo afastou o prato.

— Claro que é — falou, com ligeira irritação.

Seguimos para East End em um cabriolé. O inspetor Lestrade foi até Marylebone Road para buscar sua carruagem, e ficamos sozinhos.

— Então você é um detetive consultor?

— O único de Londres, quiçá do mundo — informou meu amigo. — Não assumo casos. Apenas presto consultoria. As pessoas me procuram com seus problemas insolúveis, descrevem-nos para mim e, às vezes, eu os soluciono.

— Então as pessoas que vêm falar com você...

— São sobretudo policiais, ou outros detetives.

Era uma bela manhã, mas naquele momento estávamos sacolejando pelo cortiço de St. Giles, um covil de ladrões e assassinos cravado em Londres como um câncer no rosto de uma linda florista, e a única luz que penetrava o cabriolé era fraca e esquálida.

— Tem certeza de que quer minha companhia?

Em resposta, meu amigo me encarou com um olhar fixo.

— Estou com um pressentimento — disse ele. — Estou com um pressentimento de que o destino nos aproximou. Se lutamos lado a lado, no passado ou no futuro, não sei. Sou um homem racional, mas descobri o valor de uma boa companhia e, desde o instante em que o vi, soube que confiava tanto em você quanto confio em mim mesmo. Sim. Quero sua companhia.

Enrubesci ou balbuciei algo sem importância. Pela primeira vez desde o Afeganistão, senti que tinha valor no mundo.

2. O QUARTO

VITAE DE VICTOR! UM FLUIDO ENERGÉTICO! SEUS MEMBROS E SUAS PARTES ÍNTIMAS CARECEM DE VIDA? VOCÊ SENTE INVEJA DOS TEMPOS DA JUVENTUDE? OS PRAZERES DA CARNE ESTÃO SEPULTADOS E ESQUECIDOS? *VITAE* DE VICTOR RESSUSCITARÁ O QUE HÁ MUITO PERDEU VIDA: ATÉ MESMO UM VELHO CORCEL PODE SE TORNAR OUTRA VEZ UM ORGULHOSO GARANHÃO! DAR VIDA AO QUE MORREU: COMBINANDO UMA VELHA RECEITA DE FAMÍLIA COM O QUE HÁ DE MELHOR NA CIÊNCIA MODERNA. PARA RECEBER CERTIFICADOS COMPROVANDO A EFICÁCIA DE *VITAE* DE VICTOR, ESCREVA PARA V. VON F. CIA., 1B CHEAP STREET, LONDRES.

Era uma pensão barata em Shoreditch. Havia um policial na porta da frente. Lestrade o cumprimentou pelo nome e nos chamou. Eu estava prestes a entrar quando meu amigo se agachou na soleira e tirou uma lupa do bolso do casaco. Ele examinou a lama no ferro do raspador de botas, cutucando-a com o dedo indicador. Só nos deixou passar quando se deu por satisfeito.

Subimos a escada. O quarto onde o crime fora cometido era óbvio: estava flanqueado por dois guardas corpulentos.

Lestrade fez um sinal para os homens, e eles se afastaram. Entramos.

Como já disse, não sou um escritor profissional, e tenho ressalvas quanto a descrever aquele lugar, ciente de que minhas palavras não dão conta da tarefa. No entanto, já comecei esta narrativa, então sei que preciso continuar. Um assassinato ocorrera naquele pequeno dormitório. O corpo, o que restava dele, ainda estava lá, no chão. Eu o vi, mas a princípio, de alguma forma, não o vi. Em vez disso, vi o que havia jorrado e espirrado da garganta e do peito da vítima: a cor ia de um verde-bílis a um verde-relva. O líquido encharcara o carpete esfarrapado e respingara no papel de parede. Por um instante, imaginei que fosse obra de algum artista infernal que decidira criar um estudo em esmeralda.

Depois do que me pareceu uma eternidade, baixei os olhos para o cadáver, aberto feito um coelho na mesa do açougue, e tentei compreender o que estava vendo. Tirei o chapéu, e meu amigo fez o mesmo.

Ele se ajoelhou e examinou o corpo, observando os cortes e talhos. Em seguida, pegou a lupa e foi até a parede, analisando as manchas do icor que secavam.

— Já fizemos isso — informou o inspetor Lestrade.

— É mesmo? — disse meu amigo. — E o que concluíram? Creio que seja uma palavra.

Lestrade foi até meu amigo e olhou para cima. No papel de parede amarelo desbotado, havia uma palavra escrita em maiúsculas, com sangue verde, um pouco acima da cabeça do inspetor.

— R-A-C-H-E...? — falou Lestrade, soletrando. — É evidente que ia escrever "Rachel", mas foi interrompido. Então... precisamos procurar uma mulher...

Meu amigo permaneceu calado. Voltou ao cadáver e levantou as mãos do corpo, uma de cada vez. As pontas dos dedos estavam limpas.

— Acho que determinamos que a palavra não foi escrita por Sua Alteza Real...

— Por que diabos você diria...?

— Meu caro Lestrade, por favor, não esqueça que tenho um cérebro. O cadáver obviamente não é de um homem. A cor do sangue, a quantidade de membros, os olhos, a posição do rosto, todos esses elementos indicam sangue real. Embora eu não possa afirmar de *qual* linhagem real, suponho que seja um herdeiro, talvez... não, segundo na linha sucessória... de um dos principados alemães.

— Incrível. — Lestrade hesitou e, por fim, falou: — Este é o príncipe Franz Drago, da Boêmia. Estava aqui em Albion a convite de Sua Majestade Vitória. Veio passar as férias e respirar novos ares...

— Ou seja, veio conhecer os teatros, as prostitutas e as mesas de jogo.

— Se você diz. — Lestrade parecia irritado. — Enfim, nos deu uma bela pista com essa tal Rachel. Mas não tenho dúvida de que também a teríamos encontrado.

— Certamente — respondeu meu amigo.

Ele continuou examinando o quarto, fazendo alguns comentários ácidos sobre como a polícia, com suas botas, havia obscurecido pegadas e deslocado coisas que poderiam ter sido úteis a qualquer um que tentasse reconstituir os acontecimentos da noite anterior.

Ainda assim, ele se mostrou interessado em uma pequena mancha de lama que achou atrás da porta.

Ao lado da lareira, encontrou o que parecia ser um punhado de cinzas ou terra.

— Você viu isto? — perguntou ele a Lestrade.

— A polícia de Sua Majestade não costuma se entusiasmar com cinzas em uma lareira — respondeu Lestrade. — É onde em geral as encontramos — concluiu com uma risadinha.

Meu amigo pegou uma pitada de cinzas, esfregou entre os dedos e cheirou os restos. Por fim, recolheu a sobra e a guardou em um frasco de vidro, que tampou e enfiou em um bolso interno do casaco.

Ele se levantou.

— E o corpo?

— O palácio vai mandar uma equipe própria — respondeu Lestrade.

Meu amigo meneou a cabeça para mim, e fomos juntos até a porta. Ele suspirou.

— Inspetor, sua busca pela srta. Rachel talvez se revele vã. Entre outras coisas, *rache* é uma palavra alemã. Significa "vingança". Confira o dicionário. Existem outros sentidos.

Terminamos de descer a escada e saímos para a rua.

—Você nunca tinha visto um membro da realeza, não é? — perguntou ele. Balancei a cabeça. — Bom, a experiência pode ser perturbadora para quem não está preparado. Ora, meu caro... você está tremendo!

— Desculpe. Vou melhorar em um instante.

— Uma caminhada lhe faria bem? — sugeriu ele, e assenti, certo de que, se não caminhasse, começaria a gritar. — Para o oeste, então — indicou meu amigo, apontando para a torre escura do palácio.

E começamos a andar.

— Então... — disse ele, depois de algum tempo. — Nunca teve contato pessoal com membros da realeza europeia?

— Não — respondi.

— Posso afirmar, com confiança, que terá — falou ele. — E, desta vez, não com um cadáver. Muito em breve.

— Meu caro, por que diria...?

Em resposta, ele apontou para uma carruagem preta, que havia parado a cinquenta metros de nós. Um homem de cartola e sobretudo escuros estava em pé junto à porta aberta, segurando-a e aguardando em silêncio. Um brasão que qualquer criança em Albion reconheceria estava pintado em ouro na porta do veículo.

— Alguns convites não podem ser recusados — disse meu amigo.

Ele fez um cumprimento com o chapéu para o lacaio, e tive a impressão de que sorria ao subir no espaço apertado e ao relaxar nas almofadas macias revestidas de couro.

Quando tentei iniciar uma conversa no trajeto até o palácio, ele pôs o dedo diante dos lábios. Em seguida, fechou os olhos e pareceu mergulhar em pensamentos. Quanto a mim, tentei me lembrar de meus conhecimentos sobre a realeza alemã, mas, fora o fato de que o príncipe Albert, consorte da rainha, era alemão, eu não sabia muito.

Enfiei a mão no bolso e tirei algumas moedas — marrons e prateadas, pretas e verde-cobre. Observei a efígie de nossa rainha estampada em cada uma, e senti ao mesmo tempo um orgulho patriótico e um intenso pavor. Falei para mim mesmo que eu havia sido militar e não conhecia o medo, e pensei na época em que isso fora a mais pura verdade. Por um instante, relembrei os tempos em que fui um bom atirador — ou, como gostava de pensar, um exímio atirador —, mas minha mão direita tremia como se estivesse espasmódica, e as moedas tilintaram e chocalharam, e senti apenas tristeza.

3. O PALÁCIO

FINALMENTE O DR. HENRY JEKYLL TEM A HONRA DE ANUNCIAR O LANÇAMENTO UNIVERSAL DOS RENOMADOS "CORDIAIS DE JEKYLL" PARA CONSUMO GERAL. NÃO MAIS EXCLUSIVIDADE DOS PRIVILEGIADOS. *LIBERTE SEU EU INTERIOR!* PURIFICAÇÃO INTERNA E EXTERNA! MUITAS PESSOAS,

HOMENS E MULHERES, PADECEM DE CONSTIPAÇÃO DA ALMA! PARA ALÍVIO IMEDIATO E A BAIXO CUSTO — CORDIAIS DE JEKYLL! (DISPONÍVEL NOS SABORES BAUNILHA E MENTHOLATUM ORIGINAL.)

O príncipe Albert, consorte da rainha, um homem grande com princípio de calvície e um bigode farto impressionante, era total e inegavelmente humano. Ele nos recebeu no corredor, meneou a cabeça para mim e meu amigo, e não perguntou nossos nomes nem ofereceu a mão.

— A rainha está muitíssimo transtornada — disse ele. Tinha um sotaque. O *S* era pronunciado como *Z*: *tranztornada, muitízzimo*. — Franz era um de seus preferidos. Ela tem muitos sobrinhos, mas ele a fazia rir. Vocês precisam descobrir quem fez isso.

— Farei o possível — afirmou meu amigo.

— Li suas monografias — falou o príncipe Albert. — Fui eu quem pedi que fosse consultado. Espero que tenha agido bem.

—Também espero — respondeu meu amigo.

A porta grande se abriu, e fomos conduzidos para dentro da escuridão e para a presença da rainha.

Ela era chamada de Vitória, porque havia nos derrotado em batalha setecentos anos antes, e era chamada de Gloriana, porque era gloriosa, e era chamada de rainha, porque o formato da boca humana era incapaz de pronunciar seu verdadeiro nome. Era imensa, muito mais do que eu imaginara ser possível, e estava agachada nas sombras, olhando, imóvel, para nós.

Izszo há de zzser zsoluzcionado. As palavras vieram das sombras.

— Será, senhora — disse meu amigo.

Um membro se retorceu e apontou para mim. *Um pazszo à frente*.

Eu quis andar. Minhas pernas não se mexeram.

Não deve zszentir medo. Deve zzser digno. Zzser companheiro. Foi isso que ela me falou. Sua voz era um contralto muito delicado, com um zumbido distante. O membro então se desenrolou e se estendeu, e ela encostou no meu ombro. Houve um instante, mas apenas um instante, da dor mais intensa e profunda que já senti na vida, que então deu lugar a uma sensação dominante de bem-estar. Senti os músculos do ombro relaxarem e, pela primeira vez desde o Afeganistão, não tive dor alguma.

Meu amigo deu um passo à frente. Vitória falou com ele, mas não escutei as palavras; fiquei me perguntando se, de alguma forma, elas passavam direto de uma mente à outra, se esse era o Conselho da Rainha sobre o qual eu tinha lido nos livros de história. Ele respondeu em voz alta.

— Decerto, senhora. Posso afirmar que havia outros dois homens com seu sobrinho no quarto de Shoreditch naquela noite. As pegadas, ainda que obscurecidas, eram inconfundíveis. — Ele continuou: — Sim. Entendo... Creio que sim... Certo.

Estava calado quando saímos do palácio, e não falou nada em nosso trajeto para Baker Street.

Já estava escuro. Perguntei-me quanto tempo havíamos passado no palácio.

Dedos de névoa fuliginosa se entremeavam pela rua e pelo céu.

De volta a Baker Street, diante do espelho do quarto, observei que a pele pálida no meu ombro assumira uma tonalidade rosada. Torci para que não fosse minha imaginação, que não fosse apenas o luar que entrava pela janela.

4. O ESPETÁCULO

QUEIXAS DO FÍGADO?! ATAQUES BILIOSOS?! DISTÚRBIOS NEURASTÊNICOS?! ESQUINÊNCIA?! ARTRITE?! ESSAS SÃO APENAS ALGUMAS DAS QUEIXAS QUE UMA SANGRIA PROFISSIONAL PODE REMEDIAR. EM NOSSAS DEPENDÊNCIAS, TEMOS MILHARES DE DEPOIMENTOS QUE PODEM SER CONSULTADOS PELO PÚBLICO A QUALQUER MOMENTO. NÃO DEIXE SUA SAÚDE NAS MÃOS DE AMADORES!! NÓS FAZEMOS ISSO HÁ MUITO TEMPO: V. TEPES — SANGRADOR PROFISSIONAL. (LEMBRE-SE! PRONUNCIA-SE *TZSE-PESH*!) ROMÊNIA, PARIS, LONDRES, WHITBY. VOCÊ JÁ TENTOU O ORDINÁRIO — *AGORA TENTE O EXTRAORDINÁRIO!*

O fato de que meu amigo era um mestre dos disfarces não devia me surpreender, mas ainda assim me surpreendeu. Ao longo dos dez dias seguintes, uma variedade peculiar de personagens entrou pela nossa porta em Baker Street — um chinês idoso, um jovem libertino, uma mulher ruiva e gorda, cuja antiga profissão era evidente, e um velho que tinha o pé inchado e enfaixado por causa da gota. Cada um deles ia para o quarto e, com a velocidade de um artista que troca de roupa em segundos, meu amigo saía.

Nessas ocasiões, ele não falava sobre o que havia feito, preferindo relaxar, deixar o olhar se perder ao longe e, às vezes, fazer anotações em qualquer pedaço de papel que estivesse à mão — anotações que, para ser sincero, eu achava incompreensíveis. Ele parecia completamente concentrado, a tal ponto que comecei a temer por seu bem-estar. Até que, ao fim de certa tarde, voltou para casa vestido com suas próprias roupas, com um sorriso tranquilo no rosto, e perguntou se eu me interessava por teatro.

— Tanto quanto qualquer pessoa — respondi.

— Então vá buscar seus binóculos de ópera — disse ele. — Vamos para Drury Lane.

Eu esperava uma opereta ou algo do tipo, mas me vi no que, provavelmente, era o pior teatro de Drury Lane, apesar de ter tomado para si o nome da corte real — na verdade, ele mal ficava em Drury Lane, encontrando-se no fim da rua que dava em Shaftesbury Avenue, perto do cortiço de St. Giles. Aconselhado por meu amigo, escondi minha carteira e, seguindo seu exemplo, levei uma bengala grossa.

Quando já estávamos nos camarotes (eu havia comprado uma laranja de três *pence* de uma das belas moças que as vendia para a plateia, e a chupava enquanto esperávamos), meu amigo disse, em voz baixa:

— Sorte sua que não precisou me acompanhar às casas de apostas e aos bordéis. Nem aos manicômios, que o príncipe Franz também adorava visitar, pelo que descobri. Mas ele não foi a lugar algum mais de uma vez. Nenhum lugar além de…

A orquestra começou a tocar e a cortina foi erguida. Meu amigo se calou.

O espetáculo foi bom, à sua maneira: foram apresentadas três peças de um ato, entremeadas com canções cômicas. O ator principal era alto, lânguido e tinha uma bela voz; a atriz principal era elegante, e sua voz se propagava por todo o teatro; o comediante levava jeito para as canções rápidas.

A primeira peça era uma comédia pastelão sobre confusão de identidade: o protagonista interpretava uma dupla de gêmeos idênticos que não se conheciam, mas acabaram, após uma série de infortúnios cômicos, noivando com a mesma jovem — que, curiosamente, acreditava estar comprometida com um homem só. As portas se abriam e fechavam à medida que o ator mudava de identidade.

A segunda peça era uma história comovente sobre uma órfã que passava fome sob a neve e vendia violetas cultivadas em estufa. Sua avó a reconheceu no final e jurou que a menina era o bebê roubado dez anos antes por bandidos, mas era tarde demais, e a anjinha congelada tinha dado seu último suspiro. Confesso que, em mais de um momento, tive que enxugar os olhos com um lenço de linho.

O espetáculo terminou com uma narrativa histórica estimulante: a companhia inteira interpretou homens e mulheres de um vilarejo litorâneo, setecentos anos antes de nossa época moderna. Eles viram vultos erguendo-se no mar, ao longe. O herói, exultante, proclamou aos habitantes do vilarejo que aqueles eram os Antigos cuja vinda fora anunciada, voltando para nós de R'lyeh, e da sombria Carcosa, e das planícies de Leng, onde dormiam, ou esperavam, ou excediam o dia de sua morte. O cômico sugeriu que todos os outros habitantes tinham comido tortas demais, bebido cerveja demais, e estavam imaginando os vultos. Um senhor rotundo, que fazia o papel de sacerdote do deus romano, disse aos habitantes que os vultos no mar eram monstros e demônios, e precisavam ser destruídos.

No clímax, o herói matou o sacerdote, espancando-o com sua própria cruz, e se preparou para recebê-Los quando Eles chegassem. A heroína cantou uma ária perturbadora, e, em um espetáculo impressionante de ilusão com lanternas mágicas, a sombra Deles parecia atravessar o céu no fundo do palco: a própria Rainha de Albion, e a Entidade Negra do Egito (quase em forma de homem), seguidos pelo Bode Ancestral, Pai de Mil e Imperador de Toda a China, e pelo Czar Irrefutável, e por Aquele que Preside o Novo Mundo, e pela Dama Branca da Fortaleza Antártica, e por outros. E, à medida que cada sombra cruzava o palco, ou aparentava cruzar, de todas as bocas na galeria emergia, espontaneamente, um estrondoso "Urra!" de forma que até o ar parecia estremecer. A lua subiu no céu pintado e, quando atingiu o ápice, em um último instante de magia teatral, o amarelo pálido das histórias antigas deu lugar ao reconfortante carmesim da lua que hoje brilha sobre todos nós.

Os integrantes do elenco agradeceram e cumprimentaram o público ao som de vivas e risos, a cortina desceu uma última vez e acabou-se o espetáculo.

— Pronto — disse meu amigo. — O que achou?

— Muito bom mesmo — respondi, com as mãos doloridas de tanto aplaudir.

— Bravo, camarada — elogiou ele, sorrindo. — Vamos para os bastidores.

Saímos do teatro e entramos em um beco lateral que levava até a porta dos fundos, onde uma mulher magra com um cisto na bochecha tricotava distraidamente. Meu amigo lhe mostrou um cartão de visita, e ela nos deixou entrar e subir um lance de degraus até um pequeno camarim compartilhado.

Lamparinas a óleo e velas tremeluziam diante de espelhos manchados, e homens e mulheres removiam a maquiagem e as fantasias sem preocupação com modéstia de gênero. Desviei o olhar. Meu amigo parecia indiferente.

— Posso falar com o sr. Vernet? — perguntou ele, em tom alto.

Uma jovem, que interpretara a melhor amiga da heroína na primeira peça e a filha impertinente do estalajadeiro na última, nos indicou os fundos do cômodo.

— Sherry! Sherry Vernet! — gritou ela.

O rapaz que se levantou em resposta era esguio; de uma beleza menos convencional do que havia parecido sob a ribalta. Ele nos fitou com o olhar intrigado.

— Creio que não tive o prazer...?

— Meu nome é Henry Camberley — disse meu amigo, enrolando um pouco a língua. — Talvez já tenha ouvido falar de mim.

— Confesso que não tive esse privilégio — respondeu Vernet.

Meu amigo ofereceu um cartão ao ator.

O homem o leu com interesse genuíno.

— Promotor teatral? Do Novo Mundo? Ora, ora. E este é... — Ele sorriu para mim.

— Um amigo meu, o sr. Sebastian. Ele não é do métier.

Murmurei algo sobre ter apreciado imensamente o espetáculo e apertei a mão do ator.

Meu amigo perguntou:

— Já visitou o Novo Mundo?

— Ainda não tive a honra — falou Vernet —, embora sempre tenha sido um grande desejo meu.

— Ora, meu bom homem — disse meu amigo, com a informalidade tranquila de um nativo do Novo Mundo. — Talvez seu desejo se realize. Aquela última peça... nunca vi algo parecido. Você a escreveu?

— Infelizmente, não. O dramaturgo é um grande amigo. Mas projetei o mecanismo para o jogo de sombras das lanternas mágicas. Não se vê nada melhor em palco algum.

— Poderia me dizer o nome do dramaturgo? Talvez seja melhor eu falar diretamente com esse seu amigo.

Vernet balançou a cabeça.

— Receio que não será possível. Ele é um homem de outra profissão e não quer que seu envolvimento com o teatro venha a público.

— Entendo. — Meu amigo tirou um cachimbo do bolso e o colocou na boca. Em seguida, apalpou os bolsos. — Desculpe — falou. — Esqueci o estojo de tabaco.

— Eu fumo uma mistura forte — disse o ator —, mas, se o senhor não se opõe...

— De forma alguma! — respondeu meu amigo, entusiasmado. — Ora, também fumo uma mistura forte.

Ele então encheu seu cachimbo com o fumo do ator, e os dois começaram a pitar, enquanto meu amigo descrevia uma ideia para uma peça que poderia ser apresentada nas cidades do Novo Mundo, desde a ilha de Manhattan até o sul distante, na extremidade mais remota do continente. O primeiro ato seria a última peça que tínhamos visto. O restante talvez falasse do domínio dos Antigos sobre a humanidade e seus deuses, talvez do que poderia ter acontecido se não houvesse Famílias Reais para as pessoas admirarem — um mundo de barbarismo e trevas...

— Mas seu amigo misterioso seria o autor da peça, e apenas ele poderia definir a trama — acrescentou meu amigo. — O espetáculo ficaria nas mãos dele. No entanto, posso garantir plateias que você nem imagina, e uma parcela considerável da renda da bilheteria. Digamos, cinquenta por cento!

— Isso é muito animador — disse Vernet. — Espero que não se revele uma alucinação causada pela fumaça!

— Não, senhor! — falou meu amigo, dando uma baforada e rindo da piada do sujeito. — Venha ao meu apartamento em Baker Street amanhã, após o desjejum, às dez horas, e traga seu amigo escritor. Estarei à espera com os contratos prontos.

O ator então subiu na cadeira e bateu palmas para pedir silêncio.

— Senhoras e senhores da companhia, gostaria de fazer um anúncio — disse ele, dominando o cômodo com sua voz ressonante. — Este cavalheiro é Henry Camberley, promotor teatral, e tem uma proposta para nos levar para o outro lado do oceano Atlântico, rumo à fama e à fortuna.

Houve gritos de viva.

— Bom, vai ser um pouco diferente das sardinhas e conservas de repolho — disse o cômico, e a companhia riu.

E foi sob o sorriso de todos que saímos do teatro e nos lançamos às brumas da rua.

— Meu caro — falei. — O que foi...

— Nem mais uma palavra — disse meu amigo. — A cidade tem muitos ouvidos.

E não pronunciou uma palavra sequer até chamarmos um cabriolé, entrarmos no veículo e partirmos para Charing Cross Road.

Mesmo assim, antes de dizer qualquer coisa, meu amigo tirou o cachimbo da boca e esvaziou o conteúdo parcialmente fumado dentro de uma lata pequena. Fechou a tampa e guardou a lata no bolso.

— Pronto — disse ele. — Se aquele não for o Homem Alto, não sou um detetive. Agora só precisamos torcer para que a cobiça e a curiosidade do Médico Manco sejam o bastante para trazê-lo até nós amanhã de manhã.

— Médico Manco?

Meu amigo riu.

— É assim que eu o tenho chamado. Quando vimos o corpo do príncipe, ficou óbvio, pelas pegadas e por vários outros elementos, que havia dois homens no quarto naquela noite: um alto que, a menos que eu tenha me equivocado, nós acabamos de conhecer, e um menor e manco, que eviscerou o príncipe com a perícia de um profissional de medicina.

— Um médico?

— De fato. Odeio dizer isso, mas, pela minha experiência, quando médicos se tornam maus, são criaturas mais vis e sinistras que os piores assassinos. Temos Huston, o homem da banheira de ácido, e Campbell, que levou o leito de Procusto a Ealing... — E, pelo restante do trajeto, ele seguiu citando exemplos semelhantes.

O cabriolé parou junto ao meio-fio.

— Um xelim e dez *pence* — disse o condutor. Meu amigo lhe entregou um florim, que o homem pegou no ar e encostou na cartola esfarrapada. — Muito agradecido aos senhores — falou, levando o cavalo névoa adentro.

Andamos até nossa porta. Enquanto eu a destrancava, meu amigo observou:

— Estranho. Nosso condutor acabou de ignorar aquele sujeito na esquina.

— Eles fazem isso no final do turno — comentei.

— Realmente — disse meu amigo.

Sonhei com sombras naquela noite, sombras vastas que recobriam o sol, e gritei em desespero, mas elas não me escutaram.

5. A CASCA E O CAROÇO

Este ano, dê um salto na vida — com um ótimo salto! JACK'S. Botas, sapatos e botinas. Poupe suas solas! Saltos são nossa especialidade. JACK'S. E não se esqueça de visitar nosso novo empório de roupas e acessórios no East End — com oferta de trajes noturnos para todas as ocasiões, chapéus, bibelôs, bengalas, bastões de lâmina etc. JACK'S DE PICCADILLY. O segredo está no salto!

O inspetor Lestrade foi o primeiro a chegar.

— Você posicionou os homens na rua? — perguntou meu amigo.

— Sim — respondeu Lestrade. — Com ordens expressas de deixar qualquer pessoa entrar, mas de prender qualquer uma que tente sair.

— E trouxe algemas?

Em resposta, Lestrade tirou do bolso e sacudiu dois pares de algemas, com uma expressão grave.

— Agora, senhor — disse ele —, enquanto aguardamos, que tal me dizer o que estamos esperando?

Meu amigo tirou o cachimbo do bolso. Em vez de colocá-lo na boca, ele o apoiou na mesa à frente. Em seguida, pegou a lata da noite anterior e o frasco de vidro que havia usado no quarto de Shoreditch.

— Pronto — falou. — Creio que será a pá de cal para nosso prezado Vernet. — E se calou. Então, tirou o relógio do bolso e o colocou cuidadosamente na mesa. — Temos alguns minutos até chegarem. — Ele se virou para mim. — O que você sabe sobre os Restauracionistas?

— Absolutamente nada — respondi.

Lestrade tossiu.

— Se está falando do que imagino que esteja falando — disse ele —, talvez seja melhor parar por aí. É o bastante.

— Tarde demais — retrucou meu amigo. — Pois há quem não acredite que a vinda dos Antigos seja a felicidade que todos sabemos que foi. Esses anarquistas desejam restaurar o mundo antigo... restituir à humanidade o controle do próprio destino, digamos assim.

— Não quero saber dessa conversa subversiva — falou Lestrade. — Estou avisando...

— E eu estou lhe avisando que deixe de parvalhice — disse meu amigo. — Porque foram os Restauracionistas que mataram o príncipe Franz Drago. Eles assassinam, eles matam, em um esforço inútil para obrigar nossos mestres a nos abandonar na escuridão. O príncipe foi morto por um *rache*... um termo antigo que significa "cão de caça", inspetor, o que saberia se tivesse consultado o dicionário. A palavra também significa "vingança". E o caçador deixou sua assinatura no papel de parede da cena do crime, assim como um artista assinaria uma tela. Mas não foi ele quem matou o príncipe.

— O Médico Manco! — exclamei.

— Muito bem. Havia um homem alto lá, naquela noite. Pude determinar sua altura, pois a palavra estava escrita no nível dos olhos. Ele fumava cachimbo: os restos de cinzas e tabaco não queimado estavam na lareira, e ele havia batido o cachimbo com facilidade na cornija, algo que um homem mais baixo não teria feito. O fumo era de uma mistura incomum. As pegadas no quarto foram quase destruídas por seus homens, mas observei algumas impressões nítidas atrás da porta e perto da janela. Alguém tinha esperado ali: pelo tamanho da passada, era um homem menor, que apoiava o peso na perna direita.

Do lado de fora, observei algumas pegadas nítidas, e as cores diversas do barro no raspador de botas me forneceram mais informações: um homem alto, que havia acompanhado o príncipe até aquele quarto e depois saíra. À espera deles estava o homem que retalhou o monarca de forma tão impressionante...

Lestrade emitiu um barulho desconfortável, que não chegou a constituir uma palavra.

— Passei muitos dias refazendo os passos de Sua Alteza. Fui de covis de apostas a bordéis, a tabernas e manicômios em busca do nosso fumador de cachimbo e seu amigo. Só tive sucesso quando pensei em conferir os jornais da Boêmia, em busca de alguma pista quanto às atividades recentes do príncipe, e assim descobri que uma companhia teatral inglesa estivera em Praga no mês passado e se apresentara para o príncipe Franz Drago...

— Minha nossa — falei. — Então aquele tal Sherry Vernet...

— É um Restauracionista. Precisamente.

Eu balançava a cabeça em espanto diante da inteligência e capacidade de observação do meu amigo, quando soou uma batida à porta.

— Essa há de ser nossa presa! — alertou meu amigo. — Cuidado!

Lestrade enfiou a mão no bolso, onde decerto mantinha uma pistola. Ele engoliu em seco, nervoso.

Meu amigo disse:

— Entre, por favor!

A porta se abriu.

Não era Vernet, nem o Médico Manco. Era um dos meninos de rua que ganham a vida fazendo bicos — "no ofício do ócio", como se dizia na minha juventude.

— Com licença, senhores — disse ele. — Tem algum sr. Henry Camberley aqui? Um homem me pediu para entregar uma mensagem.

— Sou eu — respondeu meu amigo. — E, por seis *pence*, o que pode me dizer sobre o homem que lhe deu esse recado?

O jovem, que se identificou como Wiggins, mordeu a moeda antes de fazê-la desaparecer no bolso, e nos disse que o sujeito animado que lhe deu a mensagem era alto, tinha cabelo escuro e fumava cachimbo.

Tenho a mensagem aqui e tomo a liberdade de transcrevê-la.

Caro senhor,
Não me dirijo a Henry Camberley, nome ao qual o senhor não tem direito. Fico surpreso por não ter se anunciado sob o próprio nome, pois é um bom nome, e digno de sua pessoa. Já li alguns de seus artigos, quando tive chance de obtê-los.

Inclusive, troquei correspondências bastante proveitosas com o senhor dois anos atrás, sobre certas anomalias teóricas em seu trabalho acerca da dinâmica de um asteroide.

Foi divertido encontrá-lo ontem à noite. Tenho algumas sugestões que talvez lhe poupem problemas no futuro, na profissão que o senhor segue. Em primeiro lugar, é até possível que um fumante tenha no bolso um cachimbo novo e intocado, e não tenha fumo, mas é extremamente improvável — pelo menos tão improvável quanto um promotor teatral que desconheça as compensações financeiras habituais para uma turnê, e que ande acompanhado de um taciturno ex-oficial do Exército (Afeganistão, salvo engano). A propósito, embora o senhor tenha razão quanto ao fato de as ruas de Londres terem ouvidos, no futuro pode ser que lhe convenha não pegar o primeiro cabriolé que aparecer. Cocheiros também têm ouvidos, se quiserem usá-los.

Certamente o senhor acertou uma de suas hipóteses: fui mesmo eu quem atraiu a criatura mestiça para o quarto em Shoreditch.

Se lhe serve de consolo, quando descobri algumas preferências recreativas dele, disse-lhe que havia obtido uma moça capturada de um convento na Cornualha, que jamais vira homem algum, e que bastaria um toque e a visão do rosto dele para lançá-la na mais perfeita loucura.

Se tal moça existisse, ele teria se banqueteado com a loucura dela enquanto a possuía, como um homem que suga a polpa de um pêssego maduro até não restar nada além da casca e do caroço. Já os vi fazer isso. Já os vi fazer muito pior. E esse não é o preço que pagamos por paz e prosperidade. É um preço alto demais.

O bom doutor — que pensa como eu, e que de fato escreveu nosso pequeno espetáculo, pois sabe agradar uma plateia — estava nos esperando com suas facas.

Eu lhe envio esta mensagem não como uma provocação do tipo prenda-me-se-for-capaz, pois já estamos longe, eu e o estimado doutor, e o senhor não nos encontrará, mas para lhe dizer que foi bom sentir, ainda que por um instante, que tinha um adversário à altura. Muito mais do que as criaturas inumanas de além do Fosso.

Receio que a Companhia Teatral Strand terá que encontrar outro ator principal.

Não assinarei como Vernet e, até a caçada terminar e o mundo ser restaurado, peço que o senhor pense em mim apenas como

Rache.

O inspetor Lestrade saiu correndo da sala e chamou seus agentes. Fizeram o jovem Wiggins levá-los até o lugar onde o homem lhe entregara a mensagem, como se fosse possível que o ator Vernet ainda estivesse lá, esperando, pitando seu cachimbo.

Da janela, observamos a correria, meu amigo e eu, e balançamos a cabeça.

— Vão parar e revistar todos os trens saindo de Londres, todos os navios saindo de Albion para a Europa ou o Novo Mundo — disse meu amigo —, em busca de um homem alto e seu companheiro, um médico baixo, robusto e ligeiramente manco. Vão fechar os portos. Todas as vias de saída do país serão bloqueadas.

— Então acha que vão conseguir pegá-lo?

Meu amigo balançou a cabeça.

— Posso estar enganado — respondeu —, mas eu arriscaria dizer que, neste instante, ele e o amigo estão a pouco mais de um quilômetro de distância, no cortiço de St. Giles, onde a polícia não ousa ir em números reduzidos. Ficarão escondidos lá até a agitação passar, depois seguirão adiante.

— Por que diz isso?

— Porque — explicou meu amigo —, se eu estivesse no lugar deles, é o que faria. A propósito, deveria queimar essa carta.

— Mas é uma prova — falei, franzindo o cenho.

— É um absurdo sedicioso — disse meu amigo.

E eu devia ter queimado. Inclusive, quando Lestrade voltou, falei que *havia* queimado a carta, e ele elogiou meu bom juízo. Lestrade manteve o emprego, e o príncipe Albert escreveu ao meu amigo uma missiva para parabenizá-lo pelas deduções, embora lamentasse que o responsável continuasse foragido.

Ainda não capturaram Sherry Vernet, ou qualquer que fosse seu verdadeiro nome, nem encontraram rastros de seu cúmplice assassino, identificado possivelmente como um ex-médico do Exército chamado John (ou talvez James) Watson. Curiosamente, revelou-se que ele também havia servido no Afeganistão. Eu me pergunto se nos conhecemos.

Meu ombro, tocado pela rainha, continua melhorando, a pele está se reconstituindo e regenerando. Logo voltarei a ser um grande atirador.

Alguns meses atrás, quando estávamos sozinhos certa noite, perguntei ao meu amigo se ele se lembrava da correspondência mencionada pelo homem que assinava como Rache. Meu amigo disse que se lembrava bem dela, e que "Sigerson" (foi assim que o ator se identificara, alegando ser islandês) havia se inspirado em uma equação do meu amigo para sugerir teorias inusitadas sobre a relação entre massa, energia e a velocidade hipotética da luz.

— Absurdos, claro — disse meu amigo, sem sorrir. — No entanto, eram absurdos impressionantes e perigosos.

Com o tempo, o palácio nos fez saber que a rainha estava satisfeita com a atuação de meu amigo no caso, e assim o assunto foi resolvido.

Mas duvido que meu amigo vá abandonar a questão; ela só há de acabar quando um matar o outro.

Fiquei com a carta. Disse coisas neste relato dos acontecimentos que não deveriam ser ditas. Se tivesse alguma sensatez, queimaria todas estas folhas, mas, como aprendi com meu amigo, até as cinzas podem revelar segredos. Então guardarei estas páginas em um cofre no banco, com instruções para que só volte a ser aberto muito após a morte de qualquer pessoa que esteja viva hoje. Contudo, à luz do que tem acontecido na Rússia, receio que esse dia esteja mais próximo do que todos gostaríamos.

Major S... M... (ref.)
Baker Street,
Londres, Nova Albion, 1881

AMARGOR

2003

1. "VOLTE CEDO OU NUNCA MAIS"

Em todos os sentidos que importavam, eu estava morto. Em algum lugar dentro de mim, talvez eu gritasse, chorasse e uivasse feito um animal, mas essa era outra pessoa, bem no fundo, outra pessoa sem acesso ao rosto, aos lábios, à boca, à cabeça, então, por fora, eu só dava de ombros e sorria e seguia em frente. Se pudesse desaparecer fisicamente, largar tudo, simples assim, sem fazer nada, e deixar a vida com a mesma facilidade com que se atravessa uma porta, eu teria feito isso. Mas ia dormir à noite e acordava de manhã, decepcionado por estar lá e resignado em existir.

Às vezes, eu ligava para ela. Deixava o telefone tocar uma vez, talvez até duas, e então desligava.

O eu que estava gritando ficava tão fundo que ninguém nem sabia que ele existia. Eu mesmo esquecia que ele existia, até que um dia entrei no carro — tinha decidido que precisava comprar maçãs — e passei direto pelo mercado, e continuei dirigindo e dirigindo. Estava indo para o sul, e para o oeste, porque, se fosse para norte ou leste, o mundo acabaria rápido demais.

Depois de algumas horas de estrada, meu celular começou a tocar. Abaixei a janela e joguei o aparelho fora. Fiquei imaginando quem o acharia, se a pessoa atenderia e ganharia minha vida de presente.

Quando parei para abastecer, saquei o máximo de dinheiro que podia com todos os meus cartões. Fiz a mesma coisa nos dias seguintes, de caixa eletrônico em caixa eletrônico, até os cartões pararem de funcionar.

Nas duas primeiras noites, dormi no carro.

Estava na metade do Tennessee quando me dei conta de que precisava tanto de um banho que aceitaria até pagar por um. Parei em um hotel de beira de estrada, me esparramei na banheira e dormi até acordar com a água fria. Fiz a barba com o kit de cortesia do hotel, um barbeador de plástico e um sachê de espuma. Depois, fui cambaleando para a cama e dormi.

Acordei às quatro da madrugada, e sabia que precisava voltar para a estrada. Desci para o saguão.

Quando cheguei lá, um homem estava na recepção: cabelo grisalho, embora eu desse uns trinta e poucos anos para ele, se tanto, lábios finos, um terno bom e amarrotado. Ele dizia:

— Eu *pedi* o táxi há *uma hora*. Há *uma hora*.

Ele batia a carteira no balcão enquanto falava, enfatizando as palavras com cada pancada.

O gerente noturno deu de ombros.

—Vou ligar de novo — respondeu ele. — Mas, se não tiverem um carro, não podem mandá-lo. — Ele discou um número e disse: — Aqui é a recepção do Night's Out Inn de novo... É, eu falei... Eu falei.

— Ei. Não sou taxista, mas não estou com pressa. Você precisa de carona para algum lugar? — perguntei.

Por um instante, o homem me encarou como se eu fosse maluco, e, por um instante, havia medo em seus olhos. Mas então ele olhou para mim como se eu tivesse caído do céu.

— Nossa, meu Deus, preciso, sim — respondeu.

— É só me dizer para onde — falei. — Eu levo você até lá. Como comentei, não estou com pressa.

— Me dá esse telefone — disse o homem grisalho para o gerente noturno, e, com fone no ouvido, falou: — Pode *cancelar* o táxi, porque Deus acabou de me mandar um bom samaritano. As pessoas aparecem na nossa vida por um motivo. Isso mesmo. E quero que você pense nisso.

Ele pegou a valise — assim como eu, não tinha bagagem — e saímos juntos para o estacionamento.

Dirigimos pela escuridão. Com uma lanterna presa ao chaveiro, o homem consultava um mapa desenhado à mão que estava em seu colo e ia falando *vire à esquerda* ou *por aqui*.

— Gentileza sua — disse ele.

— Sem problema. Tenho tempo.

— Agradeço. Isso lembra muito uma lenda urbana, né, viajar por estradas do interior com um samaritano misterioso. Uma história de carona fantasma. Quando chegar ao meu destino, vou descrever você para um amigo, e ele vai me dizer que você morreu há dez anos e continua oferecendo caronas por aí.

— É um bom jeito de conhecer pessoas.

Ele deu uma risadinha.

— Com o que trabalha?

— Acho que dá para dizer que a minha vida profissional está em um período de transição — respondi. — E você?

— Sou professor de antropologia. — Pausa. — Eu devia ter me apresentado. Dou aula em uma faculdade cristã. As pessoas não acreditam que damos aula de antropologia em faculdades cristãs, mas damos. Alguns de nós.

— Eu acredito.

Outra pausa.

— Meu carro enguiçou. A polícia rodoviária me deu uma carona para o hotel, falando que só poderiam mandar um guincho de manhã. Dormi apenas duas horas. Depois, a polícia ligou para o meu quarto. O guincho está a caminho. Eu preciso estar lá para recebê-lo. Dá para acreditar? Se eu não estiver lá, nada vai ser feito. O motorista vai embora. Chamei um táxi. Não apareceu. Tomara que a gente chegue antes do guincho.

—Vou fazer o possível.

— Acho que eu devia ter ido de avião. Não é que tenha medo de voar. Mas vendi a passagem. Estou indo para Nova Orleans. Uma hora de voo, quatrocentos e quarenta dólares. Um dia de carro, trinta dólares. São quatrocentos e dez dólares de diferença, e não preciso prestar contas para ninguém. Gastei cinquenta no quarto de hotel, mas é a vida. Congresso acadêmico. Meu primeiro. O corpo docente não acredita em congressos. Mas as coisas mudam. Estou ansioso. Antropólogos do mundo inteiro. — Ele falou o nome de alguns, nomes que não significavam nada para mim. —Vou apresentar um artigo sobre meninas do café no Haiti.

— Elas cultivam ou bebem?

— Nem um, nem outro. Vendiam de porta em porta em Porto Príncipe, de manhãzinha, nos primeiros anos do século passado.

Estava começando a clarear.

— As pessoas achavam que elas eram zumbis — continuou ele. — Sabe? Mortas-vivas. Acho que é para virar à direita aqui.

— E eram? Zumbis?

Ele pareceu muito feliz com a pergunta.

— Bom, antropologicamente, existem diversas escolas de pensamento sobre zumbis. Não é tão simples quanto sugerem obras populistas como *A serpente e o arco*-íris. Primeiro, é preciso definir os termos: estamos falando de crenças populares, pó de zumbis ou mortos-vivos?

— Não sei — respondi.

Achava que *A serpente e o arco-íris* fosse o título de uma fábula infantil.

— Eram crianças, meninas, de cinco a dez anos, que iam de porta em porta em Porto Príncipe para vender a mistura de café com chicória. Mais ou menos a esta hora do dia, antes de o sol nascer. Elas pertenciam a uma mulher idosa. Vire à esquerda logo antes da próxima curva. Quando ela morreu, as meninas sumiram. É o que os livros dizem.

— E no que você acredita? — perguntei.

— Olhe ali o meu carro — disse ele, com alívio na voz.

Era um Honda Accord vermelho, no acostamento. Havia um guincho na frente, com o pisca-alerta ligado, e um homem perto do automóvel fumando um cigarro. Paramos atrás dele.

O antropólogo abriu a porta antes que eu parasse por completo; pegou a valise e saltou do meu carro.

— Eu ia dar mais cinco minutos e ir embora — disse o motorista do guincho. Ele jogou o cigarro em uma poça no asfalto. — Bom, preciso do seu cartão do seguro e de um cartão de crédito.

O homem moveu o braço para pegar a carteira. Pareceu confuso. Pôs as mãos nos bolsos.

— Minha carteira — falou. Ele voltou para o meu carro, abriu a porta do passageiro e se inclinou para dentro. Acendi a luz. Apalpou o banco vazio. — Minha carteira — repetiu. A voz era suplicante e triste.

— Estava com você no hotel — comentei. — Você estava segurando a carteira. Estava na sua mão.

— Que *merda*. Mas que *merda* dos infernos.

— Está tudo bem aí? — perguntou o motorista do guincho.

— Certo — disse o antropólogo para mim, com um tom urgente. — Vamos fazer o seguinte. Você volta para o hotel. Eu devo ter deixado a carteira no balcão. Traga para mim. Eu o distraio até lá. Cinco minutos, vai levar cinco minutos. — Ele provavelmente viu a expressão no meu rosto. Continuou: — Lembre-se. As pessoas aparecem na nossa vida por um motivo.

Dei de ombros, bravo por ter sido arrastado para a história de outra pessoa. Ele então fechou a porta do carro e fez sinal de positivo.

Queria ter ido embora e o abandonado, mas era tarde demais, já estava voltando para o hotel. O gerente noturno me deu a carteira, que disse ter visto no balcão pouco depois de sairmos.

Abri a carteira. Os cartões de crédito estavam todos no nome de Jackson Anderton.

Levei meia hora para achar o caminho de volta, enquanto o céu se acinzentava com o amanhecer. O guincho tinha sumido. A janela traseira do Honda Accord vermelho estava quebrada, e a porta do motorista, aberta. Pensei que fosse um carro diferente, que eu havia errado o caminho e chegado em outro lugar; mas os cigarros do motorista do guincho estavam lá, esmagados no asfalto, e vi na vala uma valise escancarada, vazia, e, ao seu lado, uma pasta de papel pardo com quinze folhas datilografadas, uma reserva de hotel pré-paga em um Marriott de Nova Orleans, em nome de Jackson Anderton, e um pacote com três camisinhas, texturizadas para proporcionar maior prazer.

Na folha de rosto do texto datilografado, estava escrito:

"'É assim que se fala de zumbis: eles são corpos sem alma. Mortos-vivos. Morreram, e depois foram trazidos de volta à vida.' Hurston. *Tell My Horse*."

Peguei a pasta de papel pardo, mas deixei a valise onde a encontrei. Dirigi para o sul sob um céu cor de pérola.

As pessoas aparecem na nossa vida por um motivo. Sim, claro.

Não consegui sintonizar uma estação de rádio. Depois de um tempo, apertei o botão de busca automática e deixei o rádio ligado, para ele ir alternando de estação em estação em uma busca incansável por sinal, passando por gospel, clássicos, pregação bíblica, dicas sobre sexo, country, três segundos em cada estação intercalados por um monte de estática.

... Lázaro, que estava morto, não há dúvidas disso, ele estava morto, e Jesus o trouxe de volta para nos mostrar, estou dizendo, para nos mostrar...

O que eu chamo de dragão chinês... posso dizer isso no ar? Quando você, tipo, estiver gozando, acerta bem atrás da cabeça dela, aí sai tudo pelo nariz de repente, eu quase morro de rir...

Se você voltar para casa esta noite, estarei esperando no escuro pela minha mulher com minha bebida e minha arma...

Quando Jesus disser para você estar lá, você estará? Ninguém sabe o dia ou a hora, então diga se vai estar lá...

Hoje, o presidente anunciou uma iniciativa...

Recém-coado de manhã. Para você, para mim. Todo dia. Porque todo dia é feito na hora...

Várias vezes. Fiquei mergulhado nisso, dirigindo o dia inteiro pelas estradas. Só dirigindo e dirigindo.

Quanto mais você segue para o sul, mais as pessoas vão ficando sociáveis. Se para em uma lanchonete, junto com o café e a comida, elas trazem comentários, perguntas, sorrisos e acenos.

Era fim de tarde, e eu estava comendo frango frito, salada de couve e bolinhos, e uma garçonete sorriu para mim. A comida era insípida, mas imaginei que talvez fosse problema meu, não deles.

Acenei com a cabeça para ela, educadamente, e ela entendeu aquilo como um convite para vir encher minha xícara de café. O café estava amargo, o que achei bom. Pelo menos tinha algum sabor.

— Olhando para você — disse ela —, chutaria que é um profissional. Posso perguntar qual é sua ocupação? — Foi isso que ela falou, palavra por palavra.

— Pode, sim — respondi, sentindo-me quase possuído por algo pomposo e afável, como W. C. Fields ou o Professor Aloprado (o gordo, não o de Jerry Lewis, ainda que, na verdade, eu esteja a poucos quilos do peso ideal para minha altura). — Eu sou... antropólogo e estou indo para um congresso em Nova Orleans, onde vou debater, discutir e socializar de modo geral com colegas antropólogos.

— Eu sabia — disse ela. — Só de olhar para você. Tinha imaginado que era professor. Ou dentista, talvez.

Ela sorriu para mim de novo. Pensei em parar de vez naquela cidadezinha, em comer naquela lanchonete todo dia de manhã e de noite. Em beber aquele café amargo e vê-la sorrir para mim até acabar o café, o dinheiro e o tempo.

Depois, deixei uma boa gorjeta para ela e segui viagem para o sul e o oeste.

2. "A LÍNGUA ME TROUXE AQUI"

Não havia vagas nos hotéis de Nova Orleans, nem em qualquer lugar na área metropolitana da cidade. Um festival de jazz tinha devorado todos os quartos, sem exceção. Fazia calor demais para dormir no carro e, mesmo com a janela aberta e a disposição de suportar o calor, eu não me sentia seguro. Nova Orleans é um lugar de verdade, mais do que a maioria das cidades onde já morei, mas não é um local seguro nem amistoso.

Eu fedia e sentia coceira. Queria tomar banho, e queria dormir, e queria que o mundo parasse de correr.

Fui de espelunca em espelunca, até que, por fim, como sempre soube que aconteceria, entrei no estacionamento do Marriott no centro da cidade, na Canal Street. Pelo menos eu sabia que eles teriam um quarto disponível. A confirmação da reserva estava na pasta de papel pardo.

— Preciso de um quarto — falei para uma das mulheres atrás do balcão.

Ela mal olhou para mim.

— Todos estão ocupados — disse ela. — Não vamos ter vaga até terça-feira.

Eu precisava fazer a barba, e tomar banho, e descansar. *Qual é a pior coisa que ela pode dizer?*, pensei. *Sinto muito, o senhor já fez o check-in?*

— Eu tenho uma reserva, já paga pela minha universidade. O nome é Anderton.

Ela meneou a cabeça, digitou em um teclado, disse "Jackson?", então me deu a chave enquanto eu rubricava os papéis. A mulher me indicou os elevadores.

Um homem baixinho, com rabo de cavalo, rosto sombrio e aquilino e barba grisalha por fazer, pigarreou quando estava ao meu lado perto dos elevadores.

— Você é o Anderton, da Hopewell — disse ele. — Fomos vizinhos no *Journal of Anthropological Heresies*. — Ele tinha uma camiseta branca com os dizeres "Antropólogos só transam ouvindo mentiras".

— Fomos?

— Fomos. Sou Campbell Lakh, da Universidade de Norwood e Streatham. Antiga Politécnica de North Croydon, Inglaterra. Escrevi o artigo sobre fantasmas e aparições de espíritos na Islândia.

— Prazer em vê-lo — falei, apertando a mão dele. — Você não tem sotaque de Londres.

— Sou um *brummie* — disse ele. — De Birmingham — acrescentou. — Nunca vi você nesses eventos.

— É meu primeiro congresso — respondi.

— Então fique comigo — sugeriu ele. — Vou cuidar de você. Eu me lembro do meu primeiro congresso, fiquei o tempo todo morrendo de medo de fazer alguma coisa idiota. Vamos passar no mezanino, pegar as nossas coisas e trocar de roupa. Devia ter uns cem bebês no meu avião, juro por Deus. Mas eles se revezavam para gritar, cagar e vomitar. Nunca tinha menos de dez gritando por vez.

Passamos no mezanino e buscamos nossos crachás e programas.

— Não se esqueçam de se inscrever para o passeio fantasma — disse a mulher sorridente atrás da mesa. — Toda noite há passeios fantasmas pela Velha Nova Orleans, com limite de quinze pessoas por grupo, então se inscrevam logo.

Tomei banho, lavei minhas roupas na pia e as pendurei para secar no banheiro.

Sentei-me pelado na cama e examinei os itens que estavam na valise de Anderton. Passei os olhos pelo artigo que ele ia apresentar, sem prestar atenção no conteúdo.

No verso em branco da página cinco, ele escreveu, com um garrancho pequeno e relativamente legível: *"Em um mundo completamente perfeito, poderíamos trepar sem ter que dar um pedaço do nosso coração para a pessoa. E cada beijo cintilante e cada toque de pele é mais um fragmento de coração que nunca mais será visto.*

Até que andar (acordar? ligar?) sozinho seja insuportável."

Quando minhas roupas estavam quase secas, me vesti de novo e desci para o bar do saguão. Campbell já estava lá. Ele bebia um gim-tônica e já tinha outro ao lado.

O homem estava com o programa do congresso e havia circulado cada uma das palestras e apresentações que queria ver. ("Regra número um, se for antes de meio-dia, foda-se, a menos que a palestra seja sua", explicou.) Ele me mostrou minha apresentação, circulada a lápis.

— Nunca fiz isso antes — falei. — Nunca apresentei um artigo em um congresso.

— É moleza, Jackson — disse ele. — Moleza. Sabe o que eu faço?

— Não — respondi.

— Só vou lá e leio o artigo. Aí as pessoas perguntam coisas, e eu enrolo — contou ele. — Enrolo ativamente, não passivamente. Essa é a melhor parte. A enrolação. Moleza total.

— Não sou muito bom de, hã, enrolação — falei. — Sincero demais.

— Então balance a cabeça, diga que a pergunta é muito perspicaz e que você a aborda a fundo na versão estendida do artigo, e que o texto apresentado é apenas um resumo. Se um maluco resolver implicar com algum erro que você tenha cometido, demonstre indignação e diga que não se trata do que está na moda, que só importa a verdade.

— Isso funciona?

— Nossa, e como! Alguns anos atrás, apresentei um artigo sobre a origem das seitas tugues em forças militares persas... é por isso que tanto hindus quanto muçulmanos viravam tugues, sabia? A adoração a Kali veio depois. Teria começado como uma espécie de sociedade secreta maniqueísta...

— Ainda falando essas bobagens?

Era uma mulher alta e de pele clara, com uma cabeleira branca e roupas que pareciam, ao mesmo tempo, cuidadosa e agressivamente boêmias, além de quentes demais para o clima. Eu a imaginei andando de bicicleta, do tipo que tinha um cesto de vime na frente.

— Bobagem? Estou escrevendo a porra de um livro sobre isso — rebateu o inglês. — Então, o que quero saber é o seguinte: quem vem comigo ao Bairro Francês experimentar tudo que Nova Orleans tem a oferecer?

— Dispenso — respondeu a mulher, sem sorrir. — Quem é o seu amigo?

— Este é Jackson Anderton, da Hopewell College.

— O artigo sobre as meninas zumbis do café? — Ela sorriu. — Vi no programa. Fascinante. Mais uma coisa que devemos a Zora, não?

— Isso e *O grande Gatsby* — falei.

— Hurston conhecia F. Scott Fitzgerald? — perguntou a ciclista. — Não sabia. A gente esquece como o mundo literário de Nova York era pequeno naquela época, e como a barreira da cor às vezes desaparecia para gênios.

O inglês riu.

— Desaparecia? Apenas sob pressão. A mulher morreu na miséria como faxineira na Flórida. Ninguém sabia que ela tinha escrito os livros que escreveu, que dirá que havia trabalhado com Fitzgerald em *O grande Gatsby*. É patético, Margaret.

— A posteridade acaba levando essas coisas em consideração — retrucou a mulher alta e então foi embora.

Campbell ficou olhando para ela.

— Quando eu crescer — disse ele —, quero ser que nem ela.

— Por quê?

Ele olhou para mim.

— É, esse é o espírito. Tem razão. Alguns de nós escrevem os livros de sucesso, outros os leem, alguns ganham os prêmios, outros não. O importante é ser humano, né? É ser uma boa pessoa. É estar vivo.

Ele me deu um tapinha no braço.

— Venha. Li sobre um fenômeno antropológico interessante na internet e vou mostrá-lo para você hoje à noite, algo que provavelmente não costuma ver nos cafundós do Kentucky. *Id est*, mulheres que, em circunstâncias normais, não mostrariam os peitos por cem pratas, mas que os botam para fora de bom grado em público por uns colares fajutos de plástico.

— Moeda de troca universal — falei. — Colares.

— Porra — disse ele. — Isso tem potencial para um artigo. Vamos. Já provou gelatina de vodca, Jackson?

— Não.

— Eu também não. Deve ser horrível. Vamos experimentar.

Pagamos nossas bebidas. Precisei lembrá-lo de deixar uma gorjeta.

— A propósito — falei. — F. Scott Fitzgerald. Qual era o nome da esposa dele?

— Zelda? O que tem ela?

— Nada — respondi.

Zelda. Zora. Tanto faz. Saímos.

3. "COISA ALGUMA, ASSIM COMO ALGUMA COISA, ACONTECE EM ALGUM LUGAR"

Meia-noite, mais ou menos. Estávamos em um bar na Bourbon Street, eu e o professor inglês de antropologia, e ele começou a pagar bebidas — bebidas de verdade, aquele lugar não oferecia gelatina — para umas mulheres de cabelo escuro no balcão. Elas eram tão parecidas que podiam ser irmãs. Uma usava uma fita vermelha no cabelo, a outra, uma fita branca. Gauguin talvez as tivesse pintado, só que as teria retratado com os peitos nus e sem os brincos prateados em forma de caveira de rato. Elas riam muito.

A certa altura, a gente tinha visto um pequeno grupo de acadêmicos passar pelo bar, conduzidos por um guia com um guarda-chuva preto. Mostrei-os para Campbell.

A mulher da fita vermelha ergueu uma sobrancelha.

— Eles fazem os passeios de História Mal-Assombrada, vão em busca de fantasmas, e dá vontade de falar, cara, aqui é aonde os fantasmas vêm, aqui é onde os mortos ficam. É mais fácil procurar os vivos.

— Quer dizer que os turistas estão *vivos*? — disse a outra, fingindo preocupação.

— Só quando *chegam* aqui — respondeu a primeira, e as duas riram.

Elas riam muito.

A da fita branca ria de tudo que Campbell falava. Ela pedia "Fala foda de novo", e ele falava com seu sotaque, e ela repetia "Fôda! Fôda!", tentando imitá-lo, e ele dizia "Não é *fôda*, é *foda*", e ela não percebia a diferença e ria mais ainda.

Depois de duas bebidas, talvez três, ele pegou a mão dela e a levou até os fundos do bar, onde tocava música e estava escuro, e já havia algumas pessoas lá, se não dançando, pelo menos se esfregando umas nas outras.

Continuei no meu lugar, ao lado da mulher com a fita vermelha.

— Você também é da gravadora? — perguntou ela.

Fiz que sim. Era o que Campbell tinha falado que a gente fazia. "Odeio falar para as pessoas que sou a porra de um acadêmico", dissera ele, enquanto as duas estavam no banheiro, e fazia sentido. Em vez disso, falou para elas que tinha descoberto o Oasis.

— E você? O que faz da vida?

— Sou sacerdotisa de santería — disse ela. — Tenho isso no sangue, meu pai era brasileiro, minha mãe era irlandesa e cherokee. No Brasil, todo mundo faz amor com todo mundo e tem nenéns lindos. Todo mundo tem sangue de negros escravizados, todo mundo tem sangue indígena, meu pai tinha até um pouco de sangue japonês. O irmão dele, meu tio, lembra um japonês. Meu pai era só um homem bonito. As pessoas acham que foi dele que puxei a santería, mas não, foi da minha avó, diziam que ela era cherokee, mas fiquei em dúvida quando vi as fotos antigas. Quando eu tinha três anos, falava com gente morta; quando tinha cinco, vi um cachorro preto enorme, do tamanho de uma Harley Davidson, andando atrás de um homem na rua, que ninguém mais viu além de mim, e quando contei isso para minha mãe, ela falou para minha vó, e elas disseram, "Ela precisa saber, ela precisa aprender". Tinha gente para me ensinar, desde que eu era pequena.

"Nunca tive medo dos mortos. Sabia? Eles não machucam a gente. Tem muita coisa nesta cidade que pode machucar a gente, mas os mortos não machucam. Os vivos, sim. Eles machucam muito."

Dei de ombros.

— Esta é uma cidade onde as pessoas dormem umas com as outras, sabe? A gente faz amor. É algo que a gente faz para mostrar que ainda está vivo.

Fiquei na dúvida se isso era uma cantada. Não parecia.

— Está com fome? — perguntou ela.

Respondi que um pouco.

— Sei de um lugar aqui perto que serve a melhor tigela de gumbo de Nova Orleans. Vamos lá.

— Ouvi dizer que nessa cidade é melhor não sair andando sozinho à noite — falei.

— É verdade — afirmou ela. — Mas você vai estar comigo. Vai ficar seguro, se eu estiver junto.

Na rua, universitárias nas varandas mostravam os seios. A cada vislumbre de um mamilo, as pessoas gritavam e jogavam colares de plástico. Mais cedo, eu tinha ouvido o nome da mulher de fita vermelha, mas ele havia se evaporado.

— Antigamente, só faziam essa merda no Mardi Gras — disse ela. — Agora os turistas querem que aconteça o tempo todo, então são só turistas fazendo isso para turistas. Os locais não ligam — disse ela. — Quando você precisar mijar, me avisa.

— Tudo bem. Por quê?

— Porque a maioria dos turistas são assaltados quando entram nos becos para mijar. Acordam uma hora depois na Pirate's Alley, com a cabeça doendo e a carteira vazia.

— Vou tomar cuidado.

Ela apontou para um beco por onde passamos, enevoado e deserto.

— Não entre ali — avisou ela.

Fomos parar em um bar com mesinhas. A TV acima do balcão passava o *Tonight Show* sem som e com legenda, mas as palavras se misturavam com números e frações. Pedimos gumbo, uma tigela para cada.

Eu esperava mais do melhor gumbo de Nova Orleans. Quase não tinha gosto. Ainda assim, devorei tudo, sabendo que precisava comer, já que eu não tinha comido nada o dia todo.

Três homens entraram no bar. Um a passos furtivos, um a passos pomposos, um a passos apáticos. O dos passos furtivos estava vestido como um agente funerário vitoriano, de cartola alta e tudo mais. Sua pele era pálida feito peixe; o cabelo, longo e fino; a barba, comprida e decorada com contas de prata. O dos passos pomposos usava um longo casaco de couro preto, com roupas pretas por baixo. Sua pele era de um negro profundo. O último, dos passos apáticos, ficou para trás, esperando junto à porta. Não consegui ver seu rosto direito nem decifrar suas origens; o que deu para ver de sua pele era um cinza turvo. O cabelo oleoso caía pelo rosto. Ele me deu arrepios.

Os dois primeiros vieram direto para a nossa mesa; por um instante, fiquei apavorado, mas eles me ignoraram. Olharam para a mulher da fita vermelha, e ambos beijaram sua bochecha. Perguntaram sobre amigos que ainda não tinham visto, sobre quem fez o quê com quem em que bar e por quê. Eles me lembravam da raposa e do gato de *Pinóquio*.

— O que aconteceu com a sua namorada bonita? — perguntou a mulher ao homem de passos pomposos.

Ele sorriu sem humor.

— Colocou um rabo de esquilo no túmulo da minha família.

Ela comprimiu os lábios.

— Então está melhor sem ela.

— Também acho.

Dei uma olhada no sujeito que me deixou tenso. Era uma criatura imunda, magro feito um viciado, de lábios cinzentos. Olhava para baixo. Mal se mexia. Eu me perguntei o que os três homens estavam fazendo juntos: a raposa, o gato e o fantasma.

Então o homem branco pegou a mão da mulher e a levou aos lábios, fez uma reverência para ela, ergueu a mão para mim em uma saudação irônica, e os três foram embora.

— Amigos seus?

— Pessoas ruins — disse ela. — Bruxaria. Não são amigos de ninguém.

— Qual era o problema do cara na porta? Ele está doente?

Ela hesitou e balançou a cabeça.

— Não exatamente. Conto quando você estiver pronto.

— Conte agora.

Na TV, Jay Leno conversava com uma loura magra. N&O E. S½ O F1LM3, dizia a legenda. ENT.O VOC¾ J VIU A B0NECA? Ele pegou um brinquedo pequeno na mesa e fingiu olhar por baixo da saia para conferir se era anatomicamente correto. [RISADA], disse a legenda.

Ela terminou o gumbo, lambeu a colher com uma língua muito, muito vermelha e colocou o talher de volta na tigela.

— Tem muita gente que vem para Nova Orleans. Alguns leem livros da Anne Rice e acham que vão aprender a ser vampiros aqui. Alguns sofrem maus-tratos dos pais, alguns estão só entediados. Que nem gatinhos de rua morando em bueiros, eles vêm para cá. Descobriram uma raça nova de gatos morando em um bueiro de Nova Orleans, sabia?

— Não.

OS SADA], disse a legenda, mas Jay ainda sorria, e o *Tonight Show* deu lugar a um comercial de carro.

— Ele era um desses garotos de rua, só que tinha um lugar para dormir à noite. Gente boa. Veio de carona de Los Angeles para Nova Orleans. Queria ficar em paz e fumar maconha, ouvir fitas de The Doors, estudar Magia do Caos e ler a obra completa de Aleister Crowley. Também queria ganhar boquetes. Não importava de quem. Inspirado e cheio de energia.

— Ei — falei. — Aquele ali era o Campbell. Passou direto. Lá fora.

— Campbell?

— Meu amigo.

— O cara da gravadora? — Ela sorriu ao falar isso, e pensei: *Ela sabe. Ela sabe que é mentira. Ela sabe o que ele é.*

Deixei uma nota de vinte e uma de dez na mesa, e saímos à rua para procurá-lo, mas ele já havia sumido.

— Achei que ele estivesse com a sua irmã — falei.

— Não tenho irmã — disse ela. — Não tenho irmã. Sou só eu. Só eu.

Viramos em uma esquina e fomos engolidos por uma multidão de turistas barulhentos, como uma onda que, de repente, quebra na praia. E então, na mesma rapidez com que surgiram, eles desapareceram, deixando para trás apenas algumas pessoas. Uma adolescente vomitava em um bueiro, ao lado de um rapaz nervoso, que segurava a bolsa dela e um copo de plástico com bebida pela metade.

A mulher com fita vermelha no cabelo não estava mais lá. Lamentei não ter guardado o nome dela nem o nome do bar onde a conheci.

Minha intenção era ir embora naquela noite, pegar a rodovia interestadual no sentido oeste até Houston, e, de lá, seguir para o México, mas estava cansado e meio bêbado, então voltei para o quarto e, quando amanheceu, continuava no Marriott. Todas as roupas que tinha usado na noite anterior cheiravam a perfume e putrefação.

Vesti minha camiseta e as calças, desci para a lojinha do hotel e comprei mais algumas camisetas e um short. A mulher alta, a que não tinha bicicleta, estava lá, comprando antiácido.

— Mudaram a sua apresentação — informou ela. — Agora vai ser no Salão Audubon, daqui a uns vinte minutos. Talvez seja bom escovar os dentes antes. Seus melhores amigos não avisariam, mas eu mal o conheço, sr. Anderton, então falo sem problema algum.

Incluí um kit-viagem com escova de dentes e pasta nas minhas compras. Contudo, a ideia de adquirir mais pertences me incomodou. Eu achava que devia me livrar das coisas. Precisava ser transparente, não ter nada.

Subi para o quarto, escovei os dentes e vesti a camiseta do festival de jazz. Em seguida, como não tinha escolha, ou porque estava fadado a debater, discutir e socializar de modo geral, ou porque tinha certeza de que Campbell assistiria à apresentação e queria me despedir antes de ir embora, peguei o artigo e desci para o Salão Audubon, onde quinze pessoas me esperavam. Campbell não estava lá.

Não senti medo. Cumprimentei todos e olhei para o início da primeira página.

Ela começava com outra citação de Zora Neale Hurston:

Muito se fala de grandes zumbis que aparecem à noite para causar mal. Muito também se fala das menininhas zumbis que são enviadas pelos seus proprietários na escuridão da alvorada para vender pacotinhos de café torrado. Antes do amanhecer, é possível ouvir seus gritos de "Café grillé" em pontos escuros nas ruas, e elas só são vistas se alguém chamá-las para ver o produto. Então, a pequena morta se revela e sobe os degraus.

Anderton emendava o trabalho a partir daí, com citações de contemporâneos de Hurston e trechos de entrevistas antigas com haitianos mais velhos, e o artigo do homem saltava, até onde deu para perceber, de conclusão em conclusão, transformando invencionices em palpites e hipóteses, e os costurando em fatos.

No meio do processo, Margaret, a mulher alta sem bicicleta, entrou e ficou olhando para mim. Pensei: *Ela sabe que não sou ele. Ela sabe*. Mas continuei lendo. O que mais podia fazer?

No final, abri para perguntas.

Alguém perguntou sobre as práticas de pesquisa de Zora Neale Hurston. Falei que era uma ótima pergunta, que era abordada mais a fundo na versão completa do artigo, e que o texto apresentado era essencialmente um resumo.

Outra pessoa, uma mulher baixa e rechonchuda, se levantou e anunciou que as meninas zumbis não podiam ter existido: drogas e pós de zumbis provocavam a perda de sentidos, induziam transes que se assemelhavam à morte, mas ainda operavam fundamentalmente sob uma crença — a crença de que o indivíduo agora estava entre os mortos e não tinha vontade própria. Ela queria saber como uma criança de quatro ou cinco anos poderia ser induzida a acreditar em algo assim. Não. As meninas do café, falou ela, eram como o truque da corda indiana, apenas outra lenda urbana do passado.

Pessoalmente, eu concordava, mas meneei a cabeça e respondi que aqueles argumentos eram bons e pertinentes. E que, do meu ponto de vista — que eu esperava ser um ponto de vista de fato antropológico —, não importava se algo era fácil de acreditar, mas, sim, se era verdade.

O público aplaudiu, e depois um homem de barba me perguntou se era possível obter uma cópia do artigo para um periódico que ele editava. Na hora, me ocorreu que tinha sido bom eu ir para Nova Orleans, pois a carreira de Anderton não seria prejudicada por sua ausência no congresso.

A mulher rechonchuda, cujo crachá informava que seu nome era Shanelle Gravely-King, me esperava na porta.

— Gostei muito — disse ela. — Não quero que pense que não gostei.

Campbell não foi à própria palestra. Ninguém mais o viu.

Margaret me apresentou a alguém de Nova York e comentou que Zora Neale Hurston tinha trabalhado em *O grande Gatsby*. O homem disse que sim, que isso agora era um fato bem conhecido. Eu me perguntei se ela havia chamado a polícia, mas a mulher me tratava com simpatia. Percebi que estava ficando nervoso e me arrependi de ter jogado fora meu celular.

Shanelle Gravely-King e eu jantamos cedo no hotel, e logo no início pedi:
— Ah, não vamos falar de trabalho.

Ela concordou que só pessoas muito entediantes falavam de trabalho à mesa, então conversamos sobre bandas de rock que vimos ao vivo, sobre métodos fictícios para desacelerar a decomposição de um corpo humano e sobre a parceira dela, uma mulher mais velha que era dona de um restaurante, e depois subimos para o meu quarto. Ela cheirava a talco e jasmim, e sua pele nua estava pegajosa junto à minha.

Nas horas seguintes, usei duas das três camisinhas. Ela já estava dormindo quando voltei do banheiro e me deitei na cama ao seu lado. Pensei nas palavras que Anderton tinha escrito, rabiscadas à mão no verso do artigo, e quis conferi-las, mas peguei no sono, encostado em uma mulher de pele macia e aroma de jasmim.

Após a meia-noite, acordei de um sonho, e uma voz de mulher sussurrava na escuridão.

— Então ele veio para a cidade — disse ela —, com suas fitas de The Doors, os livros de Crowley, uma lista escrita à mão com sites secretos de Magia do Caos, e tudo corria bem, ele até tinha alguns discípulos, fugidos que nem ele, e conseguia um boquete sempre que queria, e o mundo era bom.

"E aí ele começou a acreditar na própria história. Achava que era para valer. Que ele era o cara. Achava que era um tigrão malvado, não um gatinho. Então encontrou... algo... que outra pessoa queria.

"Ele achava que o algo que tinha encontrado o protegeria. Bobinho. E, naquela noite, estava sentado na Jackson Square, conversando com as cartomantes, falando de Jim Morrison e da cabala, quando alguém tocou seu ombro, e ele se virou, alguém soprou um pó em seu rosto, e ele aspirou.

"Não tudo. E ele ia tomar alguma providência, mas aí percebe que não havia nada a fazer, porque estava totalmente paralisado, havia baiacu, e pele de sapo, e osso moído, e um monte de coisa no pó, e ele tinha aspirado.

"Ele foi levado para o pronto-socorro, onde ninguém fazia muito por ele, pois o viam como um menino de rua viciado em drogas, e, no dia seguinte, ele conseguiu se mexer de novo, mas levou dois ou três dias para voltar a falar.

"O problema é que ele precisava daquilo. Ele queria. Ele sabia que existia algum segredo importante no pó de zumbi, e que estava quase desvendando. Algumas pessoas dizem que misturam o pó com heroína, alguma merda assim, mas nem precisavam fazer isso. Ele queria.

"E falaram que não venderiam para ele. Mas, se fizesse uns serviços, lhe dariam um pouco de pó de zumbi, para fumar, cheirar, esfregar nas gengivas, engolir. Às vezes, mandavam uns serviços desagradáveis que ninguém mais queria. Às vezes, só o humilhavam porque podiam... faziam ele comer bosta de cachorro da sarjeta, matar para eles. Qualquer coisa, menos morrer. Puro osso. Ele fazia qualquer coisa pelo pó de zumbi.

"E ele ainda achava, no pedacinho da cabeça que ainda era ele, que não era um zumbi. Que não estava morto, que existia um limiar que ainda não havia ultrapassado. Mas ele o cruzara há muito tempo."

Estendi a mão e encostei nela. Seu corpo era rígido, e magro, e esguio, e os seios pareciam seios pintados por Gauguin. Sua boca, na escuridão, era macia e quente junto à minha.

As pessoas aparecem na nossa vida por um motivo.

4. "ESSAS PESSOAS DEVIAM SABER QUEM SOMOS E AVISAR QUE ESTAMOS AQUI"

Quando acordei, ainda estava quase escuro, e o quarto jazia em silêncio. Acendi a luz e procurei no travesseiro uma fita, branca ou vermelha, ou um brinco de caveira de rato, mas nada ali indicava que alguém além de mim tinha passado a noite naquela cama.

Levantei, abri as cortinas e olhei pela janela. O céu ficava cinza no leste.

Pensei em ir para o sul, em continuar fugindo, em continuar fingindo que estava vivo. Mas agora eu sabia que era tarde demais para isso. Afinal, existem portas entre os vivos e os mortos, e elas se abrem nos dois sentidos.

Fui o mais longe que podia.

Ouvi uma batida fraca na porta do quarto. Vesti a calça e a camiseta com que tinha viajado e, descalço, abri a porta.

A menina do café estava me esperando.

Para além da porta, tudo era tocado por luz, uma luminosidade ampla e maravilhosa de pré-alvorada, e escutei a canção dos pássaros no ar da manhã. A rua ficava em uma ladeira, e as casas na minha frente eram quase barracos. Havia neblina perto do chão, revolvendo-se como algo saído de um filme preto e branco, mas ela desapareceria antes do meio-dia.

A menina era magra e pequena; não parecia ter mais de seis anos. Seus olhos eram esbranquiçados, com uma possível catarata, e a pele antes marrom era cinza. Ela me estendia uma xícara branca do hotel, segurando-a cuidadosamente, com uma das mãos pequenas na asa e a outra embaixo do pires. A xícara estava pela metade, com um líquido fumegante cor de lama.

Eu me abaixei para pegá-la e tomei um gole. Era uma bebida muito amarga e quente, e me despertou de vez.

— Obrigado — falei.

Alguém, em algum lugar, chamava meu nome.

A menina esperou, com paciência, até eu terminar o café. Coloquei a xícara no carpete, estendi a mão e encostei no ombro dela.

Ela esticou o braço, abriu os dedinhos cinzentos, e pegou a minha mão. Sabia que eu estava com ela. Aonde quer que fôssemos agora, iríamos juntos.

Lembrei algo que alguém tinha falado para mim.

— Está tudo bem, todo dia é feito na hora — disse para ela.

A expressão da menina do café não mudou, mas ela assentiu, como se tivesse escutado, e deu um puxão impaciente no meu braço. Apertou forte minha mão com os dedos frios, frios, e andamos, enfim, lado a lado na neblina do amanhecer.

O PROBLEMA DE SUSANA

2004

O SONHO SE REPETE naquela noite.

No sonho, ela está com os irmãos e a irmã na beira do campo de batalha. É verão, e o gramado tem um tom verde particularmente vívido: um verde salutar, como um campo de críquete, ou como a encosta acolhedora de South Downs subindo o litoral. Há corpos no gramado. Nenhum deles é humano; ela vê um centauro, com a garganta cortada, perto dela na grama. A parte de cavalo é de um castanho vivo. A pele humana está bronzeada como uma noz. Seus olhos se fixam no pênis do cavalo, e ela começa a pensar no acasalamento de centauros, e imagina receber um beijo daquele rosto barbudo. Seus olhos vão para a garganta aberta, e para a poça vermelha pegajosa que a cerca, e ela estremece.

Há moscas zumbindo em volta dos cadáveres.

As flores silvestres se misturam na grama. Desabrocharam ontem pela primeira vez em... quanto tempo? Cem anos? Mil? Cem mil? Ela não sabe.

Era tudo neve, pensa ela, olhando para o campo de batalha.

Ontem, era tudo neve. Sempre inverno, sem Natal.

A irmã puxa sua mão e aponta. No cume da colina, eles conversam, concentrados. O leão é dourado e está com os braços cruzados atrás do corpo. A feiticeira usa apenas branco. Neste momento, ela está gritando com o leão, que apenas escuta. As crianças não conseguem distinguir as palavras, nem a ira fria da mulher, nem as respostas graves do leão. O cabelo da bruxa é preto e lustroso, e os lábios são vermelhos.

No sonho, ela percebe essas coisas.

Eles vão terminar a conversa em breve, o leão e a feiticeira...

Há coisas que a professora detesta sobre si mesma. O próprio cheiro, por exemplo. Ela tem o cheiro de sua avó, cheiro de velha, e isso para ela é imperdoável, então, assim que acorda, ela se lava com água perfumada e, nua, depois de se enxugar, pinga algumas gotas de *eau de toilette* Chanel embaixo dos braços e no pescoço. É, acredita ela, sua única extravagância.

Hoje, ela veste o terninho marrom-escuro. Considera-o seu traje para entrevistas, diferente do seu traje para aulas e das roupas de ficar à toa em casa. Agora que está aposentada, usa cada vez mais roupas descontraídas. Passa o batom.

Após o café da manhã, lava uma garrafa de leite e a coloca na porta dos fundos. Descobre que o gato do vizinho depositou a cabeça e a pata de um rato no capacho. Parece que o roedor está nadando na fibra de coco, como se estivesse quase todo submerso. Ela comprime os lábios, dobra a edição do dia anterior do *Daily Telegraph* e embrulha a cabeça e a pata do bicho com o jornal, sem tocá-las em momento algum.

O *Daily Telegraph* do dia a espera no hall de entrada, junto com algumas cartas, que ela confere, sem abrir, e coloca na escrivaninha de seu minúsculo escritório. Desde que se aposentou, entra no escritório apenas para escrever. Agora, vai para a cozinha e se senta à velha mesa de carvalho. Seus óculos de leitura estão pendurados no pescoço com uma corrente prateada, ela os apoia sobre o nariz e começa pelos obituários.

Não espera encontrar algum conhecido, mas o mundo é pequeno, e ela observa que, talvez com um senso de humor cruel, os obituaristas publicaram uma fotografia de Peter Burrell-Gunn do início dos anos 1950, bem diferente de como ele estava na última vez que a professora o viu, em uma festa de Natal da *Literary Monthly* há alguns anos, todo travado de gota, amuado e trêmulo, e lembrando mais que tudo uma caricatura de coruja. Na fotografia, ele está bonito. Parece impetuoso, nobre.

Certa vez, ela passou uma tarde beijando-o em uma casa de veraneio: lembra-se disso com muita clareza, embora nem por um decreto consiga lembrar a quem pertencia o jardim e a casa.

Ela decide que era a casa de campo de Charles e Nadia Reid. Ou seja, isso foi antes de Nadia fugir com o artista escocês, e de Charles levar a professora para a Espanha, embora na época ela definitivamente não fosse professora. Isso foi muitos anos antes de ser comum as pessoas passarem férias na Espanha; naquele tempo, era um lugar caótico e perigoso. Peter também a pediu em casamento, e ela já não sabe mais por que disse não, nem se disse não mesmo. Ele era um homem jovem e até agradável, e tirou o que restava da virgindade dela em cima de um cobertor numa praia espanhola, durante uma noite quente de primavera. Ela tinha vinte anos e se achava tão velha...

A campainha toca e ela larga o jornal, vai até a porta e abre.

A primeira coisa que passa por sua cabeça é como a menina parece jovem.

★ ★ ★

A primeira coisa que passa por sua cabeça é como a mulher parece velha.

— Professora Hastings? — diz ela. — Meu nome é Greta Campion. Estou escrevendo um perfil sobre a senhora. Para a *Literary Chronicle*.

A mulher a encara por um instante, vulnerável e idosa, então sorri. É um sorriso simpático, e Greta se afeiçoa a ela.

— Entre, querida — fala a professora. — Vamos ficar na sala de estar.

— Eu trouxe isso — comenta Greta. — Eu mesma fiz. — Ela tira a fôrma de bolo da sacola, torcendo para o conteúdo não ter se desintegrado no caminho. — É um bolo de chocolate. Li na internet que a senhora gostava.

A velha assente, surpresa.

— Gosto, sim — responde ela. — Muita gentileza sua. Por aqui.

Greta a acompanha até uma sala confortável, é levada a uma poltrona, e recebe a instrução firme de não sair dali. A professora sai e volta com uma bandeja, onde repousam xícara e pires, uma jarra de chá, um prato de biscoitos de chocolate e o bolo de Greta.

O chá é servido, e Greta elogia o broche da professora, então pega o caderno e uma caneta, e um exemplar de *Em busca de sentidos na literatura infantil*, o último livro da professora, cravejado de post-its e tiras de papel. Elas conversam sobre os primeiros capítulos, que introduzem a hipótese de que não havia uma seção da literatura voltada exclusivamente para crianças até que as noções vitorianas de pureza e sacralidade da infância exigiram a produção de uma literatura infantil que fosse...

— Bem, pura — diz a professora.

— E sagrada? — pergunta Greta, com um sorriso.

— E hipócrita — fala a professora, corrigindo-a. — É difícil ler *Os meninos aquáticos* sem revirar os olhos.

Em seguida, ela fala da maneira como os artistas ilustravam crianças no passado — como adultos, só que menores, sem considerar as proporções da infância — e de como os contos dos irmãos Grimm foram compilados para adultos, e, quando descobriram que os livros estavam sendo lidos para crianças, as histórias foram adaptadas para serem mais próprias àquela idade. Ela fala de "Bela Adormecida na floresta", de Perrault, e de sua conclusão original, em que a mãe ogra canibal do príncipe tenta incriminar a Bela Adormecida por ter comido os próprios filhos, e o tempo todo Greta meneia a cabeça, faz anotações e tenta ansiosamente oferecer contribuições à conversa para que a professora sinta que é uma conversa ou pelo menos uma entrevista, não uma aula.

— De onde a senhora acha que veio seu interesse por livros infantis? — pergunta a jovem.

A professora balança a cabeça.

— De onde vêm todos os nossos interesses? De onde veio *seu* interesse por livros infantis?

— Eles sempre me pareceram mais importantes — responde Greta. — Os que faziam a diferença para mim. Quando eu era pequena, e quando cresci. Eu era que nem a *Matilda,* de Roald Dahl... A senhora vem de uma família de leitores?

— Não exatamente... Quer dizer, minha família está morta há muito tempo. Ou melhor, foi morta.

— Sua família morreu toda ao mesmo tempo? Foi na guerra?

— Não, querida. Nós fomos evacuados na guerra. Foi em um acidente de trem, anos depois. Eu não estava lá.

— Que nem em *As Crônicas de Nárnia,* de Lewis — diz Greta, e na mesma hora se acha uma idiota, uma idiota insensível. — Desculpa. Foi horrível isso que falei, né?

— Foi, querida?

Greta se sente corar, e diz:

— É que me lembro muito bem dessa cena. Em *A última batalha.* Quando a gente descobre que aconteceu um acidente de trem no caminho de volta para a escola, e todo mundo morreu. Menos Susana, claro.

— Mais chá, querida? — pergunta a professora.

Greta sabe que devia mudar de assunto, mas continua:

— Isso me dava muita raiva, sabia?

— O quê, querida?

— Susana. Todas as outras crianças vão para o Paraíso, mas Susana não pode ir. Ela não é mais amiga de Nárnia, porque gosta demais de batom e meia-calça e convites para festas. Cheguei até a conversar com minha professora de inglês sobre isso, sobre o problema de Susana, quando eu tinha doze anos.

Ela vai mudar de assunto agora, vai falar de como a literatura infantil cria sistemas de crenças que adotamos na vida adulta, mas a professora diz:

— Diga, querida, o que sua professora respondeu?

— Que, embora ela tivesse recusado o Paraíso naquela época, ainda teve tempo para se arrepender em vida.

— Se arrepender de quê?

— De não acreditar, acho. E do pecado de Eva.

A professora se serve uma fatia de bolo de chocolate.

Parece estar relembrando.

— Duvido que tenha havido muitas oportunidades para meia-calça e batom depois que a família dela morreu. Com certeza não houve para mim — diz a professora. — Um pouco de dinheiro, menos do que se poderia imaginar, de herança dos pais, para pagar casa e comida. Nenhum luxo...

— Devia ter alguma outra coisa errada com Susana — fala a jornalista —, algo que não nos contaram. Caso contrário, ela não teria sido condenada daquele jeito... proibida de ir acima e avante ao Céu. Quer dizer, todo mundo que ela amava tinha sido recompensado com um mundo de magia, cachoeiras e alegria. E ela ficou para trás.

— Eu não sei a menina dos livros — diz a professora —, mas, ficando para trás, ela também poderia identificar o corpo dos irmãos e da irmãzinha. Muita gente morreu naquele acidente. Eu fui levada para uma escola próxima... era o primeiro dia do ano letivo, e os corpos foram transferidos para lá. Meu irmão mais velho parecia bem. Como se estivesse dormindo. Os outros dois estavam um pouco mais machucados.

— Acho que Susana viu os corpos e pensou: agora eles estão de férias. As férias perfeitas. Correndo pelos prados com animais falantes, em um mundo sem fim.

— Talvez. Eu só me lembro de pensar em como um trem, quando bate em outro, pode causar um estrago tão grande nos passageiros. Imagino que você nunca tenha precisado identificar um corpo, né, querida?

— Não.

— Que bênção. Eu me lembro de olhar para eles e pensar: *e se eu estiver enganada, e se não for ele?* Meu irmão mais novo foi decapitado, sabia? Um deus que quisesse me castigar por gostar de meia-calça e festas, e me fizesse andar pelo refeitório daquela escola, no meio das moscas, para identificar Ed, bom... ele está se divertindo um pouco demais, não? Que nem um gato, se esbaldando com um rato. Acho que gatos hoje em dia ainda comem ratos. Não sei.

Ela se cala. Depois, passado algum tempo, diz:

— Sinto muito, querida. Acho que não consigo continuar hoje. Talvez seu editor possa telefonar e marcar outro dia para terminarmos nossa conversa.

Greta assente, diz "claro", e no fundo sabe, com uma sensação peculiar de fim, que elas nunca vão se falar de novo.

Na mesma noite, a professora sobe a escada de casa devagar, cuidadosamente, um andar por vez. Ela tira lençóis e cobertores do armário e faz a cama no quarto de visitas, nos fundos da propriedade. Não tem quase nada nele, só uma penteadeira dos tempos de austeridade da guerra, com espelho e gavetas, uma cama de carvalho e um guarda-roupa empoeirado de macieira, que contém apenas cabides e uma caixa de papelão. Coloca um vaso na penteadeira, com flores roxas de rododendro, grudentas e vulgares.

Da caixa no guarda-roupa, ela tira uma sacola de mercado com quatro álbuns de fotos antigos. Então sobe na cama em que dormia quando criança e se deita entre os lençóis, observando as fotografias em preto e branco, as fotografias em sépia e as poucas fotografias coloridas nada convincentes. Olha os irmãos, e a irmã, e os pais, e se pergunta como eles já foram tão jovens, como alguém poderia ser tão jovem.

Depois de um tempo, ela se dá conta de que há alguns livros infantis ao lado da cama, o que a deixa ligeiramente intrigada, pois achava que não mantinha livros na mesa de cabeceira daquele quarto. E, conclui, tampouco havia uma mesa de cabeceira ali. No topo da pilha está um livro em brochura antigo — deve ter mais de quarenta anos: o preço na capa está em xelins. Tem um leão, e duas meninas enfeitam sua juba com uma coroa de margaridas.

Os lábios da professora tremulam de choque. Só então ela compreende que está sonhando, pois não tem tais obras em casa. Embaixo da brochura há um livro de capa dura com sobrecapa, uma obra que, no sonho, ela sempre quis ler: *Mary Poppins traz a alvorada*, que P. L. Travers nunca escreveu em vida.

Ela o pega, abre no meio, e lê a história que a aguarda: Jane e Michael acompanham Mary Poppins em seu dia de folga e vão ao Céu, onde encontram o menino Jesus, ainda ligeiramente com medo de Mary Poppins porque ela foi sua babá, e o Espírito Santo, que reclama que não conseguiu deixar o lençol tão branco desde que Mary Poppins foi embora, e Deus Pai, que diz:

— Não dá para obrigá-la a fazer nada. Ela, não. *Ela é Mary Poppins.*

— Mas você é Deus — diz Jane. — Você criou tudo e todos. Todo mundo precisa fazer o que você manda.

— Ela, não — repete Deus Pai, coçando a barba dourada com fios brancos. — *Ela* eu não criei. *Ela é Mary Poppins.*

E a professora se agita no sono, e depois sonha que está lendo o próprio obituário. *Foi uma boa vida*, pensa ela, durante a leitura, descobrindo a própria história em preto e branco. Está todo mundo ali. Até as pessoas que ela havia esquecido.

Greta dorme ao lado do namorado, em um apartamento pequeno em Camden, e também sonha.

No sonho, o leão e a feiticeira descem juntos a colina.

Ela está parada no campo de batalha, segurando a mão da irmã. Vê o leão dourado, e o âmbar ardente de seus olhos.

— Ele não é um leão manso, né? — sussurra para a irmã, e as duas estremecem.

A feiticeira olha para todos, vira-se para o leão e diz com frieza:

— Estou satisfeita com os termos do nosso acordo. Você fica com as meninas. Quanto a mim, tomarei os meninos.

Ela entende o que deve ter acontecido e começa a correr, mas o animal a alcança antes que consiga completar doze passos.

No sonho, o leão a come inteira, menos a cabeça. Ele deixa a cabeça e uma das mãos, como um gato deixa os pedaços que não quer de um rato, com a intenção de comê-los depois ou dá-los de presente.

Queria que ele tivesse comido sua cabeça, pois assim não conseguiria enxergar. Pálpebras mortas não se fecham, e ela fica olhando, imóvel, a monstruosidade em que seus irmãos se transformam.

O animal imenso come sua irmãzinha mais devagar e, aparentemente, com mais deleite e prazer do que quando a comeu; mas sua irmãzinha sempre foi mesmo a preferida dele.

A feiticeira tira o manto branco e revela um corpo não menos branco, com seios pequenos e empinados e mamilos tão escuros que são quase pretos. A feiticeira se deita na grama e abre as pernas. Sob seu corpo, a grama fica coberta de geada.

— Agora — diz ela.

O leão lambe sua fenda branca com a língua rosa, até que ela não aguenta mais e puxa a bocarra para a sua, envolvendo o pelo dourado com as pernas gélidas...

Mortos, os olhos da cabeça na grama não conseguem se esquivar da cena. Mortos, eles veem tudo.

E, quando os dois terminam, suados, pegajosos e saciados, só então o leão vai placidamente até a cabeça na grama e a devora com sua bocarra, esmagando o crânio com a mandíbula poderosa, e é nesse momento, e só então, que ela acorda.

Seu coração está acelerado. Ela tenta acordar o namorado, mas ele ronca, e grunhe, e não desperta.

É verdade, pensa Greta, irracional, na escuridão. *Ela cresceu. Ela seguiu em frente. Ela não morreu.*

Imagina a professora acordando à noite, ouvindo os barulhos que vêm do velho guarda-roupa de macieira no canto do quarto: o farfalhar de todos aqueles fantasmas flutuantes, que poderia ser confundido com o som de ratos ou camundongos, e os passos de enormes patas aveludadas, e a distante e perigosa melodia de um berrante de caça.

Ela sabe que está sendo ridícula, mas não ficará surpresa ao ler sobre o falecimento da professora. *A morte chega à noite*, pensa, antes de voltar a adormecer. *Como um leão.*

★ ★ ★

A feiticeira branca cavalga nua nas costas douradas do leão. O focinho dele está sujo de sangue rubro fresco. Em seguida, a vastidão rosada de sua língua lambe seu rosto, e mais uma vez ele está perfeitamente limpo.

AS NOIVAS PROIBIDAS DOS DEMÔNIOS DESFIGURADOS DA MANSÃO SECRETA NA NOITE DO DESEJO SINISTRO

2004

❦

I.

Em algum lugar da noite, alguém escrevia.

II.

Seus pés esmagavam o cascalho conforme ela corria, desesperada, pela viela envolta por árvores. Seu coração martelava no peito, e os pulmões pareciam prestes a explodir a cada lufada gélida do ar noturno. Os olhos estavam fixos na casa adiante, e a luz solitária no cômodo mais alto a atraía como uma mariposa absorta pela chama de uma vela. Acima dela, e distante na densa floresta atrás da casa, criaturas noturnas uivavam. Atrás, na estrada, ouviu algo dar um grito breve — esperava que fosse um animal pequeno, vítima de algum predador, mas não tinha como saber.

Ela corria como se as legiões do inferno estivessem em seu encalço, e não arriscou nem sequer uma olhadela para trás até chegar à entrada da velha mansão. Sob o pálido luar, as colunas brancas pareciam esqueléticas, como os ossos de uma criatura gigantesca. Ela se agarrou ao batente de madeira, arfante, olhando para o longo caminho atrás de si, como se esperasse alguma coisa, e então bateu na porta — timidamente, de início, e depois mais forte. As batidas ecoaram pela casa. Pelo eco que ouviu, ela imaginou que, ao longe, alguém estava batendo em outra porta, uma batida abafada e sem vida.

— Por favor! — gritou. — Se tiver alguém, quem quer que seja, por favor, me deixe entrar! Eu suplico. Eu imploro. — A própria voz lhe parecendo estranha aos ouvidos.

A luz bruxuleante no cômodo mais alto se apagou, reaparecendo aos poucos nas janelas mais baixas. Uma pessoa, então, com uma vela. A luz desapareceu nas profundezas da casa. Ela tentou recuperar o fôlego. Depois do que pareceu uma eternidade, ouviu passos do outro lado da porta e viu um feixe de luz por uma fresta no batente desalinhado.

— Tem alguém aí? — disse ela.

A voz que respondeu era árida feito osso velho — uma voz ressequida, que remetia a pergaminho rachado e adereços de túmulo bolorentos.

— Quem chama? — perguntou a voz. — Quem está batendo? Quem me chama, justo esta noite?

A voz não lhe outorgou conforto algum. Ela olhou para a noite que envolvia a casa, em seguida se endireitou, ajeitou os cachos escuros, e respondeu, esperando que o tom não denunciasse seu medo:

— Sou eu, Amelia Earnshawe. Fiquei órfã não faz muito tempo e vim trabalhar como governanta dos dois filhos pequenos, um menino e uma menina, de lorde Falconmere, cujo olhar cruel achei, durante nossa entrevista em sua residência de Londres, ao mesmo tempo repulsivo e fascinante, mas cujo rosto aquilino assombra meus sonhos.

— E o que veio fazer aqui, nesta casa, justo esta noite? O Castelo Falconmere fica a uns cem quilômetros de distância, do outro lado do charco.

— O cocheiro, um sujeito mal-intencionado e mudo, ou ao menos que fingia ser mudo, pois, em vez de articular palavras, só expressava suas vontades por grunhidos e gemidos, apeou os cavalos na estrada a pouco mais de um quilômetro daqui, pelos meus cálculos, e me sinalizou que não avançaria mais e que eu deveria descer. Quando me neguei, ele me empurrou bruscamente da carruagem para a terra fria, então açoitou os pobres cavalos até deixá-los fora de si e foi-se embora pelo caminho de onde viera, levando minhas malas e meu baú. Gritei, mas ele não voltou, e tive a impressão de que uma escuridão mais intensa se agitava na penumbra da floresta atrás de mim. Vi a luz na sua janela e... e... — Ela não conseguiu mais manter a fachada de coragem, e começou a chorar.

— Seu pai — falou a voz do outro lado da porta —, por acaso teria sido o ilustre Hubert Earnshawe?

Amelia engoliu as lágrimas.

— Sim. Ele mesmo.

— E a senhorita... diz que é órfã?

Ela pensou no pai, em seu paletó de tweed, no momento em que o redemoinho o capturou e o jogou contra as pedras, tirando-o dela para sempre.

— Ele morreu tentando salvar a vida da minha mãe. Os dois se afogaram.

A mulher ouviu o baque surdo de uma chave virando na fechadura e dois estrondos quando os ferrolhos foram puxados.

— Seja bem-vinda, então, srta. Amelia Earnshawe. Bem-vinda à sua herança, a esta propriedade sem nome. Sim, bem-vinda... justo esta noite.

A porta se abriu.

O homem segurava uma vela preta de sebo; a chama bruxuleante iluminava seu rosto de baixo para cima, conferindo-lhe um ar sobrenatural e sinistro. Parecia uma lanterna entalhada em uma abóbora, pensou Amelia, ou um assassino particularmente idoso.

Ele fez um gesto para que a mulher entrasse.

— Por que o senhor repete isso? — perguntou ela.

— Por que repito o quê?

— "Justo esta noite." Já falou isso três vezes.

Ele se limitou a encará-la por um instante. Em seguida, ergueu um dedo pálido como osso, e a convidou outra vez. Quando ela entrou, ele aproximou a vela de seu rosto e a fitou com olhos que não eram exatamente loucos, mas que estavam longe da sanidade. Pareceu examiná-la, até por fim dar um resmungo e menear a cabeça.

— Por aqui — disse ele, apenas.

Ela o acompanhou por um corredor comprido. A chama da vela produzia sombras fantásticas em volta dos dois. Sob essa luz, o relógio de pêndulo, as cadeiras e a mesa de pernas finas dançavam e saltitavam. O velho mexeu no chaveiro e destrancou uma porta na parede abaixo da escada. Da escuridão emergiu um cheiro de mofo, poeira e abandono.

— Para onde estamos indo? — perguntou ela.

Ele assentiu, como se não tivesse entendido. Depois, disse:

— Há alguns que são o que são. E há alguns que não são o que parecem ser. E há alguns que só parecem ser o que parecem ser. Lembre-se disso, lembre-se muito bem disso, filha de Hubert Earnshawe. Está me entendendo?

Ela balançou a cabeça. O homem começou a andar e não olhou para trás.

Ela o seguiu escada abaixo.

III.

Muito longe dali, o rapaz bateu a pena no manuscrito, espalhando tinta sépia por cima da resma de papel e da mesa polida.

— Não está bom — disse ele, desolado.

Com um gesto sutil, mergulhou o dedo indicador no círculo de tinta que acabara de fazer na mesa, manchando a teca com um marrom mais escuro, e então, sem pensar, esfregou o dedo no alto do nariz, deixando uma mancha escura.

— Não, senhor? — O mordomo tinha entrado quase sem ruído.

— Está acontecendo de novo, Toombes. O humor se infiltra. A autoparódia murmura às margens de tudo. Percebo que estou ridicularizando as convenções literárias e produzindo um arremedo de mim mesmo e da profissão de escriba.

O mordomo fitou placidamente o jovem patrão.

— Acredito que o humor seja tido em altíssima conta em certos círculos, senhor.

O rapaz apoiou a cabeça nas mãos, pensativo, esfregando a testa com a ponta dos dedos.

— A questão não é essa, Toombes. Estou tentando criar um fragmento de vida, uma representação precisa do mundo e da condição humana. Mas o que acabo fazendo, em minha escrita, é ceder a paródias pueris das fragilidades de meus colegas. Faço piadinhas. — Ele manchara todo o rosto de tinta. — Pequenezas.

No alto da casa, do cômodo proibido, soou uma lamúria ululante e sinistra que ecoou por todo o lugar. O rapaz suspirou.

— É melhor dar comida para a tia Agatha, Toombes.

— Perfeitamente, senhor.

O jovem pegou a pena e coçou a orelha com a ponta dela, distraído.

Atrás dele, sob uma luz tênue, pendia o retrato de seu tataravô. Os olhos da pintura foram recortados cuidadosamente muito tempo atrás, e agora olhos de verdade ocupavam o rosto da tela, observando o escritor. Os olhos cintilavam com um brilho castanho-dourado. Se o rapaz tivesse se virado e os visto, talvez imaginasse que fossem os olhos dourados de um imenso felino ou de uma ave de rapina disforme, caso existisse algo assim. Não eram olhos que pertenciam a uma cabeça humana. Mas ele não se virou. Alheio, apenas pegou uma nova folha de papel, mergulhou a pena no pote de nanquim e voltou a escrever:

IV.

— Sim... — disse o velho, depositando a vela preta de sebo sobre o harmônio silencioso. — Ele é nosso mestre, e somos seus escravos, embora finjamos para nós mesmos que não somos. Mas, no devido momento, ele exigirá aquilo que deseja, e temos o dever e a compulsão de lhe fornecer o que... — Ele estremeceu e respirou fundo. Depois, disse apenas: — O que ele desejar.

As cortinas, semelhantes a asas de morcego, sacudiam e trepidavam no batente sem vidro da janela conforme a tempestade se aproximava. Amelia segurou com força o lenço de renda junto ao peito, o monograma do pai virado para cima.

— E o portão? — sussurrou ela.

— Foi trancado na época do seu ancestral, e ele determinou, antes de desaparecer, que permanecesse assim para sempre. Mas dizem que ainda há túneis ligando a antiga cripta ao cemitério.

— E a primeira esposa de sir Frederick...?

Ele balançou a cabeça, triste.

— Perdidamente insana, além de uma socadora de cravo medíocre. Ele espalhou o boato de que estava morta e talvez alguém tenha acreditado.

Ela repetiu as quatro últimas palavras para si mesma. Em seguida, o fitou com uma nova determinação no olhar.

— E quanto a mim? Agora que descobri por que estou aqui, o que recomenda que eu faça?

Ele observou o salão vazio. Quando falou, foi com um tom urgente:

— Fuja daqui, srta. Earnshawe. Fuja enquanto ainda há tempo. Fuja por sua vida, fuja pela imortalidade de sua aagh...

— De minha o quê? — questionou ela, mas, enquanto as palavras escapavam dos lábios rubros, o velho desabou no chão. Havia uma flecha de balestra prateada fincada atrás de sua cabeça. — Está morto — disse ela, em choque.

— Sim — afirmou uma voz cruel do outro lado do salão. — Mas ele já estava morto, menina. Na verdade, acho que estava morto há uma eternidade.

Sob seu olhar perplexo, o corpo começou a putrificar. A carne gotejou, apodreceu e derreteu, os ossos expostos ruíram e escorreram, até não restar nada além de uma massa fétida de imundície onde antes havia um homem.

Amelia se agachou e mergulhou a ponta do dedo na substância asquerosa. Lambeu o dedo e fez uma careta.

— O senhor, quem quer que seja, parece ter razão — disse ela. — Estimo que ele estivesse morto há quase cem anos.

V.

— Estou tentando escrever um romance que reflita a vida como ela é, que a reproduza nos mais íntimos detalhes — disse o rapaz para a criada. — Contudo, o que escrevo não passa de escória e escárnio. O que devo fazer? Hein, Ethel? O que devo fazer?

— Não sei dizer, senhor — respondeu a criada, que era jovem e bonita, e havia chegado à mansão semanas antes em circunstâncias misteriosas. Ela apertou o fole mais algumas vezes, fazendo o centro do fogo arder em tom branco-alaranjado. — Algo mais?

— Sim. Não. Sim — disse ele. — Pode ir, Ethel.

A jovem pegou o balde de carvão, agora vazio, e atravessou a sala.

O rapaz não voltou à escrivaninha; continuou parado em frente à lareira, observando o crânio humano sobre a cornija e as espadas duplas cruzadas logo acima na parede. O fogo crepitou e lançou faíscas quando um pedaço de carvão se partiu ao meio.

Passos, bem atrás dele.

O rapaz se virou.

—Você?

O homem à sua frente era quase um sósia — a mecha branca no cabelo castanho revelava que ambos partilhavam do mesmo sangue, caso fosse necessário provar. Os olhos do desconhecido eram escuros e ferozes, e a boca, petulante, embora estranhamente firme.

— Sim. Eu! Seu irmão mais velho, que você acreditava ter morrido há tantos anos. Mas não estou morto... ou melhor, não estou mais morto, e voltei, sim, voltei de lugares que é melhor não percorrer, para reivindicar o que é meu por direito.

O rapaz ergueu as sobrancelhas.

— Entendo. Bom, é óbvio que isso tudo é seu... se puder provar que é quem diz ser.

— Provas? Não preciso de provas. Reivindico meu direito de nascença, meu direito de sangue... e meu direito de morte! — Ao dizer isso, ele puxou as duas espadas de cima da lareira e entregou uma, pelo cabo, ao irmão mais novo. — Agora, defenda-se, irmão, e que vença o melhor.

À luz da lareira, o aço cintilou entre estalos e choques, executando uma elaborada dança de estocadas e bloqueios. Em alguns momentos, parecia apenas um delicado minueto ou um ritual cortês e cuidadoso; em outros, os movimentos eram de uma selvageria absoluta, uma brutalidade tão veloz que o olho mal conseguia acompanhar. Eles deram voltas e voltas pela sala, subiram a escada para o mezanino e desceram a escada para o saguão principal. Pegaram impulso em cortinas e lustres. Pularam em cima de mesas e retornaram ao chão.

O irmão mais velho claramente tinha mais experiência e talvez fosse um espadachim melhor, mas o mais jovem era mais vigoroso e lutava como se estivesse possuído, obrigando o oponente a recuar cada vez mais até as labaredas da lareira. O mais velho estendeu a mão esquerda e pegou o atiçador. Brandiu-o de forma ávida contra o mais jovem, que se esquivou e, com um movimento elegante, transpassou o irmão com a espada.

— Acabou. Sou um homem morto.

O irmão mais novo assentiu com o rosto sujo de tinta.

— Talvez seja melhor assim. A verdade é que eu não queria a casa nem as terras. Acho que só queria paz. — O mais velho estava caído, vertendo sangue carmesim sobre a pedra cinzenta. — Irmão? Pegue minha mão.

O rapaz se ajoelhou e segurou a mão que já parecia estar esfriando.

— Antes que eu me vá para a noite na qual ninguém pode me seguir, preciso dizer algumas coisas. Em primeiro lugar, com minha morte, acredito que a maldição de nossa linhagem será quebrada. Segundo... — Ele agora respirava com um chiado trepidante e tinha dificuldade para falar. — Segundo... a... a coisa no abismo... cuidado com o porão... os ratos... o... *ela segue*!

E então a cabeça dele caiu contra a pedra, os olhos se reviraram e não viram nada, nunca mais.

Fora da casa, o corvo grasnou três vezes. Dentro, uma música estranha começara a estridular de dentro da cripta, indicando que, para alguns, o velório já havia começado.

O irmão mais novo — que, assim esperava, voltara a ter direito a seu título — pegou um sino e chamou um criado. O mordomo Toombes apareceu à porta antes que o último badalo terminasse de ecoar.

— Remova isso — disse o rapaz. — Mas trate-o bem. Ele morreu para se redimir. Talvez para redimir nós dois.

Toombes não teceu comentários, limitando-se a menear a cabeça em sinal de que havia compreendido.

O rapaz saiu da sala. Entrou no Salão de Espelhos — um salão de onde todos os espelhos haviam sido cuidadosamente retirados, deixando formas irregulares nas paredes apaineladas — e, julgando estar sozinho, começou a divagar em voz alta.

— É exatamente disso que eu estava falando — comentou ele. — Esse tipo de coisa acontece o tempo todo, mas, se tivesse acontecido em um dos meus contos, eu me sentiria forçado a ridicularizá-la sem piedade. — Ele esmurrou a parede, em um ponto onde antes havia um espelho hexagonal. — Qual é o meu problema? Por que tenho essa falha?

Coisas estranhas e rastejantes papaguevam e chichiavam em cortinas pretas no fundo do cômodo, no alto das vigas soturnas de carvalho e atrás dos lambris, mas não ofereceram resposta. Ele não esperava uma.

Foi até a grande escadaria e percorreu um corredor escuro para entrar no escritório. Desconfiava que alguém havia mexido em seus papéis. Supunha que descobriria quem foi naquela mesma noite, após a Assembleia.

Ele se sentou à escrivaninha, mergulhou mais uma vez a pena na tinta, e continuou a escrever.

VI.

Fora do salão, os mestres carniçais urravam de frustração e fome, jogando-se contra a porta em fúria famélica, mas as trancas eram robustas, e Amelia tinha plena confiança de que resistiriam.

O que o lenhador lhe dissera? As palavras lhe ocorreram quando ela mais precisava, como se ele estivesse a seu lado, sua silhueta viril a meros centímetros de suas curvas femininas, o odor de seu corpo laborioso envolvendo-a como o mais inebriante dos per-

fumes, e ela escutou as palavras como se, naquele momento, ele as sussurrasse em seu ouvido. "Eu nem sempre estive no estado em que você me vê agora, moça", dissera. "Houve um tempo em que tinha outro nome, e um destino que não envolvia cortar lenha de árvores derrubadas. Mas fique sabendo: há um compartimento secreto na escrivaninha, ou pelo menos é o que dizia meu tio-avô quando se embriagava..."

A escrivaninha! Claro!

Ela correu até a velha mesa. A princípio, não encontrou qualquer sinal de compartimento secreto. Retirou cada uma das gavetas, e então percebeu que uma delas era muito mais curta que as demais. Ao constatar aquilo, enfiou a mão alva no espaço onde a gaveta estivera e encontrou, no fundo, um botão. Ela o apertou de forma desesperada. Algo se abriu, e ela tocou em um rolo de pergaminho.

Amelia recolheu a mão. O pergaminho estava amarrado com uma fita preta empoeirada, e, com os dedos trêmulos, desatou o nó e estendeu o papel. Tentando extrair sentido da caligrafia antiquada, leu as palavras ancestrais. Naquele momento, uma palidez mórbida se alastrou por seu belo rosto, e até mesmo seus olhos violeta pareceram turvos e distraídos.

As batidas e os arranhões se intensificaram. Não lhe restava dúvida de que muito em breve as criaturas conseguiriam entrar. Nenhuma porta seria capaz de contê-las para sempre. Entrariam, e ela estaria à sua mercê. A menos que, a menos que...

— Parem! — gritou ela, a voz trepidante. — Eu vos abjuro, cada um de vocês, e a ti acima de todos, ó Príncipe Putrefato. Em nome do pacto ancestral entre teu povo e o meu.

Os sons se calaram. A jovem teve a impressão de que havia choque no silêncio. Por fim, uma voz rouca disse:

— O pacto?

E uma dezena de vozes, igualmente tétricas, murmuraram em um sussurro sobrenatural:

— O pacto.

— Sim! — gritou Amelia Earnshawe, a voz já firme. — O pacto.

Pois o pergaminho, que por muito tempo permanecera oculto, era o pacto — o acordo sinistro entre os Mestres da Casa e os habitantes da cripta em épocas passadas. Ele descrevia e listava os rituais pavorosos que os ataram uns aos outros ao longo dos séculos — rituais de sangue, de sal e coisas mais.

— Se leu o pacto — disse uma voz grave além da porta —, então sabe do que precisamos, filha de Hubert Earnshawe.

— Noivas — disse ela, apenas.

— As noivas! — cochichou alguém atrás da porta, o murmúrio intensificando-se e ressoando até parecer que a própria casa pulsava e reverberava ao ritmo daquelas palavras, três sílabas infundidas de desejo, de amor e de fome.

Amelia mordeu o lábio.

— Sim. As noivas. Eu vos trarei noivas. Trarei noivas para todos.

Ela falou baixo, mas eles escutaram, pois havia apenas silêncio, um silêncio profundo e aveludado, do outro lado da porta.

E então uma voz de carniçal chiou:

— Sim, e será que podia incluir uma porção daqueles pãezinhos?

VII.

Lágrimas quentes fustigaram os olhos do rapaz. Ele afastou as folhas de papel e arremessou a pena para o outro lado do cômodo. A carga de tinta salpicou o busto de seu tetravô, manchando com o nanquim marrom a placidez do mármore branco. O ocupante do busto, um corvo grande e pesaroso, se sobressaltou, quase caiu, e só conseguiu manter o equilíbrio porque bateu as asas diversas vezes. Então se virou, com uma combinação trôpega de passos e saltos, para fitar o rapaz com um olho negro.

— Ah, isso é insuportável! — exclamou o rapaz. Ele estava pálido e trêmulo. — Não consigo fazer isso, e jamais farei. Eu juro, por... — Hesitou, revirando a mente em busca de uma praga adequada nos vastos arquivos da família.

O corvo parecia inabalado.

— Antes que comece a praguejar, provavelmente arrancando dos seus merecidos túmulos antepassados respeitáveis que hoje descansam em paz, responda a uma pergunta. — A voz do pássaro era como pedra chocando-se em pedra.

De início, o rapaz não disse nada. Não é inédito um corvo que fale, mas aquele nunca falara antes, e ele não esperava que o fizesse.

— Claro. Faça sua pergunta.

O corvo inclinou a cabeça.

—Você *gosta* de escrever essas coisas?

— Que coisas?

— Sobre a vida como ela é. Já olhei por cima do seu ombro algumas vezes. Já li um pouco aqui e ali. Gosta de escrever isso?

O rapaz olhou para o pássaro.

— É literatura — explicou, como se falasse com uma criança. — Literatura de verdade. Vida de verdade. Mundo de verdade. O trabalho do artista é mostrar às pessoas o mundo em que elas vivem. Nós erguemos um espelho.

Do lado de fora, relâmpagos rasgavam o céu. O rapaz olhou pela janela: um risco irregular de fogo ofuscante criou silhuetas deturpadas e ameaçadoras nas árvores esqueléticas e na abadia arruinada da colina.

O corvo pigarreou.

— Perguntei se você gosta.

O rapaz olhou para a ave. Desviou os olhos e, calado, balançou a cabeça.

— Por isso tenta destruir o que escreve — disse o pássaro. — Não é pela sátira que você zomba do lugar-comum e da monotonia. É apenas tédio pelo jeito como as coisas são. Entendeu? — O corvo parou e usou o bico para ajeitar uma pena desalinhada na asa. Então olhou de novo para o rapaz. — Já pensou em escrever fantasia? — perguntou.

O rapaz riu.

— Fantasia? Ora, eu escrevo literatura. Fantasia não é vida. Sonhos esotéricos, escritos por uma minoria para uma minoria, é algo... — respondeu, mas foi interrompido.

— Que escreveria se soubesse o que é bom para você.

— Sou classicista — retrucou o rapaz. Ele estendeu a mão até uma prateleira dos clássicos: *Udolpho*, *O castelo de Otranto*, *O manuscrito de Saragoça*, *O monge*, e todos os outros. — Isso é literatura.

— Nunca mais — disse o corvo.

Foram as últimas palavras que o rapaz ouviu o animal falar. Ele saltou do busto, abriu as asas e saiu voando pela porta do escritório rumo à escuridão que o aguardava.

O rapaz estremeceu. Revirou na mente a coleção de temas fantásticos: carros, corretores e trabalhadores em viagens de trem, donas de casa e policiais, colunas de conselhos sentimentais e comerciais de sabão, imposto de renda e restaurantes baratos, revistas, cartões de crédito, postes de luz e computadores...

— É escapismo, de fato — falou, refletindo em voz alta. — Mas não é o maior impulso do ser humano o anseio pela liberdade, o desejo de escapar?

O rapaz voltou à escrivaninha, recolheu as folhas do romance inacabado e as jogou, sem cerimônia, na última gaveta, entre mapas amarelados, testamentos misteriosos e documentos assinados com sangue. A poeira, revolvida, o fez tossir.

Ele pegou uma pluma nova e aparou a ponta com uma faca. Depois de cinco cortes habilidosos, estava pronta. Mergulhou a ponta no vidro de nanquim. Mais uma vez, começou a escrever:

VIII.

Amelia Earnshawe colocou as fatias de pão integral na torradeira e apertou o botão. Programou a máquina para bem tostado, do jeito que George gostava. Amelia preferia o pão mais claro. Também gostava de pão branco, mesmo que não tivesse tantos nutrientes. Já fazia uma década que não comia pão branco.

À mesa do café da manhã, George lia o jornal. Não levantou os olhos. Ele nunca olhava para ela.

Eu o odeio, pensou Amelia, e o simples ato de descrever a emoção com palavras a surpreendeu. Ela repetiu, mentalmente. *Eu o odeio.* Parecia uma música. *Eu o odeio por causa da torrada, e por ser careca, e por se insinuar para as mulheres do escritório, garotas que mal terminaram os estudos e riem dele pelas costas, e odeio o jeito como me ignora sempre que não quer perder tempo comigo, e por dizer "Hein, amor?" quando faço uma pergunta simples, como se já tivesse esquecido meu nome há muito tempo. Como se tivesse esquecido até que eu* **tenho** *nome.*

— Mexidos ou cozidos? — perguntou ela.

— Hein, amor?

George Earnshawe fitou a esposa com um olhar carinhoso, e teria se espantado com o ódio que ela sentia. Ele a via do mesmo jeito, e com as mesmas emoções, que via qualquer coisa que estava há dez anos na casa e ainda funcionava bem. A televisão, por exemplo. Ou o cortador de grama. Achava que isso era amor.

— Quer saber, a *gente* devia ir a uma daquelas manifestações — disse ele, apontando para o editorial do jornal. — Mostrar que estamos engajados. Não é, amor?

A torradeira fez um barulho para indicar que as torradas estavam prontas. Só apareceu uma fatia bem escura. Ela pegou uma faca e puxou a outra fatia. A torradeira fora um presente de casamento de seu tio John. Ela logo precisaria comprar outra, ou começar a torrar o pão no fogão, como a mãe fazia antigamente.

— George? Quer ovos mexidos ou cozidos? — perguntou ela, com um tom muito baixo, e algo em sua voz fez George levantar os olhos.

— Do jeito que você preferir, amor — respondeu calmamente, e, como afirmou para todo mundo no escritório mais tarde, não conseguiu entender de modo algum por que ela ficou parada com a torrada na mão ou por que começou a chorar.

IX.

A pena riscava e riscava o papel, e o rapaz estava totalmente concentrado. Seu rosto exibia uma estranha satisfação, e um sorriso radiante percorria os olhos e os lábios.

Ele estava em êxtase.

Coisas arranhavam e tamborilavam nos lambris, mas ele mal as escutava.

No quarto do sótão, tia Agatha urrava, e uivava, e sacudia suas correntes. Uma gargalhada estranha se fazia ouvir das ruínas da abadia: rasgando o ar da noite, virando um bramido de deleite histérico. Nas trevas da floresta atrás do casarão, vultos indistintos se remexiam e saltavam, e moças de cachos escuros fugiam apavoradas.

— Jure! — disse o mordomo Toombes, na despensa, para a menina valente que se fazia passar por camareira. — Jure, Ethel, pela sua vida, que nunca revelará uma palavra sequer do que vou lhe contar...

Havia rostos nas janelas e palavras escritas com sangue; nas profundezas da cripta, um carniçal solitário mastigava algo que talvez um dia tivera vida; raios bifurcados retalhavam a noite de ébano; aqueles que não tinham rosto caminhavam; tudo estava em seu devido lugar.

O MONARCA DO VALE

2004

Ela mesma é uma casa mal-assombrada. Não possui a si própria; seus antepassados às vezes vêm olhar das janelas de seus olhos, e é muito assustador.

— ANGELA CARTER
"THE LADY OF THE HOUSE OF LOVE"

I.

— Na minha opinião — disse o homenzinho para Shadow —, você é um tipo de monstro. Acertei?

Os dois eram os únicos, fora a taverneira, no bar de um hotel em uma cidadezinha no litoral norte da Escócia.

Shadow estava sozinho bebendo uma cerveja, quando o homem se aproximou e se sentou à mesa. O verão estava chegando ao fim, e ele achava que tudo parecia frio, pequeno e úmido. Tinha um livreto de Lugares para Passeios Agradáveis, e estudava o roteiro que pretendia fazer no dia seguinte, pela orla, em direção ao cabo Wrath.

Fechou o livro.

— Sou americano — respondeu Shadow —, se é disso que está falando.

O homenzinho inclinou a cabeça e deu uma piscadela exagerada. Ele tinha cabelo cinza como aço, e um rosto cinza, e um casaco cinza, e parecia um advogado de cidade pequena.

— Bom, talvez seja disso que estou falando mesmo — disse ele.

Shadow vinha tendo dificuldade para entender os sotaques escoceses no pouco tempo em que estava no país, com tantas vibrações carregadas, palavras estranhas e tremulações, mas não foi difícil entender aquele homem. Tudo que o homenzinho falou foi breve e nítido, cada termo articulado tão perfeitamente que Shadow teve a sensação de que ele mesmo estava conversando com a boca cheia de mingau.

O homenzinho bebericou do copo e disse:

— Então você é americano. Puro sexo, puro dinheiro, e agora está por aqui, hum? Trabalha embarcado?

— Perdão?

— Petroleiro? Naquelas plataformas grandes de metal. A gente recebe pessoal do petróleo aqui, de vez em quando.

— Não, não trabalho embarcado.

O homenzinho tirou um cachimbo do bolso, e um pequeno canivete, e começou a raspar as cinzas do fornilho. Em seguida, despejou o conteúdo no cinzeiro.

— Tem petróleo no Texas, sabia? — disse ele, após um tempo, como se estivesse compartilhando um grande segredo. — Fica nos Estados Unidos.

— É — concordou Shadow.

Ele pensou em falar alguma coisa sobre os texanos acharem que o Texas ficava no Texas, mas desconfiava que precisaria explicar o comentário, então não disse nada.

Shadow havia passado quase dois anos fora dos Estados Unidos. Não estava lá quando as torres caíram. Às vezes, dizia para si mesmo que não ligava se nunca mais voltasse e, às vezes, quase acreditava nisso. Fazia dois dias que tinha chegado à Escócia, vindo de barca das ilhas Orkney até Thurso, pegando um ônibus até a cidade onde estava hospedado.

O homenzinho continuou a falar.

— Então, tem um petroleiro do Texas lá em Aberdeen, e ele está conversando com um velhinho que conheceu em um bar, que nem a gente, aliás, e eles começam a conversar, e o texano fala: lá no Texas, acordo de manhã, entro no carro... nem vou tentar fazer o sotaque... viro a chave na ignição e piso fundo no pedal, como é que vocês chamam, o...

— Acelerador — disse Shadow, prestativo.

— Isso. Piso fundo no acelerador na hora do café, e na hora do almoço ainda não cheguei no fim de minha propriedade. Aí o escocês esperto balança a cabeça e fala: pois é, também já tive um carro assim.

O homenzinho deu uma gargalhada para mostrar que a piada tinha acabado. Shadow sorriu e meneou a cabeça para mostrar que tinha entendido a piada.

— O que está bebendo? Cerveja? Mais uma aqui, Jennie, querida. Estou tomando Lagavulin. — O homenzinho despejou fumo de uma bolsa dentro do cachimbo. —Você sabia que a Escócia é maior que os Estados Unidos?

Não havia ninguém no bar do hotel quando Shadow descera naquela noite, só a taverneira magra, que lia o jornal e fumava um cigarro. Ele tinha descido para se sentar perto da lareira, pois o quarto era frio, e os aquecedores de metal na parede eram mais frios que o quarto. Não achou que teria companhia.

— Não — disse Shadow, sempre disposto a levar as coisas a sério. — Não sabia. Por que acha isso?

— É tudo fractal — respondeu o homem. — Quanto mais perto você olha, mais as coisas se desdobram. Uma viagem pela Escócia poderia levar o mesmo tempo que uma viagem pelos Estados Unidos, se feita do jeito certo. Tipo, no mapa, você olha o contorno do litoral, e é bem definido. Mas, se andar pela orla, é uma bagunça. Vi um programa sobre isso na TV outro dia. Muito bom.

— Certo — falou Shadow.

O isqueiro do homenzinho se acendeu e ele sugou e soprou, sugou e soprou até se dar por satisfeito com o cachimbo, então guardou o isqueiro, a bolsa e o canivete.

— Enfim, enfim — disse o homenzinho. — Imagino que esteja pensando em passar o fim de semana aqui.

— Estou — respondeu Shadow. — Você é... você trabalha no hotel?

— Não, não. Para falar a verdade, estava no saguão quando você chegou. Ouvi você falando com Gordon na recepção.

Shadow meneou a cabeça. Ele não tinha visto ninguém no saguão quando fizera o check-in, mas era possível que o homenzinho tivesse passado despercebido. Ainda assim... havia algo errado naquela conversa. Havia algo errado em tudo.

A taverneira Jennie pôs as bebidas no balcão.

— Cinco libras e vinte — informou ela, então pegou o jornal e continuou a leitura.

O homenzinho foi até o balcão, pagou e trouxe as bebidas.

— E quanto tempo você vai ficar na Escócia? — perguntou ele.

Shadow deu de ombros.

— Eu queria ver como era. Fazer uns passeios. Ver as paisagens. Talvez uma semana. Ou um mês.

Jennie abaixou o jornal.

— Isso aqui é um buraco no meio do nada — disse ela, alegre. — Você devia ir a um lugar interessante.

— É aí que você se engana — falou o homenzinho. — Só é um buraco no meio do nada se você olhar do jeito errado. Está vendo aquele mapa, rapaz?

— Na parede do outro lado do bar, havia um mapa manchado do norte da Escócia. — Sabe o que ele tem de errado?

— Não.

— Está de cabeça para baixo! — exclamou o homem, triunfal. — O norte está no topo. Fala para o mundo que é ali que tudo termina. Não dá para ir além. O mundo acaba aqui. Mas, veja bem, nem sempre foi assim. Este não era o norte da Escócia. Era a extremidade sul do mundo viking. Sabe qual é o nome do segundo condado mais ao norte do país?

Shadow deu uma olhada no mapa, mas estava longe demais para ler. Balançou a cabeça.

— Sutherland! — disse o homenzinho, exibindo os dentes. — A Terra do Sul. Não tinha esse significado para mais ninguém no mundo, mas tinha para os vikings.

A taverneira foi até eles.

— Vou dar uma saída rápida — informou ela. — Liguem para a recepção se precisarem de alguma coisa antes de eu voltar. — Ela pôs uma tora na lareira e saiu para o saguão.

— Você é historiador? — perguntou Shadow.

— Boa — disse o homenzinho. — Você pode ser um monstro, mas é engraçado. Reconheço.

— Não sou um monstro.

— Aham, é isso que os monstros sempre dizem — retrucou o homenzinho. — Já fui especialista. Em St. Andrews. Agora sou clínico geral. Bom, era. Estou semiaposentado. Vou ao consultório algumas vezes por semana, só para não perder o costume.

— Por que você diz que sou um monstro? — questionou Shadow.

— Porque — respondeu o homenzinho, erguendo o copo de uísque como alguém que apresenta um argumento irrefutável — eu também sou um tipo de monstro. Almas afins. Somos todos monstros, não é? Monstros gloriosos, cambaleando pelos pântanos da irracionalidade... — Ele bebericou o uísque e perguntou: — Diga, você que é grandão, já trabalhou como leão de chácara? Tipo "sinto muito, amigo, hoje você não pode entrar, é um evento particular, pode dar meia-volta e sumir daqui"?

— Não — respondeu Shadow.

— Mas já deve ter feito algo parecido.

— Já — disse Shadow, que havia sido guarda-costas de um deus antigo. Mas isso fora em outro país.

— Você, hã, desculpe perguntar, não me leve a mal, mas precisa de dinheiro?

— Todo mundo precisa de dinheiro. Mas estou bem.

Não era totalmente verdade, mas era verdade que, quando Shadow precisava de dinheiro, o mundo parecia dar um jeito de providenciá-lo.

— Gostaria de ganhar uma graninha? Como leão de chácara? É moleza. Dinheiro fácil.

— Em uma boate?

— Não exatamente. Uma festa particular. Eles alugam um casarão antigo perto daqui, vem gente de todo canto no final do verão. Aí, no ano passado, estavam todos se divertindo, bebendo champanhe no jardim e tal, e deu problema. Um pessoal ruim decidiu estragar o fim de semana de todo mundo.

— Eram pessoas da área?

— Acho que não.

— Era uma questão política? — perguntou Shadow.

Ele não queria se envolver com a política local.

— Nem um pouco. Vândalos, arruaceiros e idiotas. Enfim. Provavelmente não vão voltar este ano. Devem estar em um matagal qualquer protestando contra o capitalismo internacional. Mas, só para garantir, o pessoal do casarão me pediu para procurar alguém capaz de dar uma intimidada. Você é um cara grande, é isso o que eles querem.

— Quanto? — perguntou Shadow.

— Consegue encarar uma briga, se for preciso? — perguntou o homem.

Shadow não respondeu. O homenzinho olhou para ele de cima a baixo e, por fim, sorriu de novo, exibindo dentes manchados de tabaco.

— Mil e quinhentas libras, por um fim de semana de trabalho. Dinheiro limpo. Em espécie. Nada que precise ser declarado para o fisco.

— No fim de semana agora? — disse Shadow.

— A partir de sexta-feira de manhã. É um casarão antigo. Parte dele já foi um castelo. A oeste do cabo Wrath.

— Não sei, não — falou Shadow.

— Se aceitar — disse o homenzinho cinza —, vai passar um fim de semana fantástico em um casarão histórico, e garanto que vai conhecer um bocado de gente interessante. O trabalho de férias perfeito. Quem me dera ser mais jovem. E, hã, mais alto também.

— Tudo bem — respondeu Shadow, e na mesma hora se perguntou se ia se arrepender daquilo.

— Ótimo. Vou dar mais detalhes no devido tempo.

O homenzinho cinza se levantou e tocou no ombro de Shadow ao passar por ele. Depois foi embora, deixando-o sozinho no bar.

II.

Fazia uns dezoito meses que Shadow estava viajando. Ele tinha passado pela Europa e pelo Norte da África. Colheu azeitonas, pescou sardinhas, dirigiu um caminhão e vendeu vinho na beira da estrada. Por fim, alguns meses antes, foi de carona até a Noruega, até Oslo, onde nascera, trinta e cinco anos antes.

Não sabia bem o que estava procurando. Só sabia que ainda não havia encontrado, embora em alguns momentos, nas terras altas, nos desfiladeiros e nas cascatas, tinha certeza de que o que precisava, seja lá o que fosse, estava prestes a aparecer: atrás de uma saliência de granito ou no pinheiral mais próximo.

Mesmo assim, foi uma visita profundamente insatisfatória e, em Bergen, quando perguntaram se ele aceitaria ser metade da tripulação de um iate que seguia rumo a seu proprietário em Cannes, respondeu que sim.

O iate navegara de Bergen até as Shetlands, e dali para as ilhas Orkney, onde pernoitaram em uma pousada de Stromness. Na manhã seguinte, na saída do porto, os motores pifaram, de maneira total e definitiva, e o barco foi rebocado de volta.

Bjorn, que era o capitão e correspondia à outra metade da tripulação, continuou a bordo, conversando com a seguradora e atendendo às ligações furiosas do dono do iate. Shadow não viu motivo para ficar: pegou a barca até Thurso, no litoral norte da Escócia.

Ele estava inquieto. À noite, sonhava com rodovias, com visitas a cidades em que as pessoas falavam inglês. Às vezes, estava no Meio-Oeste; às vezes, na Flórida; às vezes, na Costa Leste; às vezes, na Oeste.

Quando deixou a barca, comprou um guia turístico, pegou um panfleto com os horários dos ônibus e saiu mundo afora.

A taverneira Jennie voltou e começou a esfregar um pano por todas as superfícies. Seu cabelo era tão louro que chegava a ser quase branco e estava preso em um coque.

— Então, o que as pessoas fazem para se divertir por aqui? — perguntou Shadow.

— Bebem e esperam a morte — disse ela. — Ou vão para o sul. Essas são as únicas opções, basicamente.

— Tem certeza?

— Pense bem. Não tem nada por aqui além de ovelhas e colinas. A gente vive de turistas, claro, mas vocês não vêm muito para cá. Triste, né?

Shadow deu de ombros.

— Você é de Nova York? — indagou ela.

— Chicago. Mas vim para cá da Noruega.

— E fala norueguês?

— Um pouco.

— Tem uma pessoa que precisa conhecer — disse ela, de repente. Olhou para o relógio de pulso. — Uma pessoa que veio da Noruega para cá há muito tempo. Vamos.

Ela soltou o pano, apagou as luzes do bar e foi até a porta.

—Vamos — insistiu ela.

—Você pode fazer isso? — perguntou Shadow.

— Posso fazer o que eu quiser — respondeu ela. — É um país livre, né?

— Acho que sim.

Ela trancou o bar com uma chave de latão, e os dois seguiram para o saguão do hotel.

— Espere aqui — instruiu ela. Entrou em uma porta marcada como área particular e reapareceu minutos depois, com um casaco marrom comprido.

— Certo. Venha comigo.

Eles saíram para a rua.

— Então, isso aqui é um vilarejo ou uma cidade pequena? — perguntou Shadow.

— É a porra de um cemitério — respondeu a mulher. — Por aqui. Vamos.

Eles andaram por uma rua estreita. A lua estava enorme e marrom-amarelada. Shadow escutava o som do mar, mas ainda não conseguia vê-lo.

—Você é Jennie? — perguntou ele.

— Isso. E você?

— Shadow.

— Esse é o seu nome de verdade?

— É como me chamam.

— Então vamos, Shadow — disse ela.

No topo da colina, eles pararam. Estavam nos limites do vilarejo, e havia um casebre de pedra cinza. Jennie abriu o portão e conduziu Shadow por uma trilha até a porta. Ele roçou em um arbusto na beira da trilha, e o ar se encheu com o aroma adocicado de lavanda. Não havia uma luz sequer acesa no casebre.

— De quem é essa casa? — questionou Shadow. — Parece vazia.

— Não se preocupe — disse Jennie. — Ela vai voltar para cá em um instante.

Jennie abriu a porta destrancada, e os dois entraram. Acendeu um interruptor ao lado da porta. A maior parte do casebre era composta por uma sala e uma cozinha. Uma escada minúscula subia para o que Shadow supôs ser um quarto no sótão. Havia um reprodutor de CDs na bancada de pinho.

— Esta é sua casa — disse Shadow.

— Lar, doce lar — concordou ela. — Quer café? Ou alguma coisa para beber?

— Não — respondeu Shadow.

Ele se perguntou o que Jennie queria. Ela mal tinha olhado para ele, não dera um sorriso sequer.

— Eu escutei direito? O dr. Gaskell estava pedindo para você cuidar de uma festa no fim de semana?

— Acho que sim.

— Então o que vai fazer amanhã e sexta?

— Caminhar — disse Shadow. — Comprei um guia. Tem uns roteiros bonitos.

— Alguns são bonitos. Outros são traiçoeiros — falou ela. — Ainda dá para achar neve de inverno aqui, nas sombras, durante o verão. As coisas duram bastante nas sombras.

— Vou tomar cuidado — respondeu ele.

— Foi o que os vikings falaram — disse ela, sorrindo. Tirou o casaco e o largou no sofá roxo. — Talvez a gente se veja lá fora. Gosto de fazer caminhadas.

Ela puxou o coque, e seu cabelo claro se soltou. Era mais comprido do que Shadow tinha imaginado.

— Você mora sozinha?

Ela tirou um cigarro de um maço na bancada e o acendeu com um fósforo.

— Por que quer saber? — perguntou ela. — Não vai passar a noite aqui, né?

Shadow negou com a cabeça.

— O hotel fica na base da colina — disse ela. — Não tem como errar. Obrigada por me acompanhar até em casa.

Shadow desejou boa-noite e voltou, pela noite de lavanda, até a rua. Ficou parado ali por um tempo, olhando a lua no mar, confuso. Então, desceu a ladeira até chegar ao hotel. Ela estava certa: não tinha como errar. Subiu a escada, destrancou o quarto com uma chave presa em um graveto e entrou. O cômodo estava mais frio que o corredor.

Tirou os sapatos e se espreguiçou na cama no escuro.

III.

O navio era feito de unhas dos mortos e se arrastava pelas brumas, adernando e ondulando imensamente no mar turbulento.

Havia vultos sombrios no convés, homens grandes como colinas ou casas, e, quando Shadow se aproximou, viu os rostos: homens altos e orgulhosos, todos. Pareciam ignorar os movimentos da embarcação, à espera no convés como se estivessem paralisados.

Um deles deu um passo à frente e cumprimentou Shadow com sua mão enorme. Shadow entrou no convés cinzento.

— Seja bem-vindo a este lugar maldito — disse o homem que apertava a mão de Shadow, com uma voz grave e áspera.

— Saudações! — gritaram os homens no convés. — Saudações, portador do sol! Saudações, Baldur!

O nome na certidão de nascimento de Shadow era Balder Moon, mas ele balançou a cabeça.

— Não sou ele — respondeu Shadow. — Não sou quem vocês estão esperando.

— Estamos morrendo aqui — disse o homem de voz áspera, sem soltar a mão de Shadow.

Fazia frio no lugar nebuloso entre os mundos do despertar e da sepultura. Borrifos de sal atingiam a proa do navio cinzento, e Shadow ficou completamente encharcado.

— Traga-nos de volta — pediu o homem que segurava sua mão. — Traga-nos de volta ou nos deixe ir.

— Não sei como — respondeu Shadow.

Então, os homens no convés começaram a gritar e uivar. Alguns fincaram a haste de suas lanças no chão, outros bateram as espadas curtas contra a cúpula de latão em seus escudos de couro, produzindo uma barulheira rítmica acompanhada por berros que iam de lamentos a plenos urros ensandecidos...

Uma gaivota grasnava no ar da manhã. A janela do quarto havia se aberto durante a noite e batia com o vento. Shadow estava deitado na cama do pequeno quarto de hotel. Sua pele estava úmida, talvez de suor.

Começava mais um dia frio no fim do verão.

O hotel preparou um pote com alguns sanduíches de frango, um ovo cozido, um pacote de salgadinhos de queijo com cebola e uma maçã. Gordon, da recepção, que lhe entregou o pote, perguntou quando ele voltaria, explicando que, se ele se atrasasse mais de duas horas, o hotel chamaria os serviços de resgate, e pediu o número de seu celular.

Shadow não tinha celular.

Ele saiu para sua caminhada, seguindo em direção à orla. A paisagem era bonita, de uma beleza desolada que tilintava e ecoava os lugares vazios dentro de Shadow. Ele imaginara a Escócia como um lugar macio, cheio de colinas suaves com vegetação rasteira, mas, no litoral norte, tudo parecia brusco e saliente, até as nuvens cinzentas que disparavam pelo céu azul-claro. Era como se os ossos do mundo estivessem expostos. Seguiu a trilha descrita no guia, passando por campinas esparsas e por riachos gorgolejantes, subindo e descendo colinas rochosas.

De vez em quando, imaginava que estava parado e o mundo se movia sob seus pés, que ele só estava empurrando o mundo com as pernas.

A trilha foi mais cansativa do que o esperado. Seu plano original era comer à uma hora, mas ao meio-dia as pernas já estavam cansadas, e ele queria fazer uma pausa. Caminhou até a beira de uma colina, onde um pedregulho proporcionava uma barreira conveniente contra o vento, e se agachou para almoçar. Ao longe, à sua frente, dava para ver o Atlântico.

Ele pensara que estava sozinho.

— Me dá a sua maçã? — perguntou ela.

Era Jennie, a taverneira do hotel. Seu cabelo claro demais se digladiava com a cabeça.

— Oi, Jennie — cumprimentou Shadow.

Ele entregou a maçã. Ela tirou um canivete do casaco e se sentou ao seu lado.

— Obrigada — agradeceu.

— Então — disse Shadow —, pelo seu sotaque, você deve ter vindo da Noruega quando era pequena. Quer dizer, para mim, parece ter nascido aqui.

— Eu falei que vim da Noruega?

— Ué, não?

Jennie espetou uma fatia da maçã e a comeu, devagar, da ponta da lâmina, encostando só os dentes na faca. Olhou de esguelha para ele.

— Foi há muito tempo.

— Família?

Ela deu de ombros, como se qualquer resposta não estivesse à sua altura.

— Você gosta daqui?

Jennie olhou para ele e fez um gesto negativo.

— Eu me sinto uma *hulder*.

Shadow já havia escutado a palavra, na Noruega.

— Isso não é um tipo de troll?

— Não. São criaturas das montanhas, como os trolls, mas vêm das florestas, e são muito bonitas. Que nem eu. — Jennie sorriu ao falar isso, como se soubesse que era pálida demais, melancólica demais, magra demais para ser bonita. — Elas se apaixonam por fazendeiros.

— Por quê?

— Não faço a menor ideia — replicou ela. — Mas é assim. Às vezes, o fazendeiro percebe que está falando com uma *hulder*, porque ela tem um rabo de vaca nas costas, ou, pior, às vezes, atrás dela não tem nada, é só um vazio oco, que nem uma concha. Aí ele faz uma prece ou sai correndo, foge para a casa da mãe ou para a fazenda.

"Mas, às vezes, o fazendeiro não foge. Às vezes, ele joga uma faca por cima do ombro dela, ou só dá um sorriso, e se casa com a *hulder*. Então, o rabo cai. Mas ela continua mais forte do que qualquer mulher humana poderia ser. E ainda anseia pelo seu lar nas florestas e nas montanhas. Nunca vai ser realmente feliz. Nunca vai ser humana."

— E o que acontece com ela? — perguntou Shadow. — Envelhece e morre com o fazendeiro?

Jennie cortou a maçã até só sobrar o miolo. Então, com um gesto rápido do pulso, jogou o miolo colina abaixo.

— Quando o homem morre... acho que ela volta para as colinas e florestas. — Ela fitou a encosta. — Tem uma história sobre uma *hulder* que se casou com um fazendeiro que não a tratava bem. O homem gritava, não ajudava na fazenda, chegava em casa bêbado e bravo. Às vezes, batia nela.

"Aí, um dia, ela está em casa, preparando o fogo da manhã, e ele começa a gritar que a comida não está pronta, está bravo porque ela não faz nada direito, e não sabe por que se casou, e ela fica ouvindo por um tempo e depois, sem falar nada, leva a mão à lareira e pega o atiçador. Um troço pesado de ferro preto. Segura-o e, sem esforço o entorta até formar um círculo perfeito, igual à própria aliança. Ela não geme nem sua, só entorta o atiçador, que nem você entortaria uma planta. E o fazendeiro vê, fica pálido como papel, e não fala mais nada sobre o café da manhã. Ele viu o que ela fez e sabe que, em qualquer momento nos últimos cinco anos, podia ter feito o mesmo com ele. Passou o resto da vida sem nunca mais encostar o dedo nela nem falar qualquer grosseria. Agora, diga-me, senhor todo-mundo-chama-de-Shadow, se ela era capaz disso, por que deixou o homem bater nela? Por que ficaria com alguém assim? Me diga."

— Talvez — respondeu Shadow — ela estivesse se sentindo sozinha.

Jennie esfregou a lâmina do canivete na calça jeans.

— O dr. Gaskell estava falando que você era um monstro — disse ela. — É verdade?

— Acho que não — replicou Shadow.

— Que pena — lamentou ela. — A gente sabe o que esperar dos monstros, né?

— Sabe?

— Claro. No fim das contas, você vai acabar virando janta. Falando nisso, deixa eu mostrar um negócio. — Ela se levantou e o conduziu até o topo da colina. — Está vendo ali? Do outro lado daquele morro, que desce até o vale, dá para ver a pontinha da casa onde você vai trabalhar no fim de semana. Está vendo?

— Não.

— Olha. Vou apontar. Siga a direção do meu dedo.

Jennie chegou perto dele, estendeu a mão e indicou a lateral de um morro distante. Shadow viu o sol refletir em algo que imaginou ser um lago — ou melhor, um *loch*, já que estava na Escócia — e, acima disso, uma saliência cinza na encosta de uma colina. Ele tinha achado que eram pedras, mas eram regulares demais para não serem uma construção.

— Aquele é o castelo?

— Eu não chamaria disso. Só um casarão no vale.

— Você já foi a alguma festa lá?

— Eles não convidam o pessoal daqui — disse ela. — E não me chamariam. Você não deveria aceitar, aliás. Deveria recusar.

— Pagam bem — respondeu ele.

Jennie encostou em Shadow pela primeira vez, apoiando os dedos pálidos no dorso de sua mão escura.

— E para que um monstro precisa de dinheiro? — perguntou ela, sorrindo, e Shadow não tinha como negar que talvez ela *fosse* bonita, afinal.

Então, a mulher abaixou a mão e se afastou.

— E aí? — disse ela. — Não devia continuar seu passeio? Daqui a pouco vai precisar voltar. Nessa época do ano, a luz vai embora rápido depois que começa a escurecer.

Jennie observou enquanto Shadow levantava o farnel e descia a colina. Ele se virou ao chegar à base e olhou para cima. Jennie ainda o acompanhava. Ele acenou e ela retribuiu. Quando Shadow olhou de novo, ela havia sumido.

Ele pegou a balsa para atravessar o estreito até o cabo, depois andou até o farol. Um micro-ônibus levava do farol até a balsa, e ele o pegou.

Chegou de volta ao hotel às oito da noite, exausto, mas satisfeito. Tinha chovido uma vez, no fim da tarde, mas abrigara-se em um casebre decadente, lendo um jornal de cinco anos atrás enquanto a água batia no telhado. A chuva parou depois de meia hora, e Shadow estava feliz por ter botas boas, pois a terra havia se transformado em lama.

Estava morrendo de fome. Entrou no restaurante do hotel. Não havia ninguém lá.

— Oi? — chamou.

Uma idosa apareceu na porta entre o restaurante e a cozinha e disse:

— Sim?

— Estão servindo o jantar?

— Estamos. — Ela lançou um olhar de censura para ele, observando suas botas enlameadas e o cabelo despenteado. — Você é hóspede?

— Sou. Estou no quarto onze.

— Bom... é melhor trocar de roupa antes do jantar — sugeriu ela. — Seria uma gentileza com os outros fregueses.

— Então vocês *estão* servindo.

— Estamos.

Ele subiu para o quarto, largou o farnel na cama e tirou as botas. Calçou os tênis, penteou o cabelo e voltou a descer.

O salão do restaurante não estava mais vazio. Havia duas pessoas sentadas a uma mesa no canto, duas pessoas que pareciam diferentes em todos os aspectos possíveis: uma mulher pequena que devia ter cinquenta e muitos anos e estava recurvada feito um pássaro, e um homem jovem, grande, desajeitado e completamente careca. Shadow concluiu que eram mãe e filho.

Ele ocupou uma mesa no meio do salão.

A garçonete idosa chegou com uma bandeja e deu uma tigela de sopa para os dois. O homem começou a soprar a sopa, para esfriá-la; a mãe deu uma batida forte em sua mão com a colher.

— Pare com isso — disse ela. E começou a enfiar colheradas de sopa na própria boca, fazendo um barulho alto.

O homem careca passou os olhos pelo salão, com uma expressão triste. Seu olhar cruzou com o de Shadow, que o cumprimentou com um gesto da cabeça. O homem suspirou e voltou à sopa fumegante.

Shadow deu uma olhada no cardápio, sem entusiasmo. Estava pronto para pedir, mas a garçonete tinha desaparecido de novo.

Um vulto cinza; o dr. Gaskell espiou pela porta do restaurante, entrou no salão e foi até a mesa de Shadow.

— Posso lhe fazer companhia?

— Claro. Por favor. Sente-se.

Ele se acomodou na frente de Shadow.

— Teve um bom dia?

— Muito bom. Caminhei.

— É o melhor jeito de abrir o apetite. Então... Amanhã cedinho vão mandar um carro aqui para buscar você. Traga suas coisas. Vão levá-lo até a casa e explicar tudo.

— E o dinheiro? — perguntou Shadow.

—Vão acertar isso lá. Metade no começo, metade no final. Mais alguma coisa que queira saber?

A garçonete estava parada na beira do salão, observando-os, e não fez qualquer menção de se aproximar.

— Aham. O que preciso fazer para conseguir comida aqui?

— O que você quer? Recomendo as costeletas de cordeiro. É de criação local.

— Parecem ótimas.

Gaskell falou alto:

— Com licença, Maura. Desculpe incomodar, mas pode trazer costeleta de cordeiro para nós dois?

Ela comprimiu os lábios e voltou para a cozinha.

— Obrigado — disse Shadow.

— Não se preocupe. Posso ajudar em mais alguma coisa?

— Aham. Esse pessoal que está vindo para a festa. Por que não contratam os próprios seguranças? Por que me contratar?

—Vão fazer isso também, sem dúvida — disse Gaskell. —Vão trazer gente deles. Mas é bom contar com um talento local.

— Mesmo se o talento local for um turista estrangeiro?

— Sim.

Maura trouxe duas tigelas de sopa e as colocou na frente de Shadow e do médico.

— Fazem parte da refeição — informou ela.

A sopa estava quente demais, e tinha um leve gosto de extrato de tomate e vinagre. Shadow estava com tanta fome que só no final da tigela percebeu que não gostara do sabor.

—Você falou que eu era um monstro — disse Shadow para o homem cor de aço.

— Falei?

— Falou.

— Bom, tem muitos monstros nesta parte do mundo. — Ele inclinou a cabeça para os dois do canto. A mulher pequena tinha molhado o guardanapo no copo d'água e esfregava vigorosamente as manchas de sopa vermelha na boca e no queixo do filho. Ele parecia constrangido. — É um lugar remoto. A gente só vira notícia quando um viajante ou um alpinista se perde ou morre de fome. A maioria das pessoas esquece que existimos.

As costeletas chegaram, acompanhadas por um prato com batatas cozidas demais, cenouras cozidas de menos e algo marrom e molhado que talvez tivesse vindo ao mundo como espinafre. Shadow começou a cortar a costeleta com a faca. O médico pegou a dele com as mãos e começou a mastigar.

— Você já cumpriu — disse o médico.

— Cumpri o quê?

— Pena. Já foi presidiário. — Não era uma pergunta.

— Já.

— Então sabe brigar. Seria capaz de machucar alguém, se fosse necessário.

— Se precisa de alguém para machucar pessoas — disse Shadow —, provavelmente não sou o cara que está procurando.

O homenzinho sorriu, os lábios cinza engordurados.

— Eu sei que é. Foi só uma pergunta. Perguntar não ofende. Enfim. *Ele é um monstro* — disse o dr. Gaskell, gesticulando com uma costeleta mastigada para o canto do salão. O homem careca comia um creme branco com uma colher. E a mãe também.

— Não parecem monstros — falou Shadow.

— Estou brincando. Senso de humor local. O meu devia ser anunciado para quem chega ao vilarejo. Alerta, médico doido em serviço falando de monstros. Não dê ouvidos ao que eu digo. — Um vislumbre de dentes manchados de tabaco. Ele limpou as mãos e a boca no guardanapo. — Maura, vamos precisar da conta. Eu pago o jantar do rapaz.

— Sim, dr. Gaskell.

— Lembre-se — disse o médico para Shadow. — Amanhã de manhã, às oito e quinze, esteja no saguão do hotel. Não se atrase. Esse pessoal é ocupado. Se não estiver aqui, eles vão embora, e você vai perder a chance de ganhar mil e quinhentas libras por um fim de semana de trabalho. E um extra, se os deixar felizes.

Shadow decidiu tomar o café pós-refeição no bar. Afinal, lá havia uma lareira. Esperava que o fogo esquentasse seus ossos.

Gordon, da recepção, estava do outro lado do balcão.

— Noite de folga de Jennie? — perguntou Shadow.

— O quê? Não, ela só estava quebrando um galho. Às vezes, ela ajuda, quando estamos ocupados.

— Tudo bem se eu colocar mais uma tora na lareira?

— Fique à vontade.

Se é assim que os escoceses tratam o verão, pensou Shadow, se lembrando de algo que Oscar Wilde falara certa vez, *eles não merecem ter um*.

O jovem careca entrou e cumprimentou Shadow com um aceno nervoso. Ele retribuiu o gesto. O homem não tinha pelos aparentes: nem sobrancelhas, nem cílios. Shadow achou que ele tinha cara de bebê, ainda em processo de formação. Ponderou se aquilo era uma doença ou se talvez fosse efeito colateral de quimioterapia. O homem tinha cheiro de umidade.

— Ouvi o que ele falou — afirmou o careca, gaguejando. — Disse que sou um monstro. E que minha mãe também era um monstro. Sou bom de ouvido. Minhas orelhas não deixam passar muita coisa.

As orelhas dele eram boas mesmo. Rosa e translúcidas e se projetavam das laterais da cabeça como as barbatanas de um peixe enorme.

—Você tem orelhas ótimas — comentou Shadow.

— Está de pilha? — falou o homem careca, com um tom ofendido. Ele parecia pronto para brigar. Era só um pouco mais baixo que Shadow, e Shadow era grande.

— Se isso significa o que imagino, de modo algum.

O homem careca balançou a cabeça.

— Acho bom — disse ele. Engoliu em seco e hesitou. Shadow se perguntou se devia falar algo conciliatório, mas o careca continuou: — Não é culpa minha. Aquele barulho todo. Quer dizer, as pessoas vêm aqui para escapar do barulho. E das pessoas. Já tem gente demais nesse lugar. Que tal você voltar logo para o lugar de onde veio e parar de fazer essa barulheira toda?

A mãe do homem apareceu na porta. Ela deu um sorriso nervoso para Shadow, foi às pressas até o filho e puxou sua manga.

— Ora — disse ela. — Não se aborreça assim a troco de nada. Está tudo bem. — Ela olhou para Shadow, perspicaz e pacificadora. — Sinto muito. Com certeza ele não estava falando sério. — Havia um pedaço de papel higiênico preso na sola de seu sapato, e ela ainda não tinha percebido.

—Tudo bem — falou Shadow. — É bom conhecer gente nova.

Ela assentiu.

— Então tudo bem — respondeu a mulher.

O filho parecia aliviado. *Ele tem medo dela*, pensou Shadow.

—Vamos, querido — disse para o filho.

Ela o puxou pela manga, e ele a acompanhou até a porta.

Então parou, obstinado, e se virou.

— Fala para eles — pediu o jovem careca — não fazerem tanto barulho.

—Vou falar — afirmou Shadow.

— É que eu escuto tudo.

— Não se preocupe — garantiu Shadow.

— Ele é mesmo um bom menino — disse a mãe do jovem careca, e saiu levando o filho pela manga até o corredor, arrastando um pedaço de papel higiênico.

Shadow saiu para o corredor.

— Com licença — disse ele.

Os dois se viraram, o homem e a mãe.

— Você está com uma coisa presa no sapato — falou Shadow.

Ela olhou para baixo. Pisou na tira de papel com o outro sapato e levantou o pé, soltando-a. Então fez um gesto de aprovação em resposta e foi embora.

Shadow foi até a recepção.

— Gordon, você tem algum mapa bom da região?

— Tipo um mapa do governo? Claro. Vou levar para você no salão.

Shadow voltou para o bar e terminou o café. Gordon trouxe o mapa. Ele ficou impressionado com o nível de detalhes: parecia exibir tudo que era trilha. Examinou-o com atenção, marcando o percurso de sua caminhada. Achou a colina onde havia parado para almoçar, e desceu o dedo para o sudeste.

— Não tem um castelo por aqui, né?

— Receio que não. Há alguns ao leste. Posso trazer um guia dos castelos escoceses para você...

— Não, não. Não precisa. Tem algum casarão nessa região? Do tipo que as pessoas chamariam de castelo? Ou propriedades grandes?

— Bom, tem o Cape Wrath Hotel bem aqui. — Ele indicou no mapa. — Mas é uma área meio vazia. Tecnicamente, em termos de ocupação humana, como é que se fala, de densidade demográfica, isso aqui é um deserto. Acho que não tem nem ruínas interessantes. Nenhuma que você possa visitar a pé.

Shadow agradeceu e pediu para ser acordado cedo no dia seguinte. Lamentou não ter achado no mapa a casa que vira da colina, mas talvez estivesse olhando no lugar errado. Não seria a primeira vez.

No quarto ao lado, um casal estava brigando ou fazendo amor. Shadow não sabia dizer, mas, sempre que começava a pegar no sono, vozes altas ou gritos o despertavam de repente.

Depois, ele nunca soube ao certo se tinha acontecido mesmo, se ela o visitara ou se fora o primeiro sonho da noite: mas, fosse realidade ou sonho, pouco após a meia-noite, segundo o rádio-relógio da mesinha de cabeceira, ele ouviu uma batida na porta do quarto. Levantou-se.

— Quem é? — perguntou.

— Jennie.

Shadow abriu a porta e cerrou os olhos por causa da luz no corredor.

Ela estava enrolada no casaco marrom e o encarou com uma expressão hesitante.

— Pois não? — falou Shadow.

—Você vai para casa amanhã — disse ela.

—Vou.

— Pensei em me despedir — comentou ela. — Caso não tenha a chance de vê-lo de novo. E caso você não volte para o hotel. E vá para outro lugar. E eu nunca mais o veja.

— Bom, tchau, então — disse Shadow.

Ela o olhou de cima a baixo, examinando a camiseta e o calção com que ele dormia, os pés descalços, o rosto. Parecia preocupada.

—Você sabe onde eu moro — falou ela, enfim. — Me chame, se precisar de mim.

Ela estendeu o dedo indicador e o encostou de leve nos lábios dele. O dedo estava muito frio. Então, deu um passo para trás no corredor e ficou parada, de frente para ele, sem fazer qualquer menção de ir embora.

Shadow fechou a porta do quarto e ouviu os passos de Jennie se afastando pelo corredor. E voltou para a cama.

Mas tinha certeza de que o sonho seguinte fora um sonho. Era a vida dele, embaralhada e distorcida: em um momento, Shadow estava na cadeia, aprendendo sozinho a fazer truques com moedas e dizendo a si mesmo que seu amor pela esposa o ajudaria a sobreviver. E então Laura morreu, e ele saiu da cadeia; depois estava trabalhando como guarda-costas para um velho trambiqueiro, que pediu para ser chamado de Wednesday. Em seguida, o sonho se encheu de deuses: deuses antigos, esquecidos, ignorados e abandonados, e deuses novos, amedrontadores e transientes, enganadores e confusos. Era um emaranhado de improbabilidades, um ninho de gatos, que virou uma teia que virou uma rede, que virou um novelo do tamanho do mundo...

No sonho, ele morreu na árvore.

No sonho, ele voltou dos mortos.

E, depois disso, veio a escuridão.

IV.

O telefone ao lado da cama tocou às sete. Shadow tomou banho, fez a barba, vestiu-se e guardou seu mundo na mochila. Depois, desceu até o restaurante para o desjejum: mingau salgado, bacon mole e ovos fritos gordurosos. Mas o café estava surpreendentemente bom.

Às oito e dez, ele estava esperando no saguão.

Às oito e catorze, um homem com um casaco de pele de carneiro apareceu. Ele fumava um cigarro enrolado à mão. O homem o cumprimentou, alegre.

— Você deve ser o sr. Moon — disse ele, estendendo a mão. — Meu nome é Smith. Sou sua carona para o casarão. — O homem deu um aperto firme.

— Você é *mesmo* um cara grande, hein?

Smith não disse "Mas ainda posso encarar você", porém Shadow sabia que estava implícito.

— É o que dizem — respondeu Shadow. — Você não é escocês.

— Não, companheiro. Só vim passar a semana aqui para garantir que tudo corra bem. Sou de Londres. — Um vislumbre de dentes em um rosto mal-encarado. Shadow estimou que o homem tivesse quarenta e poucos anos. — Vamos para o carro. Posso explicar tudo no caminho. Essa é sua mochila?

Shadow foi até o carro, um Land Rover sujo de lama com o motor ainda ligado. Colocou a mochila no banco traseiro e se sentou na frente, no banco do carona. Smith deu uma última tragada no cigarro, agora pouco mais que um rolinho de papel branco, e o jogou pela janela aberta do motorista.

Eles saíram do vilarejo.

— Então, como se pronuncia seu nome? — perguntou Smith. — Bal-der, Borl-der ou de outro jeito? Que nem *Cholmondely* que, na verdade, se chama *Tchamley*.

— Shadow — respondeu Shadow. — As pessoas me chamam de Shadow.

— Certo.

Silêncio.

— Então — falou Smith —, Shadow. Não sei quanto o velho Gaskell o informou sobre a festa do fim de semana.

— Pouco.

— Certo, bom, a coisa mais importante que você precisa saber é a seguinte: aconteça o que acontecer, fique de bico fechado. O que quer que veja, pessoas se divertindo, suponhamos, você não fala sobre isso, mesmo se reconhecer alguém, se é que me entende.

— Não reconheço pessoas — rebateu Shadow.

— É isso aí. A gente está aqui só para garantir que todo mundo se divirta sem ninguém para perturbar. Eles vieram de longe para ter um bom fim de semana.

— Entendi — respondeu Shadow.

Os dois chegaram à balsa que levava até o cabo. Smith estacionou o Land Rover na beira da estrada, tirou a bagagem e trancou o carro.

Do outro lado da travessia, um carro idêntico os aguardava. Smith o destrancou, jogou as bolsas no banco traseiro e começou a dirigir pela estrada de terra.

Pegaram uma saída antes de chegarem ao farol e seguiram em silêncio por uma estrada de terra que logo se transformou em uma trilha. Shadow teve que sair algumas vezes para abrir porteiras; ele esperava o Land Rover passar e voltava a fechá-las.

Havia corvos nos campos e nos muros baixos de pedra, pássaros pretos enormes que o encaravam com olhos implacáveis.

— Então você esteve no xilindró? — perguntou Smith, de repente.

— Como é?

— Cadeia. Cárcere. Centro correcional. Outras palavras com a letra *c* que indicam comida ruim, falta de vida noturna, condições sanitárias inadequadas e oportunidades de viagem limitadas.

— É.

— Você não é de falar muito, né?

— Achei que fosse uma virtude.

— Entendido. Só queria puxar conversa. O silêncio estava me dando nos nervos. Gosta daqui?

— Acho que sim. Cheguei só há alguns dias.

— Este lugar me dá calafrios. Remoto demais. Já fui a partes da Sibéria que pareciam mais acolhedoras. Já foi a Londres? Não? Quando for para o sul, vamos fazer um tour. Tem ótimos bares. Comida de verdade. E aquelas coisas todas de turista que vocês, americanos, adoram. Mas o trânsito é um inferno. Pelo menos aqui dá para dirigir. Nenhuma porcaria de semáforo. Tem um semáforo no final da Regent Street que, juro, faz você ficar cinco minutos parado no vermelho e depois abre por uns dez segundos. Dois carros no máximo. Ridículo. Dizem que é o preço a se pagar pelo progresso, né?

— É — disse Shadow. — Deve ser.

A estrada já havia acabado fazia tempo, e eles avançavam aos solavancos por um vale de vegetação rasteira entre duas colinas.

— Os convidados da festa... — disse Shadow. — Eles vão chegar de Land Rover?

— Não. A gente tem helicópteros. Vão chegar para o jantar. Chegam de helicóptero e vão embora de helicóptero na segunda de manhã.

— Que nem morar em uma ilha.

— Quem me dera morar em uma ilha. Nenhum vizinho maluco ia aparecer para criar caso, né? Ninguém reclama do barulho na ilha ao lado.

— Fazem muito barulho na sua festa?

— A festa não é minha, companheiro. Sou só um facilitador. Trato de fazer tudo correr bem. Mas sim. Acho que eles conseguem fazer bastante barulho quando têm vontade.

O vale verde virou uma trilha, e a trilha virou uma via de acesso que subia uma colina quase em linha reta. Uma curva, uma virada brusca, e eles se aproximaram de uma casa que Shadow reconhecia. Jennie a havia apontado no dia anterior, durante o almoço.

A casa era velha. Ele percebeu logo de cara. Algumas partes pareciam mais velhas que outras: a parede de uma ala era feita de pedras e rochas cinza, pesadas e duras. A parede dava em outra, de tijolos marrons. O telhado, que cobria todo o edifício, as duas alas, era de telhas cinza-escuras. A casa tinha vista para uma pista de cascalho e para o *loch* ao pé da colina. Shadow saiu do Land Rover. Olhou para a construção e se sentiu pequeno. Era como se estivesse voltando para casa, e não foi uma sensação boa.

Havia outros veículos de tração quatro por quatro estacionados no cascalho.

— As chaves dos carros estão penduradas na despensa, caso precise sair com algum. Mostro quando a gente passar por lá.

Por meio de uma porta grande de madeira, eles entraram em um pátio central parcialmente pavimentado. Havia um pequeno chafariz no meio e um canteiro de grama, uma faixa verde irregular e sinuosa, cercada de pedras de calçamento cinza.

— É aqui que vão acontecer as atividades de sábado à noite — disse Smith. — Vou mostrar onde você vai ficar.

Na ala menor, atravessaram uma porta simples, depois um cômodo com chaves penduradas em ganchos, cada uma marcada com uma etiqueta de papel, e outro cômodo cheio de prateleiras vazias. Seguiram por um corredor sujo e subiram uma escada sem carpete, e não havia nada nas paredes além de cal. ("Bom, aqui é o espaço dos empregados, né? Ninguém gasta dinheiro com isso.")

Fazia frio, de um jeito que Shadow começava a achar familiar: mais frio dentro da casa do que fora. Ele se perguntou como faziam isso, se era um segredo da engenharia civil inglesa.

Smith conduziu Shadow até o topo da casa e lhe mostrou um quarto escuro que continha um guarda-roupa antigo, uma cama de solteiro com estrutura de ferro — menor que Shadow, ele logo reparou —, um lavatório antigo e uma janela pequena que dava para o pátio interno.

— Tem um lavabo no final do corredor — disse Smith. — O banheiro dos empregados fica no andar de baixo. Dois banheiros, um para homens, outro para mulheres, sem chuveiro. Nesta ala, a oferta de água quente é bastante limitada, infelizmente. Seu uniforme está pendurado no guarda-roupa. Experimente agora, veja se cabe, e tire para vestir de novo hoje à noite, quando os convidados chegarem. As opções de lavanderia também são limitadas. Este lugar parece até Marte. Estarei na cozinha se precisar de mim. Não faz tanto frio lá embaixo, se o Aga estiver funcionando. Desça a escada até o fim e vire à esquerda, depois à direita, e dê um grito se ficar perdido. Não vá para a outra ala, a menos que alguém mande.

E deixou Shadow sozinho.

Shadow vestiu o paletó do smoking preto, a camisa branca, a gravata-borboleta preta. Havia também sapatos pretos extremamente polidos. Tudo cabia bem, como se tivessem sido feitos sob medida. Ele pendurou o traje de volta no guarda-roupa.

Desceu a escada e achou Smith na base, batendo o dedo com raiva em um pequeno celular prateado.

— Não tem sinal. O negócio tocou, e estou tentando retornar a ligação, mas não tem sinal. Isso aqui é a Idade da Pedra. Como estava sua roupa? Tudo certo?

— Perfeito.

— Grande garoto. Nunca usa cinco palavras se basta uma, né? Já conheci defuntos mais falantes que você.

— Sério?

— Não. Modo de falar. Vamos. Quer comer alguma coisa?

— Pode ser. Obrigado.

— Certo. Venha comigo. Parece um labirinto, mas logo, logo você pega o jeito.

Eles comeram na cozinha, que era imensa e estava vazia. Shadow e Smith pegaram pratos de metal esmaltado, empilhando fatias translúcidas de salmão defumado em pão branco com casca, e fatias de queijo cheddar, e beberam canecas de chá doce forte. Shadow descobriu que Aga era uma caixa metálica grande, parte forno, parte aquecedor de água. Smith abriu uma das várias portas na lateral e enfiou algumas pás grandes de carvão.

— E cadê o resto da comida? Os garçons, os cozinheiros? — perguntou Shadow. — Não pode ser só a gente.

— Bem observado. Estão vindo de Edimburgo. É muito sincronizado. A comida e a equipe da festa vão chegar às três e preparar tudo. Os convidados serão trazidos às seis. O bufê do jantar vai ser servido às oito. Um monte de conversa, comida, um pouco de diversão, nada muito cansativo. Amanhã, o café vai das sete ao meio-dia. À tarde, os convidados saem para passear e ver as paisagens. Fogueiras são montadas no pátio. Aí, são acesas ao anoitecer, e todo mundo curte a noite de um sábado no norte, de preferência sem a chateação dos vizinhos. Domingo de manhã, a gente circula com cuidado, em respeito à ressaca das pessoas, e domingo à tarde os helicópteros pousam e todos vão embora. Você recebe o seu pagamento, e eu o levo de volta para o hotel, ou você pode ir para o sul comigo, se quiser dar uma variada. Que tal?

— Parece ótimo — disse Shadow. — E o pessoal que pode aparecer sábado à noite?

— Só estraga-prazeres. Vizinhos que gostam de acabar com a alegria dos outros.

— Que vizinhos? — perguntou Shadow. — Não tem nada além de ovelhas em um raio de quilômetros.

— São daqui, estão por toda parte — respondeu Smith. — Só não dá para ver. Eles se entocam que nem Sawney Beane e a família.

— Acho que já ouvi falar dele — comentou Shadow. — O nome não me é estranho...

— Ele é *histórico* — disse Smith, tomando o chá e se recostando na cadeira. — Foi... quando? Uns seiscentos anos atrás, depois que os vikings se mandaram para a Escandinávia ou se misturaram por meio de casamentos e conversões até virarem mais um bando de escoceses, mas antes de a rainha Elizabeth morrer e Jaime descer da Escócia para governar os dois países. — Ele tomou outro gole de chá. — Então. Os viajantes na Escócia andavam desaparecendo. Não era algo tão incomum. Quer dizer, naquela época, se você saísse para uma viagem longa, nem sempre voltava. Às vezes, demorava meses até alguém perceber que você não ia mais voltar, e aí botavam a culpa em lobos ou no clima, por isso decidiram viajar em grupo, e só no verão.

"Mas um viajante estava cavalgando por um bosque com um monte de companheiros, e apareceu das colinas, das árvores e do chão um enxame, uma revoada, uma matilha de crianças armadas com adagas, e facas, e porretes, e pedaços de pau, e elas derrubaram os viajantes dos cavalos, e caíram em cima, matando todos. Todos menos um coroa que tinha ficado um pouco para trás e fugiu. Foi o único, mas basta um, né? Ele chegou à cidade mais próxima e fez o maior alarde, e juntaram soldados e moradores para formar uma tropa e voltar lá com cachorros.

"Eles passaram dias sem achar o esconderijo, e estavam prestes a desistir quando, na frente de uma caverna à beira-mar, os cachorros começaram a uivar.

"Aí descobriram que havia cavernas debaixo da terra, e na maior e mais profunda estavam o velho Sawney Beane e sua cria, e carcaças penduradas em ganchos, defumadas e assadas a fogo lento. Pernas, braços, coxas, mãos e pés de homens, mulheres e crianças suspensos em fileiras, que nem porco ressecado. Tinha membros conservados em salmoura, que nem carne-seca. Tinha montes de dinheiro, ouro e prata, com relógios, anéis, espadas, pistolas e roupas, riquezas para além da imaginação, já que eles nunca gastavam um centavo sequer. Só ficavam nas cavernas, comiam, procriavam e odiavam.

"Ele morava lá há anos. Rei de seu próprio reinozinho, o velho Sawney, com a mulher, os filhos e netos, e alguns dos netos eram filhos dele também. Grupinho incestuoso."

— Isso aconteceu mesmo?

— É o que dizem. Tem registros oficiais. A família foi levada a Leith para o julgamento. A decisão do tribunal foi interessante: decidiram que Sawney Beane, através de seus atos, havia renunciado à condição humana. Então ele foi condenado como um animal. Não o enforcaram nem decapitaram. Armaram só uma fogueira enorme e jogaram os Beane nela, para morrerem queimados.

— A família inteira?

— Não lembro. Pode ser que tenham queimado as crianças pequenas, pode ser que não. Provavelmente sim. Eles costumam ser muito eficientes ao lidar com monstros aqui nesta parte do mundo.

Smith lavou os pratos e as canecas na pia, e deixou-os no escorredor para secar. Os dois saíram para o pátio. Smith enrolou um cigarro com habilidade. Lambeu o papel, alisou-o com os dedos e acendeu o tubinho pronto com um Zippo.

—Vejamos. O que você precisa saber para hoje à noite? Bom, o básico é fácil: só fale quando falarem com você... não que isso vá ser um problema, né?

Shadow não disse nada.

— Certo. Se um dos convidados pedir algo, faça o possível para atender, fale comigo se tiver alguma dúvida, mas faça o que pedirem, a menos que o impeça de realizar seu trabalho ou viole a principal diretriz.

— Que é?

— Não. Transar. Com a mulherada fina. É bem capaz de algumas moças enfiarem na cabeça, depois de meia garrafa de vinho, que precisam mesmo é de uma trepada. Se isso acontecer, você banca o *Sunday People*.

— Não tenho ideia do que está falando.

— *Nosso repórter pediu licença e saiu.* Certo? Pode olhar, mas não pode tocar. Entendeu?

— Entendi.

— Garoto esperto.

Shadow estava começando a gostar de Smith. Disse a si mesmo que gostar daquele homem não era sensato. Já tinha conhecido pessoas como Smith, pessoas sem consciência, sem escrúpulos, sem coração, que eram igualmente perigosas e simpáticas.

No começo da tarde, os empregados chegaram, trazidos por um helicóptero que parecia um transporte militar: descarregaram caixas de vinho e de comida, cestos e recipientes com uma eficiência impressionante. Havia caixas cheias de guardanapos e toalhas de mesa. Havia cozinheiros e garçons, garçonetes e camareiras.

Mas os primeiros a sair do helicóptero foram os seguranças: homens grandes e parrudos com fones de ouvido e paletós que, para Shadow, com certeza tinham armas.

Cada um deles se apresentou a Smith, que os mandou examinar a casa e o terreno. Shadow estava ajudando, levando caixas de hortaliças do helicóptero para a cozinha. Conseguia carregar o dobro das outras pessoas. Quando passou de novo por Smith, parou e disse:

— Então, se você tem esses seguranças todos, por que estou aqui?

Smith deu um sorriso afável.

— Olhe, rapaz. Alguns indivíduos que estão vindo para cá valem mais dinheiro do que você e eu vamos ver na vida inteira. Eles precisam ter certeza de que estão seguros. Sequestros acontecem. As pessoas têm inimigos. Um monte de coisa acontece. Só que, com esses caras por perto, não vai acontecer. Mas botá-los para lidar com vizinhos mal-humorados seria o mesmo que usar uma bomba para deter invasores. Entendeu?

— Certo — disse Shadow.

Ele voltou ao helicóptero, pegou outra caixa identificada como *berinjelas bebê*, cheia de legumes pretos pequenos, colocou-a em cima de uma caixa de repolho e levou as duas para a cozinha, convencido de que era tudo mentira. A resposta de Smith era razoável. Até convincente. Só não era verdade. Não havia motivo algum para ele estar ali, ou, se havia, não era o que lhe deram.

Shadow remoeu a questão, tentando entender por que estava naquela casa, e torceu para não deixar transparecer nada. Guardava tudo dentro de si. Era mais seguro.

V.

Mais helicópteros chegaram no fim da tarde, quando o céu começava a ficar rosa, e algumas dezenas de pessoas elegantes desembarcaram. Muitas estavam rindo ou sorrindo. A maioria tinha por volta de trinta e quarenta anos. Shadow não reconheceu nem uma sequer.

Smith falou de maneira casual, mas simpática, com todas as pessoas, cumprimentando-as com confiança.

— Certo, pode entrar por ali, virar à esquerda e esperar no salão principal. Tem uma ótima lareira lá. Alguém vai levar o senhor até seu quarto. Sua bagagem já estará lá. Pode me chamar se não estiver, mas vai estar. Olá, madame, a senhora está muito elegante... posso pedir para alguém pegar sua bolsa? Ansiosa para amanhã? Estamos todos.

Fascinado, Shadow observou Smith interagir com cada convidado, portando-se com uma mistura cuidadosa de familiaridade e deferência, cortesia e charme *cockney*: consoantes e vogais iam e vinham, e se transformavam a depender da pessoa com quem falava.

Uma mulher de cabelo escuro curto, muito bonita, sorriu para Shadow quando ele levou suas malas para dentro.

— Mulherada fina — murmurou Smith quando ele passou. — Fique longe.

Um homem robusto, que Shadow estimou ter pouco mais de sessenta anos, foi a última pessoa a sair do helicóptero. Ele foi até Smith, apoiado em uma bengala barata de madeira, e disse algo em voz baixa. Smith respondeu do mesmo jeito.

É ele quem manda, pensou Shadow. Estava evidente pela linguagem corporal. Smith não sorria ou bajulava. Estava apresentando um relatório, com eficiência e discrição, dizendo para o velho tudo o que ele precisava saber.

Smith fez um sinal para Shadow, que foi rápido até os dois.

— Shadow — chamou Smith. — Este é o sr. Alice.

O sr. Alice estendeu a mão rosada e rechonchuda, apertando a mão escura e grande de Shadow.

— Muito prazer em conhecê-lo — disse ele. — Ouvi falar bem de você.

— Prazer em conhecê-lo — respondeu Shadow.

— Bom — disse o sr. Alice —, continue.

Smith meneou a cabeça para Shadow, indicando que ele estava dispensado.

— Se estiver tudo bem por você — falou Shadow para Smith —, gostaria de dar uma olhada na área enquanto ainda tem luz. Ter uma noção dos lugares de onde os vizinhos podem vir.

— Não vá muito longe — respondeu Smith.

Ele pegou a valise do sr. Alice e conduziu o homem para dentro da casa.

Shadow contornou o perímetro externo. Ele havia sido enganado. Não sabia por quê, mas não tinha dúvidas. Muita coisa não fazia sentido. Por que contratariam um turista para trabalhar como segurança junto com seguranças de verdade? Era um mistério, assim como Smith apresentá-lo ao sr. Alice depois de duas dúzias de pessoas terem tratado Shadow como mero ornamento decorativo.

Na frente da casa, havia um muro baixo de pedra; atrás da casa, uma colina que era quase uma pequena montanha e uma ladeira suave que descia para o *loch*. Ao lado, ficava a trilha por onde tinha chegado de manhã. Ele andou até o outro lado da casa e viu o que parecia ser uma horta, cercada por um muro alto de pedra. Desceu um degrau até o local e foi examinar o muro.

— Fazendo reconhecimento? — disse um dos seguranças, em seu smoking preto.

Shadow não o vira ali, e isso já sugeria que o homem era muito bom no ofício. Como a maioria dos empregados, ele tinha sotaque escocês.

— Só dando uma olhada.

— Estudando o terreno, muito sábio. Não se preocupe com esse lado da casa. Uns cem metros para lá tem um rio que desce até o *loch*, e depois disso são só pedras molhadas por uns trinta metros, direto até lá embaixo. Totalmente traiçoeiro.

— Ah. Então os vizinhos, os que vêm para reclamar, chegam por onde?

— Não faço ideia.

— É melhor eu ir lá dar uma olhada — disse Shadow. — Ver se consigo achar os caminhos de acesso.

— No seu lugar — falou o guarda —, não faria isso. É bem traiçoeiro. Se você se meter por lá, qualquer escorregão vai jogá-lo pelas pedras até o *loch*. Seu corpo nunca vai ser encontrado, se andar naquela direção.

— Entendi — respondeu Shadow, e entendeu mesmo.

Ele continuou caminhando em volta da casa. Viu outros cinco seguranças, agora que estava procurando. Com certeza ainda havia outros.

Na ala principal da casa, viu pelas janelas francesas uma enorme sala de jantar com painéis de madeira e os convidados sentados em volta de uma mesa, conversando e rindo.

Voltou para a ala dos empregados. Ao longo do jantar, as travessas de comida que voltavam eram postas em um aparador, e a equipe se servia, enchendo pratos de papel. Smith estava sentado à mesa de madeira da cozinha, devorando um prato de salada e carne malpassada.

— Tem caviar ali — disse para Shadow. — É Osetra Ouro, da melhor qualidade, muito especial. O que as autoridades do partido guardavam para si mesmas nos velhos tempos. Nunca fui fã, mas pode se servir.

Shadow pôs um pouco de caviar no canto do prato, por educação. Pegou alguns ovinhos cozidos, um pouco de macarrão e uns pedaços de frango. Sentou-se ao lado de Smith e começou a comer.

— Não sei por onde os vizinhos poderiam vir — comentou ele. — Seus homens bloquearam a pista de acesso. Quem quiser vir para cá tem que chegar pelo *loch*.

—Você deu uma boa espiada, hein?

— Dei — respondeu Shadow.

— Conheceu alguns dos meus rapazes?

— Conheci.

— E o que achou?

— Eu não provocaria nenhum deles.

Smith deu um sorrisinho.

— Um cara grande como você? Sei que consegue se virar.

— São matadores — disse Shadow, apenas.

— Só quando necessário — retrucou Smith. Ele não estava mais sorrindo. — Que tal subir para seu quarto? Dou um toque quando precisar de você.

— Tudo bem — respondeu Shadow. — E, se não precisar, vai ser um fim de semana muito fácil.

Smith o encarou.

—Você vai fazer por merecer o dinheiro — respondeu ele.

Shadow subiu a escada dos fundos, passando pelo corredor comprido no alto da casa, e entrou em seu quarto. Dava para ouvir os sons da festa, e ele olhou pela janelinha. As janelas francesas do outro lado estavam totalmente abertas, e os convidados, com casacos, luvas e taças de vinho, tinham se deslocado para o pátio interno. Ele ouvia fragmentos de conversas que se transformavam e reformavam; os sons eram nítidos, mas as palavras e o sentido se perdiam. De vez em quando, uma expressão se destacava entre os murmúrios. Um homem disse: "Já falei, juízes como você eu não controlo, eu vendo…" Shadow ouviu uma mulher comentar "É um monstro, meu bem. Um baita monstro. Ora, fazer o quê?", e outra responder "Ah, quem me dera poder dizer o mesmo sobre o do meu namorado!" e dar uma gargalhada.

Ele tinha duas opções. Podia ficar ou podia tentar ir embora.

—Vou ficar — disse ele, em voz alta.

VI.

Foi uma noite de sonhos perigosos.

No primeiro sonho de Shadow, ele estava de volta aos Estados Unidos, parado embaixo de um poste de luz. Subiu uns degraus, abriu uma porta de vidro e entrou em um restaurante, do tipo que um dia fora um vagão de trem. Ouviu um velho cantar, com uma voz rouca e grave, no ritmo de "My Bonnie Lies Over the Ocean":

Meu vô vende camisinha
Furada pra marinheiro
Minha vó faz aborto na cozinha
Meu Deus como entra dinheiro.

Shadow andou de um lado para outro no vagão-restaurante. Na mesa do final do vagão, um homem estava sentado com uma garrafa de cerveja, e cantava *Dinheiro, dinheiro, meu Deus, como entra dinheiro*. Quando viu Shadow, seu rosto se abriu em um sorriso imenso, e ele gesticulou com a garrafa de cerveja.

— Sente-se, sente-se — disse ele.

Shadow se sentou na frente do homem, que tinha conhecido como Wednesday.

— Qual é o problema? — perguntou Wednesday, morto havia quase dois anos, ou tão morto quanto seria possível para uma criatura como ele. — Eu ofereceria uma cerveja, mas o atendimento aqui é uma droga.

Shadow disse que tudo bem. Ele não queria cerveja.

— E aí? — falou Wednesday, coçando a barba.

— Estou em um casarão na Escócia com uma porrada de gente rica, e eles têm segundas intenções. Estou encrencado, e não sei qual é a encrenca. Mas acho que é bem ruim.

Wednesday tomou um gole de cerveja.

— Os ricos são diferentes, meu caro — disse ele, depois de um tempo.

— E o que quer dizer com *isso*?

— Bom — respondeu Wednesday. — Para início de conversa, a maioria deles provavelmente é mortal. Não é algo com que *você* precise se preocupar.

— Não me venha com essa palhaçada.

— Mas você *não* é mortal — disse Wednesday. — Você morreu na árvore, Shadow. Morreu e voltou.

— E daí? Não lembro como fiz isso. Se me matarem dessa vez, vou continuar morto.

Wednesday terminou a cerveja. Em seguida, balançou a garrafa no ar, como se estivesse regendo uma orquestra invisível, e cantou outro pedaço:

Meu irmão é um missionário
E liberta mulher o tempo inteiro
Dez pratas, te libera uma ruiva,
Meu Deus como entra dinheiro.

— Você não está ajudando — falou Shadow.

O restaurante agora era um vagão de trem, trepidando pela noite nevada.

Wednesday baixou a garrafa de cerveja e fitou Shadow com seu olho verdadeiro, o que não era de vidro.

— São padrões — disse ele. — Se eles acham que você é um herói, estão enganados. Quando você morrer, não vai mais ser Beowulf, ou Perseu, ou Rama. Há regras bem diferentes. Xadrez, não damas. *Go*, não xadrez. Entendeu?

— Nem um pouco — respondeu Shadow, frustrado.

No corredor do casarão, pessoas faziam barulhos de bêbado e pediam silêncio umas para as outras, enquanto andavam aos tropeços e riam pela casa.

Shadow se perguntou se eram os empregados ou os visitantes da outra ala fazendo turismo no lado pobre. E os sonhos o levaram embora de novo...

Agora, ele estava de volta ao casebre onde havia se abrigado da chuva no dia anterior. Havia um corpo no chão: um menino de no máximo cinco anos. Nu, de costas, membros estendidos. Houve um clarão intenso e súbito, alguém passou por Shadow como se ele não estivesse ali e ajeitou a posição dos braços do menino. Outro clarão.

Shadow conhecia o homem que tirava as fotos.

Era o dr. Gaskell, o homenzinho de cabelo cor de aço que conheceu no bar do hotel.

Gaskell tirou um saco de papel branco do bolso, pescou algo ali dentro e jogou na boca.

— Balinhas sortidas — disse ele para a criança no chão de pedra. — Nham, nham. Suas preferidas.

Ele sorriu, se agachou e tirou mais uma foto do menino morto.

Shadow atravessou a parede de pedra do casebre, fluindo como vento pelas rachaduras. Fluiu até a orla. As ondas se arrebentavam nas rochas, e ele continuou avançando pelo mar, sobre as águas cinzentas, subindo e descendo nas ondas, em direção ao navio feito de unhas dos mortos.

O navio estava longe, em alto-mar, e Shadow passou pela superfície da água como a sombra de uma nuvem.

A embarcação era imensa. Ele não tinha percebido antes a sua imensidão. A mão de alguém desceu e o pegou pelo braço, puxando-o do mar para o convés.

— Traga-nos de volta — disse uma voz tão alta quanto o som das ondas contra as pedras, urgente e feroz. — Traga-nos de volta ou nos deixe ir. — Só um olho ardia naquele rosto barbado.

— Não estou prendendo vocês aqui.

Eram gigantes naquele navio, homens imensos feitos de sombras e borrifos congelados do mar, criaturas de sonhos e espuma.

Um deles, maior que todos os outros, de barba ruiva, deu um passo à frente.

— Não podemos desembarcar — ribombou ele. — Não podemos sair.

—Vão para casa — disse Shadow.

—Viemos com nosso povo para esta terra do sul — falou o homem de um olho só. — Mas eles nos deixaram. Queriam outros deuses, mais mansos, e nos renunciaram em seu coração e nos abandonaram.

—Vão para casa — repetiu Shadow.

— Já se passou tempo demais — disse o homem de barba ruiva. Com o martelo ao lado, Shadow o reconhecia. — Sangue demais se derramou. Você é sangue de nosso sangue, Baldur. Liberte-nos.

E Shadow quis dizer que não era deles nem de ninguém, mas o cobertor fino tinha caído da cama, e seus pés ficaram expostos na ponta, e o luar preencheu o quarto do sótão.

Agora, aquela casa imensa estava em silêncio. Algo uivou nas colinas, e Shadow estremeceu.

Ele estava deitado em uma cama pequena demais para ele, e imaginou o tempo como algo que se aglomerava em poças, e se perguntou se havia lugares onde o tempo pesava, lugares onde se amontoava e ficava retido — *cidades*, pensou, deviam ser cheias de tempo: todos os locais onde as pessoas se reuniam, aonde vinham e traziam o tempo consigo. E Shadow ponderou que, se isso fosse verdade, então podia haver outros lugares, onde as pessoas fossem poucas, e a terra aguardasse, amarga e implacável, e mil anos fossem um piscar de olhos para as colinas — nuvens flutuando, plantas balançando-se e mais nada, em lugares onde o tempo fosse tão esparso quanto as pessoas...

—Vão matar você — sussurrou Jennie, a taverneira.

Shadow agora estava sentado ao lado dela, na colina, sob o luar.

— Por que fariam isso? — perguntou ele. — Não sou importante.

— É o que eles fazem com monstros — respondeu ela. — É o que precisam fazer. É o que sempre fizeram.

Shadow tentou encostar em Jennie, mas ela se virou. Por trás, era vazia e oca. Ela se virou de novo, ficando de frente para ele.

—Venha — sussurrou ela.

—Você pode vir até mim — disse ele.

— Não — respondeu ela. — Há coisas no caminho. A trilha até aí é difícil e está sendo vigiada. Mas você pode me chamar. Se me chamar, eu vou.

O dia raiou, e com ele veio uma nuvem de mosquitos do pântano na base da colina. Jennie tentou espantá-los com o rabo, mas não adiantou; eles se abateram sobre Shadow como uma nuvem, até ele aspirar mosquitos, o nariz e a boca cheios de criaturinhas fustigantes, sufocando na escuridão...

Ele se retorceu para voltar à cama, ao corpo e à vida, para despertar, arfante, sentindo o coração martelar no peito.

VII.

O café da manhã teve peixe defumado, tomate assado, ovos mexidos, torradas, duas linguiças roliças como polegares e fatias de algo escuro, redondo e fino que Shadow não reconheceu.

— O que é isso? — perguntou Shadow.

— Chouriço — respondeu o homem a seu lado. Era um dos seguranças, estava lendo o jornal *The Sun* do dia anterior enquanto comia. — Sangue e ervas. O sangue é cozido até formar uma espécie de casca escura temperada. — Com o garfo, ele colocou um pouco de ovo na torrada e comeu com os dedos. — Sei lá. Como é que dizem? Ninguém deveria saber como são feitas as linguiças e as leis? Algo assim.

Shadow terminou o café da manhã, mas não encostou no chouriço.

Agora havia uma jarra com café de verdade, e ele bebeu uma caneca, quente e pura, para despertar e clarear os pensamentos.

Smith chegou.

— Shadow, meu caro. Posso pegar você emprestado por cinco minutos?

— É você quem está pagando — disse Shadow.

Eles saíram para o corredor.

— É o sr. Alice — falou Smith. — Ele quer dar uma palavrinha.

Os dois saíram da ala deprimente e pálida dos empregados para a vastidão apainelada do casarão antigo. Subiram a escadaria de madeira imensa e entraram em uma biblioteca enorme. Não havia ninguém.

— Só um minutinho que ele já vem — disse Smith. — Vou avisar que você está esperando.

Os livros da biblioteca estavam protegidos por portas de vidro trancadas, além de arame contra ratos, poeira e pessoas. Havia um quadro de um cervo na parede, e Shadow se aproximou para olhar. O cervo era arrogante e imponente: atrás dele, via-se um vale coberto de neblina.

— *O monarca do vale* — disse o sr. Alice, aproximando-se devagar, apoiado na bengala. — O quadro mais reproduzido da era vitoriana. Esse não é o original, mas foi feito por Landseer no final dos anos 1850, uma cópia de sua própria obra. Eu adoro, mas tenho certeza de que não deveria. Ele fez os leões da Trafalgar Square, o Landseer. Mesmo sujeito.

O sr. Alice foi até a janela, e Shadow o acompanhou. Abaixo deles, no pátio, os empregados instalavam cadeiras e mesas. Perto do chafariz no centro do pátio, outras pessoas, os convidados da festa, empilhavam lenha e mais pedaços de madeira para montar fogueiras.

— Por que eles não pedem para os criados fazerem as fogueiras? — perguntou Shadow.

— E por que *eles* devem se divertir com isso? — disse o sr. Alice. — É como mandar seu criado caçar faisões para você à tarde. O ato de preparar uma fogueira, de empilhar as madeiras e colocá-las no lugar perfeito, tem algo de especial. É o que dizem, pelo menos. Eu mesmo nunca fiz. — Ele se afastou da janela. — Sente-se — pediu. — Vou ficar com torcicolo só de olhar para você.

Shadow se sentou.

— Ouvi falar muito de você — comentou o sr. Alice. — Faz tempo que quero conhecê-lo. Falaram que era um rapaz inteligente e que iria longe. Foi o que ouvi.

— Então você não contratou um turista para manter os vizinhos longe da sua festa?

— Bom, sim e não. Tínhamos alguns outros candidatos, claro. Só que você era perfeito para o trabalho. E, quando descobri o que você era... bom, um presente dos deuses, não é?

— Não sei. Sou?

— Com certeza. Veja bem, esta festa é muito antiga. Faz quase mil anos que acontece. Nunca se pulou nem um ano sequer. E todo ano há uma luta, entre o nosso homem e o deles. E o nosso homem vence. Este ano, nosso homem é você.

— Quem... — disse Shadow. — Quem são *eles*? E quem são *vocês*?

— Eu sou seu anfitrião — respondeu o sr. Alice. — Acho que... — Ele parou por um instante e bateu a bengala no piso de madeira. — *Eles* são os que perderam, muito tempo atrás. *Nós* vencemos. Nós éramos os cavaleiros, eles eram os dragões; nós éramos os matadores de gigantes, eles eram os ogros. Nós éramos os homens, eles eram os monstros. E *nós vencemos*. Agora, eles sabem seu lugar. E essa festa existe para permitir que eles não se esqueçam. É pela humanidade que você lutará hoje à noite. Não podemos permitir que assumam o controle. De jeito nenhum. Nós contra eles.

— O dr. Gaskell falou que eu era um monstro — disse Shadow.

— Dr. Gaskell? — questionou o sr. Alice. — Amigo seu?

— Não — respondeu Shadow. — Ele trabalha para você. Ou para as pessoas que trabalham para você. Acho que ele mata crianças e as fotografa.

O sr. Alice deixou a bengala cair. Ele se abaixou, com dificuldade, para pegá-la. Então disse:

— Bom, não acho que você seja um monstro, Shadow. Acho que é um herói.

Não, pensou Shadow. *Você acha que eu sou um monstro. Mas acha que sou o seu monstro.*

— Agora, se tiver sucesso hoje à noite — falou Alice —, e sei que vai ter, poderá pedir o que quiser. Já se perguntou por que algumas pessoas são astros de cinema, celebridades ou ricas? Aposto que já pensou: *Esse cara não tem talento. O que ele tem que eu não tenho?* Bom, às vezes, a resposta é que ele tem alguém como eu ao seu lado.

— Você é um deus? — perguntou Shadow.

O sr. Alice deu uma risada, grave e sonora.

— Boa, sr. Moon. De forma alguma. Sou só um garoto de Streatham que se deu bem na vida.

— E com quem vou lutar? — indagou Shadow.

— Vai conhecê-lo hoje à noite — respondeu o sr. Alice. — Agora, tem algumas coisas no sótão que precisam descer. Que tal dar uma mãozinha a Smith? Para um cara grande como você, vai ser moleza.

A audiência estava encerrada, e, como se tivessem combinado, Smith entrou na biblioteca.

— Eu estava falando agora mesmo — anunciou o sr. Alice — que nosso garoto aqui ajudaria você a descer as coisas do sótão.

— Ótimo — disse Smith. — Vamos, Shadow. Vem comigo lá para cima.

Eles subiram por uma escada de madeira escura até uma porta com cadeado, que Smith abriu, e entraram em um sótão empoeirado de madeira, cheio do que pareciam ser...

— Tambores? — perguntou Shadow.

— Tambores — confirmou Smith. Eram feitos de madeira e couro animal. Cada tambor tinha um tamanho diferente. — Certo, vamos descer com eles.

Os dois levaram os tambores para baixo.

Smith levou um de cada vez, segurando-os como se fossem preciosos. Shadow levou dois.

— O que realmente vai acontecer hoje à noite? — indagou Shadow na terceira viagem, ou talvez na quarta.

— Bom — disse Smith. — A maior parte, até onde sei, é melhor você descobrir sozinho. Quando estiver acontecendo.

— E você e o sr. Alice. Qual é o papel de vocês nisso?

Smith lançou um olhar brusco para Shadow. Eles puseram os tambores ao pé da escada, no grande salão. Havia alguns homens ali, conversando na frente da lareira.

Quando subiram de novo a escada e estavam longe dos convidados, Smith disse:

— O sr. Alice vai embora no final da tarde. Eu vou ficar.

— Ele vai embora? Não faz parte disso?

Smith pareceu se ofender.

— Ele é o anfitrião — falou ele. — Mas...

E parou. Shadow entendeu. Smith não falava do patrão. Eles desceram mais tambores pela escada. Quando terminaram de levar todos os tambores para baixo, desceram com bolsas pesadas de couro.

— O que tem aqui? — perguntou Shadow.

— Baquetas — disse Smith. E continuou: — São famílias antigas, aquele pessoal lá embaixo. Muito antigas. Sabem quem é que manda, mas nem por isso é um deles. Entendeu? Só eles vão ficar na festa hoje. E não querem o sr. Alice nela, entendeu?

E Shadow entendeu. Ele queria que Smith não tivesse falado do sr. Alice. Achava que Smith não falaria nada para alguém que fosse viver para contar a história.

Mas Shadow só disse:

— Baquetas pesadas.

VIII.

Um helicóptero pequeno levou o sr. Alice embora no fim da tarde. Land Rovers levaram os empregados. Smith dirigiu o último. Só restaram Shadow e os convidados, com suas roupas elegantes e seus sorrisos.

Eles olhavam para Shadow como se ele fosse um leão enjaulado que estivesse lá para entretê-los, mas não lhe dirigiam a palavra.

A mulher de cabelo escuro, a que havia sorrido para Shadow quando chegou, deu-lhe comida: um bife, quase malpassado. Ela levou a carne em um prato, sem talheres, como se esperasse que ele comesse com as mãos e os dentes, e ele estava com tanta fome que comeu.

— Não sou seu herói — disse, mas ninguém o olhou nos olhos. Ninguém lhe dirigiu a palavra, não diretamente. Ele se sentia um animal.

E então o sol se pôs. Shadow foi conduzido até o pátio interno e o chafariz enferrujado, obrigado a se despir, à mão armada, e as mulheres esfregaram uma graxa amarela em seu corpo.

Puseram uma faca na grama à sua frente. Gesticularam com uma arma, e Shadow pegou a faca. O cabo era de metal preto, áspero e fácil de segurar. A lâmina parecia afiada.

Então, abriram a porta grande do pátio interno, que levava ao mundo exterior, e dois dos homens acenderam as fogueiras altas: elas crepitaram e arderam.

As bolsas de couro foram abertas, e cada convidado pegou um único bastão preto esculpido, como uma clava, pesada e nodosa. Shadow começou a pensar nos filhos de Sawney Beane, emergindo da escuridão com porretes feitos de fêmures humanos…

Os convidados se posicionaram na borda do pátio e começaram a batucar os tambores com os bastões.

Começaram baixo e calmos, uma batida grave e pulsante, como um coração. Depois, passaram a bater em ritmos estranhos, toques em *staccato* que iam e vinham, cada vez mais altos, até tomarem conta da mente e do mundo de Shadow. Ele teve a impressão de que a luz das fogueiras bruxuleava ao ritmo dos tambores.

Em seguida, de fora do casarão, começaram os uivos.

Havia imensa dor nos uivos, e agonia, e o som ecoava pelas colinas mais alto que as batidas dos tambores, um lamento de sofrimento, e luto, e ódio.

O vulto que cambaleou pela entrada do pátio segurava a cabeça e cobria os ouvidos, como se tentasse calar as batidas dos tambores.

A luz das fogueiras o atingiu.

Era enorme: maior que Shadow, e nu. Não tinha qualquer pelo e estava encharcado.

A criatura baixou as mãos e olhou à volta, com o rosto retorcido em uma careta insana.

— Parem! — gritou a criatura. — Parem de fazer esse barulho!

E as pessoas, com suas roupas bonitas, bateram os tambores com mais força, e mais rápido, e o barulho preencheu a cabeça e o peito de Shadow.

O monstro chegou ao meio do pátio e olhou para Shadow.

—Você — disse ele. — Eu falei para você. Falei do barulho. — E ele urrou, um urro grave e gutural de ódio e desafio.

A criatura se aproximou de Shadow, mas viu a faca e parou.

— Lute comigo! — berrou. — Luta justa! Sem ferro frio! Lute comigo!

— Não quero lutar com você — disse Shadow.

Ele largou a faca na grama e ergueu as mãos para mostrar que estavam vazias.

—Tarde demais — disse a criatura careca que não era um homem. — Tarde demais para isso.

E se jogou contra Shadow.

Tempos depois, quando Shadow pensava nessa luta, só se lembrava de fragmentos. Lembrava-se de ser derrubado no chão e de se esquivar. Lembrava-se da batucada dos tambores, da expressão ávida dos batucadores enquanto olhavam, entre as fogueiras, para os dois homens à luz das chamas.

Eles lutaram, agarrando e esmurrando um ao outro.

Lágrimas salgadas escorriam pelo rosto do monstro conforme ele se debatia com Shadow. Para ele, parecia que estavam em pé de igualdade.

O monstro bateu com o braço no rosto de Shadow, que sentiu o gosto do próprio sangue. Sua raiva começou a crescer, como uma muralha vermelha de ódio.

Estendeu a perna, enganchando-a atrás do joelho do monstro, e, quando o fez tombar para trás, deu-lhe um soco na barriga, fazendo-o gritar e soltar um urro de raiva e dor.

Uma olhada para os convidados: Shadow viu a sede de sangue no rosto dos batucadores.

Soprou um vento frio, um vento marítimo, e Shadow teve a impressão de que havia sombras imensas no céu, vultos colossais que ele vira em um navio feito de unhas dos mortos, e que eles o observavam, que era essa luta que os mantinha paralisados no navio, sem poderem desembarcar, sem poderem ir embora.

Essa luta era antiga, pensou Shadow, mais até do que o sr. Alice achava, e considerava isso enquanto as garras da criatura arranhavam seu peito. Era a luta entre homem e monstro, e era tão velha quanto o tempo: era a batalha de Teseu com o Minotauro, era Beowulf e Grendel, era a luta de todo herói que já se pusera entre a luz das fogueiras e as trevas, e que limpara o sangue de algo inumano de sua espada.

As fogueiras ardiam, e os tambores batiam, latejavam e pulsavam como mil corações.

Shadow escorregou na grama úmida enquanto o monstro avançava, e caiu. Os dedos da criatura envolveram seu pescoço e o apertaram; Shadow sentiu tudo começar a rarear, a ficar distante.

Fechou a mão na grama e puxou, cravando os dedos com força, então arrancou um bocado de grama e terra molhada e enfiou na cara do monstro, cegando-o por um instante.

Ele se levantou e ficou em cima da criatura. Deu uma joelhada forte na virilha do monstro, que se curvou em posição fetal, uivou e soluçou.

Shadow percebeu que as batucadas tinham parado e levantou os olhos.

Os convidados haviam abaixado os tambores.

Estavam todos se aproximando em círculo, homens e mulheres, ainda com as baquetas nas mãos, mas as segurando como clavas. Só que não estavam olhando para Shadow: estavam de olho no monstro caído. Ergueram os bastões pretos e avançaram contra ele à luz das fogueiras duplas.

— Parem! — exclamou Shadow.

O primeiro golpe de porrete atingiu a cabeça do monstro. Ele urrou e se retorceu, levantando um braço para aparar o golpe seguinte.

Shadow se jogou na frente, protegendo-o com o próprio corpo. A mulher de cabelo escuro, que havia sorrido para ele antes, bateu com o porrete em seu ombro sem emoção, e outro porrete, agora o de um homem, desferiu um golpe atordoante em sua perna, e um terceiro o atingiu na lateral do corpo.

Nós dois seremos mortos, pensou Shadow. *Primeiro ele, depois eu. É isso o que fazem. É o que sempre fizeram.* E então: *Ela disse que viria. Se eu chamasse.*

Shadow murmurou:

— Jennie?

Não houve resposta. Tudo acontecia bem devagar. Outro porrete estava descendo, esse na direção de sua mão. Shadow se jogou para o lado e viu a madeira pesada bater na grama.

— Jennie — disse ele, visualizando seu cabelo claro demais, o rosto magro, o sorriso. — Estou chamando. Venha agora. *Por favor.*

Um vendaval frio.

A mulher de cabelo escuro ergueu seu porrete e o desceu rápido, com força, na direção do rosto de Shadow.

Não houve impacto. Uma mão pequena segurou o bastão pesado como se fosse um graveto.

Seu cabelo claro se sacudia em volta da cabeça com o vento frio. Ele não saberia dizer que roupa ela usava.

Jennie o fitou. Shadow achou que parecia decepcionada.

Um dos homens mirou um golpe de clava atrás da cabeça dela. Não acertou. Ela se virou...

Um som dilacerante, como se alguma coisa estivesse se rasgando...

E então as fogueiras explodiram. Foi o que pareceu. Havia madeira em chamas por todo o pátio, até dentro da casa. As pessoas gritavam no vento cortante.

Shadow se levantou com esforço.

O monstro estava caído no chão, ensanguentado e retorcido. Shadow não sabia se estava vivo. Ergueu-o, apoiou-o no ombro e cambaleou para fora do pátio com ele.

Saiu aos tropeços para a pista de cascalho, e a porta enorme de madeira bateu e se fechou atrás deles. Ninguém mais sairia. Shadow continuou descendo a encosta, um passo de cada vez, em direção ao *loch*.

Quando chegou à margem, ele parou, caiu de joelhos, e depositou o homem careca com o máximo de cuidado na grama.

Ouviu um estrondo, e olhou para a colina às suas costas.

A casa tinha pegado fogo.

— Como ele está? — perguntou uma voz feminina.

Shadow se virou. Ela estava com água até os joelhos, a mãe da criatura, e caminhava até a margem.

— Não sei — respondeu Shadow. — Está ferido.

—Vocês dois estão feridos — disse ela. — Cheios de sangue e hematomas.

— Sim — falou Shadow.

— Ainda assim — disse ela —, ele sobreviveu. E essa é uma boa notícia.

A mulher já havia chegado à margem. Sentou-se no chão e apoiou a cabeça do filho no colo. Em seguida, tirou um pacote de lenços da bolsa, cuspiu em um e começou a esfregar vigorosamente o rosto do filho, limpando o sangue.

A casa na colina já estava rugindo. Shadow nunca imaginara que uma casa em chamas faria tanto barulho.

A velha olhou para o céu. Fez um ruído no fundo da garganta, um estalo, e balançou a cabeça.

— Sabe de uma coisa? — disse ela. — Você os deixou entrar. Eles ficaram presos por muito tempo, e você os deixou entrar.

— Isso é bom? — perguntou Shadow.

— Não sei, meu bem — respondeu a mulher pequena, balançando a cabeça outra vez.

Ela cantarolou para o filho como se ele ainda fosse um bebê e lavou seus ferimentos com saliva.

Shadow estava pelado na beira do *loch*, mas o calor do casarão em chamas o aquecia. Viu o reflexo do fogo na água lisa. Uma lua amarela se erguia.

Começou a sentir dor. Sabia que, no dia seguinte, ia doer muito mais.

Houve passos na grama atrás de Shadow. Ele olhou para cima.

— Oi, Smith — disse Shadow.

Smith olhou para os três no chão.

— Shadow — falou ele, balançando a cabeça. — Shadow, Shadow, Shadow, Shadow, Shadow. Não era assim que devia acabar.

— Desculpe — respondeu.

— Isso vai causar bastante constrangimento para o sr. Alice — comentou Smith. — Aquelas pessoas eram convidadas dele.

— Eram animais — afirmou Shadow.

— Se fossem — disse Smith —, eram animais ricos e importantes. Vamos ter que lidar com viúvas, órfãos e Deus sabe o que mais. O sr. Alice não vai gostar. — Ele falou como um juiz proferindo uma sentença de morte.

— Está ameaçando o rapaz? — perguntou a velha.

— Eu não ameaço — replicou Smith, friamente.

Ela sorriu.

— Ah — falou ela. — Mas eu sim. E, se você ou aquele gordo babaca do seu chefe machucarem esse rapaz, vai ser pior para os dois. — A mulher abriu um sorriso de dentes afiados, e Shadow sentiu os pelos da nuca se arrepiarem. — Existem coisas piores que a morte. E conheço a maioria delas. Não sou jovem e não sou de conversa fiada. Então, se eu fosse você — informou, fungando —, cuidaria bem deste homem.

Ela pegou o filho com um braço, como se fosse um brinquedo, e segurou a bolsa com o outro.

Então assentiu para Shadow e se afastou, entrando na água escura cristalina, e logo ela e o filho desapareceram sob a superfície do *loch*.

— Merda — murmurou Smith.

Shadow não falou nada.

O outro remexeu no bolso. Tirou uma bolsa de fumo e enrolou um cigarro. Acendeu.

— Certo — disse ele.

— Certo? — perguntou Shadow.

— É melhor a gente limpar você e arrumar umas roupas. Senão, vai acabar morrendo. Você ouviu o que ela disse.

IX.

Quando Shadow voltou ao hotel naquela noite, o melhor quarto estava à sua espera. E, menos de meia hora depois, Gordon da recepção subiu com uma mochila nova, uma caixa de roupas e até botas novas. Não fez perguntas.

Havia um envelope grande em cima das roupas.

Shadow o abriu. Continha seu passaporte, ligeiramente chamuscado, sua carteira e dinheiro: alguns maços de notas de cinquenta libras, amarrados com elástico.

Meu Deus, como entra dinheiro, pensou ele, sem prazer, e tentou lembrar, sem sucesso, onde havia escutado essa música.

Tomou um banho demorado para lavar a dor.

E dormiu.

De manhã, ele se vestiu e caminhou pela rua ao lado do hotel, a que subia a colina e saía do vilarejo. Tinha certeza de que havia um casebre no topo da colina, com lavanda no jardim, uma bancada listrada de pinho e um sofá roxo, porém, por mais que procurasse, não viu casebre algum na colina, nem sinal de que tivesse existido qualquer coisa além de mato e um espinheiro.

Shadow chamou o nome dela, mas não obteve resposta, só o vento que soprava do mar e trazia consigo as primeiras promessas de inverno.

Mesmo assim, ela estava à sua espera quando ele voltou para o quarto no hotel. Estava sentada na cama, vestida com o casaco marrom velho, olhando as unhas. Não levantou o rosto quando Shadow destrancou a porta e entrou.

— Oi, Jennie — disse ele.

— Oi — respondeu ela. Sua voz estava muito baixa.

— Obrigado — falou ele. — Você salvou minha vida.

— Você me chamou — disse ela, com um tom murcho. — Eu fui.

— Qual é o problema? — perguntou ele.

Ela enfim o encarou.

— Eu podia ter sido sua — disse ela, com lágrimas nos olhos. — Achei que você me amaria. Talvez. Um dia.

— Bom — respondeu ele —, talvez a gente possa descobrir. A gente podia dar uma volta amanhã. Mas não por muito tempo, porque estou meio quebrado fisicamente.

Ela balançou a cabeça.

O mais estranho, pensou Shadow, era que Jennie não parecia mais humana: agora lembrava o que de fato era, uma criatura selvagem, uma criatura da floresta. Seu rabo se mexia na cama, por baixo do casaco. Ela era muito bonita, e Shadow se deu conta de que a desejava, muito.

— O mais difícil de ser uma *hulder* — disse Jennie —, até uma *hulder* bem longe de casa, é que, para não ser solitária, é preciso amar um homem.

— Então me ame. Fique comigo — pediu Shadow. — Por favor.

— Você — disse ela, com um tom triste e definitivo — não é um homem. Ela se levantou.

— Mesmo assim — continuou Jennie —, tudo está mudando. Talvez eu possa voltar para casa agora. Depois de mil anos, não sei se me lembro alguma coisa de *Norsk*.

Ela pegou as mãos de Shadow com as suas, pequenas, mas capazes de dobrar barras de ferro, de transformar pedras em pó, apertou os dedos dele com muita delicadeza. E se foi.

Shadow ficou mais um dia no hotel, depois pegou o ônibus para Thurso, e o trem de Thurso para Inverness.

Cochilou, mas não sonhou.

Quando acordou, tinha um homem sentado ao seu lado. Um homem com rosto de machadinha, lendo um livro barato. Fechou o livro quando viu que Shadow estava acordado, mas ele conseguiu olhar a capa. *A dificuldade de ser*, de Jean Cocteau.

— Livro bom? — perguntou Shadow.

— É razoável — respondeu Smith. — Só ensaios. Eram para ser pessoais, mas a sensação é que, sempre que ele levanta aquele olhar inocente e fala "Esse sou eu", é algum tipo de blefe duplo. Mas gostei de *La Belle et la Bête*. Eu me senti mais próximo dele assistindo a isso do que com qualquer um desses ensaios.

— A capa explica — disse Shadow.

— Como assim?

— A dificuldade de ser Jean Cocteau.

Smith coçou o nariz.

— Aqui — indicou ele. Deu um exemplar de *Scotsman* para Shadow. — Página nove.

Na parte de baixo da página nove, havia uma matéria curta: médico aposentado comete suicídio. O corpo de Gaskell foi encontrado dentro do próprio carro, estacionado em uma área de piqueniques na estrada costeira. Ele tinha engolido um coquetel de analgésicos e quase uma garrafa inteira de Lagavulin.

— O sr. Alice odeia que mintam para ele — disse Smith. — Especialmente quando é um empregado.

— Tem alguma coisa aí sobre o incêndio? — perguntou Shadow.

— Que incêndio?

— Ah. Certo.

— Mas eu não ficaria surpreso se a alta sociedade vivesse uma maré de azar terrível nos próximos meses. Acidentes de carro. De trem. Talvez a queda de um avião. Viúvas, órfãos e namorados de luto. Muito triste.

Shadow assentiu.

— Sabe — falou Smith —, o sr. Alice está muito interessado na sua saúde. Ele se preocupa. Eu também.

— É? — perguntou Shadow.

— Com certeza. Quer dizer, imagina se alguma coisa acontece com você aqui. Vai que você olha para o lado errado ao atravessar a rua. Mostra dinheiro demais no bar errado. Sei lá. A questão é que, se você se machucar, aquela mulher lá, a mãe de Grendel, pode entender errado.

— E daí?

— E daí que achamos que você devia sair do Reino Unido. Mais seguro para todo mundo, né?

Shadow ficou um tempo sem falar nada. O trem começou a desacelerar.

— Tudo bem — disse ele.

— Chegou a minha estação — anunciou Smith. — Eu desço aqui. Vamos providenciar a passagem, de primeira classe, claro, para qualquer destino. Só de ida. É só falar para onde quer ir.

Shadow massageou o hematoma na bochecha. A dor tinha algo que era quase reconfortante.

O trem parou de vez. Era uma estação pequena, aparentemente no meio do nada. Um carro preto grande estava estacionado ao lado do local, sob a luz fraca do sol. As janelas eram escuras, e Shadow não conseguiu enxergar o interior.

O sr. Smith abaixou a janela do trem, estendeu o braço para abrir a porta do vagão e saiu para a plataforma. Olhou para Shadow pela janela aberta.

— E aí?

— Acho — disse Shadow — que vou ficar umas semanas passeando pelo Reino Unido. E você vai ter que rezar para eu olhar para o lado certo da rua.

— E depois?

Shadow soube naquele momento. Talvez soubesse desde sempre.

— Chicago — respondeu, quando o trem deu um solavanco e começou a sair da estação.

Ele se sentiu mais velho quando falou. Mas não podia adiar para sempre.

Por fim, ele disse, tão baixo que ninguém mais escutaria:

— Acho que vou voltar para casa.

Pouco depois, começou a chover: gotas enormes e pesadas que batiam nas janelas, embaralhando o mundo em cinza e verdes. Roncos graves de trovão acompanharam Shadow em sua viagem para o sul: a tempestade resmungou, o vento uivou e os raios projetaram sombras imensas no céu, e, com tal companhia, Shadow aos poucos começou a se sentir menos só.

A VOLTA DO MAGRO DUQUE BRANCO

2004

Era o monarca de tudo que seu olhar alcançava, mesmo quando, ao se apresentar ao terraço do palácio à noite para ouvir os relatórios, olhava para o céu, para os aglomerados e espirais de estrelas, amargos e reluzentes. Governava os mundos. Tentara por muito tempo governar bem, com sabedoria, e ser um bom monarca, mas é difícil governar, e a sabedoria pode ser dolorosa. E ele descobrira ser impossível, ao governar, fazer apenas o bem, pois não se pode construir nada sem derrubar alguma coisa, e nem ele poderia se importar com cada vida, cada sonho, cada população de cada mundo.

Pouco a pouco, momento a momento, a cada pequena morte, ele deixou de se importar.

Não morreria, pois apenas os inferiores morriam, e ele não era inferior a ninguém.

O tempo passou. Um dia, nas profundezas das catacumbas, um homem com sangue no rosto olhou para o Duque e o acusou de ter se tornado um monstro. No instante seguinte, o homem não existia mais: era uma nota de rodapé em um livro de história.

O Duque pensou muito nessa conversa nos dias que se seguiram e, por fim, concordou:

— O traidor tinha razão. Tornei-me um monstro. Que coisa. Será que alguém tem como objetivo tornar-se um monstro?

Certa vez, muito tempo antes, houvera amantes, mas isso fora na aurora do Ducado. Agora, no crepúsculo do mundo, com todos os prazeres livremente disponíveis (mas não conseguimos valorizar aquilo que obtemos com facilidade) e sem necessidade de lidar com nenhuma questão sucessória (pois até a ideia de que outra pessoa poderia um dia suceder ao Duque beirava a blasfêmia), não havia mais amantes, assim como não havia mais desafios. Ele tinha a sensação de estar dormindo enquanto os olhos se mantinham abertos e os lábios articulavam palavras, mas não havia nada para despertá-lo.

O dia seguinte àquele em que o Duque percebera que se tornara um monstro foi o Dia dos Floresceres Estranhos, celebrado com o uso das flores trazidas ao Palácio Ducal vindas de cada planeta e cada plano. Era um dia em que todos no Palácio Ducal, que ocupava um continente inteiro, ficavam tradicionalmente felizes, e no qual se livravam de suas preocupações e ideias sombrias. O Duque, no entanto, não estava contente.

— O que se pode fazer para alegrá-lo? — indagou o besouro de informação no ombro dele, que ficava ali para transmitir os caprichos e desejos de seu mestre a uma centena de centenas de mundos. — Basta dizer, Eminência, e impérios serão erguidos e derrubados para fazê-lo sorrir. Estrelas vão se acender em supernovas para entretê-lo.

— Talvez eu precise de um coração — disse o Duque.

— Farei com que uma centena de centenas de corações seja imediatamente removida, rasgada, arrancada, extraída, cortada ou retirada do peito de dez mil espécimes humanos perfeitos — disse o besouro. — Como quer que sejam preparados? Devo alertar os chefs, os empalhadores, os cirurgiões ou os escultores?

— Preciso me importar com algo — explicou o Duque. — Preciso dar valor à vida. Preciso despertar.

O besouro zumbiu em seu ombro; era capaz de acessar a sabedoria de dez mil mundos, mas não sabia aconselhar seu mestre quando ele se encontrava em tal ânimo e, por isso, permaneceu calado. Sua preocupação foi transmitida aos antecessores, os besouros e escaravelhos de informação mais antigos, agora adormecidos em caixas ornadas em uma centena de centenas de mundos, e os escaravelhos debateram entre si com pesar, pois, na vastidão do tempo, até isso já tinha ocorrido antes, e estavam preparados para lidar com a situação.

Uma sub-rotina da aurora dos mundos, há muito esquecida, foi posta em movimento. O Duque realizava o último ritual do Dia dos Floresceres Estranhos sem nenhuma expressão no rosto esguio, um homem vendo o mundo como era, sem dar a ele valor algum, quando uma pequena criatura alada flutuou dos botões onde se escondia.

— Eminência — sussurrou. — Minha senhora precisa do senhor. Por favor. É sua única esperança.

— Sua senhora? — indagou o Duque.

— A criatura vem do Além — zumbiu o besouro em seu ombro. — De um dos lugares que não reconhece a Autoridade do Ducado, das terras além da vida e da morte, entre ser e não ser. Deve ter se escondido num botão de orquídea importado de outro mundo. Suas palavras são uma armadilha ou um embuste. Farei com que seja destruída.

— Não — ordenou o Duque. — Deixe estar.

Fez algo que há anos não fazia: acariciou o besouro com um magro dedo branco. Os olhos verdes ficaram pretos e o zumbido virou um silêncio perfeito.

Tomou a coisinha nas mãos em concha e caminhou em direção aos seus aposentos, enquanto ela lhe contava sobre sua nobre e sábia rainha, e dos gigantes, cada um mais belo, mais perigoso e mais monstruoso que o outro, mantendo sua rainha prisioneira.

E, enquanto a criatura falava, o Duque se lembrou dos dias em que um jovem das estrelas viera ao Mundo em busca de sua sorte (pois, naquela época, havia sortes por toda parte, esperando para serem encontradas); e, ao lembrar, descobriu que a juventude estava menos distante do que pensara. O besouro de informação jazia inerte sobre o ombro.

— Por que ela a enviou a mim? — perguntou à pequena criatura.

Porém, com a tarefa cumprida, a criatura não falou mais, e desapareceu tão instantânea e permanentemente quanto uma estrela extinta por ordem ducal.

O Duque entrou em seus aposentos e desativou o besouro de informação, depositando-o na caixa ao lado da cama. No estúdio, ordenou aos servos que lhe trouxessem uma caixa preta e longa. Abriu-a sozinho e, com um toque, ativou seu conselheiro mestre. Este balançou o corpo, então encolheu-se nos ombros dele em forma de víbora, com o rabo de serpente encaixando no plugue neural na base do pescoço.

O Duque contou à serpente o que pretendia fazer.

— Não é sábio fazê-lo — disse o conselheiro mestre, que dispunha da inteligência e dos conselhos de todos os conselheiros ducais que o antecederam desde que se tem lembrança, após um rápido exame dos precedentes.

— Busco aventura, não sabedoria — retrucou o Duque.

O fantasma de um sorriso começou a brincar nos cantos de seus lábios, o primeiro sorriso que os servos viam em muito tempo, mais do que eram capazes de se lembrar.

— Então, se não posso dissuadi-lo, leve um corcel de batalha — falou o conselheiro.

Foi um bom conselho. O Duque desativou o conselheiro mestre e mandou buscar a chave para o estábulo dos corcéis de batalha. A chave não era tocada havia mil anos: estava com a corrente empoeirada.

Antes eram seis corcéis de batalha, um para cada um dos Senhores e das Senhoras do Anoitecer. Eram brilhantes, maravilhosos, invencíveis, e, quando o Duque foi obrigado a encerrar, com pesar, a carreira de cada um dos Governantes do Anoitecer, recusou-se a destruir seus corcéis de batalha. Em vez disso, recolheu-os onde não representassem perigo aos mundos.

O Duque apanhou a chave e tocou um arpejo de abertura. O portão se abriu, e um corcel de batalha negro como nanquim, como o carvão mais escuro, saiu trotando com graça. Ergueu a cabeça e encarou o mundo com um olhar altivo.

— Para onde vamos? — perguntou o corcel de batalha. — Combateremos o quê?

—Vamos ao Além. E quanto ao que combateremos... bem, resta saber o que será.

— Posso levá-lo a qualquer lugar. E matarei aqueles que tentarem feri-lo.

O Duque subiu nas costas do corcel de batalha, o metal frio cedendo como carne viva sob suas coxas, e impeliu o animal a avançar.

Um salto, e o corcel galopava pelas espumas e fluxos do subespaço: juntos, eles cavalgavam pela loucura entre os mundos. O Duque riu, então, onde nenhum homem podia ouvi-lo, enquanto trilhavam o caminho, viajando para sempre no subtempo (que não é comparado aos segundos de vida de uma pessoa).

— Tenho a sensação de tratar-se de uma armadilha — disse o corcel enquanto o espaço entre as galáxias evaporava ao redor deles.

— Sim. Tenho certeza de que é.

— Já ouvi falar dessa Rainha, ou de algo como ela. Vive entre a vida e a morte, chamando guerreiros e heróis e poetas e sonhadores para sua destruição.

— É o que parece — disse o Duque.

— E quando voltarmos ao espaço real, imagino que haverá uma emboscada à nossa espera.

— Me parece bastante provável — concordou o Duque, conforme chegavam ao seu destino, voltando à existência ao irromper do subespaço.

Os guardiões do lugar eram tão maravilhosos quanto a descrição da mensageira, além de igualmente ferozes, e estavam à espera.

— O que está fazendo? — perguntaram, preparando-se para o ataque. — Não sabe que estrangeiros são proibidos aqui? Fique conosco. Deixe-nos amá-lo. Vamos devorá-lo com o nosso amor.

—Vim resgatar sua Rainha — informou-lhes o Duque.

— Resgatar a Rainha? — escarneceram. — Ela vai exigir sua cabeça em uma travessa antes mesmo de olhar para você. Muitos vieram até aqui para salvá-la. Suas cabeças repousam em travessas douradas no palácio dela. A sua será apenas mais uma.

Havia homens que pareciam anjos caídos e mulheres que pareciam demônios arrebatados. Havia criaturas tão maravilhosas que, caso fossem humanas, teriam se tornado o único objeto de desejo do Duque, e se pressionavam contra ele, pele contra carapaça e carne contra armadura, para sentirem sua frieza, e ele sentir o calor delas.

— Fique conosco. Deixe-nos amá-lo — sussurraram, aproximando-se com garras e dentes afiados.

— Não creio que seu amor há de se mostrar bom para mim — replicou o Duque.

Uma das mulheres, de cabelo claro, com olhos de um azul peculiar e translúcido, lembrou-o de alguém há muito esquecida, uma amante que partira de sua vida tempos atrás. Encontrou seu nome na memória, e a teria chamado em voz alta, para ver se ela se voltaria, ver se o conhecia, mas o corcel reagiu com garras afiadas, e os claros olhos azuis se fecharam para sempre.

O corcel de batalha era rápido como uma pantera, e cada um dos guardiães tombou no chão, retorcendo o corpo e, então, ficando imóveis.

O Duque se viu diante do palácio da Rainha. Desceu do corcel para a terra fresca.

— A partir daqui, prosseguirei sozinho. Espere, e um dia retornarei — instruiu o Duque.

— Não acredito que retornará. Vou esperar até o fim do próprio tempo, se necessário. Ainda assim, temo pelo senhor.

O Duque pressionou os lábios contra o aço negro da cabeça do corcel e se despediu. Seguiu adiante para resgatar a Rainha. Lembrou-se de um monstro que governara mundos e jamais morreria, e sorriu, pois não era mais aquele homem. Pela primeira vez desde a juventude, tinha algo a perder, e essa descoberta fez dele um jovem novamente. O coração começou a martelar no peito enquanto caminhava pelo palácio vazio, e ele riu alto.

Ela estava à sua espera, no lugar onde as flores morrem. Era como ele a havia imaginado. A saia era simples e branca, as maçãs do rosto, proeminentes e muito escuras, e o cabelo, comprido e da cor infinitamente escura da asa de um corvo.

— Estou aqui para resgatá-la — anunciou o Duque.

— Está aqui para resgatar a si mesmo — corrigiu ela.

Sua voz era quase um sussurro, como a brisa que agitava as flores mortas.

O Duque inclinou a cabeça, embora ela fosse tão alta quanto ele.

— Três perguntas — sussurrou a Rainha. — Responda-as corretamente, e tudo que deseja será seu. Fracasse, e sua cabeça repousará para sempre em uma travessa dourada.

A pele dela era marrom como as pétalas de rosas mortas. Os olhos eram do dourado-escuro do âmbar.

— Faça suas três perguntas — disse ele, com uma confiança que não sentia.

A Rainha estendeu um dedo e correu a ponta gentilmente pela bochecha dele. O Duque não se lembrava da última vez que alguém o tinha tocado sem permissão.

— O que é maior que o universo? — perguntou ela.

— O subespaço e o subtempo — respondeu o Duque. — Pois ambos incluem o universo, e também aquilo que não é o universo. Mas desconfio que busca uma resposta mais poética e menos precisa. Assim, digo que é a consciência, pois pode conter um universo, mas também imaginar coisas que jamais foram e que nunca hão de ser.

A Rainha nada disse.

— Está certo? Está errado? — indagou o Duque.

Quis, por um momento, sentir o sussurro de serpente do conselheiro mestre, descarregando em seu plugue neural a sabedoria acumulada pelos conselheiros com o passar dos anos, ou até o zumbido de seu besouro de informação.

— A segunda pergunta — disse a Rainha. — O que é maior que um rei?

— Obviamente, um duque. Pois todos os reis, papas, chanceleres, imperatrizes e afins servem à minha vontade e apenas à minha vontade. No entanto, mais uma vez, desconfio que esteja em busca uma resposta que seja menos precisa e mais imaginativa. Novamente, a consciência é maior que um rei. E um duque. Pois, embora eu não seja inferior a ninguém, há quem possa imaginar um mundo em que haja algo superior a mim, e algo ainda superior a isso, e assim por diante. Não! Espere! Já sei a resposta. É a Grande Árvore: *Kether*, a Coroa, o conceito da monarquia. Isso é maior que qualquer rei.

A rainha olhou para o Duque com seus olhos âmbar, e disse:

— A última pergunta. O que não pode jamais ser tomado de volta?

— Minha palavra. Embora, pensando bem, depois de dar minha palavra, às vezes as circunstâncias mudem e, por vezes, as próprias palavras mudem de maneiras infelizes ou inesperadas. De tempos em tempos, se as coisas chegam a esse ponto, minha palavra precisa ser modificada de acordo com a realidade. Eu diria a Morte, mas, na verdade, se tenho necessidade de alguém de que já me livrei, simplesmente ordeno sua reincorporação...

A Rainha parecia impaciente.

— Um beijo — disse o Duque.

Ela assentiu.

— Há esperança para você — sentenciou ela. — Acredita ser minha única esperança, mas, na verdade, eu sou a sua. As respostas estavam todas erradas. No entanto, a última estava menos errada que as demais.

O Duque pensou na ideia de perder a cabeça para aquela mulher, e se viu menos perturbado por tal perspectiva do que o esperado.

Um vento soprou pelo jardim de flores mortas, e o Duque foi lembrado de fantasmas perfumados.

— Gostaria de saber a resposta? — perguntou ela.

— Respostas, decerto.

— Só há uma resposta, que é a seguinte: o coração. O coração é maior que o universo, pois pode encontrar em si compaixão para tudo que existe, e o próprio universo não sente compaixão O coração é maior que um rei, pois pode conhecer um rei por aquilo que ele é, e, ainda assim, amá-lo. E, depois de entregar o coração, é impossível tomá-lo de volta.

— E eu *respondi* um beijo — murmurou o Duque.

— Não estava tão errada quanto as outras respostas.

O vento soprou mais forte e selvagem, e, por um instante, o ar se encheu de pétalas mortas. Então, o vento sumiu tão de repente quanto tinha surgido, e as pétalas caíram no chão.

— Pois bem, fracassei na primeira tarefa que me designou. Porém, não creio que minha cabeça ficaria bem em uma travessa dourada — disse o Duque. — Nem sobre qualquer outro tipo de prato. Dê-me uma tarefa, uma missão, algo que eu possa cumprir para mostrar que sou digno. Deixe-me resgatá-la deste lugar.

— Nunca sou eu quem precisa ser resgatada. Seus conselheiros, escaravelhos e programas não o querem mais. Eles o enviaram aqui, como fizeram com aqueles que o precederam, muito tempo atrás, porque é melhor que você desapareça por vontade própria do que ser assassinado por eles enquanto dorme. Além de ser menos perigoso. — Tomou a mão dele nas suas. — Venha.

Caminharam para longe do jardim de flores mortas, passando pelas fontes de luz, projetando seu brilho no vazio, chegando a uma cidadela de canção, onde vozes perfeitas aguardavam em cada esquina, suspirando, entoando e cantarolando, embora ninguém estivesse ali para cantar.

Além da cidadela, havia apenas brumas.

— Ali. — A Rainha apontou. — Chegamos ao fim de tudo, onde nada existe além do que criamos, por ato de nossa vontade ou de nosso desespero. Aqui, neste lugar, posso falar livremente. Somos apenas nós, agora. — Ela olhou nos olhos dele. — Você não precisa morrer. Pode permanecer comigo. Vai ficar feliz em finalmente encontrar alegria, um coração, e o valor da existência. E eu vou amá-lo.

O Duque lançou a ela um olhar intrigado, com um brilho de raiva.

— Pedi para me importar. Pedi algo com que pudesse me importar. Pedi um coração.

— E eles lhe deram tudo que pediu. Contudo, não pode ser o monarca deles e ter essas coisas. Por isso, não pode voltar.

— Eu... pedi a eles que fizessem isso acontecer — disse o Duque.

Ele não parecia com raiva, não mais. As brumas no limiar daquele lugar eram pálidas e feriam os olhos do Duque quando ele as encarava muito profundamente ou por tempo demais.

O chão começou a sacudir, como se oscilasse sob os passos de um gigante.

— Alguma coisa é verdadeira aqui? Há algo permanente? — indagou o Duque.

— Tudo é verdadeiro. Aí vem o gigante. E ele vai matá-lo, a não ser que você o derrote.

— Quantas vezes já passou por isso? Quantas cabeças acabaram em travessas douradas?

— Nenhuma cabeça jamais foi parar em uma travessa dourada. Não sou programada para matá-los. Lutam por mim e me conquistam e ficam comigo, até fecharem os olhos pela última vez. Ficam satisfeitos em permanecer, ou então eu os satisfaço. Mas você... você precisa do seu descontentamento, não?

Ele hesitou. Então, confirmou com um aceno.

Ela colocou os braços ao redor dele e o beijou, lentamente e com doçura. O beijo, uma vez dado, não podia ser tomado de volta.

— E agora, vou enfrentar o gigante e salvá-la?

— É o que acontece.

Encarou-a. Então olhou para si, para a armadura entalhada e para as armas.

— Não sou um covarde. Nunca fugi de uma luta. Não posso voltar, mas não ficarei satisfeito em permanecer neste lugar com você. Assim, esperarei aqui e deixarei o gigante me matar.

Ela parecia alarmada.

— Fique comigo. Fique.

O Duque olhou para trás, para a brancura vazia, e perguntou:

— O que jaz lá fora? O que há além da bruma?

— Você fugiria? Você me deixaria aqui?

— Vou caminhar. E não vou fugir. Porém, vou caminhar naquela direção. Eu queria um coração. O que há do outro lado da bruma?

Ela balançou a cabeça.

— Além da bruma fica *Malkuth*: o Reino. Mas ele não existe, a não ser que o crie. Passa a existir conforme você o produz. Se ousar avançar rumo à bruma, construirá um mundo ou deixará de existir por completo. E pode fazê-lo. Não sei o que vai acontecer, a não ser o seguinte: se caminhar para longe de mim, jamais poderá voltar.

Ele ainda ouvia uma batida, mas não tinha mais certeza de se tratar dos passos de um gigante. Parecia mais o bater, bater, bater do seu próprio coração.

Voltou-se na direção da neblina, antes que pudesse mudar de ideia, e caminhou rumo ao nada, sentindo o frio e a umidade na pele. A cada passo, ele sentia que se tornava menos. Os plugues neurais deixaram de funcionar, sem oferecer nenhuma informação nova, até o nome e o status dele também se perderem.

Não sabia ao certo se estava procurando um lugar ou se o estava criando. Mas lembrou-se da pele escura e dos olhos cor de âmbar da Rainha. Lembrou-se das estrelas. (Decidiu que haveria estrelas no lugar para onde ia. É preciso que elas existam.)

Seguiu em frente. Suspeitou que antes vestia uma armadura, mas sentiu a neblina úmida no rosto, no pescoço, e arrepiou-se dentro do casaco fino contra o frio ar da noite.

Tropeçou, o pé resvalando no meio-fio.

Então, endireitou as costas, e olhou para as luzes dos postes em meio à neblina. Um carro passou perto (perto demais) e sumiu na distância, pintando a neblina de vermelho com suas luzes traseiras.

Minha antiga mansão, pensou, com carinho, e a isso se seguiu um momento de pura confusão diante da ideia de Beckenham ser alguma antiga coisa sua. Tinha acabado de se mudar para lá. Era um lugar para usar como base. Um lugar de onde escapar. O objetivo era esse, não era?

Entretanto, a ideia de um homem fugindo (um lorde ou um duque, talvez, pensou, gostando da sensação que causava em sua mente) pairou e perdurou em sua consciência, como o início de uma canção.

— Prefiro compor uma canção de alguma coisa do que governar o mundo — disse em voz alta, sentindo o sabor das palavras na boca.

Apoiou o estojo do violão na parede, pôs a mão no bolso do casaco, encontrou um pequeno lápis e um caderno barato e escreveu. Esperava encontrar logo uma boa palavra de duas sílabas para a *alguma coisa*.

Então, abriu caminho pelo pub. A atmosfera aconchegante e etílica o recebeu quando entrou. O ruído baixo e queixoso de uma conversa de bar. Alguém chamou seu nome, e ele respondeu acenando com uma mão branca, apontando para o relógio de pulso e, em seguida, para a escada. A fumaça de cigarro dava ao ar uma leve tonalidade azul. Ele tossiu, uma tosse que veio do fundo do peito, e sentiu vontade de fumar também.

Subia a escada coberta com um carpete vermelho todo puído, segurando o estojo do violão como uma arma, e o que quer que estivesse em sua cabeça antes de virar a esquina de High Street evaporava a cada passo. Fez uma pausa no corredor escuro antes de abrir a porta para o cômodo do andar de cima do pub. O burburinho das conversas e o tilintar dos copos indicavam a presença de algumas pessoas já trabalhando e esperando. Alguém afinava um violão.

Monstro?, pensou o jovem. *Tem duas sílabas.*

Revirou a palavra muitas vezes na consciência antes de decidir que era capaz de encontrar algo melhor, algo maior, mais condizente com o mundo que ele pretendia conquistar, e, com um arrependimento apenas momentâneo, abandonou-a para sempre. E entrou.

TRECHO DE
OS FILHOS DE ANANSI

2005

COMO ANANSI ENGANOU O TIGRE

Bem, você deve conhecer algumas histórias de Anansi. No mundo inteiro, não deve existir uma única pessoa que não conheça alguma história dele.

Anansi era uma aranha, isso quando o mundo era jovem, e todas as histórias estavam sendo contadas pela primeira vez. Ele se metia em muitos problemas, e também saía desses problemas. Sabe a história do boneco de piche, aquela que contam dizendo que foi com um macaco? Ela antes foi uma história de Anansi. Tem quem pense que Anansi era um macaco. Mas essas pessoas estão enganadas. Ele não era um macaco. Era uma aranha.

As histórias de Anansi são tão antigas quanto o costume de contar histórias. Na África, onde tudo começou, mesmo antes de as pessoas pintarem leões-das--cavernas e ursos nas paredes de pedra, mesmo naquela época, já se contava histórias. Eram sobre macacos, leões e búfalos: grandes histórias de sonhos. As pessoas sempre foram propensas a isso. Era assim que davam sentido ao mundo em que viviam. Tudo que corria, rastejava, balançava ou serpenteava teve parte nessas histórias, e tribos de povos diferentes veneravam criaturas diferentes.

Mesmo naquela época, o Leão era o rei dos animais, a Gazela, o bicho de patas ligeiras, o Macaco, o mais bobo, e o Tigre, o mais terrível. Mas as pessoas não queriam ouvir histórias sobre eles.

Anansi deixou sua marca nas histórias. Toda história é dele. Em algum tempo, antes que as histórias fossem de Anansi, elas pertenciam ao Tigre (que é o nome que o povo da ilha dá a todos os grandes felinos). As histórias eram sombrias, malignas e cheias de sofrimento, e nenhuma delas tinha final feliz. Mas isso foi há muito tempo. Hoje em dia, as histórias são de Anansi.

Já que acabamos de sair de um funeral, vou contar uma história sobre Anansi, de quando a avó dele morreu. (Não fique triste: ela era uma mulher muito velha e morreu dormindo. Acontece.) Ela morreu muito longe de casa, então Anansi atravessou a ilha inteira empurrando um carrinho de mão, pegou o corpo da avó, colocou-o no carrinho e a levou de volta para casa. Ele queria enterrá-la debaixo de uma figueira-de-bengala que ficava nos fundos da cabana em que morava, veja só.

Depois de passar a manhã inteira empurrando o corpo da avó, Anansi estava passando pela aldeia e pensou: *Preciso de um pouco de uísque.* Então entrou na loja, já que havia uma loja lá, uma loja que vendia de tudo e que tinha, inclusive, um vendedor muito impaciente. Anansi entrou e bebeu um gole de uísque. Bebeu outro gole de uísque e pensou: *Vou pregar uma peça nesse sujeito.* Então virou para o comerciante e disse:

—Vá lá fora e leve um pouco de uísque para minha avó, ela está dormindo no carrinho de mão. Talvez você tenha que acordá-la; ela tem um sono muito pesado.

O comerciante saiu com uma garrafa e se virou para a senhora, deitada no carrinho.

— Ei, aqui está seu uísque. — Mas a velha não disse nem uma palavrinha em resposta. O comerciante foi ficando com cada vez mais raiva, pois era um homem muito irritadiço, e já foi dizendo: — Levante-se, velha, levante-se e beba este uísque.

Mas a velha não respondia. Então ela fez uma coisa que os mortos às vezes fazem quando o dia está quente: liberou gases barulhentos. Bem, o comerciante ficou com tanta raiva daquela mulher que tinha acabado de peidar na cara dele que deu uma porrada nela. E depois bateu nela outra vez, e de novo, até que ela caiu do carrinho e foi parar no chão.

Anansi saiu correndo e começou a gritar e a chorar, abraçado ao corpo da avó, balançando para a frente e para trás:

— Minha avó, ela está morta, olhe só o que você fez! Assassino! Monstro!

Então o comerciante pediu a Anansi para não contar a ninguém o que ele tinha feito. Para se certificar de que a testemunha iria embora e ficaria de bico calado, o comerciante deu a Anansi cinco garrafas de uísque, um saco de ouro e um saco de bananas, além de abacaxis e mangas.

(Veja bem, ele achava que tinha matado a velha.)

Então Anansi empurrou o carrinho de mão até sua casa e enterrou a avó embaixo da figueira-de-bengala. Bem, no dia seguinte, o Tigre estava passando pela casa de Anansi e sentiu o cheiro de comida no fogão. Por isso se convidou para entrar e deu de cara com Anansi, que preparava um banquete. Já que Anansi não tinha outra opção, convidou o Tigre para a ceia.

O Tigre perguntou:

— Irmão Anansi, onde foi que você conseguiu toda essa comida maravilhosa? Não minta para mim. E onde conseguiu essas garrafas de uísque e esse grande saco cheio de moedas de ouro? Se você mentir para mim, vou rasgar sua garganta.

Então Anansi respondeu:

— Não posso mentir para você, Irmão Tigre. Ganhei isso tudo porque levei minha avó morta até a aldeia em um carrinho de mão. O dono da loja me deu essas coisas todas por levar minha avó morta até ele.

Bem, o Tigre não tinha nenhuma avó viva, mas sua esposa tinha mãe, então ele foi para casa e chamou a mãe da esposa, dizendo:

— Vovó, saia agora, você e eu precisamos ter uma conversa.

A velha saiu, olhou ao redor e perguntou:

— O que foi?

Bem, foi aí que o Tigre a matou, apesar de sua esposa amar a mãe, e colocou o corpo em um carrinho de mão. Ele foi até a aldeia empurrando o carrinho com a sogra morta.

— Quem quer um cadáver? — gritava o Tigre. — Quem quer uma avó morta?

Mas todo mundo apenas zombava e ria, e, quando viram que o Tigre estava falando sério e que não ia sair dali, começaram a atirar frutas podres nele até ele fugir.

Não foi a primeira vez que Anansi fez o Tigre de bobo, e nem seria a última. A mulher do Tigre nunca o deixou esquecer que ele matara sua mãe. Alguns dias, o Tigre achava que seria melhor se ele nunca tivesse nascido.

Essa é uma história de Anansi.

Mas é claro que todas as histórias são histórias de Anansi. Até esta.

Nos velhos tempos, todos os animais queriam histórias com seus nomes, na época em que as canções que cantavam o mundo ainda estavam sendo entoadas, na época em que ainda estavam cantando o mar, o arco-íris e o oceano. Foi naquela época, quando os animais eram gente e animais ao mesmo tempo, que Anansi, a Aranha, enganou todos eles. Especialmente o Tigre, que queria que todas as histórias fossem sobre ele.

Histórias são como aranhas, com todas aquelas pernas compridas. E histórias também são como teias, coisas em que os homens acabam se embolando, mas que parecem lindas quando as vemos sob uma folha coberta pelo orvalho da manhã, além de terem a mesma forma elegante de se conectarem umas com as outras, todas juntas.

O que foi? Você quer saber se Anansi tinha aparência de aranha? Mas é claro que sim, só que ele também parecia um homem.

Não, ele nunca mudava de forma. É só uma questão de como a história é contada. Só isso.

A MANHÃ SEGUINTE

Fat Charlie estava com sede.

Fat Charlie estava com sede e com dor de cabeça.

Fat Charlie estava com sede, com dor de cabeça, com um gosto horrível na boca, com os olhos espremidos dentro do crânio, com todos os dentes latejando, com o estômago queimando, com as costas doendo de um jeito que começava perto dos joelhos e subia até a testa e com bolas de algodão, agulhas e alfinetes no lugar do cérebro, e era por isso que doía tanto tentar pensar. E não era como se os olhos estivessem apenas espremidos no crânio, parecia que eles também tinham rolado para fora das órbitas durante a noite e alguém os prendera no lugar com pregos. Ele também tinha acabado de perceber que qualquer barulho mais alto que o produzido pelo suave movimento browniano das moléculas do ar flutuando com delicadeza umas em volta das outras estava acima do limite tolerável. Além disso, Fat Charlie queria morrer.

Ele abriu os olhos, o que foi um erro, já que com isso foi atingido pela luz do dia, o que doeu. O gesto também informou onde ele estava (na própria cama, em seu quarto), e, como estava de frente para o relógio na mesa de cabeceira, foi informado das horas: onze e meia.

Isso, pensou, uma palavra de cada vez, *é o pior que pode acontecer*. Estava com o tipo de ressaca que poderia ter sido uma arma de um Deus do Velho Testamento contra os midianitas, e, na próxima vez que encontrasse Grahame Coats, com certeza descobriria que fora demitido.

Ficou pensando se conseguiria fingir uma voz de doente convincente ao telefone, então percebeu o quão difícil seria fingir uma voz convincente de qualquer outra coisa.

Não conseguia se lembrar de ter chegado em casa na noite anterior.

Ligaria para o escritório assim que conseguisse lembrar o número do telefone. Pediria desculpas — uma gripe horrível o deixara de cama, não podia fazer nada...

— Sabe — falou uma pessoa, deitada ao lado dele. — Acho que tem uma garrafa de água aí do seu lado. Pode passá-la para cá?

Fat Charlie quis explicar que não tinha garrafa nenhuma ao seu lado e que, na verdade, a fonte de água mais próxima ficava na pia do banheiro. Isso se ele antes desinfetasse a caneca da escova de dentes. Mas então percebeu que olhava para uma de muitas garrafas de água dispostas em cima da mesa de cabeceira. Estendeu a mão e agarrou uma delas com dedos que pareciam pertencer à outra pessoa, fazendo o tipo de esforço que as pessoas costumam reservar para quando querem escalar os últimos metros de uma rocha íngreme, e então rolou para o lado.

Era a vodca com laranja.

E, além disso, ela estava nua. Pelo menos nas partes que ele conseguia ver.

Ela pegou a água e puxou o lençol para cima, cobrindo o peito.

—Valeu. Ele me pediu para, quando você acordasse, avisá-lo para não ligar para o trabalho dizendo que está doente. Disse que já resolveu tudo.

Fat Charlie não se sentiu mais tranquilo. Seus medos e preocupações não foram mitigados. No entanto, nas condições em que se encontrava, só conseguia arranjar espaço na mente para se preocupar com uma coisa de cada vez, e, naquele momento, estava se preocupando se ia ou não conseguir chegar ao banheiro a tempo.

—Você precisa se hidratar — comentou a garota. — Precisa repor os eletrólitos.

Fat Charlie conseguiu chegar ao banheiro a tempo. Como já estava lá, ficou debaixo do chuveiro até o cômodo parar de balançar, depois escovou os dentes tentando não vomitar.

Quando voltou para o quarto, viu que a vodca com laranja não estava mais lá, o que foi um alívio, já que estava torcendo para que a mulher fosse uma alucinação provocada pelo álcool, como elefantes cor-de-rosa ou a ideia aterradora de que subira ao palco para cantar, na noite anterior.

Não conseguia encontrar o roupão, então vestiu um agasalho de corrida para se sentir com roupa suficiente para ir à cozinha, na outra extremidade do corredor.

O telefone tocou, e ele revirou o paletó, caído no chão ao lado da cama, até encontrar o aparelho, então o abriu. Atendeu com um resmungo, tentando se manter o mais anônimo possível para o caso de ser alguém da Agência Grahame Coats em busca de seu paradeiro.

— Sou eu — anunciou a voz de Spider. — Está tudo bem.

—Você disse a eles que eu morri?

— Melhor que isso. Eu disse que era você.

— Mas... — Fat Charlie tentou pensar com clareza — Mas você não é eu.

— Ora, eu sei disso. Só disse a eles que era.

— Você nem mesmo é parecido comigo.

— Ah, mano, pare de fazer tempestade em copo d'água. Já está tudo resolvido. Ops, preciso ir. O chefão quer falar comigo.

— Grahame Coats? Olhe, Spider...

Mas Spider tinha desligado o telefone, e a tela estava apagada.

O roupão de Fat Charlie entrou pela porta. Havia uma garota dentro dele. Ficava muito melhor nela do que algum dia poderia vir a ficar nele. A garota carregava uma bandeja com um copo de água misturado com um efervescente ao lado de uma caneca com alguma coisa dentro.

— Beba os dois — instruiu. — Primeiro a caneca. De um gole só.

— O que tem nela?

— Gema de ovo, molho inglês, Tabasco, sal, umas gotas de vodca, coisas assim — explicou ela. — Ou você melhora, ou morre de vez. — E, em um tom que não permitia discussão, completou: — Beba.

Fat Charlie bebeu.

— Ah, meu Deus! — exclamou.

— É — concordou a mulher. — Mas você ainda está vivo.

Ele não tinha muita certeza. Bebeu o Alka-Seltzer mesmo assim.

E se lembrou de uma coisa.

— Hum — começou. — Hum. Olha... Ontem à noite? Nós, hã...

Ela permaneceu inexpressiva.

— Nós o quê?

— Nós... você sabe. Transamos?

— Quer dizer que você não se lembra? — Ela pareceu desapontada. — Você disse que foi a melhor noite da sua vida. Que foi como se você nunca tivesse feito amor com uma mulher. Era uma mistura de deus, animal e máquina sexual incontrolável...

Fat Charlie não sabia para onde olhar. Ela deu risada.

— Estou só brincando — explicou a mulher. — Ajudei seu irmão a trazer você para cá, daí nós te ajeitamos para dormir. Depois disso, você sabe...

— Não — respondeu Fat Charlie —, não sei.

— Bem — continuou ela —, você estava apagado, e é uma cama grande. Não sei bem onde seu irmão dormiu. Ele é forte como um touro. Já estava de pé assim que amanheceu, todo alegre e sorridente.

— Ele foi trabalhar no meu lugar — explicou Fat Charlie. — Disse a todo mundo que era eu.

— Mas eles não vão notar a diferença? Quer dizer, não é como se vocês fossem gêmeos.

— Parece que não. — Fat Charlie balançou a cabeça. Então olhou para a mulher, que mostrou uma língua muito rosa e pequena.

— Qual é o seu nome?

— Ah, você esqueceu? Eu me lembro do seu nome. Fat Charlie.

— Só Charles — retrucou. — Só Charles já está bom.

— Eu me chamo Daisy — respondeu ela, e estendeu a mão. — É um prazer conhecê-lo.

Eles trocaram um aperto de mão bem solene.

— Eu me sinto um pouco melhor — comentou Fat Charlie.

— Foi o que eu disse — respondeu ela. — Ou você melhora, ou morre de vez.

Spider estava tendo um dia ótimo no escritório. Quase nunca trabalhava em escritórios. Quase nunca trabalhava. Tudo era novidade, tudo era estranho e maravilhoso, desde o pequeno elevador que o deixou no quinto andar até as salas apertadas da Agência Grahame Coats. Ele ficou olhando, fascinado, para a vitrine no saguão, cheia de troféus empoeirados. Passeou pelos escritórios e, quando alguém perguntava quem era, respondia:

— Sou Fat Charlie Nancy. — Usava sua voz de deus, que fazia com que tudo o que dissesse virasse praticamente verdade.

Encontrou a sala de chá e preparou várias xícaras. Levou-as para a mesa de Fat Charlie e as arrumou de um jeito artístico. Começou a brincar com a rede de computadores, que pediu uma senha.

— Sou Fat Charlie Nancy — disse ao computador, mas ainda havia lugares que não podia acessar, por isso disse: — Sou Grahame Coats. — Então a rede se abriu como uma flor.

Olhou as coisas no computador até ficar entediado.

Cuidou do que Fat Charlie tinha para fazer no dia. Depois resolveu as pendências.

Pensou que o irmão devia estar acordando àquela hora, então ligou para a casa dele, para tranquilizá-lo. Já estava começando a achar que tinha feito algum progresso quando Grahame Coats enfiou a cabeça na porta, passou os dedos pelos lábios de fuinha e o chamou com um gesto.

— Preciso ir — disse Spider para o irmão. — O chefão quer falar comigo.

E desligou o telefone.

— Fazendo ligações pessoais no trabalho outra vez, Nancy — comentou Grahame Coats.

— Mas é claro — concordou Spider.

— E era a mim que você estava se referindo como "o chefão"? — perguntou Grahame Coats.

Eles caminharam até o fim do corredor e entraram na sala dele.

— O senhor é o maior — retrucou Spider — e o mais chefe.

Grahame Coats pareceu intrigado. Desconfiava que estava sendo motivo de piada, mas não tinha certeza, e isso o incomodava.

— Bem, sente-se, sente-se — convidou.

Spider se sentou.

Era costume de Grahame Coats manter uma rotatividade constante na equipe da Agência Grahame Coats. Algumas pessoas chegavam e logo partiam. Outras chegavam e ficavam até pouco antes de começarem a receber algum tipo de proteção trabalhista. Fat Charlie estava lá havia mais tempo do que qualquer outro: um ano e onze meses. Faltava um mês para que a indenização em caso de demissão e as leis trabalhistas se tornassem parte de sua vida.

Grahame Coats sempre fazia um pequeno discurso antes de demitir alguém. Um discurso do qual se orgulhava muito.

— Na vida de todos nós — começou —, sempre há momentos turbulentos. Mas depois da tempestade, vem a bonança.

— Não há nada como um dia após o outro — concordou Spider.

— Ah. Sim. Isso mesmo. Bem. E, ao atravessar esse vale de lágrimas, precisamos fazer uma pausa para refletir que...

— Gato escaldado — interveio Spider — tem medo de água fria.

— O quê? Ah. — Grahame Coats se atrapalhou para lembrar o que vinha depois. — A felicidade é como uma borboleta.

— Ou um azulão — concordou Spider.

— Exato. Eu posso terminar?

— Mas é claro. Por favor — respondeu Spider, animado.

— E acho que a felicidade de cada um aqui na Agência Grahame Coats é tão importante quanto a minha.

— Não sei como expressar o quanto isso me deixa feliz.

— Sim — concordou Grahame Coats.

— Bem, é melhor eu voltar ao trabalho — comentou Spider. — Mas foi muito divertido. Da próxima vez que o senhor quiser compartilhar mais pérolas de sabedoria, é só me chamar. Já sabe onde eu fico.

— A felicidade — insistiu Grahame Coats. A voz assumia um leve tom esganiçado. — Eu fico pensando, Nancy, Charles, se você é feliz aqui. Não acha que talvez fosse ser mais feliz em outro lugar?

— Não é isso que eu fico pensando — retrucou Spider. — O senhor quer saber no que *eu* fico pensando?

Grahame Coats não respondeu. Ninguém nunca reagira assim a um discurso seu. Em geral, àquela altura, as pessoas ficavam arrasadas e em estado de choque. Às vezes, choravam. Grahame Coats nunca se importava quando elas choravam.

— O que eu fico pensando — continuou Spider — é em para que servem as contas nas Ilhas Cayman. Sabe, é que às vezes parece que o dinheiro que devia ir para a conta dos clientes vai direto para as contas nas Ilhas Cayman. E acho que é um jeito estranho de organizar as finanças, deixar dinheiro guardado nessas contas. Nunca tinha visto coisa parecida. Esperava que o senhor pudesse me explicar como funciona.

Grahame Coats ficou "branco-gelo", uma dessas cores que só existem em catálogos de decoração com cores chamadas de "pergaminho" ou "magnólia". Então disse:

— Como você teve acesso a essas contas?

— Computadores — respondeu Spider. — Eles também enlouquecem o senhor? Como lidar com eles?

Grahame Coats passou longos momentos meditando. Sempre gostou de pensar que suas finanças estavam emaranhadas de um jeito tão complexo que, mesmo que a polícia especializada em fraudes financeiras conseguisse chegar à conclusão de que houvera algum crime, teriam muita dificuldade de explicar a um júri exatamente que tipo de crime.

— Não é ilegal ter contas no exterior — respondeu, do modo mais despreocupado possível.

— Ilegal? — perguntou Spider. — Ah, espero que não. Quer dizer, se eu visse algo ilegal, teria que relatar às autoridades competentes.

Grahame Coats pegou uma caneta de cima da mesa, depois a colocou de volta no lugar.

— Ah — começou. — Bem, apesar de ser mesmo ótimo conversar, trocar ideias, passar tempo e conviver com você, Charles, desconfio que nós dois temos trabalho a fazer. Afinal de contas, tempo é dinheiro. Não deixe para amanhã o que pode fazer hoje.

— Se a vida lhe der limões, faça uma limonada.

— É, é, isso aí.

AVE-SOLAR

2005

Naqueles tempos, eles eram um grupo rico e barulhento no Clube Epicúrio.

Definitivamente sabiam farrear. Eram cinco.

Havia Augustus DuasPenas McCoy, que tinha o tamanho de três homens, comia por quatro e bebia por cinco. Seu bisavô havia fundado o Clube Epicúrio com a renda de uma tontina, que ele penara muito para garantir, à moda antiga, que fosse sacada integralmente.

Havia o professor Mandalay, pequeno, tremelicoso e cinza como um fantasma (e talvez fosse um fantasma; o que não seria tão absurdo), que bebia apenas água e comia porções miúdas em pratos do tamanho de pires. Ainda assim, gastronomia não exige voracidade, e Mandalay sempre chegava ao cerne de todo prato posto à sua frente.

Havia Virginia Boote, crítica gastronômica, que no passado fora dotada de grande beleza, mas que agora era uma grande e magnífica ruína que se deleitava com seu arruinamento.

Havia Jackie Newhouse, descendente (por vias duvidosas) do grande amante, *gourmand*, violinista e duelista Giacomo Casanova. Jackie Newhouse, assim como seu antepassado famoso, partira inúmeros corações e comera inúmeros grandes pratos.

E havia Zebediah T. Crawcrustle, o único dos epicúrios completamente falido: a cada encontro, chegava cambaleante e com a barba por fazer, trazendo meia garrafa de bebida em um saco de papel, sem chapéu, casaco ou, em muitas ocasiões, camisa, mas comia com mais apetite que todos.

Augustus DuasPenas McCoy estava falando…

— Já comemos tudo que há para ser comido — disse Augustus DuasPenas McCoy, e sua voz transmitia pesar e uma ligeira tristeza. — Já comemos urubu, toupeira e morcego-gigante.

Mandalay consultou seu caderno.

— Urubu tinha gosto de faisão podre. Toupeira tinha gosto de lesma-carniceira. Morcego-gigante tinha uma semelhança incrível com um doce porquinho-da-índia.

— Já comemos cacopo, aiai e panda-gigante...

— Ah, aquele bife de panda assado. — Virginia Boote suspirou, salivando com a lembrança.

— Já comemos espécies há tempos extintas — disse Augustus Duas-Penas McCoy. — Já comemos mamute congelado e preguiça-gigante da Patagônia.

— Ah, se tivéssemos chegado um pouco mais rápido ao mamute — lamentou Jackie Newhouse. — Mas deu para entender por que os elefantes peludos sumiram tão rápido, depois que as pessoas descobriram seu gosto. Sou um homem de prazeres elegantes, mas, depois de apenas uma mordida, só conseguia pensar em molho barbecue de Kansas City e no gosto que aquelas costelas teriam frescas.

— Não há nada de errado em passar um ou dois milênios no gelo — disse Zebediah T. Crawcrustle. Ele sorriu. Seus dentes podiam ser tortos, mas eram afiados e fortes. — Mesmo assim, para saborear de verdade, é sempre melhor procurar um mastodonte genuíno. Mamutes eram o que as pessoas aceitavam quando não conseguiam um mastodonte.

— Já comemos lula, lula-gigante e lula-colossal — falou Augustus Duas-Penas McCoy. — Já comemos lêmures e tigres-da-tasmânia. Já comemos caramancheiro, e hortulana, e pavão. Já comemos macaco-d'água (que *não* é um tipo de primata) e tartaruga-gigante, e rinoceronte-de-sumatra. Já comemos tudo que há para comer.

— Besteira, há centenas de coisas que ainda não provamos — respondeu o professor Mandalay. — Milhares, talvez. Pensem em todas as espécies de besouro ainda não experimentadas.

— Ah, Mandy — queixou-se Virginia Boote. — Quem prova um besouro, prova todos. E todos nós já provamos centenas de espécies. Pelo menos os escaravelhos tinham um quê a mais.

— Não — retrucou Jackie Newhouse —, as pelotas dos escaravelhos é que tinham. Os besouros em si eram bastante triviais. Já escalamos o auge da gastronomia, já mergulhamos nas profundezas da degustação. Viramos cosmonautas que exploram mundos inconcebíveis de deleite e *gourmandise*.

— É verdade, é verdade — disse Augustus DuasPenas McCoy. — Os epicúrios se encontram todo mês há mais de cento e cinquenta anos, na época do meu pai, e na época do meu avô, e na época do meu bisavô, e agora receio que terei que encerrar o clube, pois não há coisa alguma que nós, ou nossos precursores, não tenhamos comido.

— Quem me dera estar aqui nos anos 1920 — comentou Virginia Boote —, quando a lei permitia incluir Homem no cardápio.

— Só depois de eletrocutado — disse Zebediah T. Crawcrustle. — Já estava meio frito, todo carbonizado e crocante. Não deixou nenhum de nós inclinado à antropofagia, apenas um que já manifestava essa tendência, e ele partiu logo depois.

— Ah, Crusty, *por que* você precisa fingir que estava lá? — perguntou Virginia Boote, bocejando. — Todo mundo sabe que você não é tão velho. Não deve ter mais de sessenta, mesmo considerando os estragos do tempo e da sarjeta.

— Ah, eles causam estragos sim — falou Zebediah T. Crawcrustle. — Mas não tanto quanto você imagina. Seja como for, tem várias coisas que não comemos ainda.

— Cite uma — disse Mandalay, com o lápis posicionado firmemente acima do caderno.

— Bom, tem a Ave-solar da Cidade do Sol — respondeu Zebediah T. Crawcrustle. Então abriu aquele sorriso torto, com os dentes desalinhados, mas afiados.

— Nunca ouvi falar — disse Jackie Newhouse. — Você inventou isso.

— Eu já ouvi falar — informou o professor Mandalay —, mas em outro contexto. Além do mais, é imaginária.

— Unicórnios são imaginários — afirmou Virginia Boote —, mas, nossa, aquele tartare de lombo de unicórnio estava uma delícia. Meio gosto de cavalo, meio gosto de cabra, e muito melhor com alcaparras e ovos de codorna crus.

— Havia algo sobre a Ave-solar em uma das atas antigas do Clube Epicúrio — disse Augustus DuasPenas McCoy. — Mas já não lembro o que era.

— Dizia qual era o gosto? — perguntou Virginia.

— Creio que não — respondeu Augustus, de cenho franzido. — Eu precisaria consultar os registros, claro.

— Ah — disse Zebediah T. Crawcrustle. — Está só nos volumes queimados. Vocês nunca vão achar nada sobre isso lá.

Augustus DuasPenas McCoy coçou a cabeça. Ele tinha mesmo duas penas, que atravessavam um coque de cabelo preto com mechas prateadas, e as penas um dia foram douradas, mas agora pareciam meio comuns, amareladas e desfiadas. Ele as ganhara quando era menino.

— Besouros — disse Mandalay. — Certa vez calculei que, se um homem como eu decidisse comer seis espécies diferentes de besouro por dia, levaria mais de vinte anos para comer todos os besouros já identificados. E, ao longo desses vinte anos, talvez fossem descobertas espécies suficientes para ele comer por mais cinco anos. E, nesses cinco anos, talvez fossem descobertos besouros suficientes para ele comer por mais dois anos e meio, e assim sucessivamente. É um paradoxo de inesgotabilidade. Eu chamo de Besouro de Mandalay. Mas seria preciso gostar de besouros, caso contrário seria algo muito ruim.

— Não tem nada de errado em comer insetos, se forem do tipo certo — apontou Zebediah T. Crawcrustle. — No momento, estou com vontade de comer lagartas-de-fogo. A luz da lagarta-de-fogo me bate em cheio, talvez seja exatamente isso de que preciso.

— Embora lagartas-de-fogo, ou vaga-lumes (*Photinus pyralis*), sejam parecidas com besouros — observou Mandalay —, em hipótese alguma são comestíveis.

— Podem não ser comestíveis — falou Crawcrustle —, mas abrem o apetite para o que é. Acho que vou assar algumas para mim. Vaga-lumes e malagueta. Hum.

— Se quiséssemos comer Ave-solar da Cidade do Sol — disse Virginia Boote, uma mulher muito pragmática —, por onde nossa busca começaria?

Zebediah T. Crawcrustle coçou a barba áspera de sete dias que brotava em seu queixo (nunca crescia mais que isso; barbas de sete dias nunca crescem).

— Eu, pelo menos, iria para a Cidade do Sol ao meio-dia no verão, arrumaria um lugar confortável para me sentar, como a cafeteria de Mustapha Stroheim e esperaria a Ave-solar. Aí, eu a pegaria do jeito tradicional e a prepararia também do jeito tradicional.

— E qual seria o jeito tradicional de pegá-la? — perguntou Jackie Newhouse.

— Ora, como fazia seu famoso ancestral para caçar codornas e perdizes-silvestres — respondeu Crawcrustle.

— As memórias de Casanova não revelam nada sobre caça de codornas — retrucou Jackie Newhouse.

— Seu ancestral era um homem ocupado. Não se pode esperar que anotasse tudo. No entanto, era um grande caçador de codornas.

— Grãos e mirtilos secos, embebidos em uísque — falou Augustus Duas-Penas McCoy. — É assim que meu povo sempre fez.

— E era assim que Casanova fazia — comentou Crawcrustle —, mas ele usava uma mistura de cevada com uvas-passas e embebia as passas em conhaque. Foi ele mesmo quem me ensinou.

Jackie Newhouse ignorou esse comentário. Era fácil ignorar grande parte do que Zebediah T. Crawcrustle dizia. Jackie Newhouse apenas indagou:

— E onde fica a cafeteria de Mustapha Stroheim na Cidade do Sol?

— Ora, no lugar de sempre, terceira rua depois do antigo mercado no distrito da Cidade do Sol, logo antes do antigo escoadouro que já foi um canal de irrigação. Se você chegar à loja de tapetes de Khayam Caolho, é porque passou do ponto — informou Crawcrustle. — Mas, pela expressão irritada de vocês, estou vendo que esperavam uma descrição menos sucinta e precisa. Tudo bem. Fica na Cidade do Sol, e a Cidade do Sol fica no Cairo, Egito, onde sempre está, ou quase sempre.

— E quem bancará uma expedição à Cidade do Sol? — indagou Augustus DuasPenas McCoy. — Quem poderá ir nessa expedição? Faço a pergunta mesmo já sabendo a resposta, e não gosto nem um pouco.

— Ora, você vai bancar, Augustus, e todos nós vamos — disse Zebediah T. Crawcrustle. — Pode deduzir da nossa mensalidade de sócios epicúrios. E eu vou levar meu avental e meus utensílios de cozinha.

Augustus sabia que Crawcrustle não pagava a mensalidade do Clube Epicúrio há tempos, mas o clube cobriria sua parte; Crawcrustle era membro dos epicúrios desde a época do pai de Augustus.

— E quando vamos? — perguntou ele, apenas.

Crawcrustle o fuzilou com os olhos e balançou a cabeça, decepcionado.

— Ora, Augustus — disse ele. — Vamos à Cidade do Sol, capturar a Ave-solar. Quando você acha?

— No solstício! — cantarolou Virginia Boote. — Iremos no solstício!

— Ainda há esperança para você, mocinha, pode acreditar — disse Zebediah T. Crawcrustle. — Iremos no solstício, sim. E viajaremos para o Egito. Passaremos alguns dias lá para caçar e capturar a misteriosa Ave-solar da Cidade do Sol, e, por fim, lidaremos com ela do jeito tradicional.

O professor Mandalay piscou os olhinhos cinzentos.

— Mas tenho aula na segunda — disse ele. — Às segundas, dou aula de sapateado; às terças, dou aula de tricô; e às quartas, de química.

— Mande um assistente dar suas aulas, Mandalay, ó, Mandalay. Na segunda, você estará caçando a Ave-solar — afirmou Zebediah T. Crawcrustle. — Quantos outros professores podem dizer o mesmo?

Um a um, eles foram visitar Crawcrustle, para tratar da futura viagem e declarar suas apreensões.

Zebediah T. Crawcrustle era um homem sem residência fixa. Mesmo assim, havia lugares onde era possível encontrá-lo, caso alguém tivesse interesse.

Nas madrugadas, ele dormia no terminal rodoviário, onde os bancos eram confortáveis e a polícia de transportes tendia a deixá-lo em paz; no calor da tarde, ele ficava no parque junto às estátuas de generais esquecidos, com os pinguços, bebuns e biriteiros, partilhando da companhia e das garrafas, e oferecendo opiniões que, por virem de um epicúrio, eram sempre levadas em conta e respeitadas, ainda que nem sempre fossem bem-vindas.

Augustus DuasPenas McCoy procurou Crawcrustle no parque acompanhado da filha, Hollyberry SemPena McCoy. Ela era pequena, mas afiada feito dente de tubarão.

— Sabe — disse Augustus —, tem algo muito familiar nisso tudo.

— Nisso o quê? — perguntou Zebediah.

— Nessa história toda. Da expedição para o Egito. Da Ave-solar. Fiquei com a impressão de já ter ouvido isso antes.

Crawcrustle apenas meneou a cabeça. Ele mastigava alguma coisa tirada de uma sacola de papel pardo.

— Fui consultar os anais encadernados do Clube Epicúrio — falou Augustus. — No índice de quarenta anos atrás, encontrei algo que entendi como uma referência à Ave-solar, mas não descobri algo concreto.

— E por que não? — perguntou Zebediah T. Crawcrustle.

Augustus DuasPenas McCoy suspirou.

— Encontrei a página correspondente nos anais — respondeu ele —, mas estava queimada, e depois houve alguma grande confusão na administração do Clube Epicúrio.

— Você está comendo lagartas-de-fogo em uma sacola de papel — disse Hollyberry SemPena McCoy. — Eu vi.

— Estou mesmo, mocinha — falou Zebediah T. Crawcrustle.

— Você se lembra da grande confusão, Crawcrustle? — perguntou Augustus.

— Lembro, sim — respondeu Crawcrustle. — E me lembro de você. Tinha a mesma idade que a jovem Hollyberry tem agora. Mas sempre há confusão, Augustus, e depois não há mais. É como o nascer e o pôr do sol.

Jackie Newhouse e o professor Mandalay acharam Crawcrustle naquela noite, atrás do trilho da ferrovia. Ele assava alguma coisa em uma lata sobre uma pequena chama de carvão.

— O que está assando, Crawcrustle? — perguntou Jackie Newhouse.

— Mais carvão — disse Crawcrustle. — Limpa o sangue, purifica o espírito.

Havia tília e pecã, cortados em pedaços pequenos no fundo da lata, escuros e fumegantes.

— E vai mesmo comer esse carvão, Crawcrustle? — questionou Mandalay.

Em resposta, Crawcrustle lambeu os dedos e pegou um pedaço de carvão na lata. Ele chiou e faiscou em sua mão.

— Belo truque — disse o professor Mandalay. — Creio que os engolidores de fogo façam exatamente assim.

Crawcrustle pôs o carvão na boca e o triturou com os dentes velhos e desalinhados.

— É mesmo — falou ele. — É mesmo.

Jackie Newhouse pigarreou.

— A realidade é que o professor Mandalay e eu temos sérias preocupações quanto à viagem que nos aguarda.

Zebediah se limitou a mastigar o carvão.

— Não está quente o bastante — disse ele. Pegou um graveto de dentro do fogo e mordiscou a ponta incandescente. — Agora sim.

— É tudo ilusão — falou Jackie Newhouse.

— De forma alguma — respondeu ele, austero. — É olmo-espinhento.

— Estou extremamente preocupado com essa situação — disse Jackie Newhouse. — Meus antepassados e eu temos um senso bastante refinado de preservação pessoal, que muitas vezes nos levou a tremer em telhados e nos esconder em rios, ficando sempre a um passo da lei ou de cavalheiros com armas e queixas legítimas, e esse mesmo senso de autopreservação está me dizendo para não ir à Cidade do Sol com você.

— Sou acadêmico — falou o professor Mandalay —, portanto, não tenho nenhum senso apurado que possa ser compreendido por alguém que nunca precisou corrigir trabalhos sem ler os ditos-cujos. Ainda assim, acho a história toda espantosamente suspeita. Se essa Ave-solar é tão saborosa, por que nunca ouvimos falar dela?

— Você já ouviu, Mandalay, meu velho — respondeu Zebediah T. Crawcrustle. — Já ouviu, sim.

— Além disso, também sou especialista em aspectos geográficos desde Tulsa, Oklahoma, até Timbuktu — comentou o professor Mandalay. — E nunca vi em livro algum qualquer menção a um lugar chamado Cidade do Sol no Cairo.

— Nunca viu uma menção? Ora, você falou disso em aula — lembrou Crawcrustle, salpicando molho de pimenta em um pedaço de carvão fumegante, antes de enfiá-lo na boca e mastigar.

— Não acredito que esteja comendo isso de verdade — disse Jackie Newhouse. — Mas ficar perto desse truque está me deixando incomodado. Acho que é hora de ir para outro lugar.

E ele foi embora. Talvez o professor Mandalay tenha ido junto: o sujeito era tão cinzento e fantasmagórico que sua presença era sempre incerta.

Virginia Boote tropeçou em Zebediah T. Crawcrustle quando ele estava descansando na soleira de sua porta, durante a madrugada. Ela saiu do táxi, tropeçou em Crawcrustle e se estatelou no chão. Caiu perto dele.

— Eita! — exclamou ela. — Que tropeção, hein?

— Foi mesmo, Virginia — disse Zebediah T. Crawcrustle. — Você por acaso teria uma caixa de fósforos?

— Devo ter uma cartela em algum lugar — respondeu a mulher, e começou a revirar a bolsa, que era muito grande e muito marrom. — Aqui.

Zebediah T. Crawcrustle estava segurando uma garrafa de álcool desnaturado roxo e despejou o conteúdo em um copo plástico.

— Desnaturado? — perguntou Virginia Boote. — Por algum motivo, nunca achei que você fosse de beber álcool desnaturado, Zebby.

— E não sou — disse Crawcrustle. — Coisa horrível. Corrói as entranhas e estraga as papilas gustativas. Mas não consegui achar fluido de isqueiro a esta hora da noite.

Ele acendeu um fósforo e o aproximou do copo de álcool, que começou a queimar com uma luz bruxuleante. Então, comeu o fósforo. Depois, gargarejou com o líquido flamejante e cuspiu uma labareda na rua, incinerando uma folha de jornal que voava ao sabor do vento.

— Crusty — falou Virginia Boote —, este é um bom jeito de se matar.

Zebediah T. Crawcrustle sorriu com dentes pretos.

— Eu não bebo de verdade — disse ele. — Só gargarejo e cuspo.

— Você está brincando com fogo — avisou ela.

— É assim que eu sei que estou vivo — respondeu Zebediah T. Crawcrustle.

— Ah, Zeb — disse Virginia. — Estou *empolgada*. Muito empolgada. Você acha que a Ave-solar tem gosto de quê?

— Um sabor mais intenso que codorna e mais úmido que peru, mais gorduroso que avestruz e mais suculento que pato — falou Zebediah T. Crawcrustle. — Uma vez comido, jamais será esquecido.

— Nós vamos ao Egito. Nunca fui ao Egito. — Ela acrescentou: — Você tem algum lugar para passar a noite?

Ele tossiu, uma tosse leve que sacolejou dentro de seu peito idoso.

— Estou ficando velho demais para dormir em soleiras e sarjetas — respondeu ele. — Mesmo assim, tenho algum orgulho.

— Bom — disse ela, olhando para o homem —, pode dormir no meu sofá.

— Não é que eu não esteja grato pelo convite — falou ele —, mas há um banco na rodoviária com o meu nome.

Então se afastou da parede e cambaleou majestosamente pela rua.

Realmente *havia* um banco com o nome dele na rodoviária. Ele doara o banco para a rodoviária quando era rico, e seu nome foi colocado no encosto, gravado em uma plaquinha de latão. Zebediah T. Crawcrustle nem sempre era pobre. Às vezes, ele era abastado, mas tinha dificuldade para manter a fortuna e, sempre que ficava rico, descobria que o mundo não gostava que um rico comesse em redutos de mendigos atrás da ferrovia ou que se misturasse com bebuns no parque, então fazia de tudo para torrar o dinheiro. Sempre sobrava um pouquinho aqui e ali que ele tinha esquecido, e, de vez em quando, esquecia que não gostava de ser rico, então saía de novo em busca de fortuna e a encontrava. Fazia uma semana que ele precisava se barbear, e os fios de sua barba de sete dias já começavam a nascer brancos de neve.

Os epicúrios viajaram para o Egito no solstício. Eram cinco, e Hollyberry SemPena McCoy se despediu deles no aeroporto. Era um aeroporto muito pequeno, que ainda permitia adeus.

— Tchau, pai! — gritou Hollyberry SemPena McCoy.

Augustus DuasPenas McCoy acenou de volta enquanto eles percorriam a pista até o aviãozinho bimotor, que daria início à primeira parte da viagem.

— Tenho a impressão de me lembrar, ainda que vagamente, de um dia como esse há muito, muito tempo — disse Augustus DuasPenas McCoy. — Eu era pequeno nessa lembrança, estava dando tchau. Creio que foi a última vez que vi meu pai, e de novo sou tomado por um mau pressentimento.

Ele acenou uma última vez para a menina pequena do outro lado da pista, que acenou de volta.

— Você acenou com o mesmo entusiasmo na época — concordou Zebediah T. Crawcrustle —, mas acho que ela tem um pouco mais de compostura.

Era verdade. Tinha mesmo.

Eles pegaram um avião pequeno, depois um avião maior, depois um menor, um dirigível, uma gôndola, um trem, um balão de ar quente e um jipe alugado.

Chacoalharam pelo Cairo no jipe. Passaram pelo antigo mercado e viraram na terceira rua que encontraram (se tivessem continuado, teriam visto um escoadouro que já foi um canal de irrigação). Mustapha Stroheim em pessoa estava sentado na rua, empoleirado em uma cadeira de vime ancestral. Todas as mesas e cadeiras estavam na beira da rua, e não era uma rua particularmente larga.

— Bem-vindos, amigos, à minha *Kahwa* — disse Mustapha Stroheim. — *Kahwa* é a palavra egípcia para cafeteria ou lanchonete. Gostariam de um chá? Ou de uma partida de dominó?

— Gostaríamos de ir para os nossos quartos — respondeu Jackie Newhouse.

— Não eu — falou Zebediah T. Crawcrustle. — Vou dormir na rua. Está fazendo calor, e aquela soleira ali parece para lá de confortável.

— Quero um café, por favor — disse Augustus DuasPenas McCoy.

— Claro.

—Você tem água? — perguntou o professor Mandalay.

— Quem foi que falou isso? — perguntou Mustapha Stroheim. — Ah, foi você, homenzinho cinzento. Engano meu. Quando o vi, achei que fosse a sombra de alguém.

— Quero *ShaySokkar Bosta* — disse Virginia Boote. Era um copo de chá quente com açúcar à parte. — E jogo gamão com quem quiser me enfrentar. Não há vivalma no Cairo que eu não seja capaz de derrotar no gamão, se bem me lembro das regras.

Augustus DuasPenas McCoy foi levado a seu quarto. O professor Mandalay foi levado a seu quarto. Jackie Newhouse foi levado a seu quarto. Esse processo não foi demorado; afinal, estavam todos no mesmo quarto. Havia outro quarto nos fundos, onde Virginia dormiria, e um terceiro quarto para Mustapha Stroheim e sua família.

— O que está escrevendo? — perguntou Jackie Newhouse.

— São os protocolos, os anais e as minutas do Clube Epicúrio — respondeu o professor Mandalay. Ele escrevia com uma caneta preta pequena em um livro grande com capa de couro. — Registrei nossa viagem aqui, e tudo o que comemos no caminho. Continuarei escrevendo quando comermos a Ave-solar, quero deixar para a posteridade todos os sabores e texturas, todos os aromas e sumos.

— Crawcrustle disse como ia cozinhar a Ave-solar? — perguntou Jackie Newhouse.

— Sim — respondeu Augustus DuasPenas McCoy. — Ele informou que vai esvaziar uma lata de cerveja até sobrar um terço do conteúdo. Depois, vai acrescentar ervas e temperos na lata de cerveja, posicionar a ave em cima da lata, com a lata dentro da cavidade interna dela, e colocá-la na churrasqueira para assar. Ele disse que é o jeito tradicional.

Jackie Newhouse deu uma fungada.

— Parece estranhamente moderno.

— Crawcrustle falou que é o modo de preparo tradicional da Ave-solar — repetiu Augustus.

— Falei mesmo — disse Crawcrustle, subindo a escada. Era um edifício pequeno. A escada não ficava tão longe, e as paredes não eram grossas. — A cerveja mais antiga do mundo é a egípcia, e eles preparam Ave-solar com ela há mais de cinco mil anos.

— Mas a lata de cerveja é uma invenção relativamente moderna — disse o professor Mandalay, quando Zebediah T. Crawcrustle entrou pela porta. Crawcrustle estava com uma xícara de café turco na mão, preto feito breu, que fumegava como uma chaleira e borbulhava como um poço de piche.

— Esse café parece bem quente — comentou Augustus DuasPenas McCoy. Crawcrustle virou a xícara, bebendo metade do conteúdo.

— Nhé — disse ele. — Não muito. E a lata de cerveja não é uma invenção tão nova assim. A gente fazia com um amálgama de cobre e estanho nos velhos tempos, às vezes com um pouquinho de prata, às vezes sem. Dependia do ferreiro e do que ele tinha disponível. Precisava ser algo resistente ao calor. Vejo que todos estão me olhando com desconfiança. Senhores, reflitam: é claro que os egípcios antigos produziam latas de cerveja; onde mais guardariam a bebida?

De fora da janela, nas mesas da rua, veio uma gritaria envolvendo muitas vozes. Virginia Boote havia convencido a população local a jogar gamão por dinheiro e estava fazendo a limpa. A mulher era um tubarão no jogo.

Atrás da lanchonete de Mustapha Stroheim, havia um pátio com uma churrasqueira velha e quebrada, feita de tijolos de argila e uma grelha de metal parcialmente derretida, além de uma velha mesa de madeira. Crawcrustle passou o dia seguinte reconstruindo e limpando a churrasqueira, e lubrificando a grelha de metal.

— Parece que isso não é usado há quarenta anos — observou Virginia Boote.

Ninguém mais queria jogar gamão com ela, e sua bolsa estava recheada de piastras sujas.

— Por aí — disse Crawcrustle. — Talvez um pouco mais. Escute, Ginnie, faça algo útil. Preparei uma lista de coisas que preciso do mercado. Sobretudo ervas e lascas de madeira. Pode levar um dos filhos de Mustapha como intérprete.

— Com prazer, Crusty.

Os outros três membros do Clube Epicúrio se ocupavam cada um a seu modo. Jackie Newhouse fazia amizade com muitas pessoas da região, que se sentiam atraídas por seus ternos elegantes e por sua habilidade com o violino. Augustus DuasPenas McCoy saía em longas caminhadas. O professor Mandalay passava o tempo traduzindo os hieróglifos que encontrou gravados nos tijolos da churrasqueira. Ele falou que, para um homem ignorante, os tijolos seriam prova de que a churrasqueira no quintal de Mustapha Stroheim havia sido consagrada ao sol.

— Mas sou inteligente — disse ele — e percebi de imediato que, na verdade, os tijolos há muito, muito tempo fizeram parte de um templo, e foram reaproveitados com o passar dos milênios. Duvido que essas pessoas saibam o valor do que têm aqui.

— Ah, sabem, sim — retrucou Zebediah T. Crawcrustle. — E esses tijolos não fizeram parte de templo algum. Estão aqui há cinco mil anos, desde que construímos a churrasqueira. Antes disso, usávamos pedras.

Virginia Boote voltou com um cesto de compras cheio.

— Aqui — falou ela. — Sândalo-vermelho e patchuli, favas de baunilha, ramos de lavanda, sálvia e folhas de canela, noz-moscada inteira, cabeças de alho, cravos e alecrim: tudo o que você queria e mais um pouco.

Zebediah T. Crawcrustle sorriu, encantado.

— A Ave-solar vai ficar muito feliz — disse ele.

Passou a tarde preparando um molho de churrasco. Afirmou que era questão de respeito e, além disso, a carne da Ave-solar tendia a ser ligeiramente seca.

Os epicúrios passaram a noite nas mesas de vime da rua, enquanto Mustapha Stroheim e a família traziam chá, café e bebidas quentes com hortelã. Zebediah T. Crawcrustle havia falado aos epicúrios que eles comeriam a Ave-solar da Cidade do Sol à luz do sol no domingo, e que talvez fosse melhor não comerem na noite anterior, para preservar o apetite.

— Estou com um mau pressentimento — comentou Augustus DuasPenas McCoy, em uma cama pequena demais para ele, antes de dormir. — E receio que a desgraça será servida com molho de churrasco.

Estavam todos com muita fome na manhã seguinte. Zebediah T. Crawcrustle usava um avental cômico, com as palavras beije o cozinheiro em letras violentamente verdes. Ele já havia espalhado as passas e os grãos embebidos em conhaque atrás da casa, ao pé do abacateiro baixo, e estava organizando as madeiras aromáticas, as ervas e os temperos no leito de carvão. Mustapha Stroheim e a família tinham saído para visitar parentes do outro lado da cidade.

— Alguém tem um fósforo? — perguntou Crawcrustle.

Jackie Newhouse pegou um isqueiro Zippo e deu para Crawcrustle, que acendeu as folhas secas de canela e de louro embaixo do carvão. A fumaça subiu no ar do meio-dia.

— A fumaça de canela e sândalo vai atrair a Ave-solar — disse Crawcrustle.
— Atrair de onde? — perguntou Augustus DuasPenas McCoy.
— Do Sol — respondeu Crawcrustle. — É lá que ela dorme.
O professor Mandalay deu uma tossida discreta.
— A distância entre a Terra e o Sol — disse ele —, no ponto mais próximo, é de cento e quarenta e seis milhões de quilômetros. O mergulho mais veloz já registrado de uma ave foi de um falcão-peregrino, a quatrocentos e trinta e nove quilômetros por hora. Nessa velocidade, vindo do Sol, uma ave levaria pouco mais de trinta e oito anos para chegar até nós... isso se conseguisse voar pela escuridão, pelo frio e pelo vácuo do espaço, claro.
— Claro — concordou Zebediah T. Crawcrustle. Ele cobriu os olhos, comprimiu as pálpebras e olhou para cima. — Lá vem ela.
A ave parecia estar saindo do sol; mas não podia ser isso. Afinal, não é possível olhar direto para o sol do meio-dia.
Primeiro foi uma silhueta escura contra o sol e o céu azul, e então a luz do sol tocou suas penas, e os observadores prenderam a respiração. Nunca se viu algo parecido com penas de Ave-solar iluminadas pelo astro; a visão de algo assim era de tirar o fôlego.
A Ave-solar bateu as asas amplas uma vez, e começou a planar em círculos cada vez menores acima da lanchonete de Mustapha Stroheim.
O pássaro pousou no abacateiro. Suas penas eram douradas, roxas e prateadas. Era menor que um peru e maior que um galo, e tinha pernas longas e cabeça alta feito uma garça, embora a cabeça em si se parecesse mais com a de uma águia.
— É muito bonita — disse Virginia Boote. — Olhem as duas penas altas na cabeça. Não são lindas?
— É bonita mesmo — concordou o professor Mandalay.
— As penas na cabeça dessa ave têm algo familiar — disse Augustus Duas-Penas McCoy.
— Vamos arrancá-las da cabeça antes de assar a ave — sugeriu Zebediah T. Crawcrustle. — É assim que sempre se fez.
A Ave-solar se empoleirou em um galho do abacateiro, em uma parte iluminada pelo sol. Parecia estar brilhando suavemente, iridescente em roxos, verdes e ouros. Ela bicou as penas, estendendo uma das asas. Mordiscou e acariciou a asa com o bico, até deixar todas as penas lubrificadas e na posição certa. Por fim, emitiu um chilreio satisfeito e voou uma distância curta do galho até o chão.
Caminhou pela lama seca, espiando de um lado ao outro, com visão limitada.

— Olhem! — disse Jackie Newhouse. — Ela achou os grãos.

— Parecia até que estava os procurando — observou Augustus DuasPenas McCoy. — Que esperava que os grãos estivessem ali.

— É ali que sempre deixo — disse Zebediah T. Crawcrustle.

— É tão bonita — falou Virginia Boote. — Mas, agora que vejo mais de perto, dá para perceber que é bem mais velha do que eu pensava. Os olhos estão leitosos e as pernas tremem. Mas ainda é linda.

— O Benu é a mais bonita das aves — afirmou Zebediah T. Crawcrustle.

Virginia Boote era fluente em egípcio de restaurante, mas, fora isso, não entendia nada.

— O que é Benu? — perguntou ela. — É Ave-solar em egípcio?

— O Benu — respondeu o professor Mandalay — faz ninho em árvores *Persea americana*. Tem duas penas na cabeça. Às vezes, é representado como uma garça, e, às vezes, como uma águia. Tem mais coisa, mas é improvável demais para merecer qualquer menção.

— Ela comeu os grãos e as passas! — exclamou Jackie Newhouse. — Agora está cambaleando de um lado para outro, bêbada. Como é majestosa, mesmo bêbada!

Zebediah T. Crawcrustle foi até a Ave-solar, que, com imenso esforço, bamboleava para a frente e para trás na lama abaixo do abacateiro, sem tropeçar nas pernas longas. Parou bem na frente da ave e, muito devagar, fez uma reverência. Abaixou-se como um homem bastante velho, lenta e arduamente, mas fez a reverência. E a Ave-solar retribuiu o gesto, depois caiu na lama. Zebediah T. Crawcrustle pegou-a com grande respeito nos braços, carregando-a como se fosse uma criança, e a levou para o terreno atrás da cafeteria de Mustapha Stroheim, e os outros o seguiram.

Primeiro, ele arrancou as duas penas majestosas da cabeça e as separou.

Depois, sem depenar a ave, ele a destripou e colocou os miúdos em cima dos gravetos fumegantes. Posicionou a lata de cerveja parcialmente cheia na cavidade e pôs a ave na churrasqueira.

— Ave-solar assa rápido — alertou Crawcrustle. — Preparem os pratos.

As cervejas dos antigos egípcios eram aromatizadas com cardamomo e coentro, devido à falta de lúpulo; as bebidas eram intensas, saborosas e refrescantes. Dava para construir pirâmides depois de bebê-las, e, às vezes, as pessoas faziam isso. Na churrasqueira, a cerveja ferveu no interior da Ave-solar, mantendo-a úmida. Quando o calor do carvão alcançou as penas, elas se queimaram, inflamando-se com um brilho forte como se fossem de magnésio, tão luminosas que os epicúrios precisaram desviar os olhos.

O cheiro de ave assada preencheu o ar, mais carregado que pavão, mais suculento que pato. Os epicúrios ficaram com água na boca. O tempo parecia não ter passado, mas Zebediah tirou a Ave-solar do leito de carvão e a colocou na mesa. Com a faca, cortou-a em fatias e serviu a carne fumegante nos pratos. Despejou um pouco de molho de churrasco em cada pedaço e depositou a carcaça diretamente no fogo.

Cada membro do Clube Epicúrio se sentou nos fundos da lanchonete de Mustapha Stroheim, em volta de uma antiga mesa de madeira, e comeu com os dedos.

— Zebby, isso é incrível! — exclamou Virginia Boote, enquanto comia. — Derrete na boca. Tem gosto de paraíso.

— Tem gosto de sol — disse Augustus DuasPenas McCoy, devorando a comida de um jeito que só homens grandes são capazes de fazer. Ele tinha uma coxa em uma das mãos e um pedaço de peito na outra. — É a melhor coisa que já comi na vida, e não me arrependo, mas acho que vou sentir saudade da minha filha.

— É perfeito — concordou Jackie Newhouse. — Tem gosto de amor e boa música. Tem gosto da verdade.

O professor Mandalay rabiscava nos anais encadernados do Clube Epicúrio. Registrava sua reação à carne da ave e registrava a reação dos outros epicúrios, e tentava não sujar a folha enquanto escrevia, pois, com a outra mão, segurava uma asa e vagorosamente mordiscava a carne.

— É estranho — disse Jackie Newhouse —, à medida que eu como, ela vai ficando cada vez mais quente na boca e na barriga.

— É. Ela faz isso. É melhor se preparar com antecedência — avisou Zebediah T. Crawcrustle. — Comer brasas, chamas e vaga-lumes para ir se acostumando. Caso contrário, pode ser um pouco difícil para o organismo.

Zebediah T. Crawcrustle consumia a cabeça da ave, triturando os ossos e o bico com a boca. Enquanto comia, os ossos disparavam pequenos relâmpagos em seus dentes. Ele se limitou a sorrir e mastigar mais.

Os ossos da Ave-solar ardiam laranja na churrasqueira, e então começaram a arder, brancos. Havia uma névoa densa de calor no pátio atrás da lanchonete de Mustapha Stroheim e, nessa névoa, tudo tremeluzia, como se as pessoas em torno da mesa estivessem vendo o mundo debaixo d'água ou em um sonho.

— É tão bom! — falou Virginia Boote, enquanto comia. — É a melhor coisa que já comi na vida. Tem gosto de juventude. Tem gosto de eternidade. — Ela lambeu os dedos e pegou a última fatia de carne do prato. — Ave-solar da Cidade do Sol — disse ela. — Tem outro nome?

— É a Fênix de Heliópolis — respondeu Zebediah T. Crawcrustle. — É a ave que morre em cinzas e chamas, e renasce geração após geração. É o Benu, que voava sobre as águas quando tudo era escuridão. Quando sua hora chega, ela queima no fogo de madeiras, especiarias e ervas raras, e das cinzas renasce, vez após vez, eternamente.

— Fogo! — exclamou o professor Mandalay. — É como se eu estivesse queimando por dentro! — Ele bebericou a água, mas não pareceu aliviado.

— Meus dedos — disse Virginia Boote. — Olhem meus dedos. — Ela os ergueu. Estavam brilhando por dentro, como se ardessem com uma chama interna.

O ar agora estava tão quente que daria para cozinhar um ovo.

Uma faísca e um estalo. As duas penas amarelas no cabelo de Augustus DuasPenas McCoy se queimaram feito rojões.

— Crawcrustle — disse Jackie Newhouse, em chamas —, responda com sinceridade. Há quanto tempo você come a Fênix?

— Há pouco mais de dez mil anos — respondeu Zebediah. — Uns milhares para mais ou para menos. Não é difícil, depois que você pega o jeito; o difícil é pegar o jeito. Mas esta é a melhor Fênix que já preparei. Ou seria mais correto dizer que "este é o melhor preparo que já fiz desta Fênix"?

— Os anos! — disse Virginia Boote. — Eles estão se queimando!

— Acontece — admitiu Zebediah. — Mas é importante se acostumar com o calor antes de comer. Caso contrário, podemos pegar fogo.

— Por que eu não me lembrava disso? — perguntou Augustus DuasPenas McCoy, debaixo das labaredas intensas que o envolviam. — Por que não lembrava que meu pai se foi assim, e o pai dele também, e que os dois foram a Heliópolis comer a Fênix? E por que só me lembro disso agora?

— Porque os seus anos estão se queimando — afirmou o professor Mandalay. Ele tinha fechado o livro de couro assim que a folha em que estava escrevendo pegou fogo. As bordas do livro estavam chamuscadas, mas o restante ficaria bem. — Quando os anos se queimam, as lembranças desses anos voltam. — Ele parecia mais sólido, em meio ao ar trêmulo ardente, e sorria. Eles nunca tinham visto o professor Mandalay sorrir.

— Vamos queimar até que nada reste? — perguntou Virginia, já incandescente. — Ou vamos queimar até a infância e até fantasmas e anjos, e depois vamos para a frente de novo? Não importa. Ah, Crusty, isso é tão *divertido*!

— Talvez — disse Jackie Newhouse, em meio ao fogo — pudesse ter um pouco mais de vinagre no molho. Acho que uma carne como essa cairia bem com algo mais robusto.

Então ele desapareceu, deixando apenas uma aura.

— *Chacun à son goût* — disse Zebediah T. Crawcrustle, que em francês significa "cada um tem seu gosto", e lambeu os dedos e balançou a cabeça. — O melhor que já comi — afirmou ele, com enorme satisfação.

— Adeus, Crusty — falou Virginia.

Ela estendeu a mão coberta de chamas pálidas e apertou a mão dele com força, por um instante ou talvez dois.

No pátio atrás da *Kahwa* (ou lanchonete) de Mustapha Stroheim em Heliópolis (que no passado foi a Cidade do Sol, e agora é um bairro na periferia do Cairo), não restou nada além de cinzas brancas, que foram sopradas por uma brisa momentânea e repousaram como açúcar de confeiteiro ou como neve; e não havia ninguém ali além de um rapaz com cabelo escuro e dentes alinhados de cor marfim, usando um avental que dizia BEIJE O COZINHEIRO.

No leito espesso de cinzas sobre os tijolos de argila, um minúsculo pássaro roxo e dourado se remexeu, como se estivesse acordando pela primeira vez. Ele emitiu um "piu!" agudo e olhou diretamente para o sol, como um bebê encarando a mãe ou o pai. Abriu as asas como se quisesse secá-las e, depois de um tempo, quando estava pronto, voou para o alto em direção ao sol, e ninguém além do rapaz no pátio o viu ir embora.

Havia duas longas penas douradas aos pés do jovem, sob as ruínas do que antes fora uma mesa de madeira, e ele as recolheu, afastou as cinzas brancas, e as guardou com reverência no casaco. Em seguida, tirou o avental e seguiu seu rumo.

Hollyberry DuasPenas McCoy é uma mulher adulta, com os próprios filhos. Seu cabelo tem fios prateados em meio aos pretos, sob as penas douradas no coque atrás da cabeça. No passado, as penas devem ter sido especialmente bonitas, mas isso foi há muito tempo. Ela é a presidente do Clube Epicúrio — um grupo rico e barulhento — desde que herdou a função, muitos e muitos anos atrás, do pai.

Ouvi dizer que os epicúrios estão começando a resmungar de novo. Dizem que já comeram de tudo.

(PARA HMG — UM PRESENTE DE ANIVERSÁRIO ATRASADO)

COMO FALAR COM GAROTAS EM FESTAS

2006

— Vamos — disse Vic. — Vai ser legal.

— Não vai, não — falei, mas já tinha perdido essa briga horas antes, e sabia disso.

— Vai ser maneiro — insistiu Vic, pela centésima vez. — Garotas! Garotas! Garotas! — Ele sorriu, mostrando os dentes brancos.

Nós dois estudávamos em uma escola só para rapazes no sul de Londres. Embora fosse mentira dizer que não tínhamos experiência com meninas — Vic aparentemente tivera muitas namoradas, e eu havia beijado três amigas da minha irmã —, acho que seria justo afirmar que a gente conversava, interagia e se entendia sobretudo com outros garotos. Bem, pelo menos eu. É difícil falar por outras pessoas, e faz trinta anos que não vejo Vic. Não sei se saberia o que dizer para ele agora, se o visse.

Estávamos andando pelas ruelas que formavam um labirinto imundo atrás da estação East Croydon — uma amiga tinha contado para Vic sobre uma festa, e Vic estava decidido a ir, quer eu gostasse da ideia ou não, e eu não gostava. Mas meus pais tinham viajado para um congresso e iam passar a semana fora, e eu estava hospedado na casa de Vic, então fui com ele.

— Vai ser a mesma coisa de sempre — falei. — Depois de uma hora, você vai sumir em algum lugar, dar uns amassos com a garota mais bonita da festa, e eu vou ficar na cozinha, ouvindo a mãe de alguém tagarelar sobre política, poesia ou coisa assim.

— É só *falar* com elas — disse Vic. — Deve ser aquela rua ali. — Ele apontou, alegre, balançando a sacola com a garrafa.

— Você não sabe?

— Alison me explicou o caminho e anotei em um pedaço de papel, mas deixei na mesa da sala. Tranquilo. Sei chegar lá.

— Como?

A esperança cresceu aos poucos dentro de mim.

— A gente anda pela rua — disse ele, como se estivesse conversando com uma criança burra. — E procura pela festa. Fácil.

Procurei, mas não encontrei festa alguma: só casas estreitas, com carros ou bicicletas enferrujando nos jardins cimentados; e as vitrines empoeiradas de jornaleiros, que tinham cheiro de temperos estranhos e vendiam desde cartões de aniversário e gibis de segunda mão até revistas tão pornográficas que vinham lacradas em sacos plásticos. Eu estava com Vic quando ele enfiou uma dessas revistas embaixo do suéter certa vez, mas o dono o pegou na calçada e o obrigou a devolver.

Chegamos ao fim da rua e viramos em uma ruela estreita de casas geminadas. Tudo parecia bem quieto e vazio naquela noite de verão.

— Para você é fácil — argumentei. — Elas gostam de você. Nem precisa *falar* com elas.

Era verdade: bastava dar um sorrisinho malandro, e Vic podia escolher quem quisesse.

— Nem é. Nada a ver. É só falar.

Nas vezes em que eu tinha beijado as amigas da minha irmã, a gente não se falou. Elas ficaram por perto enquanto minha irmã fazia alguma outra coisa e vieram até mim, então dei um beijo nelas. Não me lembro de nenhuma conversa. Não sabia o que dizer para as garotas, e falei isso para ele.

— São só garotas — disse Vic. — Não são alienígenas de outro planeta.

Quando viramos a rua, minha esperança de que seria impossível encontrar a festa foi por água abaixo: dava para ouvir um barulho pulsante baixo, a música abafada por paredes e portas, vindo de uma casa mais à frente. Eram oito da noite, não muito cedo para quem não tinha dezesseis anos, e nós não tínhamos. Ainda não.

Meus pais gostavam de saber onde eu estava, mas acho que os pais de Vic não ligavam muito. Ele era o mais novo de cinco meninos. Isso por si só me parecia mágico: eu tinha apenas duas irmãs, ambas mais novas, e me sentia ao mesmo tempo especial e solitário. Sempre quis um irmão. Quando completei treze anos, parei de fazer pedidos para estrelas cadentes, mas, quando eventualmente fazia, era para ganhar um irmão.

Seguimos a trilha do jardim, que era calçada com pedras, passava por uma sebe e uma roseira e dava em uma fachada de pedrinhas. Tocamos a campainha, e a porta foi aberta por uma garota. Eu não saberia dizer quantos anos tinha, e isso era uma das coisas que eu havia começado a odiar nas meninas: no início, quando a gente é criança, é tudo menino e menina, todo mundo avançando pelo tempo na mesma velocidade, todo mundo com cinco, sete, onze anos juntos. Aí, um dia, acontece um salto, e as garotas saem correndo para o futuro na nossa frente, e elas sabem tudo sobre tudo, e menstruam, e têm seios, e usam maquiagem e só Deus sabe o que mais — eu com certeza não sabia. Os diagramas nos livros didáticos de biologia não substituíam a experiência de ser, em um sentido muito real, jovens adultos. E as garotas da nossa idade eram exatamente isso.

Vic e eu não éramos jovens adultos, e eu estava começando a desconfiar que, mesmo quando precisasse me barbear todos os dias, e não duas vezes por mês, ainda continuaria bem atrás.

— Quem são vocês? — perguntou a menina.

— Somos amigos da Alison — respondeu Vic.

Conhecemos Alison, com sardas, cabelo laranja e um sorriso incrível, em Hamburgo, durante um intercâmbio na Alemanha. Os organizadores selecionaram também algumas meninas para irem conosco, de uma escola só para garotas na cidade, para equilibrar os gêneros. Mais ou menos da nossa idade, as garotas eram animadas e divertidas, e tinham namorados mais ou menos adultos com carros, empregos, motos e — no caso de uma com dente torto e casaco de texugo, que me confidenciou, tristonha, no fim de uma festa em Hamburgo, na cozinha, óbvio — esposa e filhos.

— Ela não está — disse a menina na porta. — Não tem nenhuma Alison aqui.

— Sem problema — falou Vic, com um sorriso tranquilo. — Meu nome é Vic. Este é Enn. — Um instante de silêncio, e então a garota sorriu de volta. Vic tinha um saco plástico com uma garrafa de vinho branco, tirada da cozinha dos pais. — Onde posso colocar isso?

Ela deu um passo para o lado e nos deixou entrar.

— Tem uma cozinha nos fundos — disse ela. — Pode pôr na mesa, com as outras garrafas.

Seu cabelo era dourado e ondulado, e a garota era muito bonita. O hall estava escuro por causa do horário, mas dava para ver que era bonita.

— Como você se chama? — perguntou Vic.

Ela disse que seu nome era Stella, e ele abriu aquele sorrisinho branco, e respondeu que devia ser o nome mais bonito que ele já tinha escutado na vida. Safado bom de lábia. E o pior é que parecia sincero.

Vic foi levar a garrafa até a cozinha, e olhei para a sala, de onde vinha a música. Havia gente dançando. Stella entrou e começou a dançar, movendo-se sozinha ao som da música. Fiquei parado, observando.

Isso foi no começo da era punk. Nos nossos toca-discos, colocávamos The Adverts e The Jam, The Stranglers, The Clash e Sex Pistols. Em festas de outras pessoas, ouvíamos ELO, ou 10cc, ou até Roxy Music. Com sorte, talvez um pouco de Bowie. Durante o intercâmbio na Alemanha, o único LP que agradava todo mundo era *Harvest*, de Neil Young, e a música "Heart of Gold" acompanhara a viagem toda feito um refrão: *I crossed the ocean for a heart of gold...*

Eu não reconhecia a música que tocava naquela sala. Lembrava um pouco um grupo alemão de pop eletrônico chamado Kraftwerk, e um pouco um LP que eu tinha ganhado no meu último aniversário, cheio de sons estranhos feitos pela BBC Radiophonic Workshop. Mas a música tinha ritmo, e a meia dúzia de garotas na sala se movia lentamente ao som da melodia, embora eu só tivesse olhos para Stella. Ela brilhava.

Vic me empurrou para entrar na sala. Estava com uma lata de cerveja na mão.

— Tem bebida na cozinha — disse para mim.

Então foi até Stella e começou a falar com ela. A música não me deixava ouvi-los, mas eu sabia que não havia espaço para mim naquela conversa.

Eu não gostava de cerveja, não naquela época. Fui ver se tinha alguma bebida que eu quisesse. Na mesa da cozinha, vi uma garrafa grande de Coca-Cola, enchi um copo de plástico para mim, e não me atrevi a falar com as duas meninas que conversavam na penumbra do cômodo. Elas estavam empolgadas e eram absurdamente lindas. Tinham pele bem negra, cabelo sedoso e roupas de estrela de cinema, falavam com sotaque estrangeiro e eram areia demais para o meu caminhãozinho.

Saí perambulando com a Coca na mão.

A casa era mais comprida do que parecia, maior e mais complexa do que o modelo "quatro cômodos, dois andares" que eu havia imaginado. Os ambientes estavam escuros — duvido que tivesse alguma lâmpada com mais de quarenta watts na casa — e cada espaço em que eu entrava estava ocupado: pelo que me lembro, só por meninas. Não subi para o segundo andar.

A única pessoa na varanda era uma garota. Seu cabelo era tão claro que chegava a ser branco, comprido e liso, e ela estava sentada à mesa com tampo de vidro, as mãos entrelaçadas, olhando para o jardim lá fora e para o céu escurecido. Parecia melancólica.

— Tudo bem se eu me sentar aqui? — perguntei, apontando com meu copo.

Ela assentiu e complementou com uma encolhida de ombros, para indicar que não fazia diferença, e eu me sentei.

Vic passou pela porta da varanda. Estava conversando com Stella, mas me viu ali, sentado à mesa, cheio de timidez e vergonha, e abriu e fechou a mão para imitar uma boca falando. *Fale*. Certo.

—Você é daqui? — perguntei à garota.

Ela balançou a cabeça, negando. Usava uma blusa prateada com decote, e tentei não olhar para o volume de seus seios.

— Como você se chama? — continuei. — Meu nome é Enn.

—Wain de Wain — disse ela, ou algo parecido. — Sou uma segunda.

— Que, hã... que nome diferente.

Ela me fitou com olhos úmidos enormes.

— Significa que minha progenitora também era Wain, e que sou obrigada a passar informações para ela. Não posso me reproduzir.

— Ah. Bem. Meio cedo para isso de qualquer forma, né?

Ela afastou as mãos, ergueu-as acima da mesa e esticou os dedos.

— Está vendo? — O dedo mindinho da mão esquerda era torto e se bifurcava na ponta, formando duas pontas menores. Uma pequena deformidade. — Quando fui concluída, foi preciso tomar uma decisão. Eu seria preservada ou eliminada? Para minha sorte, a decisão cabia a mim. Agora eu viajo, enquanto minhas irmãs mais perfeitas continuam em casa, em estase. Elas eram primeiras. Eu sou uma segunda.

"Em breve, precisarei voltar a Wain e dizer para elas tudo que vi. Todas as minhas opiniões sobre esse seu lugar."

— Eu não moro em Croydon, na verdade — falei. — Não sou daqui.

Fiquei me perguntando se ela era estadunidense. Eu não fazia a menor ideia do que a garota estava dizendo.

— Correto — concordou ela —, nenhum de nós é daqui. — Ela fechou a mão de seis dedos embaixo da direita, como se tentasse escondê-la. — Eu tinha esperado algo maior, mais limpo, e com mais cor. Ainda assim, é uma preciosidade.

Ela bocejou, cobriu a boca com a mão direita só por um instante, e então a repousou de novo na mesa.

— A viagem me exaure, e, às vezes, eu gostaria que acabasse. Em uma rua no Rio, durante o Carnaval, eu as vi em uma ponte, douradas e altas, com olhos de inseto e asas, e quase corri para cumprimentá-las, até ver que eram só pessoas fantasiadas. Falei para Hola Colt: "Por que eles se esforçam tanto para se parecer conosco?" E Hola Colt respondeu: "Porque eles se odeiam, em seus tons de rosa e marrom, tão pequenos." É o que sinto, até eu, e não sou madura. Parece um mundo de crianças ou de elfos. — Ela sorriu e disse: — Ainda bem que nenhum deles conseguia ver Hola Colt.

— Hum — falei —, quer dançar?

Ela recusou de imediato.

— Não é permitido — disse ela. — Não posso fazer nada que tenha chance de causar danos à propriedade. Sou de Wain.

— Então quer beber alguma coisa?

— Água — respondeu ela.

Voltei para a cozinha e peguei mais Coca para mim, depois enchi uma caneca com água da bica. Da cozinha, voltei ao hall e dali para a varanda, que agora estava vazia.

Pensei que talvez a menina tivesse ido ao banheiro e que talvez mudasse de ideia quanto a dançar mais tarde. Fui de novo para a sala e dei uma olhada. A festa estava enchendo. Havia mais garotas dançando, e alguns caras que eu não conhecia e pareciam alguns anos mais velhos que Vic e eu. Os caras e as meninas mantinham distância, mas Vic e Stella estavam dançando de mãos dadas, e, quando a música acabou, ele passou o braço em volta dela, em um gesto casual, quase possessivo, para impedir que mais alguém se intrometesse.

Eu me perguntei se a garota com quem eu conversei tinha subido a escada, já que não a encontrei no primeiro andar.

Entrei na sala de estar, que ficava do outro lado do corredor, em frente a onde as pessoas estavam dançando. Havia uma garota sentada ali. Ela tinha cabelo escuro, curto e espetado, e um jeito nervoso.

Fale, pensei.

— Hum, não sei o que fazer com essa água — falei para ela. — Você quer?

Ela fez que sim, estendeu a mão e pegou a caneca com extremo cuidado, como se não estivesse acostumada a pegar coisas, como se não confiasse nos próprios olhos nem nas mãos.

— Adoro ser turista — disse ela, e abriu um sorriso hesitante. Havia um espaço entre os dois dentes da frente, e ela bebericou a água da bica como se fosse uma adulta provando um bom vinho. — No último passeio, fomos ao sol, e nadamos em piscinas de fogo com baleias. Ouvimos as histórias delas e tememos com o frio das regiões siderais, depois nadamos mais para o fundo, onde o calor se revolvia e nos acolhia.

"Eu queria voltar. Dessa vez, eu queria. Tinha tanta coisa que eu não havia visto. Mas viemos para mundo. Você gosta?"

— Gosto de quê?

Ela fez um gesto vago para indicar a sala — o sofá, as poltronas, as cortinas, a lareira a gás apagada.

— É legal, acho.

— Falei que não queria visitar mundo. Responsável-mestre não apreciou. Disse: "Você terá muito a aprender." Respondi: "Eu poderia aprender mais no sol de novo. Ou nas profundezas. Jessa teceu teias entre galáxias. Quero fazer isso."

"Mas não teve conversa, e vim para mundo. Responsável-mestre me envolveu, e vim parar aqui, materializada em um bloco decadente de carne sobre uma estrutura de cálcio. Quando encarnei, senti coisas dentro de mim, trepidando, bombeando e espremendo. Foi minha primeira experiência soprando ar pela boca, vibrando cordas vocais no caminho, e as usei para dizer a responsável-mestre que eu queria morrer, o que foi aceito como a estratégia de saída inevitável de mundo."

A garota tinha uma pulseira de contas pretas no braço, que apalpava enquanto falava.

— Mas há conhecimento na carne — disse ela —, e estou decidida a aprender com isso.

Já estávamos perto um do outro, no meio do sofá. Decidi que devia passar o braço em volta dela, mas de um jeito casual. Ia estender o braço pelo encosto do sofá e aos poucos o deslizaria para baixo, quase imperceptivelmente, até encostar nela.

— A questão do líquido nos olhos — continuou ela —, quando o mundo embaça. Ninguém me avisou e ainda não entendo. Já toquei nas dobras do Sussurro e pulsei, voei com os cisnes de táquion e ainda não entendo.

Ela não era a garota mais bonita ali, mas parecia simpática, e pelo menos era uma garota. Deixei o braço deslizar um pouco para baixo, com cuidado, até fazer contato com as costas dela, e ela não pediu para eu me afastar.

Nesse momento, Vic me chamou da porta. Estava com o braço em volta de Stella, de forma protetora, e acenava para mim. Tentei avisar que estava ocupado, balançando a cabeça, mas ele falou meu nome e, com relutância, me levantei do sofá e fui até a porta.

— Quê?

— Hã, olha. A festa — disse Vic, constrangido. — Não é a que achei que fosse. Eu estava conversando com Stella e entendi. Bem, ela meio que me explicou. A gente está em uma festa diferente.

— Meu Deus. Vai dar problema? A gente tem que ir embora?

Stella balançou a cabeça. Vic se inclinou até ela e a beijou delicadamente na boca.

— Você só está feliz por eu estar aqui, né, querida?

— Você sabe que sim — respondeu ela.

Ele se virou de novo para mim e abriu aquele sorriso branco: travesso, adorável, meio malandro, meio Príncipe Encantado picareta.

— Não se preocupe. Só tem turista aqui mesmo. É tipo um intercâmbio, né? Que nem aquele da Alemanha.

— É?

— Enn, você tem que *falar* com elas. E isso significa que precisa escutar também. Entendeu?

— Eu fiz isso. Já falei com umas duas.

— Está fazendo algum avanço?

— Estava, até você me chamar.

— Foi mal. Olha, eu só queria avisar. Tudo bem?

Ele me deu um tapinha no braço e saiu com Stella. Então, juntos, os dois subiram a escada.

Veja bem, todas as garotas daquela festa, na penumbra, eram bonitas; todas tinham um rosto perfeito, mas, acima de tudo, tinham aquela estranheza de proporções, de peculiaridade ou humanidade, que faz algo bonito ser mais do que um manequim de loja. Stella era a mais bonita de todas, mas, claro, pertencia a Vic, e os dois iam subir juntos, e sempre seria assim.

Agora tinha algumas pessoas no sofá, conversando com a menina de dentes afastados. Alguém contou uma piada e todos riram. Eu teria que abrir caminho para me sentar ali de novo e não parecia que ela estava me esperando, nem que se importava com a minha ausência, então saí para o corredor. Olhei as pessoas dançando e me perguntei de onde vinha a música. Não vi nenhum toca-discos ou alto-falante.

Do corredor, voltei para a cozinha.

Cozinhas são bons lugares em festas. Ninguém precisa de uma desculpa para estar lá e, olhando pelo lado positivo, eu não tinha visto sinal de mães ali. Conferi as diversas garrafas e latas na mesa, e botei um pouco de Pernod no fundo do meu copo de plástico, enchendo o resto com Coca-Cola. Coloquei umas pedras de gelo e tomei um gole, saboreando a doçura.

— O que você está bebendo? — perguntou uma voz feminina.

— É Pernod — falei. — Tem gosto de semente de anis, só que é alcoólico.

Não disse que só experimentei porque tinha ouvido alguém da plateia pedir um Pernod em um LP do Velvet Underground.

— Faz um pra mim?

Servi mais uma dose de Pernod, complementei com Coca-Cola e entreguei para ela. Seu cabelo era de um tom castanho meio acobreado e descia em cachos em volta do rosto. Não é um estilo muito comum hoje em dia, mas era bem popular na época.

— Como você se chama? — perguntei.

— Triolé — disse ela.

— Nome bonito — falei, embora não soubesse se era mesmo. Mas a garota era bonita.

— É uma forma de versificação — comentou ela, orgulhosa. — Que nem eu.

—Você é um poema?

Ela sorriu e baixou os olhos, talvez por timidez. Seu perfil era quase plano — um nariz grego perfeito que descia da testa em linha reta. No ano anterior, tínhamos encenado *Antígona* no teatro da escola. Fui o mensageiro que informa Creonte sobre a morte de Antígona. Usamos mascarilhas que nos deixavam parecidos com ela. Pensei na peça ao olhar para seu rosto, e pensei no traço de Barry Smith ao ilustrar mulheres nos quadrinhos de *Conan*: cinco anos depois, eu teria pensado nos pré-rafaelitas, em Jane Morris e Lizzie Siddal. Mas, na época, tinha só quinze anos.

—Você é um poema? — repeti.

Ela mordeu o lábio inferior.

— Se você quiser. Sou um poema, ou um padrão, ou uma raça cujo mundo foi engolido pelo mar.

— Não é difícil ser três coisas ao mesmo tempo?

— Qual é o seu nome?

— Enn.

— Então você é Enn — disse ela. — E é masculino. E é bípede. É difícil ser três coisas ao mesmo tempo?

— Mas essas não são coisas diferentes. Quer dizer, não são excludentes. — Essa era uma palavra que eu tinha lido muitas vezes, mas nunca falara em voz alta, e pronunciei o *x* errado. E*cs*cludentes.

Ela usava um vestido fino de tecido branco sedoso. Seus olhos eram verde-claros, uma cor que hoje me faria pensar em lentes de contato coloridas, mas isso foi há trinta anos. Era diferente naquela época. Eu me lembro de pensar em Vic e Stella, que estavam no andar de cima. Àquela altura, eu tinha certeza de que estariam em um dos quartos, e senti tanta inveja de Vic que chegou a doer.

Ainda assim, estava falando com aquela garota, mesmo que a conversa não tivesse pé nem cabeça, mesmo que o nome verdadeiro dela não fosse Triolé (minha geração não havia recebido nomes hippies: todas as Íris, e Sóis, e Luas tinham só seis, sete, oito anos na época).

— Nós sabíamos que acabaria em breve — comentou ela —, então colocamos tudo em um poema, para falar ao universo quem éramos, e por que estávamos aqui, o que dizíamos, pensávamos, sonhávamos e desejávamos. Embrulhamos nossos sonhos com palavras e moldamos as palavras para que elas vivessem para sempre, inesquecíveis. Depois enviamos o poema como um padrão de fluxo, para esperar no coração de uma estrela, transmitindo a mensagem em pulsações, disparos e filamentos pelo espectro eletromagnético, até o momento em que, em mundos a mil sistemas solares de distância, o padrão pudesse ser decodificado e lido, e então se tornar um poema de novo.

— E o que aconteceu depois?

Ela olhou para mim com aqueles olhos verdes, e era como se estivesse me encarando por trás de sua própria máscara de Antígona; mas como se os olhos verde-claros fossem só uma parte, mais profunda, da máscara.

— Não se pode ouvir um poema sem que ele transforme o ouvinte. Eles ouviram e o poema os colonizou. Ele os herdou e ocupou; seus ritmos se tornaram parte do modo como pensavam; suas imagens transmutaram permanentemente as metáforas deles; seus versos, sua perspectiva, suas aspirações tornaram-se a vida deles. Em uma geração, os filhos já nasceriam sabendo o poema e, em pouco tempo, como sempre acontece, já não nasceriam mais crianças. Não haveria necessidade, não mais. Haveria apenas um poema, que ganhou corpo, andou e se espalhou pela vastidão do conhecido.

Cheguei um pouco mais perto dela, a ponto de nossas pernas se tocarem. Ela pareceu gostar da proximidade: pôs a mão no meu braço, com afeição, e senti um sorriso se abrir no meu rosto.

— Há lugares onde somos bem-vindos — disse Triolé —, e lugares onde nos consideram ervas daninhas, ou uma doença, algo que deve ser isolado e eliminado imediatamente. Mas onde acaba a contaminação e começa a arte?

— Não sei — falei, ainda sorrindo.

Dava para ouvir a música desconhecida pulsando, palpitando e ribombando na sala.

Então ela se inclinou para mim e... acho que foi um beijo. Acho. Ela pressionou os lábios nos meus, pelo menos, e depois, satisfeita, recuou, como se tivesse acabado de me marcar como sua posse.

— Você gostaria de escutar? — perguntou ela, e fiz que sim, sem saber o que ela estava me oferecendo, mas com a certeza de que eu precisava de tudo que a garota quisesse me dar.

Ela começou a sussurrar algo em meu ouvido. Poesia tem um negócio muito estranho — dá para saber que é poesia mesmo sem falar a língua. Se a gente escutar o grego de Homero sem entender uma palavra, ainda assim vai saber que é poesia. Já ouvi poesia em polonês e inuíte, e sabia o que era mesmo sem saber. O sussurro dela foi assim. Eu não sabia o idioma, mas as palavras fluíram para mim, perfeitas, e visualizei na mente torres de vidro e diamante; e pessoas de olhos verdes muito claros; e, implacável, por baixo de cada sílaba, senti o avanço ininterrupto do oceano.

Talvez eu a tenha beijado de novo. Não lembro. Sei que queria.

E então fui sacudido violentamente por Vic.

— Vamos embora! — gritou ele. — Rápido. Vamos!

Na minha cabeça, comecei a voltar de muito longe.

— Idiota, vamos, anda logo — disse ele, me xingando. Havia fúria em sua voz.

Pela primeira vez na noite, reconheci uma das músicas que estavam tocando na sala: um lamento triste de saxofone seguido por uma cascata de acordes líquidos, uma voz masculina cantando uma letra fragmentada sobre os filhos da era silenciosa. Eu queria ficar e ouvir a música.

— Não acabei — disse ela. — Ainda tem mais de mim.

— Desculpe, querida — respondeu Vic, que não estava mais sorrindo. — Fica para a próxima.

Ele me pegou pelo cotovelo, torceu e puxou, me obrigando a sair do cômodo. Não me opus. Eu sabia, por experiência própria, que Vic era capaz de me dar uma surra se quisesse. Ele só faria isso se estivesse irritado ou bravo, e estava bravo.

Fomos para o hall de entrada. Quando Vic abriu a porta, olhei para trás uma última vez, por cima do ombro, na esperança de ver Triolé na porta da cozinha, mas ela não estava lá. Porém vi Stella, no alto da escada. Ela observava Vic, e vi seu rosto.

Tudo isso aconteceu há trinta anos. Já esqueci muita coisa, vou esquecer mais e, no fim, vou esquecer tudo. No entanto, se tenho alguma certeza em relação à vida após a morte, ela está embrulhada não em salmos ou cantos, mas apenas nisto: creio que jamais esquecerei aquele momento, ou a expressão no rosto de Stella enquanto ela observava Vic sair às pressas. Nem a morte me fará esquecer.

As roupas dela estavam bagunçadas, a maquiagem no rosto borrada, e os olhos...

Não seria bom deixar um universo bravo. Aposto que um universo bravo teria um olhar parecido.

Saímos correndo, eu e Vic, da festa, e das turistas, e do crepúsculo, corremos como se houvesse uma tempestade em nosso encalço, uma corrida louca e desabalada pela confusão de ruas, pelo labirinto emaranhado, e não olhamos para trás, e só paramos quando não conseguíamos mais respirar; paramos e arfamos, incapazes de continuar correndo. Estávamos cheios de dor. Apoiei-me em uma parede, e Vic vomitou, muito e com violência, na sarjeta.

Ele limpou a boca.

— Ela não era... — Ele parou.

Balançou a cabeça.

E disse:

— Sabe... acho que tem uma coisa. Quando você vai o mais longe que pode. E, se for além desse ponto, deixa de ser você. Passa a ser a pessoa que fez *aquilo*. Tem lugares que não dá para ir... Acho que isso aconteceu comigo hoje.

Achei que eu tinha entendido.

— Está falando de transar com ela? — perguntei.

Ele pressionou o nó de um dedo na minha têmpora, com força, e deu um torção violento. Achei que teria que brigar com ele — e perder —, mas pouco depois abaixou a mão e se afastou de mim, emitindo um som fraco e ofegante.

Olhei para ele, curioso, e percebi que Vic chorava: seu rosto estava vermelho, as bochechas cobertas de catarro e lágrimas. Vic estava chorando na rua, de maneira desinibida e desoladora, como se fosse um menininho. Então se afastou de mim, os ombros agitados, e correu pela rua para se distanciar e não me deixar ver seu rosto. Eu me perguntei o que tinha acontecido naquele quarto para que ele agisse desse jeito, para que ficasse tão assustado, e não consegui nem imaginar.

Os postes da rua se acenderam, um de cada vez; Vic continuou andando aos tropeços, e me arrastei atrás dele na penumbra, batendo os pés no ritmo de um poema que, por mais que eu tentasse, não conseguia lembrar direito e nunca seria capaz de repetir.

TERMINAÇÕES FEMININAS

2007

Minha querida,
   Comecemos formalmente esta carta, este prelúdio para um encontro, com uma declaração à moda antiga: eu te amo. Você não me conhece. (Embora já tenha me visto, sorrido para mim, colocado moedas na palma da minha mão.) Eu a conheço. (Mas não tão bem quanto gostaria. Quero estar lá quando seus olhos se abrirem pela manhã, para que você me veja e sorria. Com certeza seria o mais próximo do Paraíso, não?) Assim, declaro-me a você agora, com a caneta no papel. Declaro mais uma vez: eu te amo.
   Escrevo isso na sua língua, no seu idioma, uma língua que também falo. Tenho um bom domínio. Alguns anos atrás, estive na Inglaterra e na Escócia. Passei um verão inteiro de pé em Covent Garden, com exceção do mês em que fiquei em Edimburgo, por causa do festival de arte. Entre as pessoas que puseram dinheiro na minha caixinha estavam o sr. Kevin Spacey, o ator, e o sr. Jerry Springer, o astro da tevê americana, que estava em Edimburgo para assistir a uma ópera sobre sua vida.
   Adiei a escrita desta carta por tempo demais, embora quisesse escrevê-la e a tivesse escrito muitas vezes na cabeça. Devo escrever sobre você? Sobre mim?
   Primeiro você.
   Adoro seu cabelo, comprido e ruivo. Na primeira vez que a vi, acreditei que fosse uma dançarina, e ainda acho que tem o corpo de uma. As pernas, a postura, a cabeça erguida e empinada. Foi o sorriso que me disse que você era estrangeira, antes mesmo de ouvi-la falar. Em meu país, sorrimos em rompantes, como o sol que se revela e ilumina os campos antes de voltar para trás de uma nuvem, cedo demais. Os sorrisos são valiosos aqui, e raros. Mas você sorria o tempo todo, como se tudo que visse a agradasse. Sorriu na primeira vez que me viu, um sorriso ainda mais aberto que antes. Você sorriu e eu fiquei perdido, como uma criança pequena em uma grande floresta sem jamais encontrar o caminho de casa.

Aprendi ainda jovem que os olhos são demasiadamente reveladores. Na minha profissão, alguns adotam os óculos escuros, ou mesmo (estes eu desprezo amargamente, rindo do seu amadorismo) máscaras que cobrem o rosto inteiro. De que serve uma máscara? Minha solução envolve lentes de contato teatrais, compradas de um site americano por pouco menos de quinhentos euros, que cobrem os olhos por completo. São de um cinza-escuro, é claro, e parecem pedra. Já ganhei mais de quinhentos euros com elas, já pagaram o próprio custo muitas vezes. Talvez você pense que, dada a minha profissão, eu seja pobre, mas estaria errada. De fato, acredito que se surpreenderia com quanto já acumulei. Minhas necessidades têm sido pequenas, e minha renda é sempre boa.

A não ser quando chove.

Às vezes, até quando chove. Os outros, como talvez já tenha observado, meu amor, se recolhem quando chove, abrem seus guarda-chuvas, saem correndo. Eu permaneço onde estou. Sempre. Simplesmente espero, imóvel. Tudo isso reforça a credibilidade da apresentação.

É uma apresentação, assim como no meu tempo de ator de teatro, de assistente de mágico, até em minha época de dançarino. (É por isso que conheço os corpos dos dançarinos). Sempre tive consciência dos indivíduos na plateia. Descobri isso com todos os atores e dançarinos, a não ser os míopes, para quem a plateia é um borrão. Minha visão é boa, apesar das lentes de contato.

"Viu o homem de bigode na terceira fila?", dizíamos. "Está dirigindo olhares cheios de luxúria a Minou." E Minou respondia: "Sim. Mas a mulher no corredor, que parece a chanceler alemã, está lutando contra o sono." Se uma pessoa adormece, podemos perder a plateia inteira, e assim passávamos o resto da noite nos apresentando para uma mulher de meia-idade que desejava apenas sucumbir à sonolência.

Na segunda vez que você se aproximou de mim, chegou tão perto que pude sentir o cheiro do seu xampu. Era um perfume de flores e frutas. Imagino que a América seja um continente inteiro cheio de mulheres com cheiro de flores e frutas. Você conversava com um jovem da universidade. Estava se queixando das dificuldades do nosso idioma para um americano. "Entendo o que confere um gênero a homens e mulheres", você dizia. "Mas o que faz uma cadeira ser feminina e um pombo ser masculino? Por que uma estátua deveria ter uma terminação feminina?"

O jovem, naquele momento, riu e apontou diretamente para mim. Porém, na verdade, para quem está caminhando pela praça, é impossível descobrir algo a meu respeito. A toga parece mármore velho, manchado pela água, desgastado pelo tempo, coberto de líquens. A pele poderia ser de granito. Até eu me mover, sou pedra e bronze antigo, e não me mexo se não desejar. Simplesmente permaneço imóvel.

Algumas pessoas esperam na praça por tempo demais, mesmo na chuva, para ver o que farei. Não se sentem confortáveis sem saber, e só ficam satisfeitas depois de terem se assegurado de que sou natural, e não artificial. É a incerteza que prende as pessoas, como um rato em uma armadilha.

Talvez eu esteja escrevendo demais a meu respeito. Sei que esta é uma carta de apresentação tanto quanto é uma carta de amor. Eu deveria escrever sobre você. Seu sorriso. Os olhos tão verdes. (Você não conhece a verdadeira cor dos meus olhos. Vou lhe dizer qual é. São castanhos.) Gosta de música clássica, mas também tem ABBA e Kid Loco no seu iPod nano. Não usa perfume. Suas roupas de baixo são, em geral, desgastadas e confortáveis, embora tenha um único conjunto de calcinha e sutiã com renda vermelha que usa em ocasiões especiais.

As pessoas me observam na praça, mas o olhar só é atraído pelo movimento. Aperfeiçoei o minúsculo movimento, tão pequeno que o transeunte mal consegue dizer se viu algo ou não. Como? Com frequência, as pessoas não enxergam aquilo que não se move. Os olhos enxergam sem ver, descartando. Tenho forma humana, mas não sou humano. Assim, para que me vejam, para fazer com que olhem para mim, para impedir que seus olhos deslizem direto por mim sem prestar atenção, sou obrigado a fazer movimentos mínimos para atrair seus olhares. Então, e somente então, elas me enxergam. Mas nem sempre entendem o que viram.

Penso em você como um código a ser decifrado, um enigma a ser solucionado, ou um quebra-cabeça a ser montado. Caminho por sua vida, mas permaneço imóvel no limiar da minha própria. Meus gestos (precisos, típicos de estátua) são frequentemente interpretados de maneira equivocada. Eu desejo você. Não duvido disso.

Você tem uma irmã mais nova. Ela tem uma conta no MySpace e uma conta no Facebook. Às vezes, trocamos mensagens. Muitas vezes, as pessoas supõem que uma estátua medieval exista apenas no século XV. Não é verdade: tenho um quarto e um laptop. Uso senha no meu computador. Adoto comportamentos seguros na informática. Sua senha é o seu primeiro nome. Isso não é seguro. Qualquer um pode ler seus e-mails, olhar suas fotos, reconstruir seus interesses a partir do seu histórico de navegação. Alguém interessado, que se importasse com isso, poderia passar incontáveis horas construindo um esquema complexo da sua vida, encontrando a correspondência entre as pessoas nas fotos e os nomes nos e-mails, por exemplo. Não seria difícil reconstruir uma vida a partir de um computador ou de mensagens de celular. Seria como preencher um jogo de palavras cruzadas.

Lembro quando admiti para mim mesmo que você tinha começado a me observar, olhando apenas para mim no caminho que passava pela praça. Você parava. Me admirava. Viu eu me mover uma vez, para uma criança, e disse a uma mulher que a acompanhava, alto o bastante para que pudesse ser ouvida, que talvez eu fosse uma estátua real. Recebo isso como o maior dos elogios. Tenho muitos estilos diferentes de movimento, é claro. (Posso me mover como uma engrenagem de relógio, em uma sequência de pequenos solavancos e pausas, posso me mover como um robô ou autômato. Posso me mover como uma estátua voltando à vida depois de passar centenas de anos como pedra.)

Ao alcance da minha audição, você falou muitas vezes na beleza dessa pequena cidade. Em como, para você, estar dentro da composição dos vitrais da antiga igreja era como estar aprisionada dentro de um caleidoscópio de joias. Era como estar no coração do sol. Além disso, estava preocupada com a doença da sua mãe.

Quando era estudante de graduação, trabalhou como cozinheira, e as pontas dos seus dedos são cobertas de marcas e cicatrizes de milhares de pequenos cortes de faca.

Amo você, e é meu amor que me impele a saber tudo a seu respeito. Quanto mais sei, mais próximo de você me torno. Você planejava vir ao meu país com um jovem, mas ele partiu seu coração, e, ainda assim, você veio aqui para irritá-lo, e, ainda assim, sorriu. Fecho meus olhos e posso vê-la sorrindo. Fecho meus olhos e vejo-a em meio a uma revoada de pombos, atravessando a passos largos a praça da cidade. As mulheres deste país não dão passos largos. Elas se movem com timidez, a não ser que sejam dançarinas. E, quando dorme, seus cílios são como asas de borboleta. A maneira como sua bochecha toca o travesseiro. Seu jeito de sonhar.

Sonho com dragões. Quando era pequeno, no lar, disseram-me que havia um dragão sob a cidade velha. Imaginei o dragão retorcido feito a fumaça preta sob os edifícios, habitando as fissuras entre os porões, insubstancial, mas sempre presente. É assim que penso no dragão, e é assim que penso no passado, agora. Um dragão preto feito de fumaça. Na minha apresentação, fui comido pelo dragão e me tornei parte do passado. Tenho, na verdade, setecentos anos.

Os reis vêm e vão. Exércitos chegam e são absorvidos ou voltam para casa, deixando apenas edifícios danificados, viúvas e filhos bastardos atrás de si, mas as estátuas permanecem, e o dragão de fumaça, e o passado.

Digo isso, embora a estátua que eu imite não seja dessa cidade. Fica diante de uma igreja no sul da Itália, onde acreditam que representa a irmã de João Batista, ou um lorde local que fez uma grande doação à igreja para celebrar o fato de não ter sucumbido à peste, ou o anjo da morte.

Eu imaginei você de uma pureza perfeita, meu amor, pura como eu, mas certa vez descobri que a calcinha de renda vermelha estava no fundo do cesto de roupa suja e, ao examiná-la com atenção, pude verificar que você tinha, sem dúvida, abandonado a castidade na noite anterior. Só você sabe com quem, pois não comentou o incidente em suas cartas para casa nem fez alusão a isso em seu diário on-line.

Um dia, uma menina me observou, voltou-se para a mãe e disse: "Por que ela está tão infeliz?" Traduzo para você, é claro. A menina estava se referindo a mim como estátua e, por isso, usou a terminação feminina. "Por que você acha que ela está infeliz?", a mãe perguntou. A menina então respondeu: "Que outro motivo as pessoas teriam para se tornarem estátuas?" Com um sorriso, a mãe disse: "Talvez ela seja infeliz no amor."

Não estava infeliz no amor. Estava preparado para esperar até que tudo estivesse certo, algo muito diferente.

Há tempo. Sempre há tempo. Essa é a dádiva que eu trouxe da existência como estátua (uma das dádivas, devo dizer).

Você passou por mim, olhou para mim e sorriu, e passou andando por mim, e em outras vezes mal reparou em mim como algo diferente de um objeto. É de fato notável quão pouco você e os demais humanos reparam em algo que permanece completamente imóvel. Acordou durante a noite, foi ao banheiro, urinou, voltou para a cama, dormiu de novo, em paz. Não repararia em algo completamente imóvel, não é? Algo nas sombras?

Se pudesse, eu teria feito o papel desta carta endereçada a você a partir do meu corpo. Pensei em misturar meu sangue ou minha saliva à tinta, mas não. É possível exagerar nas demonstrações, embora grandes amores exijam grandes gestos, não? Estou desacostumado com os grandes gestos. Tenho mais treino nos gestos minúsculos. Em uma ocasião, fiz um menino gritar, simplesmente sorrindo para ele quando tinha se convencido de que eu era feito de mármore. É o menor dos gestos que jamais será esquecido.

Eu te amo, eu te quero, preciso de você, sou seu assim como você é minha. Pronto. Declarei meu amor por você.

Logo, espero, você saberá disso por conta própria. E então nunca nos separaremos. Terá chegado a hora, em um instante, de virar-se, guardar a carta. Estou com você, mesmo agora, nesses antigos apartamentos com tapetes iranianos nas paredes.

Você passou andando por mim vezes demais.

Chega.

Estou aqui com você. Estou aqui agora.

Quando guardar a carta. Quando se virar e olhar para o outro lado desse velho cômodo, varrendo-o com os olhos, aliviada, com alegria ou até terror...

Então, vou me mover. Um gesto mínimo. E, finalmente, você vai me ver.

LARANJA

2008

(Transcrição das respostas do terceiro elemento
ao questionário do investigador)

CONFIDENCIAL

1) Jemima Glorfindel Petula Ramsey.
2) Dezessete no dia 9 de junho.
3) Os últimos cinco anos. Antes disso, moramos em Glasgow (Escócia). E, antes, em Cardiff (País de Gales).
4) Não sei. Acho que é editor de revistas atualmente. Não fala mais com a gente. O divórcio foi bem ruim, e mamãe acabou pagando a ele muito dinheiro. O que me parece meio errado. Mas talvez tenha valido a pena só para nos livrarmos dele.
5) Inventora e empreendedora. Ela inventou o Bolinho Recheado® e fundou a rede Bolinho Recheado. Eu gostava bastante quando era criança, mas você acaba enjoando de comer bolinhos recheados em todas as refeições, especialmente porque mamãe usava a gente como cobaia. O Bolinho Recheado de Peru de Natal foi o pior. Mas já faz cerca de cinco anos que ela vendeu sua participação na rede Bolinho Recheado, para começar o trabalho nas Bolhas Coloridas da Mamãe (ainda não é ®).
6) Dois. Minha irmã, Nerys, que tinha apenas quinze anos, e meu irmão, Pryderi, de doze.
7) Várias vezes por dia.
8) Não.
9) Pela internet. Provavelmente no eBay.
10) Começou a comprar cores e tinturas de tudo quanto é lugar depois de decidir que o mundo implorava por bolhas de cores fosforescentes. Tipo bolha de sabão, mas você sopra uma mistura diferente para fazer as bolhas.

11) Não chega a ser um laboratório. Quer dizer, ela chama de laboratório, mas é só a garagem. No entanto, ela usou parte do dinheiro dos Bolinhos Recheados® e transformou o espaço, que agora tem pias, banheiras, bicos de Bunsen e coisas assim, e azulejos nas paredes e no chão para facilitar a limpeza.

12) Não sei. Nerys costumava ser normal. Quando fez treze anos, começou a ler umas revistas e a pendurar fotos dessas mulheres vulgares e estranhas na parede, tipo Britney Spears e as outras. Desculpe se alguém aí for fã da Britney ;) mas eu simplesmente não entendo. A história do laranja só começou no ano passado.

13) Loção de bronzeamento artificial. Era impossível chegar perto dela mesmo horas depois de ter aplicado o líquido. E ela nunca dava tempo para secar na pele, melecando os lençóis, a porta da geladeira e o chuveiro, deixava manchas laranjas por toda parte. As amigas também usavam loção, mas nunca tanto quanto ela. Quer dizer, ela se enchia de creme, nem tentava ficar da cor de um ser humano, e achava que estava linda. Foi uma vez ao salão de bronzeamento, mas acho que não gostou, já que não voltou mais lá.

14) Garota Tangerina. Oompa-Loompa. Cenourinha. Amarelo-Manga. Laranjinha.

15) Não muito bem. Mas, na verdade, não parecia se importar. Quer dizer, estamos falando de uma menina que não entedia para que servia ciência ou matemática, pois queria ser dançarina de *pole dance* assim que saísse da escola. Eu falei que ninguém ia pagar para ver ela pelada, e ela respondeu "Como você sabe?", daí contei que vi os filmes que ela fez de si mesma dançando sem roupa, esquecidos na câmera, e ela gritou e disse me dá isso já, e eu respondi que já tinha apagado tudo. Mas, sinceramente, não acho que ela seria a próxima Bettie Page, ou seja lá quem for. Ela tem um corpo todo quadrado, para começar.

16) Rubéola, caxumba, e acho que Pryderi teve catapora na época em que estava em Melbourne com os avós.

17) Num pote pequeno. Parecia um pote de geleia, acho.

18) Não, acho que não. Nada que se parecesse com um aviso. Mas havia um endereço para devolução. Veio do exterior, e o remetente estava escrito em um alfabeto estrangeiro.

19) Você precisa entender que mamãe estava comprando cores e tintas do mundo inteiro havia cinco anos. A ideia das bolhas coloridas não é apenas fazer bolhas fosforescentes, mas evitar que elas deixem respingos de

tinta quando estourarem. Mamãe diz que isso seria pedir para receber um processo. Por isso, não.

20) Para começar, teve uma gritaria entre Nerys e mamãe, pois mamãe tinha voltado das compras sem trazer nada da lista de Nerys, a não ser o xampu. Mamãe disse que não encontrou a loção de bronzear no supermercado, mas acho que ela só se esqueceu de comprar. Daí Nerys saiu pisando duro e bateu a porta do quarto, colocando uma música da Britney Spears para tocar bem alto. Eu estava nos fundos, alimentando os três gatos, a chinchila e o porquinho-da-índia chamado Roland, que mais parece uma almofada peluda, e não vi nada disso acontecer.
21) Na mesa da cozinha.
22) Quando encontrei o pote vazio no quintal, na manhã seguinte. Estava embaixo da janela de Nerys. Não precisa ser um Sherlock Holmes para deduzir o que houve.
23) Para falar a verdade, não me importei. Pensei que seria apenas outra gritaria, sabe? E logo mamãe daria uma solução.
24) Sim, foi burrice. Mas não foi a maior burrice do mundo, entende? Está mais para uma burrice bem-a-cara-da-Nerys.
25) O fato de ela estar brilhando.
26) Um brilho de laranja pulsante.
27) Quando ela começou a nos dizer que seria adorada como uma deusa, como aconteceu na aurora dos tempos.
28) Pryderi disse que ela estava flutuando a uns três centímetros do chão. Mas não cheguei a ver isso. Pensei que ele estivesse apenas botando mais lenha na fogueira da nova esquisitice dela.
29) Parou de responder ao ser chamada de "Nerys". Queria ser tratada só como Vossa Imanência ou o Veículo ("É hora de alimentar o Veículo").
30) Chocolate amargo. Foi estranho, pois eu era a única na casa que gostava um pouco. Mas Pryderi tinha que sair para comprar barras e mais barras para ela.
31) Não. Mamãe e eu pensamos que fosse apenas mais uma maluquice dela. Uma maluquice mais criativa e esquisita do que as de sempre.
32) Naquela noite, quando começou a escurecer. Era possível ver a luz laranja pulsando sob a porta. Como o brilho de um vagalume ou coisa do tipo. Ou um show de luzes. O mais estranho é que, mesmo com os olhos fechados, eu ainda conseguia ver.
33) Na manhã seguinte. Todos nós.
34) Já tinha ficado bastante óbvio àquela altura. Ela nem mesmo se parecia mais com a Nerys. Tinha uma aparência um pouco *borrada*. Tipo uma mi-

ragem. Pensei nisso, e... tudo bem. Imagine que você está olhando para algo muito brilhante, uma coisa azul. Daí, quando você fecha os olhos, não sobra uma imagem alaranjada nos olhos? Era essa a aparência dela.

35) Também não funcionaram.

36) Ela deixava Pryderi sair para buscar mais chocolate amargo. Mamãe e eu não podíamos mais sair de casa.

37) Na maior parte do tempo, eu ficava sentada no quintal lendo um livro. Não dava para fazer quase nada. Comecei a usar óculos escuros, e mamãe também, porque a luz laranja machucava os olhos. Mas nada além disso.

38) Só quando a gente tentava sair ou chamar alguém. Mas tinha comida na casa. E Bolinhos Recheados® no congelador.

39) "Se você tivesse proibido ela de usar aquela porcaria de bronzeador um ano atrás, a gente não estaria nessa situação!" Mas eu estava sendo injusta, e pedi desculpas depois.

40) Quando Pryderi voltou com as barras de chocolate. Ele disse que procurou um guarda de trânsito para contar que a irmã tinha se transformado em um brilho laranja gigantesco que controlava nossas mentes. E que o homem deu uma resposta bem mal-educada.

41) Não tenho namorado. Eu tinha, mas terminamos depois que ele foi ao show dos Rolling Stones com a minha ex-amiga maligna e oxigenada cujo nome não menciono mais. Além disso... Rolling Stones? Aqueles velhinhos enrugados saltitando pelo palco fingindo que são super rock'n'roll? Faça-me o favor. Então: não.

42) Acho que gostaria de ser veterinária. Mas então lembro que vou precisar sacrificar animais, e fico na dúvida. Quero viajar um pouco antes de me decidir.

43) A mangueira do jardim. Abrimos a torneira toda enquanto ela estava distraída, comendo as barras de chocolate, e jogamos água nela.

44) Só um vapor laranja, para falar a verdade. Mamãe disse que tinha solventes e outras coisas no laboratório, se conseguíssemos chegar até lá, mas Vossa Imanência estava silvando de raiva (literalmente) e meio que nos prendeu ao chão. Não sei explicar. Quer dizer, não fui imobilizada, mas não conseguia ir embora nem mexer as pernas. Simplesmente fiquei onde ela me deixou.

45) Cerca de meio metro acima do carpete. Ela abaixava um pouco para passar pelas portas, para não bater a cabeça. E, depois do incidente da mangueira, não entrou mais no quarto. Ficava flutuando na sala de um lado para o outro, resmungando, da cor de uma cenoura brilhante.

46) Dominar o mundo.
47) Escrevi em um pedaço de papel e entreguei a Pryderi.
48) Ele tinha que levar de volta. Não acho que Vossa Imanência entendia o conceito de dinheiro.
49) Não sei. A ideia foi mais da mamãe do que minha. A ideia dela era de que o solvente removeria o laranja, acho. E, àquela altura, o que podia dar errado? Não tinha como piorar.
50) Nem se importou, bem diferente de quando usamos a mangueira. Tenho quase certeza de que até gostou. Tive a impressão de que ela mergulhou as barras de chocolate naquilo antes de comer, embora eu tivesse que estreitar os olhos para ver qualquer coisa que estivesse perto dela. Tudo era um grande brilho laranja.
51) Que todos morreríamos. Mamãe disse a Pryderi que, se o Grande Oompa-Loompa o deixasse sair outra vez para comprar chocolate, era melhor não voltar. E eu estava ficando bastante preocupada com os animais: fazia dois dias que não alimentava a chinchila nem Roland, o porquinho-da-índia, porque não podia mais ir ao quintal. Não podia ir a lugar nenhum. Só ao banheiro, e ainda assim, tinha que pedir.
52) Imagino que tenham pensado que a casa estava pegando fogo. Toda aquela luz laranja. Quer dizer, foi um erro bem justificável.
53) Ficamos felizes por ela não ter feito a mesma coisa com a gente. Mamãe disse que isso era prova de que Nerys ainda estava lá, em algum lugar, pois se tivesse o poder de nos transformar em meleca, como fez com os bombeiros, já teria feito isso. Eu disse que talvez ela apenas não fosse poderosa o bastante para nos transformar em meleca no começo, e que agora não se daria ao trabalho.
54) Não dava mais para ver uma pessoa ali. Era apenas uma forte luz laranja pulsante, que às vezes falava dentro da nossa cabeça.
55) Quando a nave pousou.
56) Não sei. Quer dizer, era maior que o quarteirão inteiro, mas não esmagou nada. Meio que se materializou ao nosso redor, e nossa casa inteira foi parar lá dentro. E a rua inteira também.
57) Não. Mas o que mais poderia ser?
58) Uma espécie de azul-claro. Não pulsavam. Piscavam.
59) Mais de seis, menos de vinte. Não é tão fácil dizer se a luz azul inteligente conversando comigo era a mesma que conversou antes.
60) Três coisas. Primeiro, a promessa de que não maltratariam Nerys nem a machucariam. Segundo, se um dia conseguissem fazê-la voltar ao que

era, eles nos avisariam e a trariam de volta. Terceiro, a receita de uma mistura para fazer bolhas fluorescentes. (Só posso supor que estavam lendo os pensamentos da mamãe, porque ela não tinha dito nada. Mas é possível que Vossa Imanência tenha contado. Ela certamente tinha acesso a algumas das memórias de "o Veículo".) Além disso, deram a Pryderi algo parecido com um skate de vidro.

61) Foi uma espécie de som líquido. Então, tudo ficou transparente. Eu estava chorando, e mamãe também. E Pryderi disse "Carambolas!", e comecei a rir enquanto chorava, e então voltou a ser apenas a nossa casa.

62) Fomos ao quintal e olhamos para cima. Havia algo piscando, azul e laranja, bem no alto, cada vez menor, e observamos até perder a coisa de vista.

63) Porque eu não quis.

64) Alimentei os animais que restaram. Roland estava bem agitado. Os gatos só pareciam felizes por voltarem a receber comida. Não sei como a chinchila escapou.

65) Às vezes. Quer dizer, é preciso ter em mente que ela era a pessoa mais irritante do planeta, mesmo antes de toda essa história de Vossa Imanência. Mas, sim, acho que sim. Se eu for sincera.

66) Fico sentada do lado de fora, à noite, olhando para o céu, imaginando o que ela está fazendo.

67) Ele quer de volta o skate de vidro. Diz que é dele, e que o governo não tem o direito de pegar. (Vocês são do governo, não são?) Mas mamãe parece feliz em compartilhar a patente da fórmula das Bolhas Coloridas com o governo. O sujeito disse que esta pode ser a base de todo um novo ramo da sei-lá-o-que molecular. Ninguém me deu nada, então não preciso me preocupar.

68) Uma vez, no quintal, olhando para o céu de noite. Acho que era apenas uma estrela de brilho alaranjado. Talvez Marte, sei que o chamam de planeta vermelho. De vez em quando, imagino que talvez ela tenha voltado a ser como antes e esteja dançando lá no alto, e os alienígenas adoram vê-la praticando *pole dance* porque simplesmente não entendem nada do assunto e acham que é uma nova forma de arte, e nem reparam que ela não sabe nem rebolar.

69) Não sei. Sentada no quintal conversando com os gatos, talvez. Ou assoprando bolhas de cores bobas.

70) Até o dia em que eu morrer.

Declaro que este é um relato fidedigno dos acontecimentos.
   Jemima Glorfindel Petula Ramsey

CRIATURAS MÍTICAS

2009

GIGANTES

Não fosse pelos gigantes, a Grã-Bretanha teria uma aparência bem diferente.

Nos primeiros dias, eles fi-fo-fu... pela terra, pegavam rochas para jogar em outros gigantes em uma rivalidade amistosa, ou quebravam montanhas sozinhos, esmagavam pedregulhos para fazer estradas e deixavam círculos e monumentos de pedra para marcar sua passagem.

Os gigantes eram grandes, mas não inteligentes. Foram enganados por meninos espertos chamados João e caíram de pés de feijão ou foram tapeados até morrer. Eles morreram, mas nem todos estão mortos.

Os gigantes que restam estão dormindo, perdidos em sonhos lentos e profundos, cobertos por terra e árvores e mato. Alguns têm nuvens nos ombros ou homens compridos entalhados no lombo.

Nós os vemos das janelas dos carros e dizemos que, vistos de alguns ângulos, quase parecem pessoas.

Nem gigantes conseguem dormir para sempre. Não faça muito barulho na próxima vez em que for caminhar pelas colinas.

DUENDES

Eles ajudam a gente, dizem, a menos que a gente agradeça: se deixarmos presentes ou algum pagamento, eles vão sumir noite adentro e nunca mais varrerão nossas casas, consertarão nossos sapatos ou organizarão nossos CDs em ordem alfabética.

Mas tem alguns que não merecem gratidão. Esses são os malvados, que azedam o leite, avinagram o vinho, travam computadores, bloqueiam qualquer telefone celular.

Uma família perdeu a paciência. Eles encheram o carro no meio da noite apenas com as posses absolutamente necessárias e saíram dirigindo de farol apagado. Ao chegar no vilarejo, pararam para abastecer.

— Vão a algum lugar? — perguntou o frentista.

Na traseira do carro, em meio às caixas de papelão com as últimas garrafas de vinho bom, nas louças antigas embrulhadas em cobertores, ouviu-se uma voz de duende:

— Isso mesmo, George. Estamos de mudança.

A família deu meia-volta e voltou para casa. Quando um duende marca a gente, diziam, não há mais nada a fazer.

DRAGÕES

Os dragões nativos das ilhas britânicas, chamados *wyrms*, cuspiam veneno e se enrolavam feito cobras em volta de colinas. Eles não voavam nem cuspiam fogo. Exigiam bois ou donzelas. Cresciam devagar, comiam raramente e dormiam muito.

As espécies locais podem ser frágeis: os dragões novos, dracos de fogo, vieram para o sul com os nórdicos, atravessaram os mares tempestuosos com os saxões, acompanharam os cruzados que voltavam das terras quentes no centro do mundo. A natureza pode ser cruel, e logo os *wyrms* desapareceram, e seus ossos se transformaram em pedra.

Os novos se espalharam, estranhos e invasores, até chegar o momento de pôr seus ovos. Dragões fazem ninho em tesouros dourados, e era difícil encontrar ouro britânico, e logo eles escapuliram, e outra espécie veio, prosperou e também minguou. Um punhado de dragões resistiu, desnutridos, nas terras selvagens de Gales, até que o tempo e os invernos úmidos apagaram suas chamas.

Eles se foram, como o lobo ou o castor; e saem das páginas da história, perseguidos por um urso-das-cavernas.

SEREIAS

Ela guarda a alma dos afogados em covos de lagosta que encontra no fundo do mar. As almas aprisionadas cantam e iluminam o caminho dela de volta para casa no cinza do Atlântico.

Ela já teve irmãs, mas muito tempo atrás elas abandonaram suas caudas e escamas e caminharam vacilantes pelas praias para viver com pescadores em suas cabanas em terra firme. Ela agora é solitária, e nem as almas dos mortos lhe fazem companhia.

Andando à beira-mar no inverno, talvez seja possível vê-la, longe demais, acenando. Se você retribuir o gesto, ela te levará até o mundo dela, nas profundezas sob as ondas, e lhe mostrará as maravilhas geladas, e lhe ensinará as melodias das sereias e a vida solitária no fundo do mar.

UNICÓRNIOS

Ninguém lembra quem enviou um unicórnio ao primeiro rei da Escócia. Afinal, essas criaturas vivem por muito tempo. Os reis da Escócia tinham orgulho de possuir um unicórnio e o deixavam correr sozinho, com o vento embaraçando a crina, pelas terras altas e duras, um brilho marfim em meio às charnecas.

Mas então James VI recebeu notícias do sul e mandou uma donzela às colinas. Ela se sentou e esperou até o unicórnio vir e repousar a cabeça em seu colo. Então a mulher pôs uma rédea de prata nele e o fez andar, inquieto e relutante, até o rei.

A procissão real foi mais empolgante ainda com a presença do animal fabuloso à frente. E chegaram a Londres, e a Torre surgiu diante deles.

O unicórnio foi levado até sua baia. Ele sentiu o cheiro do animal, na jaula em frente, e ouviu o rugido antes de ver a juba dourada, os olhos castanhos. O único leão da Inglaterra estava enjaulado na Torre, ao lado do único unicórnio. Os artistas os colocaram um de cada lado da coroa.

Duzentos anos depois, o chifre do unicórnio na Torre foi avaliado em vinte mil guinéus, mas até isso nós perdemos.

FADAS

Não é que sejam pequenas, as fadas. Especialmente a rainha de todas, Mab dos olhos brilhantes e sorriso lento, com lábios capazes de conjurar um coração sob as colinas por um século.

Não é que elas sejam pequenas. É que estão muito longe.

"A VERDADE É UMA CAVERNA NAS MONTANHAS NEGRAS…"

2010

Indaga se sou capaz de me perdoar? Posso me perdoar por muitas coisas. Por onde o deixei. Por aquilo que fiz. Mas não vou me perdoar pelo ano em que detestei minha filha, quando pensei que ela tivesse fugido, talvez para a cidade. Durante aquele ano proibi que seu nome fosse mencionado, e quando o nome dela vinha às minhas preces enquanto eu orava, era para pedir que ela um dia percebesse o que fizera, a desonra que trouxera à minha família, o vermelho que tingia os olhos da mãe.

Odeio a mim mesmo por isso, e nada pode aliviar essa sensação, nem mesmo o que aconteceu naquela noite, na montanha.

Minha busca durara quase dez anos, embora o rastro estivesse frio. Diria que o encontrei por acaso, mas não acredito no acaso. Se seguirmos a trilha, no fim chegaremos à caverna.

Mas isso foi depois. Antes, havia o vale no continente, a casa branca cercada por um campo delicado cortado por um córrego, uma casa que repousava contra o verde da grama e as urzes que começavam a arroxear.

E havia um menino do lado de fora, recolhendo a lã emaranhada em um arbusto espinhoso. Ele não notou minha aproximação, e não olhou para cima até que eu dissesse:

— Eu costumava fazer isso. Recolher a lã dos espinheiros e galhos secos. Minha mãe as lavava e depois fazia coisas para mim com os fios. Uma bola ou um boneco.

Ele se virou. Parecia chocado, como se eu tivesse surgido do nada. E não era verdade. Eu tinha caminhado muitas léguas, e ainda havia muitas mais a percorrer.

— Ando silenciosamente — disse-lhe. — Esta é a casa de Calum MacInnes?

O menino concordou com a cabeça, levantou-se até ficar de pé, sendo talvez dois dedos mais alto que eu, e afirmou:

— Eu sou Calum MacInnes.

— Há mais alguém com esse nome? O Calum MacInnes que procuro é um homem feito.

O menino nada respondeu, apenas soltou outro tufo espesso de lã de ovelha emaranhado nos galhos do espinheiro. Eu insisti:

— Talvez seu pai? Por acaso o nome dele também é Calum MacInnes?

O menino me observava atentamente.

— O que é você? — indagou.

— Sou um homem pequeno, mas ainda assim um homem. E vim aqui para ver Calum MacInnes.

— Por quê? E por que é tão pequeno?

— Porque desejo perguntar algo ao seu pai. Negócios de homem.

Vi um sorriso despontar nos cantos dos lábios dele.

— Não é ruim ser pequeno, jovem Calum. Houve uma noite em que os Campbell bateram à minha porta, um grupo enorme, doze homens com facas e porretes, e exigiram que minha esposa, Morag, me chamasse, pois tinham vindo me matar, como vingança por algum delito inventado. E ela disse: "Johnnie, meu querido, corra para o prado mais distante e diga ao seu pai para voltar para casa, que estou chamando por ele." E os Campbell observaram enquanto o menino saía pela porta. Eles sabiam que eu era perigosíssimo. Mas ninguém havia lhes dito que eu era um anão, ou se disseram, não acreditaram.

— O menino o chamou? — indagou o rapaz.

— Não era um menino — revelei —, era eu. Eles tinham me encurralado, mas mesmo assim zuni porta afora, escapando entre seus dedos.

Ele riu.

— Por que os Campbell estavam atrás de você?

— Foi uma desavença envolvendo gado. Eles pensaram que as vacas lhes pertenciam. Argumentei que a posse dos Campbell sobre as vacas tinha chegado ao fim na primeira noite em que elas vieram comigo pelas colinas.

— Espere aqui — disse o jovem Calum MacInnes.

Sentei-me ao lado do córrego e olhei para a casa. Era uma casa de bom tamanho: suporia ser a residência de um médico ou um homem das leis, e não de um *border reaver*. Havia seixos no chão, e construí uma pilha com eles e os arremessei no córrego, um por um. Enxergo bem, e me diverti jogando as pedrinhas por sobre o prado e para dentro da água.

Já havia arremessado uma centena de pedras quando o menino voltou, acompanhado por um homem alto de andar firme. O cabelo dele tinha mechas grisalhas, o rosto era longo e lupino. Não há mais lobos naquelas colinas, não mais, e os ursos também se foram.

— Bom dia, meu senhor — falei.

Ele nada respondeu, apenas olhou fixamente para mim. Estou acostumado a ser encarado.

— Procuro Calum MacInnes. Se é você, diga, para que eu o cumprimente. Se não for, conte logo, e seguirei meu caminho.

— O que deseja com Calum MacInnes?

— Desejo contratá-lo como guia.

— E aonde gostaria de ser levado?

Encarei-o.

— É difícil dizer. Pois há quem ache que o lugar não existe. Soube de uma certa caverna na Ilha das Brumas.

Ele nada disse. Então, se dirigiu ao filho:

— Calum, volte para casa.

— Mas, pa...

— Diga à sua mãe que lhe dê algum doce, a meu pedido. Sei que você gosta. Vá.

Diferentes expressões cruzaram o semblante do menino: perplexidade, fome, alegria... e então ele se voltou e correu em direção à casa branca.

— Quem o mandou? — perguntou Calum MacInnes.

Apontei para o córrego que passava por nós em sua jornada colina abaixo.

— O que é aquilo? — perguntei.

— Água.

— Dizem que há um rei além dela.

Eu não o conhecia na época, e jamais o conheci bem, mas seu olhar se armou, defensivo, e sua cabeça se inclinou para o lado.

— Como posso saber se você é quem diz? — perguntou.

— Não aleguei nada. Disse apenas que há quem tenha ouvido falar da existência de uma caverna na Ilha das Brumas, e talvez você conheça o caminho.

— Não vou lhe dizer onde fica a caverna.

— Não vim aqui atrás de instruções. Busco um guia, e viajar acompanhado é mais seguro que sozinho.

Ele me olhou de cima a baixo, e aguardei a piada sobre meu tamanho, mas Calum não fez nenhuma brincadeira, e por isso me senti grato.

Ele apenas disse:

— Não entrarei na caverna. Você terá que carregar o ouro sozinho.

— Não faz diferença para mim — falei.

— Só poderá levar aquilo que conseguir carregar. Não tocarei em nada. Mas aceito ser seu guia.

— Será bem recompensado pelo trabalho. — Abri a bolsa, peguei uma sacola e a entreguei para ele. — Isso é por me levar. Receberá outra, duas vezes maior, quando voltarmos.

Ele derramou as moedas da sacola na imensa mão e assentiu.

— Prata — comentou. — Ótimo. Vou me despedir da minha mulher e do meu filho.

— Não há nada que precise levar?

— Eu era *reaver* na juventude, e os *reavers* viajam com pouco. Trarei uma corda, para as montanhas.

Tocou na adaga, que pendia do cinto, e voltou para a casa branca. Nunca vi a mulher dele, naquele dia ou em algum outro. Não sei de que cor era o cabelo dela.

Arremessei outras cinquenta pedrinhas no córrego enquanto esperava, até que ele voltou, com um rolo de corda pendurado no ombro, e então caminhamos juntos para longe da casa grande demais para um *reaver*, e seguimos para o oeste.

As montanhas entre o resto do mundo e a costa são colinas graduais, visíveis a distância como vultos graciosos, roxos e enevoados, como nuvens. Convidativas. São montanhas pouco íngremes, do tipo que podem ser escaladas facilmente com uma caminhada, porém se leva mais de um dia inteiro na jornada. Andamos montanha acima e, ao final do primeiro dia, sentimos frio.

Vi neve nos picos acima de nós, embora estivéssemos em pleno verão.

Nada dissemos um ao outro naquele primeiro dia. Não havia nada a dizer. Sabíamos para onde estávamos indo.

Fizemos uma fogueira usando excremento seco de ovelha e galhos mortos; fervemos água e preparamos nosso mingau, cada um jogando um punhado de aveia e uma pitada de sal na panelinha que eu trouxera. O punhado dele era enorme, e o meu era pequeno, como minhas mãos, o que o fez sorrir e dizer:

— Espero que não queira comer metade do mingau.

Eu neguei e, de fato, não o fiz, pois meu apetite é menor do que o de um homem feito. Mas acredito que isso seja uma vantagem, pois posso sobreviver na floresta comendo frutos e sementes que não impediriam uma pessoa maior de passar fome.

Uma espécie de trilha cruzava as colinas altas, e nós a seguimos sem encontrar quase ninguém: um funileiro viajante e seu burro, carregando uma alta pilha de panelas velhas, e uma menina conduzindo o animal. Ela sorriu para mim, pensando que eu fosse uma criança, e depois franziu a testa ao perceber o que realmente sou, e teria arremessado uma pedra em mim se o funileiro não tivesse batido na mão dela com a vareta que vinha usando para incentivar o burro. Depois, encontramos uma velha com um homem que ela dizia ser seu neto, descendo a colina. Comemos com ela, que nos disse ter ajudado no nascimento do primeiro bisneto, e que o parto fora bom. Ela falou que leria nossa sorte na palma das mãos se tivéssemos moedas para as mãos dela. Dei à velhota um *penny* surrado, e ela leu minha mão.

— Vejo morte no seu passado e morte no seu futuro — disse ela.

— A morte aguarda no futuro de todos nós — respondi.

Ela fez uma pausa, ali no ponto mais alto das Highlands, onde os ventos do verão trazem o inverno no hálito e uivam e chicoteiam e cortam o ar como facas.

— Havia uma mulher em uma árvore. Haverá um homem em uma árvore — disse ela.

— Isso quer dizer alguma coisa?

— Um dia, talvez. Tome cuidado com o ouro. A prata é sua amiga.

E, então, ela havia terminado comigo.

A Calum, ela disse:

— Sua palma foi queimada. — Ele afirmou que aquilo era verdade. — Dê-me sua outra mão, a esquerda.

Ele obedeceu. A velha observou a palma atentamente e proclamou:

— Retorna para onde começou. Estará mais alto do que a maioria dos homens. E não há túmulo esperando você para onde estão indo.

— Está dizendo que não vou morrer?

— É a sorte da mão esquerda. Sei apenas o que lhe disse, e nada mais.

Ela sabia mais. Vi em seu rosto.

Esse foi o único episódio interessante do segundo dia.

Dormimos ao relento naquela noite. A madrugada foi clara e fria, e o céu estava repleto de estrelas que pareciam tão brilhantes e próximas a ponto de eu acreditar que poderia pegá-las como frutinhas, se estendesse o braço.

Deitamos lado a lado sob as estrelas, e Calum disse:

— A velha revelou que a morte o aguarda. Mas a morte não espera por mim. Acho que a minha sorte é melhor.

— Talvez.

— Ah — disse ele. — Tudo isso não passa de bobagem. Conversa de velha. Não é verdade.

Acordei em meio à neblina da alvorada e vi um cervo nos observando, curioso.

No terceiro dia, chegamos ao cume das montanhas e começamos a caminhar colina abaixo.

— Quando eu era menino, a adaga do meu pai caiu no fogo em que cozinhávamos. Eu a tirei de lá, mas o punho de metal estava tão quente quanto as chamas. Levei um susto, mas não a soltei. Afastei-a do fogo e mergulhei a lâmina na água. Saiu vapor. Lembro-me disso. Minha palma ficou queimada, e minha mão, curvada, como se tivesse que empunhar uma espada até o final dos tempos — disse meu companheiro.

— Você e sua mão. Eu, apenas um homem pequenino. Belos heróis nós somos, buscando nossa sorte na Ilha das Brumas.

Ele soltou uma gargalhada, curta e sem humor.

— Belos heróis — foi tudo o que disse.

A chuva começou a cair pouco tempo depois, e não parou mais. Naquela noite passamos por uma pequena casa de pedra. Havia um fio de fumaça saindo da chaminé. Chamamos o proprietário, mas não houve resposta.

Abri a porta e chamei mais uma vez. O lugar estava escuro, mas senti cheiro de cera, como se uma vela acesa tivesse sido apagada recentemente.

— Ninguém em casa — afirmou Calum.

Mas balancei a cabeça e avancei, então me abaixei na escuridão sob a cama.

— Poderia sair daí? — pedi. — Somos viajantes buscando calor, abrigo e hospitalidade. Compartilharemos com você nossa aveia e nosso uísque. E não lhe faremos mal.

De início, a mulher escondida embaixo da cama não disse nada, mas depois, falou:

— Meu marido está nas colinas. Ele disse para eu me esconder caso desconhecidos se aproximassem da casa, por medo do que poderiam fazer comigo.

— Sou apenas um homenzinho, minha senhora, do tamanho de uma criança. Você poderia me derrubar com um só golpe. Meu companheiro é um homem feito, mas juro que ele não lhe fará mal. Vai apenas partilhar da sua hospitalidade e secar o corpo. Por favor, saia daí.

Ela emergiu de debaixo da cama coberta de pó e teias de aranha, mas, mesmo com o rosto sujo, era linda, e o cabelo, mesmo cheio de teias e com uma camada cinzenta de poeira, ainda era comprido e espesso, de um tom acobreado. Por um instante, ela me fez lembrar da minha filha, mas minha filha olharia um homem nos olhos, enquanto aquela mulher encarava apenas o chão, temerosa, como se esperasse levar uma surra.

Dei a ela um pouco da nossa aveia, e Calum sacou do bolso tiras de carne-seca, e ela foi ao campo e voltou com um par de nabos magros e preparou o jantar para nós três.

Comi até ficar satisfeito. Ela não estava com fome. Acredito que Calum continuava com fome ao terminar a refeição. Ele serviu uísque a nós três: ela tomou apenas um pouco, e com água. A chuva batucava no telhado da casa, e uma poça se formava no canto do cômodo, e por mais desconfortável que fosse, fiquei contente por estar ali dentro.

Foi então que um homem entrou pela porta. Ele nada disse, apenas nos olhou fixamente, desconfiado e bravo. Tirou a capa de estopa encerada e o chapéu, e os largou no chão de terra. Estavam ensopados e formaram poças. O silêncio era opressivo.

— Sua mulher nos ofereceu abrigo quando a encontramos. Mas foi difícil achá-la — disse Calum MacInnes.

— Pedimos hospitalidade — falei. — Como a pedimos agora do senhor.

O homem nada disse, apenas grunhiu.

Nas Highlands, as pessoas poupam palavras como se fossem moedas de ouro. No entanto, os costumes são fortes ali: os desconhecidos que solicitam hospitalidade precisam recebê-la, por mais que haja alguma disputa de sangue entre os clãs.

A mulher — não mais que uma menina, enquanto a barba do marido era grisalha e branca, a ponto de eu me perguntar em certo momento se ela não seria sua filha, mas não: havia apenas uma cama, onde mal cabiam dois — saiu e foi até o cercado das ovelhas ao lado da casa, voltando com pães de aveia e presunto curado que ela deve ter escondido ali, cortando-os em fatias finas e servindo-as em uma travessa de madeira colocada diante do homem.

Calum serviu uísque ao homem e disse:

— Procuramos a Ilha das Brumas. Sabe se ela está lá?

O homem olhou para nós. Os ventos são amargos nas Highlands, e poderiam arrancar as palavras da boca de um homem. Ele comprimiu os lábios e, em seguida, falou:

— Sim, eu a vi do cume esta manhã. Está lá. Não posso dizer se vai estar lá amanhã.

Dormimos no chão de terra batida daquele casebre. O fogo se apagou, e não havia calor vindo do fogão a lenha. O homem e sua esposa dormiram na cama, por trás da cortina. Ele fez o que queria com ela, sob a pele de ovelha que cobria a cama, e antes disso, ele a surrou por ter nos alimentado e deixado entrar. Eu os ouvi, não pude deixar de ouvi-los, e foi difícil pegar no sono aquela noite.

Já dormi na casa de pessoas pobres, e já dormi em palácios, e já dormi sob as estrelas, e teria dito que, antes daquele dia, todos esses lugares eram iguais para mim. Mas despertei antes do amanhecer, convencido de que seria melhor ir embora dali, mesmo sem saber por quê, e acordei Calum tocando em seus lábios com o dedo, e silenciosamente deixamos aquela casa de pedra na montanha sem nos despedirmos, e nunca me senti mais aliviado ao deixar um lugar para trás.

Já estávamos a quase dois quilômetros de lá quando eu disse:

— A ilha. Você perguntou se ela estaria lá. Bem, ou a ilha está lá, ou não está.

Calum hesitou. Parecia estar escolhendo as palavras, e então disse:

— A Ilha das Brumas não é como as outras. E as brumas que a cercam não são como as outras brumas.

Pegamos uma trilha aberta pela passagem de centenas de cascos de ovelhas e cervos, e poucos homens.

— Também a chamamos de Ilha Alada. Alguns dizem que é porque, quando vista de cima, a ilha parece ter o formato de asas de borboleta. Não sei qual é a verdade disso — falou Calum. — "Que é a Verdade?", disse Pilatos.

É mais difícil descer do que subir.

— Às vezes, acho que a verdade é um lugar. Para mim, é como uma cidade: pode haver uma centena de estradas, uma centena de caminhos que, no fim, vão nos levar ao mesmo lugar. Não importa de onde venhamos. Se seguirmos na direção da verdade, vamos alcançá-la, independentemente do rumo que tomarmos.

Calum MacInnes olhou para mim e nada disse. Então:

— Você está enganado. A verdade é uma caverna nas Montanhas Negras. Há somente um caminho até lá, e um caminho apenas. Um caminho árduo e traiçoeiro. E, se seguir na direção errada, vai morrer sozinho na montanha.

Chegamos ao cume e olhamos para baixo, na direção da costa. Vi os vilarejos lá embaixo, perto da água. E vi as altas Montanhas Negras diante de mim, do outro lado do mar, despontando em meio à neblina.

— Lá está sua caverna, naquelas montanhas — disse Calum.

Ao vê-las, pensei serem aqueles os ossos da terra. E então senti um desconforto ao pensar em ossos e, para me distrair, perguntei:

— Quantas vezes já foi até lá?

— Só uma. Procurei a caverna quando tinha dezesseis anos, pois ouvira as lendas e acreditava que a encontraria se a buscasse. Tinha dezessete quando cheguei a ela e me apossei de todas as moedas de ouro que consegui carregar.

— Não teve medo da maldição?

— Quando eu era jovem, não tinha medo de nada.

— O que fez com o seu ouro?

— Parte dele foi enterrada e só eu sei onde. Usei o restante para pagar o dote da mulher que eu amava, e construir uma boa casa.

Ele se calou como se já tivesse falado demais.

Não havia balseiro no píer. Apenas um barco pequeno, que mal daria para três homens, amarrado ao tronco de uma árvore retorcida e meio morta na praia e um sino ao lado dele.

Toquei o sino e, pouco depois, um homem gordo veio à praia.

— O transporte vai lhe custar um xelim, e ao seu filho, três *pence* — disse ele a Calum.

Endireitei as costas. Não sou tão grande quanto os outros homens, mas tenho tanto orgulho quanto qualquer um deles.

— Também sou um adulto — afirmei. — Pagarei um xelim.

O balseiro me olhou de cima a baixo, e então coçou a barba.

— Peço desculpas. Meus olhos já não são mais os mesmos. Vou levá-los à ilha.

Dei a ele o xelim. Ele o pesou na mão.

— São nove *pence* que você preferiu não roubar de mim. Nove *pence* não são pouca coisa nesses tempos sombrios.

A água era da cor da ardósia, embora o céu estivesse azul, e cristas brancas de espuma trombavam na superfície. O balseiro desamarrou o barco e arrastou-o, oscilante, pelas pedrinhas da praia até a beira da água. Ele entrou no mar frio e subiu no barco.

Remos golpearam a água do mar, e o barco avançou na direção da ilha com facilidade. Sentei-me perto do balseiro.

— Nove *pence*. É um bom dinheiro. Mas soube de uma caverna nas montanhas da Ilha das Brumas que é cheia de moedas de ouro, o tesouro dos antigos.

Ele balançou a cabeça, desinteressado.

Calum olhava fixamente para mim, comprimindo os lábios com tanta força que estavam brancos. Ignorei-o e continuei:

— Uma caverna cheia de moedas de ouro, um presente dos nórdicos, ou dos povos do Sul, ou daqueles que dizem ter estado aqui muito antes de todos nós: aqueles que fugiram para o Oeste quando as pessoas chegaram.

— Já ouvi falar — respondeu o balseiro. — E também soube da maldição. Para mim, que um cuide do outro. — Ele cuspiu no mar. Então, continuou: —Você é uma pessoa honesta, anão. Vejo no seu rosto. Não procure a caverna. Nada de bom pode vir dela.

— Estou certo de que tem razão — falei a ele, sem malícia.

— Sei que tenho — replicou ele. — Pois não é todo dia que levo um *reaver* e um anão à Ilha das Brumas. — E completou: — Nessa parte do mundo, acreditamos que dá azar falar daqueles que foram para o Oeste.

Fizemos o resto da jornada em silêncio, apesar de o mar ter ficado mais agitado, e as ondas, começado a estourar contra a lateral do barco a ponto de eu me agarrar com as duas mãos por medo de ser derrubado.

Depois do que pareceu metade de uma vida, o barco foi amarrado a um comprido píer de pedras pretas. Caminhamos pelo atracadouro, enquanto as ondas estouravam ao nosso redor e as gotas salgadas beijavam nosso rosto. Havia um corcunda ao chegarmos à praia, vendendo pão de aveia e ameixas tão secas que pareciam pedras. Dei a ele um *penny* e enchi a bolsa com eles.

Então adentramos a Ilha das Brumas.

Estou velho agora, ou, ao menos, não sou mais jovem, e tudo que vejo me lembra de outra coisa que já vi, de modo que não vejo nada pela primeira vez. Uma menina bonita, com cabelos cor de fogo, me lembra de outras centenas de moças assim, e suas mães, e como eram enquanto cresciam e quando morreram. É a maldição da idade: todas as coisas viram reflexos de outras.

Digo isso, mas o tempo que passei na Ilha das Brumas não me faz lembrar de nada além do próprio período que passei lá.

A partir do atracadouro, é necessário um dia inteiro de caminhada para chegar às Montanhas Negras.

Calum MacInnes olhou para mim, com metade do seu tamanho ou menos, e partiu em uma série de passos largos, como se me desafiasse a acompanhar seu ritmo. As pernas o impulsionavam pelo chão, que estava molhado e cheio de samambaias e urzes.

Acima de nós, nuvens baixas flutuavam no vento, cinzentas, brancas e pretas, ocultando umas às outras, revelando-se para então se esconderem.

Deixei que ele tomasse a dianteira, que avançasse na chuva até ser engolido pela névoa úmida e cinzenta. Foi somente então que corri.

Esse é um dos meus segredos, uma das coisas que não revelei a ninguém, a não ser Morag, minha esposa, e Johnnie e James, meus filhos, e Flora, minha filha (que as Sombras acalentem sua pobre alma): consigo correr, e correr muito bem, e, se necessário, posso correr mais rápido, por mais tempo e com passos mais seguros do que qualquer homem de maior estatura; e foi assim que corri, então, em meio à névoa e à chuva, indo pelo caminho mais alto das colinas de rocha negra, mas me mantendo abaixo das nuvens.

Ele estava na minha frente, mas logo o avistei, e continuei correndo até ultrapassá-lo, ainda pelo caminho mais alto, com o cume da colina entre nós. Abaixo havia um riacho. Posso correr por dias sem parar. Esse é o primeiro dos meus segredos; porém, há um segredo que não revelei a ninguém.

Já tínhamos discutido sobre onde acampar naquela primeira noite na Ilha das Brumas, e Calum me dissera que descansaríamos sob a rocha conhecida como Homem e Cachorro, pois dizem que se parece com um velho ao lado de um cão, e cheguei ao ponto de encontro no fim da tarde. Havia um abrigo sob a pedra, que era protegido e seco, e alguns dos que tinham estado ali antes deixaram lenha, galhos, gravetos e raminhos. Fiz uma fogueira para me secar, afastando o frio dos ossos. A fumaça da lenha soprou pelas urzes.

Estava escuro quando Calum chegou ofegante ao abrigo e olhou para mim como se não esperasse me ver antes da meia-noite.

— Por que demorou tanto, Calum MacInnes?

Ele nada disse, apenas me encarou.

— Temos truta cozida em água da montanha e uma fogueira para aquecer os ossos.

Calum assentiu. Comemos a truta e bebemos uísque para esquentar o corpo. Havia um monte de urzes e samambaias, secas e marrons, empilhadas no fundo do abrigo, e dormimos sobre isso, bem embrulhados em nossos mantos úmidos.

Acordei no meio da noite. Senti o aço frio contra minha garganta: a lateral da lâmina, não o fio.

— Por que decidiria me matar agora, Calum MacInnes? Nosso caminho é longo, e nossa jornada ainda não acabou.

— Não confio em você, anão.

— Não é em mim que você deve confiar — afirmei —, e sim naqueles a quem sirvo. E se voltar sem mim, há quem ficará sabendo do nome de Calum MacInnes, fazendo com que este seja dito nas sombras.

A lâmina fria permaneceu na minha garganta.

— Como conseguiu chegar antes de mim?

— E cá estava eu, recompensando sua má conduta, pois preparei-lhe o fogo e a comida. Sou um homem difícil de despistar, Calum MacInnes, e um guia jamais deveria fazer o que você fez hoje. Agora, afaste a adaga do meu pescoço e me deixe dormir.

Ele nada disse, mas, após alguns instantes, guardou a lâmina. Obriguei-me a não suspirar nem respirar, torcendo para que ele não ouvisse meu coração martelando no peito; e não consegui mais dormir naquela noite.

Para o café da manhã, preparei mingau, e joguei nele algumas ameixas secas para amolecê-las.

As montanhas eram negras e cinzentas contra o branco do céu. Vimos águias imensas e de asas esfarrapadas circulando sobre nossas cabeças. Calum estabeleceu um ritmo sóbrio, e eu caminhei ao seu lado, dando dois passos para acompanhar cada passada dele.

— Quanto tempo mais? — perguntei-lhe.

— Um dia. Talvez dois. Depende do clima. Se as nuvens baixarem, serão dois dias, ou talvez três...

As nuvens desceram ao meio-dia, e o mundo foi coberto por uma neblina pior que a chuva: gotículas de água pairavam no ar, umedecendo roupas e pele. As rochas sobre as quais caminhávamos se tornaram traiçoeiras, e Calum e eu diminuímos o ritmo da subida, com passos cuidadosos. Não estávamos escalando, e sim andando montanha acima, usando trilhas abertas por bodes e caminhos ásperos e acidentados. As rochas eram escuras e escorregadias: caminhamos, escalamos, cambaleamos e nos agarramos, escorregamos, deslizamos, tropeçamos e perdemos o equilíbrio, e, mesmo em meio à bruma, Calum sabia aonde estava indo, e eu o segui.

Ele parou quando nos aproximamos de uma cachoeira que cortava nosso caminho, espessa como o tronco de um carvalho. Sacou a corda fina que trazia no ombro e amarrou-a em uma rocha.

— Isso não estava aqui antes — disse-me. — Vou primeiro.

Calum amarrou uma extremidade da corda na cintura e se esgueirou pela trilha, entrando na queda d'água, pressionando o corpo contra o paredão de pedra molhada, avançando aos poucos e com determinação, atravessando o véu da cachoeira.

Tive medo do que poderia acontecer a ele, medo do que poderia acontecer a nós dois: prendi a respiração enquanto ele atravessava, e só voltei a respirar quando meu guia chegou ao outro lado da cachoeira. Calum testou a corda, puxou-a e fez um gesto para que eu o seguisse, quando uma rocha cedeu sob seu pé e ele escorregou na superfície molhada, caindo no abismo.

A corda resistiu, e a rocha ao meu lado também. Calum MacInnes ficou pendurado. Ele olhou para mim, e eu suspirei, ancorei o corpo numa protuberância na pedra e puxei a corda até erguê-lo. Trouxe-o de volta à trilha, pingando e amaldiçoando.

— Você é mais forte do que parece — disse ele, e eu amaldiçoei minha própria tolice. Ele deve ter visto algo no meu rosto, pois, depois de se chacoalhar como um cão, lançando gotas por toda parte, acrescentou: — Meu filho

Calum me relatou a história que você contou a ele a respeito dos Campbell, que eles foram atrás de você, e sua mulher o mandou para o campo, fazendo-os pensarem que se tratava da sua mãe, e você, de uma criança.

— Foi apenas uma anedota. Algo para passar o tempo.

— Ah, é mesmo? Pois eu soube de um grupo grande da família Campbell que partiu alguns anos atrás em busca de vingança contra alguém que teria roubado seu gado. Eles partiram, e nunca voltaram. Se um sujeito pequeno como você é capaz de matar uma dúzia desses Campbell... bem, você deve ser forte, e rápido.

Devo ser *estúpido*, pensei comigo mesmo, amargurado por ter contado aquela história ao menino.

Eu os tinha abatido um por um, como coelhos, conforme vinham fazer xixi ou ver o que acontecera com os companheiros: já havia matado sete deles antes de a minha mulher matar o primeiro. Nós os enterramos no bosque, construímos um pequeno marco de pedras empilhadas sobre as covas, para que o peso impedisse seus fantasmas de caminhar, e ficamos tristes: pelo fato de os Campbell terem chegado ao ponto de tentar me matar, e por termos sido obrigados a matá-los por isso.

Não tiro nenhum prazer do ato de matar: nenhum homem e nenhuma mulher deveria fazê-lo. Às vezes, a morte é necessária, mas é sempre ruim. Isso é algo do qual não tenho dúvida, mesmo após os eventos que relato aqui.

Tomei a corda de Calum MacInnes e escalei a rocha, até a nascente da cachoeira, e o feixe de água que brotava da montanha era estreito o bastante para que eu o atravessasse. Era escorregadio, mas consegui chegar ao outro lado sem nenhum incidente, amarrei a corda com firmeza, desci por ela, arremessei-a para o meu companheiro e ajudei-o a atravessar.

Ele não me agradeceu nem por salvá-lo, nem por nos fazer cruzar a queda d'água, e eu não esperava nenhum agradecimento. Tampouco esperava o que ele disse em seguida:

— Você não é um homem inteiro e é feio. E sua mulher: por acaso é baixinha e feia, como você?

Decidi não me ofender, se é que a intenção dele era essa. Respondi:

— Ela não é nada disso. É uma mulher alta, quase tão alta quanto você, e quando era jovem... quando nós dois éramos jovens... ela era tida por muitos como a moça mais linda dos vales. Os bardos compunham canções em homenagem aos seus olhos verdes e ao seu longo cabelo acobreado.

Pensei tê-lo visto tensionar o corpo ao ouvir isso, mas é possível que tenha apenas imaginado, ou, mais provável, preferiria ter imaginado que vi aquilo.

— Então, como fez para conquistá-la?

Contei-lhe a verdade:

— Eu a desejei, e sempre consigo o que quero. Não desisti. Ela disse que eu era sábio e gentil, e que sempre a sustentaria. E assim tem sido.

Mais uma vez, as nuvens começaram a baixar, e o mundo ficou com os contornos borrados e macios.

— Ela disse que eu seria um bom pai. E fiz meu melhor para criar as crianças. Que também são de estatura normal, caso esteja se perguntando.

— As surras colocaram algum juízo na mente do pequeno Calum — disse o Calum pai. — Ele não é um mau menino.

— Só podemos fazer isso enquanto eles estão conosco.

E então fiquei em silêncio, e comecei a me lembrar daquele longo ano, e também de Flora quando era pequena, sentada no chão com o rosto sujo de geleia, olhando para mim como se eu fosse o homem mais sábio do mundo.

— Fugiu, é? Eu fugi de casa quando era criança. Tinha doze anos. Cheguei até a corte do rei, o rei além das águas, o pai do rei atual.

— Isso não é o tipo de coisa que se comenta em voz alta.

— Não tenho medo. Não aqui. Quem vai nos ouvir? As águias? Eu o vi. Era um gordo que falava bem o idioma dos estrangeiros, mas tinha dificuldade para falar a própria língua. Porém, ainda era nosso rei. E, se ele pretende voltar para nós, vai precisar de ouro para os navios, as armas e para alimentar os soldados que conseguir reunir.

— É nisso que acredito. É por isso que procuramos a caverna.

— Esse ouro é ruim. Não vem de graça. Tem um preço.

— Tudo tem um preço.

Eu tomava nota de cada marco: escalar ao ver o crânio de ovelha, atravessar os três primeiros riachos e então caminhar ao longo do quarto até chegar aos cinco seixos empilhados e encontrar o ponto onde a pedra se parece com uma gaivota, caminhando entre dois paredões íngremes de rocha escura, então descer a ladeira...

Eu conseguiria me lembrar daquilo, sabia que conseguiria. O bastante para encontrar de novo o caminho de volta. Mas as brumas me confundiam, e eu não podia ter certeza.

Chegamos a um pequeno lago, e bebemos água fresca, pescamos imensas criaturas brancas que não eram camarões nem lagostas, e as comemos cruas feito linguiças, pois não encontramos madeira seca para a fogueira.

Dormimos na superfície ampla ao lado da água gelada e acordamos em meio à neblina antes do amanhecer, quando o mundo era cinzento e azul.

—Você chorou enquanto dormia — disse Calum.

— Tive um sonho — comentei.

— Nunca tenho pesadelos — observou Calum.

— Foi um sonho bom.

Era verdade. Eu sonhara com Flora ainda viva. Ela reclamava dos garotos da vila e me contava do tempo que passou nas colinas com o gado e de coisas triviais, sorrindo seu grande sorriso e mexendo o cabelo enquanto falava, acobreado como o da mãe, embora Morag agora tenha mechas brancas.

— Sonhos bons não deveriam fazer um homem gritar daquele jeito. — Após uma pausa, acrescentou: — Não tenho sonhos, nem bons, nem ruins.

— Não?

— Não, desde quando era jovem.

Levantamo-nos. Um pensamento me ocorreu:

— Parou de sonhar depois de entrar na caverna?

Ele nada disse.

Caminhamos pela montanha, bruma adentro, enquanto o sol se erguia. A neblina pareceu ficar mais espessa e cheia de luz, banhada pelo sol, mas não se desfez, e percebi que deveria ser uma nuvem. O mundo reluzia. Então, tive a impressão de estar encarando um homem da minha altura, pequeno e atarracado, com uma sombra cobrindo o rosto, de pé bem diante de mim, como um fantasma ou anjo, movendo-se conforme eu me movia. Havia um halo de luz cintilante em torno dele, e era impossível dizer se estava perto ou longe. Já vi milagres e já vi coisas malignas, mas nunca vi nada parecido com aquilo.

— Isso é mágica? — indaguei, apesar de não sentir o cheiro de magia no ar.

— Não é nada — respondeu Calum. — Uma propriedade da luz. Uma sombra. Um reflexo. Nada mais. Também vejo um homem. Os movimentos dele acompanham os meus.

Olhei na direção de Calum, mas não vi ninguém ao seu lado.

Então o homenzinho brilhante desvaneceu no ar, e também a nuvem, e era dia, e estávamos sozinhos.

Escalamos a montanha durante toda a manhã. Calum torcera o tornozelo no dia anterior, ao escorregar na cachoeira. Eu o via inchar bem diante dos meus olhos, cada vez mais vermelho, mas ele jamais diminuiu o ritmo, e, se sentia dor ou desconforto, seu semblante não revelava.

— Quanto mais? — perguntei, enquanto o crepúsculo começava a borrar os contornos do mundo.

— Uma hora, talvez menos. Chegaremos à caverna e passaremos a noite lá. Pela manhã, você entrará. Pode trazer tanto ouro quanto conseguir carregar, e faremos o caminho de volta até deixar a ilha.

Então, olhei para ele: cabelo com mechas cinzentas, olhos acinzentados, um homem grande e lupino.

— Pretende dormir do lado de fora da caverna? — perguntei.

— Sim. Não há monstros na caverna. Nada que possa sair para nos atacar durante a noite. Nada que vá nos devorar. Mas você não deve entrar antes do amanhecer.

Então contornamos as pedras de um deslizamento, pretas e cinzentas, bloqueando nosso caminho, e vimos a entrada da caverna.

— Isso é tudo?

— Esperava pilares de mármore? Ou a caverna de um gigante das histórias contadas ao pé da fogueira?

— Talvez. Parece comum demais. Um buraco na pedra. Uma sombra. E não há guardas?

— Não há guardas. Apenas a caverna, e o que ela é.

— Uma caverna cheia de tesouros. E você é o único capaz de encontrá-la?

Calum riu. Sua risada era como o latido de uma raposa.

— Os ilhéus sabem onde ela está. Mas são sábios o bastante para não virem até aqui buscar seu ouro. Dizem que a caverna nos torna maus: a cada vez que a visitamos, a cada vez que entramos para levar o ouro, ela devora o bem de nossas almas, e por isso eles não entram.

— E é verdade? Ela nos torna maus?

— Não. A caverna se alimenta de outra coisa. Não é do bem, nem do mal. Outra coisa. Pode levar seu ouro, mas, depois, tudo fica... — ele fez uma pausa — tudo fica *vazio*. Há menos beleza no arco-íris, menos significado em um sermão, menos alegria em um beijo... — Ele olhou para a entrada da caverna e pensei ter visto o medo em seus olhos. — Menos.

— Há muitos para quem a sedução do ouro pesa mais do que a beleza de um arco-íris.

— Eu, quando jovem, por exemplo. Ou você, hoje.

— Então, entraremos ao amanhecer.

—Você vai entrar. Eu vou esperar aqui. Não tenha medo. Não há monstros protegendo a caverna. Nenhum encanto que fará o ouro desaparecer caso não conheça algum verso ou feitiço.

Assim, preparamos nosso acampamento; ou melhor, sentamos no escuro, contra a parede fria de pedra. Não conseguiria dormir aquela noite.

— Você tirou o ouro de lá, como eu farei amanhã. Usou-o para comprar uma casa, uma noiva e um bom nome.

A voz dele veio da escuridão.

— Sim, e eles nada significaram para mim uma vez que os obtive, ou menos do que nada. E se seu ouro financiar o retorno do rei além das águas para que nos governe e crie uma terra de alegria, prosperidade e acolhimento, ainda assim isso nada significará para você. Será como algo que teria ocorrido a um personagem de uma história.

— Dediquei minha vida a trazer o rei de volta.

— Leve o ouro para ele. Seu rei vai exigir mais, porque reis sempre desejam mais. É o que fazem. A cada vez que voltar, o significado será menor. O arco-íris não significa nada. Matar um homem não significa nada.

Na escuridão, seguiu-se o silêncio. Não ouvia pássaros: apenas o vento que assobiava e soprava pelos picos como uma mãe procurando seu bebê.

— Nós dois já matamos homens. Já matou uma mulher, Calum MacInnes?

— Não. Nunca matei uma mulher ou uma menina.

Corri os dedos pela minha adaga na escuridão, buscando a madeira do centro do punho, o aço da lâmina. Estava ali, nas minhas mãos. Jamais pretendi contar-lhe, apenas atacar quando partíssemos das montanhas, atacar apenas uma vez, um golpe preciso, mas agora eu sentia as palavras sendo arrancadas de mim, como em um ímpeto.

— Dizem que havia uma menina. E um espinheiro.

Silêncio. O assobio do vento.

— Quem lhe disse? — perguntou ele. — Não importa. Jamais mataria uma mulher. Nenhum homem honrado mataria uma mulher...

Eu sabia que, se dissesse mais alguma coisa, ele se calaria e não voltaria mais a falar naquilo. Assim, eu nada disse. Apenas esperei.

Calum MacInnes começou a falar, escolhendo as palavras com cuidado, e seu tom era como se estivesse se lembrando de uma lenda quase esquecida que ouvira quando criança:

— Disseram-me que o gado dos vales era gordo e bonito, e que um homem poderia ganhar honra e glória aventurando-se pelo Sul e retornando com belas vacas vermelhas. Assim, fui para lá, mas nunca encontrei vacas boas o bastante, até o dia em que me deparei com as vacas mais vermelhas, gordas e belas que já se viu em uma colina. Então, comecei a levá-las comigo, retornando por onde viera.

"A garota veio atrás de mim com um porrete. Dissera que o gado era do pai dela e que eu não passava de um bandido, um salteador e todo tipo de palavras chulas. Mas ela era linda, mesmo furiosa, e, se eu não tivesse uma jovem esposa, talvez tivesse sido mais gentil. Em vez disso, saquei uma faca, aproximei-a de sua garganta e ordenei que parasse de falar. E ela parou.

"Não poderia matá-la. Não poderia matar uma mulher, essa é a verdade. Assim, amarrei-a pelos cabelos a um espinheiro e tirei a faca do seu cinto, afundando a lâmina contra o chão, de modo a atrasá-la. Amarrei-a ao espinheiro pelos longos cabelos e não pensei mais nela enquanto partia com o gado.

"Um ano se passou até que eu seguisse pelo mesmo caminho. Não estava procurando vacas naquele dia, mas caminhei até aquele lado do rio... era um lugar afastado, e alguém que não o tivesse procurado talvez não o visse. Talvez ninguém tenha procurado por ela."

— Soube que procuraram. Embora alguns pensassem que ela fora levada por *reavers*, e outros acreditassem que ela tinha partido com um funileiro viajante, ou fugido para a cidade. Mesmo assim, procuraram.

— Sim. Eu vi o que vi... Talvez fosse necessário estar onde eu estava. Para ver o que vi. Foi uma coisa maligna, o que fiz. Talvez.

— Talvez?

— Levei o ouro da caverna das brumas. Não sei mais dizer se existe bem ou mal. Enviei uma mensagem, por meio de uma criança, para uma estalagem, dizendo onde ela estava e onde poderiam encontrá-la.

Fechei os olhos, mas o mundo não se tornou mais sombrio.

— O mal existe — falei.

Vi em minha mente: o esqueleto dela já limpo das roupas, já limpo da carne, tão nu e branco quanto poderia ser, pendendo do espinheiro como a marionete de uma criança, amarrado a um galho pelo cabelo acobreado.

— Ao raiar do dia — disse Calum MacInnes, como se estivéssemos conversando sobre as provisões ou o clima —, você deixará sua adaga para trás, como é o costume, entrará na caverna e tirará dela tanto ouro quanto puder carregar. E vai levá-lo de volta consigo até o continente. Por aqui, não há ninguém que ousaria tirá-lo de você, sabendo o que é e de onde vem. Então, mande o ouro para o rei além das águas, e ele pagará seus soldados, e os alimentará, e comprará suas armas. Um dia, ele vai voltar. Nesse dia, diga-me que o mal existe, homenzinho.

Quando o sol nasceu, entrei na caverna. Era úmido lá dentro. Eu podia ouvir a água escorrendo pela parede, e senti um vento no rosto, o que era estranho, pois não havia vento dentro da montanha.

Na minha imaginação, a caverna estaria cheia de ouro. Barras de ouro empilhadas como lenha, com sacos cheios de moedas entre as pilhas. Haveria correntes, anéis e pratos de ouro em abundância como porcelana na casa de um homem rico.

Eu tinha imaginado fortunas, mas não havia nada do tipo ali. Apenas sombras. Apenas pedra.

Mas havia algo. Algo que esperava.

Tenho segredos, mas há um segredo que jaz além de todos os meus outros segredos, e nem mesmo meus filhos o conhecem, embora eu acredite que minha esposa suspeite dele: minha mãe era uma mulher mortal, filha de um moleiro, mas meu pai veio do Oeste, e ao Oeste retornou depois de ter se divertido com minha mãe. Não posso ser sentimental em relação a ele: tenho certeza de que não pensa nela, e duvido que saiba da minha existência. Mas herdei dele um corpo que é pequeno, rápido e forte; e talvez eu tenha puxado outros de seus traços... não sei. Sou feio, e meu pai era bonito, ou foi o que minha mãe disse certa vez, embora ache que talvez ela tenha sido enganada.

Imaginei o que eu estaria vendo naquela caverna se meu pai fosse um dono de estalagem nos vales.

Estaria vendo ouro, disse um sussurro que não era um sussurro, vindo das profundezas do coração da montanha. Era uma voz solitária, distraída e entediada.

—Veria ouro — falei em voz alta. — Seria real ou uma ilusão?

O sussurro achou graça. *Você está pensando como um mortal, querendo saber se as coisas são isso ou aquilo. É ouro que veriam e tocariam. É ouro que levariam de volta consigo, sentido seu peso durante toda a jornada, ouro que trocariam com outros mortais por aquilo de que precisassem. De que importa se está ali ou não quando eles podem vê-lo, tocá-lo, roubá-lo, matar por ele? É de ouro que precisam, e é ouro que lhes dou.*

— E o que recebe em troca pelo ouro que oferece a eles?

Pouca coisa, pois não necessito de muito, e sou velha; velha demais para seguir minhas irmãs para o Oeste. Saboreio o prazer e a alegria dos que me visitam. Alimento-me um pouco daquilo que eles não precisam e a que não dão valor. Um gostinho do coração, uma lambida ou mordida da sua consciência tranquila, um pedacinho da alma. E, em troca, um fragmento de mim deixa esta caverna ao lado deles e vê o mundo por seus olhos, enxerga o mesmo que eles até que suas vidas cheguem ao fim e eu receba de volta aquilo que me pertence.

— Pode se revelar a mim?

Eu era capaz de enxergar no escuro melhor do que qualquer pessoa nascida de homem e mulher. Vi algo se mover nas sombras, que então se solidificaram e se transformaram, revelando formas indistintas no limite da minha percepção, onde esta encontra a imaginação. Perturbado, falei aquilo que se deve dizer em momentos como aquele:

— Apareça diante de mim em uma forma que não seja ameaçadora nem ofensiva a mim.

É isso que deseja?

O pingar distante da água.

— Sim — respondi.

Surgiu das sombras, e me encarou com órbitas vazias, sorriu para mim com dentes lapidados pelo tempo. Era só ossos, com exceção do cabelo, que era acobreado, enrolado no galho de um espinheiro.

— Isso ofende os meus olhos.

Tirei-a da sua consciência, disse o sussurro que envolvia o esqueleto. O maxilar não se movia. *Escolhi algo que você amasse. Essa era sua filha, Flora, na última vez em que a viu.*

Fechei meus olhos, mas a imagem permaneceu.

O reaver o aguarda na entrada da caverna. Ele espera que você saia, desarmado e carregado de fortunas. Vai matá-lo e arrancar o ouro das mãos do seu cadáver.

— Mas não vou sair com ouro, não é?

Pensei em Calum MacInnes, no cinzento lupino do seu cabelo, o cinza de seus olhos, no fio da sua adaga. Ele era maior do que eu, mas todos os homens são. Talvez eu fosse mais forte, mais rápido, mas ele também era rápido e forte.

Ele matou minha filha, pensei, e em seguida indaguei se o pensamento era meu ou se tinha se esgueirado das sombras para dentro da minha cabeça. Em voz alta, perguntei:

— Há outra maneira de sair da caverna?

A saída é por onde entrou, pela boca do meu lar.

Fiquei ali sem me mexer, mas, na minha cabeça, sentia-me como um animal encurralado, inquieto, a mente saltando de ideia em ideia, sem encontrar saída, nem alívio, nem solução.

— Estou desarmado. Ele me disse que não poderia entrar aqui com uma arma. Que esse não era o costume.

Agora é costume entrar aqui sem armas. Mas nem sempre foi assim. Siga-me, disse o esqueleto da minha filha.

Eu o segui, pois podia enxergá-lo, mesmo estando tão escuro que era impossível ver qualquer outra coisa.

Das sombras, veio a voz.

Está sob a sua mão.

Agachei e tateei. O punho da arma parecia ser de osso... talvez um chifre. Toquei a lâmina com cuidado na escuridão e descobri que estava segurando algo que parecia mais um furador do que uma faca. Era fino e afiado na ponta. Seria melhor do que nada.

— Há algum preço?

Sempre há um preço.

— Então vou pagá-lo. E peço mais uma coisa. Você diz que pode ver o mundo através dos olhos dele.

Não havia olhos naquele crânio oco, mas este assentiu.

— Então, avise-me quando ele estiver dormindo.

Não houve resposta. O esqueleto se misturou à escuridão, e senti que estava sozinho naquele lugar.

O tempo passou. Segui o som da água pingando, encontrei uma poça na caverna e bebi. Molhei os últimos grãos de aveia e os comi, mastigando até se dissolverem na boca. Dormi e acordei e dormi outra vez, e sonhei com minha esposa, Morag, esperando por mim enquanto as estações mudavam, esperando como tínhamos esperado por nossa filha, esperando por mim para sempre.

Algo tocou minha mão, talvez um dedo: não era ossudo nem duro. Era macio, parecia humano, mas frio demais. *Ele está dormindo.*

Saí da caverna sob o céu azulado que precede a aurora. Calum dormia feito um gato, e eu sabia que o menor toque o despertaria. Empunhei a arma diante de mim, um punho de osso e uma lâmina semelhante a uma agulha de prata escurecida, estendi o braço e tomei aquilo que desejava, sem acordá-lo.

Então me aproximei um pouco, e a mão dele tentou agarrar meu tornozelo e seus olhos se abriram.

— Onde está o ouro? — perguntou Calum MacInnes.

— Não está comigo.

O vento soprava frio no alto das montanhas. Recuei com um meneio, escapando do alcance dele, quando tentou me agarrar. O homem permaneceu no chão, erguendo-se sobre um cotovelo.

— Onde está minha adaga? — perguntou.

— Eu a tomei — respondi-lhe. — Enquanto você dormia.

Ele olhou para mim, sonolento.

— E por que faria uma coisa dessas? Se quisesse matá-lo, eu o teria feito no caminho até aqui. Poderia tê-lo matado dezenas de vezes.

— Mas eu ainda não tinha o ouro, não é?

Ele ficou calado.

— Se você achou que conseguiria me fazer trazer o ouro da caverna, e que não tê-lo carregado para fora teria salvado sua alma miserável, então não passa de um tolo.

Ele não parecia mais sonolento.

— Acha que sou um tolo?

Calum estava pronto para lutar. Quando a pessoa fica pronta para lutar, convém irritá-la.

— Um tolo, não — disse eu. — Já conheci idiotas e tolos, todos satisfeitos em sua imbecilidade mesmo com o cabelo sujo de palha. Você é esperto demais para tolices. Busca apenas a infelicidade, traz a infelicidade consigo e a atrai para tudo em que toca.

Então, ele se levantou brandindo uma rocha como um machado, e veio até mim. Sou pequeno, e Calum não conseguiu me acertar como teria feito com um homem como ele. Ele se inclinou para me atacar. Foi um erro.

Segurei com força o punho de osso e fiz um movimento ascendente, um golpe rápido com a ponta afiada do furador. Eu sabia onde queria acertar, e qual seria o resultado.

Ele soltou a pedra e agarrou o ombro direito.

— Meu braço — disse Calum. — Não consigo sentir o braço.

Então começou a xingar, poluindo o ar com maldições e ameaças. A luz da aurora no alto da montanha tornava tudo lindo e azul. Naquela luz, até o sangue que começava a encharcar as roupas dele ficou roxo. Calum MacInnes deu um passo para trás, colocando-se entre mim e a caverna. Senti-me exposto, com o sol nascente às minhas costas.

— Por que não trouxe o ouro? — indagou ele. Seu braço pendia ao lado do corpo, inerte.

— Não havia ouro lá para alguém como eu — respondi.

Ele então se lançou para a frente, correu em minha direção e tentou me chutar.

O furador saiu voando da minha mão. Joguei os braços em torno da perna de Calum e o segurei enquanto rolávamos montanha abaixo.

A cabeça dele estava acima de mim, e vi o triunfo em seu rosto, e então vi o céu e depois o chão do vale no alto, e eu estava subindo em sua direção, e então o vale estava embaixo de mim e eu despencava rumo à morte.

Um choque e uma trombada, e estávamos rodopiando montanha abaixo, o mundo um redemoinho desorientador de pedras, dor e céu, e eu sabia que era um homem morto, mas continuei agarrado à perna de Calum MacInnes.

Vi uma águia dourada em voo, mas não soube mais dizer se estava abaixo ou acima de mim. Estava ali, no céu da aurora, nos fragmentos estilhaçados do tempo e da percepção, na dor. Não tive medo: não havia tempo nem espaço para isso; não havia espaço na minha consciência nem no meu coração. Estava caindo pelo céu, segurando com força a perna do homem que tentava me matar. Estávamos rolando nas pedras, que nos arranhavam e machucavam, e então...

... paramos. Paramos com tanta força que levei um tranco, e quase fui jogado para longe de Calum MacInnes, rumo à minha morte logo abaixo. Ocorrera um desabamento ali, muito tempo antes, um bloco inteiro, deixando para trás uma superfície de rocha nova, lisa e homogênea como o vidro. Mas isso era abaixo de nós. Onde estávamos havia uma protuberância, e nela, um milagre: sufocado e retorcido, muito acima da copa das árvores no vale, onde nenhuma árvore tem o direito de crescer, havia um espinheiro, pouco maior que um arbusto, embora fosse velho. Suas raízes cresciam na lateral da montanha, e foi esse espinheiro que nos apanhou em seus braços cinzentos.

Soltei a perna, afastei-me cambaleante do seu corpo, e fui na direção da lateral da montanha. Subi na protuberância estreita e olhei para a queda abaixo. Não havia como descer dali. Nenhuma saída.

Olhei para cima. Talvez fosse possível, pensei, escalando lentamente, com a sorte ao meu lado, chegar ao alto da montanha. Se não chovesse. Se o vento não estivesse muito voraz. E que escolha eu tinha? A única alternativa era a morte.

—Vai me abandonar aqui para morrer, anão?

Eu nada disse. Nada tinha a dizer.

Os olhos dele estavam abertos.

— Não consigo mover o braço direito, já que o esfaqueou. Acho que quebrei uma perna. Não posso escalar com você — disse ele.

—Talvez eu consiga, ou talvez eu caia.

—Vai conseguir. Já o vi escalar. Depois de me resgatar, atravessando aquela cachoeira. Subiu naquelas pedras como um esquilo trepando em uma árvore.

Eu não tinha tanta confiança em minhas próprias habilidades de escalada.

— Jure por tudo que considera sagrado. Jure pelo seu rei, que espera no além-mar como tem feito desde que expulsamos seus súditos desta terra. Jure pelas coisas que vocês, criaturas, consideram importantes... Jure pelas sombras e penas de águia e pelo silêncio. Jure que vai voltar para me salvar — disse ele.

— Sabe o que sou? — perguntei.

— Não sei de nada. Sei apenas que quero viver.

— Juro por essas coisas... Pelas sombras e penas de águia e pelo silêncio. Juro pelas colinas verdes e pelas pedras imóveis. Eu voltarei.

— Eu o teria matado — falou o homem no espinheiro, e falou com humor, como se fosse a maior piada que um homem já contara. — Planejava matá-lo e levar o ouro de volta como se fosse meu.

— Eu sei.

O cabelo emoldurava seu rosto como um halo cinzento. Havia sangue na sua bochecha, que arranhara na queda.

—Você pode voltar com cordas. Minha corda ainda está lá em cima, perto da entrada da caverna, mas vai precisar de mais.

— Sim, voltarei com cordas.

Olhei para cima, para a pedra acima de nós, examinando-a atentamente. Para escaladores, às vezes, bons olhos podem ser a diferença entre a vida e a morte. Vi aonde eu deveria chegar conforme subisse, a trilha da minha jornada montanha acima. Pensei ver a plataforma do lado de fora da caverna, de onde tínhamos caído enquanto lutávamos. Era para lá que eu iria. Sim.

Assoprei as mãos para secar o suor antes de começar a escalar.

—Voltarei para buscá-lo — falei. — Com cordas. Eu jurei.

— Quando? — perguntou ele, fechando os olhos.

— Em um ano. Voltarei daqui a um ano.

Comecei a escalar. Os gritos do homem me seguiram enquanto eu subia, rastejando e me puxando e me espremendo montanha acima, misturando-se aos gritos das aves de rapina; e me seguiram no caminho de volta da Ilha das Brumas, sem nada para exibir em troca das minhas dores e do meu tempo, e vou ouvi-lo gritar no limiar da minha mente, ao adormecer ou nos momentos antes de despertar, até o dia em que morrer.

Não choveu, e o vento me golpeou e chacoalhou, mas sem me derrubar. Escalei, e escalei com segurança.

Quando cheguei à plataforma de pedra, a entrada da caverna parecia mais escura sob o sol do meio-dia. Dei as costas a ela, dei as costas à montanha e às sombras que já se formavam nas rachaduras e ranhuras e nas profundezas do meu crânio, e comecei a lenta jornada para longe da Ilha das Brumas. Havia centenas de estradas e milhares de caminhos que me levariam de volta ao meu lar nos vales, onde minha mulher estaria esperando.

DETALHES DE CASSANDRA

2010

Ali estávamos, Scallie e eu, usando perucas de Starsky e Hutch, com costeletas e tudo, às cinco da madrugada ao lado de um canal em Amsterdã. Tínhamos começado aquela noite num grupo de dez pessoas, incluindo Rob, o noivo, visto pela última vez algemado a uma cama no Bairro da Luz Vermelha com creme de barbear cobrindo os países baixos e o futuro cunhado rindo e dando tapinhas na bunda da prostituta que segurava o aparelho de barbear, momento em que olhei para Scallie e ele olhou para mim e disse:

— Quer mesmo ver isso?

Balancei a cabeça para dizer que não, pois há certas questões que é melhor não ser capaz de responder quando uma noiva começa a fazer perguntas incisivas a respeito da despedida de solteiro, e, por isso, fugimos para beber alguma coisa, deixando oito homens com peruca de Starsky e Hutch (um deles praticamente nu, preso a uma cama por algemas de pelúcia cor-de-rosa, com cara de quem começava a se arrepender dessa aventura) para trás, num quarto com cheiro de desinfetante e incenso barato, e fomos nos sentar à margem de um canal e beber latas de cerveja holandesa, falando dos velhos tempos.

Scallie — cujo nome verdadeiro é Jeremy Porter, e hoje em dia todos o chamam de Jeremy, mas ele era chamado de Scallie quando tínhamos onze anos — e o noivo, Rob Cunningham, tinham sido meus colegas de escola. Passamos a nos falar com menos frequência e nos encontramos da maneira preguiçosa dos dias de hoje, com o Facebook e coisas do tipo, e agora Scallie e eu estávamos juntos pela primeira vez desde os dezenove anos. As perucas de Starsky e Hutch, ideia de Scallie, davam a impressão de estarmos interpretando irmãos em algum filme produzido para a tevê — ele era o irmão baixinho e atarracado de bigode grosso, e eu, o irmão alto. Lembrando que, depois da época da escola, ganhei boa parte da minha renda trabalhando como modelo, eu diria que era o irmão alto e bonito, mas ninguém fica bonito usando uma peruca de Starsky e Hutch, com costeletas e tudo.

Além disso, a peruca dava coceira.

Sentamos perto do canal e, quando a cerveja acabou, continuamos conversando e assistimos ao nascer do sol.

Da última vez que eu vira Scallie, ele tinha dezenove anos e grandes sonhos. Havia acabado de ingressar na Força Aérea como cadete. Ia pilotar aviões em dupla função, usando os voos para contrabandear drogas, tornando-se incrivelmente rico ao mesmo tempo em que ajudava seu país. Era o tipo de ideia louca que ele costumava ter o tempo todo durante a escola. Normalmente, o esquema inteiro dava errado. Às vezes, ele conseguia nos meter em encrenca no caminho.

Agora, doze anos mais tarde, após os seis meses na Força Aérea terem terminado cedo por causa de um problema não especificado com seu tornozelo, Scallie me disse que era executivo sênior numa empresa fabricante de janelas com isolamento, morando numa casa menor desde o divórcio, pequena demais em relação à que acreditava merecer, acompanhado apenas de um golden retriever.

Estava dormindo com uma mulher da empresa de janelas com isolamento, mas não tinha expectativas de que ela terminasse com o namorado para ficar com ele, e assim lhe parecia melhor.

— É claro que há dias em que acordo chorando, desde o divórcio. Bem, acontece — disse ele em certo ponto.

Não consegui imaginá-lo chorando, e, além disso, ele mantinha um imenso sorriso típico de Scallie enquanto contava.

Falei sobre mim: ainda trabalhando como modelo, ajudando na loja de antiguidades de um amigo para me manter ocupado, pintando cada vez mais. Eu tinha sorte: as pessoas compravam meus quadros. Todos os anos, eu fazia uma pequena exposição na Little Gallery, em Chelsea, e embora no começo os únicos a comprar algo fossem pessoas que eu conhecia — fotógrafos, antigas namoradas e similares —, atualmente tenho até colecionadores. Falamos de dias que apenas Scallie parecia lembrar, quando ele, Rob e eu formávamos um trio inviolável e inquebrável. Falamos dos corações partidos da adolescência, de Caroline Minton (que agora é Caroline Keen, casada com um pastor), da primeira vez que tivemos coragem de assistir a um filme para maiores de dezoito anos, embora nenhum de nós conseguisse lembrar qual era o filme em cartaz.

Então, Scallie disse:

— Tive notícias de Cassandra outro dia.

— Cassandra?

— Sua antiga namorada, Cassandra. Lembra?

— ... não.

— Aquela de Reigate. Você escreveu o nome dela em todos os seus livros.

Devo ter passado a impressão de ser muito limitado ou de estar bêbado ou sonolento, porque ele disse:

— Você a conheceu durante as férias que passou esquiando. Ora, vamos. *Sua primeira vez*. Cassandra.

— Ah! — exclamei, me lembrando, me lembrando de tudo. — Cassandra. E lembrei mesmo.

— Pois é — disse Scallie. — Ela me mandou uma mensagem no Facebook. Está administrando um teatro comunitário na área leste de Londres. Você devia falar com ela.

— Sério?

— Acho que sim, quer dizer, lendo nas entrelinhas da mensagem, talvez ela ainda esteja interessada. Perguntou de você.

Imaginei quanto ele estava bêbado, quanto eu estava bêbado, olhando para o canal nas primeiras luzes do dia. Falei algo, não lembro o quê, e então perguntei se Scallie lembrava onde ficava nosso hotel, pois eu tinha esquecido, e ele disse que não, mas que Rob sabia todos os detalhes do hotel, e o melhor era ir atrás dele e resgatá-lo das garras da simpática prostituta com as algemas e o aparelho de barbear, e percebemos que isso seria mais fácil se soubéssemos voltar até onde o tínhamos deixado, e, na busca de uma pista de onde tínhamos deixado Rob, encontrei um cartão com o endereço do hotel no bolso de trás.

Voltamos para lá, e a última coisa que fiz antes de me afastar do canal e de toda aquela estranha noite foi arrancar da cabeça a irritante peruca de Starsky e Hutch e arremessá-la no canal.

Flutuou.

Scallie disse:

— Eu paguei uma caução pela peruca, sabia? Se não queria usar, eu teria carregado. — Então, ele disse: — Você devia mandar uma mensagem para Cassandra.

Balancei a cabeça. Imaginei com quem ele teria falado na internet, quem ele teria confundido com ela, sabendo com certeza que não era Cassandra.

O detalhe a respeito de Cassandra é o seguinte: eu a inventei.

Eu tinha quinze anos, quase dezesseis. Era um esquisitão. Acabara de passar pelo estirão da adolescência e, de uma hora para outra, estava mais alto que a maioria dos meus amigos, consciente da própria altura. Minha mãe era dona e administradora de uma pequena escola de equitação, onde eu era ajudante, mas as garotas — do tipo competente, sensível e equestre — me intimidavam. Em casa, eu escrevia poesia ruim e pintava aquarelas, geralmente de pôneis nos campos; na escola — que era só de meninos —, eu jogava críquete com competência, atuava um pouco no teatro, passava o tempo com meus amigos ouvindo discos (o CD era novidade, mas os tocadores de CD eram caros e raros, e todos nós tínhamos herdado toca-discos e vitrolas dos pais e irmãos mais velhos). Quando não falávamos de música ou esportes, falávamos de garotas.

Scallie era mais velho que eu. Rob também. Gostavam que eu fizesse parte da turma, mas também gostavam de me provocar. Agiam como se eu fosse um moleque, e eu não era. Os dois já tinham transado com garotas. Bem, isso não é inteiramente verdade: os dois tinham transado com a mesma garota, Caroline Minton, famosa pela liberalidade nos favores e sempre disposta a umazinha, desde que o acompanhante tivesse uma mobilete.

Eu não tinha uma mobilete. Não era velho o bastante para ter uma, mamãe não tinha dinheiro para comprar. (Meu pai morreu quando eu era pequeno, de uma superdose acidental de anestesia, quando estava no hospital para fazer uma pequena operação em um dedo do pé infeccionado. Até hoje, evito hospitais). Já tinha visto Caroline Minton nas festas, mas ela me assustava, e, mesmo se tivesse uma mobilete, eu não queria que minha primeira experiência sexual fosse com ela.

Scallie e Rob também tinham namoradas. A namorada de Scallie era mais alta que ele, tinha seios enormes e se interessava por futebol — o que significava que Scallie precisava fingir interesse por futebol, principalmente pelo Crystal Palace —, enquanto a namorada de Rob achava que eles deveriam ter coisas em comum, e, consequentemente, Rob parou de ouvir o electropop de meados dos anos 1980 que o restante de nós gostava e começou a ouvir bandas hippies de antes de termos nascido, o que era ruim, mas, em compensação, Rob pôde saquear o incrível acervo de programas de tevê antigos gravados em vídeo pelo pai dela, o que era bom.

Eu não tinha namorada.

Até minha mãe começou a comentar.

Deve ter surgido de algum lugar, o nome, a ideia, mas não me recordo. Lembro-me apenas de escrever "Cassandra" nos livros de exercícios. E, em seguida, de tomar o cuidado de não dizer nada a respeito.

— Quem é Cassandra? — perguntou Scallie, no ônibus até a escola.

— Ninguém — respondi.

— Deve ser alguém. Você escreveu o nome dela no livro de matemática.

— É só uma garota que conheci nas férias de inverno.

Mamãe e eu tínhamos ido esquiar com minha tia e meus primos um mês antes, na Áustria.

— Vamos conhecer?

— Ela é de Reigate. Imagino que sim. Mais para a frente.

— Bem, espero que sim. E você *gosta* dela?

Fiz uma pausa, torcendo para acertar na duração, e disse:

— Ela beija muito bem.

Então Scallie riu, e Rob quis saber se era beijo na boca com língua e tudo.

— O que vocês *acham*? — respondi, e, até o fim do dia, os dois já acreditavam na existência dela.

Mamãe ficou feliz em saber que eu tinha conhecido alguém. Suas perguntas como "o que os pais de Cassandra fazem", por exemplo, eu respondia simplesmente dando de ombros.

Saí com Cassandra em três "encontros". Em cada um deles, peguei o trem até Londres e fui sozinho ao cinema. Foi emocionante, à sua maneira.

Voltei da primeira viagem com mais histórias de beijos e mãos bobas nos seios.

Nosso segundo encontro (na verdade, passado sozinho numa sessão de *Mulher Nota 1000* em Leicester Square) consistiu em, como contei à minha mãe, apenas ficar de mãos dadas durante aquilo que ela ainda chamava de "cineminha", mas, relutantemente, disse a Rob e Scallie — que juraram nada revelar (e, durante aquela semana, tive que fazer o mesmo a muitos outros amigos de escola que ouviram boatos de Rob e Scallie, e agora precisavam descobrir se alguma daquelas histórias era verdadeira) — que na verdade fora o Dia em que Perdi a Virgindade, no apartamento da tia de Cassandra, em Londres: a tia estava fora, Cassandra tinha a chave. Eu tinha (como prova) uma caixa de três camisinhas sem a que eu jogara fora e uma tirinha com quatro fotos em preto e branco que encontrei em minha primeira viagem a Londres, abandonada no lixo de uma cabine fotográfica em Victoria Station. A tirinha mostrava uma menina mais ou menos da minha idade com o cabelo longo e liso (não se via direito a cor. Louro-escuro? Ruivo? Castanho-claro?) e um rosto amigável, sardento, até bonitinho. Guardei-a no bolso. Na aula de artes fiz um esboço a lápis da terceira das fotos, a minha favorita, com a cabeça dela meio virada, como se chamasse um amigo que não podemos ver do lado de fora da cortina. Parecia uma garota doce e charmosa. Adoraria que fosse minha namorada.

Preguei o desenho na parede do quarto, onde podia vê-lo da cama.

Depois do terceiro encontro (foi para ver *Uma Cilada para Roger Rabbit*), voltei à escola com más notícias: a família de Cassandra ia para o Canadá (lugar que me soava mais convincente que os Estados Unidos), alguma coisa ligada ao trabalho do pai dela, e eu não a encontraria mais por um tempo. Não queríamos terminar, mas decidimos ser práticos: estávamos na era em que os telefonemas transatlânticos eram caros demais para adolescentes. Era o fim.

Fiquei triste. Todos repararam em quanto eu estava triste. Disseram que adorariam tê-la conhecido, quem sabe quando ela voltar, no Natal? Eu sabia que, até o Natal, ela teria sido esquecida.

E foi. Quando a data chegou, eu estava saindo com Nikki Blevins, e a única prova que Cassandra fizera parte da minha vida era seu nome, escrito em alguns dos meus livros escolares, e o retrato dela a lápis na parede do meu quarto, com "Cassandra, 19 de fevereiro de 1985" escrito logo abaixo.

Quando minha mãe vendeu a escola de equitação, o desenho se perdeu na mudança. Eu estava na faculdade de artes na época, considerava meus antigos desenhos a lápis tão constrangedores quanto o fato de um dia ter inventado uma namorada, e não me importei.

Por vinte anos, não pensei uma única vez sobre Cassandra.

Mamãe vendeu o estábulo, a casa anexa e os campos a uma incorporadora, que construiu um imóvel residencial onde antes tínhamos morado e, como parte do negócio, deu a ela uma pequena casa avulsa no fim da Seton Close. Visito-a ao menos uma vez a cada quinze dias, chegando na noite de sexta e partindo na manhã de domingo, rotina tão regular quanto o relógio da minha avó no corredor.

Mamãe se preocupa com a minha felicidade. Começou a comentar que muitas de suas amigas têm filhas interessantes. Na última viagem, tivemos um diálogo muito constrangedor que começou com ela me perguntando se eu gostaria de conhecer o organista da igreja, um jovem muito simpático mais ou menos da minha idade.

— Mãe. Não sou gay.

— Não há nada de errado com isso, querido. Gente de todo tipo faz essas coisas. Eles até se casam. Bem, não é um casamento propriamente dito, mas dá no mesmo.

— Ainda assim, não sou gay.

— É que pensei: ainda não se casou, pinta e trabalha como modelo.

— Tive namoradas, mãe. Você até foi apresentada a algumas delas.

— Nada que tenha durado muito tempo, querido. Apenas achei que você talvez quisesse me contar.

— Não sou gay, mãe. Eu lhe diria se fosse. — E então falei: — Beijei Tim Carter numa festa na época da faculdade de artes, mas estávamos bêbados e a coisa nunca foi adiante.

Ela cerrou os lábios.

— Chega disso, jovenzinho. — E então, mudando de assunto, como se quisesse se livrar de um gosto ruim na boca, disse: —Você nunca vai adivinhar quem eu encontrei no supermercado semana passada.

— Não vou mesmo. Quem?

— Sua antiga namorada. A primeira, eu diria.

— Nikki Blevins? Espere aí, ela se casou, não foi? Nikki Woodbridge?

— Antes dela, querido. Cassandra. Estava atrás dela, na fila. Estaria na frente, mas esqueci de pegar o creme e voltei para procurar, e ela estava na minha frente, e percebi que o rosto dela era familiar. Primeiro, pensei que fosse a filha mais nova de Joanie Simmond, que tinha um problema na fala que a gente chamava antigamente de gagueira, mas parece que não se pode mais falar assim, mas então pensei, *já sei* de onde conheço este rosto, ficou sobre sua cama durante cinco anos, é claro, daí perguntei "Seu nome é Cassandra?", e ela respondeu "Sim", e eu disse "Você vai rir quando ouvir isso, mas sou a mãe de Stuart Innes". Ela disse "Stuart Innes?", e seu rosto se iluminou. Bem, ela ficou esperando enquanto eu colocava as compras na sacola e disse que já tinha entrado em contato com seu amigo Jeremy Porter no Bookface, e conversaram a seu respeito...

—Você quer dizer no Facebook? Ela conversou com Scallie no Facebook?

— Sim, querido.

Bebi meu chá e me perguntei com quem minha mãe teria falado. Eu disse:

—Tem certeza absoluta que era a mesma Cassandra da parede sobre a cama?

— Ah, sim, querido. Ela me contou de quando você a levou a Leicester Square, e de como ficou triste quando teve que se mudar para o Canadá. Sua família foi para Vancouver. Perguntei a ela se chegou a conhecer meu primo Leslie, que foi para Vancouver depois da guerra, mas ela disse que não, e parece que o lugar na verdade é bem grande. Contei a ela sobre o desenho a lápis que você fez, e ela parecia bem atualizada quanto às suas atividades. Ficou animada quando contei que sua exposição começaria essa semana na galeria.

—Você contou *isso* a ela?

— Sim, querido. Pensei que ela gostaria de saber. — Então mamãe disse, quase melancólica: — Ela é muito bonita, querido. Acho que faz algo no teatro comunitário.

Depois disso, a conversa passou à aposentadoria do dr. Dunnings, que atendia nossa família desde antes de eu nascer, ao fato de ele ser o último médico não indiano que restava no consultório, e a como minha mãe se sentia em relação a isso.

Deitei na cama naquela noite no meu pequeno quarto na casa de mamãe e fiquei remoendo a conversa na cabeça. Não estou mais no Facebook, e pensei em voltar à rede social para investigar as amigas de Scallie e descobrir se essa pseudo-Cassandra não seria uma delas. Mas havia pessoas demais que eu preferia não rever, e deixei pra lá, certo de que, quando surgisse uma explicação, seria simples, e dormi.

Já faz mais de uma década que exponho minhas obras na Little Gallery, de Chelsea. Nos velhos tempos, eu recebia um quarto de parede e nenhuma obra tinha preço superior a trezentas libras. Agora tenho minha própria exposição a cada outubro, durante todo o mês, e seria justo dizer que basta vender uma dúzia de telas para saber que minhas necessidades, aluguel e custos básicos estarão cobertos por mais um ano. As pinturas que não são vendidas permanecem nas paredes da galeria até serem compradas, e sempre são compradas até o Natal.

O casal que é dono da galeria, Paul e Barry, ainda me chama de "bonitão", como fazia doze anos atrás, quando inaugurei minha primeira exposição com eles, na época em que o elogio talvez fosse verdadeiro. Naquele tempo, eles usavam camisas floridas de colarinho aberto e correntes de ouro. Agora, na meia-idade, usam ternos caros e não param de falar no mercado de ações, o que é demais para o meu gosto. Ainda assim, gosto da companhia deles. Vejo-os três vezes ao ano: em setembro, quando vêm ao estúdio ver o material no qual estou trabalhando e escolher as telas para a exposição; em outubro, na galeria, participando da abertura; e em fevereiro, quando acertamos as contas.

Barry administra a galeria. Paul é coproprietário, participa das festas, mas também trabalha no departamento de figurino da Royal Opera House. O *vernissage* seria na noite de sexta. Eu tinha passado dois dias de nervosismo pendurando as telas. Agora, minha parte estava pronta, e não havia nada a fazer além de esperar, torcer para que as pessoas gostassem da minha arte e não fazer papel de bobo. Fiz como nos doze anos anteriores, seguindo as instruções de Barry:

— Devagar com o champanhe. Mate a sede com água. Para o colecionador, não há nada pior que encontrar um artista bêbado, a não ser que este seja famoso pelas bebedeiras, o que não é seu caso, querido. Seja amigável e enigmático, e quando perguntarem a respeito da história por trás de uma tela, diga: "Não posso revelar." Mas, pelo amor de Deus, dê a entender que *há* uma história. É a história que eles estão comprando.

Hoje, raramente convido gente para o *vernissage*: alguns artistas o fazem, considerando a ocasião um evento social. Eu não. Embora leve minha arte a sério enquanto arte, e tenha orgulho do meu trabalho (a exposição mais recente era chamada "Pessoas em paisagens", que basicamente diz tudo a respeito do meu trabalho), compreendo que a festa existe apenas como evento comercial, um chamariz para compradores e aqueles que podem dizer a coisa certa a outros possíveis compradores. Digo isso para que não haja surpresa diante do fato de Barry e Paul cuidarem da lista de convidados, não eu.

O *vernissage* sempre começa às seis e meia da tarde. Tinha passado a tarde pendurando quadros, garantindo que tudo estivesse o mais bonito possível, como faço todo ano. A única coisa diferente a respeito do dia deste evento específico era a animação de Paul, que parecia um menininho lutando contra o desejo de revelar ao aniversariante o que comprou como presente para ele. Isso, e também Barry, que, enquanto pendurávamos tudo, disse:

— Acho que a exposição de hoje vai colocar você no mapa.

— Acho que há um erro de digitação naquele de Lake District — falei. Um quadro demasiadamente grande de *Windermere ao pôr do sol*, com duas crianças encarando o observador com olhar perdido a partir da margem. — Deveria custar trezentas libras. Aqui diz trezentas mil.

— É mesmo? — disse Barry, sem ânimo. — Que coisa.

Mas não fez nada para mudar aquilo.

Foi surpreendente, mas os primeiros convidados chegaram um pouco mais cedo, e o mistério podia esperar. Um jovem me convidou para comer um canapé de uma bandeja prateada. Peguei minha taça de champanhe-para-consumo-lento da mesa no canto e me preparei para socializar.

Todos os preços estavam altos, e duvidei que a Little Gallery seria capaz de vender as telas com aqueles valores, então fiquei preocupado com o ano que teria pela frente.

Barry e Paul sempre assumem a responsabilidade de me circular pela sala, dizendo "Este é o artista, o bonitão que faz todas essas telas lindas, Stuart Innes", e eu cumprimento e sorrio. Até o fim da noite já terei conhecido a todos, e Paul e Barry são muitos bons em dizer "Stuart, lembra-se de David, que escreve sobre arte para o *Telegraph*…", e eu, da minha parte, sou bom em responder "Claro, como vai? Fico feliz que tenha vindo".

No momento em que a sala estava mais cheia, uma mulher chamativa de cabelo vermelho a quem eu ainda não tinha sido apresentado começou a gritar.

— Besteirada figurativa!

Eu estava conversando com o crítico de arte do *Daily Telegraph*, e ambos nos viramos para ver.

— Amiga sua? — perguntou ele.

— Acho que não — respondi.

Ela continuava gritando, embora o barulho da festa tivesse silenciado.

— Ninguém se interessa por essa merda! Ninguém! — bradou ela. Então, pôs a mão no bolso do casaco e sacou um frasco com tinta. — Tentem vender isto agora! — gritou, jogando a tinta no *Windermere ao pôr do sol*. A tinta era azul-escuro, quase preta.

Paul já estava ao lado dela, tirando o frasco de tinta das mãos da mulher.

— Essa é uma pintura de trezentas mil libras, mocinha! — exclamou ele.

— Acho que a polícia vai querer ter uma palavra com você — ameaçou Barry e a apanhou pelo braço, levando-a até o escritório.

— Não tenho medo! — gritou ela contra nós, no caminho. — Tenho orgulho! Artistas como ele, se aproveitando de vocês, volúveis compradores de arte. Não passam de ovelhas! Besteirada figurativa!

E então ela se foi, e os frequentadores da festa se agitaram, inspecionando a pintura manchada pela tinta e olhando para mim, e o sujeito do *Telegraph* me perguntava se eu teria algo a comentar e como me sentia ao ver um quadro de trezentas mil libras destruído, e resmunguei algo a respeito de sentir orgulho de ser pintor, falei alguma coisa da natureza transiente da arte, e ele disse achar que o evento daquela noite tinha sido um *happening* artístico em si, e concordamos que, independentemente de *happenings* artísticos, a mulher não estava bem da cabeça.

Barry reapareceu, indo de grupo em grupo, explicando que Paul estava lidando com a jovem, e o destino dela caberia a mim. Os convidados ainda estavam conversando animados quando ele os conduziu à porta. Barry pediu desculpas ao fazê-lo, concordou que vivemos em tempos muito estressantes, explicou que abriria no horário de sempre no dia seguinte.

— Deu tudo certo — disse ele, quando estávamos sozinhos na galeria.

— *Certo?* Foi um desastre.

— Senhor "Stuart Innes, aquele que teve um quadro de trezentas mil libras destruído". Temos que perdoar certas coisas, não? Ela era uma colega artista, embora tivesse objetivos diferentes. Às vezes, precisamos de algo a mais para nos levar ao patamar seguinte.

Fomos até os fundos.

— De quem foi a ideia? — perguntei.

— Nossa — disse Paul. Estava bebendo vinho branco na sala dos fundos com a mulher ruiva. — Bem, a maior parte foi de Barry. Mas precisávamos de uma boa atriz para fazer a coisa funcionar, e eu a encontrei.

Ela abriu um sorriso modesto. Conseguiu parecer ao mesmo tempo constrangida e satisfeita consigo mesma.

— Se isso não garantir a atenção que você merece, bonitão — disse Barry, sorrindo para mim —, nada mais vai. *Agora* você é importante a ponto de ser atacado.

— O quadro de Windermere está arruinado — constatei.

Barry olhou para Paul, e eles riram.

— Já foi vendido, com manchas de tinta e tudo, por setenta e cinco mil — disse Barry. — É como sempre digo, as pessoas pensam que estão comprando a arte, mas, na verdade, estão comprando a história.

Paul encheu nossas taças.

— E devemos tudo a você — disse ele à mulher. — Stuart, Barry, gostaria de propor um brinde. A *Cassandra*.

— Cassandra — repetimos, e bebemos.

Dessa vez não fui com calma na bebida. Precisava dela.

Então, enquanto ainda estava processando aquele nome, Paul disse:

— Cassandra, este jovem ridiculamente atraente e talentoso é, como você deve saber, Stuart Innes.

— Eu sei. Na verdade, somos velhos amigos.

— É mesmo? — perguntou Barry.

— Bem — respondeu Cassandra —, vinte anos atrás, Stuart escreveu meu nome no seu livro de exercícios de matemática.

Ela parecia a garota do meu desenho, sim. Ou a garota das fotografias, agora adulta. Rosto anguloso. Inteligente. Segura.

Eu nunca a tinha visto na vida.

— Olá, Cassandra — falei.

Não consegui pensar em mais nada para dizer.

Estávamos na adega no térreo do meu prédio. Também servem comida lá. É mais que um bar de vinhos.

De repente estava conversando com ela como se fosse alguém que eu conhecesse desde a infância. E, repeti a mim mesmo, não era. Tinha acabado de conhecê-la, naquela mesma noite. Ainda havia manchas de tinta em suas mãos.

Demos uma olhada no cardápio, pedimos a mesma coisa (a entrada vegetariana) e, quando o prato chegou, ambos começamos com as *dolmades*, passando em seguida para o *homus*.

— Eu inventei você — disse a ela.

Não foi a primeira coisa que falei: antes conversamos a respeito do teatro comunitário dela, de como ela conhecera Paul, a oferta dele (mil libras pelo espetáculo da noite) e como precisava de dinheiro, mas aceitara principalmente porque parecia ser uma aventura divertida. De todo modo, não pôde recusar depois de ouvir meu nome ser mencionado. Pensou que era obra do destino.

Foi então que eu disse aquilo. Tive medo que ela pensasse que eu era louco, mas falei mesmo assim.

— Eu inventei você.

— Não — respondeu ela. — Não inventou. Quer dizer, é óbvio que não inventou. Estou aqui. Quer encostar em mim?

Olhei para ela. O rosto, a postura, os olhos. Era tudo o que eu tinha sonhado numa mulher. Tudo o que eu procurava sem sucesso nas outras mulheres.

— Sim — respondi. — Quero muito.

— Primeiro, vamos jantar — disse Cassandra. Então, continuou: — Quanto tempo faz que esteve com uma mulher?

— Não sou gay — protestei. — Tive namoradas.

— Eu sei. Quando foi a última?

Tentei lembrar. Teria sido Brigitte? Ou a estilista que a agência de publicidade mandou comigo para a Islândia? Não sabia ao certo.

— Dois anos — respondi. — Talvez três. Ainda não encontrei a pessoa certa, só isso.

— Encontrou uma vez.

Abriu então sua sacola, um objeto roxo e cheio de dobras, tirou dela uma pasta de papelão, abriu-a e retirou um pedaço de papel, amarelado pela fita adesiva nos cantos.

Eu lembrava. Como poderia esquecer? Tinha ficado acima de minha cama durante anos. Ela olhava para o lado, como se falasse com alguém atrás da cortina. Estava escrito *Cassandra, 19 de fevereiro de 1985*. E estava assinado *Stuart Innes*. Há algo ao mesmo tempo constrangedor e terno quando revemos nossa caligrafia de adolescente.

—Voltei do Canadá em 1989 — disse ela. — O casamento dos meus pais desabou lá, e mamãe quis retornar para casa. Imaginei onde você estaria, o que estaria fazendo, e fui até o seu antigo endereço. A casa estava vazia. As janelas estavam quebradas. Era óbvio que não havia mais ninguém morando lá. Os estábulos da escola de equitação já tinham sido derrubados, coisa que me deixou muito triste, pois adorava cavalos quando menina, obviamente, mas caminhei pela casa até encontrar o seu quarto. Era sem dúvida o seu quarto, embora a mobília não estivesse mais lá. Ainda tinha seu cheiro. E isto ainda estava preso à parede. Achei que ninguém sentiria falta.

Ela sorriu.

— *Quem é você?*

— Cassandra Carlisle. Trinta e quatro anos. Ex-atriz. Dramaturga fracassada. Agora administradora de um teatro comunitário em Norwood. Terapia teatral. Salão para alugar. Quatro peças por ano, mais oficinas, e uma pantomima fixa. Quem é *você*, Stuart?

— Você sabe quem eu sou. Sabe que nunca nos encontramos antes, certo?

Ela assentiu.

— Pobre Stuart. Você mora no andar de cima, não? — perguntou ela.

— Sim. Às vezes, o barulho incomoda. Mas fica perto do metrô. E o aluguel não é doloroso.

— Vamos pagar a conta e subir.

Fiz menção de tocar o dorso da mão dela.

— Ainda não — negou, afastando a mão antes que eu pudesse tocá-la. — Primeiro temos que conversar.

Então, subimos.

— Gosto do seu apartamento. Parece exatamente o tipo de lugar que imagino para você.

— Acho que é hora de começar a procurar algo um pouco maior. Mas o lugar me serve bem. Há uma bela luz nos fundos, para o estúdio. Não dá para ver o efeito agora, de noite. Mas é ótimo para pintar.

É estranho trazer alguém para casa. Faz com que enxerguemos o lugar onde vivemos como se não tivéssemos estado ali antes. Há duas pinturas a óleo na sala me retratando, frutos da minha breve carreira como modelo artístico (não tinha paciência para ficar numa pose durante horas, defeito que reconheço); fotos publicitárias ampliadas na pequena cozinha e no banheiro, dos tempos de modelo; capas de livros (romances, em geral) acima das escadas, para as quais posei.

Mostrei a ela o estúdio, e depois o quarto. Ela examinou a cadeira de barbeiro do período eduardiano que resgatei de um antigo estabelecimento que fechou em Shoreditch. Ela se sentou na cadeira, tirou os sapatos.

— Quem foi o primeiro adulto de quem você gostou? — perguntou.

— Pergunta estranha. Minha mãe, imagino. Não sei. Por quê?

— Eu tinha três anos, talvez quatro. Ele era um carteiro chamado Sr. Cartinhas. Chegava com o furgãozinho do correio e me trazia coisas adoráveis. Não todo dia. Apenas de vez em quando. Pacotinhos de papel marrom com meu nome escrito. Dentro deles, havia brinquedos, doces ou algo do tipo. Tinha um rosto engraçado e amigável, e o nariz parecia uma maçaneta.

— Era real? Parece algo que uma criança inventaria.

— Ele pilotava um furgão do correio dentro de casa. Não era muito grande.

Ela começou a desabotoar a blusa. Era cor de creme, ainda suja dos respingos da tinta.

— Qual é a primeira coisa de que você se lembra? Não algo que tenham lhe dito que fez. Algo de que você realmente se lembra.

— Ir para o litoral quando tinha três anos, com minha mãe e meu pai — respondi.

— Você se lembra disso? Ou se lembra de terem lhe contado essa história?

— Não entendo aonde quer chegar...

Ela se levantou, remexeu o corpo, deu um passo para fora da saia. Usava um sutiã branco e um calcinha verde-escura velha. Muito humana: não era algo que se usa para impressionar um novo amante. Imaginei como seriam os seios dela quando tirasse o sutiã. Quis acariciá-los, tocá-los com meus lábios.

Ela andou da cadeira até a cama, onde eu estava sentado.

— Agora, deite-se. Daquele lado da cama. Ficarei ao seu lado. Não toque em mim.

Deitei-me, com os braços estendidos ao longo do corpo. Ela me observava.

— Você é tão bonito — comentou. — Mas, sinceramente, não sei se faz meu tipo. Faria se eu tivesse quinze anos. Simpático, doce e nada ameaçador. Artístico. Pôneis. Uma escola de equitação. E aposto que nunca tenta nada com uma garota a não ser que tenha certeza de que ela está pronta, não é?

— Não. Acho que nunca tento.

Ela se deitou ao meu lado.

— Pode me tocar agora — disse Cassandra.

Tinha voltado a pensar em Stuart no final do ano passado. Acho que era o estresse. O trabalho ia bem, até certo ponto, mas eu tinha terminado com Pavel — que pode ou não ter sido um marginal, embora certamente estivesse se metendo num grande número de roubadas no Leste Europeu —, e estava considerando usar sites de relacionamento. Tinha passado uma semana idiota aderindo ao tipo de site que nos coloca em contato com velhos amigos, e daí foi fácil chegar em Jeremy "Scallie" Porter — e Stuart Innes.

Não sei se ainda consigo. Me falta a concentração, a atenção aos detalhes. Coisas que perdemos quando ficamos mais velhos.

O Sr. Cartinhas costumava chegar com seu furgão quando meus pais não tinham tempo para mim. Ele abria seu grande sorriso de gnomo, piscava o olho para mim, me entregava um pacote de papel marrom com *Cassandra* escrito em grandes letras de forma, e dentro haveria um chocolate, uma boneca ou um livro. Seu presente final foi um microfone cor-de-rosa de plástico, e eu andava pela casa com ele fingindo cantar ou estar na tevê. Foi o melhor presente que já ganhei.

Meus pais não faziam perguntas sobre os presentes. Eu não me indagava a respeito de quem os estaria mandando. Chegavam com o Sr. Cartinhas, que pilotava seu furgãozinho pelo corredor até a porta do meu quarto e sempre batia três vezes. Eu era uma garota que demonstrava os sentimentos que sentia e, por isso, quando o vi pela primeira vez depois de ganhar o microfone de plástico, corri até ele e abracei suas pernas com meus braços.

É difícil descrever o que ocorreu em seguida. Ele se desfez como se fosse de neve ou de cinzas. Num instante eu estava abraçando uma pessoa, e então havia apenas um pó branco, e nada mais.

Depois daquele dia, continuei esperando que o Sr. Cartinhas voltasse, mas isso nunca aconteceu. Acabou. Algum tempo depois, tornou-se constrangedor me lembrar dele: eu tinha me apaixonado por *aquilo*.

É tão estranho, esse cômodo.

Me pergunto por que pensei que uma pessoa que me fez feliz quando eu tinha quinze anos poderia me fazer feliz agora. Mas Stuart era perfeito: a escola de equitação (com pôneis), e as pinturas (mostrando que era sensível), e a inexperiência com as garotas (para que eu fosse sua primeira) e quanto ele se tornaria alto, muito alto, sombrio e bonito. Gostava do nome também: era vagamente escocês e (aos meus ouvidos) soava como o herói de um romance.

Escrevi o nome de Stuart nos meus livros escolares.

Não contei às minhas amigas o detalhe mais importante a respeito de Stuart: eu o tinha inventado.

E agora estou levantando da cama e olhando para a silhueta de um homem, um vulto feito de farinha, cinzas ou poeira sobre o lençol de cetim preto, e estou vestindo minhas roupas.

As fotografias na parede também estão desbotando. Não esperava por isso. Eu me pergunto o que restará do mundo dele daqui a algumas horas, se seria melhor tê-lo deixado em paz, usado apenas como fantasia masturbatória, algo que trouxesse segurança e conforto. Ele teria passado a vida inteira sem jamais tocar em alguém de fato, apenas uma foto e um quadro e uma meia lembrança para um punhado de pessoas que quase não pensavam mais nele.

    Deixo o apartamento. O bar do andar de baixo ainda tem gente. Estão sentadas na mesa, no canto, onde Stuart e eu tínhamos nos sentado mais cedo. A vela diminuiu bastante, mas imagino que quase poderia ser a gente. Um homem e uma mulher, conversando. E logo os dois vão se levantar da mesa e ir embora, e a vela será apagada e as luzes também, encerrando mais uma noite.

    Chamo um táxi. Entro. Por um momento — pela última vez, espero — me pego com saudades de Stuart Innes.

    Então relaxo no assento do táxi e o abandono. Espero que possa pagar a corrida, e me pergunto se haverá um cheque na minha bolsa de manhã, ou apenas outra folha de papel em branco. Então, mais satisfeita que insatisfeita, fecho os olhos e espero chegar em casa.

CASO DE MORTE E MEL

2011

Durante anos, o destino de um homem foi um mistério naquela região: o velho bárbaro, branco como um fantasma, com sua imensa sacola. Alguns acharam que tinha sido assassinado e, posteriormente, escavaram o chão da pequena cabana do Velho Gao no alto da colina em busca de tesouros, mas encontraram apenas cinzas e travessas de zinco enegrecidas pelo fogo.

Isso foi após o desaparecimento do próprio Gao, perceba, e antes de seu filho voltar de Lijiang para assumir as colmeias na colina.

O PROBLEMA É ESSE, *escreveu Holmes em 1899*: o Tédio. E a falta de interesse. Melhor dizendo, tudo se torna demasiadamente fácil. Quando a graça de solucionar crimes é o desafio, a possibilidade do fracasso, então os crimes têm algo que retêm a atenção. No entanto, se para todo crime há uma solução e, não obstante, de decifração fácil, não há razão alguma para solucioná-los.

Veja: um homem foi assassinado. Logo, alguém o matou. Foi morto em decorrência de um ou mais dentre um punhado de motivos: tornou-se um problema para alguém, ou possuía algo desejado por alguém, ou enfureceu alguém.

Onde está o desafio nisso?

Eu lia nas gazetas a respeito de crimes que deixavam a polícia perplexa e me descobria a solucionar o caso, em linhas gerais ou até em detalhes, antes mesmo de chegar ao fim da reportagem. O crime é solúvel demais. Dissolve-se. Por que telefonar à polícia e revelar as respostas para seus mistérios? Deixo de lado, de novo e de novo, como um desafio a eles, já que a mim não desafia.

Sinto-me vivo apenas quando percebo um desafio.

As abelhas das colinas brumadas, colinas tão altas que, às vezes, eram chamadas de montanhas, zumbiam no fraco sol de verão ao voar de flor em flor no aclive. O Velho Gao as ouvia, sem prazer. Seu primo, no vilarejo do outro lado do vale, tinha muitas dúzias de colmeias, todas quase cheias de mel, mesmo nessa época do ano; além disso, o mel era branco como a neve. O Velho Gao não achava o mel branco mais saboroso que o mel amarelo e marrom-claro que suas próprias abelhas produziam em quantidades escassas, mas o primo conseguia vender o mel branco a um preço duas vezes maior que o próprio Gao cobrava por seu melhor mel.

No lado da colina pertencente ao primo, as abelhas marrons e douradas eram trabalhadoras aplicadas, esforçadas, que traziam pólen e néctar às colmeias em imensas quantidades. As abelhas do Velho Gao eram mal-humoradas e pretas, reluzentes feito balas, produzindo apenas o mel necessário para sobreviver ao inverno e pouco mais: o bastante para que o Velho Gao vendesse de porta em porta aos demais aldeões, um pequeno pedaço de favo de mel por vez. Sempre que tinha favos de ninho para vender, cobrava mais pela deliciosa iguaria cheia de larvas de abelha e rica em proteína, o que ocorria raramente, pois as abelhas eram irritadiças e taciturnas e, a tudo que faziam, dedicavam-se o mínimo necessário, inclusive para fazer mais abelhas, e o Velho Gao tinha consciência de que cada favo de ninho vendido por ele representava abelhas a menos para fazer o mel que venderia mais tarde ao longo do ano.

O Velho Gao era tão ranzinza e mordaz quanto suas abelhas. Tivera uma esposa, mas ela morreu no parto. O filho que a matara sobreviveu por uma semana e também morreu. Não haveria ninguém para entoar os ritos fúnebres do Velho Gao, ninguém para limpar seu túmulo na época dos festivais nem fazer oferendas. Morreria sem que ninguém se lembrasse dele, tão ignorável e ignorado quanto suas abelhas.

Assim que as estradas se tornaram transitáveis, ao fim da primavera daquele ano, apareceu nas montanhas um desconhecido, um velho homem branco com uma imensa sacola marrom presa aos ombros. O Velho Gao ouviu falar dele antes de ser apresentado ao homem.

— Há um bárbaro observando as abelhas — comentou o primo.

O Velho Gao nada disse. Tinha visitado o primo para comprar um balde de favos de segunda linha, quebrados ou desoperculados, com risco de logo estragarem. Comprou a um preço baixo para alimentar as próprias abelhas, e, se vendesse parte daquilo em seu vilarejo, ninguém perceberia a diferença. Os dois bebiam chá na cabana do primo de Gao, na colina. A partir do fim da primavera, quando as primeiras gotas de mel começavam a fluir, até a primeira geada, o primo de Gao deixava sua casa na vila e se alojava na cabana da colina, para viver e dormir entre as colmeias, por medo de ladrões. A esposa e os filhos levavam colina abaixo os favos e as garrafas de mel branco como a neve para vender.

O Velho Gao não tinha medo de ladrões. As reluzentes abelhas pretas das colmeias dele não tinham pena de ninguém que as perturbasse. Ele dormia no vilarejo, a não ser que fosse época de coletar o mel.

— Vou enviá-lo ao seu encontro — disse o primo de Gao. — Responda às perguntas dele, mostre-lhe suas abelhas, e ele vai pagá-lo.

— Ele fala nossa língua?

— Sim, mas de maneira medonha. Disse que aprendeu a falar com marinheiros, em sua maioria cantoneses. Mas aprende rápido, embora seja velho.

O Velho Gao grunhiu, desinteressado em marinheiros. A manhã já ia alta, e ainda faltavam quatro horas de caminhada pelo vale até chegar ao seu vilarejo, no calor do dia. Ele terminou seu chá. O chá que o primo bebia era mais refinado que qualquer um que o Velho Gao já pôde pagar.

Chegou às suas colmeias quando ainda havia luz, colocou a maior parte do mel desoperculado nas colmeias mais fracas. Ele tinha onze colmeias. O primo tinha mais de cem. Durante o procedimento, o Velho Gao foi picado duas vezes, nas costas da mão e na nuca. Já fora ferroado mais de mil vezes na vida. Nem saberia dizer quantas. Mal sentia as picadas de outras abelhas, mas a ferroada de suas próprias abelhas pretas sempre doía, ainda que não houvesse mais inchaço nem queimação.

No dia seguinte, um menino veio à casa do Velho Gao no vilarejo para dizer-lhe que havia alguém — um estrangeiro gigante — perguntando por ele. O Velho Gao apenas grunhiu. Atravessou o vilarejo caminhando com seu ritmo constante, enquanto o menino corria na frente e logo se perdia na distância.

O Velho Gao encontrou o estrangeiro bebendo chá, sentado na varanda da Viúva Zhang. O Velho Gao conhecera a mãe da Viúva Zhang, cinquenta anos atrás. Foi amiga da esposa dele. Agora já fazia tempo que ela morrera. Ele não acreditava que ainda tivesse alguém que conhecera sua mulher. A Viúva Zhang buscou chá para o Velho Gao, apresentou-o ao bárbaro, que tinha tirado a sacola do ombro e se sentado junto à pequena mesa.

Bebericaram o chá. O bárbaro disse:

— Gostaria de ver suas abelhas.

O algoz de Mycroft foi o fim do Império, e ninguém sabia disso além de nós dois. Ele jazia naquele cômodo desbotado, coberto apenas com um fino lençol branco, como um fantasma provindo da imaginação popular, faltando para tal apenas dois buracos no lençol fazendo as vezes de olhos para completar a transformação.

Eu imaginara que a doença o minguaria, mas ele parecia maior do que nunca, com os dedos inchados como duas linguiças brancas.

— Boa noite, Mycroft — cumprimentei-o. — O dr. Hopkins me disse que você tem duas semanas de vida e enfatizou que eu não deveria informá-lo disso sob hipótese alguma.

— Um parvo, aquele homem — disse Mycroft, cuja respiração vinha entrecortada por pesados sibilos entre as palavras. — Não viverei até sexta-feira.

— Chegará no mínimo até sábado — retruquei.

— Sempre um otimista. Não, já na noite de quinta passarei a ser apenas um exercício de geometria aplicada para Hopkins e para os diretores funerários da Snigsby e Malterson, que vão enfrentar o desafio de tirar minha carcaça deste cômodo e do prédio, dada a estreiteza das portas e dos corredores.

— Levando em conta a escada, acima de tudo. Mas eles vão remover o batente da janela e baixá-lo até a rua como um grande piano.

Mycroft bufou diante do comentário.

— Tenho cinquenta e quatro anos, Sherlock. Na minha cabeça está o governo britânico. Não aquele disparate de eleições e palanques, mas o funcionamento da coisa. Ninguém mais compreende como a movimentação das tropas nas colinas do Afeganistão afeta as desoladas praias do norte de Gales, ninguém mais compreende a situação como um todo. Pode imaginar o rebuliço que essa gente e seus filhos vão fazer quando a Índia se tornar independente?

Nunca me dispusera a pensar no assunto.

— Ela *se tornará* independente? — perguntei.

— É inevitável. Em trinta anos, no máximo. Escrevi numerosos memorandos sobre o assunto. Assim como a respeito de tantos outros. Há memorandos sobre a Revolução Russa, que, imagino, deve ocorrer em questão de dez anos, e a questão alemã, e... ah, tantos outros. Não que eu tenha a expectativa de que sejam lidos ou compreendidos. — Outro sibilo. Os pulmões do meu irmão vibravam como as janelas em uma casa vazia. — Sabe, se me fosse possível continuar vivo, o Império Britânico perduraria por mais mil anos, trazendo paz e melhorias ao mundo.

No passado, especialmente quando criança, sempre que ouvia Mycroft fazer um pronunciamento grandioso como aquele, eu dizia algo para atazaná-lo. Mas não agora, não em seu leito de morte. E, além disso, tinha certeza de que ele não se referia ao estado atual do Império, um construto falho e falível criado por gente falha e falível, mas sim de um Império Britânico que existia apenas na sua cabeça, uma gloriosa força de civilização e prosperidade universal.

Não acredito, e nunca acreditei, em impérios. Porém, acreditava em Mycroft.

Mycroft Holmes. Cinquenta e quatro anos de idade. Ele vira a chegada do novo século, mas a rainha ainda viveria muitos meses além dele. Era mais de trinta anos mais velha que ele, e uma senhora de compleição vigorosa sob todos os aspectos. Indaguei em silêncio se este final infeliz não poderia ter sido evitado.

— Você tem razão, Sherlock, é claro — disse meu irmão. — Tivesse eu me obrigado a fazer exercícios. Tivesse eu me alimentado de alpiste e repolho em vez de bisteca. Tivesse eu aprendido a dançar conforme a música com uma esposa e um cãozinho e me comportado de tantas outras maneiras que seriam contrárias à minha natureza. Talvez garantisse mais dez ou doze anos de vida. Contudo, de que vale isso, diante do quadro geral das coisas? Bem pouco. E, mais cedo ou mais tarde, alcançaria meu ocaso. Não. Na minha opinião, seriam necessários duzentos anos para criar um serviço civil funcional, que dirá um serviço secreto...

Eu nada falei.

O cômodo desbotado não tinha nenhum tipo de decoração nas paredes. Nenhuma das condecorações de Mycroft. Nenhuma ilustração, fotografia ou pintura. Comparei seu ambiente austero aos meus próprios cômodos abarrotados em Baker Street e pensei, não pela primeira vez, sobre a mente de Mycroft. Ele não precisava de nada do lado de fora, pois estava tudo do lado de dentro: tudo que ele vira, tudo que vivenciara, tudo que lera. Podia fechar os olhos e caminhar pela National Gallery, ou folhear as obras da Sala de Leitura do British Museum (ou, mais provavelmente, comparar relatórios de espionagem vindos dos confins do Império ao preço da lã em Wigan e às estatísticas de desemprego em Hove, e então, partindo apenas de tais documentos, ordenar a promoção de um homem ou a condenação de um traidor a uma morte discreta).

Mycroft emitiu um sibilo intenso, e então disse:

— É um crime, Sherlock.

— Como?

— Um crime. É um crime, meu irmão, tão monstruoso e hediondo quanto qualquer um dos massacres sensacionalistas que você já investigou. Um crime contra o mundo, contra a natureza, contra a ordem.

— Devo confessar, meu caro, que não entendo bem ao que se refere. Qual é o crime?

— Minha morte, em específico. E a morte, em geral. — Ele olhou nos meus olhos. — Falo sério. Não seria *este* um crime digno de investigação, Sherlock, velho companheiro? Um caso capaz de prender sua atenção por mais tempo que o necessário para determinar que o pobre sujeito que liderava a orquestra de sopro em Hyde Park foi assassinado pelo terceiro corneteiro usando um preparado de estricnina.

— Arsênico — corrigi, quase automaticamente.

— Creio que descobrirá que o arsênico, embora presente, tenha derivado de flocos de tinta verde do coreto que caíram em seu jantar. Os sintomas de envenenamento por arsênico não passam de um engodo. Não, foi a estricnina que deu cabo do pobre sujeito.

Mycroft nada mais me disse naquele dia, e jamais o faria de novo. Seu último suspiro foi na quinta-feira seguinte, no fim da tarde, e, na sexta, os honrados representantes de Snigsby e Malterson removeram o batente da janela do cômodo desbotado, baixando o corpo do meu irmão até a rua, feito um grande piano.

Os participantes do velório fomos eu, meu amigo Watson, nossa prima Harriet e, atendendo ao desejo explícito de Mycroft, mais ninguém. O Serviço Público, o Ministério das Relações Exteriores, até o Diogenes Club: tais instituições e seus representantes estiveram ausentes. Mycroft vivera como recluso e seria igualmente recluso na morte. Assim, éramos apenas nós três e o pároco, que não conhecera meu irmão e não fazia ideia que estava consignando ao túmulo o braço mais onisciente do Império Britânico.

Quatro homens musculosos seguraram firme nas cordas e baixaram o cadáver de meu irmão até sua jazida final, e devo dizer que se esforçaram ao máximo para não praguejar diante do peso da coisa. Dei a cada um deles uma gorjeta de meia coroa.

Mycroft morreu aos cinquenta e quatro anos e, enquanto seu corpo era depositado na sepultura, na minha imaginação ainda podia ouvir seu sibilo surdo e entrecortado enquanto parecia dizer: "Não seria *este* um crime digno de investigação?"

Embora seu vocabulário fosse limitado, o sotaque do estrangeiro não era dos piores, e ele falava o dialeto local, ou algo parecido. Aprendia rápido. O Velho Gao arrastou o pé na terra da rua e cuspiu. Nada disse. Não queria subir a colina com o estrangeiro; não queria perturbar suas abelhas. Segundo a experiência do Velho Gao, quanto menos incomodasse as abelhas, melhor o desempenho delas. E se picassem o bárbaro?

O cabelo do estrangeiro era branco platinado e ralo; o nariz, o primeiro nariz bárbaro que o Velho Gao já vira, era imenso e curvado, lembrando o bico de uma águia; a pele era bronzeada, numa tonalidade semelhante à do próprio Velho Gao, com rugas profundas. O Velho Gao não tinha certeza se seria capaz de desvendar a expressão do bárbaro como fazia com a de outras pessoas, mas achou que o homem parecia sério e, talvez, infeliz.

— Por quê?

— Estudo abelhas. Seu irmão disse que você tem grandes abelhas pretas. Abelhas incomuns.

O Velho Gao deu de ombros. Não corrigiu o homem com relação ao parentesco com o primo.

O estrangeiro perguntou ao Velho Gao se ele já comera, e quando Gao respondeu que não, o estrangeiro pediu à Viúva Zhang que lhes trouxesse sopa e arroz e o que mais houvesse de bom na cozinha, e ela voltou com um cozido de cogumelos pretos com legumes e pequenos peixes transparentes de água doce, pouco maiores que girinos. Os dois comeram em silêncio. Quando terminaram, o estrangeiro disse:

— Eu ficaria honrado se me mostrasse suas abelhas.

O Velho Gao nada respondeu, mas o estrangeiro pagou bem à Viúva Zhang e colocou a sacola nas costas. Então esperou, e, quando o Velho Gao começou a andar, o estrangeiro o seguiu. Carregava a sacola como se não sentisse seu peso. Era forte para uma pessoa de idade, pensou o Velho Gao, ponderando se todos os bárbaros seriam assim tão fortes.

— De onde veio?

— Da Inglaterra — disse o estrangeiro.

O Velho Gao se lembrou do pai falando de uma guerra com os ingleses envolvendo o comércio e o ópio, mas isso tinha sido muito tempo antes.

Caminharam pela colina que talvez fosse uma montanha. Era íngreme, e o terreno era rochoso demais para ser transformado em campos. O Velho Gao testou o fôlego do estrangeiro, caminhando num ritmo mais acelerado que o normal, e o estrangeiro o acompanhou, com a sacola nas costas.

No entanto, o estrangeiro parou várias vezes. Parou para examinar flores, as pequenas flores brancas que se abriam no início da primavera no restante do vale, mas que se abriam na encosta da colina apenas no final da estação. Havia uma abelha em uma das flores, e o estrangeiro se ajoelhou para observá-la. Então colocou a mão no bolso, tirou dele uma grande lente de aumento e examinou a abelha com ela, fazendo anotações num pequeno caderno de bolso, com uma escrita incompreensível.

O Velho Gao nunca tinha visto uma lente de aumento, e se aproximou para ver a abelha, tão preta e tão forte e muito diferente das abelhas de outras partes daquele vale.

— Uma de suas abelhas?

— Sim — disse o Velho Gao. — Ou outra do mesmo tipo.

— Então vamos deixar que encontre sozinha o caminho de casa — disse o estrangeiro, que não perturbou a abelha, e guardou a lente de aumento.

The Croft
East Dene, Sussex,
11 de agosto de 1922

Meu caro Watson,
Pensei longamente em nossa conversa desta tarde, avaliei com calma e me vejo preparado para mudar minhas opiniões anteriores.

Estou receptivo à publicação de seu relato dos incidentes de 1903, especificamente do último caso antes de minha aposentadoria, sob a seguinte condição.

Além das alterações habituais que faríamos para ocultar pessoas e lugares reais, sugiro que substitua todo o cenário que encontramos (refiro-me ao jardim do professor Presbury, sobre o qual não escreverei mais aqui), além de incluir glândulas de macaco, ou algum outro extrato obtido a partir dos testículos de um símio ou lêmure, enviado por algum estrangeiro misterioso. Talvez o extrato de macaco tivesse o efeito de fazer o professor Presbury se mover como um símio (quem sabe possa se tornar algum tipo de "homem das selvas"?) ou talvez o tornasse capaz de trepar nas laterais de prédios e nas árvores. Talvez ganhasse uma cauda, mas isso poderia ser um exagero até mesmo para você, Watson, embora não mais que muitos de seus acréscimos barrocos a histórias envolvendo eventos mais corriqueiros de minha vida e meu trabalho.

Além disso, escrevi o seguinte discurso, que eu mesmo vou proferir, ao término de sua narrativa. Peço que garanta a presença de algo bastante semelhante a essas linhas, nas quais censuro uma vida longa demais e os tolos instintos que levam pessoas tolas a fazer coisas tolas para prolongar suas vidas tolas.

Há um perigo bastante real ameaçando a humanidade. Se pudéssemos viver para sempre, se a juventude estivesse facilmente ao alcance, o material, o sensual, o mundano, todos desejariam prolongar suas existências sem valor. O espiritual não poderia evitar o chamado a algo mais elevado. Seria a sobrevivência do menos forte. Em que tipo de pocilga nosso mundo poderia se transformar?

Algo nesse sentido deixaria minha consciência em paz, imagino.
Por favor, deixe-me ver o texto final antes de enviá-lo para publicação.

Continuo sendo seu mais obediente servo, velho amigo,

Sherlock Holmes

Eles chegaram às abelhas do Velho Gao no fim da tarde. As colmeias eram caixas cinzentas de madeira empilhadas atrás de uma estrutura tão simples que mal poderia ser chamada de cabana. Quatro pilares, um telhado e pedaços de tecido embebidos em óleo que serviam para manter afastado o pior das chuvas da primavera e das tempestades de verão. Havia lá um pequeno braseiro de carvão que servia para cozinhar, mas que também fazia as vezes de aquecedor. Um estrado de madeira no centro da estrutura, com um antigo travesseiro de cerâmica, servia como cama nas ocasiões em que o Velho Gao dormia nas montanhas com as abelhas, particularmente no outono, quando recolhia a maior parte do mel. Era pouco se comparado à produção das colmeias do primo, mas o suficiente para quando precisava passar dois ou três dias esperando até que os favos que esmagara e remexera fossem filtrados pelo tecido e recolhidos nos potes e baldes que ele carregara morro acima. O restante era derretido (a matéria pegajosa, os pedaços de pólen e a sujeira e os fluidos das abelhas) num pote, para extrair a cera, e ele devolvia a água doce às abelhas. Então, levava o mel e os blocos de cera colina abaixo para vendê-los no vilarejo.

Mostrou ao estrangeiro as onze colmeias, observando impassível enquanto o homem vestia um véu e abria uma caixa, examinando primeiro as abelhas, depois o conteúdo de uma câmara de cria, e, finalmente, a rainha, usando a lente de aumento. Não demonstrou medo nem desconforto: em tudo que fazia, seus gestos eram graciosos e lentos, e não levou nenhuma picada, sem ferir nem esmagar qualquer abelha. Isso impressionou o Velho Gao. Supusera que os bárbaros eram criaturas inescrutáveis, ilegíveis e misteriosas, mas esse homem parecia transbordar de alegria por ter encontrado as abelhas de Gao. Seus olhos brilhavam.

O Velho Gao acendeu o braseiro para ferver um pouco de água. Porém, muito antes de o carvão ficar quente, o estrangeiro tirou da sacola um aparato de vidro e metal. Tinha enchido a metade superior com água do riacho, acendeu uma chama, e logo havia uma chaleira de água borbulhando e fumegando. Então, o estrangeiro tirou da sacola duas canecas de estanho e algumas folhas de chá verde envoltas em papel e depositou as folhas na caneca para, em seguida, derramar a água sobre elas.

Foi o melhor chá que o Velho Gao já provara: muito mais saboroso que o chá do primo. Eles o beberam em posição de lótus, sentados no chão.

— Eu gostaria de ficar aqui para o verão, nesta casa — disse o estrangeiro.

— Aqui? Nem chega a ser uma casa — respondeu o Velho Gao. — Fique no vilarejo ao pé da montanha. Há um quarto na casa da Viúva Zhang.

— Ficarei aqui. Gostaria também de alugar uma de suas colmeias.

Fazia anos que o Velho Gao não ria. Havia no vilarejo quem acreditasse que tal coisa fosse impossível. Ainda assim, ele riu, uma gargalhada de surpresa e deleite que parecia ter sido arrancada de seus lábios.

— Falo sério — disse o estrangeiro.

Ele colocou quatro moedas de prata no chão entre os dois. O Velho Gao não viu de onde ele as tinha retirado: três pesos mexicanos de prata, moeda que se tornara popular na China, anos antes, e um grande yuan prateado. Era tanto dinheiro que equivalia ao que o Velho Gao ganhava em um ano vendendo mel.

— Por essa quantia, gostaria que alguém me trouxesse comida. A cada três dias seria satisfatório — falou o estrangeiro.

O Velho Gao nada disse. Terminou o chá e se levantou. Afastou os tecidos oleosos até chegar à clareira no alto do aclive. Caminhou até as onze colmeias: cada uma era formada por duas câmaras de cria com um, dois, três ou, num dos casos, quatro compartimentos acima da base. Ele levou o estrangeiro à colmeia de quatro compartimentos, cada um deles preenchidos por caixilhos.

— Esta é a sua colmeia — disse.

Eram extratos vegetais. Isso era óbvio. Funcionavam, à sua maneira, por um período limitado, mas eram também extremamente tóxicos. Entretanto, observando o pobre professor Presbury durante aqueles derradeiros dias (sua pele, os olhos, o andar), convenci-me de que ele não seguira um rumo completamente equivocado.

Fiquei com sua caixa de sementes, bulbos, raízes e extratos secos, e me pus a pensar. Ponderar. Cogitar. Refletir. Era um problema intelectual, e poderia ser solucionado pelo intelecto, como meu antigo professor de matemática sempre buscou demonstrar a mim.

Eram extratos vegetais, e eram letais.

Os métodos que usei para neutralizar sua letalidade os tornaram bastante ineficazes.

Não precisaria de apenas três cachimbos até resolver o problema. Suspeitava que o problema me levaria a fumar, digamos, trezentos cachimbos, até que me deparei com uma ideia inicial (talvez uma noção) de como processar as plantas de maneira a possibilitar sua ingestão por seres humanos.

Não era um ramo de investigação que desse para explorar sem dificuldade em Baker Street. E foi assim que, no outono de 1903, mudei-me para Sussex, e passei o inverno lendo cada livro, panfleto e monografia já publicados até então, imagino, a respeito dos cuidados na criação de abelhas. E foi assim que, no início de abril de 1904, armado apenas com conhecimento teórico, recebi de um agricultor local minhas primeiras abelhas.

Às vezes, me pergunto se Watson suspeitou de algo. Pensando melhor, a gloriosa natureza obtusa de meu amigo nunca deixou de me surpreender e, de fato, houve ocasiões em que contei com ela. Ainda assim, ele conhecia o estado em que eu ficava quando não tinha trabalho para usar a mente, nenhum caso para solucionar. Conhecia minha lassidão, meus temperamentos mais sombrios quando não tinha um caso com o qual me ocupar.

Assim, como pôde acreditar que eu tinha realmente me aposentado? Ele conhecia meus métodos.

De fato, Watson estava lá quando recebi minhas primeiras abelhas. Observou de uma distância segura enquanto eu as transferia do pacote para a colmeia vazia que as esperava, como um melaço derramado lentamente, zumbindo com graça.

Viu minha animação, e não deduziu nada.

Os anos se passaram, e assistimos ao Império ruir, observamos o governo incapaz de governar, vimos aqueles pobres e heroicos jovens enviados para a morte nas trincheiras de Flandres, e tudo isso confirmou minhas opiniões. Minha intenção não era fazer a coisa certa. Estava fazendo a única coisa que importava.

Conforme meu rosto se tornava desconhecido, e as juntas de meus dedos inchavam e doíam (mas não tanto quanto poderiam doer, fato que atribuí às muitas picadas de abelha recebidas nos meus primeiros anos de apicultor investigativo), e conforme Watson — o querido, corajoso e obtuso Watson — desbotava com o tempo, empalidecendo e encolhendo, a pele cada vez mais cinzenta, o bigode assumindo o mesmo tom da cor da pele, minha determinação em concluir as pesquisas não diminuiu. Só fez aumentar.

Bem, minhas hipóteses iniciais foram testadas em South Downs, num apiário que eu mesmo criei, com cada colmeia feita a partir do modelo de

Langstroth. Creio ter cometido todos os erros que um apicultor iniciante já cometeu e, além disso, em decorrência das investigações, erros suficientes para encher outra colmeia, erros que nenhum outro apicultor jamais cometera e, espero, nem chegarão a cometer um dia. *O caso da colmeia envenenada* poderia ser o nome dado por Watson a muitas delas, embora *O mistério do instituto de mulheres aturdidas* teria chamado mais atenção para minhas pesquisas se alguém tivesse interesse a ponto de fazer uma investigação. (Quanto a isso, repreendi a sra. Telford por ter simplesmente apanhado um vasilhame de mel das prateleiras sem me consultar, e me certifiquei de que, no futuro, ela recebesse vários vasilhames de mel das colmeias mais comuns para cozinhar, mantendo o mel das colmeias experimentais trancado depois de recolhido. Não acredito que isso tenha atraído comentários.)

Fiz experimentos com abelhas holandesas, alemãs e italianas, carnicas e caucasianas. Lamentei a perda de nossas abelhas britânicas para uma praga e, no caso das sobreviventes, para a reprodução endogâmica, embora tenha encontrado e trabalhado com uma pequena colmeia que comprei e cultivei a partir de um caixilho e uma célula de rainha encontrados em uma velha abadia em St. Albans e que me pareceram ser espécimes britânicos originais.

Meus experimentos consumiram a maior parte de duas décadas, antes de eu concluir que as abelhas que buscava, se existiam, não seriam encontradas na Inglaterra, e não sobreviveriam a distância que teriam que viajar para chegar até mim via postagem internacional. Eu precisaria examinar abelhas na Índia. Talvez até tivesse que viajar ainda mais longe.

Conheço um pouco de alguns idiomas.

Tinha minhas sementes de flor, meus extratos e minhas tinturas como xarope. Não precisava de mais nada.

Reuni tudo, contratei para o chalé de Downs uma faxina semanal para arejá-lo e pedi ao mestre Wilkins (a quem temo ter adquirido o hábito de me referir como "Jovem Villikins") que inspecionasse as colmeias, recolhendo e vendendo o mel excedente no mercado de Eastbourne, e preparando-as para o inverno.

Disse a eles que não sabia quando estaria de volta.

Estou velho. Talvez não esperassem que eu voltasse.

E se esse fosse de fato o caso, eles estariam corretos, tecnicamente.

O Velho Gao ficou impressionado, fora de si. Tinha passado a vida entre as abelhas. Ainda assim, observar o estrangeiro chacoalhá-las para fora das caixas com um gesto de punho treinado, tão ligeiro e preciso a ponto de as abelhas pretas parecerem mais surpresas do que irritadas, fazendo com que voassem ou rastejassem de volta à colmeia, era impressionante. Então, o estrangeiro empilhou os caixilhos cheios de favos sobre uma das colmeias mais fracas, para que o Velho Gao ainda recebesse o mel da colmeia que estava alugando ao forasteiro.

E foi assim que o Velho Gao ganhou um inquilino.

O Velho Gao deu à neta da Viúva Zhang algumas moedas para que levasse comida ao estrangeiro três vezes por semana (em geral, arroz e legumes, com um pote de barro cheio de sopa, quando sobrava).

A cada dez dias, o próprio Velho Gao subia as colinas. No início, ele ia verificar a situação das colmeias, mas logo descobriu que, sob os cuidados do estrangeiro, todas as onze estavam prosperando como nunca. E, de fato, havia agora uma décima segunda colmeia, de um enxame de abelhas pretas que o estrangeiro encontrou numa caminhada e capturou.

Na visita seguinte à cabana, o Velho Gao trouxe madeira e, com o estrangeiro, passou várias tardes trabalhando em silêncio, fazendo compartimentos adicionais para colocar nas colmeias e preparando mais caixilhos.

Certa noite, o estrangeiro contou ao Velho Gao que o tipo de caixilho que os dois faziam fora inventado por um americano, setenta anos antes. Isso pareceu bobagem para o Velho Gao, que construía as molduras como fizera seu pai, e como faziam em todo o vale, e como tinham feito seu avô e o avô do seu avô, mas nada disse.

Ele gostava da companhia do estrangeiro. Faziam colmeias juntos, e o Velho Gao desejou que o estrangeiro fosse um homem mais jovem. Assim, ficaria por mais tempo, e o Velho Gao teria alguém a quem deixar suas colmeias depois que morresse. No entanto, eram dois velhos fazendo caixas juntos, com o cabelo ralo e branco e os rostos envelhecidos, e nenhum dos dois veria outra dúzia de invernos.

O Velho Gao reparou que o desconhecido plantara um pequeno e organizado jardim ao lado da colmeia que reclamara para si, a qual tinha afastado das demais. Ele a cobrira com uma rede e também criara uma "porta dos fundos" para a colmeia, de modo que as únicas abelhas que podiam chegar até as plantas vinham da colmeia que ele estava alugando. O Velho Gao observou também que por baixo da rede havia numerosas travessas cheias de algo que parecia ser um tipo de solução de açúcar, uma vermelho-brilhante, outra verde, uma de um azul chocante, e outra amarela. Ele apontou para as travessas, mas o estrangeiro apenas sorriu e fez um gesto com a cabeça.

As abelhas estavam recolhendo o xarope, aglomerando-se e reunindo-se com as línguas para fora nas laterais de pratos de estanho, comendo até não poderem mais, e então voltando para a colmeia.

O estrangeiro tinha feito desenhos das abelhas do Velho Gao. Mostrou os desenhos a ele, tentando explicar ao dono das abelhas as diferenças entre aqueles espécimes pretos e outras abelhas produtoras de mel, falando de abelhas antigas preservadas na pedra durante milhões de anos, mas nesse ponto o chinês do estrangeiro se revelou insuficiente. A verdade é que o Velho Gao não estava interessado. As abelhas eram dele até sua morte, e depois seriam as abelhas na encosta da montanha. Já tinha trazido outras abelhas até lá, mas todas adoeceram e morreram, ou foram atacadas e mortas pelas abelhas pretas, que saquearam seu mel e as abandonaram para morrer de fome.

A última dessas visitas foi no fim do verão. O Velho Gao desceu a colina. Não voltou mais a ver o estrangeiro.

Está feito.

Funciona. Já sinto uma estranha combinação de triunfo e decepção, como a de uma derrota, ou de nuvens distantes carregadas provocando meus sentidos.

É estranho olhar para minhas mãos, não as mãos com as quais me acostumei nos últimos anos, mas aquelas que eu tive em minha juventude: os nós sem inchaço, pelos escuros em vez dos brancos.

Era uma busca que já derrotara tantos, um problema sem solução aparente. O primeiro imperador da China morreu e quase destruiu seu império nessa busca, há três mil anos. Mas e quanto a mim, eu precisei de quê? Vinte anos?

Não sei se fiz a coisa certa (embora uma "aposentadoria" sem tal ocupação teria sido enlouquecedora, literalmente). Acolhi a solicitação de Mycroft. Investiguei o problema. Era inevitável que eu chegasse à solução.

Vou revelá-la ao mundo? Não.

Ainda assim, tenho na sacola meio vasilhame de mel escuro e marrom; meio pote de mel que vale mais do que nações (senti a tentação de escrever *vale mais que todo o chá da China*, talvez devido à minha situação atual, mas temo que até Watson ridicularizaria tamanho clichê).

E falando em Watson...

Resta uma coisa a fazer. Minha única meta remanescente, pequena o bastante. Vou encontrar o caminho até Xangai e, de lá, navegar a Southampton, a meio mundo de distância.

E uma vez que estiver lá, vou procurar Watson, se ainda estiver vivo (e imagino que esteja). Reconheço que seja algo irracional, mas tenho certeza de que saberia, de alguma maneira, se Watson tivesse deixado este mundo.

Vou comprar maquiagem teatral e me disfarçar de velho para não sobressaltá-lo, e convidarei meu velho amigo para tomar chá.

Imagino que no chá daquela tarde será servido mel para passar nas torradas amanteigadas.

Havia boatos sobre um bárbaro que passara pelo vilarejo rumo ao leste, mas as pessoas que diziam isso ao Velho Gao não achavam que era a mesma pessoa que tinha vivido na cabana dele. Este era jovem e orgulhoso, e seu cabelo era escuro. Não foi o único a caminhar por aquelas partes na primavera, embora sua sacola fosse parecida, de acordo com o que uma pessoa contou a Gao.

O Velho Gao subiu a montanha para averiguar, embora já suspeitasse do que iria encontrar antes mesmo de chegar lá.

O estrangeiro havia partido, levando sua sacola.

Entretanto, muita coisa fora queimada. Era evidente. Papéis — o Velho Gao reconheceu a borda de um desenho que o estrangeiro fizera de uma de suas abelhas, mas o restante dos papéis se transformara em cinzas, ou tinha escurecido a ponto de ficar irreconhecível, mesmo se o Velho Gao soubesse ler a escrita dos bárbaros. Os papéis não haviam sido a única coisa queimada: partes da colmeia alugada pelo estrangeiro eram agora apenas cinzas retorcidas; havia ripas enegrecidas e retorcidas de pratos de estanho que um dia talvez tivessem guardado xaropes de coloração viva.

A cor era adicionada aos xaropes para facilitar a distinção entre eles, dissera o estrangeiro, embora o Velho Gao jamais tivesse indagado qual seria o propósito.

Ele examinou a cabana como um detetive, buscando uma pista da natureza e do paradeiro do estrangeiro. No travesseiro de cerâmica, quatro moedas foram deixadas para que ele as encontrasse, dois yuans e dois pesos de prata, e ele as guardou.

Atrás da cabana, encontrou um monte de restolho, com as últimas abelhas do dia ainda rastejando sobre ele, provando a doçura que havia na superfície da cera ainda pegajosa.

O Velho Gao pensou bastante antes de recolher o restolho, envolvê-lo em panos e colocá-lo num pote, que encheu de água. Aqueceu a água no braseiro, mas não a deixou ferver. Em pouco tempo a cera flutuou até a superfície, deixando as abelhas mortas, a sujeira, o pólen e o própolis dentro do tecido.

Deixou esfriar.

Então, saiu da cabana e olhou para a lua. Estava quase cheia.

Indagou quantos aldeões saberiam que seu filho morrera quando bebê. Lembrava-se da esposa, mas o rosto dela estava distante, e não havia fotografias nem retratos. Percebeu que cuidar das abelhas pretas como balas na encosta daquela altíssima colina era o que sabia fazer de melhor. Não havia outro homem que conhecesse o temperamento delas tão bem.

A água tinha esfriado. Ele ergueu dela o bloco de cera de abelha, agora sólido, colocando-o sobre as tábuas da cama para terminar de resfriar. Então, tirou do pote o pano cheio de sujeira e impurezas. E por também ser um detetive à sua própria maneira, sabia que, após o impossível ser descartado, as hipóteses que restavam, não obstante o quão improváveis pareçam, têm que ser a verdade. Assim, o Velho Gao bebeu a água doce do pote. Afinal, há muito mel no restolho, mesmo após ter sido filtrado com um pano e purificado. A água tinha gosto de mel, mas não de um mel que Gao já tivesse provado. Tinha gosto de fumaça e metal e estranhas flores e perfumes curiosos. O sabor, pensou Gao, tinha certo gosto de sexo.

Ele bebeu tudo, e então dormiu, com a cabeça sobre o travesseiro de cerâmica.

Quando acordasse, pensou, decidiria a melhor maneira de lidar com o primo, que esperaria herdar as doze colmeias na colina quando o Velho Gao desaparecesse.

Ele seria um filho ilegítimo, talvez, o jovem que voltaria dali alguns dias. Ou quem sabe o próprio filho. O Jovem Gao. Quem se lembraria agora? Não importava.

Ele iria à cidade e voltaria, e então cuidaria das abelhas pretas na encosta da montanha enquanto os dias e as circunstâncias o permitissem.

O HOMEM QUE ESQUECEU RAY BRADBURY

2012

Ando esquecendo as coisas, e isso me assusta.

Estou perdendo palavras, embora não perca os conceitos. Espero não estar perdendo os conceitos. Caso esteja perdendo os conceitos, não tenho consciência disso. Caso esteja perdendo os conceitos, como eu poderia saber?

O que é engraçado, porque minha memória sempre foi ótima. Estava tudo lá. Às vezes, minha memória era tão boa que eu chegava a acreditar ser capaz de lembrar coisas ainda desconhecidas. Lembrar o futuro…

Não acho que exista uma palavra para isso. Lembrar-se de coisas que ainda não aconteceram, será que existe? Procurar por ela não provoca a mesma sensação de quando busco em minha cabeça palavras que já estiveram lá, não dá a impressão de que alguém tenha vindo e a roubado durante a noite.

Quando eu era jovem, morava numa grande casa compartilhada. Era estudante na época. Cada um tinha sua própria prateleira na cozinha, devidamente assinalada com seu nome, e sua própria prateleira na geladeira, onde guardávamos nossos ovos, queijo, iogurte, leite. Sempre tive o escrúpulo de usar apenas meus mantimentos. Os outros não eram tão… aí está. Perdi uma palavra. O termo deveria significar "cuidadosos na observação das regras". As outras pessoas na casa eram… não eram assim. Quando ia à geladeira, meus ovos tinham sumido.

Estou pensando num céu cheio de naves espaciais, tantas delas que mais parecem uma praga de gafanhotos, prateadas contra o violeta luminoso da noite.

Naquela época, algumas coisas sumiam do meu quarto também. Lembro quando perdi as botas. Ou de "estarem perdidas", melhor dizendo, já que não me flagrei no ato de perdê-las. Botas não "se perdem". Alguém "as perdeu". Assim como meu grande dicionário. Mesma casa, mesma época. Procurei na pequena estante ao lado da minha cama (tudo estava ao lado da minha cama: era meu quarto, mas não era muito maior que um closet com uma cama dentro).

Procurei na prateleira, e o dicionário não estava lá; havia apenas um espaço vazio do tamanho de um dicionário para mostrar onde o dicionário não estava.

Todas as palavras e o livro que as trouxera tinham sumido. Nos meses seguintes, também levaram meu rádio, uma lata de creme de barbear, um bloco de papel para anotações e uma caixa de lápis. E o meu iogurte. E, como descobri durante um apagão, minhas velas.

Agora estou pensando num menino com tênis novos, que acredita ser capaz de correr para sempre. Não, isso não vai me trazer a palavra. Uma cidade seca onde choveu para sempre. Uma estrada atravessando o deserto, onde os bons enxergam uma miragem. Um dinossauro que é produtor de cinema. A miragem era a câmara do prazer de Kublai Khan. Não...

Às vezes, quando as palavras se vão, tento alcançá-las por outro caminho, na surdina. Digamos que eu saia à procura de uma palavra: estou debatendo a respeito dos habitantes de Marte, digamos, e percebo que a palavra para designá-los sumiu. Também posso me dar conta de que a palavra perdida figura numa frase ou título. *As crônicas* _____. *Meu* ____ *favorito*. Se isso não me trouxer a palavra, começo a rondar a ideia. Homenzinhos verdes, imagino, ou altos, de pele escura, graciosos: eram escuros e tinham os olhos dourados... e, de repente, a palavra *marciano* está me esperando, como um amigo ou uma amante no fim de um longo dia.

Deixei a casa quando meu rádio sumiu. Era muito desgastante, o lento desaparecimento de objetos (os quais acreditava estar sob minha posse segura), item por item, coisa por coisa, objeto por objeto, palavra por palavra.

Quando tinha doze anos, um idoso me contou uma história que jamais esqueci.

Um homem pobre se encontrava na floresta ao cair da noite e não tinha um livro sagrado para fazer suas orações noturnas. Assim, disse: "Deus, que sabe todas as coisas. Não tenho comigo um livro de orações e não conheço nenhuma prece de memória. Porém, o Senhor conhece todas as orações. É Deus. Assim, eis o que pretendo fazer. Vou recitar o alfabeto, e o Senhor formará as palavras."

Há coisas ausentes do meu cérebro, e isso me assusta.

Ícaro! Não é que tenha esquecido todos os nomes. Lembro-me de Ícaro. Voou próximo demais do sol. Entretanto, nas histórias, valeu a pena. Sempre vale a pena tentar, mesmo quando falhamos, mesmo que você entre em eterna queda livre como um meteoro. Melhor ter ardido na escuridão, ter inspirado outros, ter *vivido*, do que ter ficado sentado nas trevas, amaldiçoando aqueles que tomaram emprestado sua vela e não a devolveram.

Mas perdi pessoas.

É estranho quando acontece. Não chego a *perdê-las*. Não das maneiras que perdemos os pais, como crianças ao descobrir que não é da sua mãe a mão que você segura em meio à multidão, ou... mais tarde, quando temos que encontrar as palavras para descrevê-los num velório ou homenagem póstuma, ou quando estamos espalhando cinzas em um jardim de flores ou no mar.

De vez em quando, imagino que gostaria que minhas cinzas fossem espalhadas numa biblioteca. Mas então os bibliotecários teriam que chegar cedo na manhã seguinte, para varrê-las antes que as pessoas entrassem.

Gostaria que minhas cinzas fossem espalhadas numa biblioteca ou, possivelmente, num parque de diversões. Um parque de diversões dos anos 1930, onde andaríamos no... no... aquele preto...

Perdi a palavra. Carrossel? Montanha-russa? Aquilo em que entramos e nos tornamos jovens de novo. A roda-gigante. Isso. Há outro parque de diversões que vem à cidade, trazendo o mal. "Pelo comichar do meu polegar..."

Shakespeare.

Lembro-me de Shakespeare, e lembro-me do nome dele, quem foi e o que escreveu. Está a salvo por enquanto. Talvez existam pessoas que se esquecem de Shakespeare. Teriam que falar a respeito do "homem que escreveu *ser ou não ser*". (Não o filme, estrelado por Jack Benny, cujo nome verdadeiro era Benjamin Kubelsky, criado em Waukegan, Illinois, a cerca de uma hora de Chicago.) Waukegan, em Illinois, foi posteriormente imortalizada como Green Town, Illinois, numa série de histórias e livros de um autor americano que deixou a cidade e foi morar em Los Angeles. Estou falando, é claro, do homem em que estou pensando. Posso vê-lo mentalmente quando fecho os olhos.

Costumava olhar as fotos dele na orelha de seus livros. Parecia alguém agradável, e parecia sábio, e parecia gentil.

Ele escreveu uma história a respeito de Poe, para impedir que Poe fosse esquecido, a respeito de um futuro no qual livros são queimados e esquecidos, e na história estamos em Marte, embora pudesse perfeitamente ser Waukegan ou Los Angeles, como críticos, como aqueles que reprimiriam e esqueceriam livros, como aqueles que pegassem as palavras, todas as palavras, dicionários e rádios cheios de palavras, como aqueles que são levados para casa e assassinados, um a um, pelo orangotango, pelo poço e pêndulo, pelo amor de Deus, Montressor...

Poe. Conheço Poe. E Montressor. E Benjamin Kubelsky e sua esposa, Sadie Marks, que não era parente dos irmãos Marx e se apresentava como Mary Livingstone. Todos esses nomes na minha cabeça.

Eu tinha doze anos.

Havia relido os livros, visto os filmes, e descobrir a temperatura em que o papel pega fogo deixou claro para mim que eu precisaria me lembrar deles. Pois, se algumas pessoas começassem a queimar ou esquecer os livros, outras teriam que lembrar. Vamos relegá-los à memória. Vamos nos transformar neles. Tornamo-nos autores. Nós nos tornamos seus livros.

Sinto muito. Perdi alguma coisa lá. É como seguir por uma trilha obstruída, e agora estou sozinho e perdido na floresta, estou aqui e nem sei mais onde é aqui.

Você *deve* decorar uma peça de Shakespeare: pensarei em você como *Tito Andrônico*. Ou *você*, seja lá quem for, poderia decorar um romance de Agatha Christie: vai se tornar *Assassinato no Expresso Oriente*. Outra pessoa pode decorar os poemas de John Wilmot, o Conde de Rochester, e você, seja lá quem for o você que estiver lendo isso, poderá decorar um livro de Dickens e, quando eu quiser saber o que houve com Barnaby Rudge, vou procurá-lo. Você pode me contar.

E contar àquelas pessoas que queimariam as palavras, que tirariam os livros das prateleiras, os bombeiros e ignorantes, àqueles com medo de contos e palavras e sonhos e Dia das Bruxas e pessoas que tatuaram histórias em si e "Venha ao meu porão!", e, enquanto suas palavras que são pessoas que são dias que são a minha vida, enquanto suas palavras sobreviverem, então você terá vivido e importado e terá mudado o mundo e não consigo me lembrar do seu nome.

Decorei seus livros. Marquei a fogo na minha mente. Para o caso de os bombeiros virem à cidade.

No entanto, perdi quem é você. Espero que volte a mim. Assim como esperei por meu dicionário ou meu rádio, ou minhas botas, também com parcos resultados.

Tudo que restou foi o espaço em minha mente onde você costumava estar.

E não tenho mais tanta certeza nem mesmo quanto a isso.

Estava conversando com um amigo. E disse: "Essas histórias lhe parecem familiares?" Contei a ele todas as palavras que lembrava, aquelas a respeito dos monstros entrando na casa onde estava a criança humana, aquelas sobre o vendedor de para-raios e o parque de diversões que o seguia, e os marcianos e suas cidades de vidro e seus canais perfeitos. Disse a ele todas as palavras, e ele respondeu que não tinha ouvido falar delas. Que não existiam.

E me preocupo.

Fico preocupado com a possibilidade de as estar mantendo vivas. Como as pessoas na neve no fim da história, caminhando para trás e para a frente, lembrando, repetindo as palavras das histórias, tornando-as reais.

Acho que a culpa é de Deus.

Quer dizer, não podemos esperar que ele se lembre de tudo. Deus não consegue. Sujeito ocupado. Assim, talvez, às vezes, ele delegue as coisas, dizendo: "Você aí! Quero que se lembre das datas da Guerra dos Cem Anos. E você, lembre do ocapi. Você, lembre-se de Jack Benny que era Benjamin Kubelsky de Waukegan, Illinois." E então, quando esquecemos coisas que Deus nos incumbiu de lembrar, pimba. Acabou-se o ocapi. Resta apenas um vazio no mundo em forma de ocapi, que é algo entre um antílope e uma girafa. Acabou-se Jack Benny. Acabou-se Waukegan. Resta apenas um vazio em nossa cabeça onde a pessoa ou o conceito costumava ficar.

Não sei.

Não sei onde procurar. Teria perdido um autor, assim como certa vez perdi um dicionário? Ou pior: será que Deus me conferiu essa pequena tarefa e, como falhei, o autor desapareceu das prateleiras, sumiu das obras de consulta, e agora existe apenas em nossos sonhos...?

Meus sonhos. Não conheço seus sonhos. Talvez você não sonhe com uma planície do sul da África que não passa de papel de parede, mas que devora duas crianças. Talvez não saiba que Marte é o paraíso, onde nossos entes queridos já falecidos ficam à nossa espera, e então nos consomem à noite. Você não sonha com um homem preso pelo crime de ser pedestre.

Eu sonho com essas coisas.

Se existiu, então o perdi. Perdi o nome dele. Perdi os títulos de seus livros, um por um. Perdi suas histórias.

E temo que esteja enlouquecendo, pois não pode ser apenas um efeito da velhice.

Se eu tiver fracassado nesta tarefa, ó Deus, então permita-me apenas fazer isto, possibilitando, assim, que devolva as histórias ao mundo.

Pois, quem sabe, se isso funcionar, então me lembrarei dele. Todos vão lembrá-lo. Seu nome será novamente sinônimo de pequenas cidades americanas durante o Dia das Bruxas, quando as folhas se espalham pela calçada como pássaros assustados, ou de Marte, ou do amor. E meu nome será esquecido.

Estou disposto a pagar o preço, se o espaço vazio na prateleira da minha mente puder ser preenchido de novo, antes de eu partir.

Ó Deus, ouça minha prece.

A... B... C... D... E... F... G...

TRECHO DE
O OCEANO NO FIM DO CAMINHO

2013

Era o primeiro dia das férias de primavera: três semanas sem aula. Acordei cedo, empolgado com a perspectiva de dias a fio a serem preenchidos do jeito que eu quisesse. Eu ia ler. E explorar.

Vesti o short, a camiseta e calcei as sandálias. Desci até a cozinha. Meu pai estava ao fogão, enquanto minha mãe dormia até mais tarde. Estava de roupão por cima do pijama. Meu pai quase sempre preparava o café da manhã de sábado.

— Pai! Cadê minha revistinha? — perguntei.

Ele normalmente comprava um exemplar da *SMASH!* para mim antes de voltar de carro do trabalho às sextas-feiras, e eu a lia nas manhãs de sábado.

— No banco de trás do carro. Quer torrada?

— Quero — respondi. — Mas não queimada.

Meu pai não gostava de torradeiras. Ele torrava o pão usando o grill do nosso forno, e geralmente ficava queimado.

Saí e fui até a entrada de veículos. Olhei ao redor. Voltei para casa, empurrei a porta da cozinha, entrei. Eu adorava a porta da cozinha. Era de vaivém, abria para dentro e para fora, de forma que, sessenta anos antes, os empregados pudessem entrar e sair com os braços carregados de pratos cheios ou vazios.

— Pai? Cadê o carro?

— Na entrada de veículos.

— Não, não está.

— *O quê?*

O telefone tocou e meu pai foi até o corredor, onde ficava o aparelho, para atendê-lo. Eu o ouvi conversando com alguém.

A torrada começou a fumegar no grill.

Subi numa cadeira e desliguei o forno.

— Era a polícia — disse meu pai. — Alguém avisou que viu nosso carro abandonado no fim da rua. Falei que ainda não tinha nem comunicado o roubo. Pois bem. Podemos ir até lá agora, encontrá-los no local. *Torrada!*

Ele tirou o tabuleiro do forno. A torrada soltava fumaça e estava preta de um dos lados.

— Minha revistinha está lá? Ou foi roubada?

— Não sei. A polícia não falou nada sobre a revista.

Meu pai passou manteiga de amendoim no lado queimado de cada torrada, trocou o roupão por um sobretudo, vestido por cima do pijama, e calçou um par de sapatos. Fomos andando juntos pela rua. Ele mastigava sua torrada. Segurei a minha, mas não comi.

Havíamos caminhado mais ou menos uns cinco minutos pela pista estreita que cortava os campos de pastagem quando uma viatura de polícia surgiu atrás de nós. O carro desacelerou e o motorista cumprimentou meu pai pelo nome.

Escondi minha torrada queimada às costas enquanto meu pai conversava com o policial. Como eu queria que minha família comprasse pão de forma branco e normal, fatiado, do tipo que cabe nas torradeiras, assim como todas as famílias que eu conhecia faziam. Meu pai tinha descoberto uma padaria perto de casa que fazia pães integrais inteiros, grossos e pesados, e insistia em comprá-los. Dizia que o gosto era melhor, o que, na minha opinião, não fazia o menor sentido. Pão de forma que se preze é branco, vem fatiado, e tem gosto de quase nada: e era assim que tinha que ser.

O motorista do carro de polícia saltou, abriu a porta do banco traseiro e disse para eu entrar. Meu pai foi no banco da frente, ao lado dele.

A viatura seguiu devagar pela pista. Naquela época não havia asfalto em nenhum ponto da estrada, que só era larga o bastante para que um carro passasse por vez, um caminho cheio de poças d'água, subidas e descidas íngremes, esburacado, com pedras pontudas e repleto de valas abertas por tratores, pela chuva e pelo tempo.

— Essa garotada — disse o policial. — Acham isso engraçado. Roubam um carro, dão umas voltas e depois o abandonam. Devem ser da região.

— Só estou feliz por ter sido encontrado tão depressa — comentou meu pai.

Veio a Fazenda Caraway, onde uma menininha de cabelos quase brancos de tão louros e bochechas bem vermelhas ficou nos observando passar. Segurei minha torrada queimada no colo.

— O estranho é terem largado o carro aqui — disse o policial. — Porque esse lugar fica bem longe de tudo.

Fizemos uma curva e vimos o Mini branco fora da pista, em frente à porteira de um campo de pastagem, os pneus atolados na lama marrom. Passamos por ele com a viatura e estacionamos na grama à beira da estrada. O policial abriu a porta para mim, e nós três caminhamos até o Mini, enquanto o homem contava a meu pai sobre a criminalidade na região e por que era óbvio que aquilo tinha sido feito pela garotada dali mesmo, e então meu pai abriu a porta do carona do carro dele com a chave reserva.

— Alguém deixou alguma coisa no banco de trás — disse ele.

Meu pai esticou o braço para dentro do carro e puxou a manta azul que cobria a tal coisa no banco de trás, mesmo o policial lhe dizendo que não devia fazer aquilo, e eu olhava fixamente para o banco porque era ali que estava a minha revista em quadrinhos, então vi tudo.

Era mesmo uma *coisa*, aquilo para o qual eu olhava, não uma *pessoa*.

Embora eu tivesse uma imaginação bastante fértil na infância, e fosse propenso a pesadelos, convenci meus pais a me levarem ao museu de cera Madame Tussauds, em Londres, quando tinha seis anos, porque queria visitar a Câmara dos Horrores, esperando encontrar as Câmaras dos Horrores dos filmes de monstro sobre as quais eu lia nos quadrinhos. Minha expectativa era poder vibrar com os bonecos de cera do Drácula, do Frankenstein e do Lobisomem. Em vez disso, fui guiado por uma sequência aparentemente interminável de dioramas mostrando homens e mulheres comuns, de olhar desalentado, que haviam assassinado outras pessoas — geralmente inquilinos e os próprios familiares — e, por sua vez, também haviam sido mortos: por enforcamento, na cadeira elétrica, em câmaras de gás. A maioria era retratada ao lado das vítimas em situações estranhas de convívio social — como por exemplo sentados a uma mesa de jantar, possivelmente enquanto os familiares envenenados davam seu último suspiro. As plaquinhas que explicavam quem eles eram também me informaram que a maioria havia assassinado a família e vendido os corpos para a anatomia. Foi aí que, para mim, a palavra *anatomia* ganhou um quê de pavor. Eu não sabia o que era *anatomia*. Só sabia que a *anatomia* fazia as pessoas matarem os filhos.

A única coisa que me impediu de sair correndo e gritando da Câmara dos Horrores durante a visita foi que nenhum dos bonecos de cera parecia muito convincente. Não dava para parecerem mortos de verdade, já que nunca tinham parecido vivos.

A coisa no banco de trás, que estivera coberta pela manta azul (eu *conhecia* aquela manta... era a que ficava no meu antigo quarto, na prateleira, para quando esfriava), também não era convincente. Parecia um pouco com o minerador de opala, mas estava de terno preto, camisa branca de babados e gravata-borboleta preta. O cabelo, penteado para trás, tinha um brilho artificial. Os olhos estavam vidrados, e os lábios, arroxeados, mas a pele estava bem corada. Como uma paródia de saúde. Não havia nenhuma corrente de ouro no pescoço.

Dava para ver, debaixo da coisa, dobrado e amassado, o meu exemplar da *SMASH!* com o Batman na capa, tal como ele aparecia na televisão.

Não lembro quem disse o quê naquele momento, só que me mandaram ficar longe do Mini. Atravessei a pista e esperei lá, sozinho, enquanto o policial falava com meu pai e escrevia num bloquinho de anotações.

Olhei para o Mini. Uma mangueira de jardim verde ia do cano de descarga até a janela do motorista. Havia uma camada grossa de lama marrom espalhada pela descarga, prendendo a mangueira no lugar.

Ninguém estava olhando para mim. Dei uma mordida na torrada. Queimada e fria.

Em casa, meu pai comia todas as torradas mais queimadas. "Humm!", dizia, "Carvão! Bom para a saúde!", "Torrada queimada! Minha preferida!", e devorava tudo. Quando eu já era bem mais velho, ele me confessou que jamais gostou de torrada queimada, só comia para não desperdiçar, e, por uma fração de segundo, minha infância inteira pareceu uma grande mentira: foi como se um dos pilares de fé sobre os quais meu mundo fora erigido tivesse se desfeito em pó.

O policial falou pelo rádio no painel da viatura. Então atravessou a pista e se aproximou de mim.

— Sinto muito por isso, filho — disse ele. — Daqui a pouco, virão mais alguns carros por essa estrada. Precisamos achar um lugar para você, onde possa esperar sem atrapalhar. Quer se sentar no banco de trás da minha viatura de novo?

Fiz que não com a cabeça. Não queria mais me sentar lá.

Alguém, uma menina, falou:

— Ele pode vir comigo para a fazenda. Sem problema nenhum.

Era muito mais velha que eu, com pelo menos uns onze anos. O cabelo era relativamente curto para uma garota, e o nariz, arrebitado. Tinha sardas. Estava de saia vermelha — as meninas não costumavam usar calça jeans naquela época, não lá por aquelas bandas. Tinha um leve sotaque de Sussex e olhos azul-acinzentados e penetrantes.

A menina foi com o policial até meu pai e recebeu autorização para me levar, então fui caminhando pela estrada estreita com ela.

—Tem um homem morto no nosso carro — comentei.

— Foi por isso que ele veio até aqui — disse ela. — O fim do caminho. Ninguém ia encontrá-lo e impedi-lo por aqui, às três da madrugada. E a lama ali é bem úmida e fácil de moldar.

—Você acha que ele se matou?

— Acho. Você gosta de leite? A vovó está ordenhando a Bessie agora.

— Quer dizer, leite de verdade, de uma vaca? — perguntei, e então me senti meio tolo, mas a menina fez que sim com a cabeça, de um jeito tranquilizador.

Pensei a respeito. Nunca havia bebido leite que não viesse de uma garrafa.

— Acho que quero.

Paramos em um pequeno celeiro onde uma senhora, muito mais velha que meus pais, o cabelo comprido e grisalho como teias de aranha e o rosto magro, estava de pé ao lado de uma vaca. Longos tubos pretos estavam acoplados às tetas do animal.

— A gente ordenhava as vacas manualmente — disse a garota. — Mas assim é mais fácil.

Ela me mostrou como o leite saía da vaca, seguia pelos tubos pretos e entrava na máquina, passando por um mecanismo de refrigeração, e caía em latões enormes. Os latões eram deixados em uma plataforma de madeira maciça do lado de fora do celeiro, onde eram coletados todo dia por um caminhão.

A senhora me serviu um copo do leite cremoso da Bessie, a vaca, ainda fresco, antes de passar pelo mecanismo de refrigeração. Nada do que eu bebera na vida tinha um gosto como aquele: era encorpado, quente, enchendo minha boca de felicidade. Mesmo quando eu já tinha me esquecido de todo o resto, ainda conseguia me lembrar daquele leite.

— Tem mais deles lá no início da estrada — disse a velha, de repente. — De todos os tipos, chegando com as sirenes piscando e tudo mais. Quanto rebuliço. Você deveria levar o garoto para a cozinha. Ele está com fome, e um copo de leite não vai encher a barriga de um menino em fase de crescimento.

A menina perguntou:

—Você já comeu?

— Só uma torrada. Estava queimada.

— Meu nome é Lettie. Lettie Hempstock — disse ela. — Esta é a Fazenda Hempstock. Venha.

Ela me levou para dentro da casa pela porta da frente e me guiou até a cozinha gigantesca, onde me colocou sentado a uma enorme mesa de madeira, cheia de marcas e nós que pareciam rostos me encarando.

— Tomamos o café da manhã cedo por aqui — disse ela. — A ordenha começa assim que o dia nasce. Mas tem mingau na panela, e geleia para colocarmos nele.

Ela me deu uma tigela de porcelana cheia de mingau de aveia quente servido diretamente da panela que estava no fogão, com uma colherada de geleia de amora caseira, minha preferida, bem no meio, e então derramou creme de leite por cima. Misturei tudo com a colher antes de comer, criando um redemoinho roxo, e aquilo me deixou mais feliz que qualquer outra coisa na vida. O gosto era divino.

Uma mulher atarracada entrou na cozinha. O cabelo castanho-avermelhado era curto e salpicado de fios brancos. Tinha as maçãs do rosto salientes, vestia uma saia verde-escura até os joelhos e galochas.

— Esse deve ser o menino lá do início da estrada. Quanta confusão por causa daquele carro. Daqui a pouco cinco deles vão precisar de chá — disse ela.

Lettie encheu uma enorme chaleira de cobre com água da torneira. Acendeu uma das bocas do fogão a gás com um fósforo e pousou a chaleira na chama. Em seguida, pegou cinco canecas lascadas de um armário, e hesitou, olhando para a mulher, que disse:

— Tem razão. Seis. O médico virá também.

Então a mulher franziu os lábios e soltou um muxoxo.

— Não viram o bilhete — disse ela. — Ele o escreveu com tanto cuidado, dobrou-o e guardou-o no bolso do paletó, e ninguém olhou lá ainda.

— O que o bilhete diz? — perguntou Lettie.

— Leia você mesma — retrucou a mulher.

Presumi que fosse a mãe da Lettie. Parecia ser mãe de alguém. Então ela continuou:

— O bilhete diz que ele pegou todo o dinheiro que os amigos tinham lhe pedido que tirasse clandestinamente da África do Sul e depositasse num banco na Inglaterra para eles, e também tudo o que ganhou ao longo dos anos com a mineração de opalas, e foi até o cassino em Brighton, mas só pretendia apostar o que era dele. Depois ia mexer na quantia dos amigos só até recuperar o que havia perdido. — E completou: — E então ficou sem nada, e tudo era escuridão.

— Só que não foi isso que ele escreveu — disse Lettie, estreitando os olhos.

— O que deixou escrito foi:

A todos os meus amigos,
   Sinto muito que nada tenha saído como planejei e espero que possam me perdoar em seus corações, porque eu mesmo não consigo.

— Dá no mesmo — disse a mulher. Depois virou-se para mim: — Sou a mãe da Lettie — anunciou. — Você já deve ter conhecido a minha mãe, no galpão de ordenha. Sou a sra. Hempstock, mas ela era a sra. Hempstock antes de mim, então agora é a velha sra. Hempstock. Esta é a Fazenda Hempstock. É a mais antiga das redondezas. Está no *Domesday Book*.

Fiquei me perguntando por que todas tinham o sobrenome Hempstock, aquelas mulheres, mas não perguntei, da mesma forma que nem ousei perguntar como sabiam sobre o bilhete de suicídio ou o que o minerador de opala estava pensando ao morrer. Elas tratavam tudo aquilo com muita naturalidade.

— Dei uma forcinha para o policial olhar no bolso do paletó. Vai parecer que a ideia foi dele — disse Lettie.

— Boa menina — elogiou a sra. Hempstock. — Eles chegarão aqui assim que a água da chaleira ferver para perguntar se eu vi algo fora do comum e para tomar o chá. Por que você não leva o menino até o lago?

— Não é um lago — corrigiu Lettie. — É o meu oceano. — E virou-se para mim dizendo: — Venha.

Ela me levou para fora da casa pelo mesmo caminho de antes.

O dia ainda estava cinzento.

Contornamos a casa, caminhando pela trilha das vacas.

— É um oceano de verdade? — perguntei.

— Ah, é sim — respondeu ela.

Deparamos com ele de repente: um galpão de madeira, um velho banco e, entre os dois, um lago de patos, a água escura salpicada de lentilhas-d'água e ninfeias. Havia um peixe morto, prateado como uma moeda, boiando de lado na superfície.

— Isso não é bom — disse Lettie.

— Achei que você tinha dito que era um oceano — falei. — É só um lago, na verdade.

— É um oceano — insistiu ela. — Nós o atravessamos quando eu ainda era bebê, quando viemos da velha pátria.

Lettie entrou no galpão e saiu de lá carregando uma vara de bambu comprida, com o que parecia ser um puçá na ponta. Ela inclinou o corpo para a frente, afundou a rede com cuidado por baixo do peixe morto e o puxou para fora.

— Mas a Fazenda Hempstock está no *Domesday Book* — falei. — Foi o que sua mãe disse. E esse livro foi escrito na época de Guilherme, o Conquistador.

— Sim — concordou Lettie Hempstock.

Ela tirou o peixe do puçá e o examinou. Ainda estava mole, não enrijecera, e se debatia na mão dela. Eu nunca tinha visto tantas cores: ele era prateado, sim, mas por baixo do prateado havia azul, verde e roxo, e a ponta das escamas era preta.

— Que peixe é esse? — perguntei.

— Isso é muito estranho — disse Lettie. — Quer dizer, os peixes desse oceano não costumam morrer.

Ela sacou um canivete com cabo de chifre — de onde, eu não saberia dizer —, e o enfiou na barriga do peixe, cortando-o da cabeça até a cauda.

— Foi isso que o matou — declarou a menina.

Ela tirou um objeto de dentro do peixe. Então depositou-o, ainda gosmento das vísceras, na palma da minha mão. Eu me abaixei, mergulhei-o na água e o esfreguei com os dedos, para limpá-lo. Olhei. Dei de cara com o rosto da rainha Vitória.

— Seis centavos? — indaguei. — O peixe comeu uma moeda de seis centavos?

— Isso não é bom, não é? — perguntou Lettie.

O sol começava a aparecer: a luz evidenciou as sardas aglomeradas nas bochechas e no nariz dela, e, nos pontos em que incidia em seu cabelo, os fios ganharam um tom vermelho-acobreado.

— Seu pai quer saber onde você está — disse ela. — Hora de voltar.

Tentei devolver a pequena moeda de prata a Lettie, mas ela fez que não com a cabeça.

— Pode ficar — falou. — Você pode comprar um chocolate ou balas de limão.

— Acho que não — retruquei. — É muito pouco. Não sei se as lojas ainda aceitam essas moedas.

— Então coloque no seu cofrinho — sugeriu ela. — Talvez dê sorte.

Lettie disse isso com ar de dúvida, como se não soubesse que tipo de sorte a moeda me daria.

Os policiais, meu pai e dois homens de terno e gravata marrom estavam na cozinha da casa da fazenda. Um deles me contou que era policial, mas não usava uniforme, o que achei um tanto sem graça: se eu fosse policial, tinha certeza, usaria meu uniforme sempre que pudesse. Reconheci o outro homem de terno e gravata como o dr. Smithson, nosso médico de família. Eles estavam terminando o chá.

Meu pai agradeceu à sra. Hempstock e a Lettie por cuidarem de mim, e elas disseram que eu não dera trabalho algum, e que poderia voltar outro dia.

O policial que nos levara até o Mini nos deu uma carona de volta, e nos deixou na frente de casa.

— Talvez seja melhor você não contar nada disso à sua irmã — ponderou meu pai.

Não queria mesmo contar nada daquilo para ninguém. Eu havia encontrado um lugar especial, feito uma amiga, perdido minha revista em quadrinhos e ainda segurava apertado uma antiga moeda de prata.

— Qual é a diferença entre o oceano e o mar? — perguntei a ele.

— O tamanho — respondeu meu pai. — Os oceanos são muito maiores que os mares. Por quê?

— Só estava pensando — respondi. — É possível um oceano ser tão pequeno quanto um lago?

— Não — respondeu meu pai. — Lagos são do tamanho de lagos, lagoas são do tamanho de lagoas. Mares são mares e oceanos são oceanos. Atlântico, Pacífico, Índico, Ártico. Acho que esses são todos os oceanos que existem.

Meu pai subiu para o quarto, para conversar com minha mãe e falar ao telefone. Coloquei a moeda de prata no meu cofrinho. Era o tipo de cofrinho de porcelana do qual nada podia ser retirado. Um dia, quando não coubesse mais nenhuma moeda, eu teria permissão para quebrá-lo, mas ainda faltava muito para enchê-lo.

XIQUE-XIQUE CHOCALHOS

2013

— Me conta uma história antes de me botar na cama?
 — Precisa mesmo que eu leve você para a cama? — perguntei ao menino. Ele pensou por um instante. Então, com intensa seriedade, respondeu:
 — Sim, acho que sim, de verdade. É que terminei a lição de casa, e é hora de dormir, e estou com medo. Não muito. Só um pouquinho. E tem vezes que as luzes não ligam, e a casa é bem grande, e daí fica meio escuro.
 Estendi o braço e ajeitei seu cabelo.
 — Ah, entendi. É mesmo uma casa muito grande e velha.
 Ele concordou com a cabeça. Estávamos na cozinha, onde era claro e quente. Coloquei a revista na mesa.
 — Que tipo de história você quer que eu conte?
 — Ih, não sei — disse ele, pensativo. — Não quero história *muito* assustadora, porque senão quando eu for dormir vou ficar pensando em monstros. Mas se não for um *pouquinho* assustadora, eu não vou prestar atenção. Você escreve histórias de medo, né? Ela disse que escreve.
 — Ela exagera. É verdade, escrevo histórias. Mas nenhuma delas jamais foi publicada. E escrevo muitos tipos diferentes de histórias.
 — Mas escreve história de medo, não escreve?
 — Escrevo, sim.
 Das sombras da porta onde esperava, o menino olhou para mim.
 — Conhece alguma história do Xique-xique Chocalhos?
 — Acho que não.
 — São as melhores.
 — Contam essas histórias na sua escola?
 — Às vezes — respondeu ele, dando de ombros.
 — O que é uma história de Xique-xique Chocalhos?
 Ele era uma criança precoce, e não ficou impressionado com a ignorância do namorado da irmã. Aquilo era visível na expressão de seu rosto.

— Todo mundo conhece.

— Eu, não — disse, tentando não sorrir.

Ele me olhou como se tentasse decidir se eu estava brincando ou não.

— Me leve para o quarto, então, daí você me conta uma história de dormir, mas não pode ser história de susto porque senão eu fico acordado, e lá em cima também é meio escuro.

— Vamos deixar um bilhete para sua irmã, avisando onde estamos?

— Pode deixar. Mas dá para ouvir quando ela volta. A porta da frente é bem barulhenta.

Saímos da cozinha, quente e aconchegante, e chegamos ao corredor da grande casa, onde era frio, escuro e havia uma corrente de ar. Mexi no interruptor de luz, mas o corredor continuou escuro.

— A lâmpada já era — disse o menino. — Isso sempre acontece.

Nossos olhos se acostumaram à escuridão. A lua estava quase cheia, e o luar azul e branco entrava pelas altas janelas na escadaria, iluminando o corredor.

— Vai ficar tudo bem.

— Eu sei — falou o menino, sóbrio. — Estou muito feliz por você estar aqui.

Agora ele parecia menos precoce. Sua mão encontrou a minha, segurando confortavelmente em meus dedos, confiante, como se me conhecesse desde sempre. Senti-me responsável e adulto. Não sabia (ainda) se o que sentia em relação à irmã dele, minha namorada, era amor, mas gostei de ser tratado pela criança como alguém da família. Tive a sensação de ser um irmão mais velho, e endireitei as costas, e, se houvesse algo de perturbador a respeito da casa vazia, eu jamais teria admitido.

Os degraus rangiam sob o carpete que cobria as escadas.

— Os xique-xiques são os melhores monstros.

— São da televisão? — perguntei.

— Acho que não. Ninguém sabe de onde eles são. Eles vêm do escuro.

— Um ótimo lugar para monstros.

— É.

Caminhamos na escuridão pelo corredor de cima, indo de um trecho iluminado pelo luar até o outro. Era mesmo uma casa grande. Senti falta de uma lanterna.

— Eles vêm do escuro — repetiu o menino, segurando a minha mão. — Acho que são feitos de escuro. E chegam quando a gente não presta atenção. Daí eles aparecem e levam a gente para o... não é ninho. Como é aquela palavra que parece *ninho*, mas não muito?

— *Casa?*
— Não. Não é uma casa.
— *Toca?*
Ele ficou em silêncio, então disse:
— Acho que a palavra é essa, sim. *Toca.*
O menino apertou minha mão. Parou de falar.
— Certo. Bem, eles pegam as pessoas que não prestam atenção e levam para a toca. E o que esses seus monstros fazem com elas? Bebem todo o sangue, como vampiros?
O menino bufou.
— Vampiros não sugam todo o sangue. Só bebem um pouquinho. Só para matar a fome e, sabe… voar por aí. Xique-xiques são muito mais assustadores que vampiros.
— Não tenho medo de vampiros.
— Nem eu. Não tenho medo deles. Quer saber o que os xique-xiques fazem? Eles *bebem* você — disse o menino.
— Como um refrigerante?
— Refrigerante faz mal à saúde. Se a gente deixa um dente no refrigerante, de manhã só fica um pozinho. É isso que o refrigerante faz com a gente, e é por isso que temos que escovar os dentes de noite.
Já tinha ouvido essa história do refrigerante quando era menino e, depois de adulto, soube que não era verdade, mas tenho certeza de que uma mentira que incentiva a higiene bucal é uma mentira boa, então deixei de lado.
— Os xique-xiques bebem você. Primeiro eles mordem, daí você fica todo *molenga* por dentro, e toda a carne, o cérebro e tudo o mais começa a virar uma meleca molhada parecida com um milk-shake, menos o osso e a pele, e aí o xique-xique suga tudo pelos buracos dos nossos olhos.
— Que nojento! — exclamei. — Você inventou isso?
Tínhamos chegado ao último lance de escadas, lá dentro da grande casa.
— Não.
— Fico impressionado com o tipo de coisa que vocês, crianças, inventam.
— Você não perguntou do chocalho.
— É verdade. O que há no chocalho?
Com ar sábio e sóbrio, uma vozinha na escuridão ao meu lado, o menino contou:
— Bem, eles pegam o osso e a pele que sobra e penduram em ganchos, e eles ficam chacoalhando quando o vento passa.
— E qual é a aparência desses xique-xiques?

Ao fazer a pergunta, tive vontade de engolir aquelas palavras e fingir que não tinha falado nada. Pensei: *criaturas imensas que lembram aranhas. Como aquelas no chuveiro, hoje de manhã.* Tenho medo de aranhas.

Fiquei aliviado quando o menino respondeu:

— Parece algo que a gente não espera. Algo que a gente não presta atenção.

Agora estávamos subindo degraus de madeira. Eu segurava no corrimão com a mão esquerda, e a mão dele com a direita, andando lado a lado. O cheiro era de poeira e madeira velha, naquele cômodo tão alto da casa. Porém, o passo do menino era firme, apesar da fraca luz do luar.

— Já sabe que história vai me contar antes de dormir? — perguntou ele.

— Já falei, né? Não precisa dar susto, de verdade.

— Ainda não sei.

— Me conte sobre hoje. O que você fez?

— Acho que isso não rende uma história muito boa. Minha namorada acaba de se mudar para uma casa nova, nos limites da cidade. Ela a herdou de uma tia ou algo assim. É grande e antiga. Vou passar a primeira noite com ela e, por isso, estou esperando há cerca de uma hora até ela e as colegas voltarem com o vinho e a comida indiana para viagem.

— Viu só? — disse o menino.

Ali estava a atitude precoce, como se ele se divertisse com aquilo; mas todas as crianças têm seus momentos insuportáveis, quando pensam saber de algo que não sabemos. Isso provavelmente é bom para elas.

— Você sabe de tudo isso. Mas não pensa — completou ele. — Simplesmente deixa o cérebro preencher as lacunas.

Ele empurrou a porta do sótão. Agora a escuridão era completa, mas a porta aberta perturbou o ar, e ouvi alguma coisa chacoalhando, como ossos secos em sacolas finas, chocalhos mexendo ao sabor do vento. Xique. Xique. Xique. Xique. Bem assim.

Eu teria me afastado, se ainda pudesse, mas pequenos dedos firmes me puxaram para a frente, implacáveis, para dentro da escuridão.

A BELA E A ADORMECIDA

2013

Segundo o voo dos corvos, aquele era o reino mais próximo ao da rainha, mas nem os corvos o sobrevoavam. A alta cadeia de montanhas que servia como fronteira entre os dois reinos desencorajava tanto corvos quanto pessoas, e era considerada intransponível.

Mais de um comerciante empreendedor, em ambos os reinos, contratara moradores para buscar uma passagem nas montanhas — passagem que, se existisse, tornaria muito rico o homem ou a mulher que a controlasse. As sedas de Dorimar chegariam a Kanselaire em semanas ou meses, e não anos. Porém, não havia passagem a ser encontrada e, assim, embora os dois reinos dividissem uma fronteira, ninguém atravessava de um lugar para o outro.

Até os anões, resistentes, audazes e compostos de mágica tanto quanto de carne e osso, eram incapazes de transpor a cordilheira.

Mas isso não era um problema para os anões. Eles não caminhavam sobre ela. Passavam por baixo.

Mesmo em um grupo de três, os anões percorriam as trilhas escuras sob as montanhas com a mesma agilidade de um viajante solitário:

— Rápido! Rápido! — clamava o anão que vinha por último. — Temos que comprar para ela as melhores sedas em Dorimar. Se não nos apressarmos, talvez as melhores peças sejam vendidas, obrigando-nos a comprar tecidos inferiores.

— Já sabemos! Já sabemos! — disse o anão à frente da fila. — E compraremos também uma caixa para transportar os tecidos, para que permaneçam perfeitamente limpos e protegidos da poeira.

O anão do meio nada disse. Segurava com força sua gema, sem perdê-la nem deixá-la cair, concentrando-se apenas nisso e em nada mais. A gema era um rubi do tamanho de um ovo de galinha, arrancada de uma pedra. Valeria um reino inteiro depois de polido e trabalhado, e poderia facilmente ser trocado pelas melhores sedas de Dorimar.

Os anões não pensariam em presentear a jovem rainha com algo que eles mesmos tivessem escavado da terra. Seria fácil demais, corriqueiro demais. Para os anões, é a distância que confere magia a um presente.

A rainha despertou cedo naquela manhã.

— Daqui a uma semana — anunciou em voz alta. — Daqui a uma semana vou me casar.

Aquilo parecia ao mesmo tempo improvável e extremamente definitivo. Ela se perguntava qual seria a sensação de ser uma mulher casada. Concluiu que seria o fim da sua vida, caso a vida fosse o tempo das nossas escolhas. Dali a uma semana, ela não teria mais escolhas. Reinaria sobre seu povo. Teria filhos. Talvez morresse no parto, talvez morresse com idade avançada ou em uma batalha. No entanto, o percurso até sua morte, a cada batida do coração, seria inevitável.

Ela ouvia os carpinteiros nas campinas em frente ao castelo, construindo os assentos destinados àqueles que viriam assistir à cerimônia. Cada martelada soava como a batida surda de um imenso coração.

Os três anões saíram às pressas de um buraco na margem do rio e subiram cambaleantes no prado, um, dois, três. Escalaram a lateral de uma escarpa de granito, alongaram-se, esticaram as pernas, pularam e alongaram-se de novo. Então correram em direção ao norte, rumo ao conjunto de construções baixas que formava o vilarejo de Giff — mais especificamente, à estalagem local.

O dono da estalagem era amigo deles: tinham lhe trazido uma garrafa de vinho Kanselaire (de um vermelho profundo, doce e saboroso, bem diferente dos vinhos pungentes e claros daquela região), como sempre faziam. Ele os alimentava, os aconselhava e os mandava seguir o seu caminho.

O estalajadeiro, de peito tão largo quanto seus barris, barba tão cerrada e ruiva quanto a cauda de uma raposa, estava no bar. Era manhã e, nas visitas anteriores dos anões naquele horário, o ambiente estivera vazio, mas agora devia haver trinta pessoas ali, e nenhuma parecia feliz.

Os anões, que esperavam fazer uma visita discreta a um bar vazio, viram-se alvo dos olhares de todos.

— Mestre Foxen — disse o anão mais alto ao estalajadeiro.

— Garotos — cumprimentou o estalajadeiro, que achava que os anões eram meninos, embora tivessem quatro, talvez cinco vezes sua idade. — Sei que vocês viajam pelas passagens das montanhas. Precisamos sair daqui.

— O que está havendo? — perguntou o menor dos anões.

— Sono! — reclamou o bêbado perto da janela.

— Peste! — anunciou uma mulher bem-vestida.

— Desgraça! — explicou um funileiro, com as panelas batendo enquanto falava. — A desgraça está a caminho!

— Viajamos rumo à capital — disse o anão mais alto, que não ultrapassava uma criança em altura e não tinha barba. — A peste está na capital?

— Não é peste — salientou o bêbado perto da janela, de barba comprida e grisalha, com manchas amareladas de cerveja e vinho. — É o sono, estou dizendo.

— Como o sono pode ser uma peste? — indagou o anão menor, que tampouco usava barba.

— Uma bruxa! — disse o bêbado.

— Uma fada malvada — corrigiu um homem de rosto rechonchudo.

— Era uma feiticeira, pelo que ouvi — contribuiu a garota do caneco.

— Seja lá o que for, ela não foi convidada para a celebração de um nascimento — acrescentou o bêbado.

— Bobagem — disse o funileiro. — Ela teria amaldiçoado a princesa mesmo se tivesse sido convidada para a festa do dia do batismo. Era uma dessas bruxas da floresta, confinada às margens do reino mil anos atrás, uma gente ruim. Amaldiçoou a bebê ao nascer, determinando que, ao completar dezoito anos, a menina picaria o dedo e dormiria para sempre.

O homem de rosto rechonchudo limpou a testa. Estava suando, embora não fizesse calor, e acrescentou:

— Pelo que ouvi, ela ia morrer, mas outra fada, dessa vez uma fada boa, converteu a sentença de morte mágica em sono. Um sono mágico.

— Bem, ela picou o dedo em alguma coisa. E adormeceu. E os demais no castelo (o senhor e sua mulher, o açougueiro, o padeiro, a leiteira, a dama de companhia) adormeceram, assim como ela. Nenhum deles envelheceu um dia desde que fecharam os olhos — explicou o bêbado.

— Havia rosas. Rosas que cresciam ao redor do castelo — observou a menina do caneco. — E a floresta foi ficando mais densa, até se tornar impenetrável. Isso foi há quanto tempo, cem anos?

— Sessenta. Talvez oitenta — disse uma mulher que não falara até então. — Sei disso porque minha tia Letitia se lembrava de quando aconteceu, quando era menina, e ela não tinha mais de setenta quando morreu da maldita disenteria, e, no fim do verão, completam-se apenas cinco anos desde que isso aconteceu.

— ... e homens corajosos — prosseguia a garota do caneco. — Sim, e mulheres corajosas também, dizem, tentaram viajar à floresta de Acaire, até o castelo que ocupa seu centro, na tentativa de despertar a princesa e, ao fazê-lo, despertar também todos os adormecidos, mas cada um deles terminou sua vida perdido na floresta, assassinado por bandidos ou empalado nos espinhos das roseiras que envolvem o castelo...

— Como se pode despertá-la? — indagou o anão médio, cuja mão ainda segurava a pedra, pois pensava no essencial.

— O método de sempre. Conforme dizem as lendas — respondeu a garota do caneco, ruborizando.

— O quê? Uma bacia de água gelada no rosto e um grito de *Bom dia, flor do dia*? — ironizou o anão mais alto.

— Um beijo — corrigiu o bêbado. — Mas ninguém jamais chegou tão perto. Faz sessenta anos que tentam. Dizem que a bruxa...

— Fada — disse o homem gordo.

— Feiticeira — corrigiu a garota do caneco.

— Seja o que for, continua lá — disse o bêbado. — É o que dizem. Se conseguirem chegar tão perto. Se vencerem as rosas, ela estará esperando. É tão antiga quanto as colinas, má como uma serpente, pura maldade, magia e morte.

O menor dos anões inclinou a cabeça para o lado antes de perguntar:

— Então, há uma mulher dormindo no castelo, e talvez uma bruxa ou fada com ela. E de onde veio a peste?

— Começou ano passado, no norte, além da capital — disse o homem de rosto rechonchudo. — Soube pela primeira vez por viajantes vindos de Stede, que fica perto da floresta de Acaire.

— As pessoas nas cidades caíram no sono — falou a garota do caneco.

— Muita gente adormece — disse o anão mais alto.

Os anões raramente dormem: no máximo, duas vezes por ano, durante semanas, mas ele já tinha dormido o bastante em sua longa vida a ponto de não considerar o sono nada especial ou incomum.

— Elas caem no sono de repente, não importa o que estiverem fazendo, e não despertam mais — explicou o bêbado. — Olhem para nós. Fugimos das cidades para vir para cá. Temos irmãos e irmãs, esposas e filhos, todos dormindo em suas casas e cabanas ou no trabalho. Todos nós.

— Está avançando cada vez mais rápido — disse a mulher magra e ruiva que ainda não tinha falado nada. — Agora o sono já cobre quase meia légua por dia.

— Chegará aqui amanhã — explicou o bêbado, dando um trago no caneco e pedindo ao dono da estalagem que o enchesse de novo. — Não há para onde fugir. Amanhã, tudo aqui adormecerá. Alguns de nós decidiram se refugiar na embriaguez antes que o sono nos acometa.

— O que há para se temer no sono? — perguntou o menor dos anões. — É apenas sono. Todos nós dormimos.

—Veja com seus próprios olhos — disse o bêbado. Inclinou a cabeça para trás e bebeu quanto pôde da caneca. Em seguida, voltou a olhar para eles, sem foco, como se estivesse surpreso por ainda encontrá-los ali. —Vão, vão. Vejam. —Tomou o restante da bebida e apoiou a cabeça na mesa.

Os três foram averiguar.

— Dormindo? — perguntou a rainha. — Expliquem-se. Como assim, dormindo?

O anão subiu na mesa para poder olhá-la nos olhos.

— Dormindo — repetiu. — Às vezes, encolhidos no chão. Às vezes, de pé. Dormem nas oficinas, segurando suas ferramentas ou sentados nos bancos de ordenhar. Os animais dormem nos campos. Até os pássaros dormem. Estavam nas árvores, ou mortos e destroçados nos campos por terem despencado do céu.

A rainha usava um vestido de casamento, mais branco que a neve. Ao redor dela, atendentes, damas de honra, alfaiates e chapeleiros se reuniam, agitados.

— E por que vocês três não adormeceram também?

O anão deu de ombros. Tinha uma barba castanha que sempre fizera a rainha pensar que havia um porco-espinho furioso preso à parte inferior do rosto dele.

— Anões são criaturas mágicas. Esse sono também é mágico. Confesso que senti sono.

— E então?

Ela era a rainha, e o estava interrogando como se estivessem sozinhos. As atendentes começaram a remover seu vestido, tirando cada peça, dobrando-a e guardando-a para que os últimos laços e fitas pudessem ser afixados, tornando-o perfeito.

O dia seguinte era a data do casamento da rainha. Tudo precisava estar perfeito.

— Quando voltamos à Estalagem do Foxen, estavam todos dormindo, cada um deles. A zona de alcance do encanto está se expandindo algumas léguas todos os dias.

As montanhas que separavam os dois reinos eram impossivelmente altas, mas não extensas. A rainha sabia contar os quilômetros de distância. Passou a mão branca pelos cabelos pretos como asas de corvo, e tinha uma expressão bastante séria.

— O que acha? — perguntou ao anão. — Se eu fosse até lá. Acha que eu também adormeceria, como os outros?

Ele coçou o traseiro, sem reparar.

— A senhora dormiu por um ano — respondeu. — E então despertou novamente, como se nada tivesse acontecido. Se algum dos grandalhões pode ficar acordado lá, é a senhora.

Do lado de fora, os habitantes da cidade penduravam bandeiras nas ruas e decoravam suas portas e janelas com flores brancas. A prataria fora polida, as crianças foram encaminhadas para banheiras de água morna em meio à birra (ao filho mais velho sempre era reservado o primeiro mergulho, a água mais limpa e quente), e, então, eram esfregadas com panos ásperos até ficarem com os rostos vermelhos e meio arranhados. Eram depois mergulhadas na água, e as áreas atrás das orelhas também eram lavadas.

— Infelizmente, acho que não haverá casamento amanhã — disse a rainha.

Ela pediu um mapa do reino, identificou os vilarejos mais próximos às montanhas, enviou mensageiros para mandar os habitantes deixarem suas casas e rumarem para a costa se não quiserem incorrer em seu desagrado real.

Chamou o primeiro-ministro e o informou que ele seria o responsável pelo reino durante sua ausência, e deveria se esforçar ao máximo para não perdê-lo nem despedaçá-lo.

Chamou o noivo e disse a ele para não ficar tão contrariado, que os dois ainda se casariam, mesmo ele sendo apenas um príncipe e ela, uma rainha, e o tocou sob o belo queixo e o beijou até fazê-lo sorrir.

Pediu a camisa de malha de aço.

Pediu a espada.

Pediu provisões e pediu seu cavalo, e então galopou para longe do palácio, rumo ao leste.

Passou-se um dia inteiro de viagem antes que ela visse o formato das montanhas que formavam a fronteira do seu reino, fantasmagóricas e distantes como nuvens no céu.

Os anões a esperavam na última estalagem no pé das montanhas. Eles a conduziram às profundezas dos túneis, pois era assim que os anões viajavam. Ela já tinha vivido com eles, quando era pouco mais que uma menina, e não sentia medo.

Os anões não falavam com ela enquanto caminhavam pelas trilhas profundas, a não ser para avisar, em mais de uma ocasião:

— Cuidado com a cabeça.

— Já repararam em algo curioso? — questionou o mais baixo dos anões.

Os anões tinham nomes, mas aos seres humanos não era permitido aprendê-los, pois tais coisas eram sagradas.

A rainha tinha um nome, mas todos a chamavam apenas de Vossa Majestade. Os nomes são escassos nesta história.

— Reparei em muitas coisas curiosas — disse o mais alto dos anões.

Os três estavam na estalagem do Mestre Foxen.

— Já repararam que, mesmo entre todos os adormecidos, há algo que não dorme?

— Não — disse o anão do meio, coçando a barba. — Cada um deles fica exatamente como o deixamos. Cabeça baixa, cochilando, respirando tão pouco que quase não perturbam as teias de aranha que agora os cobrem...

— As aranhas que tecem essas teias não dormem — disse o anão mais alto.

Era verdade. Dedicadas aranhas tinham estendido suas teias do dedo ao rosto, da barba à mesa. Havia uma modesta teia no profundo decote da garota do caneco. Havia uma teia espessa que manchava de cinza a barba do bêbado. As teias balançavam ao sabor da corrente de ar que entrava pela porta aberta.

— Me pergunto se vão morrer de fome ou se há alguma fonte mágica de energia que confere a eles a capacidade de dormir por muito tempo — falou um dos anões.

— Creio que seja algo assim — disse a rainha. — Se, como diz, o feitiço original foi feito por uma bruxa, setenta anos atrás, e aqueles que lá estão dormem até hoje, como o Barba-Ruiva sob esta colina, então é óbvio não tiveram fome, não envelheceram nem morreram.

Os anões assentiram.

— É muito sábia. Sempre foi muito sábia — disse um deles.

A rainha fez um som de horror e surpresa.

— Aquele homem, ele olhou para mim — falou, apontando.

Era o homem de rosto rechonchudo. Ele se movera lentamente, rasgando as teias, virando o rosto para ficar de frente para ela. Tinha de fato olhado para a rainha, mas não abrira os olhos.

— Há pessoas que se mexem dormindo — disse o menor dos anões.

— Sim. É verdade. Mas não desse jeito. Foi lento demais, prolongado demais, *intencional* demais — explicou a rainha.

— Ou talvez seja apenas sua imaginação — respondeu um dos anões.

O restante das cabeças adormecidas naquele lugar se moveu lentamente, de maneira prolongada, como se tivesse a intenção de se mover. Agora, cada um dos rostos adormecidos estava voltado para a rainha.

— Não foi sua imaginação — confirmou o mesmo anão de barba castanha. — Mas estão apenas olhando para a senhora de olhos fechados. Não é ruim.

Os lábios dos adormecidos se moveram em uníssono. Nenhuma voz, apenas o sussurro da respiração passando por lábios dormentes.

— Por acaso, eles disseram o que penso que disseram? — indagou o anão mais baixo.

— Disseram: "Mamãe. É meu aniversário" — falou a rainha, arrepiando-se.

Não usaram montaria. Os cavalos pelos quais passavam estavam todos dormindo, de pé nos campos, e não podiam ser despertados.

A rainha caminhava rápido. Os anões andavam duas vezes mais rápido que o normal, para acompanhar o ritmo.

A rainha se flagrou bocejando.

— Incline-se na minha direção — disse o anão mais alto. Ela o fez. O anão a estapeou no rosto. — Melhor ficar acordada — disse, animado.

— Eu apenas bocejei — reclamou a rainha.

— Quanto tempo você acha que falta até o castelo? — perguntou o anão mais baixo à rainha.

— Se me lembro corretamente das lendas e dos mapas, a floresta de Acaire fica a cerca de vinte e três léguas daqui. Três dias de caminhada. Preciso dormir esta noite, não posso caminhar por mais três dias.

— Então, durma. Nós a despertaremos ao nascer do sol.

Naquela noite, ela foi dormir sobre um monte de feno, num campo, com os anões ao seu redor, indagando se ela acordaria para ver outra manhã.

O castelo na floresta de Acaire era uma coisa cinzenta e maciça, coberto de roseiras que subiam por suas paredes. Elas caíam no fosso e se prolongavam quase até a altura da torre mais alta. A cada ano, as roseiras cresciam mais: próximo à pedra das paredes do castelo havia apenas ramos secos e mortos, com velhos espinhos afiados como lâminas. À distância de cinco metros, as plantas eram verdes e as rosas floresciam em cachos densos. As rosas trepadeiras, vivas e mortas, eram um esqueleto marrom, salpicado de cor, que tornava a rigidez das formas cinzentas menos precisa.

As árvores da floresta de Acaire eram muito próximas umas das outras, e o chão da mata era escuro. Um século antes, a floresta existia apenas no nome: era um campo de caça, um parque real, lar de cervos e javalis selvagens e incontáveis pássaros. Agora, era um emaranhado denso de plantas, e as antigas trilhas que a cortavam foram esquecidas e cobertas pela vegetação.

Na torre, a menina de cabelo louro dormia. Todos no castelo dormiam. Cada um deles dormia profundamente, com exceção de uma pessoa.

O cabelo da velha era grisalho, com mechas brancas, e tão ralo que dava para ver o couro cabeludo. Ela caminhava com dificuldade e raiva pelo castelo, apoiada na velha bengala, como se movida apenas pelo ódio, batendo portas, falando sozinha enquanto andava.

— Subindo as malditas escadas e passando pelo maldito cozinheiro, o que pensa que está cozinhando agora, hein, seu molengão, não há nada em suas panelas além de pó e mais pó, e tudo que você faz é roncar.

Ela chegou ao jardim da cozinha, bem-cuidado. A velha colheu rapúncios e rúcula e tirou um grande nabo do chão.

Oitenta anos antes, o palácio tivera quinhentas galinhas; o pombal abrigara centenas de gordas pombas brancas; os coelhos corriam, de rabo claro, pela grama verde da praça dentro dos muros do castelo; e os peixes nadavam no fosso e no lago: carpas, trutas e pargos. Restavam agora apenas três galinhas. Todos os peixes adormecidos foram recolhidos com redes e levados para fora da água. Não havia mais coelhos nem pombos.

Ela matara seu primeiro cavalo sessenta anos atrás, comendo o máximo que pôde antes de a carne ficar cor de arco-íris e a carcaça começar a feder, coberta de moscas varejeiras e larvas. Agora, só abatia os mamíferos maiores no meio do inverno, quando nada apodrecia e ela podia cortar e secar pedaços congelados do cadáver do animal até o degelo da primavera.

A velha passou por uma mãe adormecida com um bebê cochilando ao peito. Espanou o pó deles, sem pensar no que fazia, verificando se a boca dormente do bebê permanecia presa ao mamilo.

Comeu em silêncio sua refeição de nabos e verduras.

Era a primeira grande cidade à qual chegavam. Os portões eram altos, grossos e impenetráveis, mas estavam escancarados.

Os três anões preferiam contornar as cidades, pois não se sentiam à vontade dentro delas, desconfiando das casas e das ruas por não serem naturais, mas todos seguiram sua rainha.

Uma vez na cidade, a grande quantidade de pessoas os deixou incomodados. Havia cavaleiros adormecidos sobre cavalos dormentes; cocheiros adormecidos em carruagens paradas dentro das quais os passageiros cochilavam; crianças dormentes agarradas às bolas, aos aros e aos barbantes de seus peões; floristas dormindo diante de suas bancadas de flores marrons, secas e apodrecidas; até peixeiros adormecidos ao lado de lajes de mármore. As lajes estavam cobertas com restos de peixes fedorentos, cheios de larvas. O movimento retorcido das larvas foi o único movimento e ruído que a rainha e os anões encontraram.

— Não deveríamos estar aqui — resmungou o anão de barba castanha e espevitada.

— Essa é a rota mais curta — disse a rainha. — E também nos leva à ponte. Os outros caminhos nos levariam a cruzar o rio em algum ponto raso.

O temperamento da rainha era sereno. Ela dormia à noite e acordava de manhã; a doença do sono não a tocara.

O remexer das larvas e, de tempos em tempos, os leves roncos e movimentos dos adormecidos eram tudo que eles ouviam conforme abriam caminho pela cidade. E, então, uma criança pequena, dormindo num degrau, disse em alto e bom som:

— Estão tecendo alguma coisa? Posso ver?

— Ouviram isso? — perguntou a rainha.

O mais alto dos anões falou:

—Vejam! Os adormecidos estão andando!

Ele estava enganado. Não estavam andando.

No entanto, os adormecidos estavam de pé. Devagar, punham-se de pé e davam passos hesitantes, estranhos, dormentes. Eram sonâmbulos, deixando atrás de si um rastro de teias de aranha parecidas com gaze. Teias eram constantemente tecidas.

— Quantas pessoas vivem numa cidade? Humanos, quero dizer — perguntou o menor dos anões.

— Depende — disse a rainha. — Em nosso reino, não devem ser mais de vinte, talvez trinta mil habitantes. Esta parece ser maior que as nossas cidades. Eu diria cinquenta mil pessoas. Ou mais. Por quê?

— Porque parece que todas estão vindo atrás de nós.

Pessoas adormecidas são lentas. Tropeçam, perdem o equilíbrio, caminham feito crianças atravessando rios de unguento, como velhos cujos pés ficam presos na lama espessa e molhada.

Os adormecidos avançaram na direção dos anões e da rainha. Para os anões não era difícil correr mais rápido que eles, assim como a rainha não tinha dificuldade em avançar mais velozmente. Porém, ainda assim, eram muitos. Cada rua por que passavam estava cheia de adormecidos envoltos em teias, com os olhos fechados ou os olhos abertos e voltados para cima, mostrando apenas o branco, todos avançando a passos pesados e sonolentos.

A rainha se virou e correu por um beco. Os anões correram atrás dela.

— Não há honra nisso — disse um anão. — Devemos ficar e lutar.

— Não há honra em combater um oponente que nem mesmo sabe que estamos aqui — falou a rainha, ofegante. — Não há honra em lutar com alguém que sonha com pescarias, com jardins ou com amantes mortos há muito.

— O que fariam se nos apanhassem? — indagou o anão ao lado dela.

— Quer descobrir? — perguntou a rainha.

— Não — reconheceu o anão.

Correram, correram e correram, e não pararam de correr até terem deixado a cidade pelos portões mais afastados, cruzando a ponte que ligava as margens do rio.

A velha já não ia na torre mais alta havia doze anos. Era uma subida trabalhosa, e cada passo parecia cobrar um preço de seus joelhos e quadris. Subiu pela escadaria de pedra em espiral, e cada pequeno degrau era vencido com agonia. Não havia corrimão, nada que pudesse facilitar o trabalho. Às vezes, ela se apoiava na bengala para recuperar o fôlego, e então continuava.

Também usava a bengala contra as teias de aranha: teias densas que pendiam de toda parte e cobriam as escadas, e a velha as desfazia agitando a bengala, rasgando as teias e fazendo as aranhas debandarem para as paredes.

A subida era longa e árdua, mas finalmente ela chegou ao cômodo no alto da torre.

Não havia nada naquele quarto circular além de uma roca e um banquinho ao lado da estreita janela e uma cama no centro. A cama era opulenta: tecidos carmesins e dourados eram visíveis sob o véu empoeirado que a cobria e protegia do mundo sua ocupante adormecida.

A roca jazia no chão, ao lado do banco, onde caíra quase oitenta anos antes.

A velha empurrou o véu com a bengala, e o pó encheu o ar. Olhou para a mulher adormecida na cama.

O cabelo da menina era do amarelo dourado visto nas flores do campo. Os lábios eram da cor das rosas que subiam pelos muros do castelo. Fazia muito tempo que não via a luz do sol, mas sua pele era tenra, sem apresentar palidez nem fraqueza de saúde.

O peito se erguia e baixava, quase imperceptivelmente, na penumbra.

A velha se abaixou e apanhou a roca. Falou, em voz alta:

— Se eu atravessasse seu coração com esta agulha, não seria mais tão bela, não é? Hein? É ou não é?

Caminhou na direção da adormecida, que trajava um vestido branco empoeirado. Então, abaixou a mão.

— Não, não posso fazer isso. Como eu queria que os deuses me ajudassem a fazê-lo!

Todos os seus sentidos estavam enfraquecendo com a idade, mas ela pensou ter ouvido vozes vindo da floresta. Havia muitas décadas que ela os via chegar, os príncipes e heróis, e perecer, empalados nos espinhos da roseira, mas fazia um bom tempo desde a última vez que alguém, fosse herói ou não, conseguira chegar até o castelo.

— Hum — disse ela em voz alta, mas quem poderia ouvi-la? — Mesmo que venham, vão morrer aos gritos nos espinhos pulsantes. Não há nada que possam fazer, nem eles nem ninguém. Absolutamente nada.

Um lenhador, adormecido ao lado do tronco de uma árvore derrubada meio século antes, e agora arqueada, abriu a boca enquanto a rainha e os anões passavam e disse:

— Minha nossa! Deve ter sido um presente de dia de batismo muito incomum!

Três bandidos dormiam com os membros tortos no meio do que restava da trilha, como se o sono os tivesse atingido enquanto se escondiam numa árvore, fazendo-os despencar no chão abaixo, sem acordar. Quando passaram por eles, os ladrões disseram em uníssono, sem despertar:

— Vai me trazer rosas?

Um deles, um homem imenso, gordo como um urso no outono, agarrou o tornozelo da rainha quando ela se aproximou. O menor dos anões nem hesitou: cortou fora a mão usando o machado curto, e a rainha abriu os dedos do homem, um por um, até a mão cair nas folhas decompostas no chão.

— Traga-me rosas — disseram os três bandidos enquanto dormiam, com uma só voz, enquanto o sangue jorrava sem parar no chão saindo do punho cortado do homem gordo. — Ficaria tão feliz se me trouxesse rosas.

Sentiram o castelo muito antes de o verem: sentiram como uma onda de sono que os afastava. Se caminhassem na direção dele, a cabeça ficava enevoada, a consciência se partia, seus espíritos caíam, os pensamentos nublavam. No momento em que se voltavam para a direção oposta, despertavam para o mundo, sentiam-se mais espertos, mais sãos, mais sábios.

A rainha e os anões avançaram cada vez mais fundo na neblina mental.

Às vezes, um anão bocejava e tropeçava. Toda vez, os demais anões o pegavam pelos braços e o faziam seguir em frente, com esforço, falando com ele até sua consciência retornar.

A rainha ficava acordada, embora soubesse que a floresta estivesse cheia de pessoas que não poderiam estar ali. Caminhavam ao seu lado pela trilha. Às vezes, falavam com ela.

— Vamos agora debater como a diplomacia é afetada pelas questões da filosofia natural — disse o pai dela.

— Minhas irmãs governaram o mundo — falou a madrasta, arrastando os sapatos de ferro pela trilha da floresta. Eles tinham um monótono brilho laranja, mas nenhuma das folhas secas queimava quando tocadas pelos sapatos. — Os mortais se levantaram contra nós e nos renegaram. E por isso esperamos, nas frestas, em lugares onde não podem nos ver. E agora eles me adoram. Até você, minha enteada. Até você me adora.

— Você é tão bonita — disse a mãe, que morrera havia muito tempo. — Como uma rosa carmesim caída na neve.

Às vezes, os lobos corriam ao lado deles, batendo a poeira e as folhas do chão da floresta, embora a passagem dos lobos não perturbasse as imensas teias que pendiam como véus pela trilha. Além disso, eventualmente os lobos corriam entre os troncos das árvores e se perdiam na escuridão.

A rainha gostava dos lobos, e ficou triste quando um dos anões começou a gritar, dizendo que as aranhas eram maiores que porcos, e os lobos sumiram da cabeça dela e do mundo. (Não era verdade. Eram apenas aranhas de tamanho comum, acostumadas a tecer suas teias sem serem perturbadas pelo tempo e pelos viajantes.)

A ponte levadiça que cruzava o fosso estava abaixada, e eles a atravessaram, embora tudo desse a impressão de os estar afastando dali. Entretanto, não puderam entrar no castelo: grossos espinhos bloqueavam o portão, além de novos ramos cobertos de rosas.

A rainha viu os restos de homens nos espinhos: esqueletos com armadura e esqueletos sem armadura. Alguns dos esqueletos tinham chegado alto na lateral do castelo, e a rainha se perguntou se teriam escalado, buscando uma entrada e morrido ali, ou se morreram no chão e tinham sido carregados para cima conforme a roseira crescia.

Não foi possível chegar a uma conclusão. As duas alternativas eram plausíveis.

E, então, seu mundo se tornou quente e confortável, e ela teve a certeza de que fechar os olhos por uns poucos momentos não faria mal. Quem se importaria?

— Socorro — pediu a rainha.

O anão de barba castanha puxou um espinho da roseira mais perto de si e, com ele, espetou com força o polegar dela, tirando-o em seguida. Uma gota de sangue escuro pingou nas pedras da entrada.

— Ai! — exclamou a rainha. — Obrigada!

Olharam para a densa barreira de espinhos, os anões e a rainha. Ela estendeu a mão, apanhou uma rosa do galho mais próximo e a prendeu no cabelo.

— Podemos cavar um túnel e entrar. Passar sob o fosso e subir pelos alicerces. Só vai levar uns dois dias — sugeriram os anões.

A rainha pensou. Seu polegar doía, e a dor a deixava satisfeita.

— Isto começou aqui há cerca de oitenta anos. Teve início bem devagar. Só se espalhou recentemente. E está se espalhando cada vez mais rápido. Não sabemos se os adormecidos podem ser despertados. Não sabemos de nada, e talvez não tenhamos dois dias.

Ela olhou para o denso emaranhado de espinhos, vivos e mortos, décadas de plantas secas e mortas, com os espinhos tão afiados na morte quanto jamais tinham sido quando vivos. Caminhou ao longo da muralha até chegar a um esqueleto, e puxou o tecido podre de seus ombros, tateando-o enquanto o fazia. Sim, estava seco. Serviria como bom ateador.

— Quem está com a pederneira? — perguntou ela.

Os velhos espinhos arderam num fogo rápido e quente. Em quinze minutos, labaredas laranja serpenteavam rumo ao céu: por um momento, pareceram engolir a construção, e então desapareceram, deixando apenas a pedra enegrecida. Os espinhos restantes, aqueles fortes o suficiente para suportar o calor, foram cortados facilmente pela espada da rainha, levados para longe e jogados no fosso.

Os quatro viajantes entraram no castelo.

A velha olhou pela janela estreita na direção das chamas abaixo. A fumaça entrou pela janela, mas a torre mais alta estava fora do alcance das rosas e do fogo. Sabia que o castelo estava sob ataque, e teria se escondido no quarto da torre se tivesse onde se esconder, se a adormecida não estivesse na cama.

Ela praguejou e começou a descer com dificuldade os degraus, um de cada vez. Queria ir até as fortificações, onde poderia chegar ao lado mais distante da construção, aos porões. Poderia se esconder ali. Conhecia o lugar melhor do que ninguém. Era lenta, mas astuta, e sabia esperar. Isso ela sabia fazer.

Ouviu as vozes subindo pela escada.

— Por aqui!

— Aqui em cima!

— É pior assim. Vamos! Rápido!

Então ela deu meia-volta e se esforçou para subir às pressas, mas as pernas não se moviam na mesma rapidez de antes. Foi alcançada quando chegava ao alto da escada, três homens que batiam na altura dos quadris dela, seguidos de perto por uma jovem usando roupas sujas de viagem, com o cabelo mais preto que a velha já vira.

— Peguem-na — ordenou a jovem, num tom imperativo casual.

Os homenzinhos tomaram a bengala dela.

— A velha é mais forte do que parece — disse um deles, com a cabeça ainda zumbindo por causa da pancada que recebera da bengala antes de tomá-la.

Eles a trouxeram de volta ao cômodo circular da torre.

— E o fogo? — disse a idosa, que há décadas não falava com alguém que pudesse responder. — Morreu alguém no fogo? Viram o rei ou a rainha?

A jovem deu de ombros.

— Acho que não. Os adormecidos por quem passamos estavam todos do lado de dentro, e as paredes são grossas. Quem é você?

Nomes. Nomes. A velha estreitou os olhos, então balançou a cabeça. Ela era ela mesma, e o nome que recebera ao nascer tinha sido devorado pelo tempo e pela falta de uso.

— Onde está a princesa?

A velha apenas a encarou.

— E por que você está acordada?

Ela nada disse. Falaram com urgência entre si, os homenzinhos e a rainha.

— É uma bruxa? Há algo de mágico a respeito dessa senhora, mas não creio que seja obra dela.

— Fiquem de olho nela — disse a rainha. — Se for uma bruxa, aquela bengala pode ser importante. Não a deixem recuperá-la.

— É a minha bengala — disse a velha. — Acho que pertencia ao meu pai. Mas ele não vai mais usá-la.

A rainha a ignorou. Caminhou até a cama, abriu o véu de seda. O rosto da adormecida os encarava, inexpressivo.

— Então foi aqui que começou — disse um dos homenzinhos.

— No aniversário dela — disse outro.

— Bem, alguém precisa fazer as honras — completou o terceiro.

— Deixem isso comigo — disse a rainha, doce.

Abaixou o rosto até a altura da mulher. Tocou os lábios rosados dela com seus próprios lábios carmesim, beijando a adormecida longamente.

— Funcionou? — perguntou um anão.

— Não sei. Mas me compadeço dela, pobrezinha. Desperdiçando a vida dormindo — disse a rainha.

— Você dormiu um ano por causa do mesmo feitiço do sono — falou o anão. — Não morreu de fome. Não apodreceu.

O corpo na cama se agitou, como se estivesse em um pesadelo do qual lutava para despertar.

A rainha a ignorou. Ela reparara em algo no chão ao lado da cama. Abaixou-se e apanhou o objeto.

— Vejam só. Isto sim tem cheiro de magia — apontou ela.

— A magia está em tudo aqui — concordou o anão menor.

— Não, *isto* aqui — disse a rainha. Mostrou a ele a roca de madeira, com a metade inferior envolta em linha. — *Isto* tem cheiro de magia.

— Foi aqui, neste quarto — disse a velha, de repente. — Eu era apenas uma garota. Nunca tinha ido tão longe antes, mas subi todos os degraus, e subi e subi a espiral até chegar ao quarto mais alto. Vi aquela cama, a mesma que estão vendo, embora não tivesse ninguém nela. Havia apenas uma velha, sentada no banco, transformando a lã em linha com sua roca. Nunca tinha visto uma roca antes. Ela perguntou se eu gostaria de usá-la um pouco. Tomou a lã em sua mão e me deu a roca para que segurasse. E, então, pressionou meu polegar contra a ponta da agulha até o sangue correr, e tocou as gotas de sangue com o fio de linha. E depois ela disse...

Uma voz a interrompeu. Era uma voz jovem, uma voz de menina, mas ainda densa por causa do sono.

— Eu disse: "Agora tiro de você seu sono, menina, assim como tiro de você a capacidade de me fazer mal no sono, pois alguém precisa ficar acordado enquanto durmo. Sua família, seus amigos, seu mundo, tudo vai dormir também." E, assim, me deitei na cama, e dormi, e eles dormiram, e enquanto cada um deles dormia, roubei um pouco da vida deles, um pouco dos seus sonhos, e enquanto dormia eu recuperava minha juventude, minha beleza e meu poder. Dormi e me fortaleci. Desfiz os estragos do tempo e construí para mim um mundo de escravos adormecidos.

Estava sentada na cama. Parecia tão bonita e tão, tão jovem.

A rainha olhou para a menina e viu aquilo que estava procurando: o mesmo olhar que vira na expressão da madrasta, e soube que tipo de criatura era aquela menina.

— Fomos levados a crer que, quando você despertasse, o restante do mundo despertaria também — disse o anão mais alto.

— E por que acreditariam em algo do tipo? — indagou a menina de cabelos dourados, com jeito inocente de criança (mas os olhos dela, ah! Seus olhos eram muito velhos). — Gosto deles adormecidos. São mais... *solícitos*. — Ela fez uma pausa e sorriu em seguida. — Mesmo agora, estão vindo atrás de vocês. Eu os chamei aqui.

— É uma torre alta — disse a rainha. — E os adormecidos não se movem depressa. Ainda temos algum tempo para conversar, Vossa Escuridão.

— Quem é você? Por que conversaríamos? Como sabe se dirigir a mim dessa maneira? — A menina desceu da cama e se espreguiçou com deleite, estendendo cada dedo antes de corrê-los pelo cabelo dourado. Sorriu, e foi como se o sol brilhasse naquele quarto escuro. — Os pequeninos vão ficar onde estão agora. Não gosto deles. E você, menina. Vai dormir também.

— Não — disse a rainha.

Ela ergueu a roca. A linha que a envolvia estava preta pela passagem do tempo.

Os anões pararam onde estavam, se inclinaram e fecharam os olhos.

A rainha disse:

— É sempre assim com o seu tipo. Precisam da juventude e precisam da beleza. Já esgotou ambas há muito tempo, e agora encontra maneiras cada vez mais complexas de obtê-las. E sempre deseja poder.

Estavam de frente uma para a outra agora, e a menina de cabelos dourados parecia muito mais jovem que a rainha.

— Por que simplesmente não dorme? — questionou a menina, e sorriu sem malícia, exatamente como sorria a madrasta da rainha quando queria algo.

Ouviu-se um barulho nas escadas, atrás deles, ao longe.

— Dormi durante um ano em um caixão de vidro. E a mulher que me colocou lá era muito mais poderosa e perigosa do que você jamais será.

— Mais poderosa do que eu? — A garota parecia se divertir. — Tenho um milhão de adormecidos sob meu controle. A cada instante do meu sono, tornei-me mais poderosa, e o círculo de sonhos cresce mais e mais rápido a cada dia que passa. Tenho minha juventude... Tanta juventude! Tenho minha beleza. Nenhuma arma pode me ferir. Não há ninguém vivo mais poderoso do que eu.

Ela parou e olhou para a rainha.

— Você não é do nosso sangue — disse ela. — Mas tem parte das habilidades. — Ela sorriu, o sorriso de uma menina inocente que foi despertada em uma manhã de primavera. — Governar o mundo não vai ser fácil. Nem manter a ordem entre aquelas da Irmandade que tiverem sobrevivido até essa época tão degenerada. Vou precisar de alguém que seja meus olhos e ouvidos, que faça a justiça, que cuide das coisas quando eu estiver envolvida com outros assuntos. Ficarei no centro da teia. Você não governará comigo, mas ainda governará se estiver subordinada a mim, e não será um pequeno reino, mas continentes.

Ela estendeu a mão e fez uma carícia na pele clara da rainha, que, na fraca luz daquele cômodo, parecia tão branca quanto a neve.

A rainha nada disse.

— Me ame. Todos vão me amar, e você, que me despertou, é quem deve me amar mais do que qualquer outra pessoa — afirmou a menina.

A rainha sentiu algo se agitando em seu coração. Lembrou-se então da madrasta. A madrasta gostava de ser adorada. Aprender a ser forte, a sentir as próprias emoções e não as dos demais, fora difícil; porém, depois de aprender o truque, era impossível esquecer. E ela não desejava governar continentes.

A garota sorriu para ela com olhos da cor do céu da manhã.

A rainha não sorriu. Estendeu a mão ao dizer:

— Aqui. Isso não é meu.

Ela entregou a roca à velha ao seu lado. A velha ergueu o objeto, pensativa. Começou a desenrolar a linha com os dedos cheios de artrite.

— Essa é a minha vida — falou ela. — Essa linha é a minha vida...

— *Era* a sua vida. Você a deu a mim — corrigiu a menina, irritada. — E já durou tempo demais.

A ponta da agulha ainda era afiada depois de tantas décadas.

A velha, que um dia fora uma princesa, segurou a linha com força nas mãos, e empurrou a ponta da agulha contra o peito da menina de cabelos dourados.

A menina olhou para baixo e viu um fio de sangue vermelho escorrer do peito, tingindo de carmesim o vestido branco.

— Nenhuma arma pode me ferir — disse ela, e a voz da menina era petulante. — Não mais. Veja. Foi apenas um arranhão.

— Não é uma arma — falou a rainha, que compreendia o que havia acontecido. — É a sua própria magia. E um arranhão era tudo de que precisávamos.

O sangue da menina encharcou a linha que antes estivera envolta na roca, a linha que levava da roca à lã crua na mão da velha.

A menina olhou para o sangue que manchava o vestido, olhou para o sangue no fio e, confusa, disse apenas:

— Foi apenas um pequeno furo na pele, nada mais.

O barulho nas escadas ficava cada vez mais alto. Passos lentos, misturados e irregulares, como se uma centena de adormecidos subisse de olhos fechados pela escada de pedra em espiral.

O quarto era pequeno e não havia onde se esconder, e a janela do cômodo era uma estreita fenda nas pedras.

A velha, que não dormia havia muitas décadas, que um dia fora uma princesa, disse:

—Você me tomou os sonhos. Tomou meu sono. Agora já chega.

Era uma mulher muito velha: os dedos eram enrugados como as raízes de um espinheiro. O nariz era comprido, e as pálpebras, caídas, mas, naquele momento, havia na expressão dela algo que lembrava o olhar de uma pessoa jovem.

Ela oscilou, e então pareceu perder o equilíbrio, e teria caído no chão se a rainha não a tivesse segurado primeiro.

A rainha carregou a velha até a cama, impressionada com quanto ela era leve, e a colocou na colcha vermelha. O peito da idosa se ergueu e abaixou.

O barulho nas escadas estava mais alto. Então, um silêncio, seguido subitamente por um burburinho, como uma centena de pessoas falando ao mesmo tempo, todas surpresas e bravas e confusas.

— Mas... — murmurou a linda menina, e agora não havia mais nada de belo ou feminino a respeito dela.

O rosto tombou e se tornou menos definido. Estendeu a mão na direção do anão menor e sacou o machado curto do cinto dele. Ela se atrapalhou com o machado, ergueu-o de maneira ameaçadora, com mãos enrugadas e gastas.

A rainha sacou sua espada (o fio da lâmina estava danificado e marcado pelos espinhos), mas, em vez de golpear, deu um passo para trás.

— Ouça! Estão acordando — disse ela. — Estão todos acordando. Conte-me mais uma vez a respeito da juventude que lhes roubou. Conte-me novamente da sua beleza e do seu poder. Conte-me de novo quanto era astuta, Vossa Escuridão.

Quando as pessoas chegaram ao quarto, viram uma velha adormecida na cama e viram a rainha, de pé, e ao lado dela os anões, que balançavam a cabeça ou a coçavam.

Viram também algo mais no chão: um punhado de ossos, um emaranhado de cabelos tão brancos quanto teias de aranha recém-tecidas e, por cima de tudo, uma poeira oleosa.

— Tomem conta dela — disse a rainha, apontando com a roca de madeira escura para a mulher na cama. — Ela salvou a vida de vocês.

Então, foi embora com os anões. Nenhuma das pessoas naquele quarto ou nos degraus ousou detê-los, sem entender o que havia acontecido.

A cerca de uma légua e meia do castelo, em uma clareira da floresta de Acaire, a rainha e os anões acenderam uma fogueira com gravetos secos e nela queimaram o fio e o tecido. O menor dos anões transformou a roca em fragmentos de madeira preta com o machado, e também queimaram esses pedaços. Eles soltaram uma fumaça irritante ao arderem, fazendo a rainha tossir, e o odor de magia ancestral pesou no ar.

Depois, enterraram os fragmentos carbonizados sob uma sorveira.

Já à noite, eles estavam nos arredores da mata e tinham chegado a uma trilha limpa. Era possível ver o vilarejo do outro lado da colina, a fumaça subindo das chaminés das casas.

— Então, se rumarmos para o oeste, podemos chegar às montanhas até o final da semana, e a senhora estará de volta ao palácio em Kanselaire em até dez dias — disse o anão de barba.

— Sim — concordou a rainha.

— E o seu casamento terá atrasado, mas vai ocorrer pouco depois da sua volta, e o povo vai celebrar, e haverá alegria irrestrita pelo reino.

— Sim — concordou novamente a rainha.

Ela não falou mais, e se sentou no musgo sob um carvalho e provou a quietude, uma batida do coração de cada vez.

Há escolhas, pensou ela, depois de passar tempo o bastante sentada. *Sempre há escolhas.*

Ela fez sua escolha.

A rainha começou a andar, e os anões a seguiram.

— A senhora *sabe* que estamos indo para o leste, não sabe? — perguntou um dos anões.

— Ah, sim — respondeu a rainha.

— Então, tudo bem — disse o anão.

Caminharam para o leste, os quatro, afastando-se do pôr do sol e das terras que conheciam, em direção à noite.

UM CALENDÁRIO DE CONTOS

2013

CONTO DE JANEIRO

VAPT!

— É sempre assim?

O jovem parecia desorientado. Olhava ao redor pelo cômodo, sem foco. Aquilo o acabaria matando, se não tomasse cuidado.

Doze deu tapinhas em seu ombro.

— Não. Nem sempre. Se tivermos algum problema, ele virá dali, no alto.

Ele apontou para uma porta de sótão, no teto. A porta estava mal encaixada no batente, fechada feito um olho que espera na escuridão atrás dela.

O jovem assentiu. Então, perguntou:

— Quanto tempo temos?

— Juntos? Talvez mais uns dez minutos.

— Teve uma coisa que eu perguntei várias vezes na Base, mas ninguém respondia. Disseram que eu veria com meus próprios olhos. *Quem* são eles?

Doze não respondeu. Algo havia mudado, muito discretamente, na escuridão do sótão acima deles. Trouxe o dedo até os lábios, e então ergueu a arma, indicando ao jovem que fizesse o mesmo.

Eles despencaram do buraco do sótão: cinzentos como tijolos e verdes como bolor, dentes afiados e ágeis, tão ágeis. O jovem ainda estava procurando o gatilho quando Doze começou a atirar; ele os acertou, todos os cinco, antes que o jovem conseguisse dar seu primeiro disparo.

Olhou para a esquerda. O jovem tremia.

— Aí está — disse.

— Acho que a pergunta é: *o que* são eles?

— Quem ou o quê. Dá no mesmo. São o inimigo. Escorregando pelos contornos do tempo. Agora, na transferência, vão sair em grande número.

Desceram juntos as escadas. Estavam numa pequena casa de subúrbio. Havia uma mulher e um homem sentados à mesa da cozinha, sobre a qual repousava uma garrafa de champanhe. Não pareciam reparar nos dois homens uniformizados que atravessaram o cômodo. A mulher estava servindo a bebida.

O uniforme do jovem era bem passado, azul-escuro, e parecia nunca ter sido usado. A ampulheta anual ficava presa ao cinto, cheia de areia clara. O uniforme de Doze estava desgastado e desbotado, numa coloração azul-cinzenta, remendado onde havia sido cortado, rasgado ou queimado. Chegaram à porta da cozinha e...

Vapt!

Estavam do lado de fora, numa floresta, em algum lugar muito frio.

— ABAIXE-SE! — bradou Doze.

Algo afiado passou por cima da cabeça deles e se chocou contra uma árvore atrás dos dois.

—Você não disse que, às vezes, era diferente? — ironizou o jovem.

Doze deu de ombros.

— De onde estão vindo?

— Do tempo — respondeu Doze. — Estão se escondendo atrás dos segundos, tentando entrar.

Na floresta perto deles, alguma coisa fez *umpf*, e um enorme pinheiro começou a arder com uma chama verde feito cobre.

— Onde estão?

—Acima de nós outra vez. Costumam ficar acima ou abaixo da gente.

Desceram como faíscas de um sinalizador, lindas e brancas e possivelmente um pouco perigosas.

O jovem estava pegando o jeito da coisa. Dessa vez, os dois atiraram juntos.

— Eles o informaram dos detalhes da missão? — indagou Doze.

Quando aterrissaram, as faíscas pareciam bem menos lindas e muito mais perigosas.

— Na verdade, não. Só disseram que seria por um ano.

Doze recarregou rapidamente a arma. Tinha cabelos grisalhos e cicatrizes. O jovem mal parecia ter idade suficiente para pegar uma arma.

— Explicaram a você que um ano seria uma vida inteira?

O jovem balançou a cabeça em negativa. Doze se lembrou de quando era assim tão novo, de uniforme limpo e intacto. Será que um dia ele fora tão inocente? De expressão tão ingênua?

Cuidou de cinco dos demônios faiscantes. O jovem deu cabo dos três que restavam.

— Então é um ano de combate.

— Segundo a segundo — disse Doze.

E...

Vapt!

As ondas quebravam na praia. Estava quente, janeiro no hemisfério sul. Mas ainda era noite. Acima deles, fogos de artifício nos céus, imperturbáveis. Doze conferiu a ampulheta anual: restavam apenas alguns grãos. Estava quase terminado.

Correu os olhos atentos pela praia, pelas ondas, pelas rochas.

— Não estou vendo — declarou.

— Eu estou — disse o jovem.

Enquanto ele apontava, algo imenso saiu do mar, maior do que a imaginação era capaz de conceber, uma vastidão espessa e malévola, cheia de tentáculos e garras, e rugia conforme se erguia.

Doze apanhou a bazuca que trazia nas costas e apoiou-a sobre o ombro. Disparou e observou as chamas florescerem do corpo da criatura.

— O maior que já vi — disse. — Talvez tenham guardado o melhor para o final.

— Ei — retrucou o jovem —, estou apenas começando.

Então veio na direção deles, as garras de crustáceo se agitando e pinçando, tentáculos açoitando, a grande boca se abrindo e se fechando ao léu. Saíram correndo em direção ao alto da ribanceira de areia.

O jovem era mais rápido que Doze: era novo, mas às vezes isso é uma vantagem. O quadril de Doze doía, e ele tropeçou. Seu último grão de areia passava pela ampulheta anual quando algo — um tentáculo, pensou ele — envolveu sua perna, e ele caiu.

Olhou para cima.

O jovem estava de pé na ribanceira, com os pés bem firmes, conforme ensinavam no treinamento, empunhando uma bazuca de modelo desconhecido — algo criado depois de sua época de treino, Doze supôs. Começou a se despedir mentalmente enquanto era arrastado de volta para a praia, areia arranhando o rosto, e, então, uma explosão abafada, e o tentáculo foi arrancado da sua perna com um puxão quando a criatura foi lançada de volta ao mar.

Ele caía pelo ar quando o último grão desceu e a Meia-Noite o levou.

Doze abriu os olhos no lugar para onde vão os anos passados. Catorze o ajudou a descer do palco.

— Como foi? — perguntou Mil Novecentos e Catorze.

Ela usava uma saia branca que chegava ao chão e longas luvas brancas.

— Estão ficando mais perigosos a cada ano — disse Dois Mil e Doze. — Os segundos, e aquilo que espreita por trás deles. Mas gostei do novato, acho que ele vai dar conta.

CONTO DE FEVEREIRO

Céus cinzentos de fevereiro, areias brancas em meio à névoa, rochas pretas. O mar também parecia preto, como uma fotografia monocromática, e apenas a garota de capa de chuva amarela acrescentava cor ao mundo.

Vinte anos atrás, a velha tinha caminhado pela praia em todo tipo de clima, arqueada. Olhava com atenção para a areia e, às vezes, laboriosamente, se abaixava para erguer uma pedra e olhar sob ela. Quando parou de vir até a areia, uma mulher de meia-idade, que supus ser filha dela, veio caminhar pela praia, com menos entusiasmo que a mãe. A mulher parara de vir, e em seu lugar havia a garota.

Ela veio em minha direção. Eu era a única outra pessoa na praia em meio àquele nevoeiro. Não aparento ser muito mais velha que ela.

— O que está procurando? — indaguei.

Seu rosto formou uma expressão um pouco contrariada.

— O que a faz pensar que estou procurando alguma coisa?

— Você vem aqui todos os dias. Antes de você era a moça, e antes, a velha senhora com o guarda-chuva.

— Era minha avó — disse a garota de capa de chuva amarela.

— O que ela perdeu?

— Um pingente.

— Deve ser muito valioso.

— Na verdade, não. Tem valor sentimental.

— Deve valer mais do que isso, se sua família está procurando por incontáveis anos.

— Sim. — Ela hesitou antes de completar: — Vovó contou que aquilo a levaria de volta para casa. Disse que só veio aqui dar uma olhada. Estava curiosa. E então ficou preocupada por ter trazido o pingente e, por isso, o escondeu embaixo de uma pedra, para que pudesse encontrá-lo quando voltasse. E então, quando voltou, não soube mais dizer ao certo sob qual rocha o tinha escondido. Isso foi há cinquenta anos.

— Onde era a casa dela?

— Vovó nunca nos contou.

O jeito de falar da garota me levou a fazer a pergunta que me assustava.

— Ainda está viva? Sua avó?

— Sim. Mais ou menos. Mas ela não fala mais com a gente hoje em dia. Fica apenas olhando para o mar. Deve ser horrível ser tão velha.

Balancei a cabeça. Não é. Então pus a mão no bolso do casaco e mostrei-o a ela.

— Por acaso era parecido com este? Eu o encontrei na praia há um ano. Embaixo de uma rocha.

O pingente não tinha sido maculado pela areia nem pela água salgada.

A garota parecia surpresa, e então me abraçou e me agradeceu. Correu com o pingente pela praia enevoada em direção à cidadezinha.

Observei-a se afastando: uma mancha dourada num mundo branco e preto, carregando o pingente da avó na mão. Era idêntico ao que eu usava no pescoço.

Eu me indaguei a respeito da avó dela, minha irmã mais nova, pensando se um dia ela voltaria para casa; se poderia me perdoar pela brincadeira, caso um dia voltasse. Talvez escolhesse permanecer na terra, mandando a garota para casa em seu lugar. Seria divertido.

Foi só depois que minha sobrinha-neta se foi, quando me vi sozinha, que comecei a nadar para o alto, deixando o pingente me atrair para casa, rumo à vastidão acima de nós, onde vagamos com as solitárias baleias celestes e onde os céus e os mares são um só.

CONTO DE MARÇO

... sabemos apenas isto: ela não foi executada.

— CHARLES JOHNSON,
*História geral dos roubos e assassinatos
dos piratas mais conhecidos*

Estava quente demais na casa grande, e as duas saíram para a varanda. Uma tempestade de primavera se armava ao longe, no oeste. Desde cedo, o fulgor dos raios e as imprevisíveis lufadas frias já as empurravam e refrescavam. Sentaram-se com recato no balanço da varanda, mãe e filha, e falaram do futuro retorno do marido dela para casa, pois ele havia embarcado com uma safra de tabaco rumo à distante Inglaterra.

Mary, que tinha treze anos, tão bela, tão facilmente assustada, disse:

— Afirmo e declaro. Estou contente que todos os piratas tenham sido enviados à forca, e papai voltará para nós em segurança.

O sorriso da mãe era doce e não se desfez quando disse:

— Não quero falar sobre piratas, Mary.

Foi vestida de menino quando era criança, para acobertar o escândalo do pai. Não usou vestidos até estar no navio com o pai e com a mãe — amante que fazia as vezes de servente e a quem ele chamaria de esposa no Novo Mundo —, e partiram de Cork rumo às Carolinas.

Durante aquela jornada, ela se apaixonou pela primeira vez, envolta em tecidos pouco familiares, desajeitada nas estranhas saias. Tinha onze anos, e não foi um marinheiro que lhe arrebatou o coração, mas o próprio navio: Anne se sentava na proa, observando o cinzento Atlântico rolar sob a embarcação, ouvindo o grito das gaivotas, sentido a cada momento a Irlanda se afastar e carregar todas as antigas mentiras.

Deixou seu amor ao desembarcar, lamentando, e, mesmo com o pai prosperando na nova terra, ela sonhava com o rangido e o ricochete das velas.

O pai era um bom homem. Havia se alegrado quando ela voltou, e não falou do tempo em que ficara afastada, ou do jovem com quem tinha se casado, que a levara a Providence. Ela voltou à família três anos mais tarde, com um bebê no seio. O marido morrera, disse, e embora fossem muitos os boatos e as histórias, nem a mais afiada das línguas fofoqueiras ousou supor que Annie Riley fosse a pirata Anne Bonny, primeira-imediata de Rackham Ruivo.

"Se tivesse lutado como um homem, não teria morrido como um cão." Essas foram as últimas palavras de Anne Bonny dirigidas ao homem que colocou o bebê em seu ventre, ou ao menos era o que diziam.

A sra. Riley assistiu ao espetáculo dos raios e ouviu o primeiro ribombar dos trovões distantes. O cabelo estava ficando grisalho, e a pele era tão bela quanto a de qualquer outra mulher de posses nos arredores.

— Soa como disparos de canhão — disse Mary.

(Anne tinha dado a ela o nome da própria mãe e também da melhor amiga da época em que esteve longe da casa grande).

— O que a leva a dizer algo assim? — indagou a mãe, recatada. — Nesta casa, não se fala de tiros de canhão.

Então, a primeira das chuvas de março caiu, e a sra. Riley surpreendeu a filha ao levantar-se do balanço da varanda e inclinar-se na chuva, permitindo-a que molhasse seu rosto, como os respingos da brisa do mar. Era algo que não condizia com uma mulher tão respeitável.

Com a água molhando o rosto, ela se imaginou naquele lugar: capitã do próprio navio, o bombardeio ao redor, o odor da fumaça da pólvora soprada com a brisa salgada. O convés do navio seria pintado de vermelho, para disfarçar o sangue nas batalhas. O vento encheria o tecido das suas velas com um estalo tão alto quanto o rugido de um canhão, enquanto se preparavam para abordar o navio mercante e tomar tudo que desejassem, joias e moedas — e beijos ardentes com o primeiro-imediato quando a loucura chegasse ao fim...

— Mãe? Você deve estar pensando em um grande segredo. O sorriso no seu rosto é tão estranho.

— Menina boba, *acushla* — disse a mãe. — Estava pensando no seu pai.

Era verdade o que disse, e os ventos de março sopraram a loucura em torno delas.

CONTO DE ABRIL

Sabemos que estamos exagerando com os patos quando eles deixam de confiar em nós, e meu pai estava arrancando tudo o que podia dos patos desde o verão anterior.

Aproximava-se do lago.

— Olá, patos — dizia ele aos patos.

Já em janeiro, eles simplesmente nadavam para longe. Um pato macho particularmente irascível (nós o chamávamos de Donald, mas nunca na sua frente, pois patos são sensíveis a esse tipo de coisa) ficava para trás e brigava com meu pai.

— Não estamos interessados — dizia a ave. — Não queremos comprar nada que você esteja vendendo: nada de seguro de vida, nem enciclopédias, nem telha de alumínio, nem palito de fósforo, mesmo que seja à prova d'água.

— "O dobro ou nada!" — grasnou um pato-real dos mais indignados. — Aposto que vai nos fazer jogar a moeda. Usando aquela de dois lados iguais...!

Os patos, que tiveram oportunidade de examinar a moeda em questão quando meu pai a tinha jogado no lago, grasnaram em concordância com o pato-real e flutuaram, elegantes e rabugentos, até o outro lado da água.

Meu pai levou para o lado pessoal.

— Aqueles patos — disse ele. — Estão sempre lá. Como uma vaca pronta para ser ordenhada. Eram uns trouxas: o melhor tipo. Do tipo que dá para tapear de novo e de novo. E eu estraguei tudo.

— Precisa fazer com que voltem a confiar em você. Ou, ainda melhor, é só começar a ser honesto. Vire uma nova página. Você tem um emprego de verdade agora.

Ele trabalhava no Village Inn, em frente ao lago dos patos.

Meu pai não virou uma nova página em sua vida. Ele mal virou a página antiga. Roubou pão fresco da cozinha da estalagem, levou garrafas de vinho tinto já abertas e foi até o lago para reconquistar a confiança dos patos.

Durante todo o mês de março ele os entreteve, os alimentou, contou piadas, fez tudo que pôde para amolecê-los. Foi só em abril, quando havia poças para todo lado e as árvores estavam novas e verdes e o mundo tinha se desfeito do inverno, que ele trouxe um baralho.

— Que tal uma partida amigável? — perguntou meu pai. — Sem apostar dinheiro?

Os patos se entreolharam, nervosos.

— Não sei, não... — murmuraram alguns deles, desconfiados.

Então um pato-real mais velho, que não reconheci, estendeu uma asa graciosamente.

— Depois de tanto pão fresco, depois de tanto vinho bom, seria deselegante da nossa parte recusar sua proposta. Buraco, talvez? Ou mau-mau?

— Que tal pôquer? — perguntou meu pai, com cara de blefe, e os patos disseram sim.

Ele ficou tão feliz. Nem precisou sugerir que começassem a apostar para tornar o jogo mais interessante: o velho pato-real se encarregou disso.

Ao longo dos anos, aprendi um pouco a trapacear na hora de dar as cartas: observava meu pai sentado em nosso quarto à noite, praticando, sem parar, mas o velho pato tinha uma coisa ou outra a ensinar. Dava as cartas do fundo do baralho. Dava as cartas do meio. Sabia onde estava cada carta, e bastava um rápido movimento da asa para conduzi-las exatamente ao lugar em que ele as queria.

Os patos limparam meu pai: a carteira, o relógio, os sapatos, a caixinha de rapé e as roupas que estava usando. Se aceitassem um menino como aposta, meu pai também teria me perdido naquele jogo, e talvez, de muitas formas, ele o tenha feito. Ele caminhou de volta para a estalagem apenas com a roupa de baixo e as meias. Patos não gostam de meias, disseram as aves. É uma particularidade deles.

— Pelo menos você ficou com as meias — comentei.

Aquele foi o abril em que meu pai aprendeu a não confiar em patos.

CONTO DE MAIO

Em maio, recebi um cartão anônimo de Dia das Mães. Isso me deixou intrigada. Eu certamente teria percebido caso tivesse tido filhos, não teria?

Em junho, encontrei um bilhete dizendo "O atendimento será regularizado assim que possível" preso ao espelho do banheiro, junto a várias pequenas moedas de cobre sujas de origem e denominação incertas.

Em julho, recebi três cartões-postais, a intervalos de uma semana, todos com carimbo postal da Cidade Esmeralda de Oz, dizendo-me que a pessoa que os tinha enviado estava se divertindo muito e me pedindo que lembrasse Doreen de trocar a fechadura da porta dos fundos e verificasse se a entrega do leite havia sido cancelada mesmo. Não conheço nenhuma Doreen.

Em agosto, alguém deixou uma caixa de bombons em frente à minha porta. Havia um adesivo preso a ela, dizendo que era evidência em um processo judicial importante, e sob nenhuma circunstância os chocolates dentro da caixa poderiam ser comidos antes de serem submetidos ao levantamento de impressões digitais. Com o calor de agosto, os chocolates tinham derretido, formando uma maçaroca marrom, e joguei fora a caixa inteira.

Em setembro, recebi um pacote contendo um exemplar da edição da revista em que o Superman fez sua primeira aparição, um dos primeiros fólios das peças de Shakespeare e uma edição particular de um romance de Jane Austen que eu não conhecia, intitulado *Wit and Wilderness*. Não tenho grande interesse em quadrinhos, nem em Shakespeare, nem em Jane Austen, e deixei os livros no quartinho dos fundos. Uma semana mais tarde, quando precisei de algo para ler durante o banho de banheira e procurei por eles, não estavam mais lá.

Em outubro, encontrei um bilhete dizendo "O atendimento será regularizado assim que possível. Juro." preso à lateral do aquário do peixe-dourado. Dois dos peixes pareciam ter sido levados e substituídos por um par idêntico.

Em novembro, recebi um bilhete que me obrigava a cumprir exigências caso eu quisesse voltar a ver meu tio Theobald com vida. Não tenho nenhum tio Theobald, mas, mesmo assim, usei um cravo rosa na lapela e comi apenas salada durante o mês inteiro.

Em dezembro, recebi um cartão de Natal com carimbo postal do Polo Norte, informando que, em decorrência de um equívoco nos registros, eu não tinha sido incluída na lista dos Bonzinhos nem na dos Levados. Vinha assinado por um nome que começava com N. Talvez fosse Noel, mas tinha mais cara de Norman.

Em janeiro, despertei e descobri que alguém havia pintado "Coloque sua máscara primeiro para, em seguida, ajudar os outros" no teto da minha pequena cozinha com tinta coral. Parte da tinta pingara no chão.

Em fevereiro, um homem se aproximou de mim no ponto de ônibus e me mostrou a estátua preta de um falcão em sua sacola de compras. Pediu minha ajuda para mantê-la a salvo do Gordo e então viu alguém atrás de mim e saiu correndo.

Em março, recebi três correspondências não solicitadas, a primeira dizendo que talvez eu tivesse ganhado um milhão de dólares, a segunda dizendo que talvez eu tivesse sido eleita para a Académie Française e a última me dizendo que talvez eu tivesse sido declarada a líder titular do Sacro Império Romano.

Em abril, encontrei um bilhete na mesa de cabeceira pedindo desculpas pelos problemas no atendimento, garantindo que a partir de então todos os defeitos do universo tinham sido resolvidos para sempre. PEDIMOS DESCULPAS PELA INCONVENIÊNCIA, concluía o bilhete.

Em maio, recebi outro cartão de Dia das Mães. Dessa vez não era anônimo. Estava assinado, mas não consegui ler o nome. Começava com N, mas tenho quase certeza de que não era Norman.

CONTO DE JUNHO

Meus pais discordam. É o que eles fazem. Vão além de discordar. Discutem. A respeito de tudo. Ainda não entendo como eles conseguiram dar um tempo na discussão para se casar, muito menos para conceber minha irmã e eu.

Mamãe acredita na redistribuição de riquezas e acha que o grande problema do comunismo é não ir longe o bastante. Meu pai tem um retrato emoldurado da Rainha ao lado da cama e vota nos candidatos mais conservadores que encontra. Mamãe queria que meu nome fosse Susan. Meu pai queria que fosse Henrietta, em homenagem à sua tia. Nenhum dos dois cedeu um centímetro. Sou a única Susietta da minha escola e, provavelmente, do mundo. O nome de minha irmã é Alismima, por motivos parecidos.

Não há nenhum ponto em que concordem, nem mesmo em relação à temperatura. Papai está sempre com calor, mamãe está sempre com frio. Vivem ligando e desligando os aquecedores, abrindo e fechando as janelas assim que o outro sai do cômodo. Eu e minha irmã ficamos resfriadas o ano todo, e achamos que provavelmente esse é o motivo.

Não conseguiam concordar nem quanto ao mês em que deveríamos tirar férias. Papai insistia em agosto, e mamãe afirmava com toda a certeza que julho era melhor. Assim, muitas vezes tirávamos as férias de verão em junho, para a infelicidade de todos.

E não conseguiam decidir para onde iríamos. Papai queria andar a cavalo na Islândia, enquanto mamãe se dispunha a fazer uma caravana pelo Saara nas costas dos camelos, e ambos olhavam para nós como se fôssemos umas bobas quando dizíamos que não seria mal sentar numa praia do sul da França ou algum outro lugar. Paravam de discutir tempo o bastante para nos dizer que isso estava fora de questão, bem como uma viagem à Disneylândia, e então voltavam a discutir um com o outro.

A Discussão de Onde Vamos Passar as Férias em Junho chegava ao fim com muitas portas batidas e muitos gritos do tipo "Que seja!" proferidos um para o outro.

Quando chegavam as inconvenientes férias, eu e minha irmã tínhamos certeza de uma coisa: não iríamos a lugar nenhum. Trazíamos uma imensa pilha de livros da biblioteca, tantos quanto nos permitiam retirar, e nos preparávamos para ouvir muitas brigas nos dez dias seguintes.

Então chegaram os homens em furgões, trazendo coisas para a casa, e começaram a instalá-las.

Mamãe mandou que colocassem a sauna no porão. Despejaram areia no chão. Penduraram no teto uma lâmpada de bronzeamento artificial. Ela colocou uma toalha sobre a areia embaixo da lâmpada e se deitou ali. Afixou fotografias de dunas e camelos nas paredes do porão, até que estas descolaram com o calor extremo.

Papai pediu aos homens que colocassem o frigorífico (o maior frigorífico que conseguiu encontrar, tão grande que dava para entrar nele) na garagem. Ocupou tanto espaço que ele teve que começar a deixar o carro do lado de fora do portão. Acordava de manhã, vestia um suéter quente de lã islandês, pegava um livro, sanduíches de pepino e a garrafa térmica cheia de chocolate quente, e entrava lá com um imenso sorriso no rosto, saindo apenas na hora do jantar.

Eu me pergunto se mais alguém tem uma família tão estranha quanto a minha. Meus pais nunca concordam a respeito de nada, nada.

— Sabia que mamãe tem vestido o casaco e se esgueirado até a garagem durante as tardes? — disse minha irmã de repente, enquanto estávamos sentadas no jardim, lendo os livros que trouxemos da biblioteca.

Não sabia, mas tinha visto papai usando apenas calção de banho e roupão, descendo ao porão naquela manhã para ficar com mamãe, com um grande sorriso bobo na cara.

Não entendo pais. Sinceramente, acho que ninguém entende.

CONTO DE JULHO

No dia em que minha mulher me deixou, dizendo que precisava ficar sozinha e ter um tempo para pensar, no dia 1º de julho, quando o sol incidia forte no lago no centro da cidade, quando o milho nos campos que cercavam minha casa estava na altura do joelho, quando crianças demasiadamente entusiasmadas soltaram os primeiros fogos de artifício e bombinhas que nos assustavam e faiscavam no céu de verão, construí um iglu de livros no jardim dos fundos.

Usei livros em brochura para construi-lo, com medo do peso das enciclopédias e edições de capa dura, que poderiam cair se minha construção não fosse firme.

Mas o iglu não ruiu. Tinha quatro metros de altura, e também um túnel, através do qual eu podia rastejar para dentro dele, mantendo afastados os amargos ventos do Ártico.

Levei outros livros ao iglu que construíra com livros, e os li lá dentro. Fiquei maravilhado com o quão aquecido e confortável me sentia ali dentro. Conforme lia os livros, colocava-os no chão, formando um piso, e então buscava mais livros, e me sentava neles, eliminando do meu mundo os últimos vestígios da grama verde de julho.

Meus amigos vieram no dia seguinte. Rastejaram apoiados nas mãos e nos joelhos para entrar no meu iglu. Disseram que eu estava agindo feito um louco. Respondi que a única coisa me protegendo do frio do inverno era a coleção de livros em brochura dos anos 1950 do meu pai, muitos deles com títulos atrevidos, capas intensas e histórias que desapontavam pela monotonia.

Meus amigos foram embora.

Sentei-me no iglu imaginando a noite do Ártico do lado de fora, indagando se a aurora boreal tomava os céus. Olhei lá fora, mas vi apenas uma noite repleta de estrelas formigantes.

Dormi em meu iglu feito de livros. Comecei a ficar com fome. Fiz um buraco no chão, desci por ele uma linha de pesca e esperei até que algo fisgasse. Puxei-a: um peixe feito de livros, com as antigas edições de capa verde das melhores histórias de detetive da Penguin. Comi o peixe cru, temendo fazer uma fogueira dentro do iglu.

Quando saí, observei que alguém havia coberto o mundo inteiro com livros: edições de capa clara, de todas as tonalidades de branco e azul e roxo. Caminhei pelos blocos de gelo formados por livros.

Vi alguém que parecia minha esposa lá fora, no gelo. Estava criando uma geleira de autobiografias.

— Pensei que tivesse me deixado — falei a ela. — Pensei que tivesse me deixado sozinho.

Ela nada disse, e percebi que vira apenas a sombra de uma sombra.

Era julho, quando o sol jamais se põe no Ártico, mas eu estava ficando cansado, então comecei a voltar na direção do iglu.

Vi as sombras dos ursos antes de ver os animais em si: eram imensos, de pelo claro, feitos de páginas de livros ferozes: poemas antigos e modernos na forma de ursos rondavam pelos blocos de gelo, cheios de palavras capazes de ferir com sua beleza. Via o papel, e as palavras cortando as páginas, e temi que os ursos pudessem me ver.

Esgueirei-me de volta ao iglu, evitando os animais. Talvez tenha dormido no escuro. E então saí, deitei-me com as costas no gelo e observei as inesperadas cores da reluzente aurora boreal, atento ao estalar do gelo distante como um iceberg de contos de fadas desprendido de uma geleira de livros de mitologia.

Não sei quando tomei consciência da presença de outra pessoa deitada no chão ao meu lado. Podia ouvir sua respiração.

— É lindo, não? — disse ela.

— É a aurora boreal, as luzes do norte.

— São os fogos de artifício do 4 de julho na cidade, querido — disse minha mulher.

Ela segurou minha mão e assistimos juntos ao espetáculo.

Quando o último dos fogos sumiu numa nuvem de estrelas douradas, ela falou:

—Voltei para casa.

Não respondi. Mas segurei sua mão com muita força, deixei meu iglu feito de livros e voltei com ela para a casa onde morávamos, deleitando-me no calor de julho feito um gato.

Ouvi um trovão distante e, durante a noite, enquanto dormíamos, começou a chover, fazendo desabar meu iglu de livros, lavando e levando as palavras do mundo.

CONTO DE AGOSTO

Os incêndios florestais começaram cedo naquele agosto. Todas as tempestades que poderiam ter umedecido o mundo seguiram para o sul, levando consigo a chuva. Todos os dias, víamos os helicópteros sobrevoando, prontos para despejar sua carga de água do lago sobre as chamas distantes.

Peter, que é australiano, e também dono da casa em que moro (cozinho e trabalho como caseiro para ele), disse:

— Na Austrália, os eucaliptos usam o fogo para sobreviver. Algumas sementes de eucalipto só germinam depois que um incêndio florestal passa pelo lugar, limpando a mata rasteira. Elas precisam do calor intenso.

— Coisa estranha — comentei. — Algo brotando das chamas.

— Nem tanto. Bem normal. Devia ser mais comum quando a Terra era mais quente.

— Difícil imaginar um mundo mais quente do que esse.

Ele fungou.

— Isso não é nada — falou, contando do calor intenso que vivenciara na Austrália quando era mais jovem.

Na manhã seguinte, o noticiário da tevê alertou que os habitantes da nossa região deveriam abandonar suas propriedades: estávamos numa área de alto risco de incêndio.

— Pura baboseira — resmungou Peter. — Nunca será problema para nós. Estamos num terreno mais alto, e o córrego passa ao nosso redor.

Quando cheio, o córrego chegava a mais de um metro de profundidade, quase um metro e meio. Agora, estava no máximo a meio metro.

No fim da tarde, o cheiro de mato queimado era forte no ar, e a tevê e o rádio diziam a todos para deixar o local imediatamente, se ainda fosse possível. Sorrimos um para o outro, bebemos nossas cervejas, parabenizando-nos por nosso entendimento de uma situação difícil, sem ter entrado em pânico nem fugido.

— Nós, humanos, somos complacentes — falei. — Todos nós. As pessoas. Vemos as folhas assando nas árvores num dia quente de agosto, e mesmo assim acreditamos que nada vai mudar. Nossos impérios viverão para sempre.

— Nada é para sempre — disse Peter, servindo outra cerveja e contando de um amigo na Austrália que havia impedido que um incêndio destruísse a fazenda da família jogando cerveja nas labaredas sempre que surgiam.

O incêndio entrou pelo vale como a chegada do Juízo Final, vindo em nossa direção, e percebemos quanto o riacho seria insignificante como proteção. O próprio ar estava queimando.

Finalmente fugimos, empurrando um ao outro, tossindo na fumaça sufocante, correndo colina abaixo até chegarmos ao riacho, e deitamos dentro dele, deixando apenas a cabeça fora da água.

Do inferno nós as vimos nascer das chamas, subir e voar. Lembravam pássaros, bicando as ruínas incendiadas da casa na colina. Vi uma delas erguer a cabeça, bradando em triunfo. Pude ouvi-la em meio ao estalar das folhas ardentes, ao rugido das labaredas. Ouvi o canto da fênix e compreendi que nada dura para sempre.

Uma centena de pássaros de fogo subiu aos céus quando a água do córrego começou a ferver.

CONTO DE SETEMBRO

Minha mãe tinha um anel em formato de cabeça de leão. Usava-o para praticar pequenos encantamentos: encontrar uma vaga para estacionar, fazer sua fila andar um pouco mais rápido no supermercado, levar o casal briguento da mesa ao lado a parar de brigar e voltar a se amar, esse tipo de coisa. Ela o deixou para mim quando morreu.

A primeira vez que o perdi foi num café. Acho que estava remexendo nele, inquieta, tirando do dedo, colocando de novo. Somente ao chegar em casa dei falta dele.

Voltei ao café, mas não havia sinal do anel.

Vários dias mais tarde, a joia me foi devolvida por um taxista, que a tinha encontrado no asfalto do lado de fora do café. Disse que minha mãe havia aparecido em um sonho, dando a ele meu endereço e uma receita de cheesecake à moda antiga.

Na segunda vez que o perdi, estava apoiada no parapeito de uma ponte, jogando pinhas no rio abaixo. Não reparei que estava frouxo, e o anel escapou da minha mão com uma das pinhas. Observei o arco da sua trajetória. Caiu na lama escura e molhada no limiar do rio, fazendo um alto *glop*, e sumiu.

Uma semana mais tarde, comprei um salmão de um homem que conheci no pub: fui buscar o peixe em um refrigerador no porta-malas de seu velho furgão verde. Era para um jantar de aniversário. Quando abri o peixe com a faca, o anel de leão de minha mãe caiu de dentro dele.

Na terceira vez que o perdi, estava lendo e tomando sol no quintal. Era agosto. O anel estava na toalha ao meu lado, junto aos óculos escuros e ao protetor solar, quando um pássaro grande (suspeito que tenha sido uma pega, ou uma gralha, mas posso estar enganada; era algum tipo de corvo, com certeza) fez um rasante e, com o bater das asas, retomou altitude com a joia da minha mãe no bico.

O anel foi devolvido na noite seguinte por um espantalho que se movia sem muita habilidade. Ele me deu um susto, parado ali sob a luz da porta dos fundos, e então mergulhou novamente na escuridão assim que apanhei o anel da sua mão de palha enluvada.

— Há coisas que não devem ser guardadas — disse a mim mesma.

Na manhã seguinte, coloquei o anel no porta-luvas do meu velho carro. Dirigi até o ferro-velho e observei, satisfeita, enquanto o carro era esmagado até se tornar um cubo de metal do tamanho de uma televisão, sendo então colocado num contêiner com destino à Romênia para processamento, onde seria convertido em algo útil.

No início de setembro fechei minha conta no banco. Mudei-me para o Brasil, onde assumi um cargo de web designer usando um nome falso.

Até o momento, nenhum sinal do anel de mamãe. Porém, às vezes, desperto do sono profundo com o coração acelerado, molhada de suor, imaginando de que maneira ela vai me devolver o anel da próxima vez.

CONTO DE OUTUBRO

— Que sensação boa — falei, esticando o pescoço para me livrar da contração que restava.

Não era apenas bom, era maravilhoso, na verdade. Tinha passado tanto tempo espremido naquela lâmpada. Já estava pensando que ninguém voltaria a esfregá-la.

— Você é um gênio — disse a jovem com a flanela de limpeza na mão.

— Sou. Você é uma garota esperta, docinho. Como soube?

— Você apareceu numa nuvem de fumaça — disse ela. — E tem cara de gênio, com esse turbante e os sapatos pontudos.

Cruzei os braços e pisquei. Agora estava de calça jeans, tênis cinza e uma blusa cinzenta desbotada: o uniforme masculino deste lugar e desta época. Levei a mão à testa e me inclinei em sinal de profunda reverência.

— Sou o gênio da lâmpada. Alegra-te, ó bem-aventurada. Tenho o poder de conceder-te três desejos. E não adianta tentar o truque do "desejo mais desejos": além de não funcionar, você perderá um desejo. Certo. Manda ver.

Cruzei os braços novamente.

— Não — respondeu ela. — Quer dizer, muito obrigada e tudo o mais, mas estou bem. Não precisa.

— Querida. Docinho. Boneca. Talvez não tenha me ouvido direito. Sou um gênio. E os três desejos? Pode ser qualquer coisa que você quiser. Já sonhou em voar? Posso lhe dar asas. Quer ser rica, mais rica que Creso? Quer poder? Basta falar. Três desejos. Qualquer coisa.

— Como já disse, obrigada, mas estou bem. Quer tomar alguma coisa? Deve estar morrendo de sede depois de tanto tempo na lâmpada. Vinho? Água? Chá?

— Humm... — Pensando bem, agora que ela tinha mencionado, percebi que estava com sede. — Tem chá de hortelã?

Ela me preparou um pouco de chá de hortelã numa chaleira que era quase gêmea da lâmpada na qual eu havia passado a maior parte dos últimos mil anos.

— Obrigado pelo chá.

— Imagina.

— Mas não entendo. Todos que conheci começaram a pedir coisas. Uma casa chique. Um harém de mulheres maravilhosas (não que você fosse querer isso, é claro...).

— Quem sabe? — disse ela. — Não pode sair fazendo suposições a respeito das pessoas. Ah, e não me chame de querida, nem de docinho, nem de nada dessas coisas. Meu nome é Hazel.

— Ah! — exclamei, compreendendo. — Então, quer uma linda mulher? Minhas desculpas. Basta fazer o pedido.

Cruzei os braços.

— Não — interveio ela. — Estou bem. Nada de desejos. Como está o chá?

Disse a ela que o chá de hortelã era o mais gostoso que já tinha provado.

Ela perguntou quando comecei a sentir a necessidade de conceder desejos às pessoas, e se eu sentia uma necessidade desesperada de agradar aos outros. Perguntou da minha mãe, e disse a ela que não poderia me julgar como faria com os mortais, pois eu era um djinn poderoso e sábio, mágico e misterioso.

Perguntou se eu gostava de homus e, quando respondi que sim, ela tostou um pão sírio e o cortou para que eu passasse no homus.

Mergulhei os pedaços de pão no homus e comi com grande deleite. O homus me deu uma ideia.

— Basta fazer um desejo e posso produzir um banquete digno de um sultão para você — sugeri, esperançoso. — Cada prato seria mais delicioso que o anterior, tudo servido em travessas de ouro. E você poderia ficar com o ouro, depois.

— Não precisa — disse ela, sorrindo. — Gostaria de sair para caminhar?

Andamos juntos pela cidade. Foi bom esticar as pernas depois de tantos anos na lâmpada. Fomos parar num parque público, sentados num banco perto de um lago. Fazia calor, mas ventava, e as folhas do outono caíam em lufadas cada vez que o vento soprava.

Contei a Hazel sobre a minha juventude como djinn, de como costumávamos bisbilhotar as conversas dos anjos, que jogavam cometas em nós quando nos flagravam escutando. Contei a ela dos dias ruins da guerra dos djinns, e de como o rei Solimão nos aprisionou dentro de objetos ocos: garrafas, lâmpadas, potes de argila, coisas desse tipo.

Ela me contou dos pais, que tinham morrido no mesmo acidente de avião, deixando a casa para a filha. Contou-me do emprego, ilustrando livros infantis, um trabalho ao qual ela se voltou sem nem reparar, quando percebeu que jamais seria uma ilustradora médica realmente competente, e de quanto ficava contente ao receber novos livros para ilustrar. Contou que ensinava desenho de observação para adultos na universidade comunitária uma noite por semana.

Não vi nenhum defeito óbvio na vida dela, nenhum espaço que pudesse ser preenchido com a realização de um desejo, com uma exceção.

— Sua vida é boa. Mas você não tem ninguém com quem compartilhá-la. Basta desejar, e eu lhe trarei o homem perfeito. Ou mulher. Um astro de cinema. Uma... pessoa rica...

— Não precisa, estou bem — respondeu ela.

Caminhamos de volta à casa dela, passando por outras decoradas para o Dia das Bruxas.

— Não está certo — disse a ela. — As pessoas sempre desejam coisas.

— Eu, não. Tenho tudo de que preciso.

— Então o que *eu* faço?

Ela pensou por um momento. Então apontou para o jardim.

— Pode varrer as folhas?

— É esse o seu desejo?

— Não. Apenas algo que você pode fazer enquanto preparo nosso jantar.

Varri as folhas, formando uma pilha ao lado da cerca, para impedir que o vento as espalhasse. Depois do jantar, lavei a louça. Passei a noite no quarto de hóspedes de Hazel.

Não é que ela não quisesse ajuda. Ela me deixou ajudar. Cuidei de pequenas tarefas, buscando material de artes plásticas e algumas compras. Nos dias em que ficava pintando por muito tempo, ela me deixava massagear seus ombros e pescoço. Tenho mãos boas, firmes.

Pouco antes do Dia de Ação de Graças, deixei o quarto de hóspedes, do outro lado do corredor, e me mudei para o quarto principal e para a cama de Hazel.

Observei o rosto dela esta manhã enquanto dormia. Olhei para a forma que seus lábios assumem quando ela dorme. A luz do sol foi chegando e tocou o rosto dela, que abriu os olhos, me viu, e sorriu.

— Sabe o que nunca perguntei? — indagou ela. — E quanto a você? O que desejaria se eu lhe perguntasse quais são os seus três desejos?

Pensei por um instante. Coloquei o braço ao redor dela, que acomodou a cabeça no meu ombro.

— Estou bem — disse a ela. — Não preciso de nada.

CONTO DE NOVEMBRO

O braseiro era pequeno, quadrado e feito de um metal envelhecido e enegrecido pelo fogo. Talvez fosse de cobre ou latão. Tinha chamado a atenção de Eloise na venda de usados porque ostentava pares gêmeos de animais que poderiam ser dragões ou serpentes marinhas. Um deles estava sem cabeça.

Custava apenas um dólar, e Eloise o comprou, e também um chapéu vermelho com uma pena na lateral. Começou a se arrepender de comprar o chapéu antes mesmo de chegar em casa, e pensou que talvez devesse dá-lo de presente a alguém. Mas a carta do hospital a esperava na volta, e ela colocou o braseiro no quintal e o chapéu no armário, ao entrar, e não pensou mais neles.

Os meses se passaram, e também o desejo de sair de casa. A cada dia ela se sentia mais fraca, e cada dia tirava mais dela. Levou a cama para o quarto no andar de baixo, porque doía caminhar, porque estava cansada demais para subir as escadas, porque era mais simples.

Novembro chegou, e com ele a consciência de que jamais veria o Natal.

Há coisas que não se pode jogar fora, coisas que não podemos deixar para serem encontradas pelos entes queridos quando não estivermos mais aqui. Coisas que temos que queimar.

Ela levou uma pasta de papelão preta cheia de papéis e cartas e fotografias antigas até o jardim. Encheu o braseiro com gravetos caídos e sacolas de papel marrons e ateou fogo usando um acendedor de churrasqueira. Só depois de ver as chamas é que ela abriu a pasta.

Começou com as cartas, particularmente aquelas que não deveriam ser vistas por outras pessoas. Quando estivera na universidade, houve um professor e um relacionamento, se é que poderia ser considerado assim, que tinha enveredado por rumos bastante sombrios muito rapidamente. Ela guardara todas as cartas dele presas com um clipe de papel, e as deixou cair, uma a uma, nas labaredas. Havia uma fotografia dos dois juntos, e ela a lançou no braseiro por último, observando a imagem enrugar e escurecer.

Foi apanhar o objeto seguinte na caixa de papelão quando se deu conta de que não conseguia mais lembrar o nome do professor, nem a matéria que ele lecionava, nem o motivo de o relacionamento a ter ferido tanto a ponto de tê-la feito pensar em suicídio.

O próximo objeto era uma fotografia de sua antiga cadela, Lassie, deitada de costas ao lado do carvalho no quintal. Lassie morreu há sete anos, mas a árvore continuava ali, agora despida de folhas no frio de novembro. Ela jogou a foto no braseiro. Tinha amado aquele cachorro.

Voltou o olhar para a árvore, lembrando...

Não havia árvore no jardim dos fundos.

Não havia nem mesmo um toco de tronco: apenas um gramado esmaecido de novembro, coberto com algumas das folhas secas das árvores dos vizinhos.

Eloise viu, e não se preocupou com a possibilidade de ter enlouquecido. Levantou-se com alguma dificuldade e caminhou até a casa. Seu reflexo no espelho a chocou, coisa comum nos últimos tempos. O cabelo tão fino e ralo, o rosto tão macilento.

Ela apanhou os papéis da mesa ao lado da cama improvisada: uma carta do oncologista estava no topo da pilha, e sob ela havia uma dúzia de páginas de números e palavras. Havia mais papéis por baixo, todos com o logotipo do hospital no alto da primeira página. Ela os apanhou e, aproveitando o ensejo, pegou também as contas hospitalares. O seguro de saúde cobria a maior parte das despesas, mas não todas.

Voltou a sair da casa, parando na cozinha para recuperar o fôlego.

O braseiro a aguardava, e ela jogou suas informações médicas no fogo. Assistiu enquanto ficavam marrons e pretas, virando cinzas no vento de novembro.

Quando o último dos registros médicos terminou de arder, Eloise se levantou e entrou em casa. O espelho do corredor mostrou a ela uma Eloise ao mesmo tempo nova e familiar: tinha cabelos castanhos profusos, e sorriu para si mesma no reflexo como se amasse a vida e deixasse atrás de si um rastro de conforto.

Ela foi ao armário do corredor. Havia o chapéu vermelho na prateleira, do qual ela quase não se lembrava, mas a mulher o vestiu, temendo que o vermelho fizesse seu rosto parecer lavado e pálido. Olhou-se no espelho. Estava com boa aparência. Inclinou o chapéu para formar um ângulo mais acentuado.

Do lado de fora, os últimos traços da fumaça saída do braseiro preto envolto em serpentes se dissiparam no frio ar de novembro.

CONTO DE DEZEMBRO

Passar o verão nas ruas é difícil, mas pode-se dormir num parque sem morrer de frio. O inverno é diferente. O inverno pode ser fatal. E, mesmo que não o seja, o frio ainda nos acolhe como amigo especial e sem teto, se insinuando por cada parte de nossa vida.

Donna tinha aprendido com os mais velhos. O truque, disseram, é dormir durante o dia onde for possível (a linha de trem circular é uma boa pedida, basta comprar uma passagem e passar o dia no vagão, dormindo, e o mesmo vale para os cafés mais baratos onde ninguém se importa com uma menina de dezoito anos que gasta cinquenta centavos numa xícara de chá e então cochila num canto durante algumas horas, desde que sua aparência seja minimamente respeitável), mas manter-se em movimento durante a noite, quando as temperaturas caem muito, e os lugares mais quentes fecham as portas, trancando-as e apagando as luzes.

Eram nove da noite, e Donna estava caminhando. Procurava pelas áreas mais iluminadas e não tinha vergonha de pedir dinheiro. Não mais. A pessoa sempre podia dizer não, coisa que a maioria fazia.

Não havia nada de familiar a respeito da mulher na esquina. Caso contrário, Donna não a teria abordado. Era seu pesadelo, alguém de Biddenden vê-la assim: a vergonha e o medo de contarem à sua mãe (que nunca falara muito, que dissera apenas "Já vai tarde" quando soube da morte da avó), que então contaria ao pai, que seria capaz de ir até lá procurá-la, tentando levá-la de volta para casa. E isso a destruiria. Ela nunca mais queria vê-lo.

A mulher na esquina havia parado, perplexa, e olhava ao redor como se estivesse perdida. Às vezes, os perdidos são generosos com trocados, bastava saber indicar a eles o caminho desejado.

Donna se aproximou e disse:

— Tem um trocado?

A mulher baixou o olhar até ela. E então a expressão em seu rosto mudou, e ela parecia... Donna entendeu o clichê naquele momento, entendeu por que as pessoas dizem *Parece que ela viu um fantasma*. Tinha visto mesmo. A mulher disse:

— *Você?*

— Eu? — indagou Donna.

Se tivesse reconhecido a mulher, talvez se afastasse, ou até saísse correndo, mas não a conhecia. A mulher parecia um pouco a mãe de Donna, mas um tanto mais gentil, bondosa e rechonchuda, enquanto a mãe era magricela. Era difícil discernir sua verdadeira aparência porque estava usando pesadas roupas pretas de inverno, e um espesso gorro de lã, mas o cabelo sob o gorro era tão alaranjado quanto o da menina.

— Donna — disse a mulher.

A jovem teria corrido, mas não o fez, permanecendo onde estava porque era loucura demais, improvável demais, ridículo demais para descrever em palavras.

— Meu Deus, Donna. É você, não é? Eu lembro.

Então ela parou. Parecia piscar para disfarçar as lágrimas.

Donna olhou para a mulher, enquanto uma ideia improvável e ridícula enchia sua cabeça, e disse:

—Você é quem eu acho que é?

A mulher confirmou com um meneio de cabeça.

— Sou você — disse ela. — Ou serei. Um dia. Estava caminhando por aqui e lembrando de como era quando eu… quando você… — mais uma vez, ela fez uma pausa. — Ouça. As coisas não vão ser assim para sempre. Nem vão durar muito tempo. Apenas evite fazer algo idiota. E não faça nada de permanente. Juro que vai ficar tudo bem. É como nos vídeos do YouTube, sabe? *Tudo vai melhorar.*

— O que é *iutúb*? — indagou Donna.

— Ah, que gracinha — disse a mulher.

Ela pôs os braços ao redor de Donna, puxou-a para perto e a abraçou com força.

—Vai me levar para casa com você? — perguntou Donna.

— Não posso — respondeu a mulher. — Ainda não há um lar à sua espera. Você ainda não conheceu nenhuma das pessoas que vão ajudá-la a sair das ruas, ou ajudá-la a conseguir um emprego. Ainda não conheceu o homem que será seu parceiro. E os dois vão construir um lugar que seja seguro, para ambos e para seus filhos. Um lugar quente.

Donna sentiu a raiva crescendo dentro de si.

— Por que está me dizendo isso?

— Para que saiba que tudo vai melhorar. Para lhe dar esperança.

Donna recuou um passo.

— Não quero esperança — disse a jovem. — Quero um lugar quente. Quero uma casa. Quero agora. Não daqui a vinte anos.

Uma expressão de mágoa no rosto plácido.

— Não vai demorar vinte an...

— *Não importa!* Não vai ser esta noite. Não tenho para onde ir. E estou com *frio*. Tem um trocado?

A mulher assentiu.

— Aqui está — disse.

Abriu a bolsa e sacou uma nota de vinte libras. Donna a pegou, mas o dinheiro não se parecia com as notas que ela conhecia. Voltou a olhar para a mulher a fim de lhe perguntar algo, mas ela tinha desaparecido, e quando Donna olhou novamente para as mãos, o dinheiro também havia sumido.

Ela ficou ali, tremendo. O dinheiro desaparecera, se é que chegara a existir. Mas ela guardou uma coisa: sabia que as coisas dariam certo um dia. No fim. E sabia que não precisava fazer nada idiota. Não precisava comprar uma última passagem de trem apenas para poder saltar nos trilhos quando visse o trem se aproximando, perto demais para frear.

O vento do inverno era amargo, mordendo e cortando a carne até os ossos, mas, ainda assim, ela viu algo soprado contra a porta de uma loja, e abaixou-se para apanhar o objeto: uma nota de cinco libras. Talvez o dia seguinte fosse mais fácil. Ela não teria que fazer nenhuma das coisas que se imaginara fazendo.

Dezembro pode ser fatal para quem está nas ruas. Mas não naquele ano. Não naquela noite.

HORA NENHUMA

2013

I.

Os Senhores do Tempo construíram uma prisão. A época e o lugar de sua construção são igualmente inimagináveis para qualquer entidade que jamais tenha deixado o sistema solar em que nasceu, ou que só tenha vivenciado a jornada ao futuro um segundo por vez. Foi construída apenas para o Kin. Era impenetrável: um complexo de pequenos cômodos agradavelmente equipados (afinal, os Senhores do Tempo não eram monstros; podiam ser clementes, quando lhes convinha), fora de sincronia temporal com o restante do Universo.

Havia, naquele lugar, apenas os cômodos: a lacuna entre os microssegundos era tal que não podia ser transposta. Na prática, os cômodos se tornaram um Universo em si, que pegava emprestados luz, calor e gravidade do restante da criação, sempre a um pequeno momento de distância.

O Kin rondava os cômodos, paciente e perpétuo, sempre esperando.

Esperava por uma pergunta. Poderia esperar até o fim dos tempos. (Porém, mesmo então, com o Tempo Acabado, o Kin jamais o perceberia, aprisionado naquele micromomento além do tempo).

Os Senhores do Tempo mantinham a prisão funcionando por meio de imensos motores construídos no coração de buracos negros inalcançáveis: ninguém conseguiria chegar aos motores, com exceção dos próprios Senhores do Tempo. Os múltiplos motores eram uma garantia. Nada jamais poderia dar errado.

Enquanto os Senhores do Tempo existissem, o Kin estaria aprisionado, e o restante do Universo, a salvo. Assim era, e assim sempre seria.

E, mesmo se alguma coisa desse errado, os Senhores do Tempo saberiam. Mesmo se, por mais impensável que fosse, um dos motores falhasse, então sinais de emergência soariam em Gallifrey muito antes de a prisão do Kin voltar ao nosso tempo e ao nosso Universo. Os Senhores do Tempo tinham feito planos para tudo.

Tinham feito planos para tudo, exceto para a possibilidade de um dia não existirem mais Senhores do Tempo ou Gallifrey. Nada de Senhores do Tempo no Universo, a não ser um.

Assim, quando a prisão sacudiu como em um terremoto e desmoronou, lançando o Kin para baixo, e quando o Kin ergueu o olhar de sua prisão e viu acima de si a luz de galáxias e sóis, sem filtro nem mediação, então soube que tinha voltado ao Universo, soube que seria apenas uma questão de tempo até a pergunta ser feita outra vez.

E, como o Kin era cuidadoso, fez um inventário do Universo no qual se encontrava. Não pensou em vingança: aquilo não fazia parte de sua natureza. Ele queria o que sempre quisera. E, além disso...

Ainda havia um Senhor do Tempo no Universo.

O Kin precisava fazer algo a respeito disso.

II.

Na quarta-feira, Polly Browning, de onze anos, meteu a cabeça pelo vão da porta do escritório do pai.

— Papai, tem um sujeito lá fora usando uma máscara de coelho e dizendo que quer comprar a casa.

— Deixe de bobagens, Polly.

O sr. Browning estava sentado no canto do cômodo que gostava de chamar de escritório, descrito com otimismo pelo corretor imobiliário como terceiro quarto, embora mal coubessem nele um arquivo e uma mesa de carteado, sobre a qual repousava um novíssimo computador Amstrad. O sr. Browning inseria com cuidado no computador os números de uma pilha de recibos, fazendo careta. A cada meia hora, ele salvava o trabalho feito até então, e a máquina emitia um barulho de moedor por alguns minutos ao salvar tudo em um disquete.

— Não é bobagem. Ele disse que está oferecendo setecentas e cinquenta mil libras por ela — disse a filha.

— Isso sim é uma tremenda bobagem. Estamos vendendo por cento e cinquenta mil.

E vamos precisar de sorte para conseguir esse valor no mercado atual, pensou ele. Era o verão de 1984, e o sr. Browning estava desesperado para encontrar um comprador para a casinha no fim da Claversham Row.

Polly anuiu, pensativa.

— Acho que você deveria ir falar com ele.

O sr. Browning deu de ombros. De todo modo, precisava salvar o trabalho feito até ali. Enquanto o computador resmungava, o sr. Browning desceu as escadas. Polly, que planejava subir ao quarto para escrever em seu diário, decidiu se sentar nos degraus e descobrir o que aconteceria em seguida.

Parado no jardim da frente havia um homem alto usando uma máscara de coelho. Não era uma máscara muito convincente. Cobria todo o rosto, e duas orelhas compridas se erguiam da cabeça. O homem tinha uma grande bolsa de couro marrom, que lembrava o sr. Browning das bolsas dos médicos que visitara na infância.

— Ora, veja bem — começou o sr. Browning, mas o homem trouxe um dedo enluvado aos falsos lábios de coelho, e o sr. Browning se calou.

— Pergunte-me que horas são — disse uma voz baixa vinda de trás do focinho imóvel da máscara de coelho.

— Pelo que entendi, o senhor está interessado na casa — prosseguiu o sr. Browning.

A placa de VENDE-SE no portão da frente estava suja e marcada pelos respingos da chuva.

— Talvez. Pode me chamar de Senhor Coelho. Pergunte-me que horas são.

O sr. Browning sabia que era melhor chamar a polícia. Melhor fazer algo para que o homem fosse embora. Que tipo de maluco usa uma máscara de coelho, afinal?

— Por que está usando uma máscara de coelho?

— Essa não foi a pergunta certa. Mas estou usando uma máscara de coelho porque represento uma pessoa extremamente famosa e importante que dá valor à própria privacidade. Pergunte-me que horas são.

O sr. Browning suspirou.

— Que horas são, Senhor Coelho? — perguntou.

O homem de máscara de coelho endireitou a postura. Sua linguagem corporal era de alegria e deleite.

— Hora de você se tornar o homem mais rico de Claversham Row — disse ele. — Compro sua casa, pagando em dinheiro, por mais de dez vezes o valor dela, porque é simplesmente perfeita para mim no momento. — Abriu a bolsa de couro marrom e tirou de lá maços de dinheiro, cada um contendo quinhentas notas novinhas de cinquenta libras — Pode contar, vamos, conte-as.

Retirou também duas sacolas plásticas de supermercado, nas quais ele colocou os maços de cédulas.

O sr. Browning examinou o dinheiro.

Parecia real.

— Eu... — hesitou ele. O que tinha que fazer? — Preciso de alguns dias. Para depositar o dinheiro. Verificar se é verdadeiro. E teremos que preparar os contratos, é claro.

— O contrato já foi preparado — disse o sujeito com a máscara de coelho. — Assine aqui. Se o banco disser que há algo estranho com o dinheiro, pode ficar com ele e a casa. Voltarei no sábado para assumir a posse do imóvel vazio. Consegue tirar tudo até lá?

— Não sei — disse o sr. Browning. — Tenho certeza de que sim. Quer dizer, *é claro*.

— Estarei aqui no sábado — disse o homem da máscara de coelho.

— Essa é uma maneira muito incomum de fazer negócios — disse o sr. Browning.

Estava na porta de casa segurando duas sacolas contendo setecentos e cinquenta mil libras.

— Sim, de fato — concordou o homem da máscara de coelho. — Vejo o senhor no sábado, então.

Ele saiu andando. O sr. Browning ficou aliviado ao vê-lo partir. Ele se convencera irracionalmente de que, se tirasse a máscara de coelho, não haveria nada por baixo.

Polly subiu as escadas para contar ao diário tudo que tinha visto e ouvido.

Na quinta-feira, um jovem alto com paletó e gravata-borboleta bateu à porta. Não havia ninguém em casa, então seu chamado não foi atendido, e, depois de andar pelo lugar, ele foi embora.

No sábado, o sr. Browning esperava na cozinha vazia. Tinha depositado o dinheiro com sucesso, liquidando todas as suas dívidas. A mobília que quiseram guardar fora colocada em um caminhão de mudança e levada para a casa do tio do sr. Browning, onde havia uma imensa garagem sem uso.

— E se for tudo uma piada? — indagou a sra. Browning.

— Não entendo qual é a graça de dar a alguém setecentas e cinquenta mil libras. O banco diz que o dinheiro é verdadeiro. Não foi roubado. É apenas uma pessoa rica e excêntrica que deseja comprar nossa casa por muito mais do que ela vale.

Eles fizeram uma reserva de dois quartos em um hotel próximo, embora os quartos de hotel tivessem se revelado mais difíceis de encontrar do que o sr. Browning esperava. Além disso, teve que convencer a sra. Browning, uma enfermeira, que agora podiam pagar as diárias de um hotel.

— O que acontece se ele não voltar? — indagou Polly, sentada nas escadas, lendo um livro.

— Que bobagem — disse o sr. Browning.

— Não fale assim com a sua filha. Ela tem razão. Não temos um nome, nem um número de telefone, nem nada — disse a sra. Browning.

Não era uma crítica justa. O contrato fora redigido, e o nome do comprador era explicitado nele: N. M. de Plume. Havia também um endereço de uma firma de advocacia, e a sra. Browning tinha telefonado a eles e ouvido que o negócio era de fato legítimo.

— É um excêntrico, um milionário excêntrico — explicava o sr. Browning.

— Aposto que era ele por trás da máscara de coelho. O milionário excêntrico — sugeriu Polly.

A campainha tocou. O sr. Browning foi até a porta da frente, com a esposa e a filha ao seu lado, todos na expectativa de conhecer o novo proprietário da casa.

— Olá — disse uma mulher com máscara de gato.

Não era uma máscara muito realista. Mas Polly viu os olhos dela reluzindo.

— Você é a nova proprietária? — perguntou a sra. Browning.

— Isso, ou uma representante do proprietário.

— Onde está... o seu amigo? Da máscara de coelho?

Apesar da máscara de gato, a jovem (seria ela jovem? Seja como for, sua voz soava jovem) parecia eficiente e quase rude.

— Removeram todos os seus bens? Temo que tudo que for deixado para trás se tornará propriedade do novo dono.

— Pegamos o que importa.

— Ótimo.

— Posso vir brincar no jardim? Não tem jardim no hotel — pediu a menina.

Havia um balanço no carvalho do jardim dos fundos, e Polly adorava se sentar ali para ler.

— Não diga bobagens, querida — advertiu o sr. Browning. — Teremos uma casa nova, e lá você vai ter um jardim com balanços. Vou colocar balanços novos para você.

A mulher com a máscara de gato se agachou.

— Sou a Senhora Gato. Pergunte-me que horas são, Polly.

Polly assentiu.

— Que horas são, Senhora Gato?

— Hora de você e sua família deixarem este lugar e não olharem para trás — disse a sra. Gato, mas de um jeito doce.

Polly acenou em despedida à mulher com máscara de gato quando chegou ao fim do caminho do jardim.

III.

Estavam na sala de controle da TARDIS, voltando para casa.

— Ainda não entendo — dizia Amy. — Por que o Povo Esqueleto ficou tão furioso com você? Pensei que *quisessem* se livrar do jugo do Rei-Sapo.

— Não foi por *esse* motivo que ficaram furiosos comigo — disse o jovem de paletó e gravata-borboleta. Passou a mão pelos cabelos. — Na verdade, acho que ficaram bastante satisfeitos por se verem livres. — Correu as mãos pelo painel de controle da TARDIS, tocando em alavancas e acariciando reguladores. — Só ficaram um pouco frustrados comigo porque fui embora levando a rebimboca tremelicante.

— Rebimboca tremelicante?

— Está ali na... — Ele fez um gesto vago com os braços, que pareciam ser feitos principalmente de cotovelos e juntas. — Naquele tampo sobre pernas, bem ali. Eu a confisquei.

Amy parecia irritada. Não estava irritada, mas, às vezes, gostava de dar a ele a impressão de estar, só para mostrar quem é que mandava ali.

— Por que nunca chama as coisas pelos nomes? *Aquele tampo sobre pernas?* O nome é "mesa".

Ela foi até a mesa. A rebimboca tremelicante era elegante e reluzente: tinha o tamanho e o formato de um bracelete, mas se retorcia de maneiras que desafiavam o olhar.

— É mesmo? Ótimo. — Ele parecia satisfeito. — Vou me lembrar disso.

Amy apanhou a rebimboca tremelicante. Era fria e muito mais pesada do que parecia.

— Por que a confiscou? E por que estamos falando em *confiscar*? Isso parece algo que uma professora faria, quando trazemos à escola alguma coisa que não deveríamos. Minha amiga, Mels, estabeleceu o recorde escolar de objetos confiscados. Certa noite, ela pediu que Rory e eu criássemos uma distração enquanto ela arrombava o armário de material dos professores, onde estavam as coisas dela. Teve que ir pelo telhado e entrar pela janela do banheiro dos professores...

Mas o Doutor não estava interessado nas peripécias da amiga de escola de Amy. Nunca esteve.

— Confiscada. Para a segurança deles. Tecnologia que não deveriam ter. Provavelmente roubada. Capaz de criar brechas e acelerações temporais. Poderia resultar em uma bagunça terrível. — Então ele puxou uma alavanca. — E chegamos. Mudança geral.

Fez-se um ruído rítmico de atrito, como se as engrenagens do próprio Universo protestassem, uma lufada de ar deslocado, e uma grande cabine policial azul se materializou no jardim dos fundos da casa de Amy Pond. Era o início da segunda década do século XXI.

O Doutor abriu a porta da TARDIS e disse:

— Que estranho.

Ficou parado na porta, sem fazer nenhuma tentativa de sair. Amy se aproximou. Ele estendeu um braço para impedi-la de deixar a TARDIS. Era um dia ensolarado perfeito, quase sem nuvens.

— O que há de errado?

— Tudo. Não consegue sentir?

Amy olhou para o seu jardim. Estava abandonado, as plantas crescidas demais, mas sempre fora assim, desde que ela lembrava.

— Não. Está calmo. Nada de carros. Nem pássaros. Nada — observou Amy.

— Nada de ondas de rádio. Nem mesmo a Radio Four — completou o Doutor.

— Você consegue escutar ondas de rádio?

— Claro que não. Ninguém escuta ondas de rádio — disse ele, pouco convincente.

E foi então que a voz disse:

— ATENÇÃO, VISITANTES. VOCÊS ESTÃO ENTRANDO NO ESPAÇO DO KIN. ESTE MUNDO É PROPRIEDADE DO KIN. VOCÊS ESTÃO INVADINDO.

Era uma voz estranha, sussurrada e, principalmente, de acordo com as suspeitas de Amy, estava dentro da sua cabeça.

— Aqui é a Terra — respondeu Amy. — Não lhe pertence. O que você fez com as pessoas?

— NÓS A COMPRAMOS DELAS. MORRERAM DE CAUSA NATURAL POUCO DEPOIS. UMA PENA.

— Não acredito em vocês! — gritou Amy.

— NENHUMA LEI GALÁTICA FOI INFRINGIDA. O PLANETA FOI ADQUIRIDO DE MANEIRA LEGAL E LEGÍTIMA. UMA EX-

TENSA INVESTIGAÇÃO REALIZADA PELA PROCLAMAÇÃO DAS SOMBRAS VALIDOU PLENAMENTE NOSSA PROPRIEDADE.

— A Terra não pertence a vocês! Onde está Rory?

— Amy? Com quem está falando? — indagou o Doutor.

— Com a voz. Que está na minha cabeça. Não consegue ouvir?

— COM QUEM ESTÁ FALANDO? — indagou a Voz.

Amy fechou a porta da TARDIS.

— Por que fez isso? — perguntou o Doutor.

—Voz estranha, sussurrada, dentro da minha cabeça. Disse que compraram o planeta. E a... Proclamação das Sombras disse que estava tudo bem. A voz disse que todas as pessoas morreram naturalmente. Você não a escutava. Ela não sabia que você estava aqui. Elemento surpresa. Fechei a porta.

Amy Pond sabia ser bastante eficiente quando estava sob pressão. No momento, sentia-se sob pressão, mas ninguém perceberia isso se não fosse pela rebimboca tremelicante, que ela segurava nas mãos e que se torcia e se retorcia em formatos que desafiavam a imaginação parecendo estar vagando rumo a dimensões peculiares.

— Chegaram a dizer quem eram?

Ela pensou um instante antes de repetir as palavras que ouvira:

— "Vocês estão agora entrando no espaço do Kin. Este mundo é propriedade do Kin."

— Ah, pode ser qualquer um. O Kin, quero dizer... É como se nos apresentássemos como Pessoas. Basicamente, qualquer nome de raça significa isso. Com exceção de Dalek. Significa *Máquinas de Ódio e Morte Revestidas de Metal* em skaroniano. — Então, correu em direção ao painel de controle. — Algo desse tipo... Não pode ocorrer da noite para o dia. As pessoas não morrem e se extinguem, assim do nada. E estamos em 2010. O que significa...

— Significa que fizeram algo com Rory.

— Significa que fizeram algo com todo mundo. — Ele pressionou vários botões em um antigo teclado de máquina de escrever, e padrões visuais cruzaram a tela que pendia acima do console da TARDIS. — Não consegui ouvi-los... nem eles podiam me ouvir. Mas você conseguia ouvir ambos. *A-ha!* Verão de 1984! Eis o ponto de divergência...

Suas mãos começaram a mexer, torcendo e empurrando alavancas, bombas, interruptores e algo pequeno que fazia *ding*.

— Onde está Rory? Quero saber agora mesmo! — exigiu Amy enquanto a TARDIS se lançava no espaço e no tempo.

O Doutor encontrara uma vez o noivo dela, Rory Williams, e apenas brevemente. Amy não achava que o Doutor compreendia o que ela via em Rory. Havia dias que nem *ela* sabia ao certo o que via em Rory. No entanto, tinha certeza de uma coisa: ninguém ia tirar o noivo dela.

— Boa pergunta. Onde está Rory? Além disso, onde estão as outras sete bilhões de pessoas? — perguntou ele.

— Quero meu Rory.

— Bem, onde quer que esteja o restante delas, ele está junto. E você deveria ter tido o mesmo destino. Meu palpite é que nenhum dos dois sequer nasceu.

Amy olhou para si mesma, verificando pés, pernas, cotovelos, mãos (a rebimboca tremelicante reluzia em seu punho como um pesadelo de Escher. Largou-a sobre o painel de controle). Ergueu os braços, encheu a mão com o cabelo ruivo e puxou.

— Se ainda não nasci, o que estou fazendo aqui?

— Você é um nexo temporal independente, cronossinclasticamente definida como uma inversão do... — O Doutor viu a expressão dela, e se calou.

— Está me dizendo que é um nó nos nexos, não é?

— Sim — disse ele, sério. — Acredito que sim. Pois bem. Estamos aqui.

Ele ajustou a gravata-borboleta com dedos precisos, inclinando-a para um lado, estiloso.

— Mas, Doutor. A raça humana não se extinguiu em 1984.

— Nova linha temporal. É um paradoxo. Tem alguma coisa familiar nisso tudo.

— O quê?

— Não sei. Hum. Kin. Kin. *Kin.* Me faz pensar em máscaras. Quem usa máscaras?

— Ladrões de banco?

— Não.

— Pessoas muito feias?

— Não.

— Dia das Bruxas? Muita gente usa máscara no Dia das Bruxas.

— *Sim!* É *verdade!*

— E isso é importante?

— Nem um pouco. Mas é verdade. Pois bem. Grande divergência no fluxo temporal. E não é possível tomar um planeta nível cinco de uma forma que iria deixar a Proclamação das Sombras satisfeita, a menos que...

— A menos que...?

O Doutor parou de se mover. Mordeu o lábio inferior.

— Ah! — exclamou ele. — Eles não poderiam.

— Poderiam o quê?

— Não poderiam. Quer dizer, seria completamente...

Amy jogou o cabelo para o lado e se esforçou ao máximo para manter a calma. Gritar com o Doutor nunca funcionava — a não ser quando funcionava.

— Completamente o quê?

— Completamente impossível. Não se pode tomar um planeta nível cinco. A não ser quando isso é feito de maneira legítima. — No painel de controle da TARDIS, alguma coisa rodopiou e outra coisa fez *ding*. — Chegamos. É o nexo. Venha! Vamos explorar 1984.

— Você está se divertindo. Meu mundo inteiro foi dominado por uma voz misteriosa. Todas as pessoas foram extintas. Rory se foi. E você está se divertindo.

— Não estou, não — disse o Doutor, se esforçando muito para não demonstrar quanto estava se divertindo.

Os Browning ficaram no hotel enquanto o sr. Browning procurava por uma nova casa. O hotel estava lotado. Por acaso, conversando com outros hóspedes no café da manhã, os Browning descobriram que eles também tinham vendido suas casas e seus apartamentos. Nenhum deles parecia particularmente interessado em revelar quem havia comprado suas antigas residências.

— É ridículo — disse ele, após dez dias. — Não há nada à venda na cidade. Nem nos arredores. Foi tudo comprado.

— Deve ter alguma coisa — retrucou a sra. Browning.

— Não nessa parte do país.

— O que a corretora de imóveis disse?

— Não atende o telefone — respondeu o sr. Browning.

— Bem, vamos lá falar com ela. Você vem, Polly?

A menina negou com a cabeça.

— Estou lendo meu livro — falou.

O sr. e a sra. Browning caminharam até o centro da cidade e encontraram a corretora do lado de fora da imobiliária, afixando um aviso de "Sob nova direção". Não havia ofertas de imóveis, apenas uma porção de casas e apartamentos com placas de VENDIDO.

— Fechando a loja? — perguntou o sr. Browning.

— Alguém me fez uma oferta que não pude recusar — disse a corretora.

Ela carregava uma sacola plástica de compras que parecia pesada. Os Browning logo adivinharam o que havia dentro.

— Uma pessoa usando uma máscara de coelho? — perguntou a sra. Browning.

Quando voltaram ao hotel, a gerente os aguardava no saguão, para dizer a eles que não poderiam continuar nos quartos por muito mais tempo.

— São os novos proprietários — explicou. — Vão fechar o hotel para reformas.

— Novos proprietários?

— Acabaram de comprar o hotel. Pagaram muito dinheiro, pelo que eu soube.

De algum modo, isso não surpreendeu os Browning nem um pouco. Não ficaram surpresos até voltarem ao quarto, de onde Polly tinha desaparecido.

IV.

— Ano de 1984 — ponderou Amy Pond. — Pensei que seria um pouco mais... não sei. Histórico. Não parece ser muito tempo atrás. Meus pais nem tinham se conhecido.

Ela hesitou, como se estivesse prestes a revelar algo a respeito dos pais, mas desviou o foco da atenção. Atravessaram a rua.

— Como eles eram? — perguntou o Doutor. — Seus pais?

Amy deu de ombros.

— Normais — disse, sem pensar. — Uma mãe e um pai.

— Parece provável — concordou ele, muito prontamente. — Bem, preciso que mantenha os olhos abertos.

— O que estamos procurando?

Era uma pequena cidade inglesa e, até onde Amy podia ver, parecia ser uma pequena cidade inglesa. Exatamente como a que ela deixara para trás, mas sem os cafés e as lojas de celulares.

— Fácil. Estamos procurando alguma coisa que não deveria estar aqui. Ou algo que deveria estar aqui, mas não está.

— Que tipo de coisa?

— Não sei ao certo — disse o Doutor. Coçou o queixo. — Gaspacho, talvez.

— O que é gaspacho?

— Uma sopa fria. Mas a ideia é servi-la assim. Dessa forma, se procurarmos por toda parte em 1984 e não encontrarmos gaspacho, isso seria uma pista.

—Você sempre foi assim?

— Assim como?

— Um louco. Com uma máquina do tempo.

— Ah, não. Demorou um tempão até conseguir a máquina do tempo.

Caminharam pelo centro da cidadezinha, procurando algo incomum, mas sem nada encontrar, nem mesmo gaspacho.

Polly parou no portão do jardim em Claversham Row, erguendo o olhar para a casa que fora sua desde os sete anos, quando se mudaram para lá. Caminhou até a porta da frente, tocou a campainha e esperou, e ficou aliviada quando ninguém atendeu. Olhou para a rua, e então caminhou apressada ao redor da casa, passando pelas latas de lixo e entrando no jardim dos fundos.

A janela francesa que se abria para o pequeno jardim dos fundos tinha um fecho que não funcionava direito. Polly pensou que seria muito improvável que os novos donos da casa o tivessem consertado. Caso contrário, ela voltaria quando estivessem ali, e então teria que perguntar, o que seria estranho e constrangedor.

Esse era o problema de esconder coisas. Às vezes, se estamos com pressa, nós as deixamos para trás. Mesmo coisas importantes. E não havia nada mais importante que o diário dela.

Polly o mantinha desde quando chegaram à cidade. Fora seu melhor amigo: ouvira suas confidências, os relatos a respeito das meninas que faziam bullying com ela, das que se tornaram suas amigas, sobre o primeiro menino de quem ela gostou. Era, às vezes, o melhor ombro amigo: ela procurava suas páginas em momentos difíceis, de confusão e dor. Era onde ela vertia os pensamentos.

E estava escondido sob uma tábua solta do tampo inferior do armário embutido do quarto dela.

Polly pressionou a metade esquerda da janela usando a palma da mão, forçando a parte próxima ao batente, e a janela se balançou toda ao abrir.

Entrou. Ficou surpresa ao ver que não haviam substituído nada da mobília que a família levara embora. O cheiro ainda era o da casa dela. Silêncio: ninguém estava no local. Ótimo. Subiu as escadas com pressa, preocupada com a possibilidade de ainda estar lá quando o Senhor Coelho e a Senhora Gato voltassem.

Chegou ao último degrau. No andar de cima, algo roçou contra seu rosto: um leve toque, como uma linha ou uma teia. Olhou para cima. Era estranho. O teto parecia peludo: fios como cabelos, ou cabelos como fios, crescendo dali. Então, ela hesitou, pensou em fugir... mas viu a porta do quarto. O pôster do Duran Duran continuava na parede. Por que eles não o tinham removido?

Tentando não olhar para o teto cabeludo, Polly abriu a porta do quarto.

O cômodo estava diferente. Não havia mobília, e, onde antes ficava sua cama, havia folhas de papel. Olhou para baixo: fotografias tiradas de jornais, ampliadas para o tamanho real. Os buracos dos olhos tinham sido cortados. Reconheceu Ronald Reagan, Margaret Thatcher, o papa João Paulo II, a rainha...

Talvez fossem preparativos para uma festa. As máscaras não pareciam muito convincentes.

Foi até o armário embutido no fundo do cômodo. O diário com a capa de revista adolescente estava na escuridão, sob o tampo inferior, ali dentro. Ela abriu a porta do armário.

— Olá, Polly — disse o homem dentro do armário.

Usava uma máscara, como faziam os outros. Máscara de animal: a dele era de um cachorro grande e cinzento.

— Olá. — Ela não sabia o que mais dizer. — Eu... Esqueci meu diário.

— Eu sei. Eu o estava lendo.

Ele ergueu o diário. Não era como o sujeito da máscara de coelho, nem como a mulher da máscara de gato, mas tudo que Polly sentira a respeito deles, aquela sensação *errada*, era mais intensa nele.

— Quer que eu o devolva?

— Sim, por favor — respondeu a menina ao homem de máscara canina.

Sentia-se magoada e invadida: aquele sujeito estava lendo o diário dela. No entanto, o queria de volta.

— Sabe o que precisa fazer para recuperá-lo?

Polly negou com um meneio de cabeça.

— Pergunte-me que horas são.

Ela abriu a boca. Estava seca. Lambeu os lábios e murmurou:

— Que horas são?

— E o meu nome. Diga o meu nome. Sou o Senhor Lobo.

— Que horas são, Senhor Lobo? — perguntou Polly.

A lembrança de uma antiga brincadeira veio à sua cabeça.

O Senhor Lobo sorriu (mas como uma máscara podia sorrir?) e escancarou a boca para exibir fileiras e fileiras de dentes afiadíssimos.

— Hora do jantar — respondeu.

Quando ele avançou em sua direção, Polly começou a gritar, mas a gritaria não durou muito.

V.

A TARDIS repousava num gramado, demasiadamente pequeno para ser um parque, demasiadamente irregular para ser uma praça, no meio da cidade, e o Doutor estava sentado do lado de fora, em uma espreguiçadeira, vagando pela própria memória.

O Doutor tinha uma memória notável. O problema é que eram lembranças demais. Ele vivera onze vidas (ou mais: havia outra vida, não é mesmo? A respeito dessa, ele se esforçava ao máximo para nunca pensar) e tinha uma maneira diferente de se lembrar das coisas em cada vida.

A pior parte de ter a idade avançada dele, fosse qual fosse (e já fazia tempo que abandonara as tentativas de acompanhar a contagem de alguma maneira que outra pessoa conseguisse entender), era que, às vezes, as coisas não lhe vinham à cabeça exatamente quando deveriam.

Máscaras. Isso era uma parte. E o Kin. Isso era outra parte.

E o tempo.

Era uma questão de tempo. Sim, era isso...

Uma história antiga. Anterior à sua época, disso ele tinha certeza. Era algo que ouvira quando menino. Tentou se lembrar das histórias que lhe contaram quando pequeno, em Gallifrey, antes de ser levado à Academia dos Senhores do Tempo e sua vida mudar para sempre.

Amy estava voltando de um passeio pela cidade.

— Maximelos e os três Ogrons! — gritou ele.

— O que tem eles?

— Um deles era violento demais, o outro, idiota demais, e um era na medida certa.

— Por que isso é relevante?

Ele mexeu nos cabelos, distante.

— Bem, provavelmente não é nada relevante. Estou apenas tentando me lembrar de uma história da infância.

— Por quê?

— Não faço ideia. Não consigo lembrar.

— Você é uma pessoa muito frustrante.

— Sim. Provavelmente sou — concordou o Doutor, contente.

Pendurou um aviso na frente da TARDIS. Dizia:

ALGUMA COISA MISTERIOSAMENTE ERRADA?
BASTA BATER! NENHUM PROBLEMA É PEQUENO DEMAIS.

— Se o mistério não vier a nós, então vamos atrás dele. Não, espere. Ao contrário. E fiz uma redecoração interna, para não assustar as pessoas. O que descobriu?

— Duas coisas — disse ela. — Primeiro, o príncipe Charles. Encontrei com ele na banca de jornal.

—Tem certeza de que era ele?

Amy pensou.

— Bem, parecia o príncipe Charles. Mas muito mais jovem. E o jornaleiro perguntou a ele se já tinha escolhido um nome para o próximo Bebê Real. Eu sugeri Rory.

— Príncipe Charles na banca de jornal. Certo. O que mais?

— Não há casas à venda. Caminhei por todas as ruas da cidade. Nenhuma placa de VENDE-SE. Há pessoas acampadas nos arredores da cidade, em barracas. Muita gente indo embora em busca de um lugar para morar, pois não há nada por aqui. É simplesmente estranho.

— Sim.

Estava quase chegando à resposta. Amy abriu a porta da TARDIS. Olhou dentro.

— Doutor... está do mesmo tamanho que o lado de fora.

Ele ficou radiante e a levou em uma extensa visita ao seu novo escritório, que consistiu em entrar pela porta e fazer um gesto amplo com o braço direito. A maior parte do espaço era ocupada por uma escrivaninha e, sobre ela, um telefone à moda antiga e uma máquina de escrever. Havia uma parede ao fundo. Amy experimentou empurrar a parede com as mãos (era difícil fazer isso de olhos abertos, mas fácil quando ela os fechava), então fechou os olhos e atravessou a parede com a cabeça. Agora via a sala de controle da TARDIS, toda feita de cobre e vidro. Deu um passo para trás, voltando ao pequeno escritório.

— É um holograma?

— Mais ou menos.

Ouviu-se uma batida hesitante na porta da TARDIS.

O Doutor a abriu.

— Com licença. O aviso na porta.

O homem parecia perturbado. O cabelo estava ficando ralo. Olhou para o pequeno cômodo, ocupado principalmente por uma escrivaninha, e não fez menção de entrar.

— Sim! Olá! Entre! — disse o Doutor. — Nenhum problema é pequeno demais!

— Hã. Meu nome é Reg Browning. É minha filha, Polly. Ela deveria estar nos esperando no quarto do hotel. Mas não está lá.

— Sou o Doutor. Esta é Amy. Já avisou a polícia?

— Vocês não são a polícia? Pensei que fossem.

— Por quê?

— Estão em uma cabine policial. Eu não sabia que elas estavam de volta.

— Para alguns de nós, elas nunca se foram — disse o jovem alto de gravata-borboleta. — O que aconteceu quando falou com a polícia?

— Disseram que ficariam de olho para tentar encontrá-la. Mas, sinceramente, eles pareciam um pouco preocupados com outro assunto. O sargento de plantão disse que a concessão de aluguel da delegacia tinha vencido de maneira um pouco inesperada, e estavam procurando um lugar para ir. Disse que toda a situação do aluguel fora um golpe para eles.

— Como é Polly? Ela poderia estar na casa de amigos? — indagou Amy.

— Já procurei os amigos dela. Ninguém a viu. No momento, estamos no Rose Hotel, em Wednesbury Street.

— Visitando a cidade?

O sr. Browning contou a eles a respeito do sujeito de máscara de coelho que viera à sua porta na semana anterior para comprar a casa por um valor muito acima do pedido, pagando em dinheiro. Contou a eles da mulher usando máscara de gato que tinha vindo assumir a posse da casa…

— Ah. Certo. Bem, isso explica tudo — disse o Doutor, como se realmente explicasse.

— É mesmo? — indagou o sr. Browning. — Sabe onde Polly está?

O Doutor balançou a cabeça.

— Sr. Browning. Reg. Existe alguma possibilidade de ela ter voltado para a sua casa?

O homem deu de ombros.

— Sim, é possível. Acha que…?

Nesse momento, o jovem alto e a escocesa ruiva o empurraram para fora do caminho, bateram a porta da cabine policial e correram pelo jardim.

VI.

Amy acompanhava o Doutor, fazendo perguntas enquanto corriam, ambos ofegantes.

— Acha que ela está na casa?

— Infelizmente, sim. Sim. Tenho uma espécie de ideia. Ouça, Amy, não permita que ninguém a convença a perguntar a *eles* que horas são. E, se perguntarem, não responda. É mais seguro.

— Está falando sério?

— Infelizmente, sim. E cuidado com as máscaras.

— Certo. E esses alienígenas com que estamos lidando são perigosos? Usam máscaras e perguntam que horas são?

— Soa como a descrição deles. Sim. Mas o meu pessoal cuidou deles há muito tempo. É quase inconcebível...

Pararam de correr quando chegaram a Claversham Row.

— E, se for quem estou pensando, o que penso que isso... que eles... que isso é... só existe uma coisa razoável a fazer.

— O quê?

— Fugir — disse o Doutor, enquanto tocava a campainha.

Um momento de silêncio, e então a porta se abriu e uma menina ergueu o olhar na direção deles. Não devia ter mais de onze anos, e usava tranças no cabelo.

— Olá. Meu nome é Polly Browning. Como vocês se chamam?

— Polly! — exclamou Amy. — Seus pais estão morrendo de preocupação com você.

— Só voltei para buscar o meu diário. Estava debaixo de uma tábua solta do piso do meu antigo quarto.

— Seus pais procuraram por você o dia todo! — disse Amy.

Ela se perguntava por que o Doutor não dizia nada.

A menina olhou para o relógio de pulso.

— Estranho. O relógio diz que estou aqui faz cinco minutos. Cheguei às dez da manhã.

Amy sabia que a tarde já tinha avançado, e perguntou:

— Que horas são agora?

Polly ergueu o olhar, extasiada. Dessa vez, Amy reparou em algo estranho na expressão da menina. Algo inexpressivo. Algo quase semelhante a uma máscara...

— Hora de vocês entrarem na minha casa — respondeu a menina.

A mulher piscou. Pareceu-lhe que, sem terem se mexido, ela e o Doutor foram parar no hall de entrada. A menina se encontrava na escada de frente para eles. Seu rosto estava na mesma altura que o dos adultos.

— O que você é? — indagou Amy.

— Somos o Kin — disse a menina que não era uma menina.

A voz era mais grave, sombria, gutural. Amy teve a impressão de ser algo agachado, imenso, que usava uma máscara de papel com o rosto de uma menina rabiscado de qualquer jeito. Ela não entendia como se enganara pensando que se tratasse de um rosto real.

— Já ouvi falar de vocês — disse o Doutor. — Meu povo pensou que fossem...

— Uma abominação — falou a coisa agachada com a máscara de papel.

— E uma infração de todas as leis do tempo. Eles nos isolaram do restante da Criação. Mas eu escapei, e assim, escapamos. E estamos prontos para recomeçar. Já começamos a comprar este mundo...

— Estão reciclando dinheiro através do tempo — disse o Doutor. — Comprando este mundo com ele, começando com esta casa, a cidade...

— Doutor? O que está acontecendo? Será que dá para explicar alguma coisa? — perguntou Amy.

— Posso explicar tudo — disse o Doutor. — E, na verdade, preferia não poder. Eles vieram aqui para tomar a Terra. Vão se tornar a população do planeta.

— Ah, não, Doutor — disse a imensa criatura agachada com a máscara de papel. —Você não entendeu. Não é por isso que estamos tomando o planeta. Vamos tomar o planeta e deixar a humanidade se extinguir simplesmente para atraí-lo até aqui, agora.

O Doutor agarrou a mão de Amy e gritou:

— Corra!

Rumou para a porta da frente...

...e se viu no alto das escadas. Chamou por Amy, mas não houve resposta. Algo roçou em seu rosto: algo que quase parecia pele de animal. Ele a afastou com um gesto.

Havia uma porta aberta, e ele caminhou na direção dela.

— O-lá, — disse a pessoa no cômodo, com uma voz feminina aspirada. — Estou *muito* feliz por você ter vindo, Doutor.

Era Margaret Thatcher, primeira-ministra da Grã-Bretanha.

— *Sabe* quem somos, querido? Seria *uma pena* se não soubesse.

— O Kin — respondeu o Doutor. — Uma população que consiste em uma criatura, mas capaz de se locomover pelo tempo tão fácil e instintivamente quanto os humanos são capazes de atravessar a rua. Havia apenas um espécime. Porém, você povoava o lugar, se deslocando para a frente e para trás no tempo, até que houvesse centenas de você, e então milhares e milhões, todos interagindo em diferentes momentos de sua própria linha do tempo. E isso continua até a estrutura local do tempo entrar em colapso, como madeira podre. Você precisa de outras entidades, ao menos no início, para que elas lhe perguntem que horas são, criando a sobreposição quântica que lhe permite se ancorar a um ponto do espaço-tempo.

— Muito *bem* — disse a sra. Thatcher. — *Sabe o que os Senhores do Tempo disseram quando engoliram nosso mundo? Disseram que como cada um de nós era o Kin em um momento diferente do tempo, matar qualquer um de nós seria equivalente a cometer um ato de genocídio contra nossa espécie inteira. Você não pode me matar, pois, ao me matar, estará matando a todos nós.*

—Você sabe que sou o último Senhor do Tempo?

— Ah, *sim*, querido.

—Vejamos. Vocês pegam o dinheiro na prensa conforme a moeda é criada, compram coisas com ele, voltam momentos mais tarde. Reciclam o dinheiro no tempo. E as máscaras... Imagino que ampliem o campo de convencimento. As pessoas vão se mostrar muito mais dispostas a vender coisas se acreditarem que o líder de seu país está pedindo, pessoalmente... e então vocês vão ter finalmente comprado o planeta inteiro. Vão matar os humanos?

— Não há *necessidade*, querido. Vamos até fazer reservas para eles: Groenlândia, Sibéria, Antártida... mas elas *vão* se extinguir, independentemente disso. Vários bilhões de pessoas vivendo em lugares onde alguns milhares delas mal poderiam se sustentar. Bem, querido... *não vai ser bonito.*

A sra. Thatcher se mexeu. O Doutor se concentrou em vê-la como realmente era. Fechou os olhos. Abriu-os e viu uma figura corpulenta usando uma máscara malfeita em preto e branco, com uma fotografia de Margaret Thatcher.

O Doutor estendeu a mão e tirou a máscara do Kin.

Ele era capaz de enxergar beleza onde os humanos não conseguiam. Encontrava alegria em todas as criaturas. No entanto, o rosto do Kin era difícil de contemplar.

—Você... enoja a si próprio — disse o Doutor. — Caramba. É por isso que usa máscaras. Não gosta do seu rosto, não é?

O Kin nada disse. O rosto, se poderíamos chamá-lo assim, se retorceu em caretas.

— Onde está Amy? — perguntou o Doutor.

— Excedente na demanda — disse outra voz, semelhante, vinda de trás dele. Um homem esguio, usando máscara de coelho. — Nós a deixamos ir. Só precisamos de você, Doutor. A prisão que os Senhores do Tempo fizeram para nós foi um tormento, porque ficamos detidos ali e reduzidos a apenas um. Você também é apenas um do seu tipo. E vai ficar nesta casa para sempre.

O Doutor foi de cômodo em cômodo, examinando os arredores com atenção. As paredes da casa eram macias e cobertas com uma leve camada de pelos. Eles se moviam, lentamente, para dentro e para fora, como se estivessem...

— Respirando. É um quarto vivo, literalmente.

— Me devolvam Amy. Saiam daqui. Vou encontrar algum lugar onde vão conseguir viver. Mas não podem continuar voltando várias vezes no tempo. Isso cria uma tremenda bagunça.

— E quando isso acontece, recomeçamos tudo, em algum outro lugar — disse a mulher com máscara de gato, nas escadas. — Ficará preso aqui até sua vida se esgotar. Vai envelhecer aqui, se regenerar aqui, morrer aqui, de novo e de novo. Sua prisão não vai acabar antes do fim do último Senhor do Tempo.

— Acham mesmo que podem me prender assim tão fácil? — perguntou o Doutor.

Sempre era bom dar a impressão de estar no controle, não importa quanto ele estivesse preocupado com a possibilidade de ficar encalhado ali para sempre.

— Rápido! Doutor! Aqui embaixo! — Era a voz de Amy.

Desceu as escadas de três em três degraus, indo na direção de onde a voz dela viera: a porta da frente.

— Doutor!

— Estou aqui.

Ele mexeu na maçaneta. A porta estava trancada. Ele então sacou a chave de fenda e aplicou o raio sônico à fechadura.

Fez-se um barulho e a porta se abriu: a súbita luz do dia era cegante. O Doutor viu, extasiado, a amiga, e uma grande cabine policial azul. Não sabia ao certo qual das duas queria abraçar primeiro.

— Por que não entrou? — perguntou a Amy, enquanto abria a porta da TARDIS.

— Não encontrei a chave. Devo tê-la derrubado enquanto estavam me perseguindo. Para onde vamos agora?

— Algum lugar seguro. Bem, um lugar mais seguro do que este. — Fechou a porta. — Alguma sugestão?

Amy se deteve no começo da escada da sala de controle e olhou ao redor daquele mundo de cobre reluzente, o pilar de vidro que sustentava os controles da TARDIS, as portas.

— Incrível, não é? — disse o Doutor. — Nunca me canso de olhar para esta velha amiga.

— Sim, a velha amiga — falou Amy. — Acho que deveríamos ir até a aurora dos tempos, Doutor. O passado mais distante que pudermos alcançar. Não vão conseguir nos encontrar lá, e poderemos pensar no que fazer a seguir.

Ela olhava por cima dos ombros do Doutor, observando as mãos dele mexendo nos controles, como se estivesse determinada a não esquecer nada que ele fizesse. A TARDIS não estava mais em 1984.

— A aurora dos tempos? Muito inteligente, Amy Pond. É uma época em que nunca estivemos antes. Um lugar ao qual normalmente não conseguimos chegar. Ainda bem que tenho isso aqui.

Ele mostrou a rebimboca tremelicante e, então, prendeu-a ao painel da TARDIS, usando garras de jacaré e o que parecia ser um pedaço de barbante.

— Pronto — disse, orgulhoso. — Veja só.

— Sim — falou Amy. — Escapamos da armadilha do Kin.

Os motores da TARDIS começaram a ranger, e o cômodo inteiro passou a tremer e chacoalhar.

— Que barulho é esse?

— Estamos rumando a um lugar para o qual a TARDIS não foi projetada para ir. Um lugar para onde ela não ousaria viajar sem o impulso extra e a bolha temporal que a rebimboca tremelicante está proporcionando. O barulho são os motores se queixando. É como subir uma colina íngreme num carro velho. Talvez precisemos de mais alguns minutos até chegar lá. Ainda assim, vai gostar quando chegarmos: a aurora dos tempos. Excelente sugestão.

— Tenho certeza de que vou gostar — disse Amy, com um sorriso. — Deve ter sido ótima a sensação de escapar da prisão do Kin, Doutor.

— Essa é a parte engraçada. Você me pergunta da fuga da prisão do Kin. Aquela casa. E, bem, realmente escapei, usando apenas a chave de fenda sônica na maçaneta, coisa que me pareceu um tanto conveniente. Mas e se a armadilha não fosse a casa? E se o Kin não quisesse um Senhor do Tempo para torturar e matar? E se quisesse algo mais importante? E se quisesse a TARDIS?

— Por que o Kin desejaria a TARDIS? — questionou Amy.

O Doutor olhou para Amy. Olhou-a com clareza, sem se deixar influenciar pelo ódio ou pela ilusão.

— O Kin não consegue viajar muito longe no tempo. Não com facilidade. E fazer o que fazem é muito demorado e exige esforço. O Kin teria que viajar no tempo para trás e para a frente quinze milhões de vezes só para povoar Londres. E se o Kin pudesse se mover por todo o espaço-tempo? E se voltasse ao início do Universo e começasse sua existência por lá? Ele poderia povoar tudo. Não haveria seres inteligentes em todo o *continuum* espaço-tempo que não pertencessem ao Kin. Uma entidade preencheria o Universo, sem deixar espaço para mais nada. Você consegue imaginar?

— Sim — disse ela, lambendo os beiços. — Consigo, sim.

— Bastaria entrar na TARDIS e ter nos controles um Senhor do Tempo, e o Universo inteiro se tornaria seu brinquedo.

— Sim, sim — disse Amy, sorrindo abertamente. — Assim será.

— Estamos quase chegando — disse o Doutor. — A aurora dos tempos. Por favor, me diga que Amy está bem, onde quer que esteja.

— Por que eu lhe diria isso? — perguntou o Kin com a máscara de Amy Pond. — Não é verdade.

VII.

Amy ouviu o Doutor correndo escada abaixo. Ouviu uma voz que parecia estranhamente familiar, então ouviu um som que encheu seu peito de desespero: o *vworp vworp* cada vez mais baixo da TARDIS ao partir.

A porta se abriu, naquele momento, e ela entrou no hall do andar de baixo.

— Ele fugiu sem você — disse uma voz grave. — Como é a sensação de ser abandonada?

— O Doutor não abandona seus amigos — disse Amy à coisa nas sombras.

— Abandona, sim. Obviamente, foi o que ele fez nesse caso. Pode esperar quanto quiser, mas ele jamais vai voltar — disse a coisa, saindo das sombras e chegando à meia-luz.

Era imensa. Tinha forma humanoide, mas também um pouco animal (*lupina*, pensou Amy Pond, dando um passo para trás, afastando-se da coisa). Usava uma máscara, uma máscara de madeira pouco convincente, que parecia ter sido feita para representar um cachorro bravo, ou talvez um lobo.

— O Doutor está levando alguém que ele imagina ser você para um passeio na TARDIS. E, em alguns instantes, a realidade vai se reescrever. Os Senhores do Tempo reduziram o Kin a uma entidade solitária isolada do restante da Criação. Assim, é justo que um Senhor do Tempo nos devolva ao nosso lugar de direito na ordem das coisas: tudo o mais vai me servir, ou será incorporado por mim, ou me servirá de alimento. Pergunte-me que horas são, Amy Pond.

— Por quê?

Havia mais do Kin agora, figuras sombrias. Uma mulher com rosto de gato nas escadas. Uma menina no canto. O homem com cabeça de coelho atrás dela disse:

— Porque lhe proporcionará uma morte limpa. Um jeito fácil de partir. Em poucos momentos, você não terá sequer existido.

— Pergunte — disse a figura com máscara de lobo diante dela. — Diga: "Que horas são, Senhor Lobo?"

Em resposta, Amy Pond ergueu as mãos e arrancou a máscara de lobo do rosto da coisa imensa, e viu o Kin.

Olhos humanos não foram feitos para ver o Kin. A bagunça rastejante, retorcida e espasmódica que era o rosto daquilo era algo assustador: as máscaras serviam tanto para proteger a si quanto aos demais.

Amy Pond encarou o rosto do Kin.

— Se vai me matar, mate logo. Mas não acredito que o Doutor tenha me abandonado. E não vou perguntar que horas são.

— Que pena — disse o Kin, através de um rosto digno de pesadelos.

E avançou contra ela.

Os motores da TARDIS rangeram uma única vez e então se calaram.

— Chegamos — disse o Kin.

Sua máscara de Amy Pond era agora apenas um rabisco imitando o rosto de uma menina.

— Chegamos ao início de tudo, pois é onde você quer estar. Mas estou preparado para fazer isso de outra maneira. Posso encontrar uma solução para vocês. Para todos vocês — disse o Doutor.

— Abra a porta — grunhiu o Kin.

O Doutor abriu a porta. Os ventos que sopravam ao redor da TARDIS o empurraram para trás.

O Kin se posicionou diante da porta da TARDIS.

— É muito escuro.

— Estamos no início de tudo. Antes da luz.

— Vou adentrar o vazio — disse o Kin. — E você vai me perguntar "Que horas são?", e direi a mim mesmo, a você, a toda a Criação: *Hora do Kin governar, ocupar, invadir. Hora do Universo se tornar apenas eu, somente eu, restando só o que me apetecer devorar. Hora do primeiro e último reinado do Kin, mundo sem fim, através de todo o tempo.*

— Eu não faria isso. Se fosse você. Ainda pode mudar de ideia.

O Kin deixou a máscara de Amy Pond cair no chão da TARDIS.

Deu um impulso e saiu pela porta da cabine policial azul rumo ao Vazio.

— Doutor — chamou. O rosto era uma massa retorcida de vermes. — Pergunte-me que horas são.

— Vou fazer ainda melhor. Posso lhe *dizer* exatamente que horas são. Não são horas. É Hora Nenhuma. Estamos um microssegundo antes do Big Bang. Não estamos na Aurora do Tempo. Estamos antes da Aurora. Os Senhores do Tempo não gostavam de genocídio. Eu mesmo acho a ideia condenável. É o potencial que estamos eliminando. E se um dia houver um Dalek bom? E se... — Fez uma pausa. — O Espaço é grande. O Tempo, ainda maior. Eu os teria ajudado a encontrar um lugar onde seu povo pudesse viver. Entretanto, havia uma menina chamada Polly, que deixou o diário para trás. E vocês a mataram. Foi um erro.

— Você nem a conheceu — protestou a Raça, no Vazio.

— Era uma criança — disse o Doutor. — Potencial puro, como todas as crianças em toda parte. Sei tudo de que preciso saber. — A rebimboca tremelicante presa ao painel da TARDIS começou a fumegar e emitir faíscas. — Vocês estão sem tempo, literalmente. Porque o Tempo não começa antes do Big Bang. E se parte de uma criatura que habita o tempo for removida dele... bem, é como remover a si própria de tudo.

O Kin compreendeu. Compreendeu que, naquele momento, todo o Tempo e Espaço eram uma minúscula partícula, menor que um átomo, e até que um microssegundo se passasse, e a partícula explodisse, nada aconteceria. Nada poderia acontecer. E o Kin estava do lado errado desse microssegundo.

Isoladas do Tempo, todas as demais partes do Kin estavam deixando de existir. O Isto que era Eles sentiu uma onda de inexistência arrebatando-os.

No princípio (antes do princípio) era o verbo. E o verbo era "Doutor!".

No entanto, a porta tinha se fechado, e a TARDIS tinha desaparecido, implacável. O Kin foi deixado sozinho, no vazio anterior à Criação.

Sozinho, para sempre, naquele momento, esperando o Tempo começar.

VIII.

O jovem de paletó caminhou pela casa no fim da Claversham Row. Bateu na porta, mas ninguém atendeu. Voltou para dentro da caixa azul, mexendo nos menores controles: sempre era mais fácil viajar mil anos do que viajar vinte e quatro horas. Tentou de novo.

Sentia os fios do tempo se enredando e trançando. O tempo é complexo: afinal, nem tudo que aconteceu, aconteceu. Só os Senhores do Tempo o compreendiam, e mesmo eles o consideravam impossível de descrever.

A casa em Claversham Row tinha um imundo aviso de VENDE-SE no jardim.

Ele bateu à porta.

— Olá — disse. — Você deve ser Polly. Estou procurando Amy Pond.

A menina usava tranças no cabelo. Ergueu os olhos para o Doutor, desconfiada.

— Como sabe o meu nome? — indagou.

— Sou muito esperto — disse o Doutor, sério.

Polly deu de ombros. Voltou para dentro da casa, e o Doutor a seguiu. Ficou aliviado ao reparar que não havia pelos nas paredes.

Amy estava na cozinha, tomando chá com a sra. Browning. A emissora Radio Four tocava ao fundo. A sra. Browning contava a Amy a respeito do seu trabalho como enfermeira, e os horários em que tinha que fazer plantão, e Amy dizia que seu noivo era enfermeiro, e sabia como era aquela vida.

Elas ergueram os olhos, de repente, quando o Doutor entrou: o olhar parecia dizer "Você tem muito o que explicar".

— Imaginei que estaria aqui — falou o Doutor. — Se ao menos eu continuasse procurando.

Deixaram a casa em Claversham Row: a cabine policial azul estava estacionada no final da rua, sob as nogueiras.

— Eu estava prestes a ser devorada por aquela criatura — declarou Amy —, mas no momento seguinte, estava na cozinha, conversando com a sra. Browning e escutando *The Archers*. Como fez isso?

— Sou muito esperto — falou o Doutor.

Era um excelente bordão, e ele estava determinado a usá-lo tanto quanto fosse possível.

—Vamos para casa. Dessa vez, Rory vai estar lá?

— Todo mundo vai estar lá. Até Rory — afirmou o Doutor.

Entraram na TARDIS. Ele já tinha removido do painel os restos pretos da rebimboca tremelicante: a TARDIS não poderia mais chegar ao momento antes do início do tempo, mas, levando-se tudo em consideração, aquele era um bom desfecho.

Ele estava determinado a levar Amy direto para casa (com um pequeno desvio pela Andaluzia, na época da cavalaria, onde, em uma pequena estalagem em Sevilha, ele provara o melhor gaspacho de todos).

O Doutor tinha certeza quase absoluta de que poderia encontrá-lo outra vez.

—Vamos direto para casa. Depois do almoço — completou. — E, durante o almoço, vou lhe contar a história de Maximelos e os três Ogrons.

UM LABIRINTO LUNAR

2013

Caminhávamos pela subida leve de uma colina em um anoitecer de verão. Já passava das oito e meia, mas ainda parecia fim de tarde. O céu estava azul. O sol ia baixo no horizonte e banhava as nuvens de dourado, salmão e lilás.

— E como acabou? — perguntei ao meu guia.

— Nunca acaba — respondeu ele.

— Mas você disse que não existe mais. O labirinto.

Eu tinha descoberto o labirinto lunar pela internet, uma pequena nota de rodapé em um site sobre coisas interessantes e dignas de atenção que existem por perto, não importa o lugar do mundo em que você esteja. Atrações locais incomuns: quanto maior a intervenção humana e a cafonice, melhor. Não sei por que me sinto atraído a elas: círculos megalíticos feitos de carros ou ônibus escolares amarelos em vez de pedras, maquetes de imensos pedaços de queijo feitas em poliestireno, dinossauros pouco convincentes feitos de concreto esfarelento, entre tantas outras coisas.

Preciso delas, pois me proporcionam um pretexto para parar de dirigir e conversar com as pessoas, onde quer que eu esteja. Já fui convidado a entrar nos lares e nas vidas das pessoas porque demonstrei uma sincera admiração pelos zoológicos construídos com peças de motor, pelas casas que ergueram com latas e blocos de pedra e depois cobriram com papel-alumínio, pela encenação de momentos históricos feita com manequins com a pintura do rosto descascando. E essas pessoas, as que faziam as atrações de beira de estrada, me aceitavam do jeito que sou.

— Nós o queimamos — disse meu guia.

Ele era idoso e caminhava com uma bengala. Eu o conhecera sentado num banco diante da loja de ferramentas da cidade, e ele concordara em me mostrar o local onde o labirinto lunar fora construído. O caminho pelo mato não foi rápido.

— O fim do labirinto lunar. Foi fácil. As cercas de alecrim pegaram fogo, então ficaram estalando e queimando. A fumaça era espessa e desceu pela colina, fazendo a gente pensar em cordeiro assado.

— Por que era chamado de labirinto lunar? Era por causa da aliteração? Ele pensou na pergunta.

— Não sei dizer ao certo — respondeu. — Acho que nem uma coisa, nem outra. Nós o chamávamos de labirinto, mas estava mais para um dédalo...

— Um emaranhado de caminhos, então.

— Havia tradições — disse ele. — Começávamos a caminhar nele no dia *seguinte* à lua cheia. Partindo da entrada. Encontrando um caminho até o centro, e então dando meia-volta e refazendo o mesmo caminho. Como disse, só começávamos a andar no dia em que a lua começava a minguar. Ainda era claro o bastante para isso. A gente o percorria em qualquer noite que a lua brilhasse o suficiente para enxergar. Vir até aqui. Caminhar. Geralmente, casais. Era assim até a escuridão da lua.

— Ninguém caminhava pelo labirinto no escuro?

— Ah, alguns, sim. Mas não eram como a gente. Eram jovens e traziam lanternas quando a lua ficava escura. Eles caminhavam pelo labirinto, os garotos maus, as sementes ruins, aqueles que queriam assustar os outros. Para esses garotos, todo mês tinha um Dia das Bruxas. Adoravam ficar com medo. Alguns deles disseram ter visto um torturador.

— Que tipo de torturador?

A palavra me surpreendera. Não era do tipo que se ouvia assim, numa conversa.

— Apenas alguém que torturava pessoas, acho. Eu nunca o vi.

Uma brisa desceu em nossa direção vinda do alto da colina. Farejei o ar, mas não senti cheiro de ervas queimadas, nem cinzas, nada que parecesse incomum em uma noite de verão. Havia gardênias em algum lugar.

— Quando a lua virava escuridão, eram só jovens. Quando a lua crescente aparecia, as crianças ficavam mais novas, e seus pais vinham até a colina e caminhavam com elas. Pais e filhos. Caminhavam pelo labirinto juntos até o centro, e os adultos apontavam para a lua nova, falando que ela se parecia com um sorriso no céu, e os pequenos Rômulo e Remo, ou seja lá qual fosse o nome deles, sorriam e gargalhavam, e mexiam as mãos como se estivessem tentando tirar a lua do céu para colocar sobre seus rostinhos. Então, quando a lua crescia, os casais vinham. Jovens casais subiam até aqui, galanteadores, e casais mais velhos também, confortáveis na companhia um do outro, aqueles que já tinham esquecido havia muito tempo os dias de cortejo. — Ele se apoiava bastante na bengala. — Esquecido, não. Disso nunca se esquece. Deve ficar em algum lugar dentro da gente. Mesmo que o cérebro tenha esquecido, talvez os dentes se lembrem. Ou os dedos.

— Eles levavam lanternas?

— Em algumas noites, sim. Em outras, não. As noites populares eram sempre aquelas em que não havia nuvens cobrindo a lua, e era possível caminhar pelo labirinto tranquilamente. E, mais cedo ou mais tarde, todos caminhavam. Conforme a lua crescia, dia após dia, ou noite após noite, melhor dizendo. Aquele mundo era tão maravilhoso. Estacionavam seus carros lá embaixo, onde você estacionou, no limite da propriedade, e subiam a colina a pé. Sempre a pé, a não ser aqueles que usavam cadeiras de rodas, ou aqueles que eram carregados pelos pais. Então, no alto da colina, alguns paravam para ficar de chamego. Eles também caminhavam pelo labirinto. Havia bancos, lugares para fazer uma pausa na caminhada. E eles paravam e ficavam mais um pouco de chamego. Seria de se pensar que apenas os jovens ficassem se agarrando, mas os mais velhos também ficavam. Corpo com corpo. Dava para ouvi-los, às vezes, do outro lado da cerca viva, fazendo barulho como animais, e esse sempre era nosso aviso para diminuir o passo, ou talvez explorar outro ramo do caminho por algum tempo. Já não ocorre comigo com muita frequência, mas, quando acontece... acho que hoje sei dar mais valor a isso do que naquela época. Lábios tocando a pele. Sob o luar.

— Durante quantos anos exatamente o labirinto lunar existiu antes de queimar? Construíram a casa antes ou depois de ele existir?

Meu guia fez um ruído desinteressado.

— Antes, depois... tudo isso é antigo. Falam do labirinto de Minos, mas não era nada se comparado a este. Nada além de alguns túneis com um sujeito de chifres na cabeça caminhando sozinho, com medo e fome. Ele não tinha cabeça de touro de verdade. Sabia?

— Como você sabe?

— Dentes. Touros e vacas são ruminantes. Não comem carne. O minotauro comia.

— Nunca tinha pensado nisso.

— Ninguém pensa.

A colina estava mais íngreme agora.

Pensei: *Não há torturadores, não mais*. E eu não era um torturador. Mas tudo que disse foi:

— Qual era a altura dos arbustos que formavam os caminhos? Eram cercas vivas de verdade?

— Eram de verdade. Tão altos quanto tinham que ser.
— Não sei a altura que o alecrim alcança por aqui.
Não sabia mesmo. Estava longe de casa.
— Temos invernos amenos. O alecrim se desenvolve bem por aqui.
— E por que exatamente as pessoas o incendiaram?
Ele fez uma pausa.
— Você vai ter uma ideia melhor de como as coisas se situam quando a gente chegar no alto da colina.
— Como as coisas se situam?
— No alto da colina.

A colina ficava cada vez mais íngreme. Eu tinha sofrido uma lesão no joelho esquerdo durante o inverno anterior, um tombo no gelo, o que significava que não conseguia mais correr rápido e, hoje em dia, achava as colinas e os degraus extremamente penosos. A cada passo, meu joelho dava uma pontada de dor, me fazendo lembrar, furioso, da sua existência.

Muitas pessoas, ao saberem que a curiosidade local que desejavam visitar se incendiara alguns anos atrás, teriam simplesmente voltado ao carro e dirigido até o destino final. Não sou dissuadido tão facilmente. As coisas mais admiráveis que vi eram lugares mortos: um parque de diversões desativado onde entrei certa noite depois de subornar o vigia com o valor de uma bebida; um celeiro abandonado onde, segundo o fazendeiro, meia dúzia de Pés-Grandes tinham morado no verão anterior. Ele disse que as criaturas uivavam à noite e cheiravam mal, mas já tinham ido embora fazia quase um ano. Havia um odor animal impregnado no lugar, mas podem ter sido apenas coiotes.

— Quando a lua minguava, eles caminhavam pelo labirinto lunar com amor — disse meu guia. — Conforme ela ia crescendo, eles caminhavam com desejo, não amor. Preciso explicar a diferença para você? As ovelhas e os bodes?

— Acho que não.

— Os doentes também vinham, às vezes. Os feridos e deficientes vinham, e alguns deles precisavam ser empurrados na cadeira de rodas pelo labirinto, ou carregados. Mas até estes tinham que escolher o caminho a percorrer, não as pessoas que os carregavam ou empurravam. Ninguém podia escolher o caminho para o outro. Quando eu era menino, as pessoas os chamavam de aleijados. Fico feliz por não os chamarmos mais assim. Vieram também os mal-amados. Os solitários. Os lunáticos... Eram trazidos aqui, às vezes. Eram chamados assim por causa da lua, e era justo que a lua tivesse uma oportunidade de consertar as coisas.

Estávamos nos aproximando do topo da colina. Chegava o crepúsculo. O céu estava cor de vinho, e as nuvens a oeste brilhavam com a luz do sol poente, embora, observando do ponto onde estávamos, ele já tivesse se escondido no horizonte.

— Você vai ver quando chegarmos lá em cima. É perfeitamente plano, o topo da colina.

Eu quis fazer uma contribuição, e disse:

— De onde venho, quinhentos anos atrás o lorde local foi visitar o rei. E o rei exibiu sua imensa mesa, suas velas, o lindo teto pintado, e conforme cada uma dessas coisas era mostrada, o lorde simplesmente dizia: "Tenho uma maior, mais bela e melhor." O rei quis desmascarar o blefe, dizendo que, no mês seguinte, ia visitar e comer à mesa do lorde, maior e mais bela, iluminada com velas em candelabros maiores e mais belos que os do rei, sob uma pintura também maior e mais bela.

Meu guia disse:

— Por acaso ele estendeu uma toalha sobre a planície de uma colina, ordenou a vinte homens corajosos que segurassem velas, e jantaram sob as estrelas do próprio Deus? Contam uma história parecida por aqui também.

— É a mesma história — admiti, um pouco frustrado por minha contribuição ter sido dispensada tão facilmente. — E o rei reconheceu que o lorde estava certo.

— Então o chefe não mandou prender e torturar o sujeito? — indagou meu guia. — Foi isso o que aconteceu na versão da história que se conta por essas bandas. Dizem que o homem nunca chegou nem sequer à sobremesa *Cordon-bleu* que seu cozinheiro tinha preparado. Eles o encontraram no dia seguinte com as mãos decepadas, a língua cortada e devidamente guardada no bolso da camisa e um derradeiro buraco de bala na testa.

— Aqui? Na casa ali atrás?

— Por Deus, não. Deixaram o corpo na boate dele. Na cidade.

Fiquei surpreso com quão rapidamente o crepúsculo tinha chegado ao fim. Ainda havia um brilho a oeste, mas o restante do céu se transformara em noite, de um roxo majestoso.

— Os dias antes da lua cheia, no labirinto — disse ele. — Eram reservados para os enfermos e aqueles em necessidade. Minha irmã sofria de um mal feminino. Disseram que ela morreria se não fizesse uma raspagem interna e, ainda assim, poderia ser fatal. A barriga estava inchada como se ela estivesse carregando um bebê, não um tumor, embora já estivesse perto dos cinquenta. Veio aqui quando faltava um dia para a lua cheia e caminhou pelo labirinto.

Caminhou de fora para dentro, à luz da lua, e caminhou do centro para fora, sem vacilar nem errar o caminho.

— O que aconteceu?

— Ela viveu — respondeu ele, de forma sucinta.

Chegamos ao topo da colina, mas não dava para ver o que havia ali. Estava escuro demais.

— Eles a livraram da coisa que havia dentro dela. Que também viveu, por algum tempo. — Fez uma pausa. Então, tocou em meu braço. —Veja ali.

Eu me virei e olhei. O tamanho da lua me impressionou. Sei que é uma ilusão de ótica, que a lua não diminuiria conforme subisse pelo céu, mas essa lua parecia ocupar tanto do horizonte ao se erguer que me vi pensando nos antigos desenhos de Frank Frazetta, com a silhueta de homens empunhando suas espadas diante de imensas luas, e me lembrei de quadros de lobos uivando no alto de montanhas, sombras negras recortadas contra o círculo da lua branca como a neve que as emoldurava. A enorme lua que nascia era de um amarelo difuso, como um farol em noite de neblina.

— A lua está cheia? — perguntei.

— Essa é uma lua cheia, sim. — Ele parecia satisfeito. — E ali está o labirinto.

Caminhamos na direção dele. Eu esperava ver cinzas no chão, ou nada. Em vez disso, sob o luar viscoso, vi um labirinto complexo e elegante, feito de círculos e espirais dentro de um imenso quadrado. Não conseguia calcular corretamente as distâncias naquela luz, mas me pareceu que cada lado do quadrado deveria ter sessenta metros ou mais.

No entanto, as plantas que delimitavam o labirinto eram rasteiras. Nenhuma delas tinha mais que trinta centímetros de altura. Eu me abaixei, apanhei uma folha parecida com uma agulha, preta sob o luar, e a esmaguei entre o indicador e o polegar. Inspirei e pensei em cordeiro cru, cuidadosamente desmembrado, temperado e colocado num forno sobre uma cama de ramos e folhas pontiagudas com esse exato aroma.

— Pensei que vocês tivessem queimado o lugar — comentei.

— Nós o queimamos. Não são cercas vivas, não mais. Mas as coisas crescem de novo, em seu próprio tempo. É impossível matar certas coisas. O alecrim é resistente.

— Onde é a entrada?

— Exatamente onde você está — disse ele.

Ele era um velho que andava com uma bengala e falava com desconhecidos. Seria impossível não reparar nele.

— E o que acontecia aqui em cima quando a lua estava cheia?

— Nessas ocasiões, os moradores não caminhavam pelo labirinto. Era justamente a noite que pagava por todas as outras.

Entrei no labirinto com um passo. Não havia nada de difícil nele, não com os arbustos que o demarcavam chegando até as canelas, tão baixos quanto uma horta. Caso me perdesse, poderia simplesmente passar por cima das moitas e sair. Mas comecei seguindo o caminho que levava ao interior do labirinto. Era fácil enxergá-lo à luz da lua cheia. Ouvi meu guia, que continuou a falar.

— Alguns pensavam até que o preço era alto demais. Foi por isso que viemos aqui, por isso que queimamos o labirinto lunar. Subimos aquela colina com a escuridão da lua, trazendo tochas acesas, como nos antigos filmes em preto e branco. Todos nós. Até eu. Mas é impossível matar certas coisas. Não é assim que funciona.

— Por que alecrim? — perguntei.

— O alecrim é para lembrar — disse ele.

A lua subia mais rápido do que eu havia imaginado ou esperado. Agora era um rosto pálido e fantasmagórico no céu, calmo e bondoso, branca como um osso.

— Sempre existe a possibilidade de sair em segurança — disse o guia. — Até na noite de lua cheia. Primeiro, é necessário chegar ao centro do labirinto. Há uma fonte ali. Você vai ver. Não tem como se enganar. Então é preciso fazer o caminho de volta a partir do centro. Sem hesitar, nenhum beco sem saída, nada de erros no caminho de ida e volta. Deve ser mais fácil agora do que quando os arbustos estavam altos. É uma possibilidade. Caso contrário, o labirinto vai expurgar de você tudo que o aflige. Claro, você vai ter que correr.

Olhei para trás. Não consegui ver meu guia. Não mais. Havia algo na minha frente, além do caminho desenhado pelas moitas, uma sombra escura se movendo silenciosamente ao longo dos limites do quadrado. Era do tamanho de um cachorro grande, mas não se mexia como um cão.

A criatura jogou a cabeça para trás e uivou para a lua com gosto e satisfação. O alto da colina, uma grande mesa plana, ecoou uma série de uivos alegres, e, com o joelho esquerdo doendo por causa da longa caminhada colina acima, avancei, cambaleante.

O labirinto seguia um padrão, e consegui identificá-lo. Acima, a lua brilhava, clara como o dia. Ela sempre aceitou meus presentes, no passado. Não me trairia no final.

— Corra — disse uma voz que era quase um rugido.

Corri como um novilho para o abate, ao som de sua gargalhada.

ÀS PROFUNDEZAS DE UM MAR SEM SOL

2013

O Tâmisa é uma fera imunda, atravessa Londres em zigue-zague como uma cobra-cega ou uma serpente marinha. Todos os rios correm para ele, o Fleet, o Tyburn e o Neckinger, carregando toda a imundície, a escória e o esgoto, os corpos de cães e gatos e os ossos de ovelhas e porcos para a água marrom do Tâmisa, que os leva para o leste até o estuário e, de lá, para o Mar do Norte e o esquecimento.

Chove em Londres. A chuva remove a sujeira para os bueiros e incha córregos, transformando-os em rios, e os rios em coisas poderosas. A chuva é barulhenta, chapinhando, tamborilando e chacoalhando telhados. Se a água é limpa quando cai do céu, basta tocar Londres para virar sujeira, misturando pó e fazendo lama.

Ninguém bebe essa água, seja da chuva ou do rio. Há piadas dizendo que a água do Tâmisa mata instantaneamente, e isso não é verdade. Há meninos de rua que mergulham nas profundezas do rio em busca de moedas arremessadas e voltam à superfície cuspindo a água, tremendo e mostrando as moedas. Eles não morrem, é claro, ou não disso, embora não haja nenhum com mais de quinze anos.

A mulher não parece se importar com a chuva.

Ela caminha pelas docas de Rotherhithe, como tem feito há anos, há décadas — ninguém sabe quantos anos, porque ninguém se importa. Ela caminha pelas docas, ou encara o mar. Examina os navios, que balançam ancorados. Precisa de alguma coisa que impeça corpo e alma de dissolver sua parceria, mas ninguém nas docas tem a menor ideia do que fazer.

Você procura refúgio do dilúvio sob um toldo armado por um fabricante de velas. Assume de início que está sozinho ali embaixo, pois ela está imóvel como uma estátua e olha na direção da água, embora não seja possível ver nada com a cortina de chuva. A margem oposta do Tâmisa desapareceu.

E, então, ela o vê. Ela o vê e começa a falar — não com você, ah, não, mas com a água cinzenta que cai do céu cinzento dentro do rio cinzento.

— Meu filho queria ser marinheiro — diz.

E você não sabe o que responder, ou como responder. Seria necessário gritar para se fazer ouvir em meio ao rugido da chuva, mas ela fala, e você escuta. E se estica e se distende para entender as palavras dela.

— Meu filho queria ser marinheiro.

"Pedi a ele para não partir para o mar. 'Sou sua mãe', eu disse. 'O mar não vai amá-lo como eu amo, o mar é cruel.' Mas ele respondeu: 'Ó, mãe, preciso ver o mundo. Preciso ver o sol nascer nos trópicos e a aurora boreal dançando no céu do ártico, e, acima de tudo, preciso fazer minha fortuna, e, quando ela estiver feita, vou voltar para você e vou construir uma casa, e você terá criados, e vamos dançar, mãe, ah, como vamos dançar...'

"'E o que eu faria numa casa sofisticada?', perguntei a ele. 'Você é um tolo com esse belo discurso.' Contei-lhe a respeito do pai, que nunca voltou do mar: alguns dizem que morreu e se perdeu nas águas, enquanto outros juraram tê-lo visto administrando um bordel em Amsterdã.

"Não faz diferença. O mar o levou.

"Quando tinha doze anos, meu menino fugiu rumo às docas e embarcou no primeiro navio que encontrou. Foi até Flores, nos Açores, me contaram.

"Há navios de mau agouro. Navios ruins. Dão uma demão de tinta neles depois de cada desastre, e um novo nome, para tapear os incautos.

"Os marinheiros são supersticiosos. Os boatos circulam. O navio havia sido encalhado de propósito pelo capitão a mando dos proprietários, para fraudar a seguradora; então, remendado e quase novo, foi tomado por piratas; em seguida, recebeu um carregamento de cobertores e se tornou um navio pestilento tripulado por mortos, e apenas três homens o trouxeram ao porto de Harwich...

"Meu filho partiu num navio agourento. Foi na viagem de volta que a tempestade os atingiu, quando ele me trazia seus ganhos, pois era jovem demais para gastar em mulheres e bebida feito o pai.

"Ele era o menor no bote salva-vidas.

"Dizem que o sorteio foi justo, mas eu não acredito. Ele era menor que os outros. Depois de oito dias à deriva no barco, estavam com tanta fome. E, se de fato sortearam, então trapacearam.

"Roeram até limpar os ossos, um por um, e os entregaram à sua nova mãe, a água. Ela não derramou lágrimas e o recebeu sem nenhuma palavra. Ela é cruel.

"Há noites em que desejo que ele não tivesse me contado a verdade. Poderia ter mentido.

"Deram os ossos do meu filho para o mar. Mas o imediato do navio, além de conhecer meu marido, também me conhecia. E mais do que pensara meu marido, para dizer a verdade. O imediato guardou um osso como recordação.

"Quando voltaram a terra, todos jurando que meu menino tinha se perdido na tempestade que afundou o navio, o imediato veio de noite e me contou a verdade do ocorrido. Ele me deu o osso, em nome do amor que existiu entre nós.

"Eu disse: 'Você fez algo terrível, Jack. Foi seu filho que você comeu.'

"O mar também o levou, naquela noite. Ele caminhou em direção à água, com os bolsos cheios de pedras, e seguiu andando. Nunca tinha aprendido a nadar.

"E coloquei o osso numa corrente para me lembrar dos dois, na madrugada, quando o vento quebra as ondas do mar e as faz desabar na areia, quando o vento uiva ao redor das casas como um bebê chorando."

A chuva começa a amainar, e você pensa que a mulher terminou, mas agora, pela primeira vez, ela olha para você. Parece estar prestes a falar. Puxa algo preso ao pescoço e lhe estende as mãos.

— Aqui — diz ela. Os olhos da mulher, ao cruzar com os seus, são marrons como o Tâmisa. — Quer tocar nele?

Você tem vontade de arrancar aquilo do pescoço dela, arremessar no rio para os meninos de rua, que encontrem ou percam. Porém, em vez disso, você deixa a proteção do toldo armado, e a água da chuva corre pelo seu rosto como as lágrimas de outra pessoa.

COMO O MARQUÊS RECUPEROU SEU CASACO

2014

Era lindo. Notável. Único. Era o motivo para o marquês De Carabás estar acorrentado a um poste no meio de uma sala circular, nas profundezas mais profundas do Submundo, enquanto o nível da água subia lentamente, cada vez mais. Tinha trinta bolsos, sete bem evidentes e dezenove escondidos, além de outros quatro mais ou menos impossíveis de serem encontrados — de vez em quando, até pelo próprio marquês.

Certa vez (retornaremos ao poste, à sala e à água na hora certa), ganhara — embora o termo *ganhar* possa ser considerado exagero de uma fatalidade, mesmo que justificada — uma lente de aumento da própria rainha Vitória. Era uma peça maravilhosa: ornamentada, dourada, com uma corrente de gárgulas e pequenos querubins, e a lente tinha a habilidade inusitada de tornar transparente qualquer coisa observada através dela. O marquês não sabia onde Vitória conseguira aquela lente de aumento, mas mesmo assim aceitara como uma compensação que não tinha muita certeza se fora ou não o acordado — afinal, havia apenas um Elefante, e obter o diário do Elefante não fora fácil, assim como não fora fácil escapar do Elefante e do Castelo, logo que o obteve. O marquês deslizara a lente de aumento de Vitória para dentro de um dos quatro bolsos que praticamente não existiam e nunca mais conseguiu encontrá-la.

Além dos bolsos inusitados, tinha mangas magníficas, um colarinho imponente e uma fenda nas costas. Era feito de algum tipo de couro, tinha cor de rua molhada à meia-noite e, acima e além disso tudo, tinha estilo.

Há quem diga que as roupas fazem o homem, mas eles estão enganados. Entretanto, seria perfeitamente correto dizer que, quando o garoto que se tornaria o marquês vestiu aquele casaco pela primeira vez e encarou seu reflexo no espelho, empertigou-se na mesma hora — sua postura mudou porque ele sabia, vendo aquele reflexo, que o tipo de pessoa que usava um casaco como aquele não poderia ser um jovem qualquer, muito menos um batedor de carteiras ou mercador de favores. O garoto que vestiu o casaco, na época grande demais, sorriu para o próprio reflexo e se lembrou de uma ilustração que vira em um livro: o gato de um moleiro erguido nas patas traseiras. Um gato viajante que usava um casaco elegante e botas grandes e portentosas. E foi assim que deu um nome a si mesmo.

Sabia que um casaco como aquele só poderia ser usado pelo marquês De Carabás. Nunca soube ao certo, seja naquela época ou depois, como pronunciar marquês "De Carabás". Tinha dias que dizia de um jeito, tinha dias que dizia de outro.

A água chegou a seus joelhos, e ele pensou: *Nada disso teria acontecido se eu ainda tivesse meu casaco.*

Era dia de Mercado Flutuante depois da pior semana da vida do marquês, e as coisas não pareciam prestes a melhorar. No entanto, ele não estava mais morto, e a garganta cortada estava melhorando depressa. Até considerava bastante atraente a rouquidão causada pelo corte. Tinha lá suas vantagens.

Mas havia desvantagens óbvias em morrer, ou, pelo menos, em passar um tempo morto, e perder o casaco era a pior delas.

O Povo do Esgoto não foi de muita ajuda.

—Vocês venderam meu corpo — alegou o marquês. — Essas coisas acontecem. Vocês também venderam meus pertences. Quero tudo de volta. Eu pago.

Dunnikin, do Povo do Esgoto, deu de ombros.

— Vendemos — respondeu. — Assim como vendemos você. Não podemos sair por aí pegando de volta as coisas que vendemos. Não é bom para os negócios.

— Estamos falando do meu casaco — retrucou o marquês. — E estou decidido a recuperá-lo.

Dunnikin deu de ombros.

— Para quem você vendeu? — perguntou o marquês.

O homem não respondeu. Agiu como se não tivesse ouvido a pergunta.

— Posso lhe dar perfumes em troca — ofereceu o marquês, ocultando a irritação com toda a gentileza que conseguiu reunir. — Perfumes gloriosos, magníficos e cheirosos. Você sabe que quer.

Dunnikin encarou o marquês com uma expressão pétrea. Então passou o dedo pela garganta. Em termos de gestos, refletiu o marquês, aquele foi de muito mau gosto. Ainda assim, surtiu o efeito desejado. De Carabás parou de fazer perguntas: não encontraria mais respostas ali.

O marquês foi até a ala das barraquinhas de comida. Naquela noite, o Mercado Flutuante acontecia na Tate Gallery. As barraquinhas de comida estavam no salão Pré-Rafaelita, e a maioria das tendas já estava desmontada. Quase não havia mais mercadorias expostas, apenas um sujeito deprimente vendendo algum tipo de linguiça lá no canto, debaixo da pintura de Burne-Jones que retratava moças em roupões transparentes descendo escadas. Alguns membros do Povo dos Cogumelos ainda estavam nas barracas, com os banquinhos, a bancada e uma grelha. O marquês já comera a linguiça do homem deprimente, e ele tinha a política estrita de nunca repetir o mesmo erro, pelo menos não intencionalmente. Portanto, foi até a venda do Povo dos Cogumelos.

Havia três deles tomando conta da barraca, dois jovens e uma garota. Cheiravam a umidade. Usavam casacos de campanha e jaquetas militares e espiavam por trás de cabelos sebosos, como se a luz machucasse seus olhos.

— O que estão vendendo? — perguntou o marquês.

— O Cogumelo. O Cogumelo com torrada. Cru é o Cogumelo.

— Quero um pouco do Cogumelo com torrada — declarou o marquês, e um dos membros do Povo dos Cogumelos, uma jovem pálida, magra e cor de mingau amanhecido, cortou uma fatia do fungo do tamanho de um toco de árvore. — E quero cozido e bem-passado.

— Seja valente. Coma cru — sugeriu a garota. — Junte-se a nós.

— Eu já me aventurei com o Cogumelo — retrucou o marquês. — Nós dois chegamos a um acordo.

A mulher colocou a fatia de cogumelo na grelha portátil.

Um dos garotos, um jovem alto com ombros arqueados e um casaco de campanha que cheirava a porão antigo, inclinou-se para perto do marquês e serviu um copo de chá de cogumelo. Ele se aproximou ainda mais, e o marquês notou uma pequena muda de cogumelos pálidos espalhados como espinhas sobre sua bochecha.

O sujeito Cogumelo perguntou:

—Você é De Carabás? O facilitador?

O marquês não se considerava um facilitador.

— Sim — respondeu.

— Ouvi dizer que está procurando o seu casaco. Eu estava presente quando o Povo do Esgoto o vendeu. Foi no começo do último Mercado. No *Belfast*. Vi quem comprou.

O marquês sentiu os pelos da nuca se eriçarem.

— E o que quer em troca dessa informação?

O jovem Cogumelo umedeceu os lábios com uma língua liquenácea.

— Eu gosto de uma garota, mas ela nem olha para mim.
— Uma garota Cogumelo?
— Quem dera eu tivesse tamanha sorte. Se fôssemos um no amor e no corpo do Cogumelo, não precisaria me preocupar. Não. Ela é da Raven's Court. Mas, de vez em quando, come aqui. E nós conversamos. Que nem eu e você estamos fazendo.

O marquês não abriu um sorriso de pena nem se retraiu. Praticamente nem reagiu.

— E, mesmo assim, ela não retribui seu ardor. Que estranho. O que quer que eu faça a respeito?

O jovem enfiou a mão cinzenta no bolso do longo casaco de campanha e pegou um envelope, que estava dentro de um saco transparente.

— Escrevi uma carta para ela. É mais um poema, por assim dizer, embora eu não seja um bom poeta. É para dizer como eu me sinto. Mas não sei se ela vai ler, se eu entregar. Aí vi você e pensei: se você entregasse esse poema para ela, com todas as suas palavras elegantes e floreios chiques...

— Você acha que assim ela leria e ficaria mais aberta a seus gracejos.

O jovem encarou o marquês, perplexo.

— Gracejos? Mas eu não quero que ela dê risada. Quero que ela goste de mim.

O marquês tentou não soltar um suspiro. A garota Cogumelo colocou na frente dele um prato de plástico rachado com uma fatia fumegante do Cogumelo grelhado e uma de torrada crocante.

O marquês cutucou o Cogumelo com cuidado para se certificar de que estava bem cozido e de que não continha esporos ativos. É melhor prevenir do que remediar, e o marquês se considerava egoísta demais para encarar a simbiose.

Estava gostoso. Ele mastigou e engoliu, embora tenha feito a garganta doer.

— Então você quer que eu garanta que ela leia sua missiva de desejo?
— Está falando da carta? Do poema?
— Sim.
— Então, é. E quero que você esteja lá, do lado dela, e garanta que ela não guarde o envelope sem abrir. E quero que traga a resposta dela.

O marquês encarou o jovem. Ele tinha mesmo pequenos cogumelos brotando do pescoço e das bochechas, o cabelo era pesado de sujeira, e ele cheirava a lugares abandonados, mas, por trás do visual grosseiro, também tinha olhos de um azul-claro intenso, era alto e não tão feio assim. O marquês o imaginou banhado, limpo e um pouco menos fúngico, e gostou da imagem.

— Guardei a carta nesse saquinho para que não se molhasse no caminho — explicou o jovem.

— Muito sábio da sua parte. Agora, me diga: quem comprou meu casaco?

— Ainda não, apressadinho. Você sequer me perguntou sobre meu verdadeiro amor. O nome dela é Drusilla. Vai saber quem é, já que ela é a mulher mais linda de toda a Raven's Court.

— Tradicionalmente, a beleza está nos olhos de quem vê. Preciso de mais informações.

— Eu já falei. O nome dela é Drusilla. Não tem igual. Ela tem uma marca de nascença enorme nas costas da mão, parece uma estrela.

— Parece uma combinação amorosa improvável. Um homem do Povo do Cogumelo com uma dama da Raven's Court. O que o faz pensar que ela vai abandonar a vida que leva e segui-lo até os porões úmidos de prazeres fúngicos?

O jovem Cogumelo deu de ombros.

— Ela vai se apaixonar quando ler o poema — respondeu. Ele torceu o caule de um pequeno cogumelo guarda-sol que crescia em sua bochecha direita e, quando o fungo caiu sobre a bancada da tenda, coletou-o entre os dedos e continuou a girá-lo. — Temos um acordo?

— Temos um acordo.

— O camarada que levou seu casaco tinha um cajado — declarou o jovem Cogumelo.

— Muitas pessoas usam cajados — retrucou De Carabás.

— Mas esse cajado tinha a ponta em forma de gancho. O sujeito parecia um sapo. Baixinho. Meio gordo. Tinha cabelo cor de cascalho. Precisava de um casaco e gostou do seu.

O jovem enfiou na boca o cogumelo guarda-sol.

— Informação útil. Transmitirei seu ardor e felicitações à bela Drusilla, sem sombra de dúvida — declarou De Carabás, com uma animação que definitivamente não sentia.

O marquês pegou o saquinho das mãos do jovem do outro lado da bancada. Enfiou a encomenda em um dos bolsos costurados dentro da camisa.

E foi embora, pensando em um homem que usava um cajado com um gancho na ponta.

O marquês De Carabás usava um cobertor como substituto do casaco. Ficava enrolado nos ombros, um poncho infernal. Não estava nem um pouco feliz com aquilo. Queria seu casaco de volta. *Nem tudo que reluz é ouro*, sussurrou uma vozinha em sua mente, algo que ouvira ainda garoto. Suspeitava que fosse a voz do irmão e fez o possível para esquecer que ela se pronunciara.

Um cajado com um gancho na ponta: o homem que comprara seu casaco do Povo do Esgoto carregava um cajado com um gancho na ponta.

Pensou bastante.

O marquês De Carabás gostava de ser quem era e, quando corria riscos, gostava que fossem calculados. E era alguém que calculava os riscos duas ou três vezes antes de ter certeza.

Fez as contas pela quarta vez.

O marquês De Carabás não confiava nas pessoas. Era ruim para os negócios e poderia criar precedentes problemáticos. Não confiava nos amigos, nas ocasionais amantes, e nunca, jamais, confiava em quem o contratava. Dedicava toda a confiança que tinha ao marquês De Carabás, uma figura imponente que usava um casaco imponente e era capaz de falar melhor, pensar melhor e planejar melhor que qualquer um.

Só havia dois tipos de pessoas que carregavam cajados com pontas em forma de gancho: bispos e pastores.

Em Bishopsgate, os cajados eram decorativos e puramente simbólicos. E os bispos não precisavam de casacos. Usavam batinas, afinal de contas. Batinas brancas e bonitas, bem bispais.

O marquês não tinha medo dos bispos. Sabia que o Povo do Esgoto não tinha medo dos bispos. Já com os habitantes do Shepherd's Bush a coisa era diferente. Mesmo com seu casaco, no auge de sua forma, com toda a sorte do mundo e um pequeno exército à disposição, o marquês não gostaria de encontrar com os pastores.

Ponderou se seria uma boa ideia visitar Bishopsgate, passar alguns dias agradáveis por lá para confirmar que seu casaco não estava de posse de algum dos bispos.

Então soltou um suspiro dramático e foi para o Poleiro dos Guias. Lá, tentou contratar um guia que pudesse ser persuadido a levá-lo ao Shepherd's Bush.

A guia era notadamente baixinha e tinha um cabelo loiro bem curto. No começo, o marquês achou que fosse uma adolescente. Porém, depois de viajar com ela durante metade de um dia, concluiu que a mulher tinha vinte e poucos anos. Falou com meia dúzia de guias antes de encontrá-la. Seu nome era Knibbs, e ela parecia digna de confiança — e o marquês precisava de alguém confiável. Revelou os dois lugares para onde precisava ir assim que saíram do Poleiro dos Guias.

— Então, aonde você quer ir primeiro? — perguntou Knibbs. — Shepherd's Bush ou Raven's Court?

— A visita à Raven's Court é pura formalidade, não passa de uma entrega de correspondência. Para uma jovem chamada Drusilla.

— Uma carta de amor?

— Acredito que sim. Por que pergunta?

— Ouvi dizer que Drusilla é terrivelmente bela e tem o péssimo hábito de transformar os que a desagradam em aves de rapina. Você deve amá-la demais para os dois trocarem correspondências.

— Temo dizer que não conheço a jovem em questão. A carta não é minha. E não importa qual dos dois visitemos primeiro.

— Sabe — comentou Knibbs, pensativa —, é melhor irmos à Raven's Court primeiro, para o caso de alguma coisa terrivelmente desastrosa acontecer com você quando estivermos com os pastores. Assim, a bela Drusilla vai receber a carta. Não estou dizendo que algo horrível vai acontecer, ok? Só é melhor prevenir do que... morrer.

O marquês De Carabás olhou para o próprio corpo envolto no cobertor. Estava indeciso. Sabia que, se estivesse usando seu casaco, não se sentiria assim; saberia exatamente o que fazer. Olhou para a garota e abriu o sorriso mais convincente que conseguiu.

—Vamos para a Raven's Court, então.

Knibbs assentiu e se encaminhou para lá. O marquês foi atrás.

Os caminhos da Londres de Baixo não são os mesmos da Londres de Cima: dependem muito de crença, opinião e tradição, ao menos tanto quanto da realidade dos mapas.

De Carabás e Knibbs eram duas figuras diminutas andando por um túnel alto de teto arqueado, esculpido na rocha branca muito antiga. Seus passos ecoavam.

— Você é o marquês De Carabás, não é? — indagou Knibbs. — Você é famoso. Sabe chegar aos lugares. Por que precisa de um guia?

— Duas cabeças pensam melhor que uma — respondeu De Carabás. — E dois pares de olhos veem muito mais.

—Você não tinha um casaco bacana?

— Sim, eu tinha.

— O que aconteceu com ele?

O marquês ficou alguns instantes em silêncio.

— Mudei de ideia — disse, por fim. — Vamos primeiro ao Shepherd's Bush.

— Sem problemas — respondeu a guia. — É fácil chegar a qualquer um dos dois. Vou esperar fora da feitoria dos pastores, se não se importa.

— Garota esperta.

— Meu nome é Knibbs. Não me chame de garota. Quer saber por que virei guia? É uma história interessante.

— Para falar a verdade, não — respondeu o marquês. Não se sentia particularmente propenso a conversar, e a guia seria bem paga pelo trabalho. — Por que não caminhamos em silêncio?

Knibbs assentiu e não falou mais até chegarem ao fim do túnel, nem quando desceram por uma escada de metal presa a uma parede. Só voltou a falar quando chegaram às margens do Mortlake, o vasto Lago dos Mortos no subterrâneo, enquanto acendia uma vela na praia para chamar o barqueiro.

— A parte interessante de ser guia é que somos vinculados. Então as pessoas sabem que não vamos levá-las para o lugar errado.

O marquês grunhiu em resposta. Estava pensando no que dizer aos pastores na feitoria, testando alternativas em meio às várias probabilidades e possibilidades. O problema era que não possuía qualquer coisa que fosse do interesse deles.

— Se levar alguém para o caminho errado, a pessoa nunca mais consegue trabalho como guia — comentou Knibbs. — É por isso que somos vinculados.

— Eu sei — respondeu o marquês.

Que guia irritante, pensou. Duas cabeças pensam melhor que uma se a outra cabeça calar a boca e não ficar dizendo coisas que ele já sabe.

— Fui vinculada na Bond Street — continuou a garota.

Ela indicou a correntinha amarrada no pulso.

— Não estou vendo o barqueiro — comentou o marquês.

— Ele já vai chegar. Fique de olho naquela direção e faça sinal quando ele aparecer. Vou olhar para o outro lado. De um jeito ou de outro, vamos vê-lo.

Ficaram observando a água negra do lago. Knibbs voltou a tagarelar:

— Antes de eu ser guia, quando era pequena, meu povo me treinou para isso. Disseram que era o único jeito de satisfazer a honra.

O marquês olhou para ela. A garota segurava a vela diante dos olhos. *Está tudo estranho*, pensou o marquês, e notou que deveria ter prestado atenção na garota desde o princípio. *Está tudo errado.*

— Quem é o seu povo, Knibbs? De onde você vem?

— Venho de um lugar onde você não é mais bem-vindo — respondeu a garota. — Fui nascida e criada para prestar vassalagem e lealdade ao Elefante e ao Castelo.

Algo o acertou na nuca, algo como uma martelada, e o marquês viu estrelas na escuridão da mente enquanto desabava no chão.

De Carabás não conseguia mexer os braços. Reparou que estavam amarrados às costas. Ele estava deitado de lado.

Estivera inconsciente. Se as pessoas que tinham feito aquilo continuassem achando que ele estava inconsciente, o melhor seria não convencê-las do contrário. Abriu os olhos o mínimo possível e espiou o mundo.

Uma voz grave e rouca comentou:

— Ah, não seja tolo, De Carabás. Não acredito que você ainda esteja apagado. Tenho orelhas grandes. Posso ouvir as batidas do seu coração. Abra os olhos de uma vez, seu pilantra. Encare-me como homem.

O marquês reconheceu a voz e torceu para estar enganado. Abriu os olhos. Viu pernas; pernas humanas e pés descalços. Dedos grossos e bem juntos. As pernas e os pés tinham cor de teca. Conhecia aquelas pernas. Não estava enganado.

Sua mente se dividiu em duas: uma pequena parte o crucificava pela tolice e falta de atenção. Knibbs *contara* a ele, pelo Templo e pelo Arco, ele é que não tinha ouvido. Mas, mesmo furioso com a própria tolice, o restante do cérebro assumiu o controle, e ele forçou um sorriso e disse:

— Mas que honra. Você não precisava de todo esse esforço para nos encontrarmos. Ora, a mera menção de que Vossa Proeminência tivesse o menor dos desejos de me ver...

— Faria você correr na direção oposta o mais rápido que essas perninhas magrelas permitissem, como o covarde que é — completou o sujeito com pernas cor de teca. Ele estendeu a tromba verde e azulada, longa e flexível, que chegava aos tornozelos, e deitou o marquês de costas no chão.

De Carabás começou a esfregar os pulsos amarrados bem devagar no concreto abaixo do corpo.

— De maneira alguma. Pelo contrário. Não tenho palavras para descrever o prazer que sinto diante de vossa paquidérmica presença. Posso sugerir que me solte e me permita cumprimentá-lo de homem para... elefante?

— Melhor não, ainda mais depois de todo o esforço que despendi para ter esse encontro — retrucou o sujeito. Tinha a cabeça de um elefante verde e cinzento. As presas eram afiadas e manchadas de marrom avermelhado nas pontas. — Sabe, quando descobri o que você tinha feito, jurei que o faria gritar e implorar por misericórdia. E jurei que diria não, recusando a clemência quando você a pedisse.

— Em vez disso, você poderia dizer sim — sugeriu o marquês.

— Não tenho como dizer sim. Você abusou da minha hospitalidade — retrucou o Elefante. — E eu nunca esqueço.

Quando ele e o mundo eram muito mais jovens, o marquês fora contratado para levar o diário do Elefante até a rainha Vitória. O Elefante regia seu feudo com arrogância e, às vezes, até malícia, sem o menor senso de humor ou qualquer sensibilidade, e o marquês achou que ele fosse idiota. Chegou até a acreditar que não tinha como o Elefante identificar corretamente o papel do marquês no desaparecimento do diário. Mas isso tudo acontecera havia muito tempo, quando o marquês era jovem e tolo.

— Todo esse esforço com o treinamento de uma guia para me trair na eventualidade de eu contratá-la — comentou o marquês. — Não é exagero?

— Você não diria isso se me conhecesse bem — retrucou o Elefante. — Quem me conhece bem sabe que fui muito moderado. E também fiz várias outras coisas para encontrá-lo.

O marquês tentou se sentar. O Elefante o empurrou de volta para o chão com o pé descalço.

— Implore por misericórdia — exigiu.

Essa era fácil.

— Misericórdia! — exclamou o marquês. — Estou implorando! Seja misericordioso, este é o maior dom que existe. Combina com você, ó poderoso Elefante, que é senhor de seu próprio território, tenha misericórdia com aquele que não é sequer digno de limpar a sujeira de seus dedos soberbos...

— Sabia que tudo que você fala soa sarcástico? — indagou o Elefante.

— Não. E peço desculpas. Cada palavra que eu disse é sincera.

— Grite — mandou o Elefante.

O marquês De Carabás gritou muito alto por um bom tempo. É difícil gritar quando a garganta foi cortada recentemente, mas ele deu o grito mais alto e cheio de autocomiseração que conseguiu.

— Até seus gritos são sarcásticos — comentou o Elefante.

Um grande cano de ferro saía da parede. Uma válvula ao lado do cano abria e fechava a vazão de seja lá o que saísse dali. O Elefante girou a válvula com os braços poderosos, e um pouco de líquido preto escorreu, seguido por um esguicho de água.

— É o cano de drenagem — explicou. — Bem, é o seguinte: eu fiz minha lição de casa. Você mantém a vida bem escondida, De Carabás. Fez isso por todos esses anos, desde a primeira vez que nossos caminhos se cruzaram. Nem adianta tentar algum dos seus truquezinhos enquanto sua vida estiver guardada. Tenho gente infiltrada por todos os cantos da Londres de Baixo... gente com quem você partilhou refeições, dormiu, riu ou foi dar uma volta pelado na torre do Big Ben... Mas nada adiantava, não enquanto sua vida estivesse protegida de qualquer mal. Até semana passada, quando todo mundo ficou sabendo que sua vida saiu do esconderijo. Foi quando anunciei que daria a liberdade do Castelo para a primeira pessoa que permitisse...

— Que você me visse gritando por misericórdia — completou De Carabás. — Você já falou.

— Você me interrompeu — reclamou o Elefante, em tom contido. — Eu ia dizer que anunciei que daria a liberdade do Castelo à primeira pessoa que me permitisse ver seu corpo.

Ele abriu a válvula até o fim, e o esguicho de água virou um jato.

— Devo avisar que existe uma maldição sobre aquele que me matar — anunciou De Carabás.

— Vou correr o risco. Embora você provavelmente tenha inventado isso. Você vai gostar da próxima parte: a sala vai se encher de água, então você vai se afogar. Aí, vou esvaziar a água, entrar aqui e rir horrores. — Ele fez um som semelhante a um trompete que o marquês achou que, no caso de um elefante, poderia ser considerado uma risada.

O Elefante saiu de seu campo de visão.

De Carabás ouviu a porta se fechar com um estrondo. Estava deitado em uma poça. Sacudiu-se e se remexeu, e conseguiu ficar de pé. Olhou para baixo: uma algema de metal prendia seu tornozelo a uma corrente enrolada no poste de metal no meio da sala.

Queria muito estar usando seu casaco: dentro dele tinha lâminas, gazuas, botões aparentemente inocentes que de inocentes não tinham nada. Esfregou a corda que amarrava os pulsos ao poste de metal, torcendo para que se rompesse, sentindo a pele dos pulsos e das palmas das mãos se esfoliando enquanto a corda absorvia água e apertava ainda mais. O nível da água continuou a subir, já estava na cintura.

De Carabás examinou a câmara. Só precisava soltar as amarras dos pulsos — o que obviamente conseguiria soltando o poste no qual estava preso —, abrir as algemas que prendia os tornozelos, fechar o registro, sair da sala, evitar o Elefante vingativo ou qualquer um de seus capangas e fugir.

Puxou o poste, que não se moveu. Puxou com mais força. O poste se moveu menos ainda.

Encostou-se no poste e pensou na morte, uma morte final e verdadeira. Pensou no casaco.

Uma voz sussurrou em seu ouvido:

— Fique quieto!

Alguma coisa puxou seus pulsos, e as amarras caíram. Só quando a vida lhe voltou às mãos é que ele notou como os nós estavam apertados. Deu meia-volta.

— Como assim? — indagou o marquês.

O rosto que viu era tão familiar quanto o seu próprio. O sorriso era devastador, e os olhos, aventureiros e inocentes.

— Tornozelo — disse o homem, com um sorriso ainda mais devastador que o anterior.

O marquês De Carabás não estava devastado. Ergueu a perna, e o homem se abaixou, fez algo com um pedaço de fio e removeu a algema.

— Ouvi dizer que você estava metido em uma situação meio problemática — explicou o sujeito.

Sua pele era tão escura quanto a do marquês. Ele era menos de um centímetro mais alto que De Carabás, mas se portava de tal modo que parecia muito mais alto que qualquer um que ele conhecesse.

— Não. Nada problemática. Estou bem — retrucou o marquês.

— Não está, não. Acabei de resgatar você.

De Carabás o ignorou.

— Onde está o Elefante?

— Do outro lado daquela porta, com muitas pessoas trabalhando para ele. As portas travam automaticamente quando a sala se enche de água. Ele precisava ter certeza de que não ficaria trancado aqui dentro com você. Era com isso que eu estava contando.

— Contando?

— Claro. Estou seguindo esse pessoal faz algumas horas. Desde que fiquei sabendo que você tinha saído por aí com um dos agentes infiltrados do Elefante. *Péssima escolha*, pensei. *Ele vai precisar de uma mãozinha.*

— Ficou *sabendo...*?

— Ei — interrompeu o homem. Lembrava vagamente o marquês De Carabás, só que um pouco mais alto, e algumas pessoas (mas não o próprio marquês, claro) talvez o considerassem um tantinho mais atraente. — E você achou que eu deixaria alguma coisa acontecer com meu irmãozinho?

A água chegava até a cintura dos dois.

— Eu estava bem — resmungou De Carabás. — Estava tudo sob controle.

O homem foi até o outro extremo da sala. Ajoelhou-se, remexeu em alguma coisa submersa e tirou da mochila algo que parecia um pequeno pé de cabra. Pressionou uma das extremidades abaixo da superfície.

— Prepare-se. Acho que vai ser o caminho mais rápido para fora daqui.

O marquês ainda estava estalando os dedos que formigavam, tentando fazê-los voltar à vida.

— E qual é? — indagou, fingindo indiferença.

— Vamos nessa — anunciou o sujeito, puxando um grande quadrado de metal. — É o ralo.

De Carabás não teve a chance de protestar, pois o irmão o carregou e o jogou dentro do buraco no chão.

Deveriam instalar atrações como essa nos parques, pensou De Carabás. Conseguia imaginá-las. Moradores do mundo de cima pagariam muito dinheiro para curtir aquela atração, se tivessem certeza de que sobreviveriam.

Ele foi batendo pelos canos, deslizando com o fluxo de água, descendo cada vez mais. Não sabia ao certo se sobreviveria à atração e não estava se divertindo.

O marquês se ralou e se chocou contra as paredes enquanto descia pelo cano. Cambaleou para fora, caindo de cara em uma caçamba de metal, que parecia pouco capaz de sustentar seu peso. Arrastou-se para fora da caçamba e caiu no piso de pedra ao lado. Sentiu um arrepio.

Ouviu um barulho improvável, seguido pelo ruído do irmão se projetando para fora do cano e aterrissando de pé, como se tivesse praticado.

— Legal, né? — disse o irmão, sorrindo.

— Não muito — retrucou De Carabás. Teve que perguntar: — Você estava gritando "Uhul"?

— Claro! Você não?

De Carabás se levantou meio sem jeito.

— Como você se chama, hoje em dia? — indagou.

— O mesmo nome. Eu não mudo.

— Esse não é o seu nome real, Falcão — retrucou De Carabás.

— Mas me serve bem. Demarca meu território e minhas intenções. E você, ainda diz que é marquês?

— Sim. E sou mesmo, pois é quem digo que sou — retrucou o marquês. Tinha certeza de que soara pouco convincente. Sentiu-se tolo e diminuto.

— A escolha é sua. Enfim, tenho que ir. Você não precisa mais da minha ajuda. Fique longe de problemas. Nem precisa agradecer.

O irmão dispensou os agradecimentos de coração. Era o que mais doía.

O marquês De Carabás odiou a si mesmo. Não queria ter que dizer, mas precisava ser dito:

— Obrigado.

— Ah! — lembrou o Falcão. — Seu casaco. Corre o boato de que foi parar no Shepherd's Bush. É só o que sei. Então... quer um conselho? Bem sincero. Sei que você não gosta de conselhos. Mas sabe esse casaco? Deixe para lá. Esqueça. Arranje um novo. Sério.

— Muito bem — interrompeu o marquês.

— Ótimo — concluiu o Falcão, sorrindo e se sacudindo como um cachorro, espirrando água para todos os lados antes de pular para as sombras e desaparecer.

O marquês De Carabás ficou de pé, pingando horrores.

Ainda tinha algum tempo antes que o Elefante descobrisse a falta de água e a falta de um corpo na sala e ir atrás dele.

Conferiu o bolso da camisa: o saquinho plástico continuava lá, e o envelope parecia seco e a salvo.

Ponderou, por um momento, sobre algo que o incomodara desde o Mercado. Por que o garoto Cogumelo usara a ele, De Carabás, para enviar uma carta à bela Drusilla? E que tipo de carta poderia persuadir uma mulher da Raven's Court, ainda mais uma com estrela na mão, a desistir da vida na corte e amar alguém do Povo do Cogumelo?

Teve uma suspeita. Não era uma ideia reconfortante, muito menos caridosa, mas a deixou de lado em nome dos problemas mais imediatos.

Poderia se esconder: ficar um tempo na encolha. Tudo aquilo passaria. Mas não parava de pensar no casaco. Fora resgatado — resgatado! — pelo irmão, algo que não aconteceria se tudo estivesse normal. Poderia encontrar um casaco novo. Claro que sim. Mas não seria o *seu* casaco.

Um pastor estava usando seu casaco.

O marquês De Carabás sempre tinha um plano e um plano de emergência; e por trás desses planos ficava o plano real, aquele que nem ele sabia, para quando tanto o plano original quanto o de emergência falhassem.

Doía muito admitir que, dessa vez, não tinha plano. Não tinha sequer um plano normal, tedioso e óbvio para abandonar assim que as coisas ficassem complicadas. Tinha apenas uma necessidade, e isso o impulsionava da mesma forma que a demanda por comida, amor ou segurança impulsionava aqueles que o marquês considerava inferiores.

Era um homem sem plano.

E só queria seu casaco de volta.

O marquês De Carabás começou a andar. Tinha no bolso um envelope contendo um poema romântico, estava enrolado em um cobertor molhado e odiava o irmão por tê-lo resgatado.

Quando você se reinventa do zero, precisa de algum modelo, algo em que se inspirar ou do qual se distanciar o máximo possível — todas as coisas que ele queria ou não queria ser.

O marquês sabia quem não queria ser desde criança. Definitivamente, não queria ser como o Falcão. Não queria ser como ninguém, para falar a verdade. Queria ser elegante, brilhante, ardiloso e, acima de tudo, único.

Assim como o Falcão.

O problema é que os pastores nunca forçavam ninguém a nada. Só pegavam os impulsos e desejos naturais e os incentivavam e reforçavam, de modo que a pessoa agia de maneira bastante natural, mas só fazia o que eles queriam. Ouvira isso de um antigo pastor fugitivo a quem ajudara a cruzar o rio Tyburn rumo à liberdade e a uma vida curta mas feliz, como artista do acampamento da Legião Romana que aguardava ao lado do rio por ordens que nunca viriam.

Lembrou-se daquilo e esqueceu tudo, pois tinha medo de ficar sozinho. Até o momento, o marquês não sabia que tinha tanto medo de ficar sozinho, e se surpreendeu com a felicidade que sentiu ao ver várias pessoas andando na mesma direção que ele.

— Fico feliz que você esteja aqui — anunciou um deles.

— Fico feliz que você esteja aqui — comentou o outro.

— Também fico feliz por estar aqui — respondeu De Carabás.

Para onde estava indo? Para onde todos estavam indo? Que bom que estavam viajando na mesma direção, juntos. Andar em grupo era sempre mais seguro.

— É bom ter companhia — comentou uma mulher branca e magra, com um suspiro feliz. E era mesmo.

— É bom ter companhia — repetiu o marquês.

— É mesmo. É bom ter companhia — concordou a pessoa do outro lado dele.

Havia algo familiar naquele sujeito. Tinha orelhas grandes como leques, e seu nariz parecia uma cobra grossa, verde-acinzentada. O marquês começou a ponderar se conhecia aquela pessoa, tentando se lembrar exatamente de onde, quando um homem que segurava um cajado com a ponta em gancho o cutucou de leve no ombro.

— Não queremos perder o ritmo, né? — comentou o homem, em um tom razoável.

O marquês pensou: *Claro que não queremos*, e acelerou o passo para não perder o ritmo.

— Que bom. Perder o ritmo é como perder a razão — explicou o homem com o cajado, e seguiu seu caminho.

— Perder o ritmo é perder a razão — repetiu o marquês em voz alta, se perguntando por que nunca reparara em algo tão óbvio e básico. Uma pequena porção deveras distante de sua mente ponderava qual seria o verdadeiro sentido daquilo.

Chegaram ao destino, e era bom estar entre amigos.

O tempo passava de forma estranha naquele lugar, mas o marquês e o amigo de rosto verde-acinzentado e nariz comprido logo receberam uma tarefa, um trabalho de verdade. Era o seguinte: precisavam se livrar de membros do rebanho que não conseguiam mais se mover ou servir, pois tudo que podia ser usado fora removido e reaproveitado. Reuniram os últimos que restavam, com pelo, gordura e tudo mais, e os arrastaram até o fosso, onde jogaram os restos. Os turnos eram longos e cansativos, e o trabalho era sujo, mas os dois trabalharam juntos e mantiveram o ritmo.

Trabalharam orgulhosamente por vários dias, até que o marquês notou algo irritante. Alguém parecia tentar atrair sua atenção.

— Segui você — sussurrou o estranho. — Sei que você não queria que eu o seguisse, mas... Bem, é a força do hábito.

O marquês não sabia do que o estranho estava falando.

— Tenho um plano de fuga, vou botá-lo em prática assim que você acordar — anunciou o estranho. — Por favor, acorde.

O marquês estava acordado. Mais uma vez, notou que não fazia ideia do que o estranho falava. Por que aquele homem achava que ele estivesse dormindo? O marquês teria dito algo a respeito, mas precisava trabalhar. Ficou pensando naquilo enquanto desmembrava outro ex-membro do rebanho, até decidir o que poderia dizer para explicar ao estranho por que ele o irritava. E disse em voz alta:

— É bom trabalhar.

Seu amigo de nariz comprido e flexível e orelhas enormes assentiu.

Eles trabalharam. Depois de um tempo, o amigo arrastou os restos de alguns ex-membros do rebanho até o fosso e os empurrou. O fosso era bem fundo.

O marquês tentou ignorar o estranho, que decidira ficar atrás dele. Estava bem incomodado, e sentiu algo cobrir sua boca enquanto suas mãos eram amarradas às costas. Não sabia o que aquilo significava. A sensação o fez se sentir bastante fora de ritmo com o rebanho. E teria reclamado, teria chamado seu amigo, mas seus lábios estavam colados, e ele era incapaz de produzir qualquer coisa além de ruídos ineficazes.

— Sou eu — sussurrou a voz atrás dele, com urgência. — Falcão. Seu irmão. Você foi capturado pelos pastores. Precisamos tirá-lo daqui. — Então completou: — Ah, não.

Um barulho invadiu o ar, semelhante a um latido. Ficou mais próximo: era um latido agudo que, de repente, se transformou em uivo triunfante e foi respondido por outros uivos ao redor.

Uma voz indagou, irritada:

— Onde está seu irmão de rebanho?

A voz grave e elefântica ribombou:

— Foi para lá. Com o outro.

— *Outro?*

O marquês torcia para que chegassem logo, encontrassem-no e resolvessem toda aquela confusão. Obviamente, aquilo era um mal-entendido. Queria estar em ritmo com o rebanho, mas estava fora de sintonia, era vítima, metera-se naquilo contra a própria vontade. Queria trabalhar.

— Pelo portão de Lud! — murmurou o Falcão.

Eles foram cercados por formas de pessoas que não eram bem pessoas: tinham rosto fino e vestiam peles. Falavam muito animadamente umas com as outras.

A pessoa desamarrou as mãos do marquês, embora tenha mantido a fita sobre sua boca. Ele não se importava. Não tinha nada a dizer.

O marquês ficou aliviado por tudo estar prestes a acabar, estava ansioso para voltar a trabalhar, mas, para sua surpresa, o sequestrador e o amigo de nariz comprido e flexível foram levados para longe do fosso, por uma passagem que acabava em uma colmeia de salinhas, cada uma cheia de gente trabalhando no ritmo.

Subiram escadas estreitas. Um de seus guardas, usando pele robusta, arranhou uma porta. Uma voz chamou:

— Entrem!

E o marquês sentiu uma empolgação quase sexual. Aquela voz. Era de alguém a quem o marquês passara a vida toda querendo agradar (a vida toda tinha se resumido a, sei lá, uma semana? Duas?).

— Um cordeiro desgarrado — anunciou um dos guardas. — E seu predador. E também o irmão de rebanho.

A sala era grande e repleta de pinturas a óleo: paisagens, a maioria manchada pela idade, por fumaça e por pó.

— Por quê? — indagou o homem, sentando-se diante da escrivaninha no fundo da sala. Ele não se virou. — Por que me perturbam com essa tolice?

— Porque — respondeu a voz, e o marquês reconheceu que era de seu sequestrador — você deu ordens de que, caso eu fosse capturado nos domínios dos pastores, fosse trazido até você para ser descartado pessoalmente.

O homem empurrou a cadeira e se levantou. Foi andando até eles, adentrando um facho de luz. Um cajado com a ponta em forma de gancho estava encostado na parede, e ele o pegou enquanto caminhava. Olhou para o grupo por um bom tempo.

— Falcão? — indagou, finalmente, e o marquês ficou animado ao ouvir sua voz. — Ouvi dizer que você tinha se aposentado. Virado monge ou algo do gênero. Nunca sonhei que ousaria voltar aqui.

(Alguma coisa muito grande começava a ocupar a cabeça do marquês. Algo começava a envolver seu coração e sua mente. Era algo enorme, algo que ele quase podia tocar.)

O pastor arrancou a fita da boca do marquês. De Carabás sabia que deveria ter ficado feliz por isso, empolgadíssimo por atrair a atenção daquele homem.

— Agora eu entendo... Quem diria? — A voz do pastor era grave e vibrante. — Ele já está aqui. E já é um de nós? O marquês De Carabás. Sabe, Falcão, passei muito tempo desejando arrancar sua língua e moer seus dedos enquanto você assistia, mas agora acho que seria muito mais prazeroso saber que a última coisa que você viu foi seu próprio irmão como um membro do nosso rebanho sendo o instrumento da sua destruição.

(Algo enorme encheu a cabeça do marquês.)

O pastor era rechonchudo, bem alimentado e usava roupas excelentes. Tinha um cabelo que mesclava a cor de areia com o cinza e uma expressão fustigante. Usava um casaco formidável, ainda que um pouco apertado. O casaco tinha cor de rua molhada à meia-noite.

A coisa enorme que enchia a cabeça do marquês, percebeu ele, era fúria. Era fúria e queimava dentro dele como um incêndio florestal, devorando tudo na rota das chamas vermelhas.

O casaco. Era elegante. Era lindo. Estava tão perto que ele poderia tocá-lo. E era, inquestionavelmente, *seu*.

O marquês De Carabás não deu qualquer indicativo de que estava acordado. Teria sido um erro. Ele pensou — e pensou rápido —, e suas ideias não tinham nada a ver com a sala onde estava. O marquês tinha uma única vantagem sobre o pastor e seus cães: sabia que estava desperto e no controle de seus pensamentos, e eles, não.

Criou uma hipótese. Testou a hipótese na cabeça. Então, agiu.

— Com licença — chamou, baixinho. — Temo que é chegada minha hora de partir. Podemos acabar logo com isso? Estou atrasado para um compromisso extremamente importante.

O pastor apoiou-se no cajado. Não parecia preocupado com a situação. Apenas disse:

— Você deixou o rebanho, De Carabás.

— Parece que sim — respondeu o marquês. — Olá, Falcão. É fantástico vê-lo tão cheio de energia. E o Elefante. Que beleza. Todo mundo aqui. — Ele voltou a atenção para o pastor. — É um prazer encontrá-lo. Adorei passar um tempo com seu bando de pensadores iluminados. Mas preciso mesmo ir. É uma missão diplomática importante. Preciso entregar uma carta. Sabe como é.

— Irmão, acho que você não entendeu a gravidade da situação... — comentou o Falcão.

O marquês, que entendia perfeitamente a gravidade da situação, respondeu:

— Tenho certeza de que esses bons homens — indicou o pastor e os três sujeitos vestidos com peles, de rosto fino e parecidos com cães — vão me deixar sair, se você ficar para trás. É você quem eles querem, não eu. E tenho algo extremamente importante para entregar.

— Eu posso dar conta do recado — anunciou o Falcão.

— Você precisa ficar quieto — mandou o pastor. Pegou o pedaço de fita que tirara da boca do marquês e tapou a do Falcão.

O pastor era menor que o marquês, e mais gordo, e aquele casaco magnífico parecia meio ridículo nele.

— Algo importante para entregar? — indagou, limpando a sujeira dos dedos. — Do que estamos falando?

— Sinto muito, mas não posso revelar — respondeu o marquês. — Afinal de contas, você não é o destinatário desse comunicado diplomático.

— Por que não? O que é? E para quem?

O marquês deu de ombros. O casaco estava tão perto que ele poderia acariciá-lo.

— Só uma ameaça de morte me obrigaria a mostrá-la a você — explicou, relutante.

— Bem, isso é fácil de resolver. Considere-se ameaçado. E essa ameaça se soma à sentença de morte que você já tem por ser renegado do rebanho. E, para o engraçadinho aqui — o pastor indicou o Falcão, que nem estava rindo, com o cajado —, que tentou roubar um membro do rebanho, também há uma sentença de morte, além de tudo o que já planejamos fazer com ele.

O pastor olhou para o Elefante e perguntou:

— E eu sei que deveria ter perguntado antes, mas, pelo Bezerro Desgarrado, o que é *isso*?

— Sou um membro leal do rebanho — respondeu o Elefante, humildemente, com sua voz grave, e o marquês se perguntou se também soara tão desalmado e neutro quando fizera parte do rebanho. — Permaneci leal e no ritmo, mesmo quando esse aqui falhou.

— E o rebanho agradece por todo o seu trabalho — disse o pastor. Ele estendeu a mão e tocou a ponta afiada da presa elefântica, curioso. — Nunca vi alguém como você e, se vir outro, vai ser demais. Melhor você morrer também.

O Elefante sacudiu as orelhas.

— Mas sou parte do rebanho...

O pastor encarou o rosto enorme do Elefante.

— É melhor prevenir do que remediar — explicou. E se virou para o marquês. — E então? Onde está essa carta importantíssima?

— Dentro da minha camisa — respondeu De Carabás. — Preciso repetir que é um documento de suma importância cuja entrega está sob minha responsabilidade. Para sua própria segurança, devo pedir que não leia.

O pastor puxou a frente da camisa do marquês. Os botões saíram voando e ricochetearam das paredes para o chão. A carta estava no bolso interno.

— Uma pena. Acredito que vá ler em voz alta para todos antes de nossa morte — comentou o marquês. — Seja como for, eu lhe asseguro que eu e Falcão nem conseguiremos respirar, de tanta ansiedade. Não é mesmo, Falcão?

O pastor abriu o saquinho e olhou para o envelope. Ele o abriu e puxou uma folha de papel descolorido de lá de dentro. Saiu poeira do envelope junto com a carta. A poeira pairou no ar da sala pouco iluminada.

— Minha querida Drusilla — leu o pastor, em voz alta. — Embora eu saiba que você não sente o mesmo que sinto por você... Que *tolice* é essa?

O marquês não respondeu. Sequer sorriu. Como explicara, estava prendendo a respiração e torcia para que o Falcão tivesse entendido o recado. Estava contando, pois, naquele momento, contar parecia a melhor forma de se distrair da necessidade de respirar. Em breve precisaria de um pouco de ar.

Trinta e cinco... trinta e seis... trinta e sete...

Por quanto tempo os esporos dos cogumelos permaneceriam no ar?

Quarenta e três... quarenta e quatro... quarenta e cinco... quarenta e seis...

O pastor parou de falar.

O marquês deu um passo para trás, temendo uma facada nas costelas ou uma dentada na garganta de um dos cães de guarda humanos, mas nada aconteceu. Andou para trás, para longe dos homens-cachorro e do Elefante.

Viu que o Falcão também andava para trás.

Seus pulmões doíam. Sentia o coração pulsando nas têmporas, batendo alto o suficiente para abafar o som agudo em seus tímpanos.

Só quando suas costas encostaram na prateleira de livros da parede, o mais longe possível do envelope, é que ele se permitiu respirar. Ouviu o Falcão respirar também.

Escutou o barulho de algo sendo arrancado. O Falcão arreganhou a boca, e a fita caiu no chão.

— Que diabos foi isso? — perguntou o irmão.

— Nossa passagem de saída daqui e do Shepherd's Bush, se eu estiver certo — explicou De Carabás. — E quase sempre estou certo. Poderia fazer o favor de soltar meus pulsos?

Sentiu as mãos do Falcão sobre as suas, e as amarras caíram.

Ouviu um ribombar grave.

—Vou matar alguém — anunciou o Elefante. — Assim que descobrir o quê.

— Calma lá, meu querido — comentou o marquês, esfregando as mãos. — O certo a dizer é *quem*. E posso lhe assegurar que você não vai matar ninguém, não até voltar em segurança para o Castelo.

A tromba do Elefante balançava irritantemente.

— Com certeza vou matar *você*.

— Você está me forçando a cantarolar *lero-lero* — retrucou o marquês, sorrindo. — Ou "quem espera sempre alcança". Até o momento, nunca tive a menor vontade de dizer "quem espera sempre alcança". Mas posso afirmar que estou sentindo a vontade surgindo dentro de mim...

— Pelo Templo e pelo Arco, o que há de errado com você? — indagou o Elefante.

— Pergunta errada. Mas vou fazer a pergunta certa em seu nome. A pergunta certa é: o que *não* há de errado com nós três? Não há nada de errado comigo e com Falcão, porque prendemos a respiração. Não há nada de errado com você porque... sei lá, provavelmente, por você ser um elefante de pele bem grossa e, principalmente, por estar respirando pela tromba, que está mais perto do chão. E o que há de errado com nossos captores? A resposta está nos esporos que não conseguiram entrar em nós, mas entraram no imponente pastor e em seus companheiros pseudocaninos.

— Esporos do Cogumelo? — perguntou o Falcão. — Do Cogumelo do Povo do Cogumelo?

— Isso mesmo. Exatamente esse Cogumelo — confirmou o marquês.

— Minha nossa — murmurou o Elefante.

— E é por isso que, se você tentar me matar ou matar o Falcão, não apenas vai falhar, como vai condenar a todos nós — explicou De Carabás. — Porém, se você fechar essa matraca e se fizermos de conta que ainda somos parte do rebanho, talvez tenhamos uma chance. Os esporos devem estar se infiltrando no cérebro deles. E, a qualquer momento, o Cogumelo vai chamá-los de volta para casa.

O pastor caminhava decidido. Segurava um cajado com a ponta em forma de gancho. Três homens o seguiam. Um deles tinha cabeça de elefante, outro era alto e ridiculamente bonitão, e o último do rebanho usava um casaco magnífico. Caía perfeitamente nele e tinha cor de rua molhada à meia-noite.

O rebanho era seguido por cães de guarda, que se moviam como se estivessem prontos para atravessar o fogo para chegar aonde acreditavam estar indo.

Não era incomum, no Shepherd's Bush, ver um pastor e parte do rebanho andando de um lugar para o outro, acompanhado por vários dos cães ferozes (que eram humanos, ou já tinham sido). Então, quando as pessoas viram um pastor e seus três cães aparentemente levando três membros do rebanho para longe do Shepherd's Bush, ninguém do grande rebanho deu atenção. Os membros do rebanho que os viram simplesmente continuaram fazendo o que precisavam fazer, como bons membros do rebanho, e, se notaram que a influência dos pastores diminuíra um pouco, esperaram pacientemente pela chegada de outro pastor para tomar conta deles e mantê-los a salvo dos predadores e do mundo. Afinal de contas, a ideia de ficar sozinho era muito assustadora.

Ninguém notou quando eles cruzaram as fronteiras do Shepherd's Bush e continuaram andando.

Os sete alcançaram as margens do Kilburn, onde pararam, e o ex-pastor e os três homens-cães avançaram em direção à água.

O marquês sabia que, naquele momento, não havia nada na cabeça daqueles quatro além da necessidade de chegar ao Cogumelo para provar outra vez de sua carne e deixá-lo viver dentro deles, para servi-lo — e servi-lo bem. Em troca, o Cogumelo resolveria todos os problemas internos que eles odiavam: tornaria suas vidas muito mais felizes e interessantes.

— Você devia ter me deixado matar todos eles — reclamou o Elefante, enquanto o ex-pastor e os cães de guarda desapareciam ao longe.

— Seria inútil — respondeu o marquês. — Mesmo que por vingança. As pessoas que nos capturaram não existem mais.

O Elefante bateu as orelhas com força e as coçou com vigor.

— Falando em vingança, quem mandou você roubar meu diário?

—Vitória — admitiu De Carabás.

— Ela nunca esteve na minha lista de ladrões em potencial. Como é ardilosa! — comentou o Elefante, depois de um instante.

— Não posso discordar — declarou o marquês. — Aliás, ela não me pagou a quantia acordada. Tive de pegar um brinde por minha conta para complementar o pagamento.

Ele enfiou a mão escura no bolso do casaco. Os dedos encontraram os bolsos óbvios, os menos óbvios e, para sua surpresa, o mais escondido de todos. Enfiou a mão ali e tirou a lente de aumento presa a uma corrente.

— Era de Vitória — contou. — Acredito que seja usada para ver através de materiais sólidos. Talvez você possa considerá-la como um pequeno pagamento para satisfazer minha dívida...?

O elefante tirou algo de dentro do próprio bolso — o marquês não conseguiu ver o que era — e o examinou através da lente de aumento. Então fez um barulho que misturava um ronco de deleite e uma trombeta de satisfação.

— Que bom, muito bom — comentou. Enfiou ambos os objetos no bolso. Então completou: — Imagino que salvar minha vida supere o roubo do diário. E, embora eu saiba que não precisaria ser salvo se não tivesse seguido você pelo ralo, qualquer acusação posterior seria desproposital. Considere-se dono da própria vida novamente.

— Espero poder visitá-lo no Castelo algum dia — respondeu o marquês.

— Não exagere, camarada — retrucou o Elefante, com um sopro irritado da tromba.

— Não vou exagerar — concordou o marquês, resistindo ao desejo de dizer que seus exageros foram exatamente as razões pelas quais vivera até aquele momento. Olhou para os lados e notou que o Falcão desaparecera misteriosa e irritantemente nas sombras, mais uma vez sem sequer se despedir.

O marquês odiava quando as pessoas faziam isso.

Fez uma reverência curta para o Elefante, e o casaco — seu glorioso casaco — seguiu o fluxo da reverência, amplificando-a, tornando-a perfeita, transformando-a no tipo de reverência que só o marquês De Carabás era capaz de fazer. Quem quer que ele fosse.

O Mercado Flutuante seguinte foi realizado no Jardim do Telhado da loja Derry & Tom, que fechara em 1973, mas o tempo, o espaço e a Londres de Baixo tinham um acordo desagradável, e o jardim do telhado era mais jovem e inocente do que seria hoje em dia. As pessoas da Londres de Cima (que eram jovens e passavam com seus saltos e solas por cima das plantas, distraídas em discussões vigorosas) ignoravam completamente as pessoas da Londres de Baixo.

O marquês De Carabás avançou a passos largos pelo jardim do telhado, como se fosse dono do lugar, andando com agilidade até chegar à praça de alimentação. Passou por uma mulherzinha vendendo sanduíches de queijo trançado guardados em um barril com pilhas de coisas, uma barraca de curry, um homem baixinho com uma enorme tigela de peixe branco e cego e um garfo de churrasqueira e, finalmente, chegou à barraca que vendia o Cogumelo.

— Uma fatia do Cogumelo, bem-passado, por favor — pediu De Carabás.

O homem que pegou o pedido era mais baixo que ele, mas também mais corpulento. Era calvo e seu pouco cabelo restante tinha cor de areia, seu rosto imerso em conflito.

— Saindo — respondeu o sujeito. — Mais alguma coisa?

— Não, só isso. — Então, curioso, o marquês perguntou: — Você se lembra de mim?

— Infelizmente, não — respondeu o homem Cogumelo. — Mas devo dizer que seu casaco é lindíssimo.

— Obrigado. — O marquês olhou ao redor. — Onde está o mocinho que trabalhava aqui?

— Ah, meu senhor. É uma história muito curiosa — respondeu o sujeito. Ele não cheirava a umidade, embora tivesse uma pequena colônia de cogumelos na lateral do pescoço. — Fui informado de que alguém disse à bela Drusilla, da Raven's Court, que nosso Vince tinha pretensões com ela e que enviou uma carta cheia de esporos com a intenção de transformá-la em sua noiva perante o Cogumelo. Mas não posso garantir essa última parte, embora tenha certeza de que é verdade.

O marquês ergueu uma sobrancelha, perplexo, embora não achasse nada daquilo surpreendente. De fato, ele mesmo contara a Drusilla e, inclusive, mostrara a carta original.

— Ela recebeu as notícias de bom grado?

— Acredito que não, meu senhor. Não mesmo. Ela e várias de suas irmãs estavam esperando por Vince e nos encontraram no caminho para o Mercado. Drusilla disse a ele que tinham assuntos de natureza íntima a tratar. Vince parecia muito feliz com a notícia e partiu com ela para descobrir quais assuntos eram. Estou esperando Vince chegar ao Mercado para trabalhar desde o começo da tarde, mas não acho que ele vá aparecer. — Então completou, em um tom melancólico: — Que casaco esplêndido. Acho que fui dono de um bem parecido, em outra vida.

— Não tenho dúvidas — respondeu o marquês, satisfeito com o que ouvira, cortando um pedaço do Cogumelo grelhado. — Mas este em especial é, definitivamente, meu.

Enquanto saía do Mercado, De Carabás passou por um grupo de pessoas que descia as escadas e parou para acenar para uma jovem de beleza incomum. A jovem tinha o cabelo comprido e alaranjado e o perfil achatado da beleza pré-rafaelita, além de uma marca de nascença no formato de estrela de cinco pontas nas costas de sua mão. Com a outra mão, acariciava a cabeça de uma grande coruja amarrotada, que observava o mundo desconfortavelmente com olhos inusitados para um pássaro daquele tipo, de um azul pálido e intenso.

O marquês a cumprimentou cordialmente e continuou a descer.

Drusilla correu atrás dele. Parecia ter algo a dizer.

O marquês De Carabás chegou ao pé da escada antes dela. Parou por um momento, pensando nas pessoas, nas coisas e em como era difícil fazer algo pela primeira vez. Então, envolto pelo belo casaco, desapareceu misteriosamente — até irritantemente — nas sombras, sem sequer se despedir. E sumiu.

CÃO NEGRO

2015

Dez línguas numa só cabeça a esperar
O pão uma delas foi buscar,
Para os vivos e os mortos alimentar.
— CHARADA ANTIGA

I. NO BALCÃO DO BAR

DO LADO DE FORA do pub chovia à beça.

Shadow ainda não estava plenamente convencido de que estava num pub. É verdade, havia um pequeno bar no fundo do salão, com garrafas na parte de trás e algumas daquelas imensas chopeiras com torneiras e alavancas, e havia várias mesas altas e pessoas bebendo, mas a sensação era como se fosse uma sala na casa de alguém. Os cães ajudavam a reforçar essa impressão. Shadow teve a sensação de que todos no pub estavam acompanhados de um cachorro, exceto ele.

— Que tipo de cachorros são? — perguntou, curioso.

Pareciam galgos para Shadow, porém menores e mais sãos, mais plácidos e menos agitados que os galgos que vira ao longo dos anos.

— São um cruzamento — disse o dono do pub, saindo de trás do balcão. Estava carregando um caneco de cerveja que tinha servido para si. — Os melhores cães. Cachorros de caçador. Rápidos, espertos, letais.

Ele se inclinou, fez um afago atrás das orelhas de um cachorro branco malhado de castanho. O animal se espreguiçou e se deleitou com o carinho nas orelhas. Não parecia ser particularmente letal, e Shadow fez este comentário.

O proprietário, cujo cabelo era uma bagunça grisalha e laranja, coçou a barba enquanto refletia.

— É aí que você se engana — respondeu. — Caminhei com o irmão deste aqui, semana passada, por Cumpsy Lane. Uma raposa lá, uma grande *reynard* ruiva, passou a cabeça pela cerca viva, não mais que vinte metros à nossa frente, e então, a olhos vistos, entrou saltitando na pista. Bem, Needles a viu e saiu correndo desesperado atrás dela. Em seguida, ele já estava com os dentes no pescoço da raposa, e basta uma mordida, uma sacudida com força, e acabou-se.

Shadow inspecionou Needles, um cachorro cinzento que dormia ao lado da lareira. Também parecia inofensivo.

— Que tipo de raça é a desse cruzamento? Um cruzamento de ingleses, não?

— Não chega a ser uma raça — disse uma mulher de cabelo branco sem cachorro que se apoiava numa mesa próxima. — São uma mistura de raças para aumentar a velocidade e a resistência. Lebréu, galgo-inglês, collie.

O homem ao lado dela ergueu um dedo e comentou, animado:

— É preciso entender que havia leis determinando quem podia ter cães puro-sangue. Os moradores locais não tinham essa autorização, mas podiam ter vira-latas. E os mestiços desse tipo são melhores e mais rápidos do que os cães com pedigree.

Empurrou os óculos no nariz com a ponta do indicador. Ele usava costeletas e tinha o cabelo ruivo salpicado de branco.

— Se quer minha opinião, qualquer vira-lata é melhor que um animal com pedigree — disse a mulher. — É por isso que os Estados Unidos são um país tão interessante. Cheio de vira-latas.

Shadow não sabia dizer ao certo a idade da mulher. O cabelo era branco, mas ela parecia mais jovem que seu cabelo.

— Na verdade, querida, creio que vai descobrir que os americanos são mais interessados em cachorros de raça do que os britânicos — disse o homem de costeletas, com a voz doce. — Conheci uma mulher do Clube de Canis Americanos e, para ser sincero, ela me assustou. Fiquei impressionado.

— Não estava falando de cachorros, Ollie. Estava falando de... Ora, deixa para lá — respondeu a mulher.

— O que está bebendo? — perguntou o proprietário.

Havia um papel escrito à mão afixado à parede do bar dizendo aos fregueses para não pedirem uma *lager* "pois um soco na cara costuma ofender".

— O que há de bom entre as bebidas locais? — perguntou Shadow, que sabia ser esta a coisa mais sábia a se dizer.

O dono e a mulher tinham várias sugestões de cervejas e sidras locais que consideravam boas. O homenzinho de costeletas os interrompeu para destacar que, na opinião dele, ser *bom* não significava evitar o mal, e sim algo mais positivo: tornar o mundo um lugar melhor. Então ele riu, para mostrar que estava apenas brincando e sabia que a conversa era apenas a respeito do que beber.

A cerveja que o senhorio serviu a Shadow era escura e muito amarga. Ele não sabia se tinha gostado.

— Qual é essa?

— Chama-se Cão Negro — respondeu a mulher. — Ouvi dizer que o nome tem a ver com a sensação que temos depois de tomar umas a mais.

— Como os temperamentos de Churchill — disse o homenzinho.

— Na verdade, o nome da cerveja tem a ver com um cachorro da região — falou uma mulher mais nova. Ela usava uma blusa verde-oliva e estava de pé, apoiada na parede. — Mas um cachorro semi-imaginário, não um real.

Shadow olhou para Needles e hesitou.

— Posso fazer carinho na cabeça dele? — perguntou, lembrando o destino da raposa.

— É claro que sim — disse a mulher de cabelos brancos. — Ele adora. Quem não gosta?

— Bem. Ele quase arrancou o dedo daquele chato de Glossop — informou o proprietário.

Havia em sua voz um misto de admiração e alerta.

— Acho que aquele homem tinha um cargo no governo local. E nunca vi problema num cachorro morder um *deles*. Ou um inspetor da receita — justificou a mulher.

A mulher de blusa verde se aproximou de Shadow. Não estava bebendo. Tinha cabelo escuro e curto, e uma safra de sardas distribuídas pelo nariz e pelas bochechas. Olhou para Shadow.

— Você não trabalha para o governo, não é?

— Sou uma espécie de turista — respondeu ele, negando com um gesto de cabeça.

Não era mentira. De qualquer modo, estava viajando.

— É canadense? — perguntou o homem das costeletas.

— Americano. Mas já estou na estrada há algum tempo.

— Então, não é um turista de verdade — interveio a mulher de cabelos brancos. — Os turistas chegam, procuram os pontos mais interessantes e vão embora.

Shadow deu de ombros, sorriu e se abaixou. Fez um carinho na nuca do vira-lata do proprietário.

— Você não é do tipo que gosta mais de cães, não é? — perguntou a mulher de cabelos escuros.

— Não sou do tipo que gosta mais de cães — confirmou Shadow.

Se fosse outro tipo de pessoa, alguém que comentasse a respeito do que se passava em sua cabeça, Shadow talvez tivesse contado a ela que sua esposa tivera cães quando era mais jovem, e às vezes chamava Shadow de *filhote* porque queria um cão que não poderia ter. Shadow, no entanto, guardava as coisas para si. Era uma das características que apreciava nos britânicos: mesmo quando queriam saber o que se passava no íntimo de alguém, eles não perguntavam. O mundo interior continuava sendo o mundo interior. Sua esposa morrera já havia três anos.

— Bem, eu acho que as pessoas se dividem entre as que gostam mais de cães e as que preferem gatos. Então, você está entre aquelas que preferem gatos? — disse o homem das costeletas.

Shadow pensou e respondeu:

— Não sei. Nunca tivemos bichos de estimação quando eu era menino, estávamos sempre de mudança. Mas…

— Menciono isso porque nosso anfitrião também tem um gato, que talvez você queira dar uma olhada — prosseguiu o homem.

— Costumava ficar aqui, mas nós o levamos para o quarto dos fundos — explicou o proprietário, de trás do balcão.

Shadow se perguntou como o sujeito conseguia acompanhar a conversa com tamanha facilidade ao mesmo tempo em que anotava os pedidos dos clientes e servia as bebidas.

— O gato incomodava os cães? — perguntou Shadow.

Do lado de fora, a chuva dobrou de intensidade. O vento gemeu, assobiou e uivou. A lenha que ardia na pequena lareira tossiu e cuspiu.

— Não da maneira que você está pensando — falou o proprietário. — Nós o encontramos quando abrimos a parede que separava os cômodos, quando tivemos que ampliar o bar. — O homem sorriu. — Venha ver.

Shadow o seguiu até a sala ao lado. O homem de costeletas e a mulher de cabelo branco os acompanharam, andando um pouco atrás.

Shadow virou-se e olhou para o bar. A mulher de cabelo escuro o observava e sorriu com afeto quando seus olhares se cruzaram.

O cômodo ao lado era mais iluminado, maior, e não dava tanto a impressão de ser a sala da casa de alguém. As pessoas se sentavam às mesas, comendo. A comida parecia boa e tinha aroma ainda melhor. O proprietário deixou Shadow entrar no fundo do local, chegando a uma caixa de vidro empoeirada.

— Aí está — disse o dono do pub, orgulhoso.

O gato era marrom e parecia, à primeira vista, ter sido construído a partir de tendões e agonia. Os buracos no lugar dos olhos estavam cheios de raiva e dor; a boca estava escancarada, como se a criatura estivesse miando alto quando foi transformada em couro.

— A prática de colocar animais nas paredes das construções é semelhante à prática de emparedar crianças vivas nos alicerces das casas para que permaneçam de pé — explicou o homem das costeletas, de trás deles. — Embora os gatos emparedados sempre me façam pensar nos gatos mumificados encontrados no templo de Bast em Bubastis, no Egito. Eram tantas toneladas de gatos mumificados que foram enviados à Inglaterra para serem moídos e usados como fertilizante barato para ser jogado nos campos. Os vitorianos também fizeram tinta com as múmias. Um tipo de marrom, acredito.

— É bem feio — disse Shadow. — Qual é a idade?

O proprietário coçou a bochecha.

— Calculamos que a parede onde ele estava foi erguida em algum momento entre 1300 e 1600. Está nos registros da paróquia. Não havia nada aqui em 1300, e havia uma casa em 1600. O registro entre as duas datas se perdeu.

O gato morto na caixa de vidro, sem pelos e de pele curtida, parecia observar a todos com seus olhos vazios de buraco negro.

Meus olhos sempre estão onde vaga meu povo, sussurrou uma voz no fundo da consciência de Shadow. Pensou, por um momento, nos campos fertilizados com os gatos mumificados moídos, e nas estranhas colheitas que devem ter proporcionado.

— *Eles o colocaram na lateral de uma casa velha* — disse o homem chamado Ollie. — *Ali ele viveu e ali ele morreu. E ninguém ficou feliz ou se entristeceu.* Eram emparedadas coisas de todo tipo, para garantir que tudo estivesse protegido e seguro. Às vezes, crianças. Animais. Nas igrejas, isso era algo corriqueiro.

A chuva fazia um ruído irregular na janela. Shadow agradeceu ao proprietário por mostrar-lhe o gato. Voltaram ao bar. A mulher de cabelo escuro não estava mais lá, o que o fez se arrepender por um instante. Ela parecia tão amigável. Shadow pagou uma rodada de drinques ao homem das costeletas, à mulher de cabelos brancos e ao senhorio.

O dono do pub se agachou atrás do balcão.

— Me chamam de Shadow. Shadow Moon.

O homem de costeletas juntou as mãos em deleite.

— Ah! Que maravilha. Tive um pastor-alemão chamado Shadow quando era menino. É o seu nome de verdade?

— É como me chamam.

— Sou Moira Callanish — apresentou-se a mulher de cabelos brancos. — Este é o meu companheiro, Oliver Bierce. Sabe de muitas coisas e, enquanto forem amigos, ele com certeza lhe dirá tudo o que sabe.

Os homens trocaram cumprimentos. Quando o senhorio voltou com os drinques, Shadow perguntou se o pub tinha um quarto para alugar. Ele pretendia caminhar mais naquela noite, mas a chuva não dava sinais de desistir. Shadow tinha bons sapatos para caminhar, e o casaco resistiria à água, mas não queria andar na chuva.

— Antes havia, mas meu filho voltou a morar aqui. Incentivo as pessoas a dormirem no celeiro, quando necessário, mas é o máximo que ofereço hoje em dia.

— Há algum quarto no vilarejo que eu possa alugar?

O proprietário negou com um gesto de cabeça.

— Está uma noite péssima. Mas Porsett fica a poucos quilômetros daqui, e eles têm um hotel de verdade por lá. Vou telefonar para Sandra e avisar que você vai para lá. Como é o seu nome?

— Shadow. Shadow Moon.

Moira olhou para Oliver e disse algo que soou como "órfãos abandonados?", e Oliver mordeu o lábio por um instante para, em seguida, acenar positivamente com a cabeça, entusiasmado.

— Gostaria de passar a noite conosco? O quarto extra é um tanto apertado, mas tem uma cama. E é quente. E seco.

— Eu adoraria — disse Shadow. — Posso pagar.

— Não seja bobo — retrucou Moira. — Será um prazer receber um hóspede.

II. A GAIOLA

Oliver e Moira tinham guarda-chuvas. Oliver insistiu que fosse Shadow a segurar o guarda-chuva, destacando a diferença de altura entre eles e indicando que, sendo mais alto, Shadow teria mais chance de manter a chuva afastada de ambos.

O casal também trazia lanternas, que chamavam de tochas. A palavra fez Shadow pensar em aldeões de um filme de horror investindo contra o castelo na colina, e os raios e trovões contribuíram para a imagem. *Esta noite, criatura minha,* pensou ele, *vou lhe dar vida!* Deveria soar apenas cafona, mas, em vez disso, era perturbador. O gato morto o deixara com pensamentos estranhos.

As estradas estreitas entre os campos estavam encharcadas com a água da chuva.

— Em uma noite de tempo bom, nós simplesmente caminharíamos pelos campos — disse Moira, erguendo a voz para ser ouvida em meio à chuva. — Mas agora eles devem estar lamacentos e pantanosos, por isso vamos por Shuck's Lane. Olha, aquela árvore era usada em execuções, há muito tempo.

Ela apontou para uma figueira de tronco imenso na encruzilhada. Restavam apenas poucos galhos, destacando-se na noite como detalhes esquecidos.

— Moira vive aqui desde que tinha vinte anos — disse Oliver. — Vim de Londres, cerca de oito anos atrás. De Turnham Green. Passei as férias aqui, quando tinha catorze anos, e é impossível se esquecer do lugar.

— A terra entra em nosso sangue. Mais ou menos — complementou Moira.

— E o sangue entra na terra. De um jeito ou de outro. Tomemos como exemplo a árvore que servia como patíbulo. As pessoas eram deixadas ali penduradas em jaulas até não restar nada delas. O cabelo era usado nos ninhos de passarinhos, a carne era comida pelos corvos, até ficarem apenas os ossos limpos. Ou até surgir outro cadáver a ser exibido.

Shadow tinha alguma certeza do tipo de jaula a que eles estavam se referindo, mas perguntou mesmo assim. Perguntar nunca fazia mal, e Oliver era definitivamente o tipo de pessoa que gostava de saber detalhes peculiares e transmiti-los.

— Como uma imensa gaiola de ferro. Eram usadas para exibir os corpos dos criminosos executados, após o exercício da justiça. As gaiolas eram trancadas, de modo a impedir a família e os amigos de roubarem o corpo e dar-lhe um enterro cristão. Mantinha os transeuntes no lado certo da lei, embora duvide que tenha dissuadido alguém.

— Quem eles executavam?

— Qualquer um que tivesse azar. Trezentos anos atrás, havia mais de duzentos crimes para os quais estava prevista a pena capital. Incluindo viajar com ciganos por mais de um mês, roubar ovelhas; aliás, roubar qualquer coisa com valor superior a doze centavos; e escrever uma carta ameaçadora.

Talvez ele estivesse no início de uma longa lista, mas Moira o interrompeu.

— Oliver tem razão quanto à sentença de morte, mas apenas os assassinos eram colocados nas gaiolas por aqui. E os corpos eram deixados nas gaiolas por vinte anos, às vezes. Não havia muitos assassinos neste lugar. — E então, como se tentasse mudar de assunto para algo mais leve, disse: — Agora estamos caminhando por Shuck's Lane. Dizem que, numa noite de céu claro, com certeza muito diferente desta, podemos nos descobrir seguidos por Shuck Preto. É uma espécie de cão sobrenatural.

— Nunca o vimos, nem mesmo nas noites de céu claro — falou Oliver.

— O que é muito bom. Pois quem o vê... morre — explicou Moira.

— A não ser Sandra Wilberforce, que diz tê-lo visto e está cheia de saúde. Shadow sorriu.

— O que o Shuck Preto faz com quem o vê?

— Não faz nada — respondeu o homem.

— Faz, sim. Ele nos segue até em casa — corrigiu Moira. — E então, pouco tempo depois, a pessoa morre.

— Não parece muito assustador — disse Shadow. — A não ser pela parte da morte.

Chegaram ao fim da rua. A água da chuva corria feito um riacho sobre as pesadas botas de caminhada de Shadow.

— Como vocês se conheceram?

Esta costumava ser uma pergunta segura, quando se estava com casais.

— No pub. Eu estava lá passando as férias, na verdade — respondeu Oliver.

— Eu estava comprometida quando o conheci. Tivemos um caso breve e tórrido, e então fugimos juntos. Algo inesperado para nós.

Não pareciam ser o tipo de pessoas que fogem juntas, pensou Shadow. Mas, até aí, todas as pessoas eram esquisitas. Ele sabia que deveria dizer algo.

— Eu era casado. Minha esposa morreu num acidente de carro.

— Sinto muito — disse Moira.

— Acontece — falou Shadow.

— Quando chegarmos em casa, vou preparar *whisky macs* para todos nós. É uma mistura de uísque com vinho de gengibre e água quente. E vou tomar um banho fervendo. Caso contrário, posso pegar uma gripe de matar — completou Moira.

Shadow imaginou estender a mão e pegar uma gripe de matar, como se fosse uma bola de beisebol, e sentiu um arrepio.

A chuva voltou a ganhar força, e um súbito jorro de luz fez o mundo arder ao redor deles: cada rocha cinzenta no muro de pedra, cada folha de grama, cada poça e cada árvore foi iluminada à perfeição, e então engolida por uma escuridão mais profunda, deixando imagens remanescentes nos olhos de Shadow, temporariamente cegados por já estarem acostumados à noite.

— Viu aquilo? — indagou Oliver. — Coisa mais maldita.

O trovão ribombou, e Shadow esperou o som morrer para tentar falar novamente.

— Não vi nada — respondeu.

Outra piscada, menos brilhante, e Shadow pensou ter visto algo se afastando deles em um campo distante.

— Aquilo? — perguntou.

— É um jumento — explicou Moira. — Só um jumento.

Oliver parou para dizer:

— Não deveríamos ter voltado para casa assim. Deveríamos ter pegado um táxi. Foi um erro.

— Ollie, agora falta pouco. E é apenas chuva. Você não é feito de açúcar, querido.

Outro lampejo, tão brilhante que quase os cegou. Não havia nada para ver nos campos.

Escuridão. Shadow se voltou para Oliver, mas o homenzinho não estava mais ao seu lado. Sua lanterna estava no chão. Shadow piscou, na esperança de obrigar sua visão noturna a retornar. O homem havia caído, desabado na grama molhada na lateral da pista.

— Ollie? — Moira se agachou ao lado dele, com o guarda-chuva próximo. Iluminou o rosto do parceiro com a lanterna. Então olhou para Shadow. — Não podemos deixá-lo aqui — disse ela, soando confusa e preocupada. — Está chovendo forte.

Shadow pôs no bolso a lanterna de Oliver, entregou seu guarda-chuva a Moira e apanhou o homem no colo. Ele não parecia ser pesado, e Shadow era grande.

— É longe?

— Não. Na verdade, não. Estamos quase em casa.

Caminharam em silêncio, passando pelo pátio de uma igreja no limiar do gramado de um vilarejo, e entraram no vilarejo. Shadow via luzes nas casas de pedra cinzenta que beiravam a única rua. Moira fez uma curva, na direção de uma casa mais afastada, e Shadow a seguiu. Ela segurou a porta dos fundos para ele entrar.

A cozinha era grande e quente, e havia um sofá meio coberto com revistas apoiado numa parede. Havia vigas baixas na cozinha, e Shadow teve que abaixar a cabeça. Ele tirou o casaco de Oliver e deixou-o cair. Uma poça se formou no chão de madeira. Então, colocou o homem no sofá.

Moira encheu a chaleira.

— Devemos chamar uma ambulância?

Ela negou com um aceno.

— Esse tipo de coisa costuma acontecer? Ele cai no chão e desmaia?

Moira estava ocupada apanhando canecas numa prateleira.

— Já aconteceu antes. Mas não costuma durar tanto. Ele tem narcolepsia, e se algo o surpreende ou o assusta, pode acontecer de ele desabar desse jeito. Logo vai voltar a si. Vai querer chá. Nada de *whisky mac* esta noite, não para ele. Às vezes, ele fica um pouco confuso e não sabe onde está, e, às vezes, acompanha tudo o que aconteceu enquanto estava fora do ar. E detesta que tratemos isso como um grande problema. Ponha sua mochila ao lado do fogão.

A chaleira apitou. Moira transferiu a água fumegante para um recipiente menor.

— Ele vai querer uma xícara de chá de verdade. Vou tomar de camomila, acho, ou não conseguirei dormir esta noite. Acalma os nervos. E você?

— Bebo chá, claro — disse Shadow.

Tinha caminhado mais de trinta quilômetros naquele dia, e seria fácil encontrar o sono. Pensou em Moira. Ela parecia perfeitamente de posse das próprias emoções diante da incapacidade do parceiro, e imaginou quanto daquilo não seria o desejo de não demonstrar fraqueza diante de um desconhecido. Ele a admirou, embora considerasse tudo aquilo peculiar. Os ingleses eram estranhos. Mas ele entendia quem detestava que as coisas fossem "tratadas como problemas". Sim.

Oliver se mexeu no sofá. Moira estava ao seu lado com uma xícara de chá, e ajudou-o a se sentar. O homem bebericou o chá, um pouco atordoado.

— Ele me seguiu até em casa — disse, como se já estivesse em uma conversa.

— O que o seguiu, Ollie, querido? — perguntou ela, em um tom firme, porém preocupado.

— O cão — disse o homem no sofá, dando outro gole na bebida. — O cão negro.

III. OS CORTES

Eis o que Shadow descobriu naquela noite, sentado à mesa da cozinha com Moira e Oliver:

Descobriu que Oliver vivia infeliz e insatisfeito no emprego que tinha em Londres na agência de publicidade. Mudara-se para o vilarejo e solicitara uma aposentadoria extremamente precoce por razões médicas. Agora, a princípio por diversão e cada vez mais por dinheiro, ele consertava e reconstruía muros de pedra. Havia uma arte, explicou ele, e toda uma habilidade na construção desses muros. O exercício era ótimo, e, quando erguidos da maneira correta, ofereciam uma prática meditativa.

— Antes eram centenas de trabalhadores especializados em muros de pedra por aqui. Hoje em dia, mal se encontra uma dúzia que saiba o que está fazendo. Vê-se muros com reparos de cimento, ou com tijolos de concreto. É uma arte em extinção. Adoraria mostrar a você como se faz. É uma habilidade útil. Ao escolher a pedra, às vezes é necessário deixá-la nos dizer para onde ir. E, então, ela se torna imóvel. Seria impossível derrubar um muro desses com um tanque. É notável.

Descobriu que Oliver tinha ficado muito deprimido anos antes, pouco depois de se juntar a Moira, mas que vinha se sentindo melhor nos últimos anos. Ou, corrigiu ele, relativamente bem.

Descobriu que Moira era dona de uma fortuna que lhe dava independência, e os recursos de sua família permitiram que ela e as irmãs não precisassem trabalhar, mas que, antes de chegar aos trinta anos, ela fizera treinamento para ser professora. Não lecionava mais, mas era bastante ativa nos assuntos locais, e tinha feito uma campanha bem-sucedida para manter em funcionamento as linhas de ônibus da região.

Shadow descobriu, pelo que Oliver omitiu, que ele tinha medo de algo, muito medo, e, ao ser indagado quanto ao motivo de tanto medo e ao comentário que fizera sobre o cão negro o ter seguido, sua resposta foi um gaguejo evasivo. Descobriu que não devia mais fazer perguntas a Oliver.

Eis o que Oliver e Moira aprenderam a respeito de Shadow sentados à mesa da cozinha:

Nada de mais.

Shadow gostou deles. Não era um idiota; no passado, já tinha confiado em pessoas que o traíram, mas gostou daquele casal, gostou do cheiro da casa deles (parecia pão assando e cera de nogueira) e foi dormir naquela noite no quarto do tamanho de uma caixa preocupado com o homenzinho de costeletas. E se aquilo que Shadow vira no campo *não fosse* um jumento? E se *fosse* um cachorro enorme? E então?

A chuva tinha parado quando Shadow acordou. Ele fez torradas na cozinha vazia. Moira chegou do jardim, deixando uma lufada de ar frio entrar pela porta dos fundos.

— Dormiu bem? — perguntou ela.

— Sim. Muito bem.

Sonhara que estava no zoológico. Via-se cercado de animais que não podia ver, fazendo barulhos de todo tipo, cada um em seu espaço. Ele era criança, andava com a mãe e sentia-se seguro e amado. Parou diante da jaula do leão, mas o que havia na jaula era uma esfinge, metade leão e metade mulher, com o rabo oscilando. A criatura sorriu para ele, e o sorriso era o sorriso da sua mãe. Ouviu sua voz, com sotaque, terna e felina.

Conhece-te.

Sei quem sou, disse Shadow no sonho, segurando as grades da jaula. Atrás das barras, havia o deserto. Dava para ver as pirâmides. Ele enxergava as sombras na areia.

Então, quem és, Shadow? Do que está fugindo? Para onde está correndo?

Quem é você?

E, assim, ele despertou, indagando por que fazia esta pergunta a si, e com saudades da mãe, que morrera vinte anos antes, quando ele era adolescente. Ainda se sentia estranhamente confortado, lembrando-se da sensação da mão dele nas mãos da mãe.

— Sinto dizer que Ollie não está se sentindo muito bem essa manhã.

— Que pena.

— Pois é. Bem, não há muito o que fazer.

— Agradeço bastante pelo quarto. Acho que é hora de ir.

— Pode dar uma olhada em algo para mim antes? — pediu ela.

Shadow respondeu com um meneio afirmativo e seguiu-a até o lado de fora da casa, dando a volta e chegando à lateral. Ela apontou para o canteiro de rosas.

— O que acha que é isso aqui?

Shadow se abaixou.

— *A pegada de um gigantesco cão de caça* — disse ele. — Nas palavras do dr. Watson.

— Sim, parece mesmo.

— Se houver um cão fantasmagórico por aqui, ele não deveria deixar pegadas. Ou deveria?

— Não sou muito versada nesses assuntos. Já tive uma amiga que saberia nos dizer. Mas ela... — Moira perdeu o fio da meada. Retomou com mais vivacidade: — Sabe, a sra. Camberley, que mora um pouco mais adiante, tem um dobermann. Uma coisinha ridícula.

Shadow não sabia se a coisinha ridícula era a sra. Camberley ou o cachorro.

Os acontecimentos da noite anterior começaram a parecer menos perturbadores e estranhos, mais lógicos. Que importância havia se um cachorro estranho os tinha seguido até em casa? Oliver ficara perturbado ou assustado e, com o choque, desabara num episódio de narcolepsia.

— Bem, vou aprontar um lanche para que leve no caminho — disse Moira. — Ovos cozidos. Esse tipo de coisa. Vai ficar contente por tê-los levado.

Entraram na casa. A mulher foi guardar alguma coisa, e parecia perturbada quando voltou.

— Oliver se trancou no banheiro.

Shadow não sabia ao certo o que dizer.

— Sabe do que eu gostaria? — continuou ela.

— Não.

— Gostaria que falasse com ele. Gostaria que ele abrisse a porta. Gostaria que ele falasse comigo. Posso ouvi-lo lá dentro. Posso ouvi-lo. Espero que não esteja se cortando de novo.

Shadow voltou ao corredor, pôs-se ao lado da porta do banheiro e chamou Oliver pelo nome.

— Pode me ouvir? Está tudo bem?

Nada. Nenhum som vindo de dentro.

Shadow olhou para a porta. Era de madeira maciça. A casa era antiga, de uma época em que as construções eram fortes e bem-feitas. Quando usou o banheiro, naquela manhã, Shadow reparou que a tranca era um ferrolho. Apoiou-se na maçaneta, empurrando-a para baixo, então golpeou a porta com o ombro. Ela cedeu com o barulho de madeira se partindo.

Já tinha visto um homem morrer na prisão, esfaqueado por causa de uma discussão sem sentido. Lembrou-se de como o sangue formara uma poça ao redor do corpo do homem, jazendo no canto do pátio de exercícios. A imagem deixara Shadow perturbado, mas ele se obrigara a olhar e continuar olhando. Desviar os olhos teria sido uma espécie de desrespeito.

Oliver estava nu no chão do banheiro. O corpo era branco, e o peito e a virilha eram cobertos de pelos escuros e grossos. Segurava nas mãos a lâmina de um antigo aparelho de barbear. Tinha-a usado para cortar os braços, o peito acima dos mamilos, o interior das coxas e o pênis. Havia sangue espalhado pelo corpo, pelo chão de linóleo branco e preto, pela banheira branca esmaltada. Os olhos de Oliver estavam redondos e arregalados, como os de um pássaro. Olhava diretamente para Shadow, mas ele não tinha certeza se era visto.

— Ollie? — disse a voz de Moira, vinda do corredor.

Shadow percebeu que estava bloqueando o caminho e hesitou, sem saber se deveria ou não permitir que ela visse o que havia no chão.

Shadow apanhou uma toalha cor-de-rosa do pendurador e cobriu Oliver. Isso chamou a atenção do homenzinho. Ele piscou, como se visse Shadow pela primeira vez, e disse:

— O cão. É para o cão. Precisamos alimentá-lo, sabe? Estamos ficando amigos.

— Ah, meu Deus do céu! — exclamou Moira.

— Vou telefonar para a emergência.

— Não, por favor. Ele vai ficar bem em casa comigo. Não sei o que eu... por favor?

Shadow tirou Oliver do chão, envolto na toalha, carregou-o até o quarto como se fosse uma criança e o colocou na cama. Moira os seguiu. Ela apanhou um iPad que estava sobre a cama, tocou na tela, e uma música começou a tocar.

— Respire, Ollie — pediu ela. — Lembre-se disso. Respire. Vai ficar tudo bem. Você vai ficar bem.

— Não consigo respirar direito — murmurou Oliver, com a voz fraca. — Não consigo. Mas posso sentir meu coração. Posso sentir o coração batendo.

Moira apertou a mão dele e se sentou na cama, e Shadow os deixou sozinhos.

Quando ela entrou na cozinha, de mangas arregaçadas e as mãos com cheiro de creme antisséptico, Shadow estava sentado no sofá, lendo um guia de caminhadas locais.

— Como ele está?

A mulher deu de ombros.

— Você deveria procurar ajuda para ele.

— Sim. — Moira estava de pé na cozinha, olhando ao redor, como se não conseguisse decidir para qual lado se virar. — Você... quer dizer, precisa mesmo partir hoje? Tem algum compromisso?

— Não há ninguém me esperando. Em lugar nenhum.

Ela olhou para ele com um rosto que tinha ficado exausto no intervalo de uma hora.

— Na outra vez que isso aconteceu, precisamos de alguns dias, mas logo ele ficou bom. A depressão não dura muito. Então, eu estava me perguntando, será que você poderia... bem, ficar mais um pouco? Telefonei para minha irmã, mas ela está de mudança. E não posso lidar com isso sozinha. Não de novo. Mas não posso lhe pedir que fique, não se houver alguém à sua espera.

— Não há ninguém me esperando — repetiu Shadow. — E vou ficar mais um pouco. Mas acho que Oliver precisa da ajuda de um especialista.

— Sim, precisa mesmo — concordou Moira.

O dr. Scathelocke chegou no fim da tarde. Era amigo de Oliver e Moira. Shadow não sabia ao certo se os médicos do interior da Inglaterra ainda faziam visitas aos lares dos pacientes ou se aquela era uma visita com justificativa social. O doutor entrou no quarto e saiu vinte minutos depois.

Sentou-se à mesa da cozinha com Moira, e disse:

— É tudo bastante superficial. Como um pedido de ajuda. Para ser sincero, não há muito o que possamos fazer por ele num hospital além dos cuidados que podem ser administrados em casa, com os cortes e tudo o mais. Antes tínhamos uma dúzia de enfermeiros naquela ala. Agora, estão tentando fechá-la de vez. Devolver tudo à comunidade.

O dr. Scathelocke tinha o cabelo cor de areia e era tão alto quanto Shadow, porém mais magro. Shadow o achou parecido com o proprietário do pub, e se indagou se os dois seriam parentes. O doutor prescreveu várias receitas, e Moira as entregou a Shadow, com as chaves de um antigo Range Rover branco.

Shadow dirigiu até o vilarejo mais próximo, encontrou a farmácia de manipulação e esperou até que os remédios ficassem prontos. Permaneceu sem jeito no corredor iluminado demais, encarando, sem desviar o olhar, uma vitrine com cremes bronzeadores, tristemente redundantes naquele verão frio e úmido.

— Você é o sr. Americano — disse uma voz de mulher vinda de trás dele.

Shadow se virou. Ela tinha cabelo curto e escuro e estava com a mesma blusa verde-oliva que estava usando no pub.

— Acho que sim.

— Estão falando por aí que você está ajudando Moira enquanto Ollie se recupera do mal-estar.

— Que rápido.

— As fofocas viajam mais rápido que a luz. Sou Cassie Burglass.

— Shadow Moon.

— Bom nome. Me dá arrepios. — Ela sorriu. — Quando tiver tempo, sugiro que vá conhecer a colina logo depois da vila. Siga a estrada até chegar a uma bifurcação, e então dobre à esquerda. Vai chegar a Wod's Hill. Vista incrível. Passeio aberto ao público. Basta seguir à esquerda, subindo, não tem como errar.

Sorriu para ele. Talvez fosse apenas amigável com um desconhecido.

— Não me surpreende que ainda esteja aqui — prosseguiu Cassie. — É difícil ir embora depois que o lugar crava as suas garras em nós. — Ela sorriu de novo, um sorriso terno, e olhou diretamente nos olhos dele, como se tentasse se decidir. — Acho que a sra. Patel terminou de preparar os remédios. Foi bom conversar com você, sr. Americano.

IV. O BEIJO

Shadow ajudou Moira. Foi até a loja do vilarejo e trouxe os itens na lista de compras enquanto ela ficava em casa, escrevendo na mesa da cozinha ou vagando pelo corredor perto da porta do quarto.

A mulher quase não falava. Ele usava o Range Rover branco para cuidar das pequenas tarefas do cotidiano, e via Oliver principalmente no corredor, arrastando-se até o banheiro e de volta ao quarto.

O homem não falou com ele.

Tudo estava calmo na casa: Shadow imaginou o cão negro sentado no telhado, bloqueando toda a luz do sol, toda a emoção, todo o sentimento e toda a verdade. Algo tinha abaixado o volume naquela casa, desbotando a cor em branco e preto. Desejou estar em outro lugar, mas não podia abandoná-los. Sentou-se na cama, olhando fixamente para a janela e para a chuva que escorria pelo vidro, e sentiu os segundos da sua vida se esvaindo, para nunca mais voltarem.

Fazia um frio úmido, mas, no terceiro dia, o sol saiu. O mundo não esquentou, mas Shadow tentou se afastar da neblina cinzenta e decidiu visitar algumas das atrações da região. Caminhou até o vilarejo seguinte, atravessando campos, subindo trilhas e passando ao lado de um grande muro de pedra. Havia uma ponte sobre um estreito córrego que era pouco mais que uma tábua, e Shadow passou por cima do riacho com um salto fácil. Subindo a colina, havia árvores, carvalhos e espinheiros, figueiras e faias no pé do morro, e então as árvores se tornavam mais esparsas. Seguiu a trilha serpenteante, às vezes óbvia, outras nem tanto, até chegar a um local de descanso natural, como um pequeno prado, no alto da colina, então deu as costas para a montanha e viu os vales e picos distribuídos ao redor, todos em tons de verdes e cinzas, como ilustrações de um livro infantil.

Não estava sozinho ali em cima. Uma mulher de cabelo curto e escuro estava sentada na lateral da colina rabiscando algo, apoiada confortavelmente numa pedra cinzenta. Havia uma árvore atrás dela, que ajudava a protegê-la do vento. Usava uma blusa verde e calça jeans, e ele reconheceu Cassie Burglass antes de ver seu rosto.

Conforme ele se aproximava, ela se virou.

— O que acha? — perguntou, erguendo o caderno para a inspeção dele.

Era um desenho a lápis da encosta em traços firmes.

— Você é muito boa. É artista profissional?

— Brinco um pouco — disse ela.

Shadow já havia passado tempo o bastante conversando com os ingleses para saber que ou ela estava brincando, ou suas obras estariam expostas na National Gallery ou na Tate Modern.

— Você deve estar com frio — disse ele. — Está usando só uma blusa.

— Estou com frio. Mas, aqui em cima, estou acostumada a isso. Não me incomoda, na verdade. Como está Ollie?

— Ainda está se sentindo mal.

— Pobrezinho — disse ela, erguendo os olhos do papel para a encosta e voltando ao papel. — Mas tenho dificuldade em sentir pena de verdade dele.

— Por quê? Ele quase matou você de tédio com curiosidades e fatos interessantes?

Ela riu, uma pequena arfada no fundo da garganta.

— Deveria prestar mais atenção às fofocas do vilarejo. Quando Ollie e Moira se conheceram, ambos estavam com outras pessoas.

— Sei disso. Eles me contaram. — Shadow pensou por um momento. — Antes ele estava com você?

— Não. *Ela* estava. Estávamos juntas desde a faculdade. — Houve uma pausa. Ela fez uma sombra em algo, com o lápis rasurando o papel. — Vai tentar me beijar? — perguntou.

— Eu, hã. Eu... é... — gaguejou Shadow. Retomou com sinceridade: — Não tinha pensado nisso.

— Bem, devia ter pensado — disse ela, voltando-se para sorrir para ele. — Quer dizer, pedi que viesse aqui, e você veio, até Wod's Hill, só para me ver. — Ela voltou ao papel e ao desenho da colina. — Dizem que coisas sombrias foram feitas nessa colina. Coisas sombrias e sujas. E eu estava pensando em fazer algo sujo também. Com o hóspede de Moira.

— É algum tipo de plano de vingança?

— Não é nenhum plano. Só gosto de você. E não há aqui ninguém que ainda me queira. Não como mulher.

A última mulher que Shadow beijara tinha sido na Escócia. Pensou nela, e no que ela se tornara, no fim.

— Você é *real*, não é? — perguntou. — Quer dizer... é uma pessoa real. Quer dizer...

Ela deixou a prancheta de desenho na pedra e se levantou.

— Me beije e descubra.

Shadow hesitou. Ela suspirou e o beijou.

Fazia frio na encosta daquela colina, e os lábios de Cassie eram frios. A boca era muito macia. Quando sua língua tocou a dele, Shadow se afastou.

— Na verdade, eu nem conheço você — disse Shadow.

Ela se afastou também. Olhou para o rosto dele e disse:

— Sabe, hoje em dia eu sonho apenas em conhecer alguém que olhe para mim e me veja como realmente sou. Tinha desistido até você aparecer, sr. Americano, com seu nome engraçado. Mas você olhou para mim, e eu soube que tinha me visto. E isso é tudo que importa.

Shadow a abraçou, sentindo a maciez da blusa.

— Quanto tempo vai ficar por aqui? No vilarejo? — indagou ela.

— Mais alguns dias. Até Oliver se sentir melhor.

— Que pena. Não pode ficar para sempre?

— Desculpe, como?

— Não há por quê se desculpar, doce homem. Está vendo aquela abertura ali?

Olhou para a encosta, mas não enxergou o que ela estava apontando. O lugar era coberto de arbustos, árvores baixas e muros de pedra meio desabados. Ela apontou para sua obra de arte, onde tinha desenhado uma forma sombria, como uma arcada, em meio a plantas na lateral da colina.

— Ali. Veja.

Ele olhou fixamente, e dessa vez viu na mesma hora.

— O que é? — perguntou Shadow.

— O Portal do Inferno — disse ela, tentando impressionar.

— Ah, tá.

Ela sorriu.

— É assim que o chamam por aqui. Na verdade, era um templo romano, acho, ou algo ainda mais antigo. Mas isso é tudo o que restou. Recomendo ver de perto, se gosta desse tipo de coisa. Mas é um pouco frustrante: apenas uma pequena passagem que volta à colina. Vivo esperando que algum arqueólogo venha para esses lados, escave o local e catalogue o que encontrar, mas nunca vem ninguém.

Shadow examinou o desenho dela.

— E o que sabe a respeito de grandes cães negros? — perguntou ele.

— Aquele de Shuck's Lane? Dizem que *barghest*, o espírito canino, costumava vagar por aqui. Mas agora é só em Shuck's Lane. Certa vez, o dr. Scathelocke me disse que fazia parte do folclore local. Os cães sem cabeça são tudo o que restou da Caçada Selvagem, que tinha como raiz a ideia dos lobos caçadores de Odin, Freki e Geri. Acho que é ainda mais antigo que isso. Memória das cavernas. Druidas. Aquilo que espreita na escuridão além do círculo de fogo, aguardando para nos despedaçar se nos afastarmos demais sozinhos.

— Então, você já viu?

— Não. Pesquisei o assunto, mas nunca o vi. Minha fera local semi-imaginária. Você o viu?

— Acho que não. Talvez.

— Talvez você o tenha despertado quando veio para cá. Afinal, me despertou.

Ela ergueu as mãos, puxou a cabeça dele em sua direção e beijou-o novamente. Pegou a mão esquerda dele, tão maior que a sua, e a colocou sob a blusa.

— Cassie, minhas mãos estão frias — alertou.

— Bem, eu estou completamente fria. Não há *nada* além de frio aqui em cima. Apenas sorria e finja que sabe o que está fazendo.

Empurrou a mão esquerda de Shadow mais para cima, até a palma chegar à renda do sutiã, e ele sentiu, sob o tecido, a dureza do mamilo e o volume macio do seio dela.

Shadow começou a se entregar ao momento, sua hesitação um misto de falta de jeito e incerteza. Não sabia ao certo como se sentia em relação àquela mulher, que, afinal, tinha um histórico com seus benfeitores. Shadow nunca gostava de se sentir usado; aquilo já acontecera muitas vezes antes. No entanto, sua mão esquerda estava tocando o seio dela e a mão direita se encaixava na nuca, e ele estava se inclinando e agora a boca de Cassie tocava a sua, e ela se agarrava a ele com tanta força como se, pensou, quisesse ocupar o mesmo espaço em que ele estava. A boca tinha gosto de hortelã e pedra e grama e a fria brisa da tarde. Ele fechou os olhos e se permitiu aproveitar o beijo e a maneira com que seus corpos se moviam juntos.

Cassie parou. Em algum lugar perto deles, um gato miou. Shadow abriu os olhos.

— Meu Deus! — exclamou.

Estavam cercados de gatos. Gatos brancos e malhados, marrons e ruivos e pretos, de pelo longo e curto. Gatos de coleira, bem alimentados, e gatos de orelhas esfarrapadas e pelo sujo que pareciam viver em celeiros e no limiar da mata. Olhavam fixamente para Cassie e Shadow com olhos verdes e azuis e dourados, e não se mexiam. Apenas um ou outro rabo oscilando e algum par de olhos felinos piscando indicavam a Shadow que estavam vivos.

— Que estranho — observou ele.

Cassie deu um passo atrás. Shadow não estava mais a tocando.

— Não estão com você? — perguntou ela.

— Acho que não estão com ninguém. São gatos.

— Acho que estão com ciúmes. Olhe para eles. Não gostam de mim.

— Que... — Shadow ia dizer "bobagem", mas não, parecia fazer sentido, de alguma maneira.

Houvera uma mulher que era uma deusa, em outro continente e há muitos e muitos anos, que tinha gostado dele à sua maneira. Lembrou-se de como eram afiadas suas unhas e como era áspera sua língua de gato.

Cassie olhou para Shadow com indiferença.

— Não sei quem você é, sr. Americano. Não mesmo. Não sei por que pode me olhar e me ver como realmente sou, nem por que posso conversar com você enquanto tenho tanta dificuldade para conversar com os outros. Mas posso. E, sabe, você parece calmo e normal por fora, mas é muito mais estranho que eu. E eu já sou estranha para caralho.

— Não vá embora.

— Diga a Ollie e Moira que me viu. Diga a eles que estarei esperando onde conversamos da última vez, caso tenham algo que queiram me dizer.

Ela recolheu a prancheta e os lápis e saiu andando com pressa, pisando com cuidado entre os gatos, que nem mesmo desviaram o olhar para ela, mantendo os olhos fixados em Shadow enquanto ela se afastava pelo gramado balançando ao vento e os gravetos esvoaçantes.

Shadow quis chamá-la de volta, mas, em vez disso, agachou-se e olhou para os gatos.

— O que está acontecendo? — perguntou. — Bast? Isso é coisa sua? Está muito longe de casa. E por que ainda se importa com quem eu beijo?

O encanto se desfez quando ele falou.

Os gatos começaram a se mexer, olhar para o outro lado, levantar, tomar banho e se lamber com dedicação.

Uma gata malhada empurrou a cabeça contra a mão dele, insistentemente, exigindo atenção. Shadow fez uma carícia sem pensar, esfregando os nós dos dedos em sua testa.

Em um piscar de olhos, as garras de cimitarra do animal o atacaram, tirando sangue de seu antebraço. Então, ela ronronou, e se virou, e em questão de segundos todo aquele grupo de gatos havia desaparecido na encosta da colina, escondendo-se atrás de pedras e mergulhando na vegetação.

V. OS VIVOS E OS MORTOS

Quando Shadow voltou à casa, Oliver deixara o quarto e estava sentado na cozinha, agora mais quente, lendo um livro sobre arquitetura romana com uma caneca de chá ao seu lado. Estava vestido, e tinha barbeado o queixo e aparado a barba. Usava pijamas e um roupão xadrez por cima.

— Estou me sentindo um pouco melhor — disse ele quando viu Shadow.

— Já teve isso? Depressão?

— Pensando bem, acho que sim. Quando minha esposa morreu. Fiquei indiferente a tudo. Nada teve significado por um bom tempo.

Oliver assentiu em resposta.

— É difícil. Às vezes, acho que o cão negro é real. Fico deitado na cama pensando na pintura de Fuseli, do pesadelo repousando sobre o peito da adormecida. Como Anubis. Ou será Set? Grande e preto. Quem era Set, afinal? Algum tipo de jumento?

— Nunca encontrei Set — disse Shadow. — Só nasci muito depois.

Oliver riu.

— Engraçado. E ainda dizem que vocês, americanos, não sabem ser irônicos. — Fez uma pausa. — Enfim. Já passou. Estou de pé. Pronto para enfrentar o mundo. — Bebericou o chá. — Estou um pouco constrangido. Vou deixar para trás toda essa bobagem de Cão dos Baskerville.

— Não há razão para se sentir constrangido — disse Shadow, lembrando que os ingleses encontravam motivos para constrangimentos sempre que queriam.

— Bem. Foi tudo uma grande bobagem, de qualquer jeito. E de fato estou me sentindo bem mais confiante.

Shadow assentiu em resposta.

— Se está se sentindo melhor, acho que devo começar a rumar para o sul.

— Não há pressa. É sempre bom ter companhia. Moira e eu não saímos mais tanto quanto gostaríamos. Em geral, vamos no máximo até o pub. Não há muita animação aqui, sinto dizer.

Moira veio do jardim.

— Alguém viu minhas podadeiras? Estava com elas nas mãos. Eu perderia a cabeça se não estivesse grudada no pescoço.

Shadow negou com a cabeça, sem saber ao certo o que eram podadeiras. Pensou em contar ao casal a respeito dos gatos na colina, e como os animais tinham se comportado, mas não conseguiu pensar em uma maneira de descrever quanto aquilo fora bizarro. Assim, em vez disso, sem pensar, ele falou:

— Encontrei Cassie Burglass em Wod's Hill. Ela me indicou o Portal do Inferno.

Os dois o encararam. Na cozinha, fez-se um silêncio estranho.

— Ela estava desenhando o Portal — continuou ele.

— Não entendi — disse Oliver, olhando para Shadow.

— Encontrei com ela por acaso algumas vezes desde que cheguei aqui — comentou Shadow.

— O quê? — O rosto de Moira estava pálido. — O que está dizendo? Mas o quê... Que merda é essa? Quem você pensa que é para vir aqui dizer essas coisas?

— Eu... não sou ninguém — disse Shadow. — Ela simplesmente começou a conversar comigo. Falou que você e ela já foram um casal.

A julgar por sua expressão, parecia que Moira queria bater nele.

— Ela se mudou depois que nos separamos. Não foi uma separação tranquila. Cassie ficou muito magoada. Se comportou de maneira abominável. Então, simplesmente, foi embora do vilarejo certa noite. Nunca mais voltou.

— Não quero falar daquela mulher — murmurou Oliver. — Nem agora, nem nunca.

— Mas ela estava com a gente no pub — destacou Shadow. — Naquela primeira noite. Vocês não pareciam se incomodar com a presença dela.

Moira apenas o encarou sem responder, como se ele tivesse dito algo num idioma que ela não compreendia. Oliver esfregou a testa com a mão.

— Não a vi — falou ele, sem acrescentar mais nada.

— Bem, quando a encontrei hoje, ela me pediu para mandar um oi. Disse que estaria esperando, se algum de vocês quisesse conversar com ela.

— Não temos nada a dizer a ela. Absolutamente nada. — Os olhos de Moira estavam úmidos, mas ela não estava chorando. — Não acredito que aquela... Aquela mulher de merda voltou para as nossas vidas, depois de tudo que nos fez passar. — Moira xingava, sem ter muita experiência nisso.

Oliver fechou o livro.

— Sinto muito — disse. — Não estou me sentindo bem.

Saiu andando de volta ao quarto e fechou a porta atrás de si.

Moira apanhou a caneca de Oliver, quase automaticamente, e a levou até a pia, esvaziou-a e começou a lavá-la.

— Espero que esteja satisfeito — resmungou, limpando a caneca com uma escova plástica de cerdas brancas como se tentasse apagar a imagem do chalé de Beatrix Potter da louça. — Ele estava voltando a si.

— Não sabia que isso o perturbaria tanto — informou Shadow.

Sentiu-se culpado ao dizer isso. Sabia da existência de uma história anterior entre Cassie e seus anfitriões. Poderia ter ficado em silêncio, afinal. O silêncio é sempre mais seguro.

Moira secou a caneca com uma toalha verde e branca. As manchas brancas da toalha eram ilustrações de ovelhas, e a parte verde era a grama. Ela mordeu o lábio inferior, e as lágrimas que se acumulavam em seus olhos escorreram pelas bochechas.

— Ela falou algo a meu respeito?

— Apenas que vocês já estiveram juntas.

Moira assentiu em resposta e usou a toalha para limpar as lágrimas do jovem rosto envelhecido.

— Ela não suportou quando eu e Ollie começamos a namorar. Depois que me mudei, ela simplesmente largou a pintura, trancou o apartamento e foi para Londres. — Moira expirou vigorosamente pelo nariz. — Ainda assim. Não posso reclamar. Nós colhemos o que plantamos. E Ollie é um *bom* homem. O cão negro é coisa da cabeça dele. Minha mãe teve depressão. É difícil.

— Piorei a situação toda. É melhor eu ir.

—Vá amanhã. Não estou expulsando você, querido. Não foi culpa sua ter encontrado aquela mulher, foi? — Seus ombros estavam caídos. — Aí estão. Sobre a geladeira. — Ela apanhou algo que parecia uma tesoura de jardim bem pequena. — Podadeiras. Para as roseiras, principalmente.

—Vai falar com ele?

— Não. Conversar com Ollie a respeito de Cassie nunca termina bem. E, do jeito que ele está, talvez isso o empurre ainda mais para um estado sombrio. Vou apenas deixar passar.

Shadow comeu sozinho no pub naquela noite, enquanto o gato na caixa de vidro o observava. Não viu nenhum conhecido. Conversou um pouco com o proprietário a respeito de como estava gostando do tempo passado no vilarejo.Voltou a pé até a casa de Moira, passando pela velha figueira, a árvore da gaiola, entrando por Shuck's Lane. Não viu nada se mexendo nos campos ao luar: nem cachorro, nem jumento.

Todas as luzes da casa estavam apagadas. Foi até o quarto tão silenciosamente quanto conseguiu, guardou todas as suas coisas na mochila antes de ir dormir. Partiria cedo, e sabia disso.

Ficou deitado na cama do quarto apertado, observando o luar. Lembrou-se de estar no pub com Cassie Burglass ao seu lado. Pensou na conversa com o proprietário, na conversa na primeira noite e no gato na caixa de vidro, e, ao ponderar sobre tudo isso, a vontade de dormir evaporou. Estava totalmente desperto na pequena cama.

Shadow sabia se movimentar em silêncio quando necessário. Saiu da cama, vestiu a roupa e, carregando as botas, abriu a janela, esgueirou-se pelo parapeito e deixou-se cair, sem fazer barulho nenhum, no canteiro de flores abaixo. Pôs-se de pé e calçou as botas, amarrando os cadarços na penumbra. Faltavam muitos dias para a lua cheia, mas o luar era suficiente para formar sombras.

Shadow se prostrou numa sombra perto de uma parede e esperou ali.

Indagou-se sobre a sanidade dos seus atos. Parecia bem provável que estivesse enganado, que sua memória estivesse lhe pregando peças, ou a memória de outra pessoa. Era tudo muito improvável, mas ele já conhecera o improvável e, se estivesse enganado, perderia o quê? Algumas horas de sono?

Observou uma raposa correndo pelo gramado, viu um orgulhoso gato branco espreitar e matar um pequeno roedor, e muitos outros gatos percorrerem o caminho do muro do jardim. Observou uma doninha se esgueirar de sombra em sombra no canteiro de flores. As constelações se moviam em lenta procissão pelo céu.

A porta da frente se abriu, e dela saiu um vulto. Shadow esperava que fosse Moira, mas era Oliver, vestindo pijamas e, por cima, o grosso roupão xadrez. Usava galochas e tinha uma aparência realmente ridícula, como um inválido de um filme em preto e branco, ou o personagem de uma peça. Não havia cor no mundo iluminado pelo luar.

Oliver puxou a porta da frente até ouvi-la fechar, e então caminhou na direção da rua, mas andando pela grama em vez de ir pela trilha de cascalho. Não olhou para trás e nem mesmo para os lados. Saiu andando pela rua, e Shadow esperou até que ele quase sumisse de vista antes de começar a segui-lo. Sabia aonde Oliver estava indo, tinha que ser.

Shadow parou de se questionar. Estava convencido de que sabia para onde ambos estavam indo, tinha a certeza de uma pessoa num sonho. Nem ficou surpreso quando, no meio da subida de Wod's Hill, encontrou Oliver sentado num toco de árvore, à sua espera. O céu estava clareando um pouco a leste.

— O Portal do Inferno — disse o homenzinho. — Até onde sei, sempre o chamaram assim. Há muitos e muitos anos.

Os dois caminharam juntos pela trilha. Havia algo de cômico na figura de Oliver usando aquele roupão, o pijama listrado e as imensas galochas pretas. O coração de Shadow saltava dentro do peito.

— Como a trouxe até aqui? — indagou Shadow.

— Cassie? Não trouxe. Foi ideia dela nos encontrarmos aqui na colina. Ela adorava vir aqui pintar. Dá para ver tão longe no horizonte. Além disso, a colina é sagrada, e ela sempre adorou isso. Não era santa para os cristãos, é claro. Pelo contrário. Era só para a antiga religião.

— Druidas? — perguntou Shadow.

Não sabia ao certo quais outras religiões antigas existiam na Inglaterra.

— Pode ser. Sem dúvida é possível, mas acho que é anterior aos druidas. Não chega a ter um nome. É apenas aquilo que as pessoas da região praticam, por baixo do que quer que seja que acreditem. Druidas, nórdicos, católicos, protestantes, não importa. É apenas aquilo que dizem praticar. É a religião antiga que faz a colheita crescer e deixa seu pau duro e garante que ninguém construa uma maldita estrada atravessando uma região de notável beleza natural. O Portal continua de pé, a colina continua aí e o lugar também. Já faz muito mais que dois mil anos. Não é bom se meter com algo tão poderoso.

— Moira não sabe, não é? Ela acha que Cassie se mudou.

O céu continuava a clarear ao leste, mas ainda era noite, salpicada com algumas estrelas reluzentes no céu roxo-escuro a oeste.

— Era o que ela *precisava* pensar. Quer dizer, o que mais ela pensaria? Talvez fosse diferente se a polícia se interessasse... Mas não houve nenhum... Bem. Eles se protegem. A colina. O Portal.

Estavam chegando ao pequeno prado na encosta da colina. Passaram pela pedra onde Shadow vira Cassie desenhando. Caminharam na direção da colina.

— O cão negro está em Shuck's Lane — disse Oliver. — Não acho que seja de fato um cachorro. Mas está aqui há um bom tempo. — Tirou uma pequena lanterna de LED do bolso do roupão. — Você conversou mesmo com Cassie?

— Conversei. E eu até a beijei.

— Que estranho.

— Encontrei com ela pela primeira vez no pub, na noite em que conheci Moira e você. Foi isso que me fez começar a decifrar tudo. Hoje, Moira falou como se não visse Cassie há anos. Ficou perplexa quando perguntei. Mas Cassie estava bem atrás de mim naquela primeira noite, e falou com a gente. Essa noite, perguntei no pub se Cassie havia passado por lá, e ninguém sabia de quem eu estava falando. Todos vocês se conhecem. Foi a única coisa que deu sentido a tudo. Deu sentido ao que ela disse. Tudo.

Oliver estava quase no lugar que Cassie tinha chamado de Portal do Inferno.

— Pensei que seria tão simples. Eu a entregaria à colina, e ela nos deixaria em paz. Deixaria Moira em paz. Como ela poderia ter beijado você?

Shadow nada disse.

— Chegamos — informou Oliver.

Havia uma cavidade na lateral da colina, como um pequeno corredor dando a volta. Talvez um dia, muito tempo atrás, tivesse uma estrutura construída ali, mas a colina sofrera erosão, e as pedras voltaram à colina da qual tinham sido tiradas.

— Há quem pense que isso seja adoração ao demônio — comentou Oliver. — E acho que estão enganados. Mas, pensando bem, o deus de um pode ser o diabo do outro. Certo?

Entrou pela passagem, e Shadow o seguiu.

— Quanta besteira — falou uma voz feminina. — Mas você sempre falou merda demais, Ollie, seu cagão de cueca freada.

Oliver não se moveu nem reagiu. Apenas disse:

— Ela está aqui. Na parede. Foi onde eu a deixei.

Apontou a lanterna para a parede, na pequena passagem na lateral da colina. Inspecionou com cuidado o muro de pedra, como se procurasse por algo que pudesse reconhecer, então emitiu um grunhido, confirmando que tinha encontrado o que procurava. Oliver tirou do bolso uma ferramenta compacta de metal, ergueu a mão o máximo que pôde e derrubou uma pedra, usando-a como alavanca. Então, começou a tirar pedras da parede, numa sequência determinada, cada pedra abrindo um espaço que permitia a remoção de outra, alternando entre pedras maiores e menores.

— Me ajude aqui. Vamos.

Shadow sabia o que veria atrás da parede, mas tirou as pedras, colocando-as no chão, uma por uma.

Sentiu um cheiro, que ficava cada vez mais forte conforme o buraco aumentava, um fedor de coisa velha, apodrecida e embolorada. Cheiro de sanduíche de carne estragada. Primeiro Shadow viu o rosto, e mal pôde identificar ali um semblante: as bochechas estavam afundadas, os olhos tinham desaparecido, a pele era um couro escuro e, se um dia houvera sardas nela, era impossível determinar; mas o cabelo era de Cassie Burglass, curto e preto, e, à luz da lanterna, ele viu que aquela coisa morta usava uma blusa verde e a calça jeans com que a vira.

— É engraçado. Eu sabia que ela ainda estava aqui — falou Oliver. — Mas tinha que vê-la. Com tudo que você disse. Eu tinha que vê-la. Para comprovar que continuava aqui.

— Mate-o — ordenou a voz de mulher. — Acerte-o com uma pedra, Shadow. Ele me matou. Agora vai matar você.

— Vai me matar? — perguntou Shadow.

— Bem, sim, é claro — disse o homenzinho, com sua voz razoável. — Quer dizer, você sabe a respeito de Cassie. E, depois que sumir, poderei enfim esquecer tudo isso, de uma vez por todas.

— Esquecer?

— Perdoar *e* esquecer. Mas é difícil. Não é fácil perdoar a si mesmo, mas tenho certeza de que posso esquecer. Pronto. Acho que já temos espaço o bastante para você. Vai ser um pouco apertado, na verdade.

Shadow olhou para o homenzinho e disse:

— Apenas por curiosidade, como vai me obrigar a entrar aí? Não está armado. E tenho o dobro do seu tamanho, Ollie. Eu poderia simplesmente quebrar seu pescoço, sabe?

— Não sou burro. E tampouco sou mau. Não sou um homem que esteja terrivelmente bem, mas isso não é nem lá, nem cá, na verdade. Fiz o que fiz porque tive ciúmes, não por estar doente. Mas não teria chegado aqui em cima sozinho. Sabe, este é o templo do Cão Negro. Esses lugares foram os primeiros templos. Antes de locais como os círculos de pedra e coisas semelhantes, eles estavam aqui, esperando, e foram adorados, receberam sacrifícios, foram temidos e satisfeitos. Os *shucks* pretos e os *barghests*, espíritos caninos e cães sem cabeça. Estavam aqui e continuam montando guarda.

— Bata nele com uma pedra — disse a voz de Cassie. — Agora, Shadow, *por favor*.

A passagem onde estavam entrava um pouco sob a superfície da colina, uma caverna com paredes de pedra construída pelo homem. Não parecia um templo antigo. Não parecia um portal para o inferno. O céu de antes do amanhecer emoldurou Oliver. Com sua voz sempre gentil e educada, falou:

— Ele está em mim. E eu estou nele.

O cão negro se assomou na entrada, bloqueando o caminho para fora, e Shadow sabia que, fosse o que fosse, aquela criatura com certeza não era um cão de verdade. Os olhos chegavam a brilhar com uma luminescência que fez Shadow se lembrar de criaturas marinhas apodrecendo. Em termos de dimensões físicas e caráter ameaçador, aquilo era para um lobo o que um tigre é para o lince: carnívoro puro, uma criatura feita de perigo e ameaça. Era mais alta que Oliver e olhava fixamente para Shadow, rosnando, um tremor profundo no peito. Então, saltou.

Shadow ergueu o braço para proteger o pescoço, e a criatura cravou os dentes em sua carne, logo abaixo do cotovelo. A dor era lancinante. Ele sabia que precisava reagir, mas estava caindo de joelhos, incapaz de pensar com clareza, incapaz de se concentrar em nada além do medo de que a criatura fosse se alimentar dele, medo que estivesse esmagando o osso do seu antebraço.

Em algum nível profundo, suspeitou que o medo fosse criado pelo cachorro: que ele próprio, Shadow, não sentia um medo incapacitante como aquele.

Não de verdade. Mas não importava. Quando a criatura soltou o braço, ele chorava, e seu corpo todo tremia.

— Entre ali, Shadow. Passe pelo vão da parede — ordenou Ollie. — Vamos, rápido. Ou farei com que ele mastigue seu rosto.

O braço de Shadow sangrava, mas ele se levantou e entrou pelo buraco sem discutir. Se ficasse lá fora, com a fera, logo estaria morto, e seria uma morte horrível. Tinha tanta certeza disso quanto do nascer do sol no dia seguinte.

— Bem, é verdade — disse a voz de Cassie na sua cabeça. — O sol vai nascer. Mas, se não der um jeito nessa merda, você jamais vai vê-lo nascer de novo.

Mal havia espaço para ele e o corpo de Cassie no buraco atrás da parede. Tinha visto a expressão de dor e fúria no rosto dela, como o rosto do gato na caixa de vidro, e então compreendeu que a mulher também fora enterrada viva.

Oliver apanhou uma pedra do chão e a colocou na parede, no buraco.

— Minha teoria — disse ele, posicionando outra pedra — diz que este é um lobo pré-histórico. Mas é maior do que o *Canis dirus* jamais foi. Talvez seja o monstro dos nossos sonhos, quando nos encolhíamos em cavernas. Talvez fosse apenas um lobo, mas éramos menores, pequenos hominídeos que jamais conseguiriam correr rápido o bastante para fugir.

Shadow se apoiou na parede de pedra às suas costas. Apertou o braço esquerdo com a mão direita para tentar conter o sangramento.

— Aqui é Wod's Hill — disse Shadow. — E aquele é o cachorro de Wod. No seu lugar, eu não duvidaria dele.

— Não importa.

Mais pedras foram colocadas sobre outras pedras.

— Ollie, a fera vai matar você. Já está dentro de você. Isso não é bom.

— O velho Shuck não vai me machucar. O velho Shuck me ama. Cassie está na parede — disse Oliver, deixando uma pedra cair sobre as demais. — Agora, você está na parede com ela. Ninguém está esperando por você. Ninguém vai procurar você. Ninguém vai chorar por você. Ninguém vai sentir sua falta.

Shadow sabia que havia ali, naquele pequeno buraco, três entidades, não duas, embora jamais pudesse explicar como tinha consciência daquilo. Havia Cassie Burglass, em corpo (decomposto, ressecado e ainda fedendo a podridão) e em alma, e havia também algo mais, algo que se enroscava em suas pernas e batia o traseiro contra sua mão machucada. Uma voz lhe falou, vinda de algum lugar próximo. Ele conhecia a voz, embora o sotaque fosse estranho.

Era a voz que um gato teria, se o gato fosse uma mulher: expressiva, sombria, musical. A voz disse: *Você não deveria estar aqui, Shadow. Precisa parar, e precisa agir. Está permitindo que o resto do mundo tome as decisões em seu nome.*

Shadow disse em voz alta:

— Não está sendo muito justa, Bast.

— Por favor, fique quieto — disse Oliver, com doçura. — Estou falando sério.

As pedras na parede eram substituídas com rapidez e eficiência. Já chegavam à altura do peito de Shadow.

Mrriau. Não, é? Docinho, você não faz ideia. Não faz ideia de quem é, do que é e nem do que isso significa. Se ele emparedar você aqui para que morra nessa colina, seu templo vai durar para sempre... E, seja qual for a mistura de crenças dos habitantes locais, vai agir em favor deles e produzirá magia. No entanto, o sol continuará se pondo, e os céus vão ficar cinzentos. Tudo ficará de luto, sem saber o motivo desse luto. O mundo vai ficar pior: para as pessoas, para os gatos, para os lembrados, para os esquecidos. Você morreu e voltou. Você é importante, Shadow, e não pode encontrar sua morte aqui, um triste sacrifício escondido na encosta de uma colina.

— E o que sugere que eu faça? — sussurrou ele.

Lute. A Fera é um produto da mente. O poder dela vem de você, Shadow. Você está perto, e ela se tornou mais real. Real o bastante para possuir Oliver. Real o bastante para feri-lo.

— A mim?

— Acha que fantasmas podem falar com qualquer um? — indagou a voz de Cassie Burglass na escuridão, com urgência. — Somos mariposas. E você é a chama.

— O que devo fazer? — perguntou Shadow. — O monstro feriu meu braço. Quase rasgou meu pescoço.

Ora, meu doce. É apenas uma criatura das sombras. Um cachorro da noite. Não passa de um chacal anabolizado.

— É real — disse Shadow enquanto as últimas pedras eram colocadas no lugar.

— Você tem mesmo medo do cachorro do seu pai? — disse uma voz de mulher.

Shadow não sabia se era a voz de uma deusa ou de um fantasma.

Mas sabia a resposta. Sim. Sim, ele tinha medo.

O braço esquerdo era apenas dor, inutilizado, e a mão direita estava grudenta e suja de sangue. Estava enterrado vivo num buraco entre a parede e a pedra. Mas, por enquanto, estava vivo.

— Dê um jeito nessa merda — reclamou Cassie. — Fiz tudo o que podia. Agora, é a sua vez.

Ele se apoiou nas pedras atrás da parede. Então, deu impulso com os dois pés, com toda a força. Caminhara muitos quilômetros nos últimos meses. Era um homem grande, e mais forte que a maioria. Colocou toda a energia que tinha naquele coice.

A parede explodiu.

A Fera foi para cima dele, o cão negro do desespero, mas, dessa vez, Shadow estava preparado. Dessa vez, era ele o agressor. Agarrou a criatura.

Não serei o cachorro do meu pai.

Com a mão direita, manteve fechada a mandíbula do animal. Encarou seus olhos verdes. Não acreditava nem um pouco que a fera fosse um cachorro.

É dia, disse Shadow ao cão, usando a consciência, não a boca. *Fuja. Seja o que for, fuja. Volte à sua gaiola, volte ao seu túmulo, pequeno cão fantasma. Tudo o que pode fazer é nos deprimir, encher o mundo com sombras e ilusões. A época em que você corria com a matilha selvagem ou caçava humanos amedrontados já acabou. Não sei se é ou não o cachorro do meu pai. Mas sabe de uma coisa? Não me importo.*

Com isso, Shadow respirou fundo e soltou o focinho do cão.

O cachorro não atacou. Fez um ruído, um ganido abafado e perplexo vindo do fundo da garganta que era quase um choro.

— Vá para casa — disse Shadow, em voz alta.

O cão hesitou. Shadow pensou por um instante que tivesse vencido, que estivesse em segurança, que o cão simplesmente iria embora. No entanto, a criatura abaixou a cabeça, eriçou os pelos do pescoço e arreganhou os dentes. Shadow entendeu que ela não sairia dali até que ele estivesse morto.

O corredor na encosta da montanha estava se enchendo de luz: o sol nascente o inundou com raios. Shadow se perguntou se as pessoas que o tinham construído, havia tantos anos, teriam alinhado o templo ao nascer do sol. Deu um passo para o lado, tropeçou em algo e caiu no chão, desajeitado.

Oliver jazia na grama ao lado de Shadow, desmaiado. Tinha tropeçado na perna de Oliver. Seus olhos estavam fechados; um rugido parecia vir do fundo de sua garganta, e Shadow ouviu o mesmo barulho, amplificado e triunfante, vindo da besta negra que preenchia a boca do templo.

Shadow estava caído e ferido, e sabia que era um homem morto.

Algo macio tocou seu rosto, graciosamente.

Outra coisa tocou sua mão, de leve. Ele olhou para o lado, e compreendeu. Compreendeu por que Bast estivera com ele naquele lugar, e compreendeu quem a tinha trazido.

Eles tinham sido moídos e espalhados naqueles campos havia mais de cem anos, roubados da terra ao redor do templo de Bast e Beni Hasan. Toneladas e toneladas deles, milhares de gatos mumificados, cada um deles uma pequena representação da divindade, cada gato um ato de adoração preservado para uma eternidade.

Estavam ali, naquele espaço, ao lado dele: marrons, cor de areia e cinzentos, gatos com manchas de leopardo e gatos com listras de tigre, selvagens, ágeis e ancestrais. Não eram os gatos locais que Bast enviara para cuidar dele no dia anterior. Eram os antecessores daqueles gatos, dos nossos gatos modernos, vindos do Egito, do delta do Nilo, milhares de anos atrás, levados até ali para fazer as coisas crescerem.

Ronronavam e grunhiam, mas não miavam.

O cão negro rosnou mais alto, mas não fazia menção de atacar. Shadow se forçou a se sentar.

— Pensei ter mandado você para casa, Shuck — disse ele.

O cachorro não se moveu. Shadow abriu a mão direita e gesticulou. Era um gesto de impaciência, de quem despacha. *Acabe logo com isso.*

Os gatos saltaram com facilidade, como se numa coreografia. Caíram sobre a fera, cada um deles feito uma mola tensionada de garras e unhas, tão afiadas quanto tinham sido em vida. Garras finas como alfinetes se cravaram nas laterais da imensa besta, atacando seus olhos. A fera respondeu com mordidas bruscas, furiosas, empurrando-se contra a parede, derrubando mais pedras na tentativa de afastá-los, sem sucesso. Dentes furiosos se afundavam em orelhas, focinho, rabo e patas.

A fera ganiu e rugiu, então emitiu um som que, para Shadow, seria um grito se viesse de uma garganta humana.

Shadow nunca soube ao certo o que ocorreu em seguida. Observou o cão negro aproximar o focinho da boca de Oliver e fazer força. Poderia jurar que a criatura *entrou* em Oliver, como um urso entrando num rio.

Oliver se debateu com violência na areia.

O grito perdeu força, e a fera sumiu, e a luz do sol encheu o espaço na colina.

Shadow sentiu o corpo tremendo. Tinha a sensação de ter despertado de um sonho; as emoções o inundavam, como a luz do sol: medo, repulsa, pesar e mágoa, uma mágoa profunda.

Havia também raiva. Oliver tentara matá-lo, sabia disso, e Shadow estava pensando com clareza pela primeira vez em dias.

Uma voz masculina gritou:

— Espere aí! Estão todos bem?

Um latido alto, e um vira-lata se aproximou correndo, cheirou Shadow, com as costas voltadas para a parede, cheirou Oliver Bierce, inconsciente no chão, e os restos de Cassie Burglass.

O vulto de um homem encheu a abertura para o mundo exterior, uma silhueta recortada em papel cinza contra o sol nascente.

— Needles! Quieto! — disse ele.

O cachorro voltou para o lado do homem.

— Ouvi gritos. Bem, não posso jurar que eram os gritos de uma pessoa. Mas ouvi. Foram vocês? — perguntou o homem.

E então ele viu o corpo, e parou.

— Cacete, mas que porra é essa?

— O nome dela era Cassie Burglass — disse Shadow.

— A ex-namorada de Moira? — perguntou o homem.

Shadow o conhecia como proprietário do pub, não lembrava se um dia soubera do nome dele.

— Nossa Senhora! Pensei que estivesse em Londres.

Shadow se sentiu mal.

O dono do pub se ajoelhou ao lado de Oliver.

— O coração continua batendo. O que aconteceu com ele?

— Não sei ao certo. Gritou quando viu o corpo... Você deve tê-lo ouvido. Então ele desabou no chão. E seu cachorro chegou.

O homem olhou para Shadow, preocupado.

— E você? Olha só o seu estado! O que houve, homem?

— Oliver me pediu para subir aqui com ele. Disse que precisava tirar um peso enorme do peito. — Shadow olhou para a parede em cada lado do corredor. Havia outras partes que pareciam ter sido reconstruídas. Ele imaginava o que encontrariam atrás delas se alguma fosse aberta. — Oliver me pediu ajuda para abrir uma parede. Ajudei. Ele me derrubou ao cair. Me pegou de surpresa.

— Chegou a dizer por que fez isso?

— Ciúmes. Apenas ciúmes de Moira e Cassie, mesmo depois de Moira ter deixado Cassie para ficar com ele.

O homem expirou, balançou a cabeça.

— Maldição! — exclamou. — A última pessoa de quem eu esperaria algo assim. Needles! Quieto! — Sacou um celular do bolso, ligou para a polícia. Então pediu licença. — Tenho um monte de animais caçados dos quais preciso me livrar antes que a polícia chegue — explicou.

Shadow se levantou e inspecionou os braços atentamente. A blusa e o casaco estavam rasgados no braço esquerdo, como se tivessem sido dilacerados por imensos dentes, mas a pele estava intacta. Não havia sangue nas roupas ou nas mãos.

Indagou-se qual teria sido a aparência do próprio cadáver, se o cão negro o tivesse matado.

O fantasma de Cassie estava bem ali ao seu lado, olhando para o próprio corpo, meio caído pelo buraco na parede. As unhas e as pontas dos dedos do cadáver tinham ferimentos, observou Shadow, como se tivesse tentado deslocar aquelas pedras durante todo o tempo que levou até morrer.

— Veja só — disse ela, olhando para si. — Pobrezinha. Como um gato numa caixa de vidro. — Então voltou-se para Shadow. — Eu não estava interessada em você. Nem um pouco. Não me arrependo. Só precisava chamar sua atenção.

— Eu sei. Apenas gostaria de tê-la conhecido quando estava viva. Poderíamos ter sido amigos.

— Aposto que sim. Foi difícil lá dentro. É bom deixar tudo para trás. E sinto muito, sr. Americano. Tente não me odiar.

Os olhos de Shadow estavam se enchendo de lágrimas. Limpou-os na camisa. Quando os abriu de novo, estava sozinho na passagem subterrânea.

— Não odeio você — disse ele.

Sentiu a mão de alguém apertando a sua. Saiu, rumo à luz do sol da manhã, respirou fundo e se arrepiou, ouvindo sirenes distantes.

Dois homens chegaram e levaram Oliver em uma maca, descendo a colina até a estrada, de onde uma ambulância o levou, com a sirene ligada para alertar eventuais ovelhas na pista que seria melhor voltarem para o limiar da grama.

Uma policial chegou enquanto a ambulância desaparecia ao longe, acompanhada por um oficial mais jovem. Conheciam o proprietário do pub, e Shadow não ficou surpreso ao descobrir que também era um Scathelocke, e ambos ficaram impressionados com os restos de Cassie, a ponto de o jovem oficial deixar a passagem e ir vomitar nas samambaias.

Se algum deles pensou em inspecionar os outros buracos tapados com pedras na passagem, buscando provas de crimes cometidos séculos antes, conseguiram abafar a ideia, e Shadow não faria essa sugestão.

Deu a eles um breve depoimento, e então os acompanhou até a delegacia local, onde prestou um depoimento mais detalhado a um oficial sério e barbado. O homem parecia preocupado principalmente com a disponibilidade de uma caneca de café instantâneo para Shadow, para que ele, como turista americano, não ficasse com uma impressão ruim do interior da Inglaterra.

— As coisas não costumam ser assim por aqui. É tudo muito calmo. Lugar adorável. Não quero que pense que somos todos assim.

Shadow o assegurou de que não pensava nada daquilo.

VI. A CHARADA

Moira estava esperando por ele quando saiu da delegacia. Ao seu lado havia uma mulher de pouco mais de sessenta anos, que parecia estar à vontade, confortadora, o tipo de pessoa que queremos conosco em um momento de crise.

— Shadow, esta é Doreen. Minha irmã.

Doreen apertou a mão dele, explicando que sentia muito por não ter podido vir antes na semana passada, mas estava de mudança.

— Doreen é juíza do tribunal regional — explicou Moira.

Shadow tinha dificuldade em imaginar aquela mulher como juíza.

— Estão esperando até que Ollie acorde — falou Moira. — Então vão acusá-lo de assassinato.

Ela disse isso de maneira pensativa, mas da mesma maneira que perguntaria a Shadow onde ele acha que ela deveria plantar as bocas-de-lobo.

— E o que pretende fazer?

Ela coçou o nariz antes de responder:

— Estou chocada. Não sei mais o que estou fazendo. Penso nos anos mais recentes. Pobre Cassie, pobrezinha. Ela jamais imaginou que houvesse alguma maldade nele.

— Nunca gostei dele — disse Doreen, fungando. — Muito cheio dos fatos para o meu gosto, e não sabia a hora de ficar quieto. Sempre falando e falando. Como se tentasse acobertar algo.

— Sua mochila e as roupas limpas estão no carro de Doreen — informou Moira. — Pensei em lhe oferecer uma carona, se precisar. Ou, se preferir continuar sem rumo, pode caminhar.

— Obrigado — disse Shadow.

Sabia que jamais seria bem-vindo na casinha dela, não mais.

Moira disse com urgência, com raiva, como se fosse tudo o que queria saber:

— Você disse que viu Cassie. Você *disse*, ontem. Foi isso que fez Ollie perder o juízo de vez. Me magoou tanto. Por que disse que a viu, se ela está morta? Era *impossível* que a tivesse visto.

Shadow estava se indagando sobre isso enquanto prestava depoimento à polícia.

— Não sei explicar — disse. — Não acredito em fantasmas. Talvez fosse um habitante local pregando alguma peça em um estrangeiro.

Moira o encarou com olhos castanhos ferozes, como se tentasse acreditar nele, mas não conseguisse. A irmã segurou sua mão.

— "Há mais entre o céu e a terra, Horácio." Acho melhor ficarmos nisso.

Moira olhou para Shadow, incrédula, furiosa, por bastante tempo, até que, por fim, respirou fundo e disse:

— Sim. Sim, acho melhor.

Ficaram em silêncio no carro. Shadow queria se desculpar com Moira, dizer algo que melhorasse um pouco as coisas.

Passaram pela árvore da gaiola.

— *Dez línguas numa só cabeça a esperar* — recitou Doreen, numa voz um pouco mais alta e formal que o tom usado até então. — *O pão uma delas foi buscar, para os vivos e os mortos alimentar.* São versos de uma antiga charada escrita sobre essa esquina, e aquela árvore.

— O que significam?

— Uma corruíra fez seu ninho dentro do crânio de um cadáver engaiolado, entrando e saindo pela boca dele para alimentar os filhotes. Em meio à morte, a vida continua.

Shadow pensou um pouco no assunto, então disse a ela que, provavelmente, continuava.

Outubro de 2014
Flórida / Nova York / Paris

MACACO E A DAMA

2018

Macaco estava na ameixeira. Havia acabado de criar o universo naquela manhã e o estava admirando, especialmente a lua, que era visível no céu diurno, do alto da árvore. Ele criara os ventos e as estrelas, as ondas do mar e os penhascos imensos. Criara as frutas, que passara o dia todo colhendo e comendo com entusiasmo, e árvores em que poderia observar o mundo que havia criado. Agora, ele estava coberto de sumo vermelho grudento. Ria com prazer, porque era um mundo bom, e as ameixas eram doces e ácidas e aquecidas pelo sol, e era bom ser Macaco.

Alguma coisa estava andando embaixo da árvore, alguma coisa que ele não se lembrava de ter criado. Movimentava-se com imponência, olhando para as flores e as plantas.

Macaco jogou no chão uma ameixa comida pela metade, para ver o que a criatura estranha faria. A coisa pegou a ameixa que caíra em seu ombro e jogou o resto da fruta no meio do mato.

Macaco pulou para o chão.

— Oi — disse Macaco.

— Você deve ser Macaco — disse a pessoa.

Vestia uma blusa de gola alta, e a saia cinza era farta, indo quase até o chão. Usava até um chapéu, com uma rosa laranja e fosca presa na fita.

— Sou — confirmou Macaco, coçando-se com o pé esquerdo. — Eu fiz tudo isto.

— Eu sou a Dama — apresentou-se a mulher. — Acho que vamos ter que aprender a viver juntos.

— Não me lembro de criar você — disse Macaco, intrigado. — Criei frutas e árvores e lagos e gravetos e…

— Você definitivamente não me criou — explicou a mulher.

Macaco se coçou, pensativo, agora com o pé direito. Em seguida, pegou uma ameixa no chão e a devorou com deleite, depois largou o caroço no chão quando acabou. Ele tirou os restos molengos de ameixa do pelo do braço e chupou a polpa.

— Isso é um comportamento aceitável? — perguntou a Dama.

— Sou Macaco — disse Macaco. — Eu faço o que quiser.

— Imagino que sim — comentou a Dama. — Mas não se quiser ficar comigo.

Macaco ponderou.

— Eu *quero* ficar com você? — perguntou ele.

A Dama fitou Macaco com um olhar sério e, então, sorriu. Foi o sorriso que selou. Em algum momento entre o começo e o fim do sorriso, Macaco decidiu que passar tempo com aquela pessoa seria excelente.

Macaco fez que sim.

— Nesse caso — disse ela —, você vai precisar de roupas. E vai precisar de modos. E vai precisar não fazer isso.

— O quê?

— O que está fazendo com as mãos.

Macaco olhou para as próprias mãos, sentindo-se culpado. Não tinha muita certeza do que elas estavam fazendo. As mãos de Macaco faziam parte dele, isso ele sabia, mas, quando não pensava especificamente nessas partes de seu corpo, as mãos faziam tudo que mãos fazem quando não se presta atenção nelas. Coçavam e investigavam e cutucavam e tocavam. Pegavam insetos em frestas e arrancavam castanhas de arbustos.

Comportem-se, pensou Macaco para as mãos. Em resposta, uma das mãos começou a cutucar as unhas da outra.

Aquilo não seria fácil, percebeu ele. Nem um pouco. Criar estrelas e árvores e vulcões e nuvens de tempestade tinha sido mais fácil. Mas ia valer a pena.

Ele tinha quase certeza de que ia valer a pena.

Macaco havia criado tudo, então ele intuiu imediatamente o que eram roupas: coberturas de pano que as pessoas vestiam. Para que pudessem existir roupas, ele precisava criar pessoas para vesti-las, trocá-las e vendê-las.

Ele criou um vilarejo ali perto, onde haveria roupas, e o encheu de pessoas. Criou uma pequena feira de rua, e pessoas que venderiam coisas na feira. Criou barracas de comida, onde pessoas preparavam refeições que chiavam e emanavam cheiros apetitosos, e barracas que vendiam cordões de conchas e contas.

Macaco viu algumas roupas em uma barraca da feira. Eram coloridas e estranhas, e Macaco gostou imediatamente delas. Ele esperou o dono da barraca se virar de costas e então pulou para baixo e pegou as roupas, saindo pela feira enquanto as pessoas gritavam, com raiva ou achando graça.

Ele vestiu as roupas, que nem os humanos faziam, e então, sem graça, foi procurar a Dama. Ela estava em uma cafeteria pequena, perto da feira.

— Sou eu — disse Macaco.

A Dama o examinou sem chegar perto. E suspirou.

— É você — afirmou ela. — E está vestido. São roupas muito escandalosas. Mas são roupas.

— Podemos viver juntos agora? — perguntou Macaco.

Em resposta, a Dama entregou um prato para Macaco com um sanduíche de pepino. Macaco deu uma mordida no sanduíche, quebrou o prato em uma pedra para experimentar, cortou-se em um pedaço do prato quebrado, desmontou o sanduíche, removeu o pepino com os dedos ensanguentados e jogou o resto do pão no chão da cafeteria.

—Você vai ter que imitar melhor uma pessoa — disse a Dama, e saiu andando com seus sapatos de couro cinza com botões na lateral.

Eu criei todas as pessoas, pensou Macaco. *Eu as criei para serem coisas sem cor e sem graça, presas ao chão, para Macaco parecer mais sábio e engraçado e livre e vivo. Por que agora eu deveria fingir ser uma?*

Mas ele não falou nada. Passou o dia seguinte, e o dia depois desse, observando as pessoas e seguindo-as pela terra, e quase não subiu em muros e árvores nem se jogou para o alto ou de um lado a outro, se equilibrando bem a tempo antes de cair.

Ele fingiu que não era Macaco. Decidiu não atender mais a "Macaco" quando alguma coisa falasse com ele. A partir de agora, disse ele, seria "Homem".

Ele se deslocava de forma desajeitada pela terra. Só conseguiu dominar o impulso de subir em qualquer coisa depois de roubar sapatos e enfiá-los à força nos pés, que não tinham sido feitos para sapatos. Ele escondeu o rabo dentro da calça, e agora só dava para encostar no mundo e mexê-lo ou alterá-lo com as mãos ou os dentes. E as mãos de Macaco também estavam mais comportadas, mais responsáveis — agora que o rabo e os pés se encontravam escondidos —, menos inclinadas a cutucar ou fuçar, rasgar ou esfregar.

A Dama estava tomando chá em uma cafeteria pequena perto da feira, e ele se sentou ao seu lado.

— Sente-se na cadeira — ordenou a Dama. — Não na mesa.

Macaco não sabia bem se conseguiria distinguir sempre o que era uma e o que era outra, mas obedeceu.

— E aí? — perguntou Macaco.

— Está quase lá — disse a Dama. — Agora, você só precisa de um emprego.

Macaco franziu a testa e chilreou.

— Emprego?

Ele sabia o que era emprego, claro, porque Macaco havia criado empregos quando criara todo o resto, arco-íris e nebulosas e ameixas e todas as coisas do mar, mas mal prestara atenção neles mesmo enquanto os criava. Foram uma brincadeira, para servir de chacota para Macaco e seus amigos.

— Emprego — repetiu Macaco. — Você quer que eu pare de comer o que eu quiser, de morar onde eu quiser, de dormir onde eu quiser e que vá trabalhar de manhã e volte para casa cansado à noite, e que ganhe dinheiro para comprar comida para comer e um lugar onde morar e dormir...?

— Um emprego — confirmou a Dama. — Agora você está entendendo.

Macaco entrou no vilarejo que ele havia criado, mas não havia empregos disponíveis, e as pessoas deram risada quando ele perguntou se alguém o contrataria.

Ele foi para uma cidade próxima e conseguiu um emprego em que ficava sentado atrás de uma mesa e anotava listas de nomes em um livro enorme, maior que ele. Não gostou de ficar sentado atrás da mesa, e anotar nomes deixou sua mão dolorida, e sempre que ele mordia a caneta distraidamente e pensava nas florestas, a tinta azul dava um gosto ruim e manchava seu rosto e seus dedos.

No último dia da semana, Macaco recebeu o pagamento e voltou andando da cidade para o vilarejo onde ele vira a Dama pela última vez. Seus sapatos estavam empoeirados e machucavam seus pés.

Ele pôs um pé na frente do outro pelo caminho.

Macaco passou na cafeteria, mas não tinha ninguém. Ele perguntou se alguém ali havia visto a Dama. A proprietária deu de ombros, mas disse que, pensando bem, achava ter visto a Dama nos jardins de roseiras na periferia do vilarejo no dia anterior, e que talvez Macaco pudesse procurar lá...

— Homem. Não Macaco — corrigiu ele, sem ânimo.

Macaco seguiu para os jardins de roseiras, mas não viu a Dama.

Ele estava andando cabisbaixo pela trilha que o levaria de volta à cafeteria quando reparou em algo na terra seca. Era um chapéu cinza com uma rosa laranja e fosca na fita.

Macaco foi até o chapéu e o pegou, depois o examinou para ver se, talvez, a Dama estava embaixo. Não estava. Mas Macaco reparou em algo mais, a um minuto de distância. Ele foi correndo. Era um sapato cinza, com botões na lateral.

Ele continuou andando na mesma direção, e lá estava, no chão, outro sapato, quase idêntico ao primeiro.

Macaco continuou andando. Pouco depois, embolado na beira da estrada, viu um casaco de mulher, e depois viu uma blusa. Viu uma saia, abandonada nos limites do vilarejo.

Fora dali, ele viu mais roupas em tecido cinza, finas e sem razão para estarem ali, que nem a pele descartada de algum réptil, agora penduradas em galhos. O sol ia se pôr em breve, e a lua já estava alta no céu do leste.

Alguma coisa nos galhos onde as roupas estavam parecia familiar. Ele avançou pelo arvoredo.

Algo acertou Macaco no ombro: era uma ameixa comida pela metade. Macaco olhou para cima.

Ela estava bem no alto, pelada e de traseiro peludo, com o rosto e os peitos sujos e grudentos do sumo vermelho, sentada e rindo na ameixeira.

—Venha ver a lua, meu amor — disse ela, encantada. —Venha ver a lua.

♦ LISTA DE HONRARIAS ♦

Este livro contém peças vencedoras ou indicadas em diversos prêmios literários, a saber:

"A ponte do troll" (1993)
Indicado ao World Fantasy Award

"Neve, vidro, maçãs" (1994)
Vencedor do Bram Stoker Award
Indicado ao Seiun Award (Japão)

Lugar Nenhum (1996)
Indicado ao Mythopoeic Fantasy Award

Stardust: O mistério da estrela (romance de 1998)
Vencedor do Mythopoeic Fantasy Award
Vencedor do Alex Award da ALA (Associação Americana de Bibliotecas)
Vencedor do Geffen Award (Israel)
Finalista do Locus Award
Indicado ao Deutsche Phantastik Preis (Alemanha)

Deuses americanos (romance de 2001)
Vencedor do Nebula Award
Vencedor do Hugo Award
Vencedor do Locus Award
Vencedor do Bram Stoker Award
Vencedor do Geffen Award (Israel)
Indicado ao World Fantasy Award
Indicado ao Mythopoeic Fantasy Award
Indicado ao British Fantasy Society/August Derleth Award
Indicado ao British Science Fiction Association Award
Indicado ao International Horror Guild Award
Indicado ao Grand Prix de l'Imaginaire (França)
Indicado ao Deutsche Phantastik Preis (Alemanha)
Indicado ao Italia Award (Itália)

"Outubro na cadeira" (2002)
Vencedor do Locus Award
Indicado ao World Fantasy Award

"Hora de fechar" (2002)
Vencedor do Locus Award

"Um estudo em esmeralda" (2003)
Vencedor do Hugo Award
Vencedor do Locus Award
Vencedor do Seiun Award (Japão)

"Amargor" (2003)
Finalista do Locus Award
Indicado ao SLF Fountain Award

"O problema de Susana" (2004)
Indicado ao British Fantasy Award

"As noivas proibidas dos demônios desfigurados da mansão secreta na noite do desejo sinistro" (2004)
Vencedor do Locus Award

"O monarca do vale" (2004)
Finalista do Locus Award

Os filhos de Anansi (romance de 2005)
Vencedor do Locus Award
Vencedor do Mythopoeic Fantasy Award
Vencedor do British Fantasy Society/August Derleth Award
Vencedor do Geffen Award (Israel)
Indicado ao Alex Award da ALA (Associação Americana de Bibliotecas)

"Ave-solar" (2005)
Vencedor do Locus Award

"Como falar com garotas em festas" (2006)
Vencedor do Locus Award
Indicado ao Hugo Award

"A verdade é uma caverna nas Montanhas Negras..." (2010)
Vencedor do Locus Award
Vencedor do Shirley Jackson Award

"Detalhes de Cassandra" (2010)
Vencedor do Locus Award

"Caso de morte e mel" (2011)
Vencedor do Locus Award
Indicado ao Edgar Award

O oceano no fim do caminho (romance de 2013)
Vencedor do Locus Award
Vencedor do British National Book Award for Book of the Year
Vencedor do Deutsche Phantastik Preis (Alemanha)
Vencedor do Geffen Award (Israel)
Indicado ao World Fantasy Award
Indicado ao Nebula Award
Indicado ao Mythopoeic Fantasy Award
Indicado ao British Fantasy Award

"A Bela e a Adormecida" (2013)
Vencedor do Locus Award

"Cão negro" (2015)
Vencedor do Locus Award

A maioria dos contos deste livro veio de três coletâneas já publicadas: *Fumaça e espelhos*, *Coisas frágeis* e *Alerta de risco*. Essas coletâneas foram vencedoras ou indicadas em diversos prêmios literários, a saber:

Fumaça e espelhos: contos e ilusões (1998)
Vencedor do Geffen Award (Israel)
Finalista do Locus Award
Indicado ao Bram Stoker Award
Indicado ao Grand Prix de l'Imaginaire (França)

Coisas frágeis: breves ficções e maravilhas (2006)
Vencedor do Locus Award
Vencedor do British Fantasy Award
Vencedor do Grand Prix de l'Imaginaire (França)

Alerta de risco: contos e perturbações (2015)
Vencedor do Locus Award
Vencedor do Goodreads Choice Award por Melhor Fantasia

♦ CRÉDITOS ♦

"Podemos fazer por atacado" © 1984 by Neil Gaiman. Publicado originalmente sob o título "We Can Get Them for You Wholesale". Tradução de Leonardo Alves.

"Eu, Cthulhu" © 1986 by Neil Gaiman. Publicado originalmente sob o título "I, Cthulhu". Tradução de Leonardo Alves.

"Nicolau era..." © 1989 by Neil Gaiman. Publicado originalmente sob o título "Nicholas Was . . .". Tradução de Leonardo Alves

"Pequeninos" © 1990 by Neil Gaiman. Publicado originalmente sob o título "Babycakes". Tradução de Leonardo Alves.

"Cavalaria" © 1992 by Neil Gaiman. Publicado originalmente sob o título "Chivalry". Tradução de Leonardo Alves.

"Mistérios divinos" © 1992 by Neil Gaiman. Publicado originalmente sob o título "Murder Mysteries". Tradução de Leonardo Alves.

"A ponte do troll" © 1993 by Neil Gaiman. Publicado originalmente sob o título "Troll Bridge". Tradução de Leonardo Alves.

"Neve, vidro, maçãs" © 1994 by Neil Gaiman. Publicado originalmente sob o título "Snow, Glass, Apples". Tradução de Leonardo Alves.

"É só o fim do mundo de novo" © 1994 Neil Gaiman. Publicado originalmente sob o título "Only the End of the World Again". Tradução de Leonardo Alves.

"Não pergunte ao palhaço" © 1995 by Neil Gaiman. Publicado originalmente sob o título "Don't Ask Jack". Tradução de Leonardo Alves.

Trecho de *Lugar Nenhum* © 1996 by Neil Gaiman. Publicado originalmente sob o título *Neverwhere*. Tradução de Fábio Barreto.

"A filha das corujas" © 1996 by Neil Gaiman. Publicado originalmente sob o título "The Daughter of Owls". Tradução de Leonardo Alves.

"O tanque de peixes e outras histórias" © 1996 by Neil Gaiman. Publicado originalmente sob o título "The Goldfish Pool and Other Stories". Tradução de Leonardo Alves.

"O sacrifício" © 1997 by Neil Gaiman. Publicado originalmente sob o título "The Price". Tradução de Leonardo Alves.

"Velho Pecúlio de Shoggoth" © 1998 by Neil Gaiman. Publicado originalmente sob o título "Shoggoth's Old Peculiar". Tradução de Leonardo Alves.

"O presente de casamento" © 1998 by Neil Gaiman. Publicado originalmente sob o título "The Wedding Present". Tradução de Leonardo Alves.

"Quando fomos ver o fim do mundo, de Aurora Matina, 11 anos e 3 meses" © 1998 by Neil Gaiman. Publicado originalmente sob o título "When We Went to See the End of the World by Dawnie Morningside, Age 11¼". Tradução de Leonardo Alves.

"A verdade sobre o desaparecimento da srta. Finch" © 1998 by Neil Gaiman. Publicado originalmente sob o título "The Facts in the Case of the Departure of Miss Finch." Tradução de Leonardo Alves.

"Mudanças" © 1998 by Neil Gaiman. Publicado originalmente sob o título

"Changes". Tradução de Leonardo Alves.

Trecho de *Stardust: O mistério da estrela* © 1998 by Neil Gaiman. Publicado originalmente sob o título *Stardust*. Tradução de Leonardo Alves.

"Arlequim apaixonado" © 1999 by Neil Gaiman. Publicado originalmente sob o título "Harlequin Valentine". Tradução de Leonardo Alves.

Trecho de *Deuses americanos* © 2001 by Neil Gaiman. Publicado originalmente sob o título *American Gods*. Tradução de Leonardo Alves.

"Outras pessoas" © 2001 by Neil Gaiman. Publicado originalmente sob o título "Other People". Tradução de Leonardo Alves.

"Menininhas estranhas" © 2001 by Neil Gaiman. Publicado originalmente sob o título "Strange Little Girls". Tradução de Leonardo Alves.

"Outubro na cadeira" © 2002 by Neil Gaiman. Publicado originalmente sob o título "October in the Chair". Tradução de Leonardo Alves.

"Hora de fechar" © 2002 by Neil Gaiman. Publicado originalmente sob o título "Closing Time". Tradução de Augusto Calil.

"Um estudo em esmeralda" © 2003 by Neil Gaiman. Publicado originalmente sob o título "A Study in Emerald". Tradução de Leonardo Alves.

"Amargor" © 2003 by Neil Gaiman. Publicado originalmente sob o título "Bitter Grounds". Tradução de Leonardo Alves.

"O problema de Susana" © 2004 by Neil Gaiman. Publicado originalmente sob o título "The Problem of Susan". Tradução de Leonardo Alves.

"As noivas proibidas dos demônios desfigurados da mansão secreta na noite do desejo sinistro" © 2004 by Neil Gaiman. Publicado originalmente sob o título "Forbidden Brides of the Faceless Slaves in the Secret House of the Night of Dread Desire". Tradução de Leonardo Alves.

"O monarca do vale" © 2004 by Neil Gaiman. Publicado originalmente sob o título "The Monarch of the Glen". Tradução de Leonardo Alves.

"A volta do magro Duque branco" © 2004 by Neil Gaiman. Publicado originalmente sob o título "The Return of the Thin White Duke". Tradução de Augusto Calil.

Trecho de *Os filhos de Anansi* © 2005 by Neil Gaiman. Publicado originalmente sob o título *Anansi Boys*. Tradução de Edmundo Barreiros.

"Ave-solar" © 2005 by Neil Gaiman. Publicado originalmente sob o título "Sunbird". Tradução de Leonardo Alves.

"Como falar com garotas em festas" © 2006 by Neil Gaiman. Publicado originalmente sob o título "How to Talk to Girls at Parties". Tradução de Leonardo Alves.

"Terminações femininas" © 2007 by Neil Gaiman. Publicado originalmente sob o título "Feminine Endings". Tradução de Augusto Calil.

"Laranja" © 2008 by Neil Gaiman. Publicado originalmente sob o título "Orange". Tradução de Augusto Calil.

"Criaturas míticas" © 2009 by Neil Gaiman. Publicado originalmente sob o título "Mythical Creatures — Dragons, Unicorns, Giants, Pixies, Mermaids, Fairies", no pacote de seis selos criados por Dave McKean e emitido pela Royal Mint. Tradução de Leonardo Alves.

"A verdade é uma caverna nas Montanhas Negras..." © 2010 by Neil Gaiman. Publicado originalmente sob o título "The Truth Is a Cave in the Black Mountains . . .". Tradução de Augusto Calil.

"Detalhes de Cassandra" © 2010 by Neil Gaiman. Publicado originalmente sob o título "The Thing About Cassandra". Tradução de Augusto Calil.

"Caso de morte e mel" © 2011 by Neil Gaiman. Publicado originalmente sob o título "The Case of Death and Honey". Tradução de Augusto Calil.

"O homem que esqueceu Ray Bradbury" © 2012 by Neil Gaiman. Publicado originalmente sob o título "The Man Who Forgot Ray Bradbury". Tradução de Augusto Calil.

Trecho de O oceano no fim do caminho © 2013 by Neil Gaiman. Publicado originalmente sob o título The Ocean at the End of the Lane. Tradução de Renata Pettengill.

"Xique-xique Chocalhos" © 2013 by Neil Gaiman. Publicado originalmente sob o título "Click-Clack the Rattlebag". Tradução de Augusto Calil.

"A Bela e a Adormecida" © 2013 by Neil Gaiman. Publicado originalmente sob o título "The Sleeper and the Spindle". Tradução de Augusto Calil.

"Um calendário de contos" © 2013 by Neil Gaiman. Publicado originalmente sob o título "A Calendar of Tales". Tradução de Augusto Calil.

"Hora nenhuma" © 2013 by Neil Gaiman. Publicado originalmente sob o título "Nothing O'Clock". Tradução de Augusto Calil.

"Um labirinto lunar" © 2013 by Neil Gaiman. Publicado originalmente sob o título "A Lunar Labyrinth". Tradução de Augusto Calil.

"Às profundezas de um mar sem sol" © 2013 by Neil Gaiman. Publicado originalmente sob o título "Down to a Sunless Sea". Tradução de Augusto Calil.

"Como o marquês recuperou seu casaco" © 2014 by Neil Gaiman. Publicado originalmente sob o título "How the Marquis Got His Coat Back". Tradução de Fábio Barreto.

"Cão negro" © 2015 by Neil Gaiman. Publicado originalmente sob o título "Black Dog". Tradução de Augusto Calil.

"Macaco e a Dama" © 2018 by Neil Gaiman. Publicado originalmente sob o título "Monkey and the Lady", na coletânea The Weight of Words, de Dave McKean. Tradução de Leonardo Alves.

1ª edição	ABRIL DE 2024
impressão	SANTA MARTA
papel de miolo	IVORY SLIM 65 G/M²
papel de capa	CARTÃO SUPREMO ALTA ALVURA 250 G/M²
tipografia	BEMBO STD